Michael Peinkofer, Jahrgang 1969, studierte in München Germanistik, Geschichte und Kommunikationswissenschaft. Seit 1995 arbeitet er als freier Autor, Filmjournalist und Übersetzer. Unter diversen Pseudonymen hat er bereits zahlreiche Romane verschiedener Genres verfasst. Bekannt wurde er durch die Bestseller DIE BRUDERSCHAFT DER RUNEN (Bd. Nr. 15249) und DIE ERBEN DER SCHWARZEN FLAGGE (Bd. 15417). Nach DER SCHATTEN VON THOT (Bd. 15648), DIE FLAMME VON PHAROS (Bd. 15838) und AM UFER DES STYX (Band 15975) ist dies das vierte und – abschließende Abenteuer um die Archäologin Sarah Kincaid. Michael Peinkofer lebt mit seiner Familie im Allgäu.

Weitere Titel des Autors:

15 249 Die Bruderschaft der Runen
15 417 Die Erben der schwarzen Flagge
15 648 Der Schatten von Thot
15 838 Die Flamme von Pharos
15 975 Am Ufer des Styx

MICHAEL PEINKOFER

DAS LICHT VON SHAMBALA

HISTORISCHER ABENTEUER-ROMAN

Nach den Aufzeichnungen von Lady Kincaid

BASTEI LÜBBE TASCHENBUCH

BASTEI LÜBBE TASCHENBUCH
Band 16 397

1. Auflage: März 2010

Bastei Lübbe Taschenbuch in der Bastei Lübbe GmbH & Co. KG

Originalausgabe

Die Veröffentlichung dieses Werkes erfolgt auf Vermittlung der
Autoren- und Verlagsagentur Peter Molden, Köln

Lektorat: Stefan Bauer
Zeichnungen: Daniel Ernle
Titelillustration: © Hemis/laif
Umschlaggestaltung: Kirstin Osenau
Autorenfoto: Oliver Favre
Satz: Urban SatzKonzept, Düsseldorf
Gesetzt aus der Garamond
Druck und Verarbeitung: GGP Media GmbH, Pößneck
Printed in Germany
ISBN: 978-3-404-16397-7

Für Markus, Niklas und Susanne
weil sie ihren Träumen folgen

PROLOG

New Orleans
Vereinigte Staaten von Amerika
Juli 1853

Er konnte die grässlichen Laute hören, die durch die schwüle Nacht hallten.

Die Schreie der Sterbenden.

Das Wehklagen der Trauernden.

Und den dumpfen Klang der Totenglocke.

Keine Stunde verging, in der sie nicht geläutet wurde. Ihr schauriger Ton war zum ständigen Begleiter geworden, der die Bewohner von New Orleans unablässig daran erinnerte, dass das Ende nahe war.

Lemont setzte einen Schritt vor den anderen. Er achtete weder auf die Schreie, die aus den Häusern drangen, noch auf die dunklen Gestalten, die hin und wieder an ihm vorüberhuschten und sich feuchte Tücher vor die Gesichter geschlagen hatten, um sich vor dem allgegenwärtigen, durchdringenden Gestank zu schützen, der wie ein Leichentuch über der Stadt lag.

Das Gelbfieber grassierte.

Und es schlug unbarmherzig zu.

Als es Anfang Juli die ersten Todesopfer zu beklagen gegeben hatte, war man in New Orleans noch guter Dinge gewesen und hatte gehofft, dass »Yellow Jack« die Stadt diesmal weitgehend verschonen würde. Schon Mitte des Monats war die Zahl der Todesopfer jedoch auf über tausend angewachsen – und bereits wenige Tage später war zur grausigen Gewissheit geworden, dass die Geißel des Südens New Orleans einmal mehr in den Klauen hatte.

Lemont kannte die Symptome nur zu gut.

Es fing immer mit heftigem Kopfschmerz und Fieber an, dem oftmals eine Rötung des Gesichts folgte. Der Ausfluss von Sekret und das darauffolgende Delirium sowie die gelblichen Flecken, die den Körper des Befallenen übersäten und der Seuche ihren Namen gaben, ließen innerhalb weniger Tage keinen Zweifel mehr daran, dass Yellow Jack zugeschlagen hatte. Trat in diesem Stadium keine Besserung ein, so war jede Hoffnung verloren. Die Haut wurde fahl, die Lippen wirkten blutleer, Verzweiflung sprach aus den Augen. Wenn schließlich blutiger Schaum aus den Mundwinkeln der Opfer trat, war der Tod nur noch eine Frage von Stunden ...

Dunkelheit herrschte in den Straßen.

Die Laternen wurden nicht mehr entfacht, aus den Häusern drang kein Licht. Die Läden und Jalousien waren geschlossen, manche Fenster gar mit Holzbrettern verbarrikadiert worden, damit niemand hineinsehen konnte. In diesen Tagen genügte oftmals schon der Anblick einer warmen Mahlzeit, um einen Raub zu provozieren. Und da sich die Gesetzeshüter vor Ansteckung fürchteten, herrschte Anarchie in der Stadt. Nur jene, die Hunger und Not aus ihren Häusern trieben, waren auf den finsteren Gassen anzutreffen – bis zur Unkenntlichkeit vermummte Schatten, die an Lemont vorüberhuschten. Jene, die ihr Vermögen mit Baumwolle und Zuckerrohr gemacht und sich kleine Königreiche erworben hatten, verschanzten sich in ihren vier Wänden, gaben sich rauschenden Festen und ausgiebigen Gelagen hin und betrogen sich mit der Illusion, sich von der Seuche loskaufen zu können. Die Wahrheit – dass die Stadt am Abgrund stand und dass die prunkvollen Bälle der Totentanz eines zu Ende gehenden Zeitalters waren – wollte niemand sehen.

Lemont hingegen war genau aus diesem Grund nach New Orleans gekommen: um der Wahrheit willen.

Just an dem Tag, da er von Bord gegangen war, hatte das Gelbfieber das erste Opfer gefordert. Während in den beiden darauffolgenden Wochen die Zahl der Erkrankten sprunghaft angestiegen war und jene, die es sich leisten konnten, panisch die Flucht ergriffen, war Lemont geblieben. Inzwischen lag die Stadt unter Quarantäne; Schiffe aus Übersee machten kehrt, noch ehe sie den Hafen erreichten. Der Schiffsverkehr auf dem Fluss war zum Erliegen gekommen, und in den Sümpfen lauerte der Tod durch Hunger und Durst oder das gefräßige Maul eines Krokodils.

Doch Lemont hatte nicht vor zu fliehen; er war überzeugt davon, dass es nicht sein Schicksal war, an diesem verkommenen und bis ins Mark verdorbenen Ort einen ebenso grausamen wie sinnlosen Tod zu sterben. Seine Ambitionen gingen weiter.

Viel weiter …

Er folgte dem Weg, den man ihm beschrieben hatte, und nahm eine der schmalen Gassen, die sich durch schmutzige Hinterhöfe zum Armenviertel wanden. Wo Sklaven und Tagelöhner hausten, hoffte er zu finden, was er an keinem anderen Ort dieser Welt gefunden hatte.

Inmitten der engen Backsteinwände war die Schwüle noch drückender und der Odem des Todes noch beißender. Lemont zog das Halstuch enger, das er um Mund und Nase trug. Von den bis zu vierhundert Menschen, die Yellow Jack täglich zum Opfer fielen, wurden die wenigsten beigesetzt. Aus Furcht wurden sie einfach liegengelassen oder nur mit wenigen Schaufeln Erde bedeckt, die der Regen der Sommermonate jedoch sogleich wieder abtrug. Mehr als zweitausend Tote häuften sich inzwischen auf den Friedhöfen der Stadt und sorgten für einen unerträglichen Geruch, der sich in der sengenden Julihitze ausbreitete und bis in den letzten Winkel kroch. Mancher Wohlhabende suchte ihn mit Unmengen von Parfum und anderen duftenden Essenzen zu vertreiben, aber dieses Ansinnen war ebenso lächerlich wie die Versprechungen, mit denen Wunderheiler und Wahrsager in diesen Tagen aus der Not der Menschen Profit zu schlagen suchten. In einer Stadt, die dem Untergang ins Auge blickte, war es nicht schwierig, ein Medium zu finden – die Herausforderung bestand darin, unter all den Scharlatanen jene auszusieben, die tatsächlich die Gabe besaßen und bereit waren, ihr Wissen mit einem *blanc*, mit einem Weißen zu teilen …

Prag.

Alexandria.

Konstantinopel.

Basra.

Singapur.

Kanton.

Die Namen der Städte, die Lemont in den vergangenen Jahren bereist hatte, reihten sich beinahe endlos aneinander. Universitäten und Schulen, Bibliotheken und Klöster – an zahllosen Orten, an denen altes Wissen bewahrt und gelehrt wurde, hatte er nach Erleuchtung gesucht, jedoch ohne sie zu finden; bis ihm irgendwann die Erkenntnis aufgegangen war, dass es nicht die Wissenschaft, nicht die Schärfe des menschlichen Verstandes war, die ihm verborgenes Wissen erschließen würden, sondern dass nur übernatürliche Kräfte dazu in der Lage waren; jene Dinge, die außerhalb rationalen Begreifens lagen.

Lemont glaubte fest daran, aufgrund seiner Herkunft und des Gegenstands, der sich in seinem Besitz befand, von der Geschichte zu Höherem ausersehen zu sein, aber sein Glaube allein war wertlos. Es hatte ihn wertvolle Jahre seines Lebens gekostet, die Zusammenhänge zu rekonstruieren. Nun wollte er Gewissheit, und um dieser Gewissheit willen war er nach New Orleans gekommen. Die Stadt am Mississippi, seit zwei Generationen Inbegriff des Fortschritts, des Überflusses, aber auch des Lasters, war die letzte Station seiner Reise und gleichzeitig die letzte Hoffnung auf Erkenntnis, und keine Seuche der Welt würde ihn aufhalten.

Vor der grob gezimmerten Holztür, die mit einem rätselhaften Zeichen bemalt war, blieb er stehen. Wieder drang ein gellender Schrei durch die Nacht, wieder läutete die Totenglocke. Doch Lemont nahm es kaum noch wahr. Er war am Ziel seiner Reise angelangt.

Mit bebenden Händen klopfte er an die Tür.

Zweimal, wie es vereinbart worden war.

»Herein«, tönte es von drinnen.

Er drückte die rostige Klinke. Knarrend schwang die Tür auf, und unter dem niederen Sturz hindurch trat Lemont ein.

Das Haus, dessen Wände windschief und brüchig waren, bestand nur aus einem einzigen Raum. Über einem Kamin, in dem ein Feuer prasselte und flackernden Schein verbreitete, hing ein eiserner Kessel. Die Mitte der Kammer nahm ein einfacher Tisch ein. Dahinter saß eine junge Frau mit langem schwarzem Haar, deren buntes, nach karibischer Mode geschneidertes Kleid angesichts des allgegenwärtigen Todes fremd und deplatziert wirkte.

Lemont löste das Gesichtstuch. »Bist du die Seherin?«, fragte er.

Die junge Frau schaute wortlos zu ihm auf. Sie war Kreolin, und auch wenn er es sich nicht gerne eingestand, war sie eine Schönheit. Große schwarze Augen blickten aus einem ebenmäßigen Gesicht, dessen Teint die Farbe von dunklem Honig hatte, und die vollen Lippen weckten in ihm Gefühle, die er lange nicht empfunden hatte. Französische Frauen mochten anmutig sein und ihre Haut die Farbe von Porzellan haben – nicht eine von ihnen jedoch verströmte jene Aura animalischer Wildheit, die von der Kreolin ausging. Lemont ertappte sich dabei, dass sein Blick immer wieder an ihrem bunten, rüschenbesetzten Kleid emporwanderte, in den Ausschnitt kroch und sich an den Ansätzen ihrer vollen Brüste festsog. Französische Frauen hätten ihre Reize niemals auf derart schamlose Weise offengelegt und so die Begehrlichkeit eines rechtschaffenen Monsieurs geweckt.

Aber dies war die Neue Welt.

Eine neue Zeit.

Mit neuen Gesetzen . . .

Lemont hatte nicht vor, sich mit Vorreden aufzuhalten. Viel zu lange hatte er schon gewartet. »Man hat dir gesagt, warum ich hier bin«, kam er direkt zur Sache. »Wirst du tun, was ich von dir verlange? Verstehst du überhaupt, was ich sage?«

Die Kreolin musterte ihn nicht weniger unverwandt. Wenn sie eingeschüchtert war, so verbarg sie es gut. Es war kaum zu glauben, wie rasch die Standesunterschiede in diesen Tagen schwanden. Im Angesicht des Gelben Todes waren alle Menschen gleich, unabhängig von ihrer Hautfarbe, ihrer Herkunft und ihrem Besitz. Gleichwohl hielt sich unter den Weißen das hartnäckige Gerücht, Yellow Jack würde die Farbigen und Mischlinge verschonen ...

»Ich verstehe Sie gut«, versicherte die Kreolin und strich eine Strähne ihres blauschwarzen Haars zurück. Ihr Französisch war flüssig und nahezu akzentfrei, ihre Stimme tiefer und rauer, als er es erwartet hatte. »Und ich weiß, warum Sie hier sind.«

»Man hat mir gesagt, du verfügst über das zweite Gesicht«, erwiderte er. »Kannst du wirklich in die Zukunft sehen?«

»Ich sehe Dinge«, verbesserte sie. »Manchmal die Zukunft, manchmal auch die Vergangenheit.«

»Ich bin an beidem interessiert«, stellte Lemont klar.

»Was wollen Sie wissen?« Spott schwang in ihrer Stimme mit. »Ob Sie die Seuche überleben werden? Die meisten fragen mich das.«

»Ich nicht.« Lemont schüttelte den Kopf. »Vielmehr bin ich an diesem hier interessiert.« Er griff unter seinen Umhang und zog einen Gegenstand hervor, den er vor der Kreolin auf den Tisch stellte. Es war ein metallener Würfel, dessen Kantenlänge etwa eine halbe Handspanne betrug. Die Oberfläche war von leichtem Rost überzogen. In die Seitenflächen des Kubus waren griechische Schriftzeichen eingraviert; in die Oberfläche ein stilisiertes Symbol, das ein Auge darstellte.

»Was ist das?«, fragte sie und berührte das Gebilde zaghaft mit dem Finger. »Es ist sehr alt.«

»In der Tat«, bestätigte Lemont. »Dieser Würfel hatte schon viele Besitzer und ebenso viele Namen. Einer davon lautet Codicubus.«

»Codicubus«, echote sie und legte vorsichtig ihre Handfläche darauf. Ein leichtes Beben schien ihren Körper daraufhin zu durchlaufen, wie Lemont irritiert feststellte.

»Woher haben Sie diesen Gegenstand?«, wollte sie wissen.

»Das braucht dich nicht zu interessieren.« Er schüttelte den Kopf, während von draußen erneut das schaurige Läuten der Totenglocke zu hören war, zum ungezählten Mal in dieser Nacht. »Wirst du mir das Geheimnis dieses Gegenstands offenbaren? Ja oder nein?«

»Wer sagt Ihnen, dass es ein Geheimnis gibt?«

»Du solltest nicht versuchen, Spiele mit mir zu treiben«, warnte er. »Bei feisten Plantagenbesitzern, die um ihr jämmerliches Leben bangen, mag dies verfangen, aber nicht bei mir. Wirst du mir helfen oder nicht?«

»Warum sollte ich?«

»Wer weiß? Vielleicht, weil ich dich reich dafür belohnen werde.«

»Ich habe, was ich brauche«, erwiderte sie. »Sie können mir nichts geben, was ich nicht schon habe.«

»Dann eben nicht«, konterte er. »Aber wenn du das bist, was die Leute behaupten, wirst du diesen Gegenstand ganz von selbst untersuchen wollen. Denn dieser Würfel ist ein echtes Mysterium, die Pforte zu einer anderen Welt.«

Die Kreolin blickte überrascht zu ihm auf, und einmal mehr war er gebannt von ihrer Schönheit. Er musste auf der Hut sein, durfte sich nicht einnehmen lassen von den Reizen eines Weibes, dessen Blut so unrein war wie das Brackwasser unten im Hafen. Dennoch konnte er den Blick nicht von ihr wenden, und auch sie schien auf eigenartige Weise fasziniert zu sein.

»Sie wissen es«, stellte sie fest.

»Was?«, fragte er ungehalten.

»Dass dies kein gewöhnlicher Gegenstand ist«, erwiderte sie vorsichtig. »Er ist sehr alt.«

»Das habe ich dir gesagt«, erwiderte er unbeeindruckt.

»Er wurde weitergegeben über Generationen«, fuhr die Kreolin in ihrem rauen Alt fort, »und er gehört Ihnen nicht.«

»Was fällt dir ein, Weib?«, fauchte Lemont.

»Er stammt von jemandem, der ihn widerrechtlich in seinen Besitz gebracht hat«, beharrte die Kreolin unbeirrt – und Lemont wusste, dass seine Wahl richtig gewesen war.

Die junge Frau konnte unmöglich wissen, wie er an den Würfel gelangt war, denn er hatte noch nie jemandem davon erzählt. Also verfügte sie tatsächlich über die Gabe. Lemonts Neugier erwachte. Nun würde sich zeigen, ob die Kreolin ihren Vorgängern überlegen war, die wie sie versucht hatten, dem Geheimnis des Würfels auf die Spur zu kommen, dabei jedoch allesamt den Verstand verloren hatten.

»Mehr«, verlangte er ungerührt, »ich will mehr wissen, hörst du? Ich will alles erfahren!«

Sie schien sich zu besinnen. Mit geschlossenen Augen wandte sie sich erneut dem Würfel zu und berührte ihn, worauf sie wiederum ein Beben durchlief, als hätte sie ihre Hand nicht an ein kaltes Stück Metall gelegt, sondern an einen feurigen Liebhaber. Schweißperlen traten ihr auf die Stirn, so sehr schien sie sich anzustrengen, und ihre Brust, die sich unter tiefen Atemzügen hob und senkte, zog einmal mehr Lemonts Aufmerksamkeit auf sich. Die Beleuchtung war gedämpft, nur das Feuer verbreitete lodernden Schein. Die Stille im Raum wog zentnerschwer, nur hin und wieder drang ein entsetzter Schrei durch die Nacht.

Plötzlich begannen sich die Lippen der Kreolin zu bewegen. Sie formten lautlose Worte – eine Beschwörungsformel, eine Verwünschung, vielleicht auch ein Gebet.

»Ist das alles?«, fragte Lemont fast enttäuscht. »Keine Tarot-Karten? Keine Federn? Keine Knochen?«

Ihre Antwort fiel anders aus, als er es erwartet hatte. Jäh öffnete sie ihre Augen wieder, aber die Pupillen waren nicht zu sehen. Nur das Weiße starrte Lemont entgegen, sodass er erschrocken zurückfuhr. »Verflucht, was tust du da?«, rief er aus, aber die junge Frau reagierte nicht, so, als wäre sie in tiefe Trance versunken.

»Der Würfel«, verkündete sie mit monotoner, fast leiernder Stimme, »gibt sein Geheimnis nicht freiwillig preis. Viele starben, um es zu hüten. Wächter mit nur einem Auge.«

»Mit nur einem Auge?«, fragte Lemont. »Was faselst du da?«

»Nur die Erbin«, fuhr die Seherin fort, »darf den Inhalt des Codicubus kennen.«

»Erbin? Was für eine Erbin?«

»Auf ihren Schultern ruht die Verantwortung ... Aber sie ist alt und schwach ... Erneuerung ... In der Einsamkeit soll sie leben, verborgen vor den Augen der Welt, bis sie stark genug ist, den Schatten zu trotzen ... Schatten ... die Schatten ...«

Ihre Stimme war lauter geworden. Die Kreolin bewegte sich auf ihrem Stuhl, als wiege sie sich zum Rhythmus einer Musik, die nur sie zu hören vermochte. »Sie kommen«, fuhr sie flüsternd fort. »An einem weit entfernten Ort ... durch Schnee und Eis ... zu ergründen, was verborgen bleiben muss ...«

»Wer?«, wollte Lemont wissen. »Von wem sprichst du, Weib?«

»Ihr Anführer ist ein Mann, der Wissen sucht, aber er weiß es noch nicht ... stattdessen wird er den Pfad des Krieges beschreiten, schon sehr bald ... Ich sehe Blut, viel Blut ... einen Acker des Todes ...«

»Und die Schatten?«, verlangte Lemont zu erfahren. »Was ist mit ihnen? Und wer sind die Einäugigen, von denen du gesprochen hast? Hat es etwas mit dem Symbol auf dem Würfel zu tun?«

»Ein Vermächtnis, Jahrtausende alt ... Es wird Verderben über die Menschheit bringen, Verderben, hörst du ...?« Zu Lemonts Entsetzen richtete sich der Blick ihrer pupillenlosen Augen direkt auf ihn. »Die Schatz und Gold begehren, auf den fernen Gipfeln, wo alles begann. Die Diener, die Arimaspen, im Zeichen des Einen Auges ...«

»Was?« Lemont verstand kein Wort. Nicht nur, dass ihre Stimme immer leiernder wurde, es schienen auch nicht ihre Worte zu sein, die sie sprach. Erlaubte sie sich einen Scherz mit ihm? Oder hatte sich ihr Geist tatsächlich für eine Ebene geöffnet, die anderen Menschen verschlossen blieb? Lemont fühlte spontane Eifersucht. Er war kein Medium, dabei hätte er in diesem Moment alles dafür gegeben, zu sehen, was sie sah.

Im nächsten Moment jedoch veränderten sich ihre Züge. Falten gruben sich in ihre Miene und ließen sie um Jahre altern, Furcht verzerrte plötzlich ihre Mundwinkel.

»Was ist?«, fragte Lemont. »Was hast du?«

»Das Auge«, stieß die Kreolin hervor. »Das Eine Auge! Es beobachtet uns! Das Eine Auge ...«

Sie begann am ganzen Leib zu zittern. Panik hatte von ihr Besitz ergriffen, aber sie schien nicht in der Lage zu sein, sich aus dem Sog des Entsetzens zu lösen. Lemont wusste, was das bedeutete – so war es auch bei den anderen gewesen, die versucht hatten, das Geheimnis des Würfels zu ergründen, und die letztendlich im Wahnsinn versunken waren. Keiner von ihnen war auch nur annähernd so weit gekommen wie die Kreolin – nun jedoch schienen auch ihre Fähigkeiten zu versagen.

Sie gab einen heiseren Schrei von sich und warf den Kopf hin und her, sodass ihre wilde Mähne ihr Gesicht wie dunkles Feuer umloderte. Lemont war wie gebannt von ihrem Anblick. Was immer mit ihr vorging, schien sie zu enthemmen und ihr animalisches Wesen vollends zu entfesseln. Ihr Haar stand wirr vom Kopf ab, die Ärmel ihres Kleides rutschten herab und entblößten ihre Schultern. Schweiß rann über ihre Schläfen, ihr Atem ging rasch und stoßweise wie beim Liebesakt – und auch Lemont fühlte plötzlich die sengende Hitze.

Immer schneller atmete sie, immer lauter wurden ihre Schreie, und mit einem Mal erfüllte ihn der Wunsch, sie ganz zu besitzen. Nicht nur ihr Wissen, nicht nur ihre Gabe, sondern auch ihren Körper. Es war, als begehrte das Leben gegen den Tod auf, der draußen regierte, und als mündete alles, was Lemont je getan, jede Anstrengung, die er je unternommen hatte, in diesen einen Augenblick.

»Genug!«, rief er aus, griff nach ihren Händen und riss sie vom Codicubus los. Die Schreie der Kreolin verstummten, ihr Blick schien ins Hier und Jetzt zurückzukehren, während sie staunend zu ihm emporblickte – und in diesem Moment erkannte er die roten Adern, die ihre weißen Augäpfel durchzogen.

Das Fieber!

Auffallend geäderte Augen waren eines der Erkennungszeichen, die Yellow Jack zu hinterlassen pflegte. War die Kreolin auch befallen? Hatte sich Lemont, ohne es zu ahnen, ins Haus des Todes begeben? Wenn ja, so war es ihm einerlei. Sein Verlangen war erwacht, und noch war weder sein Drang nach Wissen befriedigt noch die Begierde, die die Kreolin in ihm geweckt hatte.

Die junge Frau, deren Namen er noch nicht einmal kannte, saß vor ihm und starrte ihn an. »Schnee und Eis«, versuchte sie in Worte zu fassen, was sie gesehen hatte, »eine ferne Bedrohung auf den Gipfeln der Welt«, und immer wieder: »Das Eine Auge! Es folgt uns! Es kann uns sehen!«

Lemont triumphierte innerlich.

Es stimmte also.

Das Geheimnis, das ihm sein Vater auf dem Sterbebett anvertraut hatte, schien tatsächlich zu bestehen, ein kosmisches Rätsel, eingebettet in die Mysterien der Vergangenheit!

Die Euphorie des Augenblicks beflügelte sein Verlangen. Sein Pulsschlag beschleunigte sich. Er ergriff die junge Frau und riss sie zu sich empor. Schon auf die Distanz hatte die Kreolin eine eigenartige Faszination auf ihn ausgeübt. Sie jedoch zu spüren, ihre grazilen Formen und weiblichen Rundungen, ihren Herzschlag zu fühlen und ihren bebenden Körper, den Duft von Schweiß und Magnolien zu riechen, raubte ihm fast den Verstand.

Sich seiner überlegenen Körperkraft bedienend, warf er sie rücklings auf den Tisch, und noch ehe sie richtig zu sich finden konnte, waren seine Hände bereits dabei, sich unter die bunten Rüschen ihres Kleides zu wühlen und das Ziel seiner Begierde zu suchen. Sie wehrte sich nicht dagegen, schien noch zu sehr unter dem Eindruck dessen zu stehen, was sie gesehen hatte. Lemont gedachte es in seinen Besitz zu nehmen, zusammen mit ihrem grazilen Körper.

Es war sein beherrschender Wunsch.

Das Ziel, das er verfolgte.

Fieberhaft …

Weder der Gedanke an ihre Hautfarbe noch an die Gefahr der Ansteckung vermochten ihn abzuschrecken. Oder war es in Wahrheit bereits zu spät? Hatte das Fieber, dem täglich Hunderte zum Opfer fielen, auch von ihm Besitz ergriffen? War das, was er erlebte, nicht die Wirklichkeit, sondern nur ein Fiebertraum? War er in Wahrheit gar nicht hier, sondern lag in seinem Bett, und die Ärzte hatten schon alle Hoffnung aufgegeben?

Nein!

Noch lebte er, und er hatte sich selten so überlegen und mächtig gefühlt. Auch die Kreolin schien es zu spüren, denn sie leistete ihm keinen Widerstand. Schweigend ließ sie alles über sich ergehen, während ihre Augen durch ihn hindurch und in weite Ferne blickten. Und in dem Moment, als ihre Körper eins wurden, ein Fanal des Lebens in der Dämmerung des Todes, wiederholte sie mit heiserer Stimme ihre Worte:

Die Schatz und Gold begehren,
auf den fernen Gipfeln,
wo alles begann.
Die Diener, die Arimaspen,
im Zeichen des Einen Auges.

1. Buch

KONSTANTINOPEL

1.

32 Jahre später

Schatten …

Verschwommene Gestalten, die ihr nach dem Leben trachteten; Nachtmahre, die sich aus der Vergangenheit erhoben, um ihren Schlaf zu verfinstern; dunkle Stimmen, die zu ihr sprachen, die sie jedoch nicht verstand. Und über allem die finstere Vermutung, dass all diese Stimmen und Gestalten, diese verschwommenen Bilder einen tieferen Sinn ergaben, dass sie auf geheimnisvolle Weise miteinander verbunden sein mussten. Es war, als würde man ein Bühnenstück durch den geschlossenen Vorhang betrachten. Man konnte Geräusche hören und schemenhaft die Silhouetten der Darsteller durch den Samt erkennen – der Inhalt des Stücks jedoch blieb verborgen.

Solange Sarah Kincaid zurückdenken konnte, hatte das Rätsel sie begleitet. Früher, als sie noch ein Kind gewesen war, hatte sie fast jede Nacht von jenen Schatten geträumt, war schweißgebadet erwacht und hatte bei ihrem Vater Gardiner Schutz gesucht. Später dann, als sie eine junge Frau wurde, waren die Träume seltener geworden, und schließlich hatte Sarah sie fast vergessen.

Bis sie zurückgekehrt waren …

Seit dem Tag, da Gardiner Kincaid in den Katakomben der versunkenen Bibliothek von Alexandria gestorben war, hinterrücks ermordet von Verräterhand, waren die Träume wieder da – dunkler, erschreckender und bedrohlicher als je zuvor. Noch vor einiger Zeit hatte Sarah geglaubt, dass dies mit dem Tod Gardiner Kincaids zusammenhinge, dass der Schock über sein gewaltsames Ableben die Ängste ihrer Kindheit wieder ans Licht gebracht hätte.

Inzwischen wusste sie es jedoch besser.

Denn was Sarah in ihren Träumen sah, waren keine Trugbilder. Es waren Spiegelungen der Vergangenheit, *ihrer* Vergangenheit, die aus ihrem Gedächtnis gelöscht worden war, als sie im Alter von acht Jahren das *aqua vitae* zu sich genommen hatte, das Wasser des Lebens. Alles, was sie davor gesehen und erlebt hatte, die ersten acht Jahre ihres Daseins, waren wie ausgelöscht. Nur jene verschwommenen Eindrücke waren geblieben, die sie wieder und wieder vor Augen sah, jede Nacht – und das Wissen, dass es kein anderer als Gardiner Kincaid gewesen war, der ihr jenen Trunk verabreicht hatte.

Tempora atra hatte er die Zeit genannt, die vor jenen Tagen lag, vor dem Fieber und der totenähnlichen Starre, in die Sarah damals verfallen war und aus der sie nur die erneute Einnahme des Lebenswassers hatte retten können.

Die Dunkelzeit . . .

Wie sehr wünschte sich Sarah, die Hand auszustrecken, um jenen Schleier des Vergessens zu zerreißen und zu sehen, was sich dahinter verbarg! Nur ein einziges Mal war es ihr gelungen, und auch nur für einen kurzen Augenblick – aber das Bild einer fernen, von verschneiten Gipfeln umgebenen Festung ergab keinen Sinn. Sarah dürstete danach, mehr zu erfahren, denn es stand längst außer Frage, dass ein Zusammenhang bestand zwischen der Dunkelzeit und dem, was ihrem Geliebten Kamal widerfahren war.

Auch ihm war das Wasser des Lebens eingeflößt worden, auch er war in jenem Niemandsland zwischen Leben und Tod gefangen gewesen. Vom fernen England aus war Sarah aufgebrochen, um ihren Geliebten den Klauen des Jenseits zu entreißen. Von Prag aus hatte ihre Reise sie über den Balkan nach Griechenland geführt, wo sie auf den Spuren Alexanders des Großen gewandelt war und den Totenfluss Styx gesucht hatte. Das Wasser des Lebens hatte sie gefunden, alles andere jedoch, das je von Bedeutung für sie gewesen war, hatte sie dabei eingebüßt.

Zuerst hatte sie ihren Vater verloren – in mehr als einer Hinsicht. Der Mann, der ihn in den Katakomben von Alexandrien hinterrücks ermordet hatte, hatte nämlich später auch noch die Behauptung aufgestellt, Gardiner Kincaid wäre nicht Sarahs leiblicher Vater gewesen. Nun hatte Sarah gewiss keinen Anlass, Mortimer Laydon Glauben zu schenken, der sich sowohl ihr Vertrauen als auch das ihres Vaters erschlichen und sich in Wahrheit als Agent der Gegenseite erwiesen hatte. Aber etwas tief in ihrem Innern sagte ihr, dass Laydon zumindest in dieser einen Hinsicht nicht gelogen hatte, und sie ahnte, dass auch die Antwort auf dieses Rätsel in der Dunkelzeit verborgen lag.

Der nächste Verlust, den Sarah erlitt, hatte ihren treuen Freund Maurice du Gard betroffen. Nicht nur seine hellseherische Gabe war ihr auf ihren Reisen von Vorteil gewesen, sondern auch sein freundschaftlicher Rat und seine Unterstützung, und als er in ihren Armen starb, war es Sarah vorgekommen, als würde ein Teil von ihr mit ihm gehen.

Was ihr danach noch geblieben war, Sarahs weltlicher Besitz, der sich im Wesentlichen aus dem ländlichen Anwesen in Yorkshire sowie aus der umfassenden Bibliothek zusammensetzte, die Gardiner Kincaid ihr hinterlassen hatte, war ihr ebenfalls genommen worden. Ein verheerendes Feuer hatte in Kincaid Manor gewütet und den Hausverwalter das Leben gekostet – ein Feuer freilich, das nicht von einer Laune des Schicksals, sondern von der Hand ruchloser Brandstifter gelegt worden war, damit Sarah in England keine Zufluchtsstätte mehr haben sollte.

Verzweifelt darum bemüht, nicht auch noch ihren geliebten Kamal zu verlieren, hatte Sarah alles darangesetzt, das Wasser des Lebens zu beschaffen, das sein rätselhaftes Fieber heilen und ihn ins Dasein zurückholen sollte – doch einmal mehr hatte sie feststellen müssen, dass sie manipuliert und hintergangen worden war. Zwar war es ihr gelungen, das Elixier zu beschaffen, das Kamal den Klauen des Todes entrissen hatte, jedoch hatten andere daraus

Nutzen gezogen. Denn auch die Gräfin Ludmilla von Czerny, mit deren Hilfe Sarah ursprünglich auf die Spur des *aqua vitae* gelangt war, hatte sich als Verräterin erwiesen, die im Dienst jener ebenso mächtigen wie geheimnisvollen Organisation stand, deren Umtriebe Sarah seit geraumer Zeit zu entwirren suchte. Die Ermordung ihres Vaters, der Tod Maurice du Gards, die Zerstörung von Kincaid Manor – die Fäden liefen hier zusammen, bei jener verschwörerischen Gruppierung, die sich »Bruderschaft des Einen Auges« nannte und deren erklärtes Ziel es zu sein schien, sich der Vergangenheit zu bedienen, um die Gegenwart zu beherrschen.

Auch die Vergiftung Kamals hatte letztlich diesem Ziel gedient, wenngleich Sarah die wahren Gründe noch immer schleierhaft waren. Warum hatten die Gräfin Czerny und ihre Spießgesellen den letzten Rest des Lebenswassers aufgebraucht, um Kamal zu vergiften? Wieso hatten sie um jeden Preis gewollt, dass sich Sarah auf die Suche nach dem Elixier machte? Hoch über den Ebenen Nordgriechenlands, auf dem einsamen Felsen eines *meteorons*, hatte sich Kamals Schicksal entschieden. Man hatte ihm das Lebenswasser verabreicht, und er war zu sich gekommen – doch genau wie Sarah, die die Schleier der Dunkelzeit nicht zu lüften vermochte, hatte auch er sich nicht an das erinnern können, was vor seinem Fieber gewesen war, und so war es der Verräterin Czerny ein Leichtes gewesen, sich sein Vertrauen zu erschleichen. Zuletzt hatte Sarah ihn an Bord eines Fesselballons gesehen, der vor ihren Augen aufgestiegen und gen Osten entschwunden war. Mit dabei war auch die Czerny gewesen, in der Sarah eine Schwester gesucht und ihre Nemesis gefunden hatte.

Und als wäre all dies noch nicht Verlust genug, hatte Sarah noch eine weitere Niederlage erlitten, die beinahe noch schwerer wog als alle anderen zusammen – auch wenn sie lange ahnungslos gewesen war.

Sie war schwanger gewesen …

Nach den glücklichen Monaten, die Kamal und sie in Yorkshire verbracht hatten, hatte Sarah, ohne es zu wissen, das Kind ihres Geliebten unter dem Herzen getragen. Doch auch dieses Leben war ihr brutal genommen worden. Infolge der Strapazen, denen sie im Zuge ihrer Abenteuer ausgesetzt gewesen war, hatte sie eine Fehlgeburt erlitten.

Zuerst hatte sie es nicht glauben mögen, als ein jovialer Schiffsarzt namens Garribaldi ihr davon berichtet hatte, aber schon sehr bald hatte sie die Wahrheit mit jeder einzelnen Pore ihres Körpers gespürt. Denn auch wenn ihre Mutterschaft ihr nicht bewusst gewesen war – der Verlust war so wirklich, wie er es nur sein konnte, und obwohl jene Ereignisse inzwischen mehr als vier Monate zurücklagen, fühlte Sarah noch immer eine erschreckende Leere.

Ihr erster Impuls war es gewesen aufzugeben.

Sie war geschlagen und besiegt, ihre Feinde hatten in jeder nur erdenklichen Hinsicht triumphiert. Welchen Sinn hatte es noch, gegen diese Einsicht anzugehen und sich selbst zu betrügen? Sarah hatte gekämpft und verloren. Wie der alte Gardiner hatte auch sie versucht, dem Einen Auge Widerstand zu leisten – aber genau wie er war auch sie am Ende gescheitert.

Oder?

Dass sie nicht verzweifelt war und sich in Venedig, wohin die Schiffspassage geführt hatte, von einer der unzähligen Brücken gestürzt hatte, hatte nur einen einzigen Grund – und dieser Grund war würfelförmig, hatte eine Kantenlänge von etwa vier Inches und war ganz aus Metall. »Codicuben« wurden diese eigentümlichen Gebilde genannt, die auf ihren sechs Seiten die Buchstaben des Siegels Alexanders des Großen sowie das Zeichen des Einen Auges eingraviert trugen und deren einziger Daseinszweck darin bestand, *abdere, quod omnia tempora manendum* – zu verbergen, was alle Zeiten überdauern sollte. Im Grunde handelte es sich dabei um winzige Panzerschränke, die aus antiker Zeit datierten und von einem geheimnisvollen magnetischen Mechanismus zusammengehalten wurden. Wer nicht wusste, wie sie sich öffnen ließen, dem gelang es nicht, ohne dabei deren Inhalt zu zerstören – Notizen, Zeichnungen, Auszüge alter Handschriften oder auch verschollen geglaubte *Pinakes**.

Ein Codicubus war es gewesen, der Sarah auf die Spur der versunkenen Bibliothek von Alexandrien geführt hatte. Damals hatte sie geglaubt, dass dieser Würfel der einzige seiner Art wäre, war später aber eines Besseren belehrt worden. Denn auf höchst sonderbare Weise war sie in den Besitz eines weiteren Würfels gelangt, und hätte sie nicht allen Grund zu der Annahme gehabt, dass ihr der Inhalt dieses Würfels über Kamals Verbleib Aufschluss geben könnte, hätte sie ihre Suche schon längst aufgegeben. So jedoch bestand noch immer Hoffnung, wenn auch nur ein winziger Funke ...

Sarah schwang sich aus dem Bett. Auch wenn es noch früher Morgen war – die Nacht war für sie zu Ende. Sobald sie den Klauen ihrer Albträume entronnen war, ergriff tiefe Unruhe von ihr Besitz, und ihre Gedanken begannen einander zu jagen. Wieder und wieder grübelte sie über das, was geschehen war und fragte sich, ob sie es hätte verhindern können. Eine Antwort jedoch fand sie an diesem Morgen ebenso wenig wie an allen anderen.

Barfuß schlich sie über den kalten Marmorboden des Hotelzimmers zum Sekretär. Noch herrschte Ruhe draußen auf dem Gang; erst in einer guten Stunde würden die Zimmerkellner mit ihren Servierwagen erscheinen, um den Gästen ihr Frühstück zu bringen. Dann würde der Geruch von Mokka und frischem Backwerk das Hotel durchdringen, und Sarah würde sich dazu zwingen, ein wenig zu essen. Ohnehin hatte sie in den letzten Wochen abgenommen. Sie aß ebenso wenig wie sie schlief, und wenn, dann nur, weil sie sich mit aller Macht dazu überwand. Sarah wusste, dass sie bei Kräften bleiben musste, wenn sie sich erneut auf die Suche nach Kamal begeben wollte.

---

* antike Bibliotheksverzeichnisse

Auf dem Weg zum Sekretär passierte sie den Spiegel und erschrak fast über das, was sie darin sah: eine junge Frau mit blassen, ausgemergelten Zügen, die von langem dunklem Haar umrahmt wurden und aus denen ein stumpfes Augenpaar blickte. Einst hatten diese Augen vor Forscherdrang gebrannt, hatte Sarah es kaum abwarten können, sich von einem Abenteuer in das nächste zu stürzen und der Vergangenheit ihre Geheimnisse zu entreißen.

Das war lange vorbei.

Inzwischen wäre sie froh darüber gewesen, ein einfaches, durchschnittliches Leben zu führen, auch wenn es für eine Frau ihres Standes bedeutete, sich mit dem Platz zu begnügen, den eine von Männern beherrschte Gesellschaft ihr zuwies. Sarah hätte beinahe alles darum gegeben, ihr Kind zurückzubekommen und ihren Geliebten wieder in die Arme schließen zu können. Doch ihr war klar, dass das eine unmöglich und das andere in weite Ferne gerückt war. Und obwohl sich Sarah weigerte, die Hoffnung ganz fahren zu lassen, kam sie nicht umhin, sich einzugestehen, dass die letzten Monate an ihren Kräften gezehrt hatten. Der Verlust, die Trauer, die Schussverletzung, die sie davongetragen hatte – all das hatte Narben hinterlassen, und beim Blick in den Spiegel hatte Sarah das Gefühl, dass jede einzelne davon in ihrem Gesicht zu sehen war.

Sie fröstelte in ihrem Nachthemd und wandte sich ab. Die Morgendämmerung hatte inzwischen eingesetzt, und sanftes Licht sickerte durch die geschlossenen Fensterläden, während die Stadt draußen zum Leben erwachte. Der Muezzin auf dem Minarett der nahen Nusretiye-Moschee rief zum Gebet, und schon in Kürze würden die Straßen überquellen mit Fuhrwerken und Kulis, die nach Süden zum Basarviertel drängten, das auch Sarahs Ziel an diesem Tag war.

Auf der schmalen Tischfläche des Sekretärs lagen nur zwei Gegenstände. Das eine war ein Revolver der Marke Colt Frontier

1878, den Sarah in einem Laden unweit des Gewürzbasars erstanden hatte. Eine Waffe dieser Bauart hatte auch der alte Gardiner einst benutzt, und sie hatte Sarah stets gute Dienste geleistet. Der zweite Gegenstand war ein leicht rostiger Metallwürfel, dessen ungeheurer Wert auf den ersten Blick kaum zu erkennen war.

Der Codicubus.

Sarah setzte sich auf den mit dunkelgrünem Samt beschlagenen Stuhl und nahm den Würfel zur Hand, dessen Oberseite fehlte. Sie griff hinein und zog ein Stück Pergament hervor, das sie entrollte, um zum ungezählten Mal einen Blick darauf zu werfen.

Nachdem sie den Herbst in Italien verbracht und mehr oder weniger vergeblich versucht hatte, sich von den Strapazen der Balkanreise zu erholen, hatte Friedrich Hingis nach den Weihnachtstagen ein Schiff bestiegen, das von Venedig über Sizilien nach Malta gefahren war. Längst hatte Sarah den Schweizer gedrängt, in seine Heimat zurückzukehren und sich nicht länger um ihre Belange zu kümmern. Aber Hingis hatte betont, dass ein Eidgenosse ein Mann von Ehre sei, der seine Freunde nicht im Stich lasse, und darauf bestanden, bei ihr zu bleiben. Dass der Gelehrte aus Genf einst ihr erbitterter Gegner gewesen war und es eine Zeit gegeben hatte, da sie ihn am liebsten in einen Kanonenlauf gesteckt und in Vernescher Manier auf den Mond geschossen hätte, war inzwischen kaum noch vorstellbar. Genau wie sie selbst hatte auch Friedrich Hingis sich verändert, und wie bei ihr war es Verlust gewesen, der diese Veränderung bewirkt hatte – in seinem Fall der seiner linken Hand.

Als Sarahs Berater und Vertrauter hatte Hingis sie während ihres Aufenthalts in Prag begleitet; er war ihr auf den Balkan gefolgt und auf den Gipfel des *meteorons*, und auch danach war er bei ihr geblieben – vielleicht auch, weil er sich für das Geschehene mitverantwortlich fühlte. Kein anderer als er war es gewesen, der die Begegnung mit der Gräfin Czerny eingefädelt und sie Sarah als treue und zuverlässige Verbündete empfohlen hatte. Sarah war jedoch weit davon entfernt, ihm deswegen Vorhaltungen zu machen. Schließlich wusste sie selbst am besten, zu welchen Manipulationen die Bruderschaft fähig war.

Von Malta aus war Hingis zu jenem Ort aufgebrochen, der die einzige bekannte Möglichkeit barg, einen Codicubus zu öffnen: eine Burgruine auf der der Südküste Maltas vorgelagerten Felseninsel Fifla. Die Ritter des Johanniterordens, die über viele Jahrhunderte im Besitz eines Codicubus gewesen waren, hatten dort eine von magnetischer Kraft durchwirkte Stele errichtet, die den Würfel zu öffnen vermochte. Zusammen mit Maurice du Gard hatte Sarah dies einst herausgefunden, und zu gerne wäre sie selbst auf die Insel gereist. Hingis jedoch hatte sie überzeugt, dass es besser war, wenn sie in Venedig blieb und sich schonte. Enthielt der Codicubus das, was sie vermuteten, so würde sie ihre Kräfte noch dringend brauchen. So hatte Sarah also der Vernunft gehorcht und abgewartet – quälende Wochen lang, bis der Schweizer endlich zurückgekehrt war, im Gepäck den geöffneten Codicubus …

… und ein weiteres Rätsel.

Sarah vermochte nicht zu sagen, wie oft sie in den vergangenen Wochen auf jenes Stück Papier gestarrt hatte, das der Würfel preisgegeben hatte. Sie hatte erwartet, darin eine Landkarte oder eine wie auch immer geartete Beschreibung vorzufinden, in jedem Fall einen Hinweis auf Kamals Verbleib.

Aber sie war bitter enttäuscht worden.

Die alte Sarah Kincaid, jene unbekümmerte junge Frau, die nicht an die Kraft des Übernatürlichen geglaubt und das Prinzip der wissenschaftlichen Vernunft über alles andere gestellt hatte, hätte daraufhin wohl die Suche aufgegeben. Die dramatischen Ereignisse der Vergangenheit jedoch hatten Sarah erkennen lassen, dass außer der menschlichen *ratio* noch andere Kräfte am Wirken waren. Darauf hoffend, dass es so etwas wie Vorsehung tatsächlich gab, hatten sie und ihr Begleiter Venedig Mitte Februar den Rücken gekehrt und waren zum Bosporus aufgebrochen, um zu erfahren, was es mit dem rätselhaften Pergament auf sich hatte.

Darauf war eine einfache Zeichnung abgebildet: ein Dreieck mit einem Turm darüber, über dem wiederum ein Kreis zu sehen war, der ebenso gut ein Auge wie eine Sonne darstellen mochte.

Darunter vier Wellenlinien.

Wäre das nicht ausgeschlossen gewesen, hätte Sarah es für die ungelenke Zeichnung eines Kindes gehalten, in jedem Fall aber für einen schlechten Scherz, den sich jemand mit ihr erlaubte; denn die Darstellung unterschied sich grundlegend von allen anderen, die Sarah jemals gesehen hatte. Weder konnte sie darin einen griechischen noch sonst einen abendländischen Stil erkennen, und die Symbolik folgte auch nicht jener der altorientalischen Kulturen.

Dennoch war die Zeichnung echt, ebenso wie das Rätsel, das mit ihr verbunden war. Und dieses Rätsel zu ergründen war die einzige Hoffnung, die Sarah Kincaid geblieben war.

Hoffnung für sie ... und für Kamal.

2.

Tagebuch Sarah Kincaid

Byzanz.

Konstantinopel.

Stambul.

Schon viele Namen hatte die Stadt am Bosporus seit ihrer Gründung. Und noch mehr Herren. Und jeder von ihnen hat dort seine Spuren hinterlassen: in antiker Zeit die Griechen, später die Römer, die Ostgoten, die Seldschuken, die Genueser und schließlich die Osmanen. In jungen Jahren schien sie mir deshalb ein Spiegel der Geschichte zu sein, in dem Altertum, Mittelalter und Neuzeit gleichermaßen gegenwärtig sind. Während das Osmanenreich, in westlichen Kreisen oftmals abschätzig als ›kranker Mann vom Bosporus‹ bezeichnet, andernorts in seinen Todeszuckungen liegt, hat sich der Glanz der Sultane hier erhalten. Die Moscheen und Paläste sind vom Geist einer großen Vergangenheit durchdrungen, in den Gassen und auf den Basaren drängt sich das Leben. Doch während ich früher der Überzeugung war, dass es kaum einen abenteuerlicheren Ort auf Erden geben kann, habe ich in diesen Tagen keinen Blick für die orientalischen Wunder. Nur ein einziger Grund hat mich hierher geführt.

Die Suche nach meinem geliebten Kamal.

Unabhängig davon, ob Gardiner Kincaid mein leiblicher Vater gewesen ist oder nicht – als mein Lehrer hat er mir beigebracht, dass in der Hauptstadt des Osmanenreichs viele der alten Traditionen bis zum heutigen Tag bewahrt werden und es noch immer Gelehrte gibt, die die altpersischen Künste der Sterndeutung, der Weissagung und der Schriftkunde pflegen. Obwohl ich als Archäologin in erster Linie der ratio *verpflichtet bin, habe ich in den vergangenen Monaten viele Dinge erlebt und erfahren, die mich an der reinen Wissenschaft haben zweifeln lassen. Wenn ich Kamal finden will, werde ich dazu mehr brauchen als die bloße Kraft des Verstandes.*

Was ich brauche, ist ein Wunder …

GROSSER BASAR
KONSTANTINOPEL
18. MÄRZ 1885

Die Luft über dem Kapalı Çarşi, dem Großen Basar, war erfüllt von fremdartigen Düften. Unterschiedlichste Gerüche drangen in die Nasen der Besucher und riefen Bilder und Vergleiche verschiedenster Art hervor – von Gewürzen wie Zimt und Anis, die an Weihnachten erinnerten, über den süßen Duft von Türkischem Honig, der das Morgenland erahnen ließ, über den strengen Geruch von frisch gegerbtem Leder bis hin zum lieblich-herben Geschmack erlesener Tabaksorten.

Die Nischen, die sich in nicht enden wollender Anzahl unter den bunt bemalten Dächern des Basars aneinanderreihten, quollen über vor Waren, die von Händlern in bunten Seidengewändern feilgeboten wurden. Streng nach Zunftordnungen gegliedert, wie sie bis ins späte Mittelalter hinein auch in Europa gegolten hatten, buhlten die Handwerker um die Gunst der Kunden, die sich zu Hunderten in den Gassen drängten: Hier boten die Weber bunte Tuchwaren zum Kauf, in einer anderen Gasse konnte man von den Kerzenmachern gefertigte Wachslichter erstehen, wieder in einer anderen waren die Töpfer und Glasbläser zahlreich vertreten. Entsprechend groß war die Vielfalt an unterschiedlichen Farben und Formen, in der es Krüge und Töpfe, Becher und Kelche, Öllampen und Kerzenständer, Töpfe und Pfannen, Messer und Dolche, Polster und Kissen, Decken und Teppiche zu erstehen gab. Die türkische *nargile** wurde

---

* Wasserpfeife

ebenso zum Kauf angeboten wie die klassische Tabakpfeife aus geschnitztem Meerschaum; orientalisch anmutende Schatullen mit Intarsien aus Rosenholz sowie Pantoffeln aus chinesischer Seide; Gürtel und Sättel aus feinem Leder und grüne Keramik aus Kale-Sultanie. An den Lebensmittelständen wurden Gewürze unterschiedlichster Art verkauft, dazu gedörrte Datteln und Aprikosen, Maulbeeren und Kichererbsen, süßer Honig, getrocknete Auberginen und Marmeladen aus Zitronen, Birnen und wilden Mohrrüben. Und hier und dort betätigte sich ein Derwisch vor staunenden Zuhörern als *meddah**.

Der Lärm, der dabei die Luft erfüllte, war unbeschreiblich, ein Stimmengewirr, das von der gewölbten Überdachung des Basars zurückgeworfen und noch verstärkt wurde. Der Vergleich mit einem Bienenstock drängte sich förmlich auf. Allenthalben versuchten die Händler, die Kunden in ihre Läden zu locken, die oftmals wenig mehr waren als bis unter den Rand mit Gütern vollgestopfte Höhlen; und nicht selten kam es vor, dass arglose Basarbesucher, die sich vom Glanz der Waren blenden ließen, mit Dingen nach Hause kamen, für die sie keine Verwendung hatten.

Die meisten Menschen, die sich auf dem Basar drängten, waren Türken, die nach osmanischem Brauch gekleidet waren, aber es fanden sich auch viele Europäer darunter, die in der Osmanenhauptstadt zahlreich vertreten waren und von denen die meisten in den Hotels und Mietshäusern von Pera lebten; dazu kamen Inder, Perser, Menschen aus Pakistan und Chinesen. Der Toleranz entsprechend, die im Reich der Sultane eine lange Tradition hatte, waren Fremde stets willkommen und wurden bereitwillig geduldet, auch wenn es von Seiten der muslimischen Gastgeber immer wieder Versuche gab, als verloren angesehene christliche Seelen zum wahren Glauben zu bekehren. Diese Versuche waren aber durchweg gut gemeint und wurden in der Regel in aller Höf-

---

* öffentlicher Erzähler

lichkeit vorgetragen. Anders verhielt es sich, wenn jemand gegen geltende Regeln verstieß und sich beispielsweise nicht an den Grundsatz der Geschlechtertrennung hielt, der eine mindestens ebenso lange Tradition hatte. Vorwurfsvolle Blicke waren in diesem Fall das Mindeste, worauf sich der Besucher einstellen durfte – so wie jene, denen sich Sarah Kincaid und Friedrich Hingis ausgesetzt sahen, als sie das Kaffeehaus im Herzen des Basars betraten ...

»O-oh«, machte der Gelehrte in seinem unnachahmlichen Schweizer Akzent. »Das ist nicht gut.«

»Was meinst du?«, fragte Sarah und gab sich ahnungslos, was in Anbetracht der Situation allerdings ziemlich unglaubwürdig wirkte. Denn kaum hatte sie ihren Fuß über die Schwelle des Kaffeehauses gesetzt, waren die Gespräche verstummt, und buchstäblich alle Augen hatten sich auf sie gerichtet.

Sarah ließ ihren Blick über die Männer gleiten, die auf großen Kissen um kleine Tische saßen und sich – jedenfalls noch bis vor wenigen Augenblicken – angeregt unterhalten hatten, während sie stark gesüßten Mokka aus kleinen Tässchen tranken. Aus dem Hintergrund des Lokals erhob sich eine groß gewachsene, vierschrötige Gestalt, die drohend näher kam, zweifellos der Besitzer.

»Ich habe dir gesagt, dass das Ärger geben wird«, raunte Hingis Sarah zu, wobei sich seine Lippen kaum bewegten. »Warum musstest du auch unbedingt mitkommen?«

»Weil ich es satthabe zu warten«, entgegnete Sarah schlicht und trat noch einen Schritt vor.

Schon in England hätte es einen Affront ohnegleichen bedeutet, hätte sich eine Frau ungebeten Zugang zu einem der exklusiven Herrenclubs verschafft, die sich an der Londoner Pall Mall aneinanderreihten. Für die Männer im Kaffeehaus war es ein Tabubruch, der als Angriff auf die bestehende Gesellschaftsordnung angesehen werden musste, und dies umso mehr, da sich Sarah den lokalen Gepflogenheiten angepasst hatte und osmanische Kleidung trug, also nicht auf den ersten Blick als Europäerin zu erkennen war: Über einem weit geschnittenen Hemd, *gömlek* genannt, und den obligatorischen Pluderhosen trug sie den traditionellen *entari*, ein aus Samt geschneidertes Kleid, über das sie wiederum eine lange Jacke gezogen hatte, den *dolaman*. Schon der alte Gardiner hatte Sarah beigebracht, dass man gut daran tat, sich in fernen Ländern nach einheimischem Brauch zu kleiden, da die lokale Kleidung den klimatischen Erfordernissen stets am besten angepasst war.

Als Kopfbedeckung hatte Sarah einen Fes aus Filz gewählt, wie ihn auch viele einheimische Frauen trugen. Daran war ein zweiteiliger Schleier befestigt, der die Stirnpartie sowie die untere Hälfte ihres Gesichts bedeckte. Nur ein schmaler Sehschlitz blieb dazwischen frei, durch den Sarah in die ebenso staunenden wie vorwurfsvollen Gesichter blickte. Sie beendete das Versteckspiel, indem sie den Schleier lüftete und sich als Ausländerin zu erkennen gab.

Die allgemeine Entrüstung legte sich daraufhin ein wenig. Wenn europäische Frauen sich renitent und ungebührlich verhielten, so schienen die sich wieder entspannenden Mienen zu sagen, war das vorrangig das Problem der europäischen Männer ...

»Wir suchen jemanden«, rief Sarah auf Arabisch, das sie fließend beherrschte, sicher, dass sie von vielen im Lokal verstanden wurde. Hingis, der neben ihr stand, trat von einem Bein auf das andere und knetete nervös die Krempe des Zylinders, den er beim Eintreten abgenommen hatte. Anders als Sarah hatte er es vorgezogen, bei seiner westlichen Kleidung zu bleiben. Den angespannten Zügen des drahtigen Schweizers war zu entnehmen, dass er am liebsten im Boden versunken wäre.

»Wen?«, fragte jemand mit rauer Stimme. Es war der Wirt, der jetzt unmittelbar vor ihnen stand und in seiner weiten Kleidung noch einmal so breit und eindrucksvoll wirkte. Seiner verkniffenen Miene war zu entnehmen, dass seine Geduld einer harten Prüfung ausgesetzt war.

»Einen jungen Turkmenen«, erklärte Sarah kurzerhand. »Sein Name ist Ufuk. Habt ihr von ihm gehört?«

Der Wirt reckte sein bärtiges Kinn vor. »Und wenn?«, erwiderte er angriffslustig.

»Er wollte uns treffen. Draußen vor dem Lokal. Vor einer halben Stunde«, sagte Sarah.

»Achtundzwanzig Minuten«, verbesserte Hingis, der eine Taschenuhr aus der Innentasche seines Gehrocks gezogen hatte und ein wenig verlegen auf das Zifferblatt deutete.

»Und?«, fragte der Wirt nur.

»Ich habe das Warten satt«, erklärte Sarah schlicht. »Wenn Sie Ufuk kennen, dann sagen Sie ihm, dass ich keine Lust mehr habe, Spiele zu spielen. Wenn er die Belohnung noch immer will, dann weiß er, wo er mich finden kann. Wenn nicht, soll er sich von mir aus in die *djehenna* scheren.«

Der Blick, mit dem sie den Wirt aus ihren tiefblauen Augen anstarrte, war kalt und ließ keine Gefühlsregung erkennen. Dann schloss sie den Schleier vor ihrem Gesicht wieder und wandte sich zum Gehen. Wie sie jedoch feststellen musste, wurde der Weg nach draußen versperrt. Ein breitschultriger Hüne stand ihr im Weg, in dessen Augen es begehrlich blitzte. Seiner Kleidung und Hautfarbe nach war er kein Türke, sondern stammte wohl eher aus Pakistan. Als Kopfbedeckung trug er einen schmutzigen Turban, der auf Paschtunenart gebunden war.

»Belohnung?«, hakte er nach.

»Ganz recht.« Sarah nickte ungerührt. »Kennst du Ufuk? Weißt du, wo wir ihn finden?«

»*Naram**«, erklärte der Paschtune, und ein Grinsen breitete sich auf seinen Zügen aus. »Ich bin Ufuk.«

»Wohl kaum«, entgegnete Sarah, und noch ehe der Koloss oder einer der anderen Anwesenden auch nur reagieren konnte, hatte sie

---

* arab. Ja

unter die Falten ihres *dolaman* gegriffen und den Colt Frontier gezückt, dessen langer Lauf geradewegs auf die Brust des Paschtunen zielte.

»Wie, Weib?«, schrie dieser. »Bist du von Sinnen?«

»Du hast nicht richtig aufgepasst«, beschied sie ihm schlicht. »Ich sagte, Ufuk stamme aus Turkestan. Also verschone uns mit deinen Späßen und geh uns aus dem Weg.«

Einige der Türken, die im Kaffeehaus zu Gast waren, lachten. Zwar waren sie nicht unbedingt erfreut darüber, von einer Engländerin in ihrer Ruhe gestört zu werden, aber deren kaltschnäuzige Art nötigte dem einen oder anderen doch Respekt ab. Für den Paschtunen hingegen kam es einer schallenden Ohrfeige gleich, vor seinen Geschlechtsgenossen verspottet zu werden. Seine Züge verkrampften sich, und er fletschte die Zähne, während seine rechte Hand in Richtung des Dolchs zuckte, der in seiner Schärpe steckte.

»Das ist nicht zu empfehlen«, sagte Hingis auf Englisch. »Ich versichere Ihnen, werter Herr, dass Lady Kincaid nicht nur eine hervorragende Schützin ist, sondern dass sie auch keinen Augenblick zögern wird, den Abzug zu betätigen.«

Der Mann aus Pakistan schien genug Englisch zu verstehen, um zu begreifen, was Hingis meinte. Resignierend ließ er die Hand wieder sinken, die Ablehnung in seinem Gesicht jedoch blieb bestehen. Und er machte auch keine Anstalten, den Ausgang freizugeben.

Entschlossen trat Sarah auf ihn zu, den Revolver noch immer in ihrer Rechten. Sie wusste, dass in diesem Teil der Welt großer Wert auf Duktus und Gesten gelegt wurde, auf die Art, wie sich jemand nach außen präsentierte. Deshalb bemühte sie sich, nicht einen Hauch von Furcht oder Unruhe zu zeigen – obwohl sie ahnte, dass ein geladener Revolver das Problem nicht lösen würde. Sie hatte die *izzat,* die Ehre des Mannes beleidigt, was bedeutete, dass er den Weg nicht freimachen konnte, ohne vor den anderen das Gesicht zu verlieren; und Sarah wiederum wusste genau, dass sie einen Menschen nicht erschießen würde, nur weil ihn sein Schöpfer mit der Sturheit eines Kamelbullen in der Brunftzeit ausgestattet hatte. Eine andere Lösung musste gefunden werden, und zwar rasch. Sie hatte das Warten satt.

Unendlich satt!

Noch einen Augenblick stand sie unbewegt vor dem Mann, der sie um einen ganzen Kopf überragte und mindestens doppelt so breit und kräftig war wie sie. Dann handelte sie, und zwar so blitzschnell, dass weder der Paschtune noch Hingis oder sonst jemand genau mitbekam, was geschah. Mit einem Trick, den ihr der alte Gardiner beigebracht hatte, ließ sie den Colt Frontier in ihrer Hand wirbeln, sodass nicht mehr der Lauf, sondern der perlmuttbesetzte Griff auf den Koloss zeigte – und schlug mit aller Kraft zu.

Die Nase des Mannes, die ohnehin schon ziemlich unansehnlich gewesen war, brach mit einem hässlichen Geräusch. Blut stürzte hervor, das den Bart und das Hemd des Paschtunen besudelte. Der jähe Schmerz ließ Tränen in seine Augen schießen, zu einer Gegenwehr war er nicht mehr fähig. Jammernd ging er nieder, beide Hände auf den Fleischberg gepresst, zu dem sein Riechorgan umgestaltet worden war.

Ohne erkennbare Regung blickte Sarah auf ihn herab. Zwar war wegen des Schleiers ohnehin nicht zu erkennen, was in ihrem Gesicht vor sich ging, aber sie empfand tatsächlich weder Genugtuung noch Reue. Der Mann war nur ein Hindernis gewesen. Ein weiteres Hemmnis, das es auszuräumen galt auf dem Weg zu Kamal …

Die Reaktionen der anderen Kaffeehausbesucher fielen unterschiedlich aus. Einige lachten, andere schüttelten verständnislos den Kopf, wieder andere schienen keineswegs einverstanden, hielten sich jedoch bedeckt, aus Furcht, die offenbar verrückte Britin könnte auch ihnen *alafranga** die Nase zertrümmern.

* auf europäische (eigtl. französische) Art

Friedrich Hingis hingegen machte kein Hehl aus seinem Missfallen.

»Liebe Freundin«, entrüstete er sich, »ich muss doch sehr bitten! Was hat der Mann dir getan, das einen solchen Gewaltausbruch rechtfertigt?«

»Er war mir im Weg«, erklärte sie schlicht.

»Was du nicht sagst. Und gedenkst du, alle Hindernisse auf diese Weise zu beseitigen?«

»Wenn es sein muss«, bestätigte sie nickend. Sie wollte endlich zur Tür hinaus, aber der sich noch immer am Boden windende Paschtune hinderte sie daran, jetzt nicht weniger als zu dem Zeitpunkt, da er noch auf beiden Beinen gestanden hatte. Ein hagerer junger Mann, der sich bislang unauffällig im Hintergrund gehalten hatte, eilte zu dem gefällten Koloss und untersuchte ihn.

»Seine Nase ist gebrochen«, sagte er auf Englisch mit leichtem türkischem Akzent, während der Blick seiner dunklen Augen Sarah mit unverhohlenem Vorwurf taxierte. »Er braucht dringend einen Arzt.«

»Dann geben Sie ihm etwas Geld, damit er sich verbinden lassen kann, Friedrich«, wies Sarah ihren Begleiter an. »Und dann lassen Sie uns endlich weitergehen, wir haben hier ohnehin schon zu viel Zeit verschwendet. Wir müssen diesen Ufuk finden, sonst ...«

»Geben Sie sich keine Mühe, Lady Kincaid«, sagte der Junge, der, wie Sarah jetzt feststellte, höchstens fünfzehn oder sechzehn Jahre alt war. Er trug osmanische Kleidung. Seinem dunklen Teint, dem blauschwarzen Haar und dem singenden Akzent nach stammte er aus Turkestan. »Ich bin Ufuk.«

»Du?«

Sarah musterte den Jungen von Kopf bis Fuß – und war enttäuscht.

Seit rund einem Monat hielten Hingis und sie sich nunmehr in Konstantinopel auf, und während dieser ganzen Zeit war es ihr einziges Bestreben gewesen, jemanden zu finden, der beschlagen genug war, ihnen die Zeichnung auf dem Pergament zu deuten. Ein ganzes Dutzend selbsternannter Seher und Gelehrter hatten sich bereits dic Zähne daran ausgebissen, ohne dass sie einen wirklich brauchbaren Hinweis bekommen hätten. Die wahren Weisen, so hieß es, gingen mit ihrem Wissen nicht hausieren; sie biederten sich nicht bei reichen Ausländern an und buhlten um deren Gunst, sondern hatten ihr Leben in den Dienst der Studien und der Wahrung alter Mysterien gestellt. Entsprechend schwierig war es, an einen jener *hakim** heranzukommen. Über einen türkischen Gelehrten, der an der Universität von Konstantinopel altorientalische Geschichte unterrichtete (und damit dasselbe Fach, das auch Gardiner Kincaids Fachgebiet gewesen war), waren sie schließlich an einen der Kuratoren der erst im vergangenen Jahr in Betrieb genommenen *Kutuphanei Osmaniye* gelangt, der ersten türkischen Staatsbibliothek, der ihnen wiederum die Adresse eines gewissen Mehmed Alcut gegeben hatte, eines Antiquitätenhändlers in Galata, der auf dem Bücherbasar altarabische Handschriften zum Kauf anbot. Nach mehreren Besuchen hatte sich ein freundschaftliches Verhältnis zwischen Friedrich Hingis und Alcut entwickelt, der ein leidenschaftlicher »Rauchtrinker« war und die Empfehlungen des Schweizers, guten Tabak betreffend, überaus zu schätzen wusste; und über einen Schwager Alcuts, der sich für seine Dienste großzügig hatte entlohnen lassen, waren Sarah und Hingis schließlich auf den Namen Ufuk gestoßen.

Fortan hatten sie alles darangesetzt, den Mann zu treffen, der angeblich in alten Mysterien beschlagen war, freilich in der Annahme, es mit einem Menschen zu tun zu haben, der deutlich mehr als sechzehn Lenze zählte. Nicht nur, dass ihre Erwartung ins Leere lief; Sarah fühlte sich schlechterdings verhöhnt bei der Vorstellung, wertvolle Zeit damit vergeudet zu haben, einem Halbwüchsigen nachzuspüren, der vermutlich nichts als ein Scharlatan war.

---

* arab. Weiser

Wenn auch ein sehr gewitzter …

»Du bist Ufuk«, wiederholte sie.

»Allerdings.« Der Junge erhob sich und nickte. Der Blick seiner ebenso dunklen wie schmalen Augen war unverfälscht und ehrlich, sodass Sarah, anders als bei dem Paschtunen, nicht umhinkam, ihm zu glauben. »Warum hast du dich nicht gleich gemeldet?«, fragte sie. »Und warum hast du uns so lange warten lassen?«

»Ich wollte Sie beobachten«, erklärte der Junge mit entwaffnendem Lächeln.

»Du wolltest – uns beobachten?«

»Nein, Lady Kincaid.« Er schüttelte den Kopf. »Ich wollte *Sie* beobachten. Bisweilen verraten die Menschen mehr durch ihr Handeln als durch ihre Worte.«

Sarah war wie vom Donner gerührt. Sie hatte diese Worte schon einmal gehört. An einem anderen Ort, in einer anderen Stadt, zu einer anderen Zeit. »Woher weißt du, wer ich bin?«, fragte sie forschend. Bei allen Recherchen, die er angestrengt hatte, hatte Hingis stets beteuert, ihren Namen außen vor gelassen zu haben. Schließlich wollten sie nicht die Aufmerksamkeit ihrer Feinde wecken.

»Wir wissen vieles«, erklärte Ufuk achselzuckend.

»Ihr?«, fragte Sarah skeptisch.

»Mein Meister und ich.«

»Dein Meister?« Sarah schöpfte Hoffnung. »Soll das heißen, dass du nicht …?«

»Dass ich nicht derjenige bin, den Sie suchen?«, brachte der Junge den Satz in seinem singenden Englisch zu Ende. »Aber ja, Lady Kincaid. Genau das bedeutet es. Nicht ich bin es, den Sie treffen wollen, sondern mein Meister – und er gab mir den Auftrag, Sie zu beobachten und ihm dann Bericht zu erstatten.«

»Und?«, fragte Sarah einigermaßen verblüfft. »Was hast du gesehen?«

»Nichts Gutes, fürchte ich«, entgegnete Ufuk, und seine eben noch so unbekümmerten Züge verfinsterten sich. »Da ist Licht, aber auch viel Schatten. Viel Zorn und Hass ... keine Geduld ...«

»Bursche!« Friedrich Hingis fühlte sich an dieser Stelle bemüßigt einzugreifen. »Es steht dir nicht an, Lady Kincaid auf diese Weise zu kritisieren. Willst du dir anmaßen, beurteilen zu können, was sie durchgemacht hat? Oder glaubst du, in ihr Herz sehen zu können?«

»Nein«, gab der Junge zu, »das kann niemand. Das Auge kann nur beurteilen, was es sieht ...«

»So ist es«, knurrte der Schweizer.

»... was bedeutet, dass wir wohl noch einige weitere Tage abwarten müssen, bis sich Lady Kincaids wahre Gesinnung zeigt«, brachte Ufuk seinen Satz zu Ende.

»Was?«, fragte Sarah aufgebracht.

»Wir warten noch eine Woche«, sagte der Junge mit einer Entschiedenheit, die keinen Widerspruch duldete. »In dieser Zeit werde ich Sie weiter beobachten. Treffen Sie mich in einer Woche wieder hier, dann werde ich Sie zu meinem Meister ...«

»Nein!«, schnitt Sarah ihm das Wort ab. »Ich werde keinesfalls noch eine weitere Woche warten.«

»Lady Kincaid.« Ein unschuldiges Lächeln glitt über die Züge des Jungen. »Ich fürchte, Sie haben keine andere Wahl.«

»Das sehe ich anders«, schnaubte sie. »Sag deinem Meister, dass er nicht versuchen sollte, Spiele mit mir zu spielen, wenn er die Belohnung haben will.«

»Lady Kincaid«, sagte Ufuk noch einmal, und sein Lächeln nahm einen fast mitleidigen Ausdruck an. »Meinem Meister ist nicht an Ihrem Gold gelegen. Sein Leben ist der Anhäufung von Wissen gewidmet, nicht der von weltlichem Besitz. Sie sehen also, es gibt nichts, womit Sie seine Entscheidung beeinflussen könnten. Leben Sie wohl.«

Damit wandte er sich um und verließ das Kaffeehaus, und schon im nächsten Moment hatte die Menge ihn verschluckt.

»Also so was!«, entrüstete sich Hingis und stemmte die Arme in die Hüften. »Das ist doch unerhört! Wenn ich gewusst hätte, dass dieser Lümmel ... Sarah?«

Der Schweizer brauchte einen Moment, um festzustellen, dass seine Begleiterin gar nicht mehr neben ihm stand. Stattdessen sah er sie plötzlich draußen auf dem Basar, wo sie die Verfolgung des Jungen aufnahm.

»Sarah! Warten Sie ...!«

Rasch setzte er sich den Zylinder wieder auf und stürzte ebenfalls nach draußen – der Paschtune hatte sich längst aus dem Staub gemacht. Ob er das Geld, das Hingis ihm zugesteckt hatte, dafür ausgeben würde, sich die Nase verbinden zu lassen, war fraglich. Wahrscheinlich würde er es nur in eine der zahlreichen Opiumhöhlen tragen, von denen es in der Hauptstadt der Osmanen mindestens ebenso viele gab wie im Londoner East End.

Es fiel dem von Natur aus nicht gerade groß gewachsenen Schweizer alles andere als leicht, Sarah auf den Fersen zu bleiben. Ein gutes Stück vor sich sah er ihren Fes aus dem Meer der Köpfe ragen, doch ein zweirädriger Karren, auf dem sich frisch geschlachtetes Hammelfleisch türmte, hinderte ihn daran, zu ihr aufzuschließen. Endlich bog der Metzgergeselle, der den Karren zog, in einen Seitengang ab, und Hingis hatte freies Feld. Wieselflink stieß er in die entstandene Bresche vor und holte auf, sodass ihn nur noch wenige Armlängen von der Freundin trennten.

»Sarah!«, rief er abermals. »Sarah ...!«

Abermals hörte sie nicht auf ihn. Hingis beschleunigte seinen Schritt – um im nächsten Moment gegen einen hochgewachsenen Anatolier zu prallen. Indem er seinen Stock, den er als Gentleman stets bei sich zu tragen pflegte, geschickt als Werkzeug einsetzte, hebelte sich der Schweizer den Weg frei – und sah gerade noch, wie Sarah in eine Nebengasse des Basars abbog. Da dieser weniger frequentiert war als der Hauptweg, gelang es Hingis, mit wuselnden Schritten zu ihr aufzuschließen.

»Ich muss doch sehr bitten«, stieß er keuchend hervor.

»Was meinst du?«, fragte Sarah, dabei geradeaus starrend, um den jungen Ufuk, der ihnen ein gutes Stück voraus war, im Blick zu behalten. Angesichts seiner osmanischen Kleidung grenzte es ohnehin an ein Wunder, dass sie ihn nicht längst aus den Augen verloren hatte.

»Du handelst eigensinnig«, warf Hingis ihr zwischen geräuschvollen Atemzügen vor. »Du bist impulsiv und wütend und schlägst Menschen ohne erkennbaren Grund.«

»Ich weiß«, erwiderte sie beiläufig und machte damit klar, dass der junge Türke sie wesentlich mehr interessierte als das Lamento des Schweizers.

»Du musst aufpassen«, fuhr er dennoch fort.

»Worauf?«

»Du weißt, dass du gelegentlich dazu neigst, dich in Dinge zu verrennen, Sarah«, brachte Hingis in Erinnerung. »Lass es nicht enden wie damals, als ich dich vergeblich warnte und du . . .«

Abrupt blieb sie stehen, schaute ihm streng ins Gesicht. »Das hat nichts mit dem hier zu tun«, stellte sie klar.

»Da wäre ich mir nicht so sicher«, konterte er. »Auch damals hast du geglaubt, Kamal retten zu können, indem du alle Vorsicht in den Wind geschlagen hast. Und was ist dabei herausgekommen?«

Die Brille auf seiner Nase hatte zu beben begonnen, wie sie es immer tat, wenn er sich über etwas echauffierte. Einen Augenblick lang hatte es den Anschein, als würde Sarah etwas erwidern wollen, aber sie besann sich anders und wollte die Verfolgung fortsetzen. Ufuk jedoch war verschwunden.

»Wo ist er hin?«, fragte sie und blickte suchend die Ladengasse hinab, zu deren Seiten Keramik aus Kutahia, Kacheln aus Nikaia, Steingut aus Thrakien und chinesisches Porzellan zum Kauf angeboten wurden – nur von dem jungen Türken war nichts mehr zu sehen.

»Verschwunden«, sagte Hingis leise.

»Verdammt.«

»Oh, Sarah, das tut mir leid«, versicherte der Schweizer. »Das wollte ich nicht, ich ...«

»Schon gut«, knurrte sie und eilte weiter, vorbei an kunstvollen Vasen und blauweiß glasierten Fliesen. Das Ende der Gasse bildete eine Ladenfassade aus dunklem Zedernholz. Der Eingang wurde von einem dunklen Vorhang verschlossen, *kafesler** verhinderten den Blick durch die schmalen Fenster. »Dort hinein muss er gegangen sein«, meinte sie überzeugt.

»Und?«, fragte er atemlos. »Was willst du tun? Ihn an den Ohren herauszerren und mit vorgehaltener Waffe zwingen, uns zu seinem Meister zu führen?«

»Wenn es sein muss.«

»Nimm Vernunft an, Sarah! Wir sind nicht so weit gekommen, um jetzt alles zu gefährden ...«

»So weit gekommen?« Sie schaute ihn durchdringend an. »Wie weit sind wir denn gekommen, Friedrich? Ganz abgesehen davon, dass wir eine Niederlage nach der anderen, einen Verlust nach dem anderen hinnehmen mussten? Was haben wir gewonnen außer ein paar fragwürdigen Rätseln und Anspielungen?«

»Nun, ich ...«

»Ich will endlich Antworten«, stellte sie klar, »und ich will sie jetzt!« Und ohne ihrem Begleiter auch nur die Gelegenheit zu einer Antwort zu geben, schlug sie den Vorhang beiseite und betrat den Laden. Hingis folgte ihr, wenn auch nur unter Protest.

Noch ehe sich ihre Augen an das spärliche Licht gewöhnt hatten, verrieten ihre Nasen ihnen bereits, wohin sie geraten waren. Der süßliche Geruch von Tabak, Minze und getrockneten Früchten tränkte die rauchgeschwängerte Luft, dazu war das charakteristische Blubbern zu hören, mit dem eine *nargile* ihren Betrieb zu

---

* hölzerne Fenstergitter, typisch für den osmanischen Baustil

untermalen pflegte. Ein bauchiges Gefäß stand neben dem anderen aufgereiht, dahinter saßen Männer auf bequemen Polstern und nippten den Rauch von den Mundstücken. Die entrückten Gesichter, die einige von ihnen machten, ließen darauf schließen, dass es nicht nur gewöhnlicher Tabak war, der in den Köpfen der Pfeifen glomm.

Sarahs Züge verzerrten sich vor Abscheu. Zum einen entsann sie sich lebhaft, in jungen Jahren heimlich an Gardiner Kincaids *nargile* gesogen und daraufhin ein höchst unerfreuliches Zwiegespräch mit ihrem Magen geführt zu haben. Zum anderen erinnerte sie der betäubende, leicht süßliche Geruch von Opium an Maurice du Gard, den treuen Freund, den sie verloren hatte.

Je tiefer es in das Rauchhaus hineinhing, desto entrückter wurden die Gesichter und desto lebloser die Gestalten, die auf den Polstern lagen. Lautlose Schatten huschten zwischen ihnen umher, die ihre Pfeifen am Brennen hielten, während ein Saz-Spieler leise, fast ätherische Klänge auf seinem Instrument zupfte. Es war eine gespenstische Szenerie, durch die Sarah und Hingis huschten, während sie sich weiter nach dem verschwundenen Jungen umblickten. Doch von Ufuk fehlte nach wie vor jede Spur.

Sie erreichten den Hinterausgang, der in ein geräumiges *hanlar** führte. Ein türkischer Lagerist, der sich ihnen protestierend in den Weg stellen wollte, verstummte, als Sarah ihm den Revolver unter die Nase hielt. »Ist hier jemand durchgekommen?«, fragte sie. »Ein Turkmene mit dunkler Haut und schmalen Augen? Etwa fünfzehn Jahre alt?«

Sie war sich nicht sicher, ob der Mann Arabisch verstand, denn aus seinen Augen sprach Unverständnis. Dennoch nickte er und deutete zwischen den mit Tabakballen vollgestopften Regalreihen hindurch zum Hinterausgang des Lagers.

Sarah nickte und eilte weiter, gefolgt von Hingis, dem die Sache

---

* Warenlager

noch immer nicht behagte. »Ich weiß nicht, Sarah«, versuchte er seinen Bedenken flüsternd Ausdruck zu verleihen. »Die Sache gefällt mir nicht. Was, wenn es eine Falle ist?«

Sarah musste zugeben, dass auch ihr dieser Gedanke schon gekommen war, aber sie hatte ihn verscheucht wie ein lästiges Insekt. Sie glaubte nicht, dass der junge Ufuk ein Agent der Gegenseite war. Und selbst wenn, würde sie ihren Weg gehen. Denn mehr als alles andere wollte sie Antworten ...

Sie erreichten die hölzerne Tür, durch deren Ritzen grelles Tageslicht fiel. Sarah versuchte, einen Blick nach draußen zu erheischen, aber alles, was sie sah, waren sandiger Boden und eine kahle Mauer. Offenbar befand sich hinter der Tür ein kleiner Hof.

Den Revolver im Anschlag, stieß Sarah die Tür auf. Sonnenlicht blendete sie, sodass sie die Augen abschirmen musste, als sie hinaus ins Freie trat. Sie hörte das Knirschen ihrer Stiefel im Sand, dann einen scharfen Luftzug von Friedrich Hingis – und fuhr alarmiert herum.

Hinter ihr, an der Wand des Lagerhauses aufgereiht, sodass sie von drinnen nicht zu sehen gewesen waren, stand ein halbes Dutzend Männer. Es waren Osmanen in typischer Kleidung, die ihre Turbane jedoch gelöst und so um die Köpfe geschlungen hatten, dass ihre Gesichter nicht zu erkennen waren. In ihren Händen lagen Steinschlosspistolen, die altertümlich anmuten mochten, jedoch schussbereit geladen waren und auf Sarah und ihren Begleiter zielten. Und der kalte Blick ihrer Augen ließ vermuten, dass sie nicht zögern würden, die Abzüge zu betätigen.

Friedrich Hingis ließ ein tiefes Seufzen vernehmen, während er langsam die Hände hob. »Früher«, kommentierte er trocken, »habe ich alles darangesetzt, auf jeden Fall immer Recht zu behalten. Was für ein Idiot ich gewesen bin.«

»Nein«, widersprach Sarah, während sie angesichts der drückenden Übermacht den Colt Frontier sinken und schließlich fallen ließ. »Der Idiot bin ganz zweifellos ich.«

»Selbsterkenntnis ist ein erster Schritt auf dem langen Weg zur Besserung«, sagte plötzlich jemand, der hinter ihnen stand und dessen Kommen sie nicht bemerkt hatten. In Anbetracht der schussbereiten Mündungen wagten Sarah und Hingis nicht, sich umzudrehen, aber sie erkannten die Stimme auch so. Sie gehörte keinem anderen als Ufuk ...

»Ich wusste, dass Sie mir folgen würden, Lady Kincaid«, sagte der Junge, während er sie umrundete und in ihr Blickfeld trat, ein Lächeln im Gesicht. »Mein Meister hat es mir gesagt.«

»So«, schnaubte Sarah. »Hat er dir auch gesagt, dass du uns auf einen einsamen Hinterhof locken und uns ausrauben sollst?«

»Ich? Sie ausrauben?« Aus seinen schmalen Augen sprach pures Unverständnis. »Wo denken Sie hin? Ich habe nur den Auftrag, Sie auf die möglichen Folgen unbesonnenen Handelns aufmerksam zu machen.«

»Danke, das ist dir gelungen«, erwiderte Sarah trocken und mit einer Spur von Spott. »Und nun? Was willst du tun, nachdem du uns diese Lektion erteilt hast? Uns wieder laufen lassen?«

»Wenn Sie gehen möchten, dürfen Sie das natürlich«, räumte der Junge zu ihrer Überraschung ein. »Wenn Sie allerdings noch immer meinen Meister treffen wollen, dann sollten Sie bleiben und mit mir kommen. Denn ohne meine Hilfe werden Sie ihn niemals finden.«

»Du – du willst uns zu deinem Meister führen?«

»Gewiss.« Ufuk nickte.

»Aber – wieso auf einmal? Vorhin sagtest du ...«

»Lady Kincaid«, sagte der Junge mit ruhiger Besonnenheit, die weit jenseits seiner Jahre zu liegen schien, »nicht unsere Worte sind es, die uns zu dem machen, was wir sind, sondern allein unsere Taten.«

»Und das heißt?«, wollte Sarah wissen, die wenig Verlangen danach verspürte, sich von einem Halbwüchsigen Rätsel aufgeben zu lassen.

»Es war eine Prüfung«, gab Hingis instinktiv die Antwort. »Er hat uns auf die Probe gestellt.«

»Ist das wahr?«

»Ja und nein«, erwiderte der Junge frohgelaunt. »Im Grunde haben Sie sich selbst auf die Probe gestellt, Lady Kincaid. Ich habe nur getan, was mein Meister mir aufgetragen hat.«

»Was führt dein Meister im Schilde?«, wollte Sarah wissen und machte eine ausladende Handbewegung, die die Vermummten und den Hinterhof, ja, den ganzen Basar einzuschließen schien. »Was soll das alles? Warum hast du uns so lange vor dem Kaffeehaus stehen lassen? Warum sagtest du, dass wir noch eine weitere Woche warten müssten? Warum dieses alberne Versteckspiel?«

»Ich sagte es Ihnen schon, Lady Kincaid – um Sie zu prüfen. Mein Meister wollte wissen, wie ernst es Ihnen ist.«

»Und jetzt weiß er es?«, fragte Sarah kritisch.

»Offensichtlich«, bemerkte Hingis süffisant.

»Folgen Sie mir also, wenn Sie meinen Meister treffen möchten.« Ufuk nickte ihnen zu und deutete auf den Revolver, der herrenlos auf dem Boden lag. »Und stecken Sie Ihre Waffe wieder ein, Lady Kincaid. Man weiß nie, wann man es mit echten Räubern zu tun bekommt.«

»Witzig«, kommentierte Hingis, dem der Schrecken noch immer in den Gliedern saß, und rang sich ein freudloses Lächeln ab. »Das Kerlchen ist wirklich witzig.«

»Ja«, bestätigte Sarah, während sie den Colt vom Boden auflas und wieder unter ihrem *doloman* verschwinden ließ. »Die Ringling-Brüder hätten ihre wahre Freude an ihm.«

Wie sie erst jetzt bemerkten, hatte der Hof einen zweiten Ausgang. Zwischen zwei einander überlappenden Mauern führte ein schmaler Weg hindurch, der zurück ins Labyrinth der Verkaufsgassen führte. Die Vermummten waren noch immer bei ihnen, allerdings hatten sie die Steinschlosspistolen unter ihren Umhängen verschwinden lassen, um nicht die Aufmerksamkeit der Polizei zu wecken.

»Wie heißt dein Meister?«, erkundigte sich Sarah, während sie den Basar durch das Mehmet-Pascha-Tor verließen.

»Er hat viele Namen«, antwortete der Junge ausweichend. »So wie die Weisheit selbst auch viele Namen hat. In meinem Land wird sie *irfan* genannt, in Persien dânâyy, in Hindustan *gyana* . . .«

»Was du nicht sagst«, entgegnete Sarah säuerlich. »So genau wollte ich es gar nicht wissen.«

»Haben Sie Geduld, Lady Kincaid«, riet Ufuk. »Sie werden alles erfahren, was Sie zu wissen begehren.«

»Junge«, erwiderte sie, »du hast keine Ahnung, was ich zu wissen begehre . . .«

Sie verließen die von Läden gesäumte Straße und bogen in eine der weniger frequentierten Gassen des Basarviertels ein. Sarah gab es auf, nach dem Ziel ihres Marsches zu fragen, und auch Friedrich Hingis schien beschlossen zu haben, sich überraschen zu lassen.

Sehr lange zu warten brauchten sie nicht.

Nachdem sie einem Gewirr von Gassen gefolgt waren, die immer enger und dunkler geworden waren, erreichten sie einen weiteren Hof, der von hohen Lehmmauern umgeben wurde. Die Stirnseite wurde von einem Gebäude eingenommen, dessen Bauweise der eines traditionellen *konak** entsprach, mit einem aus Stein gemauerten Erdgeschoss und oberen Stockwerken, die in Fachwerktechnik errichtet waren, mit den charakteristischen schmalen, von hölzernen Läden verschlossenen Fenstern. Das Gebäude jedoch war schmaler als üblich, und statt der gemeinhin verbreiteten drei Etagen hatte es viereinhalb, wenn man die strohgedeckte Dachkuppel mitrechnete, sodass es ein gutes Stück aus dem Meer der umgebenden Häuser ragte.

»Das Heim meines Meisters«, erklärte Ufuk dazu. »Er nennt es den ›Turm der Weisheit‹.«

---

* türkisches Herrenhaus

»Darf ich eintreten?«, fragte Sarah.

»Natürlich. Mein Meister erwartet Sie.«

»Wie kann er das?«, fragte Sarah. »So weise und gelehrt dein Meister auch sein mag, er konnte doch nicht wissen, dass ich die Geduld verlieren und dir folgen würde ...«

Ufuk begnügte sich mit einem Lächeln als Antwort. Durch die sich öffnende Tür aus dunklem Eichenholz betrat Sarah das Haus. Für einen Sekundenbruchteil fühlte sie sich an einen anderen Ort, an einen anderen Turm erinnert, in dem ebenfalls ein weiser Mann gewohnt hatte. Als sie jenen anderen Turm das erste Mal betreten hatte, war sie noch ein Kind gewesen, nun war sie eine erwachsene Frau. Ihre Befangenheit, als sie in das ungewisse, von exotischen Gerüchen durchsetzte Halbdunkel trat, war dennoch dieselbe.

Die unterste Etage des Hauses war, den orientalischen Gepflogenheiten entsprechend, der Vorratshaltung gewidmet. Der nächste Stock, in den man über eine schmale Treppe gelangte, beherbergte die Küche und einen Aufenthaltsraum. Darüber befanden sich die Unterkünfte der Bediensteten, zu denen offenbar die Vermummten zählten. Bevor Sarah die nächste Treppe hinaufstieg, deren dunkles Holz mit Teppichen beschlagen war, entledigte sie sich ihrer Schuhe – keine Pantoffeln, wie Osmaninnen sie trugen, sondern Stiefel aus Filz. Erst dann erklomm sie langsam die knarrenden Stufen, wohl ahnend, dass sie jeden Augenblick dem Herrn des Hauses gegenübertreten würde.

Als sie das Ende der Treppe erreichte, war ihr, als würde sie in eine andere Welt eintreten, in eine andere Zeit. Dass Hingis und Ufuk ihr folgten, bekam sie kaum mit. Viel zu gebannt war sie vom Anblick der Wunder, die sich ihrem Auge präsentierten. Inmitten all der Folianten und Schriftrollen, der Gefäße und Figuren, der Glücksbringer und Talismane, der Globen und Sternkarten, der Planetenmodelle und Öllampen, die von der niedrigen Decke hingen, fühlte sie sich tatsächlich wieder wie ein staunendes Kind. Überwältigt von der Macht der Erinnerung und einem Gefühl alter Vertrautheit, wandte sie sich um – und war kaum überrascht darüber, in ein Gesicht zu blicken, das sie nur zu gut kannte.

Die Anzahl der Falten, die die von Sonne und Wetter gegerbten Züge zerfurchten, hatte sich seit der letzten Begegnung noch vervielfacht. Dünn und ausgemergelt waren sie. Die Augen waren leer und blicklos wie einst, und genau wie damals trug der alte Mann einen Turban und eine gestreifte *djellabah**.

Sarah trat näher, um sicherzugehen, dass sie sich nicht irrte. Aber es bestand kein Zweifel.

Dort auf den Kissen, inmitten all seiner Wissensschätze, saß kein anderer als Ammon El-hakim.

Der Weise von Mokattam …

---

* arabisches Obergewand mit Kapuze

3.

»*Salam aleikum*, Sarah«, sagte der alte Ammon und hob sein Haupt, als könnte er die Besucherin sehen. Dabei war sein Augenlicht schon vor langer Zeit verloschen, geblendet vom Glanz der Sterne.

»*El-aleikum salam*«, hörte Sarah sich selbst den Gruß erwidern. Sie hatte sich noch immer nicht von ihrer Überraschung erholt.

Zuletzt hatte sie den Alten, dessen Name übersetzt »der Weise« bedeutete, in Kairo gesehen, in der alten Sternwarte auf dem Djebel Mokattam. Damals war sie auf der Suche nach dem Buch des Thot gewesen, und Ammon, der der letzte Spross aus dem Geschlecht des Hammurabi war, hatte Sarah auf die richtige Spur gebracht. Danach jedoch war er spurlos verschwunden, wohin, das wusste niemand.

Bis zu diesem Tag . . .

»Wie lange ist es her, mein Kind?«, fragte Ammon mit jener brüchigen, aber noch immer kraftvollen Stimme, aus der alle Weisheit des Orients zu sprechen schien. In jungen Jahren hatte Sarah den Alten, der ein enger Freund Gardiner Kincaids gewesen war, deshalb für einen Zauberer gehalten, für einen magischen Mann. Doch die Wirklichkeit, das hatte sie später festgestellt, war beinahe noch faszinierender.

»Mehr als zwei Jahre«, erwiderte Sarah flüsternd. Am liebsten wäre sie auf den Weisen zugerannt und hätte ihn umarmt, aber sie wollte nicht respektlos erscheinen, und so blieb sie an der Treppe stehen, den Oberkörper und das Haupt leicht gesenkt.

»Eine lange Zeit, nicht wahr?«

»In der Tat.« Sarah nickte fassungslos. »Ich glaubte Euch verloren, Meister. Ich dachte, Ihr wärt längst ...«

»... tot?«, fiel er ihr ins Wort und lächelte dünn. »Noch nicht, mein Kind. Obschon es Tage gibt, da meine alten Knochen schmerzen und ich mir wünschte, Allah möge mich in seiner Weisheit abberufen aus dieser Welt. Aber er tut es nicht. Noch nicht ...«

»Ein Glück«, hauchte Sarah und gönnte sich ein Lächeln, obwohl sie in diesem Moment ein beunruhigender Gedanke beschlich. El-Hakim schien nie einen Zweifel daran gehegt zu haben, dass sie ihre Schritte zu ihm lenken würde. Waren ihre Handlungen so einfach vorherzusehen? Wenn der Weise sie vorauszusagen vermochte, dann ganz sicher auch ihre Feinde ...

»Du denkst zu viel nach, Sarah«, sagte der Alte unvermittelt. »Das war schon früher so.«

»Und ich bin wie ein offenes Buch für Euch, Meister«, entgegnete Sarah ergeben. »Das war auch schon früher so.«

Dasselbe Gefühl von Demut überkam sie, das sie auch schon als Zwölfjährige vor dem Weisen verspürt hatte. Sie kam sich töricht und unwissend vor, aber gleichzeitig verspürte sie auch Hoffnung. Wenn überhaupt jemand das Rätsel lösen konnte, das der Codicubus barg, dann war es el-Hakim, dessen Ahnenwurzeln bis ins alte Babylonien reichten und in dem sich das Wissen ungezählter Sterndeuter, Geschichtskundiger und Philosophen vereinte.

»Ihr also seid der geheimnisvolle Gelehrte, den wir so lange gesucht haben«, sagte sie leise.

»Hat dein Herz es dir nicht gesagt?«

»Nein.« Sie schüttelte den Kopf. »Mein Herz ist blind vor Sorge, Meister. Nicht weniger blind als Eure Augen.«

»Ich weiß, mein Kind, denn ich habe dich beobachtet. Mein treuer Ufuk, den ich mir nach dem Tod des armen Kesh als Diener genommen habe, hat mir stets berichtet. Aber zürne ihm deswegen nicht. Nicht seine Idee war es, deine Geduld auf eine so lange Probe zu stellen, sondern meine.«

»Warum, Meister?«

»Ich wollte dich prüfen, Sarah. Ich wollte wissen, ob du noch die bist, die ich einst kannte, und ob du noch immer auf der Seite des Lichts stehst. Worte können täuschen, nur unser Handeln offenbart unsere wahren Beweggründe.«

»Und?«, fragte Sarah. »Was habt Ihr über mich herausgefunden?«

»Dass du dich verändert hast, Sarah«, eröffnete der Weise ihr hart. »Wo ist deine Geduld geblieben, wo die Güte, die dich dein Vater gelehrt hat? Der Duft von Lavendel eilt dir nicht mehr voraus.«

»Nein, Meister«, gab sie zu. »Die Zeit der Lavendelblüten ist vorbei.«

»Was ist geschehen?«

»Ich bin aufgewacht«, sagte sie nur, und die Trauer, die sie für einen Moment überkam, war so überwältigend, dass sie blinzeln musste.

»Setz dich«, sagte er, auf eines der Kissen deutend, die seinen eigenen Sitz umlagerten. »Ufuk wird uns Minztee zubereiten, und wir werden ihn mit viel Zucker süßen. In meinem Alter«, fügte er hinzu, auf seinen zahnlosen Mund deutend, »ist dies eine der wenigen Freuden, die mir geblieben sind.«

»Gerne, Meister«, erwiderte Sarah und verbeugte sich respektvoll. »Darf ich Euch meinen Begleiter vorstellen? Sein Name ist ...«

»... Friedrich Hingis«, vervollständigte Ammon ohne Zögern. »Mein Augenlicht mag ich verloren haben, aber ich habe gelernt, auf andere Weise zu sehen. Viele der Menschen, an die ihr euch auf eurer Suche gewandt habt, sind mir in Freundschaft verbunden: der Kurator der Bibliothek, Alcut der Antiquitätenhändler ...«

»Friedrich ist ein guter Freund«, stellte Sarah den beherzten Schweizer vor. »Wo andere längst die Flucht ergriffen hätten, ist er bei mir geblieben. Und er hat mir das Leben gerettet. Ohne ihn würde ich nicht hier vor Euch stehen.«

»Dann ist er auch mir willkommen«, sagte Ammon nur. »Nun setzt euch, meine Kinder, und dann berichtet, was euch in die Stadt Konstantins geführt hat.«

Sarah und Hingis leisteten der Aufforderung Folge, und auf bequeme Seidenkissen gebettet, begann Sarah zu berichten: Von ihrer Suche nach dem Buch des Thot, auf dessen Spur der Hinweis des Weisen sie gebracht hatte; von ihrem Abenteuer in der libyschen Wüste und dem Kampf um das Feuer des Re; von Kamal, dem jungen Fürsten der Tuareg, den sie kennen und lieben gelernt hatte und mit dem sie in England eine glückliche Zeit verbracht hatte, bis dunkle Mächte in ihr Leben eingegriffen hatten; von ihrer Suche nach dem Wasser des Lebens, das sie benötigte, um Kamal von dem rätselhaften Fieber zu heilen, das ihn befallen hatte; von ihrem Besuch beim Totenorakel von Ephyra und schließlich von den dramatischen Ereignissen, die sich hoch über Nordgriechenland in einem Meteora-Kloster abgespielt hatten. Sarah schonte sich nicht dabei; weder verschwieg sie den Tod ihres Freundes du Gard noch verhehlte sie die Fehler, die sie begangen hatte, oder die Opfer, die diese Fehler gefordert hatten.

Als die Rede auf das Kind kam, das sie im Leib getragen hatte, versagte ihr die Stimme. Als sie sich wieder gefasst hatte, berichtete sie von den Verbündeten, die sie im Lauf der vergangenen beiden Jahre gefunden hatte, aber auch von den Gegnern, die ihr erwachsen waren. Und sie erzählte Ammon auch von den Zyklopen, jenen hünenhaften, nur mit einem einzigen Auge ausgestatteten Kriegern, denen sie erstmals in der Bibliothek von Alexandria begegnet war.

Damals hatte Sarah noch angenommen, dass es nur einen gab, was sich als Irrtum herausgestellt hatte. Es schien viele Einäugige zu geben, und längst nicht alle waren Sarah feindlich gesonnen. Einer von ihnen, Polyphemos, hatte gar sein Leben geopfert, um sie zu beschützen, wenngleich Sarah noch immer nicht wusste, welche Rolle genau die Einäugigen spielten.

Und schließlich berichtete sie dem alten Ammon auch von jener Organisation, in deren Diensten sowohl ein Teil der Zyklopen als auch die verräterische Gräfin von Czerny standen: der Bruderschaft des Einen Auges, deren Wurzeln angeblich Jahrhunderte, ja sogar Jahrtausende in die Vergangenheit reichten ...

Nachdem sie ihre Erzählung beendet hatte, kehrte für eine Weile Schweigen in der Turmkammer ein. Längst hatten sie den Pfefferminztee, den Ufuk ihnen in kleinen Holzschälchen serviert hatte, getrunken, und da sich der Tag dem Ende neigte, hatte der Junge einige der Öllampen entzündet, die an Messingketten von der Decke hingen. Das Sonnenlicht, das in dünnen Scheiben durch die geschlossenen Fensterläden fiel, hatte die Farbe von Bernstein angenommen, und von draußen war der Ruf des Muezzins zu vernehmen.

Allah ak-barr ...

Gott ist groß.

Der alte Ammon schien es nicht zu hören. Reglos kauerte er auf seinen Kissen, gleichmäßig atmend und mit geschlossenen Augen, sodass man hätte meinen können, er wäre eingeschlafen.

»Das Eine Auge«, sagte er nach einer endlos scheinenden Weile. »Also ist es auch dir begegnet.«

»›Auch‹?«, hakte Sarah nach. »Wollt Ihr damit sagen, dass ...?«

»In jener Nacht am Mokattam«, erklärte der Alte, »wurde mir klar, dass ein Kreis im Begriff war, sich zu schließen. Die letzte Strophe eines Gesangs, der vor langer Zeit angestimmt worden war, hatte begonnen. Grausame Mächte aus ferner Vergangenheit waren dabei, sich wieder zu regen, die Kräfte des Bösen.«

Er öffnete die Augen, und obwohl Sarah wusste, dass er blind war, hatte sie das Gefühl, dass er ihr auf den Grund ihrer Seele blickte. »Nach dem Überfall jenes vermummten Attentäters, dem der arme Kesh zum Opfer fiel, war mir klar, dass ich nicht länger auf der alten Sternwarte bleiben konnte. Mit Hilfe treuer Freunde gelang mir die Flucht nach Damaskus, wo ich mich eine Weile versteckte. Ich hoffte, dass du das mir gegebene Versprechen halten und das Feuer des Re vernichten würdest.«

»Was ich auch getan habe«, ergänzte Sarah.

»Ich weiß.« Ammon nickte. »Ich konnte es spüren, selbst über die weite Entfernung hinweg. Aber die Erben Meherets haben damit nicht zu existieren aufgehört, oder?«

»Nein«, gab Sarah zu. »Damals wusste ich es noch nicht, aber jene Macht, die die verschollene Bibliothek von Alexandria zu finden hoffte, und jene, die danach trachtete, das Feuer des Re in ihren Besitz zu bringen, waren ein und dieselbe. Sie gab sich verschiedene Namen und bediente sich immer neuer Gehilfen, aber die treibende Kraft, die hinter allem stand, war die des Einen Auges.«

»Und dieses Auge«, pflichtete el-Hakim ihr bei, »beobachtete mich. Bei Nacht konnte ich es in meinen Träumen sehen, bei Tag spürte ich seinen suchenden Blick über mir – und schließlich entdeckte es mich. Die Schergen des Bösen stellten mir abermals nach, und ich musste wieder fliehen, diesmal in die Hauptstadt der Osmanen. Dank der Hilfe vermögender Freunde fand ich in diesem Hause Unterschlupf und in Ufuk einen verlässlichen Diener. Und bis zum heutigen Tag bin ich dem Blick des Einen Auges entgangen.«

»Dann sollten wir sofort gehen«, sagte Sarah und schickte sich an, sich zu erheben. »Durch unsere Anwesenheit hier bringen wir Euch nur in Gefahr, Meister. Genau wie damals.«

»Bleib«, sagte der Alte nur.

»Aber wir können nicht ausschließen, dass unsere Feinde uns aufspüren werden, und wenn sie das tun, wird sie das auch zu Euch führen . . .«

»Deine Sorge um mich ehrt dich, mein Kind«, erwiderte Ammon. »Dennoch ist es meine Entscheidung und nicht deine. Oder glaubst du, du wärst hier, wenn ich es nicht gewollt hätte?«

»Nein«, gab Sarah zu. »Wahrscheinlich nicht.«

»Also sei ganz beruhigt. Ihr seid hier, weil ich es so wollte. Und weil ich denke, dass ich noch eine Aufgabe zu erfüllen habe, ehe ich diese Welt verlasse.«

»Eine Aufgabe?«, fragte Sarah. »Was meint Ihr damit, Meister?«

»Ich wünschte, ich könnte es dir sagen, mein Kind. Alles, was ich weiß, ist, dass sich etwas verändert hat. Eine Verschiebung im Gefüge des Kosmos ist im Gang ...« Er verstummte, und für einige Sekunden schien er sich in seinen Gedanken zu verlieren. Sarah nutzte die Pause, um für Hingis zu übersetzen, aber auch der Schweizer konnte sich keinen Reim auf die Worte des Alten machen.

Ammon el-Hakim hatte schon viele, sehr viele Sommer und Winter kommen und gehen sehen. Wie viele es genau waren, wusste Sarah nicht. Aber war es möglich, dass das Alter allmählich seinen Tribut forderte? Von ihrem letzten Treffen hatte sie den Weisen als ebenso klugen wie scharfsinnigen Denker in Erinnerung. Konnte es sein, dass ...? Sie errötete innerlich und verbot sich, den Gedanken weiter zu verfolgen. Aber es war schon zu spät. Der alte Ammon, der sie in mancher Hinsicht besser zu kennen schien als sie sich selbst, hatte sie einmal mehr durchschaut.

»Du zweifelst an meinem Verstand«, stellte er fest. Kein Vorwurf lag in seiner Stimme, es war eine einfache Feststellung.

»Nein, Meister«, beteuerte Sarah schnell, »ich ...«

»Auch ich habe gezweifelt«, versicherte der Alte zu ihrer Verblüffung. »Wieder und wieder habe ich mich gefragt, ob jenes Auge, dessen Blick mich bis in den Schlaf verfolgte, nicht viel eher aus jenem Abgrund starrte, den wir selbst in uns tragen und in den wir all das werfen, was uns im Lauf unseres Lebens an Dunkelheit begegnet. Du kannst mir glauben, mein Kind, dass es viel Dunkelheit in meinem Leben gegeben hat, und nicht erst, seit ich mein Augenlicht verlor. Aber nicht jene Schwärze ist der Ursprung der

Furcht, die mich quält, sondern die lange Nacht, die am Horizont der Zeit heraufzieht und die kein morgen kennt. Ihre Schatten sind bereits auf die Welt gefallen, aber das ist erst der Anfang.«

»Erst der Anfang?« Unruhe ergriff von Sarah Besitz. »Was genau meint Ihr damit, Meister?«

»Auch das kann ich dir nicht sagen, mein Kind. Aber ich fühle, dass all jene Dinge, von denen du mir berichtet hast – das Feuer des Re, das Wasser des Lebens – lediglich die Vorboten von etwas gewesen sind, das noch kommen wird. Etwas Großes, Bedeutendes – und sehr Gefährliches«, fügte Ammon hinzu, dessen blicklose Augen einen entrückten Ausdruck angenommen hatten.

Sarah merkte, wie sich ihr Magen verkrampfte, und sie spürte wieder jene dumpfe Panik, die ihr ständiger Begleiter war, seit sie Griechenland verlassen hatte. Bislang hatte sie geglaubt, dass ihre Sorge um Kamal dieser Angst zugrunde läge. Aber in diesem Moment erkannte sie, dass sie dasselbe fühlte wie Ammon.

Etwas war im Begriff, sich zu verändern.

Etwas näherte sich.

Etwas Dunkles.

Böses ...

»Es ist die Vergangenheit«, flüsterte der Alte mit einer Stimme, die sie schaudern ließ. Die Flammen der Öllampen spiegelten sich in seinen Augen. »Sie erhebt sich aus den Tiefen der Zeit, um die Welt zu verderben. Ein Geheimnis, das der Menschheit niemals offenbart werden darf ...«

»Wie das Buch von Thot?«, fragte Sarah zweifelnd. »Auch damals hieß es, die Menschen wären noch nicht reif für das Feuer des Re – dabei setzt die moderne Elektrizität Kräfte frei, die durchaus vergleichbar sind.«

»Und?«, fragte der Weise forschend. »Ist die Menschheit reif dafür?«

»Wohl nicht«, kam Sarah nicht umhin zuzugeben. Die Geschichte hatte gezeigt, dass der Mensch jede noch so nutzbringende

Erfindung früher oder später als Waffe missbrauchte – vom Rad über das Schwarzpulver bis zum Dynamit. Und nun sprach el-Hakim von einem neuen Geheimnis aus ferner Vergangenheit …

»Die Flammen des ägyptischen Sonnengottes sind nicht zu vergleichen mit jener neuen Waffe«, gab er flüsternd bekannt. »Weder weiß ich, worin sie besteht noch was sie vermag, aber das Eine Auge sucht nach ihr, fieberhaft, um die Welt in ein Schlachtfeld zu verwandeln. Und du, Sarah Kincaid, bist der Schlüssel dazu …«

»Ich?«, fragte Sarah erschrocken und deutete auf sich selbst.

»Auch du fühlst die Bedrohung, nicht wahr? Die dunkle Furcht in deinem Herzen, die dich verfolgt und dich kaum atmen lässt.«

»Das ist wahr«, räumte Sarah ein. »Meine Furcht um Kamal …«

»Das allein ist es nicht«, beharrte der Alte. »Deine Liebe zu Kamal mag der Anlass deines Handelns sein, aber nicht seine Ursache. Große Verantwortung ruht auf dir, mein Kind, mehr, als selbst mein Freund Gardiner je geahnt hat.«

Sarah biss sich auf die Lippen. Noch vor einigen Jahren hätte sie ohne Zögern erwidert, dass sie nicht an die Kraft der Vorsehung glaubte. Doch dafür war inzwischen zu viel Unerklärliches passiert. Anstatt etwas zu erwidern, griff sie in die weiten Falten ihres Kleides und zog das Pergament aus dem Codicubus hervor.

»Was hast du da?«, fragte Ammon, als die Haut beim Entrollen leise knisterte – das Gehör des Alten war das eines Luchses.

»Ein Stück Pergament«, eröffnete Sarah ihm. »Es ist der Grund dafür, dass wir hier sind, denn sein Inhalt gibt uns Rätsel auf.«

»Woher stammt es?«, wollte der Alte wissen.

»Aus einem Behälter, den man ›Codicubus‹ nennt. Alexander der Große benutzte ihn, um …«

»… um zu bewahren, was die Zeiten überdauern soll«, vervollständigte Ammon zu Sarahs Verblüffung.

»Du weißt, was ein Codicubus ist?«

»Ich habe von derartigen Vorrichtungen gehört. Die Hellenen glaubten, Hephaistos selbst hätte sie geschmiedet, die Gottheit der Hitze und des Feuers.«

»Die Bruderschaft des Einen Auges benutzt die Kuben, um darin wichtige Dokumente und geheime Botschaften aufzubewahren«, erläuterte Sarah. »Dieses Pergament stammt von einem Freund. Ich nehme an, dass es eine Nachricht enthält, aber ich bin nicht in der Lage, sie zu entschlüsseln.«

»Was ist darauf abgebildet?«, fragte Ammon.

»Nur eine einfache Zeichnung«, erklärte Sarah. »Ein Dreieck, darüber etwas, das wie ein Turm aussieht. Darunter sind vier Wellenlinien abgebildet, darüber eine Art Kreis, der vielleicht die Sonne darstellt. Vielleicht aber auch«, fügte sie düster hinzu, »ein großes Auge.«

»Und das ist alles?«

»Ja, Meister. Das Problem ist, dass ich nicht in der Lage bin, die Zeichnung zu kategorisieren. Ich meine, es sind durchaus Elemente von assyrischen und ...« Sie verstummte, als el-Hakim leise lachte.

»Was erheitert Euch, Meister?«, wollte sie wissen.

»Verzeih, mein Kind. Aber jemanden in meinem Alter mutet die Anhänglichkeit des Menschen an das, was ihm vermeintlich Trost und Sicherheit schenkt, geradezu rührend an. Selbst wenn er wüsste, dass der Ozean voller Sand wäre, hätte er Angst zu ertrinken.«

»Ich fürchte, ich verstehe Euch nicht«, gestand Sarah ehrlich und kam sich einmal mehr wie das zwölfjährige Mädchen vor, das dem Weisen gelauscht hatte, ohne auch nur ein Wort von seinen Ausführungen zu verstehen.

»Warum klammerst du dich noch immer an deine Wissenschaft?«, fragte Ammon. »Warum erkennst du nicht an, was dein Herz längst eingesehen hat – dass es im Widerstreit zwischen Vergangenheit und Fortschritt, zwischen Natur und Technik, zwischen Glauben und Vernunft keinen Sieger gibt? Allein deine Entscheidung ist es, die dir den Weg weist – würden mehr Menschen diese einfache Wahrheit begreifen, wäre es um die Welt besser bestellt.«

»Kann sein«, räumte Sarah ein, »aber im Bezug auf das Pergament ...«

»Vergiss, was du gelernt hast«, forderte der Weise sie auf. »Denke nicht in Jahreszahlen und Epochen, sondern lass dein Gefühl für dich sprechen. Und dann sage mir, was du auf dieser Zeichnung siehst.«

»Nun«, wiederholte Sarah, »das sagte ich schon. Es ist ein Dreieck mit einem ...«

»Ein Dreieck?«, unterbrach sie der Alte, nun nicht mehr der milde Berater, sondern der gestrenge Lehrer. »Oder ist es vielmehr ein Berg, auf dem eine Burg oder Festung steht?«

»Das wäre naheliegend«, räumte Sarah ein. »Aber was ist mit den Wellenlinien darunter?«

»Was sagen sie dir?«

Sarah überlegte einen Moment, versuchte sich an andere, vergleichbare Darstellungen zu erinnern.

»Du sollst nicht nachdenken!«, schärfte der Weise ihr ein. »Sag mir einfach, was dir durch den Kopf geht.«

»Wasser«, nannte Sarah die nächstliegende Assoziation.

»Sieh an«, meinte der Alte. »Offenbar ist noch nicht alle Hoffnung verloren. Nun mach weiter!«

»Wasser«, wiederholte Sarah. »Ein See. Ein Meer. Ein Fluss ...«

»Wie viele Flüsse? Vergiss nicht zu denken ...«

»Vier«, folgerte Sarah aus der Anzahl der Wellenlinien. »Der Berg könnte anzeigen, dass diese Flüsse dort entspringen.«

»Und der Turm?«

»Er könnte für eine Burg stehen«, vermutete Sarah, »oder eine Festung oder für einen Palast. Und das Auge scheint einen Blick auf diesen Palast geworfen zu haben. Ja, so könnte es sein ...«

»Jetzt sind es deine Ängste, die aus dir sprechen«, entgegnete der Alte, »und nicht deine Intuition. Der Kreis steht, wie du vorhin schon vermutet hast, für die Sonne. Gemeint ist das Licht, das am Anfang der Zeit auf diesen Berg gefallen ist.«

»Ihr ... Ihr wisst, was die Zeichnung darstellt?«, erkundigte sich Sarah, fassungslos vor Staunen.

»*Naram.*«

»Aber warum habt Ihr mich dann raten lassen?«

»Weil ich wollte, dass du erkennst, welch großes Wissen du in dir trägst, ohne es zu ahnen«, erklärte Ammon, jetzt wieder mit der alten Güte. »Jene Zeichnung zeigt den Nabel der Welt. Oder wie die westlichen Gelehrten ihn nennen: die *axis mundi* ...«

»*Axis mundi?*«, echote Hingis. Abgesehen von dem, was Sarah ihm übersetzte, bekam der Schweizer nicht allzu viel von dem Gespräch mit. Die lateinischen Worte bildeten eine erfreuliche Ausnahme.

»Dein Gefährte scheint zu wissen, wovon ich spreche«, meinte el-Hakim. »Weißt auch du es?«

»Nun«, erwiderte Sarah, »im klassischen Altertum glaubte man, dass die Welt einen Mittelpunkt besäße, an dem sie einst ihren Anfang nahm – die sogenannte *axis mundi*, die Achse der Welt ...«

»Das ist richtig«, stimmte der Weise zu. »Auch die Kulturen des Ostens kennen einen solchen mystischen Ort. Die Sagen des alten China berichten von ihm ebenso wie jene des Perserreichs oder die indischen Vedas. Er ist im Glauben der Hindus zu finden, der Buddhisten und der Jainas, weswegen er vielen nicht nur als Ursprungsort allen Lebens, sondern auch des Glaubens gilt.«

»Ein Urmythos«, sagte Sarah leise, die sich dadurch an eine der zentralen Thesen Gardiner Kincaids erinnert fühlte – nämlich dass alle Mythen der Welt letztlich auf dieselben Wurzeln zurückgingen und deshalb, unabhängig davon, wie abenteuerlich sie auch sein mochten, einen wahren Kern besäßen ...

»Wenn du es so nennen willst.« Ammon nickte. »Jedenfalls behaupten alle diese Quellen einstimmig, dass der Nabel der Welt mit einem Berg gleichzusetzen sei – einem mystischen Berg, der sich am Anfang der Zeit erhoben hat, ganz aus Gold besteht und an dem, jenen Schriften zufolge, die die Inder *puranas* nennen, vier Flüsse ihren Ursprung haben.«

»Vier Flüsse«, echote Sarah mit Blick auf die vier Wellenlinien. Wie, fragte sie sich, hatte sie nur jemals daran zweifeln können, dass Ammon el-Hakim auch auf dieses Rätsel eine Antwort wusste?

Sie übersetzte für Hingis, was sie bislang erfahren hatte, und auch der Schweizer zeigte sich erstaunt. Von der mystischen Weltenachse hatte auch er gehört, jedoch nicht gewusst, dass sie sich in der östlichen Mythologie derart vielfältig wiederfand. »Erstaunlich«, musste er zugeben. »Ganz erstaunlich.«

»Und all das habt Ihr sofort erkannt, als ich Euch die Zeichnung beschrieb?«, fragte Sarah.

Der Weise lächelte. »Das war nicht weiter schwierig. Da sich die Sage vom Weltenberg in so vielen Kulturen findet, brauchte ich nur nach den Gemeinsamkeiten zu suchen. Das hat wohl auch der Urheber der Zeichnung getan, weshalb sie sich nicht – wie du es wohl ausdrücken würdest – eindeutig zuordnen lässt. Wer immer die Zeichnung angefertigt hat, war nicht gebildet, sondern ein einfacher Mann.«

»Das ist richtig«, stimmte Sarah zu. Polyphemos, der ihr den Codicubus übergeben hatte, war ihr ein ebenso treuer wie loyaler Freund gewesen, aber ganz sicher kein Gelehrter.

»Und die Sonne?«, wollte Hingis wissen. »Was genau hat es mit ihr auf sich?«

Sarah übersetzte die Frage.

»Die Sonne steht für das Licht, das auf dem Weltenberg seinen Anfang nahm«, erklärte el-Hakim. »Wie es heißt, stiegen die Götter einst an ihren Strahlen herab. Die *puranas* berichten von vier

Seen, die sich auf dem Gipfel des Meru befinden und an deren Wassern sich die Götter erfrischten. Von einem Quell der Freuden ist die Rede, von Wasser, das ewiges Leben spendet …«

»Das Wasser des Lebens«, stieß Sarah hervor.

»Nun«, meinte der alte Ammon, »wie es aussieht, fügen sich die Steine des Mosaiks allmählich aneinander.«

»Das passt mit dem zusammen, was wir herausgefunden haben«, pflichtete Friedrich Hingis bei, nachdem Sarah abermals übersetzt hatte. »Wie es heißt, ist das Wasser des Lebens einst aus dem Osten gekommen. Ein jüdischer Geschichtsschreiber namens Josephus, der am Hof Ptolemaios' II in Alexandria weilte, brach nach dessen Tod im Jahr 247 vor Christus auf, um sich auf die Suche nach jenem geheimnisvollen Wasser zu begeben. Wohin seine Reise ihn geführt hat, weiß niemand genau, aber viele Jahre später tauchte er in Athen auf und hatte das Lebenswasser ganz offenbar bei sich. Womöglich hat er es aus den Quellen des Berges Meru geschöpft.«

»Und wo befindet sich dieser Berg Meru?«, wagte sich Sarah schließlich an die zentrale Frage, um die alle anderen kreisten.

Ein wehmütiges Lächeln glitt über Ammons Züge. »Das kann ich dir nicht sagen, mein Kind. Die einen behaupten, dass er nur ein Wunschbild sei, eine Entsprechung des menschlichen Verlangens, unsere Wurzeln und Ursprünge zu erforschen.«

»Ich verstehe.« Sarah nickte. »Und was sagen die anderen?«

»Manche behaupten, dass es den Berg tatsächlich gebe. Fern im Osten vermuten sie ihn, hinter schneebedeckten Gipfeln. Aber noch nie ist es jemandem gelungen, jenen Ort zu finden, an dem die Geschichte ihren Anfang nahm.«

»Dann ist es das, wonach das Eine Auge sucht«, folgerte Sarah mit leisem Schaudern. »Meine Feinde haben noch nie etwas ohne Grund getan. Wenn der Berg Meru ihr Ziel ist, muss es dort ein Geheimnis geben, das es zu entschlüsseln gilt. Das dritte Geheimnis, von dem Polyphemos mir erzählt hat.«

»Gemach, mein Kind«, meinte der Alte und hob beschwichtigend die Hände. »All dies sind bislang nur Vermutungen.«

»Vermutungen? Habt nicht Ihr selbst gesagt, dass alles, was bislang geschehen ist, nur eine Vorahnung dessen war, was noch über die Welt hereinbrechen könnte?«, brachte Sarah in Erinnerung. »Wenn der Berg Meru tatsächlich der Ursprung aller Kulturen ist, die Wiege der Zivilisation, dann gibt es dort vielleicht etwas, das noch älter und mächtiger ist als alles, was wir bislang gefunden haben. Womöglich jene neue Waffe, von der Ihr vorhin gesprochen habt.«

»Oder etwas, das noch vernichtender ist, als eine Waffe es jemals sein könnte«, entgegnete der alte Ammon, und seine faltigen Züge nahmen dabei einen so düsteren Ausdruck an, dass Sarah nicht zu fragen wagte, was er mit dieser Bemerkung meinen könnte.

»Ich muss dorthin«, erklärte sie entschieden. »Ich muss den Berg finden und sein Geheimnis entschlüsseln, bevor unsere Feinde es tun.«

»Und du glaubst, das könntest du?« Ein wehmütiges Lächeln glitt über Ammons Züge. »Sagtest du nicht eben selbst, dass deine Gegner nichts ohne Grund tun? Als es darum ging, das Buch von Thot zu finden und das Wasser des Lebens aufzuspüren, haben sie sich deiner bedient, so wie sie sich einst deines Vaters bedienten. Diesmal jedoch scheinen sie deiner Hilfe nicht zu bedürfen, und das lässt nur zwei Schlüsse zu. Entweder sie wissen bereits, wo sich der Berg Meru befindet ...«

»Oder?«, fragte Sarah.

»... oder sie haben jemand anderen, der ihnen an deiner Stelle hilft«, fuhr der Alte fort und überließ es Sarah, sich den Rest dazu zu denken.

»Kamal?« Sie sandte Ammon einen entsetzten Blick. »Ihr denkt, dass Kamal ...?«

»Es muss einen Grund gegeben haben, weshalb sie ihn entführt und der Prüfung durch das Lebenswasser unterzogen haben«, meinte der Weise überzeugt. »Von Anfang an.«

»Natürlich, Ihr habt recht.« Sarah nickte. »Die Gräfin Czerny sagte mir, dass es dabei niemals um mich gegangen wäre, sondern immer nur um Kamal. Jetzt erst verstehe ich, was sie damit meinte.«

»Das bestätigt meine Befürchtung. Worum auch immer es dem Einen Auge geht – Kamal scheint der Schlüssel dazu zu sein.«

»Um so wichtiger ist es, dass ich ihn finde«, beteuerte Sarah nachdrücklich. Trotz der bestürzenden Erkenntnisse war sie froh, eine vage Spur ihres Geliebten gefunden zu haben.

Der Augenblick, in dem sie hilflos hatte zusehen müssen, wie der Fesselballon mit Kamal an Bord gen Osten entschwunden war, hatte sich unauslöschlich in ihr Gedächtnis eingeprägt. Selten zuvor in ihrem Leben war sich Sarah so besiegt und machtlos vorgekommen. Das Rad der Zeit zurückzudrehen vermochte sie nicht, aber sie konnte die Folgen jenes tragischen Augenblicks ändern …

»Wie willst du das anstellen?«, fragte el-Hakim kritisch. »Deine Gegner sind dir um viele Monate voraus. Wahrscheinlich sind sie längst am Ziel.«

»Dennoch«, beharrte Sarah. »Ich darf nicht aufgeben, Meister. Nicht jetzt. Lasst mich teilhaben an Eurem Wissen!«

»Auch mein Wissen ist begrenzt, mein Kind«, wehrte der Alte ab. »Ich weiß nicht, wo sich der Berg Meru befindet.«

»Aber die alten Schriften …«

»Die alten Schriften berichten von vielen heiligen Bergen, und die Landstriche zwischen Curu* und Bharata** sind wüst und weit. Willst du all diese Gipfel besteigen, um nach deinem Kamal zu suchen?«

»Wenn es sein muss«, beharrte Sarah.

»Der Trotz eines Kindes spricht aus dir, nicht die Weisheit des

---

* Sanskrit für Sibirien

** Sanskrit für Indien

Alters«, konterte Ammon. »Der Weise erkennt eine Niederlage und nimmt sie als gegeben hin. Nur der Narr versucht, Dinge zu ändern, die nicht zu ändern sind.«

»Ich soll aufgeben?«, fragte Sarah mit bebender Stimme. »Ist es das, wozu Ihr mir ratet, Meister?«

»Nicht aus Überzeugung, sondern aus Notwendigkeit. Furcht umgibt mich wie dunkle Nacht, und mein Herz ist finster vor Sorge über das, was über die Menschheit hereinbrechen könnte. Aber ohne eine Spur, ohne den geringsten Hinweis steht es nicht in meiner Macht, daran etwas zu ändern.«

»Aber wir haben eine Spur«, widersprach Sarah. »Das Pergament aus dem Codicubus! Polyphemos sagte, der Inhalt würde meine Fragen beantworten – aber bislang hat er nur neue Fragen aufgeworfen!«

»Ist das Pergament alles, was in dem Würfel war?«, fragte Ammon. »Sonst befand sich nichts darin?«

»Nein.« Sarah schüttelte den Kopf. Die Hoffnung, die in ihr aufgekeimt war, begann sich erneut in Enttäuschung zu verwandeln.

»Du willst eine Spur?«, fragte Ammon unvermittelt.

»Ja«, sagte Sarah. Tränen der Resignation glänzten in ihren Augen.

»Wer etwas bekommen will, muss bereit sein, etwas dafür zu geben«, gab der Alte bekannt und hob einen Arm, um vage in die Richtung zu deuten, in der das Herdfeuer brannte. »Wirf das Pergament ins Feuer, Sarah.«

»Was?«, fragte sie.

»Du hast mich gehört.«

»Aber ich ... ich ...«

»Hängt dein Herz so sehr daran?«, fragte el-Hakim. »Hast du dich tief in deinem Inneren schon damit abgefunden, Kamal niemals wiederzusehen, dass du das Pergament als Erinnerung behalten willst?«

»Nein«, erklärte Sarah.

»Dann gib es ins Feuer«, entschied der Weise.

Abermals zögerte sie. Die Wissenschaftlerin in ihr sträubte sich mit aller Macht dagegen, der Aufforderung des Alten nachzukommen. Aber war sie nicht deshalb hier, weil die Archäologie sie nicht mehr weitergebracht, weil die kühle *ratio* schon vor langer Zeit an ihre Grenzen gestoßen war?

Sarah erhob sich von ihrem Kissen, das Pergament in der Hand, und ging damit – zu Friedrich Hingis' sichtlicher Verblüffung – zu der gemauerten Feuerstelle, wo Ufuk dabei war, eine einfache Abendmahlzeit aus Kichererbsen zuzubereiten. Respektvoll trat der Junge zurück und nahm den Topf vom Feuer.

»Was tust du da?«, wollte Hingis wissen.

»Wozu der Weise mir geraten hat«, entgegnete Sarah nur – und indem sie ihre inneren Widerstände überwand, warf sie das Pergament ins Feuer, wissend, dass sie sich damit von der letzten Verbindung trennte, die sie noch zu Kamal gehabt hatte.

Gierig leckten die Flammen an der Zeichnung, die Ränder des Pergaments schwärzten sich.

»Und?«, erkundigte sich Ammon. »Kannst du etwas erkennen?«

»Etwas erkennen?«, fragte Sarah, die mit den Tränen rang. »Was meint Ihr, Meister?«

»Wer etwas bekommen will, muss bereit sein, etwas dafür zu geben«, wiederholte der Alte. »Das Feuer bringt ans Licht, was bislang verborgen war . . .«

»Was bislang verborgen war?« Sarah hob die Brauen. »Was meint Ihr damit? Ich kann nicht . . .« Sie verstummte, als sie sah, wie sich das Pergament plötzlich veränderte!

Im selben Maß, wie sich die Tierhaut dunkel verfärbte und die Zeichnung verblasste, traten Schriftzeichen hervor! Offenbar eine biochemische Reaktion auf die Hitze des Feuers, die Buchstaben in griechischer Sprache zum Vorschein brachte.

»D-da ist etwas«, konstatierte Sarah verblüfft.

»Worauf wartest du? Hol es aus dem Feuer!«

Sarah überwand ihre Überraschung, griff nach dem Schürhaken und fischte das Pergament aus den Flammen. Es war arg in Mitleidenschaft gezogen; das Material war brüchig, die Ränder rußgeschwärzt. Aber die Buchstaben waren deutlich zu erkennen, und es waren nicht nur ein paar einzelne Worte.

»D-das ist unglaublich«, stammelte Sarah, während sie das Pergament betrachtete. »Ein Text in altgriechischer Sprache!«

»Wie lautet er?«, verlangte der Weise zu wissen, und Sarah begann zu lesen. Da sie sich im Zuge ihrer letzten Expedition eingehend mit altgriechischen Texten befasst hatte, gingen ihr die Worte flüssig über die Lippen, und zumindest im Ansatz erfasste sie ihren Sinn. Den genauen Wortlaut zu transponieren blieb jedoch Friedrich Hingis überlassen, dessen Griechischkenntnisse noch um einiges fundierter waren. Mit effektheischender Stimme und sichtlich froh darüber, endlich auch etwas beitragen zu können, übersetzte er:

Und so reiste ich weiter gen Norden
und sah, was keines Menschen Auge je erblickt,
begleitet vom rasenden Phoibos,
der mir die Wahrheit offenbarte.
Denn über den Bergen, den hohen,
die nur des Vogels Flug übersteigt
leben die Krieger, die Arimaspen,
die das Geheimnis hüten.
Gezeichnet mit dem einen Auge,
das ruht inmitten ihrer Stirn,
führen sie Krieg gegen jene,
die Schatz und Gold begehren,
auf den fernen Gipfeln,
wo alles begann.
Die Diener, die Arimaspen,
im Zeichen des Einen Auges.

»Das Eine Auge«, echote Sarah flüsternd, deren Pulsschlag sich unwillkürlich beschleunigt hatte. »Allem Anschein nach handelt der Text von den Zyklopen, denn es ist von Kriegern die Rede, die ›mit dem einen Auge‹ gezeichnet sind.«

»Nun«, bemerkte Hingis trocken, »in Anbetracht der Tatsache, dass dir dieses Pergament von einem Einäugigen überreicht worden ist, würde ich sagen, dass diese Analyse zutreffend ist. Allerdings nennt der Text sie nicht ›Zyklopen‹, wie es die griechische Mythologie tut, sondern es ist von *arimaspoi* die Rede ...«

»Wisst Ihr, wer diese *arimaspoi* sind, Meister?«, wandte sich Sarah fragend an el-Hakim.

»Der Sage nach«, wusste der Alte zu berichten, »waren die Arimaspen ein Volk von mächtigen Kriegern.«

»Ein ganzes Volk?«, hakte Sarah ungläubig nach.

»So heißt es«, bestätigte Ammon. »Der Gedanke scheint dir nicht zu gefallen.«

»Nun«, erwiderte Sarah, die in der Tat Unruhe verspürte, »Polyphemos behauptete zwar, dass seine Art einst stark und zahlreich gewesen wäre, aber ich tat das als Gerede ab – wohl deshalb, weil ich lieber an eine Laune der Natur glauben wollte als daran, dass es ein ganzes Volk von Einäugigen gibt ... oder gab.«

»Du hast geglaubt, was du glauben wolltest«, rügte el-Hakim, »was dein Verstand zugelassen hat. Aber der Text sollte dich eines Besseren belehren. Wohl deshalb hat Polyphemos ihn dir übergegeben.«

»Er wollte, dass ich etwas über seine Herkunft erfahre«, folgerte Sarah. »Aber wie hängt das mit der Zeichnung zusammen? Was haben die Arimaspen mit dem Berg Meru zu tun?«

»Der Überlieferung zufolge«, erwiderte der alte Ammon, »war es die Bestimmung der Einäugigen, einen Berg aus Gold zu bewachen, der von mystischen Ungeheuern bedroht wurde.«

»Ein Berg aus Gold?« Sarah horchte auf. »Heißt es nicht, dass auch der Meru aus purem Gold bestünde?«

»Deines Vaters Scharfsinn spricht aus dir, mein Kind«, lobte der Weise anerkennend. »Die Vergangenheit kennt viele Rätsel – die Kunst besteht darin, sie ihr zu entlocken. So pflegte er stets zu sagen.«

»Ich erinnere mich«, bestätigte Sarah mit wehmütigem Lächeln, während sie gleichzeitig einen Stich im Herzen fühlte.

In die Grundsätze der Archäologie hatte der alte Gardiner sie eingeweiht – über so vieles andere jedoch hatte er sie im Unklaren gelassen. Bei ihrer letzten Begegnung mit el-Hakim hatte Sarah noch um ihren Vater getrauert. Inzwischen wusste sie nicht einmal mehr, ob Gardiner Kincaid überhaupt ihr Vater gewesen war. Sie erwog für einen kurzen Moment, den Weisen auch diesbezüglich ins Vertrauen zu ziehen und ihm von ihren Zweifeln zu berichten, entschied sich dann aber dagegen. Es gab Rätsel, die zu klären wesentlich dringlicher war.

»Lenke deine Schritte dorthin, wo das Wissen von Jahrhunderten gesammelt ist«, riet Ammon ihr. »Meine bescheidenen Kenntnisse stoßen hier an ihre Grenzen. Ich habe euch gesagt, was ich weiß.«

»Ihr habt uns mehr geholfen, als wir je zu hoffen wagten«, versicherte Sarah. »Nun haben wir etwas, womit wir arbeiten können. Wir werden eine Bibliothek aufsuchen und nach Hinweisen auf die Arimaspen suchen.«

»Tut das, meine Kinder«, stimmte der Alte zu, »und wenn ihr sie findet, dann fragt und sucht weiter. Aber seht euch vor, wen ihr dabei ins Vertrauen zieht. Die Sterblichen sind schwach, und ein Berg aus Gold weckt manche Begehrlichkeit und lässt auch rechtschaffene Seelen zu Verrätern werden.«

»Ich verstehe, Meister«, erwiderte Sarah beklommen. Schon einmal hatte sie der alte Ammon vor Verrat gewarnt – und damit recht behalten. Damals hatte sich seine Warnung auf Mortimer Laydon bezogen, der sich als ebenso verschlagener wie brutaler Gegner erwiesen hatte. Sie würden auf der Hut sein müssen!

»Ich danke Euch für alles, was Ihr für uns getan habt«, fügte Sarah hinzu und verbeugte sich tief, und Hingis tat es ihr gleich. Obschon Ammon sie nicht sehen konnte, schien es in Anbetracht seines Alters, seiner Weisheit und seiner Großzügigkeit die angemessene Geste zu sein.

»Ihr wollt schon gehen?«, fragte el-Hakim verblüfft.

»Das sollten wir«, bejahte Sarah. »Ihr habt schon mehr als genug für uns getan. Mit jedem Augenblick, den wir länger bei Euch bleiben, bringen wir Euch nur noch mehr in Gefahr.«

»Ich denke nicht«, räumte der Alte gelassen ein. »Wenn zutrifft, was wir vermuten, so hat das Eine Auge seinen Blick auf einen anderen Ort gerichtet, und wir sind hier ungestört. Abgesehen davon mögen meine Augen mich zwar im Stich gelassen haben, aber meine Nase arbeitet noch sehr zuverlässig. Und sie sagt mir, dass Ufuk ein Nachtmahl für uns zubereitet hat.«

»Aber ...«, wollte Sarah einwenden – der Weise ließ sie jedoch gar nicht erst ausreden.

»Es ist schon spät«, brachte er in Erinnerung, »das *akşam** ist längst gesprochen. Keine Bibliothek wird dir heute noch ihre Pforten öffnen. Also beleidige nicht einen alten Mann, indem du seine Einladung zum Essen ausschlägst.«

»Natürlich nicht«, entgegnete Sarah und verbeugte sich abermals. »Verzeiht, Meister. Es lag nicht in meiner Absicht, Euch zu beleidigen. Es ist nur ...«

»Ich weiß, mein Kind«, versicherte er, und aus dem milden Lächeln, das über seine von Sonne und Wüstensand ledrig gewordenen Züge huschte, sprach die ganze Gelassenheit seines greisen Alters. »Geduld ist die höchste aller Tugenden, Sarah Kincaid. Vergiss das niemals.«

»Ja, Meister«, erwiderte Sarah nur.

Es stimmte – hätte sie in der Vergangenheit ihrem Tatendrang

---

* Abendgebet

widerstanden und mehr Geduld bewiesen, hätte sie manchen Fehler vermeiden können. Vielleicht, sagte sie sich, würde Gardiner Kincaid dann sogar noch am Leben sein, und mit Maurice du Gard hätte es nicht jenes scheußliche Ende genommen, das ihm an Bord der ›Egypt Star‹ widerfahren war. Und vielleicht wäre auch Kamal dann noch bei ihr …

Sie musste an Ammons Worte denken, dass ihre Gegner ihr um viele Monate voraus wären und ihr Ziel womöglich längst erreicht hätten. Hatte es da überhaupt noch einen Sinn, nach Kamal zu suchen? Was, so fragte sie sich, war ihrem Geliebten inzwischen widerfahren?

Aber obwohl Sarah keine dieser Fragen beantworten konnte, mehr noch, obschon sie sich fürchtete vor dem, was die Zukunft an neuen Enthüllungen bereithalten mochte, wollte und konnte sie die Hoffnung nicht aufgeben. Ihre Liebe war stärker als ihre Verzweiflung, und ihr anfangs noch so schwacher Glaube daran, dass es eine höhere, ordnende Kraft gab, die jene des bloßen Verstandes überwog, war durch die jüngsten Ereignisse noch gewachsen.

Und wie ein Mantra aus längst vergangener Zeit kehrten jene Worte in ihr Bewusstsein zurück, die die Kraft des Feuers dem alten Pergament entlockt hatte:

Denn über den Bergen, den hohen,
die nur des Vogels Flug übersteigt,
leben die Krieger, die Arimaspen,
die das Geheimnis hüten.

4.

Unbekannter Ort
Zur selben Zeit

Die Luft war kalt und roch nach Schnee.

Ein aschgrauer Himmel spannte sich über dem weiten Tal, das auf beiden Seiten von steilen Hängen begrenzt wurde. Darüber erhoben sich mächtige Berge, deren hohe Gipfel in Wolken gehüllt waren. Der Jahreszeit entsprechend, war das Tal von Schnee bedeckt; nur an manchen Stellen waren Ockertöne und erdiges Braun zu sehen, die den baldigen Frühling erahnen ließen; nach Bäumen und Blumen suchte man jedoch vergeblich. Das Land war karg. Hier und dort waren Felsen unter dem Schnee zu erkennen, ansonsten war der Boden glatt, als hätte die eisige Luft, die beständig darüberstrich, schon vor langer Zeit alle Pflanzen vertrieben. Der Wind ließ die bunten Fahnen flattern, die jemand aufgehängt hatte, um den Berggottheiten zu huldigen, und obwohl es Vögel gab, die kreischend über den Steilhängen aufstiegen und die Fallwinde nutzten, um auf die Jagd nach Beute zu gehen, wirkte das Land wie ausgestorben.

So, stellte Kamal sich vor, musste es am Anbeginn der Welt auf Erden ausgesehen haben, als nichts existierte außer dem göttlichen Schöpfergeist, der aus der Leblosigkeit Leben erschuf. Doch während andernorts florierende Städte und blühende Landschaften entstanden waren, schien dieser Ort von der Zeit vergessen worden zu sein. Vielleicht, dachte Kamal, fühlte er sich deswegen hier so heimisch.

An dem schmalen Fenster stehend, das im groben Mauerwerk klaffte und nach Südosten blickte, hing er seinen Gedanken nach, wie so oft, seit er aus seinem tiefen Fiebertraum erwacht war. Denn da war vieles, das keinen Sinn ergab. Gefühle, die keinen Ursprung hatten. Eindrücke, die sich nicht zuordnen ließen.

Weshalb hatte ihn jenes rätselhafte Fieber befallen? Und wieso konnte er sich an nichts entsinnen, das vorher geschehen war? Weder erinnerte er sich an seinen Namen noch an das, was er zuvor getan hatte oder wer er gewesen war; zwar beherrschte er drei Sprachen und schien auch sonst allerhand Kenntnisse zu besitzen, was auf einen hohen Bildungsstand und eine begüterte Herkunft schließen ließ – jedoch hatte er keine Ahnung, wo, wann und auf welche Weise er zu diesem Wissen gelangt war. Was seine Identität betraf, seine persönlichen Erinnerungen, seine Empfindungen und Emotionen, kurz all das, was einen Menschen ausmachte, war er ebenso leer wie die Landschaft dort draußen. Er vermochte sich an nichts zu erinnern, was länger als vier Monate zurücklag; einhundertzwanzig Tage, die somit sein ganzes bisheriges Leben repräsentierten.

Immer wieder versuchte er, sich zu konzentrieren, durchwühlte er die Trümmer seiner Erinnerung nach Antworten. Hatte er schon immer an diesem einsamen Ort gelebt? Woher kam er? Was hatte er zuvor getan? Hatte es überhaupt ein Leben vor dem Fieber gegeben?

Aber sosehr er sich auch bemühte und so eifrig er nach Hinweisen suchte – er fand sie nicht.

Nur in seinen Träumen hatte er das Gefühl, seiner Vergangenheit näher zu sein. Verschwommene Bilder huschten dann an ihm vorüber, in denen er etwas Vertrautes auszumachen glaubte; und er hörte Stimmen, die ihm bekannt vorkamen, so, als müsste er sich an sie erinnern …

Aber er tat es nicht.

Waren diese Eindrücke wirklich? Stammten sie aus der Zeit, die vor der Dunkelheit lag? Waren sie ein Echo von dem, was er gesehen und erfahren hatte, ehe das Fieber über ihn hereingebrochen war?

Kamal wusste es nicht zu sagen. Er war nur froh darüber, dass es jemanden gab, der ihm half, sich im Strudel all der Widersprüche und unbeantworteten Fragen zurechtzufinden, einem Leuchtfeuer gleich, das einem in Sturm geratenen Schiff die sichere Heimkehr ermöglichte.

Sarah …

Allein der Klang ihres Namens brachte etwas in ihm zum Schwingen, wie die Saite eines Musikinstruments, die man angeschlagen hatte – die Melodie allerdings war ihm unbekannt. Weder konnte er sich entsinnen, wie er sie kennengelernt hatte, noch hätte er von sich aus zu sagen gewusst, wie lange sie schon zusammen waren. Wenn sein Gedächtnis jedoch nicht völlig leer war, sondern sich allmählich wieder füllte, so hatte er das in allererster Linie ihr zu verdanken. Sie war sein Leben spendender Quell in der Wüste, sein zuverlässiges Gedächtnis, wo seine eigene Erinnerung ihn im Stich ließ.

Wäre sie nicht gewesen, hätte er vermutlich längst den Verstand verloren. Ihr aber gelang es immer wieder, ihn mit ihrer Liebe und Hingabe von seinen düsteren Gedanken abzubringen und ihm die Hoffnung zu geben, dass sich die Schleier des Vergessens irgendwann heben und er sich wieder würde erinnern können. Bis dahin blieb ihm nur, seiner Geliebten zu vertrauen – und Allah dafür zu danken, dass er ihm eine solche Gefährtin zur Seite gestellt hatte.

Wenn Kamal sich ein Stück aus dem Fenster beugte, konnte er den Südturm erkennen, von dem aus die Wache den Taleingang im Auge behielt. Ihre Feinde, hatte Sarah ihm erklärt, waren ihnen auf der Spur. Allerdings weigerte sie sich beharrlich, ihm zu sagen, wer diese Feinde waren oder was sie von ihnen wollten. Kamal nahm an, dass sie die Absicht hatte, ihn zu schonen, bis er sich vollständig von den Strapazen des Fiebers erholt hatte. Auch dafür liebte er sie, auch wenn sich tief in seinem Inneren (und er schämte sich fast dafür) das hässliche Gefühl regte, in dieser Festung eingesperrt zu sein, die sich stolz und trutzig auf der Nordseite des Tals erhob.

»Ein Königreich für deine Gedanken.«

Lautlos war sie herangetreten, und nun umarmte sie ihn von hinten. Er fühlte ihren schlanken Körper, der sich an seinen presste. Wie er hatte auch sie sich in eine wollene Decke gehüllt, um sich vor der Kälte des Morgens zu schützen.

»Sarah.«

Er wandte sich zu ihr um, blickte ihr in die blassen Gesichtszüge, die wie aus Alabaster geformt schienen. Ihre hohen Wangen, der schmale Mund und die smaragdgrünen Augen, die ihn herausfordernd anschauten, fügten sich zu einem Gesamtbild, das nicht im klassischen Sinne schön war und ihm dennoch immer wieder den Atem raubte. Ihr rotblondes Haar fiel ungezähmt auf ihre weißen Schultern. Unter der Decke trug sie nichts als ihren Goldschmuck, der ihr alles zu bedeuten schien. Kamal konnte diese Leidenschaft für irdischen Tand nicht nachvollziehen, ebenso wie manches andere, das unausgesprochen blieb. Dennoch liebte er diese Frau, und das nicht nur aus Dankbarkeit, sondern weil ein Gefühl, das seinen Ursprung tief in seinem Inneren hatte, ihm sagte, dass ihn etwas mit ihr verband, das älter und beständiger war, als körperliche Anziehung es jemals sein konnte.

»Wie fühlst du dich?«, wollte sie wissen. Ein Lächeln hellte ihre strengen Züge ein wenig auf.

»Wie gestern«, erwiderte er. »Und wie am Tag davor.«

»Du kannst dich noch immer nicht erinnern.« Es war keine Frage, sondern eine Feststellung, und sie schien auch nicht überrascht zu sein, als er den Kopf schüttelte. »Hab Geduld«, beschwichtigte sie und legte ihre goldberingte Hand auf seine Brust. »Du wirst dich erinnern.«

»Wann?«, wollte er wissen.

»Schon bald«, meinte sie überzeugt.

»Im Schlaf habe ich das Gefühl, kurz davorzustehen. Es kommt mir vor, als bräuchte ich nur die Hand auszustrecken und nach meinen Erinnerungen zu greifen. Aber jedes Mal wenn ich es versuche ...«

»... erwachst du aus dem Schlaf«, brachte sie den Satz zu Ende.

»In der Tat«, räumte er ein. »Aber in letzter Zeit verändert sich der Traum.«

»Inwiefern?«, wollte sie wissen. Das Zucken in ihren grünen Augen deutete er als Interesse.

»Diese Stimmen, die ich im Schlaf höre ...«

»Die dir vertraut erscheinen und an deren Ursprung du dich nicht entsinnen kannst?«

»Ich habe das Gefühl, dass sie lauter werden«, berichtete Kamal. »Deutlicher ...«

»Wie darf ich das verstehen, Geliebter?«

»Die meisten dieser Stimmen sind undeutlich, nicht mehr als ein Murmeln. Aber eine ist lauter als alle anderen, und sie ruft immerzu meinen Namen. Ich versuche, ihr zu antworten, aber es gelingt mir nicht, und ich habe das Gefühl, eine einsame Gestalt zu sehen, die auf einem Berg oder Felsen steht. Und je mehr ich versuche, ihren Ruf zu erwidern, desto weiter entschwindet sie.«

»Ich verstehe«, sagte Sarah nur, während ihre Hände über seine Brust wanderten und sie liebkosten. »Und diese Stimme, die du hörst – gehört sie einem Mann oder einer Frau?«

»Ich weiß es nicht«, erwiderte Kamal etwas zu schnell.

»Du weißt es nicht? Ich dachte, die Stimmen würden deutlicher? Du musst keine Angst haben, meine Gefühle zu verletzen, mein Geliebter. Was immer dir hilft, dich wiederzufinden, ist mir recht.«

»Du bist so gütig«, erwiderte er, griff nach ihrer Hand und küsste sie. »Wie soll ich dir nur jemals danken?«

»Wir finden einen Weg«, versicherte sie, und wieder blitzte es in ihren Augen. »Wessen Stimme ist es also, die du im Traum hörst und die deinen Namen ruft? Die eines Mannes oder die einer jungen Frau?«

Er schaute sie überrascht an. »Woher weißt du . . .?«

»Aus zwei Gründen«, beschied sie ihm lächelnd. »Zum einen hättest du dich niemals so geziert, mir die Wahrheit zu sagen, wenn es die Stimme eines Mannes gewesen wäre.«

»Und zum anderen?«

»Zum anderen«, erwiderte sie mit rätselhaftem Lächeln, »weiß ich nur zu gut, wer jene Frau ist, die unablässig deinen Namen ruft und die du nicht zu erreichen vermagst.«

»Du – weißt es?« Seine Verblüffung schien grenzenlos. »Dann sag es mir, ich bitte dich inständig!«

»Ihr Name ist Sarah«, antwortete sie.

»Sarah?« Er machte ein verdutztes Gesicht, worauf sie in helles Gelächter ausbrach. »Du solltest dich sehen«, kicherte sie. »Als ob ich die Sphinx wäre, die dir ein unlösbares Rätsel aufgibt.«

»Die Sphinx?« Seine Verwirrung wurde nur noch größer. »Aber ich . . .«

»Verstehst du es denn nicht, mein Geliebter? Die Stimme, die du im Traum hörst, ist keine andere als meine!«

»Deine? Aber . . .«

»Ich bin es gewesen, die Tag und Nacht an deinem Lager gewacht und unzählige Male deinen Namen gerufen hat«, beharrte sie. »Ich wollte, dass du aus deinem Fiebertraum erwachst, dass du zurückfindest ins Leben und an die Seite der Frau, die dich liebt.«

Kamal wollte etwas erwidern, aber er konnte nicht. Ein Teil von ihm wollte ihr glauben, wünschte sich, dass sie die Wahrheit sagte – aber ein Rest von Zweifeln blieb bestehen. Irgendetwas, und er vermochte es nicht genau zu benennen, passte nicht zusammen. Es war nur ein Gefühl, eine flüchtige Ahnung, aber sie genügte, um ihn einige Augenblicke zögern zu lassen – Augenblicke, die ihr nicht verborgen blieben.

»Du zweifelst, Geliebter?«, fragte sie, unverhohlenen Vorwurf im Blick. »Ich war es, die deinen Namen rief, wieder und wieder –

und ich war es auch, die dich schließlich ins Leben zurückholte, indem ich dir das Wasser des Lebens gab.«

»Natürlich, du hast recht.« Kamal nickte. Was für ein Narr er doch war! Wie konnte er nur einen einzigen Augenblick an der Frau zweifeln, die so viel auf sich genommen, die so viel erduldet hatte, um sein Leben zu retten? Sarah hatte ihr Leben riskiert, um das seine zu retten – und er dankte es ihr, indem er ihr misstraute! Wie eine alte Wunde, die plötzlich wieder aufbrach, meldete Kamals Gewissen sich zu Wort. Der Schmerz war ihm unerträglich.

»Verzeih«, flüsterte er deshalb. »Es muss an den Nachwirkungen des Fiebers liegen. Ich fühle mich noch immer geschwächt.«

»Ich weiß«, erwiderte sie nur, während sie sich auf die Zehenspitzen stellte und ihn zart auf den Mund küsste. »Gräme dich nicht deswegen. Wenn die Zeit reif dafür ist, wirst du dich an alles erinnern – und du wirst erkennen, was ich für dich getan habe.«

»Das muss ich nicht mehr«, erwiderte er leise, »denn ich weiß es schon längst.«

»Was weißt du?« Ihre Stimme war nur noch ein Flüstern, das sich leise und schmeichelnd in sein Gehör wand.

»Dass ich dich liebe«, erwiderte er. Sie küsste ihn erneut, diesmal nicht zart und vorsichtig, sondern sinnlich und voller Verlangen. Er spürte, wie ihre Hände unter die Decke glitten und an seinem sehnigen Körper abwärtswanderten – und obwohl er es eigentlich nicht wollte, erwachte seine Begierde.

Der wollene Stoff glitt an ihm herab und enthüllte seine nackte Gestalt. Obwohl er mit dem Rücken zum offenen Fenster stand, spürte er keine Kälte. Ihre Hände und ihre Lippen bewegten sich mit derartigem Geschick über seinen Körper, dass er an nichts anderes mehr denken konnte als an das Glück, das sie zusammen haben konnten. Nicht irgendwann in ferner Zukunft oder in einer Vergangenheit, an die er sich nicht erinnerte, sondern hier und jetzt.

Seine bebende Hand fuhr durch ihr rotes Haar, worauf sie einen spitzen Laut von sich gab. Auch Sarah hatte ihre Decke längst abgestreift, sodass er sie in ihrer ganzen unverhüllten Schönheit vor sich sah, den weißen Körper, der wie aus Marmor gehauen schien, die sanft geschwungenen Hüften, die makellose Brust, die sich unter ihren Atemzügen hob und senkte.

»All das gehört dir«, flüsterte sie, und es kam ihm vor, als würde ihre Stimme dutzendfach in seinem Bewusstsein widerhallen. Und noch ehe er etwas erwidern oder auch nur einen klaren Gedanken fassen konnte, drängte sie sich bereits an ihn und zog ihn hinüber zu der Schlafstatt, die sie vorhin erst verlassen hatten.

Überwältigt von ihrer Zuneigung und der Macht der Begierde, sank er darauf nieder, und ihre betörende Weiblichkeit ließ alles andere unwichtig und nebensächlich erscheinen. Auf ihm thronend wie der Sieger eines Ringkampfs, wies sie ihm den Weg zu süßem Vergessen. Doch die Leere, die in ihm herrschte, jene unbestimmte Sehnsucht, die er empfand, konnte auch sie nicht vertreiben.

Ein Hauch von Zweifel blieb.

5.

Tagebuch Sarah Kincaid

Bibliotheken ...

Schon in meiner Jugend habe ich sie geliebt. In einem Alter, in dem sich andere Mädchen für schöne Kleider und Schmuck begeisterten und einer Gesellschaft oder einem Ball entgegenfieberten, als bedeuteten sie das größte Glück auf Erden, zog ich es vor, meine Nase in alte Bücher zu stecken. Schon früh erkannte ich, dass sie nicht nur dazu da sind, das Wissen der Vergangenheit zu bewahren, sondern auch, um Brücken in die Zukunft zu bauen. An Orten mit vielen Büchern habe ich mich immer entsprechend wohlgefühlt, so, als ob alle Weisheit dieser Welt mir zu Gebote stünde. Und auch wenn ich in jüngster Zeit erkennen musste, dass die Untiefen der Vergangenheit auch tödliche Geheimnisse bergen, hat dies meiner Liebe zum geschriebenen Wort keinen Abbruch getan – vielleicht, weil ich erfahren habe, dass Wissen auch eine Waffe sein kann.

In den Ruinen der Bibliothek von Alexandrien erklärte man mir einst, dass die Bruderschaft des Einen Auges sich vor Bibliotheken fürchte, dass sie sie mit der zerstörerischen Kraft des Feuers bekämpfe, weil sie den Menschen Kenntnisse vermittelten, die nicht für sie bestimmt wären.

Seither habe ich einen weiteren Grund, Bibliotheken zu besuchen und in alten Büchern nach der Wahrheit zu suchen ...

Osmanische Staatsbibliothek
Bayazit, Konstantinopel
20. März 1885

Die *Kutuphanei Osmaniye*, wie die große Bibliothek im Stadtteil Bayazit hieß, war die erste staatlich geführte Bibliothek des Osmanischen Reiches und hatte erst im vergangenen Jahr ihre Pforten geöffnet – tatsächlich jedoch blickte das Bibliothekswesen am Bosporus auf eine mehr als achthundertjährige Tradition zurück.

In alter Zeit waren es vor allem die Moscheen gewesen, die Handschriften aufbewahrt und für die Nachwelt gesammelt hatten, erst später war durch Stiftungen von Herrschern und Geistlichen auch der Aufbau eigenständiger Bibliotheken ermöglicht worden. So beherbergten Sammlungen wie jene Suleimans des Prächtigen in der nach ihm benannten Moschee, die im Topkapi-Palast untergebrachte Bibliothek Ahmeds III. oder die 1739 gegründete Bibliothek Mahmuds I. in der Hagia Sophia islamische Handschriften in einer Anzahl, die ihresgleichen suchte: Buchstäblich Hunderttausende von Manuskripten lagerten in den Regalen, die alle zu durchforsten ein Menschenleben nicht ausgereicht hätte; Sarah entschied sich, ihr Glück in der jüngsten Bibliothek der Stadt zu versuchen – nicht nur, weil deren Bestände auch westliche Literatur sowie Bücher in griechischer und lateinischer Sprache enthielten, sondern auch, weil Friedrich Hingis im Zuge seiner Suche nach einem Schriftkundigen bereits Kontakt zu einem der Kuratoren der *Kutuphanei Osmaniye* aufgenommen hatte.

Der Name des Kurators war Dr. Yussuf Galib, ein Osmane, der der westlichen Welt aufgeschlossen war, ja, der sogar zu jener jungen Generation von Osmanen gehörte, die die eigene Kultur gegenüber der abendländischen als rückständig und weniger fortschrittlich erachteten. Sarah hatte, dies betreffend, ihre Zweifel, aber sie hütete sich, Dr. Galib etwas davon zu sagen. Was sie vor allem brauchte, waren Informationen über die Arimaspen. Ein

Diskurs über die vermeintlichen Segnungen westlicher Zivilisation wäre diesem Ziel wenig förderlich gewesen.

Es dauerte einen ganzen Tag, bis Galib seine Vorgesetzten davon überzeugt hatte, Sarah eine Forschungserlaubnis auszustellen, die ihr Zugang zur Bibliothek gewährte. Dass sie Ausländerin war, spielte dabei nur eine untergeordnete Rolle; viel schwerer wog die Tatsache, dass sie eine Frau war, und zumindest was ihre Einstellung gegenüber dem weiblichen Geschlecht betraf, schien es zwischen den Gelehrten der westlichen und jenen der östlichen Welt eine schweigende Übereinkunft zu geben, ein *gentlemen agreement* gewissermaßen. Schließlich ließen sich die Bibliotheksvorsteher jedoch dazu herbei, der »seltsamen Engländerin«, wie sie Sarah nannten, Zugang zumindest zur antiken Sammlung zu gewähren, allerdings unter der Auflage, dass Dr. Hingis sie begleiten und jeden ihrer Schritte sorgsam beobachten sollte – als eine Art wissenschaftliche *chaperone** gewissermaßen. Und noch jemand begleitete Sarah zur Bibliothek.

Der junge Ufuk.

El-Hakim hatte darauf bestanden, dass Sarah seinen jungen Diener mitnahm und ihn in den Grundprinzipien wissenschaftlicher Recherche unterwies. Ufuk, so hatte der alte Ammon in seiner Weisheit argumentiert, werde in einer Zeit aufwachsen, in der die Grenzen zwischen Ost und West zusehends verwischen und die alten Traditionen an Bedeutung verlieren würden; umso wichtiger war es, dass der Junge, auf den der Weise große Stücke hielt, die Wege beider Welten zu beschreiten lernte. Außerdem, hatte er mit der ihm eigenen Heiterkeit hinzugefügt, bedeutete Ufuk in der Sprache der Osmanen »Horizont«, und es sei an der Zeit, diesen Horizont ein wenig zu erweitern.

Als sich die Pforten der Bibliothek endlich vor ihnen öffneten, kamen Sarah und Hingis nicht umhin, tief beeindruckt zu sein,

---

* Anstandsdame

denn die großzügigen Lesesäle und peinlich genau verwalteten Bücherbestände brauchten den Vergleich mit Genf, Oxford oder der Sorbonne nicht zu scheuen. Nachdem Galib sie ein wenig herumgeführt hatte, brachte er sie in die Abteilung antiker Historiker und Geographen. Dort deckten sie sich mit den Werken von Herodot, Strabon, Diodor, Megasthenes, Plinius und noch einigen anderen Autoren ein, die sich der Beschreibung der damals bekannten Welt und ihrer Völker gewidmet hatten. Zu Sarahs und Hingis' Überraschung lagen die meisten Werke nicht nur im griechischen oder lateinischen Original vor, sondern zumeist auch in deutscher Übersetzung – ein Ergebnis des regen Austauschs, der zwischen den Geistesstätten des Osmanischen und jenen des Deutschen Reichs vor sich ging und der vom britischen Empire mit einigem Argwohn beobachtet wurde.

Während sich Sarah an die Griechen Herodot und Megasthenes hielt, die beide im Zuge ihrer Werke versucht hatten, Völker und Geographie ihrer Zeit zu beschreiben, konzentrierte sich Hingis auf Plinius den Älteren sowie auf Strabon, der in Kramers kritischer Ausgabe von 1852 vorlag. Ufuk hingegen, der zu Sarahs Verblüffung die altgriechische Sprache in Wort und Schrift beherrschte, durchforstete Diodor und die nur in Fragmenten erhaltene »Indika« des Griechen Megasthenes.

Der Gegenstand der Suche war klar umrissen: Es galt, etwas über die sagenumwobenen *arimaspoi* in Erfahrung zu bringen, die in jenem geheimnisvollen Gedicht Erwähnung fanden, das die Kraft des Feuers dem Pergament entlockt hatte.

Ein schwieriges Unterfangen ...

Herodots Neigung, seine »Historien«, die die Auseinandersetzungen zwischen Griechen und Persern im fünften vorchristlichen Jahrhundert sowie deren ausführliche Vorgeschichte zum Thema hatten, mit einer Unzahl an Anekdoten und persönlichen Deutungen zu versetzen, machte es nicht gerade einfach, wissenschaftlich verwertbares Wissen herauszufiltern. Seine Beschreibungen von fremden Völkern und deren Gebräuchen waren jedoch so detailreich, dass schon der Römer Cicero ihm den Ehrentitel eines »Vaters der Geschichtsschreibung« verliehen hatte. Sarah hoffte, dass dieser ungeheure Fundus antiken Wissens, das Herodot nicht nur auf ausgedehnten Reisen, sondern auch aus einer Unzahl schriftlicher und teils verloren gegangener Quellen zusammengetragen hatte, ihr auch im Hinblick auf die Arimaspen hilfreich sein würde ...

... und sie wurde nicht enttäuscht.

Als sie im dritten Buch von Herodots »Historien« zum ersten Mal auf das Wort *arimaspoi* stieß, gab sie einen triumphierenden Laut von sich, der Hingis und Ufuk aufschrecken ließ. Zwischen Stapeln an aufgeschlagenen und übereinandergetürmten Büchern warfen sie ihr erwartungsvolle Blicke zu.

»Nun?«, fragte der Schweizer.

»Drittes Buch, Abschnitt 116«, antwortete Sarah mit vor Aufregung bebender Stimme. »›Im Norden Europas existiert offenbar eine Menge Goldes, die größer ist als in jedem anderen Land; wie es dazu gekommen ist, vermag ich nicht zu sagen, aber es heißt, es wäre den Greifen gestohlen worden von den Arimaspen, einer Rasse einäugiger Menschen ...‹«

Ihre Stimme verklang, und völlige Stille kehrte in dem kleinen Lesesaal ein, der ansonsten menschenleer war. Da Freitag war, hielten sich die meisten der in der Bibliothek beschäftigten Osmanen in der Moschee auf, um am Mittagsgebet teilzunehmen. Die Wände des Saales waren mit Teakholz getäfelt, der Geruch von Firnis und altem Leder tränkte die Luft.

»Wie es aussieht«, meinte Hingis, der als Erster die Sprache wiederfand, »befinden wir uns auf der richtigen Spur.«

Sarah hatte Mühe, ihre Aufregung zu verbergen. »Wenn Herodot die Arimaspen erwähnt, ist es gut möglich, dass wir noch mehr Hinweise auf sie finden.«

»Und dann, Lady Kincaid?«, erkundigte sich Ufuk in seiner offenen Art. »Bitte verzeihen Sie meine Neugier, aber ich sehe nicht, wie Worte, die vor so langer Zeit niedergeschrieben wurden, uns auf die Spur eines verschollenen Volkes führen sollen.«

Sarah rang sich ein Lächeln ab. Der alte Ammon hatte bei der Auswahl seiner Diener von jeher große Menschenkenntnis bewiesen. Kesh, Ufuks Vorgänger, war in mancher Hinsicht anders gewesen, von kräftigerem Körperbau und längst nicht so wachem Geist; beiden gemeinsam war jedoch die Loyalität, mit der sie ihrem Meister dienten, das »aufrechte Herz«, wie Ammon es wohl genannt hätte. Ufuk allerdings war noch mehr als das; el-Hakim hatte ihn auch zu seinem Schüler gemacht und damit begonnen, ihn in den alten Geheimnissen zu unterweisen – wohl weil auch der Weise von Mokattam wusste, dass seine Tage auf Erden nicht ewig währten ...

»Diese Bücher, Ufuk«, erklärte Sarah deshalb mit Blick auf die zahllosen Bände, die den Tisch übersäten, »enthalten das gesammelte Wissen der antiken Welt. Wenn es die Arimaspen tatsächlich gab, so werden wir früher oder später auf weitere Hinweise auf sie stoßen, irgendwo auf diesen Seiten. Über all die Jahrtausende haben sie auf uns gewartet, wir brauchen sie nur zu sammeln.«

»Und wohin werden sie uns führen?«, fragte der Junge.

Zu Kamal, dachte Sarah.

»Zu neuen Antworten«, sagte sie.

Das Ausfindigmachen weiterer Textstellen, die sich auf die Arimaspen bezogen, erwies sich als zeitraubende Arbeit. Bis zum späten Nachmittag hatte keiner der drei einen weiteren Erfolg zu vermelden. Dann jedoch stieß Friedrich Hingis in der »Naturgeschichte« des Römers Plinius auf einen weiteren Hinweis.

»Nicht zu fassen!«, rief er aus und schlug mit der flachen Hand auf den Tisch. »Auch Plinius berichtet von den Arimaspen!«

»Lass hören«, verlangte Sarah, die nichts anderes erwartet hatte, und Hingis trug die betreffende Textstelle vor, in der von einäugigen Kriegern die Rede war und von der Fehde, die sie sich mit geheimnisvollen Himmelskreaturen lieferten, die der Römer mit dem aus dem Griechischen entlehnten Wort *gryps* benannte.

»Greife«, übersetzte Sarah. »Auch Herodot erwähnte sie. Fragt sich nur, was damit gemeint ist.«

»Sicher nicht jenes Mischwesen aus Löwe und Adler, das wir aus dem europäischen Mittelalter kennen«, gab Hingis zu bedenken. »Vermutlich beschreibt der Terminus lediglich einen zu groß geratenen Vogel, dessen Existenz sich die Zeitgenossen nicht erklären konnten und der auf diese Weise im Mythos zu einem übernatürlichen Wesen wurde.«

»Ein großer Vogel?«, fragte Ufuk nach. Der Junge hatte seine Ausgabe von Megasthenes' Indienbeschreibung durchforstet, bislang aber keinen Hinweis auf die Arimaspen gefunden. »Meister Ammon hat mir von einem solchen Tier erzählt.«

»Tatsächlich?«, fragte Sarah.

»Ja«, bestätigte Ufuk beflissen. »Schon die alten Perser kannten eine solche Sagengestalt, einen Vogel von überirdischer Herkunft, ›Simurgh‹ genannt. Auch den Hindus und Buddhisten ist er bekannt, dort wird er ›Garuda‹ genannt.«

»Ich erinnere mich«, bestätigte Sarah. »Auch mir hat el-Hakim einst davon erzählt. Und er sagte auch, dass der Simurgh oder Garuda in den orientalischen Erzählungen aus Tausendundeiner Nacht die Gestalt des Vogels Roc angenommen hat.«

»Der Vogel Roc?« Hingis blies verächtlich durch die Zähne. »Ich bitte euch ...«

»Der Sage nach«, fuhr der Junge unbeirrt fort, »ist der Roc an den steilen Berghängen der Ostgebirge beheimatet. Wie es heißt, ist er in der Lage, einen Elefanten zu packen und mit in die Lüfte zu reißen ...«

»... und sein Ei hat das Gewicht und die Größe von hundertfünfzig Hühnereiern«, fügte Hingis grinsend hinzu. »Ich weiß, Söhnchen. Auch ich habe diese Geschichten in meiner Jugend gelesen. Ich bezweifle nur, dass sie etwas zu unserer Suche beitragen können.«

»Wer weiß«, überlegte Sarah. »Wenn sowohl griechische als auch persische Quellen übereinstimmend von übernatürlichen geflügelten Wesen berichten, könnte dies bedeuten, dass wir uns bei unserer Suche nach den Arimaspen nach Osten zu wenden haben.«

»Eine gewagte Folgerung«, meinte Hingis.

»Durchaus«, gab Sarah zu, »aber nicht unberechtigt. Wenn ich mich recht entsinne, berichtet auch Marco Polo in seinen Reisebeschreibungen vom Vogel Roc. Und eine Expedition, die vor einigen Jahren aufbrach und sich nach seinen Angaben auf die Suche nach der Kreatur machte, hat angeblich ein Skelett gefunden, das eine Spannweite von mehr als zwanzig Yards aufwies.«

»So wurde behauptet«, erwiderte Hingis und schnaubte verächtlich. »Das war 1866. Einen stichhaltigen Beweis für die Existenz der Kreatur haben die betreffenden Herren allerdings niemals geliefert.«

»Trotzdem«, beharrte Sarah. »Wenn die Arimaspen existieren, sind auch ihre Gegner mit einiger Wahrscheinlichkeit nicht nur eine Ausgeburt der Phantasie. Es muss etwas geben, das die Sage von den Greifen inspiriert hat. Etwas, das sich die Menschen der alten Zeit nicht anders erklären konnten als durch die Schöpfung eines Mythos.«

»Und was genau könnte das gewesen sein?«, fragte Hingis.

»Das weiß ich nicht, Herr Kollege – noch nicht«, entgegnete Sarah mit einem schwachen Lächeln. »Die Spuren deuten nach Osten, aber wir brauchen noch mehr Hinweise.«

Erneut wandten sie sich ihren Büchern zu – und wie sich im Lauf der nächsten Stunden herausstellte, war das, was sie bislang über die Einäugigen und ihre geheimnisvollen geflügelten Gegner herausgefunden hatten, lediglich die Spitze des Eisbergs.

Auch beim antiken Geographen Strabon fand sich ein Verweis auf die Arimaspen und die legendären Goldschätze, um die sie sich mit den Greifen stritten, und schließlich wurde Ufuk auch bei Megasthenes fündig, der von einem Volk von Einäugigen berichtete, das weit im Osten lebe, jenseits der großen Gebirge. Die mit

Abstand ausführlichste Beschreibung der Arimaspen jedoch fand sich einmal mehr bei Herodot, wie Sarah beim Lesen des vierten Buchs der »Historien« feststellte.

»Hört euch das an«, erbat sie die Aufmerksamkeit ihrer Begleiter und trug mit vor Aufregung bebender Stimme vor: »›Jedenfalls behauptete Aristeas, der Sohn des Caystrobios, eines Mannes aus Prokonnesos, in seiner Dichtung, dass er von Apollon getrieben das Land der Issedonen betrat und dass jenseits der Issedonen die einäugige Rasse der Arimaspen hauste und jenseits von diesen die Schätze hütenden Greife und jenseits von diesen die Hyperboreer . . .‹«

»Was bedeuten all diese Namen?«, wollte Ufuk wissen.

»Es sind die Bezeichnungen alter Völker«, antwortete Sarah. »Endlich bekommen wir geographische Angaben.«

»Geographische Angaben?«, hakte Hingis kritisch nach. »Wohl kaum! Über das Volk der Issedonen ist kaum etwas bekannt, und was die Hyperboreer betrifft, so sind sie kaum weniger rätselhaft als die Arimaspen. Manche Forscher behaupten, es hätte sie nie gegeben, andere sehen in ihnen so etwas wie die legendäre Ursprungsrasse der Menschheit. Es ist, als versuchte man eine mathematische Gleichung zu lösen, indem man eine weitere Unbekannte einführt. Oder – um im Reich der Märchen zu bleiben –, als ob man versuchen würde, den Wald der sieben Zwerge zu finden, indem man Rotkäppchen nach dem Weg fragt.«

»Nicht ganz«, widersprach Sarah und schickte dem Freund einen tadelnden Blick ob seines plakativen Vergleichs. »Im weiteren Textverlauf nennt Herodot auch ein Volk, mit dem wir durchaus etwas anzufangen wissen – die Skythen.«

»Die Skythen?« Hingis hob eine Braue.

»In der Tat«, bestätigte Sarah und übersetzte erneut: »›Es sind die Issedonen, die von einäugigen Menschen und Gold bewachenden Greifen berichten, und die Skythen behaupten, es von ihnen erfahren zu haben; von den Skythen aber haben wir und damit der Rest der Menschheit unsere Kenntnis, und wir nennen sie auf Skythisch Arimaspen, denn *arima* bedeutet ›eins‹ und *spu* bedeutet ›Auge‹.‹ Nun, mein lieber Friedrich«, fügte sie lächelnd hinzu, »was sagst du?«

»Die Skythen waren ein kriegerisches Nomadenvolk, das im östlichen Europa sowie im Süden Russlands beheimatet war«, entgegnete Hingis. »Sollten sie die Verbindung zwischen dem Mythos der Arimaspen und der realen Historie sein?«

»Es wäre möglich, oder nicht?«

»Nun«, mahnte der Schweizer, »wir müssen Vorsicht walten lassen. Da die Skythen keine schriftlichen Aufzeichnungen kannten, ist nur vergleichsweise wenig über sie bekannt, was wiederum bedeutet, dass Mythos und Geschichte nicht eindeutig voneinander zu trennen sind. Außerdem handelt es sich bei allen diesen Quellen um Beschreibungen des äußersten Randes der antiken Welt. Die wenigsten ihrer Urheber dürften diese Orte jemals selbst bereist oder sie auch nur aus der Ferne mit eigenen Augen gesehen haben. Nicht einmal der gute Herodot.«

»Das ist wahr«, stimmte Sarah mit Blick auf den Text zu, den sie vorgetragen hatte. »Herodot gibt an, seine Informationen von einem gewissen Aristeas von Prokonnesos zu haben, der ein Gedicht über die Arimaspen verfasst hat.«

»Die antike Insel Prokonnesos ist die heutige *marmara adası*«, wusste Ufuk zu berichten, »eine Insel im Marmarameer, gar nicht weit von hier. Ein seltsamer Zufall, nicht wahr?«

»Allerdings«, pflichtete Sarah bei. »Etwas zu seltsam für meinen Geschmack.«

»Was wissen wir sonst noch über diesen Aristeas?«, verlangte Hingis zu wissen. »Berichtet Herodot noch mehr über ihn?«

»Einen Augenblick«, bat Sarah und überflog die nächsten Zeilen – um einmal mehr einen überraschten Aufschrei von sich zu geben.

»Ich will hoffen«, sagte Hingis trocken, »es gibt einen guten

Grund, der diesen Ausbruch rechtfertigt. Der arme Junge und ich haben uns fast zu Tode erschreckt.«

»Verzeiht«, stammelte Sarah, die ihren Blick nicht von den in deutscher Fraktur gedruckten Zeilen wenden konnte. »Es ist nur ... Was ich hier lese, ist so unglaublich, dass ich ...« Sie schüttelte den Kopf, dann blickte sie auf, Tränen inneren Aufruhrs in den Augen. »Herodot schreibt von einer Begebenheit, die sich auf Prokonnesos zugetragen haben soll«, berichtete sie mit bebender Stimme. »Wie es heißt, hätte Aristeas die Werkstatt eines Walkers betreten und sei dort verstorben; als man den Leichnam jedoch abholen wollte, um ihn beizusetzen, da war er spurlos verschwunden.«

»Und?«, fragte Hingis, der der morbiden Anekdote nichts Aufregendes abgewinnen konnte.

»Sieben Jahre später«, erwiderte Sarah leise, »tauchte Aristeas angeblich wieder auf der Insel auf, springlebendig und mit unzähligen Geschichten im Gepäck, die er auf einer abenteuerlichen Suche nach dem sagenumwobenen Volk der Hyperboreer erlebt haben wollte. Derart inspiriert, schrieb er seine Ode über die Einäugigen, die er ›Arimaspea‹ nannte. Danach verschwand er wieder.«

»Unfassbar«, entfuhr es nun auch dem Schweizer – angesichts seiner sonst so zurückhaltenden und beherrschten Art ein echter Gefühlsausbruch. »Vermuten wir dasselbe?«

»Ich denke schon«, stimmte Sarah zu. »Wenn sich die Dinge auf Prokonnesos tatsächlich so zugetragen haben, wie Herodot sie berichtet, könnte es durchaus sein, dass Aristeas das Wasser des Lebens verabreicht wurde. Seine Zeitgenossen haben ihn daraufhin für tot gehalten, aber er war es nicht; stattdessen bekam er das *aqua vitae* erneut verabreicht und begab sich auf seine Reise nach Osten.«

»Eine ziemlich kühne Vermutung«, meinte Hingis, »die wir zudem nicht überprüfen können, weil das Werk des Aristeas verschollen ist. Und selbst wenn es nicht so wäre, würde sein Text einer wissenschaftlichen Überprüfung wohl kaum standhalten, denn wie Herodot so schön sagt, ist Aristeas ›von Apollon getrieben‹ gewesen, als er zu seiner Reise aufbrach – mit anderen Worten, er war wahnsinnig.«

»Oder vom Fieberwahn umfangen«, lieferte Sarah eine andere Deutung.

»Davon bin ich nicht überzeugt.«

»Warum nicht?«

»Weil du wieder einmal nur das siehst, was du sehen willst«, erwiderte der Schweizer mit brutaler Offenheit.

»Wieder einmal?«, fragte Sarah.

Hingis seufzte. Ihm war anzusehen, dass er nicht stolz auf seine Worte war, aber er nahm sie auch nicht zurück. »Du musst dich vorsehen, Sarah«, sagte er leiser. »Du bist auf dem besten Weg, dich in etwas zu verrennen – genau wie in Griechenland.«

»Durchaus nicht«, widersprach Sarah heftig, wobei sie alle Mühe hatte, sich nicht anmerken zu lassen, wie sehr sie der Vorwurf des Freundes traf. »Ich sehe nur das, was offenkundig vor mir liegt.«

»Tatsächlich?« Friedrich Hingis' Brillengläser beschlugen, wie immer, wenn er sich über etwas ereiferte. »Was haben wir denn bislang außer einigen Andeutungen und Mutmaßungen? Nichts, Sarah! Nichts, das einer objektiven Betrachtung standhalten würde!«

»Nein?« Sie deutete auf die Bücher, die aufgeschlagen vor ihnen lagen. »Und was ist mit den Hinweisen, auf die wir gestoßen sind?«

»Bei allem Respekt, werte Freundin – die Herren, in deren Werken wir gelesen haben, haben mit großer Wahrscheinlichkeit alle voneinander abgeschrieben. Anders als in unserer Zeit galt es in der Antike als äußerst schicklich und als Zeichen von Belesenheit, sich die geistige Arbeit anderer anzueignen.«

»Zugegeben«, räumte Sarah ein, »aber es muss einen Grund

dafür geben, dass die Kunde von den Arimaspen über Jahrhunderte hinweg weitergegeben wurde. Eine tiefere Wahrheit, die . . .«

»Als Archäologen geht es uns nicht um die Wahrheit, Sarah, sondern um das, was sich wissenschaftlich beweisen lässt«, brachte der Schweizer in Erinnerung, was jedem Studenten im ersten Semester beigebracht wurde. »Angesichts des herausragenden Lehrers, den du hattest, solltest du das wissen.«

»Und angesichts der Erfahrungen, die wir gemacht haben, solltest du wissen, dass wissenschaftliche Fakten nicht alles sind«, konterte Sarah aufgebracht. »Warum wehrst du dich so dagegen?«

»Weil, meine Teure«, entgegnete Hingis, »die Wissenschaft alles ist, was mir noch geblieben ist. Ich habe meine Hand eingebüßt und einen guten Teil meiner Reputation, und wenn ich es recht bedenke, ist mir auch von meinen Überzeugungen recht wenig geblieben. Meinen Verstand jedoch habe ich mir bewahrt, und ich werde nicht ausgerechnet jetzt von ihm lassen, da wir . . .« Er unterbrach sich und kniff die Lippen zusammen, starrte stumm auf die Tischplatte.

»Da wir was?«, wollte Sarah deshalb wissen. »Sprich dich ruhig aus, alter Freund.«

Er atmete tief durch, erst dann sprach er weiter, beherrschter jetzt und fast kleinlaut: ». . . da wir dabei sind, uns erneut Hals über Kopf in ein Abenteuer zu stürzen, dessen Ausgang völlig unabsehbar ist«, brachte er den Satz zu Ende.

»Ich habe dich nie gezwungen, mich zu begleiten«, erwiderte Sarah. »Du bist mir aus freien Stücken gefolgt.«

»Und ich bedaure meine Entscheidung nicht. Aber ich denke, dass wir ein wenig mehr wissenschaftliche Distanz wahren sollten.«

»Wissenschaftliche Distanz?« Sarah glaubte, nicht recht zu hören. »Hast du vergessen, worum es geht?«

»Keineswegs.« Er schüttelte den Kopf. »Aber ich denke auch, dass deine Sorge um Kamal dein Urteilsvermögen getrübt hat und du gegenwärtig nicht mehr in der Lage bist, Fakten und Fiktion zu unterscheiden. Als dein Vertrauter und Freund kann ich dies nachvollziehen – als dein Kollege kann ich dich nur davor warnen!«

Sarah holte tief Luft, um Hingis entschieden zu widersprechen und ihm zu sagen, dass er sich seine klugen Ratschläge schenken und sich sonstwohin scheren sollte, wenn er nicht bereit war, ihr bei ihrer Suche zu helfen ...

Aber sie tat es nicht.

Denn plötzlich schoss ihr ein Gedanke durch den Kopf, der ihr wichtiger schien als jeder Streit. Eine Vermutung, die es sofort zu überprüfen galt!

Abrupt wandte sie sich den Aufzeichnungen zu, die sie sich im Zuge der Lektüre gemacht hatte, und durchblätterte sie.

»Darf man fragen, wonach du suchst?«, verlangte Hingis leicht indigniert zu wissen.

Sarah antwortete nicht, bis sie die betreffende Notiz gefunden hatte. »Hier«, rief sie und zog triumphierend ein beschriebenes Blatt hervor. »Dies ist ein Transskript des Gedichts, das auf dem Pergament zum Vorschein gekommen ist.«

»Und?«, fragte der Schweizer.

»Erinnerst du dich an den Anfang? *Und so reiste ich weiter gen Norden und sah, was keines Menschen Auge je erblickt, begleitet vom rasenden Phoibos, der mir die Wahrheit offenbarte ...*«

»Sicher, aber ich sehe nicht, was ...«

»Der Gedanke kam mir, als du mir vorgeworfen hast, ich könne Fakten und Fiktion nicht unterscheiden«, erklärte Sarah, in deren Augen zum ersten Mal nach langer Zeit wieder der Eifer des Entdeckers glomm. »Phoibos ist der Beiname von Apollon, richtig? Dem griechischen Gott des Lichts und der Ordnung.«

»Richtig«, bestätigte Hingis, »aber ich verstehe nicht, worauf du ...« Plötzlich unterbrach er sich und wurde bleich. »Du meinst ...?«

»Genau das«, bestätigte Sarah. »Herodot schreibt, dass Aristeas von Apollon getrieben worden sei, und in dem Gedicht ist von einer Begleitung durch den ›rasenden Phoibos‹ die Rede. Was, wenn beide dasselbe meinen? Wenn der Text aus dem Codicubus jenes verschollene Gedicht des Aristeas ist, auf das Herodot in seinen Historien Bezug nimmt: die ›Arimaspea‹?«

»Das ... das wäre eine wissenschaftliche Sensation«, stammelte Hingis beeindruckt.

»Seit Alexandrien wissen wir, dass zumindest Teile der legendären Bibliothek noch sehr viel länger existierten, als die Forschung annimmt«, erläuterte Sarah. »Vor diesem Hintergrund kann es gut sein, dass Aristeas' Werk die Zeit überdauert hat. Schließlich wäre es nicht das erste Mal, dass ein Codicubus dazu benutzt wurde, ein Schriftstück über Jahrhunderte hinweg aufzubewahren.«

»Es wäre zumindest möglich«, musste der Schweizer zugeben.

»Wenn Polyphemos das Gedicht jedoch für so wichtig erachtete, dass er es nicht nur der Sicherheit eines Codicubus anvertraute, sondern es zudem noch für den unbedarften Betrachter unsichtbar machte, dann müssen wir wohl davon ausgehen, dass es sich dabei um ungleich mehr handelt als um die literarische Ambition eines Wahnsinnigen.«

»Nämlich?«, wollte Hingis wissen.

»Prokonnesos liegt, wie Ufuk völlig richtig sagte, im Marmarameer, das schon in antiker Zeit Durchgangsstation für unzählige Schiffe war, die von Europa nach Asien fuhren und umgekehrt«, spann Sarah ihren Gedanken weiter. »Fraglos hat Aristeas Seeleute von ihren Fahrten und von den wundersamen Dingen berichten hören, die sie an fernen Orten erlebten.«

»Du ... du sprichst von Seemannsgarn?«

»Ja, aber möglicherweise mit einem wahren Kern. Vielleicht hat Aristeas auf diese Weise zum ersten Mal von den Arimaspen erfahren, von den Greifen und den Hyperboreern – und hat sich schließlich auf den Weg gemacht, um sie zu finden.«

»Möglich wäre es«, gab Hingis zu und rückte seine Brille

zurecht, die ihm bis auf die Nasenspitze heruntergerutscht war. »Aber wie hilft uns das weiter? Selbst wenn wir davon ausgehen, dass das Gedicht authentisch ist und tatsächlich von Aristeas stammt – es enthält weder geographische Angaben noch Beschreibungen, die Rückschlüsse auf den Aufenthaltsort der Arimaspen zuließen.«

»Das nicht«, gab Sarah zu, »aber wenn meine Vermutungen zutreffen und Aristeas seine Inspiration tatsächlich von Seeleuten bezog, dann schränkt dies das in Frage kommende Gebiet ein – nämlich auf die nordöstlichen Küstenregionen des Schwarzen Meeres, was sich wiederum mit der Sage vom Vogel Roc decken würde.«

»Wie beruhigend«, ächzte der Schweizer, »dann brauchen wir ja nur eine Küstenlinie von geschätzten tausend Meilen abzusuchen, vom Hinterland ganz zu schweigen!«

»Nicht ganz«, widersprach Sarah, »denn vergessen wir nicht, dass Herodot auch die Skythen erwähnt. Wenn wir unsere Suche also auf jene Regionen rund um das Schwarze Meer konzentrieren, die einst von Skythen bevölkert waren, dann dürfte dies das in Frage kommende Gebiet noch einmal beträchtlich verkleinern.«

»Zugegeben, aber was heißt das schon?«, knurrte Hingis und griff nach einem Atlanten, den er kurzerhand aufschlug. »Das angestammte Gebiet der Skythen erstreckte sich nach allem, was wir wissen, zwischen der ungarischen Tiefebene und dem Fluss Jenissei in Sibirien – mit anderen Worten über die gesamte Nordküste des Schwarzen Meeres. Selbst wenn wir nur den östlichen Teil in Betracht ziehen – etwa von der Krim bis zu den Ausläufern des Kaukasus –, sprechen wir von einem Gebiet, das Hunderte von Quadratmeilen umfasst. Ganz abgesehen davon, dass es sich zum guten Teil um russisches Territorium handelt und du als Britin dort nicht sehr wohlgelitten sein dürftest.«

»Dennoch«, beharrte Sarah, »bin ich sicher, dass dies die richtige Spur ist.«

»Warum?«, fragte der Schweizer dagegen. »Weil dein Gefühl es dir sagt?«

»Nein«, widersprach sie kopfschüttelnd, »weil die Quellen mir dazu raten. Die Hinweise mögen vielleicht spärlich sein, und die Folgerungen, die wir daraus ableiten, auf wackeligen Beinen stehen – aber sie sind legitim, und ich bin bereit, mich auf das Wagnis einzulassen. Auch Schliemann wurde einst vorgeworfen, er würde Hirngespinsten nachjagen. Zu einer historischen Tatsache wurde Troja erst in dem Augenblick, als er die Stadtmauern aus dem Sand grub. Und genau das werde auch ich tun.«

»Im Sand graben?«

»Die Tatsachen ans Licht bringen«, verbesserte sie. »Die Arimaspen und der Berg Meru bilden die einzige Verbindung, die mir zu Kamal geblieben ist, also werde ich alles daransetzen, sie zu finden. Weder kann noch will ich dich zwingen, mich dabei zu begleiten, aber ich werde diesen Weg gehen, ob es dir gefällt oder nicht.«

Friedrich Hingis antwortete nicht sofort. »Gleich, ob Gardiner Kincaid dein Vater war oder nicht«, sagte er endlich, »sein unbeugsames Wesen hat er dir auf jeden Fall vermacht.«

»Verzeih.«

»Da gibt es nichts zu verzeihen.« Er schüttelte den Kopf.

»Also trennen sich unsere Wege?«, erkundigte sie sich und schaute ihn unverwandt an. Ihre erblassten Züge mit den leichten Sommersprossen verrieten keine Regung, sie wollte ihm die Entscheidung nicht unnötig erschweren.

»Wie denn?«, fragte der Schweizer entrüstet dagegen. »Du willst mich loswerden? Ist das deine Art, einem Kollegen zu danken, der so viel mit dir durchgemacht hat? Willst du die ganze Ehre und den wissenschaftlichen Ruhm für dich allein?«

»Du ... du würdest mich begleiten?«

»Bis ans Ende der Welt, wenn es nötig sein sollte. Wir haben diese Sache gemeinsam begonnen, also bringen wir sie mit Gottes Hilfe auch gemeinsam zu Ende.«

»A-aber sagtest du nicht selbst, meine Folgerungen wären vorschnell und unüberlegt?«

»Deine Thesen sind gewagt, ohne Frage, aber sie scheinen mir zumindest nicht unbegründet«, erwiderte der Schweizer. »Ich wollte nur verhindern, dass deine Sorge um Kamal dich dazu treibt, Entscheidungen zu treffen, die jeder rationalen Grundlage entbehren. Deshalb habe ich mir erlaubt, dich an die Tugenden unserer Wissenschaft zu erinnern.«

»Wofür ich dir dankbar bin«, entgegnete Sarah. »Noch vor ein paar Jahren allerdings hätte ich mich für einen solchen Ratschlag wohl mit einer schallenden Ohrfeige bei dir revanchiert.«

»Meine Liebe«, konterte der Schweizer lächelnd, »noch vor ein paar Jahren hätte ich dir erst gar keinen Ratschlag erteilt …«

6.

Tagebuch Sarah Kincaid

Endlich eine neue Spur!

Nach einer nicht enden wollenden Zeit, in denen mir nichts anderes zu tun blieb, als abzuwarten und die Wunden zu lecken, die unsere Feinde mir zugefügt hatten, habe ich nun endlich wieder das Gefühl, das Heft des Handelns in die Hand zu nehmen. Und selbst wenn es eine Selbsttäuschung sein mag und die Hinweise, die ich gefunden zu haben glaube, sich allesamt als falsch herausstellen sollten, ziehe ich diesen Zustand dem Nichtstun allemal vor.

Woher ich diese Stärke nehme, vermag ich nicht zu bestimmen. Anders als früher ist es nicht nur Forscherdrang, der mich antreibt. Mein getreuer Friedrich hat recht, wenn er mich ermahnt, die archäologischen Tugenden nicht aus den Augen zu verlieren. Aber kann die Wissenschaft, die reine Vernunft, mich überhaupt ans Ziel dieser Suche führen? Die Archäologie scheint hier an ihre Grenzen zu stoßen, und ich bin froh, die Weisheit von el-Hakim hinter mir zu wissen, der mir trotz aller Zweifel und Ängste das Gefühl gibt, nicht verloren zu sein.

Seit wir sein Haus betreten haben, verspüre ich zum ersten Mal wieder ein wenig Zuversicht, und ich bezweifle nicht, dass dies der Gegenwart des alten Freundes zu verdanken ist. Wann immer ich in seiner Kammer sitze und seiner beruhigenden Stimme lausche, ist es fast wie früher, wenn der junge Kesh und ich in der obersten Stube der alten Sternwarte am Djebel Mokattam hockten und in heißen Wüstennächten den Geschichten zuhörten, die el-Hakim besser als jeder meddah *zu erzählen wusste und in denen sich seine Weisheit spiegelte wie das Mondlicht in den Wassern des Nils.*

Während Friedrich mit Ufuks Hilfe versucht, eine Schiffspassage über das Schwarze Meer zu buchen und bei den zuständigen Behörden die dafür erforderlichen Genehmigungen zu erwirken, setze ich die Studien fort. Wohl um zu verhindern, dass das seltsame Frauenzimmer seinen Fuß noch öfter über ihre Schwelle setzt, haben die Kuratoren der Staatsbibliothek mir großzügig gestattet, einzelne Bände auszuleihen, sodass ich meine Arbeit nun in Ammons Haus fortsetzen kann. Und während ich Quellen und sekundäre Literatur durchforste, hege ich nicht nur die Hoffnung, noch mehr Hinweise auf die Arimaspen und ihr geheimnisvolles Wirken zu finden, sondern auch, dass die Weisheit und das Wissen meines alten Freundes auch mich erleuchten mögen …

Basarviertel, Konstantinopel
21. März 1885

»Nun, mein Kind? Kommen deine Studien gut voran?«

Sarah blickte von dem Buch auf, in dem sie gelesen hatte. Umgeben von seinen Reichtümern, seinen Schriftrollen, Talismanen und den kupfernen Modellen von Sternen und Planeten, die von der niederen Decke hingen, saß ihr der alte Ammon gegenüber. Seine Augen waren blicklos wie immer, dennoch hatte Sarah das Gefühl, dass er sie direkt anschaute.

»Ich denke ja, Meister«, erwiderte sie, dankbar für die Unterbrechung. »Ich lese gerade in einem Buch, das ein deutscher Wissenschaftler namens Karl Johann Heinrich über die Skythen verfasst hat.«

»Dein Vater hat gut daran getan, dich verschiedene Zungen zu lehren«, meinte der Weise überzeugt.

»Ja«, stimmte Sarah zu und verspürte den jähen Drang, el-Hakim nach ihrer Herkunft zu befragen. War sie Gardiner Kincaids Tochter, oder war sie es nicht? Hatte Mortimer Laydon am Ende die Wahrheit gesagt?

Schaudernd dachte Sarah an die letzte Begegnung mit Laydon in der geschlossenen Anstalt von Bedlam zurück. Sollte dieser dem Wahnsinn verfallene, durch und durch von Bosheit durchdrungene Mensch tatsächlich ihr wirklicher Vater sein? Anfangs hatte Sarah den Gedanken weit von sich gewiesen, doch inzwischen hatte sie in ihr Innerstes geblickt und erkannt, dass dort Abgründe lauerten, von denen sie nicht das Geringste geahnt hatte – Laydons dunkles Erbe?

»Was schreibt der Deutsche?«, wollte el-Hakim wissen und riss sie damit aus ihren Gedanken. Sie brauchte einen Moment, um sich in den Notizen, die sie sich gemacht hatte, zurechtzufinden.

»Nun«, erwiderte sie dann, »Heinrich vermutet, dass die Arimaspen womöglich nicht nur Nachbarn der Skythen waren, wie Herodot schreibt, sondern dass es sich bei ihnen selbst um einen Skythenstamm gehandelt haben könnte ...«

»... was dich in deinem Bestreben, die Lande jenseits des Bosporus zu erkunden, nur bestärken dürfte«, vermutete der Alte.

»Das ist wahr«, stimmte Sarah zu, »insofern ändert Heinrichs These nichts. Interessant ist aber, wie er dazu gekommen ist: Er hat germanische mit griechischen und hellenistischen Quellen verglichen und dabei Übereinstimmungen gefunden.«

»Im Bezug worauf?«, wollte Ammon wissen.

»Auf einen Mythos, den offenbar all diese Kulturen gemeinsam haben – einen Wächtermythos, der in der einen oder anderen Form stets von einem Volk mächtiger Krieger handelt, das einen Schatz von sagenhaftem Wert hütet.«

»So wie die Arimaspen«, folgerte der Alte. »Dein Vater wäre stolz auf dich, mein Kind. Ist es nicht genau das, was er immer zu beweisen suchte? Dass sich hinter jedem Mythos ein wahrer Kern verbirgt?«

»Richtig«, bestätigte Sarah und hatte erneut das Bedürfnis, Ammon nach ihrer Herkunft zu fragen, aber sie gab ihm nicht nach.

»Und wo wirst du mit deiner Suche beginnen?«, fragte el-Hakim.

»Ich weiß es noch nicht.« Sarah schüttelte den Kopf. »Aristeas schreibt in seinem Gedicht, seine Suche nach den Arimaspen hätte ihn nach Norden geführt, was auf die Krim-Halbinsel schließen ließe. Die Sage von den Greifen und vom Vogel Roc hingegen könnte auch auf den Kaukasus hindeuten. Oder noch weiter nach Osten.« Sie seufzte hörbar. »Eigentlich hatte ich gehofft, dass Heinrichs Forschungen mir neuen Aufschluss geben würden, aber in dieser Hinsicht wurde ich leider enttäuscht, obwohl ich das Gefühl hatte ...«

»Ja?«, hakte der Weise nach, als sie plötzlich zögerte.

»Ich weiß nicht.« Sarah zuckte mit den Schultern, während sie das Buch zuschlug und über den leinenen Einband strich. »Dieses Buch erschien mir vielversprechend. Eigenartig vertraut, fast so, als hätte ich es schon einmal in meinen Händen gehalten. Aber ich entsinne mich nicht.«

»Vielleicht hast du es bei deinem Vater gesehen?«, hakte el-Hakim nach.

»Kaum. Sein Fachgebiet war die Altorientalistik. Warum hätte er sich mit den Skythen befassen sollen?«

»*Naram*«, echote der Alte. »Warum wohl?« Er überlegte kurz, dann sagte er: »Was du brauchst, ist ein weiterer Hinweis, nicht wahr?«

»Ja, Meister.«

»Könnte das Zeichen des Eroberers solch ein Zeichen sein?«

Sarah schickte Ammon einen überraschten Blick. In der gesamten persisch geprägten Welt genoss Alexander der Große bis in die Gegenwart hinein keinen besonders guten Ruf. Man vermied es, seinen Namen zu nennen und ließ auch sonst kaum ein gutes Haar an ihm. Wenn der Weise also schlicht vom »Eroberer« sprach, so war dennoch mehr als deutlich, wen er damit meinte.

»Durchaus«, bestätigte Sarah. »Schließlich sind wir im Lauf unserer Reisen des Öfteren auf das Alexandersiegel gestoßen, und wir wissen, dass auch der Eroberer unter dem Einfluss des Einen Auges gestanden hat. Dennoch dürfte es in diesem Zusammenhang äußerst unwahrscheinlich sein, dass wir auf seine Spuren treffen.«

»Weshalb?«

»Weil«, führte Sarah aus, »das Leben Alexanders durch seine Hofschreiber äußerst gut dokumentiert ist – und einmal abgesehen davon, dass es bei Arrian heißt, Alexander hätte einen Krieg gegen die Skythen zur Eroberung der Gebiete nördlich des Schwarzen Meeres geplant, ist mir nicht bekannt, dass er seinen Fuß jemals dorthin gesetzt hätte, obwohl es dort mehrere griechische Kolonien gab.«

»Du kannst das also völlig ausschließen?« Der Tonfall des Alten wurde forsch und prüfend, was Sarah nicht gewohnt war.

»Nun – nein«, gab sie zu. »Völlig ausschließen lässt sich nach so langer Zeit natürlich nichts. Aber ich nehme an, Alexanders Chronisten hätten von einer solchen Reise berichtet, hätte er sie unternommen.«

»Und wenn er ihnen untersagt hätte, darüber zu schreiben?«

»Dann müsste sich in seiner Vita zumindest ein Zeitraum finden lassen, in dem er ...« Sarah stutzte plötzlich, als ihr ein Gedanke kam.

»Ja, mein Kind?«

»Angeblich«, erwiderte sie leise, »hat Alexander zu Beginn seines Persienfeldzugs mehrere Wochen lang an der westlichen Schwarzmeerküste auf die Schiffe gewartet, die sein Heer nach Osten bringen sollten. Womöglich hat er diese Unterbrechung genutzt, um ...«

»... um sich auf die Suche nach etwas zu machen, wovon er aus alten Sagen erfahren hatte«, fuhr el-Hakim fort.

»Glaubt Ihr das wirklich, Meister? Ihr denkt, schon Alexander hätte nach den Arimaspen gesucht?«

»Nein, mein Kind«, verbesserte der Alte, »nach dem Berg Meru. Die Arimaspen dienten auch ihm nur als Wegweiser dorthin.«

»Aber wie kommt Ihr darauf?«, fragte Sarah verwirrt. »Wisst Ihr etwas, das ich noch nicht weiß?«

»Möglicherweise.« El-Hakim nickte, dann deutete er auf die

Kissen, die vor ihm auf dem Boden lagen. »Bitte, setz dich zu mir. Ich möchte dir eine Geschichte erzählen.«

»Jetzt?«, fragte Sarah mit unbestimmtem Blick in Richtung der Bücher, die sie noch durchzusehen hatte.

»Jetzt«, echote der Weise bestimmt, und Sarah ahnte, dass es – anders als in ihrer Kindheit – kein Märchen aus Tausendundeiner Nacht war, das er ihr vortragen wollte. »Willst du dir die Zeit dafür nehmen?«

»Natürlich«, versicherte sie und erhob sich, um sich zu ihm zu setzen. Die Vergangenheit hatte sie gelehrt, dass es sich stets lohnte, dem Weisen zuzuhören, ganz gleich, was er zu sagen hatte.

»Dann hör mir gut zu«, begann Ammon schließlich. »Vor vielen Jahren, noch lange vor deiner Geburt, brach unter den Mächten dieser Welt ein blutiger Konflikt aus. Beide Seiten riefen ihre jungen Männer zu den Waffen und schickten sie an einen fernen Ort, damit sie dort kämpften und starben. Der Krieg dauerte lange – länger, als die Generäle vermutet hatten, und je mehr er sich in die Länge zog, desto erbitterter wurde er auf beiden Seiten geführt. Neuartige Waffen wurden zum Einsatz gebracht, zerstörerische Kräfte entfesselt, die das Land, um das es ging, in einen Acker des Todes verwandelten. Die Leidtragenden waren die Soldaten beider Seiten, die das erdulden mussten, was die Führer ihrer Länder beschlossen hatten.«

»Wie in jedem Krieg«, sagte Sarah leise.

»Unter ihnen«, fuhr el-Hakim nickend fort, »war auch ein Mann, der sich nur aus einem einzigen Grund der Armee angeschlossen hatte – weil er die Welt hatte kennenlernen wollen. Abenteuerlust hatte ihn in die Welt hinausgetrieben, doch als er das Sterben ringsum sah, da wünschte er sich wieder zurück. Seine Vorgesetzten wussten das, deshalb schikanierten sie ihn, wo sie nur konnten, und teilten ihn öfter als jeden anderen dazu ein, den Feind auszuspähen. Auf einer dieser Patrouillen jedoch geriet er in einen Hinterhalt.«

»Wer war dieser Soldat?«, wollte Sarah unvermittelt wissen.

»Still«, ermahnte der alte Ammon sie. »Hör einfach zu, mein Kind ...«

MOUNT INKERMAN, KRIM
NACHT ZUM 5. NOVEMBER 1854

Der Donner der Granaten, mit denen die Türken die Festung Sewastopol bombardierten, war in der Ferne zu hören, dumpf und grollend, immer wieder, während der grelle Schein der Explosionen über den Hügeln irrlichterte.

Der Sergeant stieß eine Verwünschung aus. Mit dem Mond am wolkenlosen Himmel war die Nacht ohnehin schon nicht so finster, wie er es sich gewünscht hätte. Das Geschützfeuer jedoch ließ sie immer wieder zum Tag werden, was die Gefahr der Entdeckung sprunghaft erhöhte. Einzig der Nebel, der sich in den feuchten Senken gebildet hatte und langsam an den schroffen Hängen emporkroch, gewährte ein wenig Schutz.

Der Sergeant spuckte verächtlich aus. Wäre der Mut von Casaubon Shaw, dem Kompanieführer, auch nur halb so groß gewesen wie sein Maul, hätte er seinen eigenen Hintern aus dem Zelt bewegt, um selbst auf vorgeschobenen Posten zu gehen und sich ein Bild von der Lage zu machen. So jedoch begnügte er sich damit, sich bei Brigadier General Pennefather Liebkind zu machen, dessen mit üppigen materiellen Reizen ausgestattete Tochter er zu ehelichen gedachte. Wenn dafür Opfer nötig waren, so würde Shaw sie ohne Zögern bringen – es war ja nicht seine Haut, die er Nacht für Nacht im Niemandsland zwischen den feindlichen Linien zu Markte trug.

Der Sergeant lachte freudlos in sich hinein. Früher war er ein lebensfroher, der Welt und ihren Abenteuern gegenüber aufgeschlossener Mensch gewesen. Die letzten Monate jedoch hatten ihn zum Zyniker werden lassen. Nie zuvor hatte er mehr Feigheit, Geltungssucht und Scheinheiligkeit versammelt gefunden als an diesem Ort. Natürlich gab es auch Tapferkeit und Mut, jene Tugenden, die man mit dem Krieg so gerne in Verbindung brachte. Aber man fand sie meist dort, wo man es nicht unbedingt vermutet hätte …

»Sergeant!«

Milton Pitt, ein blutjunger Schütze von vielleicht siebzehn Jahren, kam bäuchlings durch den Morast gekrochen. Zwei weitere Gestalten folgten ihm, Falsworth und Webber, die ebenfalls zu seinem Trupp gehörten. Die roten Röcke ihrer Uniformen, die sie nur unzureichend vor der Kälte des Novembers schützten, waren über und über mit Dreck besudelt. Der Vorteil war, dass sie auf diese Weise weniger leicht zu entdecken waren.

»Bericht«, verlangte der Sergeant wortkarg, nachdem sie in die Stellung gerobbt waren, die nach Nordwesten mit Holzbrettern und Sandsäcken verstärkt war.

»Die Jungs auf dem anderen Posten haben auch nichts gesehen«, erstattete Pitt Bericht.

»Kunststück«, knurrte Webber, ein grobschlächtiger Kerl, der aus East Anglia stammte und dem man den Suffolk-Akzent deutlich anhörte. »Bei dieser Suppe würden wir die Russen sowieso erst zu sehen kriegen, wenn sie direkt vor uns stünden.«

Der Sergeant rieb sich das bärtige Kinn. Webber hatte recht. Der dichte Nebel machte es unmöglich, weiter als fünfzig Yards zu sehen. Aber man konnte hören, dass auf der anderen Seite der Befestigung etwas vor sich ging …

»Da war es wieder«, flüsterte er.

»Ich hab es auch gehört«, stimmte Falsworth zu. Seiner hohen, fast weiblichen Stimme wegen pflegte Shaw ihn »Falsetto« zu nennen und machte ihn zum Gespött der Kompanie, wann immer es ihm möglich war.

»Pferde«, stellte Pitt fest. »Das war eindeutig ein Schnauben.«

»Und wieso hört man dann keinen Huftritt?«, fragte Webber.

»Weil sie die Hufe mit Decken umwickeln, um die Geräusche zu dämpfen«, erklärte der Sergeant. »Dort drüben geht etwas vor sich.«

»Bei diesem verdammten Nebel lässt sich das unmöglich sagen. Das Geräusch könnte von sonstwo gekommen sein.«

»Es kam von dort drüben, aus Richtung des Shell Hill«, meinte der Sergeant überzeugt. »Wir müssen herausfinden, was dort vor sich geht.«

»Wozu?«, fragte Webber lustlos. »Damit Shaw vor Pennefather wieder den Helden spielen kann?«

»Nein, du Idiot – damit wir nicht von den Russen überrannt und massakriert werden, noch bevor wir es merken. Es gibt einen Grund dafür, dass sie uns jede Nacht auf Posten schicken. Wie es heißt, planen die Russen einen Angriff.«

»Scheiße«, sagte Webber herzhaft. »Und wo bleiben die Türken? Immerhin ist das ihr Krieg, oder nicht?«

»Statt dir über solche Dinge den Kopf zu zerbrechen, solltest du lieber versuchen, am Leben zu bleiben«, riet der Sergeant ihm. »Das gilt auch für euch beide«, wandte er sich an die beiden anderen. »Haltet den Mund geschlossen und die Köpfe unten, verstanden?«

»Ja, Sergeant.«

»Na schön.« Er nickte grimmig. »Falsworth, du bleibst hier und hältst die Stellung. Falls du Schusslärm hörst oder wir innerhalb von fünfzehn Minuten nicht zurück sind, schlägst du Alarm.«

»Verstanden.«

»Warum er?«, beschwerte sich Webber. »Warum müssen wir raus, während Falsetto seinen Arsch in der Stellung wärmen darf?«

Der Sergeant schickte ihm einen vernichtenden Blick. »Weil ich es sage, Webber. Und wenn du ihn noch einmal so nennst, dann wird es dein Hintern sein, der angewärmt wird, und zwar so lange, bis dir der Dampf zu den Ohren rauskommt. Geht das in deinen Schädel?«

»G-geht klar.«

Damit war die Sache erledigt. Es hatte eine Zeit gegeben, da hätte der Sergeant seinen Untergebenen zu erklären versucht, warum er dieses oder jenes tat oder sich so und nicht anders entschieden hatte. Inzwischen jedoch hatte er festgestellt, dass dies nicht nötig war. Diese Jungs, die aus ganz England kamen und meist nicht aus gebildeten Schichten, wollten keine Erklärungen, sondern jemanden, der ihnen deutliche Anweisungen erteilte und an den sie sich halten konnten, wenn links und rechts die Granaten einschlugen und die Luft erfüllt war von feindlichem Blei. Im Kampf um Balaklawa hatte der Sergeant nicht einen einzigen Mann aus seiner Gruppe verloren – das genügte, um ihm bei seinen Leuten Anerkennung zu verschaffen.

Mit einem warnenden Blick bedeutete er Falsworth, auf der Hut zu sein, dann kroch er seinen Leuten voran aus der Stellung. Das 55. Westmorland Regiment, zu dem auch Shaws Kompanie gehörte, war Teil der zweiten Division, die eigentlich unter dem Kommando von General De Lacy Evans stand. Da Evans vor einigen Tagen einen Reitunfall gehabt hatte, war das Kommando jedoch auf seinen Stellvertreter Pennefather übertragen worden, was wiederum Shaw Gelegenheit gab, bei jeder sich bietenden Gelegenheit um die Gunst seines Schwiegervaters in spe zu buhlen. Während andere Kompanieführer alles taten, um ihre Leute nicht den Fährnissen von Wind und Wetter auszusetzen und so ihre Kampfkraft zu schwächen, hatte Shaw sich freiwillig bereiterklärt, seine Abteilung auf die vorgeschobenen Posten zu verlegen, die dem Feindesgebiet unmittelbar gegenüberlagen. Für die Männer bedeutete dies nicht nur, in ermüdenden 24-Stunden-Schichten Wind und Wetter ausgesetzt zu sein, ohne über angemessene Kleidung und Ausrüstung zu verfügen, sondern auch einen ständigen Kampf gegen die eigene Erschöpfung. Wen Shaw und seine Offiziere während der Wache schlafend erwischten, der wurde ausgepeitscht, aber die Furcht vor Bestrafung reichte allmählich nicht mehr aus, um unter den ausgezehrten, frierenden und oftmals kranken Männern für Wachsamkeit zu sorgen. Und der grimmige

Winter, der in den nächsten Wochen über die Krim hereinbrechen würde, hatte gerade erst begonnen ...

Der Sergeant versuchte, nicht an diese Dinge zu denken, während er seinen Leuten vorausschlich. Eine Reihe karger Sträucher und verstreuter Felsen säumte den flachen Bergrücken, den das britische Kartenmaterial als »Inkerman Ridge« auswies und der sich in einem weiten Bogen nach Nordwesten erstreckte. Oberhalb davon befand sich der Shell Hill, auf der anderen Seite, weit im Norden, der Hafen Sewastopol, wo die russischen Kriegsschiffe vor Anker lagen und der Beschuss der türkischen Granaten den Nebel orangerot beleuchtete. Wenn ihr dumpfes Donnergrollen aussetzte, war erneut das Schnauben von Rössern zu vernehmen, nun auch begleitet von leisem Geklirr.

»Wagen«, flüsterte Pitt. »Ich fürchte fast, Sie haben recht, Sergeant. Die bereiten da drüben etwas vor.«

Der Sergeant nickte grimmig. Mit einem warnenden Blick gebot er seinen Untergebenen, auf der Hut zu sein, dann huschten sie weiter den Hang hinauf, wobei die Sichtverhältnisse gerade ausreichten, sich von einem Felsbrocken zum nächsten zu schleichen. Endlich ragten die schroffen Formen des Shell Hill schemenhaft vor ihnen auf. Der Sergeant legte den Finger auf die Lippen. Von hier an konnte jedes Wort, das sie sprachen, ihr letztes sein.

Bemüht, kein unnötiges Geräusch zu verursachen, pirschten sie sich noch ein Stück näher heran, die neuartigen Minie-Gewehre im Anschlag, die präziser waren und auch sehr viel mehr Durchschlagskraft besaßen als die alten 1842er Musketen. Den Soldaten allerdings wäre es lieber gewesen, die Kommandierenden hätten ebenso viel Wert auf eine anständige Bekleidung der Truppe gelegt wie auf deren Bewaffnung.

Plötzlich konnten sie Stimmen hören.

Gedämpfte Stimmen, die sich in einer fremden Sprache unterhielten.

Russisch.

Der Sergeant warf sich bäuchlings zu Boden, Webber und Pitt taten es ihm gleich. Unmittelbar vor ihnen, nur zehn oder fünfzehn Yards entfernt, befand sich eine feindliche Stellung!

Die Soldaten dort unterhielten sich leise miteinander, und wäre nicht der dichte Nebel gewesen, wäre wohl schon ein Feuergefecht entbrannt. So jedoch blieb alles still, gespenstisch ruhig . . .

Der Sergeant warf einen Blick auf die Uhr, die er in der Tasche seines Uniformrocks stecken hatte. Achtzehn vor sechs. Bald würde die Dämmerung einsetzen.

Er bedeutete seinen Untergebenen, zurückzubleiben, während er selbst noch ein Stück weiterschlich. Er musste wissen, ob es sich lediglich um einen vorgeschobenen Posten des Feindes handelte oder um die Vorhut einer größeren Streitmacht. Gut möglich, dass die Russen den Schutz der Dunkelheit und des in dieser Nacht besonders dichten Nebels genutzt hatten, um . . .

Ein eisig kalter Windstoß fegte plötzlich den Hang herauf, der in die Nebelschwaden blies und sie zerriss – und für einen kurzen Moment erheischte der Sergeant einen Blick auf den Feind.

Er sah Dutzende von Gestalten, die beigefarbene Mäntel und schwarz-rote Mützen trugen, dazu einige Fuhrwerke, die offenbar mit Munition beladen waren. Noch bevor der Nebel wieder den Vorhang über die gespenstische Szenerie fallen ließ, war dem Sergeant klar, was dies bedeutete: Der befürchtete Gegenangriff, mit dem die Russen den Vormarsch der Alliierten auf Sewastopol stoppen wollten, stand bevor!

Er wusste nun, was er hatte wissen wollen.

Rasch machte er kehrt und schlich zurück zu den anderen, die unterhalb eines Felsvorsprungs auf ihn warteten. Als Pitt den besorgten Ausdruck im Gesicht seines Vorgesetzten sah, konnte er nicht anders, als das Schweigen zu brechen.

»Verdammt, Sergeant«, zischte er, »Sie sehen aus, als ob . . .«

Weiter kam er nicht.

Ein Schuss zerfetzte die Stille der Nacht, und im nächsten

Augenblick klaffte in der Stirn des jungen Soldaten, unmittelbar unterhalb seiner Kopfbedeckung, ein hässliches Loch. Noch einen Augenblick hielt er sich aufrecht, dann kippte er leblos zurück.

»Scheiße!«, zischte Webber. »Scharfschützen!«

Wie um seinen Verdacht zu bestätigen, fiel ein zweiter Schuss. Sowohl der Sergeant als auch sein Untergebener warfen sich in Deckung, sodass das tödliche Blei sie um Haaresbreite verfehlte. Die Kugel prallte am Fels ab und sengte als Querschläger davon. Wo auch immer die feindlichen Schützen steckten – sie schienen sich irgendwo *in ihrem Rücken* zu befinden.

»Raus hier!«, herrschte der Sergeant Webber an, während er ihn gleichzeitig an der Schulter packte und herumriss. Beide sprangen auf und rannten den Hang hinab, den sie heraufgekommen waren. Entdeckt waren sie ohnehin. Nun kam es nur noch darauf an, schneller zu sein als die feindlichen Kugeln.

In geduckter Haltung, die Köpfe zwischen die Schultern gezogen, hetzten die beiden zwischen dornigem Gestrüpp und verstreuten Felsen hindurch. Immer wieder fielen Schüsse, und durch den Nebel war hier und dort die verschwommene Glut von Mündungsfeuer zu sehen, wobei nicht mehr zu erkennen war, welche Seite feuerte.

Der Schuss, der Pitt das Leben gekostet hatte, hatte gleichzeitig auch die britischen Streitkräfte alarmiert, und von den Stellungen des 41. sowie des 47. Regiments wurde nun ebenfalls gefeuert. Dem Sergeant und Webber konnte es gleichgültig sein, woher die Kugeln kamen, solange sie nur nicht trafen ...

Hals über Kopf durch das Niemandsland zwischen den feindlichen Linien hastend, hielten sie der eigenen Stellung entgegen – als sie plötzlich dumpfen Donnerschlag vernahmen, und zwar sehr viel näher als zuvor. Mit Erschrecken erkannte der Sergeant den charakteristischen Klang eines russischen 18-Pfünders, und schon im nächsten Moment war das hässliche Pfeifen zu hören, das dem Einschlag des Geschosses vorausging.

»In Deckung!«, brüllte er, und aus dem Augenwinkel glaubte er zu erkennen, wie sich Webber zu Boden warf. Dann schlug das schwere Projektil auch schon ein und verstreute seine vernichtende Ladung. Schrapnellgeschosse flogen nach allen Seiten, gruben sich in den feuchten Boden oder prallten von den Felsen ab.

Der Sergeant brauchte einen Moment, um zu erkennen, dass die Granate ein gutes Stück hangabwärts eingeschlagen war und folglich weder Webber noch er etwas abbekommen hatten. Rasch sprangen die beiden Männer auf und rannten weiter durch den von irrlichterndem Mündungsfeuer beleuchteten Nebel. Schüsse fielen jetzt in rascher Folge, gedämpfte Schreie waren zu vernehmen. Dann wieder das scheußliche Krachen der 18-Pfund-Haubitze – und der Sergeant wusste, dass es diesmal weniger glimpflich abgehen würde.

Das Pfeifen war lauter und schien von unmittelbar über ihren Köpfen zu kommen. Mit einem Warnschrei wollte er sich zu Boden werfen, aber es war schon zu spät. Die Kartätsche schlug ein, und das Letzte, was er von Webber sah, war dessen seiner Beine beraubter Torso, der mit obszöner Beiläufigkeit davonflog, als hätte ihn jemand für unnütz befunden und weggeworfen.

Der Sergeant war zu sehr mit überleben beschäftigt, um entsetzt zu sein. Sich auf allen vieren durch den halb gefrorenen Boden wühlend, suchte er dem Schrapnell zu entkommen – als er plötzlich nach vorn kippte. Für einen Moment glaubte er, er wäre getroffen, aber dann begriff er, dass es nicht seine Arme waren, die ihren Dienst versagten, sondern dass der Boden ihn nicht mehr trug!

Vergeblich versuchte er, sich festzuklammern. Seine Hände griffen nur von Schlamm überzogenen Fels, an dem sie keinen Halt fanden und abglitten. Unaufhaltsam stürzte er – und hatte plötzlich das Gefühl, vom Boden verschlungen zu werden.

Ein erstickter Schrei entrang sich seiner Kehle, während er sich in der Luft überschlug. Einen Sekundenbruchteil später schlug er hart auf den Boden, prallte gegen ein Hindernis und fiel zurück. Dabei stieß er mit dem Hinterkopf an nackten Stein.

Der Schmerz war so heftig, dass er ihm die Besinnung raubte. Noch einmal glaubte er, in der Dunkelheit, die ihn umgab, grelles Feuer auflodern zu sehen – dann wurde es finster um ihn.

Als er wieder erwachte, hätte er unmöglich zu sagen vermocht, wie viel Zeit vergangen war. Sein Schädel schmerzte, und als er seinen Kopf befühlte, ertasteten seine Finger getrocknetes Blut.

Mit einer Verwünschung wälzte er sich auf die Seite und richtete sich halb auf. Schwärze umgab ihn, die tiefer und dunkler war als jede Nacht. Nur ein ferner, dumpfer Donner erinnerte ihn daran, wo er war und was geschehen war.

Stöhnend raffte er sich auf die Beine, überrascht darüber, dass er bis auf ein paar Blessuren unverletzt zu sein schien. In einer seiner Taschen fand er Schwefelhölzer. Vorausgesetzt, sie waren bei der Kriecherei durch den Morast nicht vollständig durchnässt worden …

Er hatte Glück.

Schon das dritte Holz, das er anzustreichen versuchte, flammte auf und vertrieb die Dunkelheit.

Soweit er es im spärlichen Licht der Flamme feststellen konnte, befand er sich in einer Art Stollen. Die Wände bestanden aus Fels, die Decke schien eingebrochen und verschüttet zu sein. Natürlich, sagte er sich, der Granateneinschlag!

Offenbar hatte die Detonation dafür gesorgt, dass sich der Boden geöffnet und ihn verschlungen hatte. Welcher seltsamen Laune des Schicksals er dies zu verdanken haben mochte, darüber dachte der Sergeant in diesem Augenblick nicht nach, er war nur froh, der tödlichen Gefahr fürs Erste entronnen zu sein.

Aber wo war er?

Er benutzte das Streichholz, um ein weiteres anzuzünden. Dann kramte er so lange in seinem Knappsack, bis er den Talgkerzenstummel fand. Kurzerhand steckte er ihn an und hatte nun eine, wenn auch spärliche, Lichtquelle. Rasch griff er nach seiner Uhr, nur um festzustellen, dass sie den Sturz in die Tiefe nicht überstanden hatte. Das Glas war geborsten, die Mechanik zerstört. Mit einer Verwünschung auf den Lippen steckte er die Überreste des Chronometers wieder ein und nahm stattdessen seine Umgebung in Augenschein.

Der Stollen war hoch genug, dass er aufrecht darin stehen konnte, und es schien auch genug Luft zum Atmen zu geben. Sich einen Weg zurück zur Oberfläche zu graben war unmöglich – sobald er seine Hand daran legte, rutschte noch mehr Erdreich von oben nach, und er riskierte nur, dass die Decke vollends einstürzte. Wenn er einen Ausgang finden wollte, musste er sein Glück in der anderen Richtung versuchen.

Vorsichtig schlich er den Gang hinab, die Kerze in der einen, das Minié-Gewehr in der anderen Hand, als müsste er noch immer fürchten, russischen Scharfschützen in die Arme zu laufen.

Doch hier unten war niemand.

Niemand außer ihm ...

Er erreichte das Ende des Stollens und gelangte in eine Kammer, deren glatt behauene Wände ganz offenbar nicht natürlichen Ursprungs waren. Mehr noch, auf der der Stollenmündung gegenüberliegenden Wand entdeckte er Darstellungen, die in den Fels gemeißelt waren, Bilder aus einer längst vergangenen Zeit.

Der Sergeant hatte genug über die Geschichte dieser Halbinsel erfahren, um die das zaristische Russland und die Alliierten so erbittert stritten, um zu wissen, dass sie einst von Skythen bevölkert worden war. Möglicherweise war dies einst einer ihrer Tempel gewesen.

Der Sergeant hatte keine Ahnung, welche Götter die Skythen verehrt oder woran sie sonst geglaubt hatten, aber den Bildern war zu entnehmen, dass auch zu ihrer Zeit schon erbitterte Kämpfe um diesen kargen Flecken Erde geführt worden waren. Die hässliche Frage, warum die Menschheit in all den Jahrtausenden nichts dazugelernt hatte, drängte sich auf.

Nur mit Mühe konnte sich der Sergeant von den Wandbildern

losreißen, die eine eigenartige Faszination auf ihn ausübten. Während an der Oberfläche gekämpft wurde und ohne Frage eine blutige Schlacht vor sich ging, deren Ausgang mehr als ungewiss war, war er hier unten sowohl der Zeit als auch seiner Welt entrückt und fühlte einen inneren Frieden, wie er ihn lange nicht mehr empfunden hatte.

Im flackernden Schein der Kerze schritt er die Wandbilder ab, die zum einen Szenen aus dem Leben jener längst versunkenen Zivilisation zeigten, zum anderen aber auch kunstvolle geometrische Symbole, die er nicht zu deuten wusste. Schließlich gelangte er zur Mündung eines weiteren Stollens, der in die nächste Kammer des Tempels zu führen schien. Er wollte ihr folgen und bückte sich, um den niederen Türsturz zu passieren – als er plötzlich innehielt.

Denn in den Stein waren Zeichen gemeißelt, die er lesen konnte – ganz einfach deshalb, weil sie in griechischer Sprache gehalten waren und das Studium des Graecum etwas gewesen war, das seinem alten Lehrer zu Hause in Schottland sehr am Herzen gelegen hatte.

Es waren nur fünf Buchstaben, die ersten des griechischen Alphabets, aber der Sergeant ahnte in diesem Augenblick, dass sie nicht zufällig an dieser Stelle in den Stein gehauen waren und es eine besondere Bewandtnis mit ihnen haben musste.

ΑΒΓΔΕ

BASARVIERTEL, KONSTANTINOPEL
31 JAHRE SPÄTER

Nachdem el-Hakim seinen Bericht beendet hatte, kehrte beklommene Stille im obersten Stockwerk des *konak* ein.

»Meister«, brach Sarah endlich das Schweigen, »dieser Mann,

dieser britische Sergeant, von dem Ihr mir erzählt habt – wer war er?«

»Hat dein Herz dir das nicht längst verraten?«

»Doch«, räumte sie ein, »aber ich kann und will es nicht glauben.«

»Und dennoch ist es so. Gardiner Kincaid hat einst am Krimkrieg teilgenommen, Sarah, wie so viele andere.«

»Aber – er hasste das Militär beinahe noch mehr als ich!«

»So ist es«, stimmte der Alte zu, in dessen blinden Augen sich das Leid und die Furcht, die die Soldaten damals durchlebt haben mussten, zu spiegeln schien, »und nun kennst du den Grund dafür. Es war die Nacht vor der Schlacht von Inkerman, bei der Tausende den Tod fanden. Vielleicht wäre auch Gardiner unter ihnen gewesen, hätte die göttliche Vorsehung nicht eine andere Aufgabe für ihn bereitgehalten.«

»Die göttliche Vorsehung?«, fragte Sarah.

Der Weise lächelte. »Hast du einen anderen Namen für das, was damals geschehen ist?«

»Ich weiß es nicht«, gestand Sarah, die noch immer Mühe hatte, die neuen Informationen in einen sinnvollen Zusammenhang zu bringen, nicht zuletzt deshalb, weil sich ihre Interessen und ihre Emotionen einen heftigen Widerstreit lieferten.

»In dieser Nacht«, erklärte Ammon, »erfuhr Gardiner Kincaid seine wahre Bestimmung. Bis dahin war er ein Abenteurer gewesen, ein ruheloser Wanderer, ein Suchender. Von diesem Augenblick an jedoch hat er nie mehr damit aufgehört, sich mit der Vergangenheit zu befassen. Er brauchte viele Stunden, um einen Weg aus dem unterirdischen Tempel zu finden. Als es ihm schließlich gelang, war er fast verdurstet. Da der Ausgang weit jenseits der Stelle lag, wo am frühen Morgen die feindlichen Linien verlaufen waren, nahm man an, seine Leute und er hätten einen beherzten Vorstoß auf das feindliche Territorium unternommen, und er widersprach dieser Auffassung auch nicht, weil er andernfalls wohl vor ein Kriegsgericht gekommen wäre. Was er dort unten gefunden hatte, ließ ihn jedoch nicht mehr los. Nach dem Krieg kehrte er nach England zurück und widmete sich fortan der noch jungen Wissenschaft der Archäologie. Vielleicht aus Dankbarkeit, vielleicht aber auch, weil er erkannt hatte, dass dies seine Berufung war.«

»Aber warum hat er mir nie etwas von diesen Dingen erzählt?«, fragte Sarah. »Ich meine, ich wusste, dass er sich erst spät mit der Archäologie befasst hat, und ich wusste auch, wie viel sie ihm bedeutete. Aber er hat mir niemals die Gründe dafür genannt. Ich ahnte ja noch nicht einmal, dass er im Krimkrieg gewesen ist.«

»Das hat nichts zu bedeuten«, versicherte der Alte. »Männer, die im Krieg waren, sprechen oftmals nicht über das, was sie dort erlebt haben. Zu groß ist ihre Furcht davor, dass die Schrecken der Vergangenheit sie wieder einholen könnten.«

»Das verstehe ich«, beteuerte Sarah. »Aber Euch gegenüber hat er sein Schweigen gebrochen, oder nicht?«

»Ja«, stimmte Ammon zu, »aber erst in diesen Tagen beginne ich die Gründe dafür zu verstehen.«

»Was meint Ihr damit, Meister?«

»Ist das nicht offenkundig? Gardiner ist damals auf etwas gestoßen, das seine Aufmerksamkeit erregt hat, und es sollte auch deine Aufmerksamkeit erregen, mein Kind, denn es ist der Hinweis, nach dem du gesucht hast.«

Sarah starrte ihn an. Für einen Augenblick war sie so bestürzt darüber gewesen, wieder einmal etwas über Gardiner Kincaid zu erfahren, von dem sie all die Jahre nicht das Geringste geahnt hatte, dass sie alles andere darüber vergessen hatte – aber natürlich hatte el-Hakim recht! Wenn sich in jenem unterirdischen Tempel auf der Krim das Siegel Alexanders des Großen befand, dann musste das bedeuten, dass der Eroberer dort gewesen war. Und da seine Chronisten kein Wort darüber verloren hatten, war davon auszugehen, dass er im Geheimen gehandelt hatte, im Auftrag der Bruderschaft, die ihn dazu benutzen wollte, sich die Welt zu unterwerfen.

Einmal mehr wandelte Sarah damit auf Alexanders Spuren ...

»All dies hat schon vor langer Zeit begonnen«, murmelte Ammon. »Ich habe dir gesagt, dass etwas bevorsteht, etwas Ungeheures – aber ich beginne eben erst zu erkennen, wie gewaltig die Auswirkungen tatsächlich sind.«

»Jetzt verstehe ich Euch, Meister«, flüsterte Sarah. »Deshalb also denkt Ihr, dass auch Alexander schon nach dem Berg Meru gesucht hat.«

»Wie so viele andere nach ihm«, fügte der Weise hinzu, »aber keinem von ihnen gelang es, das Geheimnis zu entschlüsseln. Sie alle wühlten vergeblich in der Asche der Vergangenheit, genau wie später dein Vater.«

Sarah sog scharf die Luft ein. »Ihr denkt, auch Gardiner hat vom Berg Meru gewusst?«

»Allerdings, sonst wäre er wohl kaum Jahre später auf die Krim zurückgekehrt.«

»Er ist ein zweites Mal dort gewesen?«

»*Naram*«, bestätigte der Weise. »Zu diesem Zeitpunkt war der Blick des Einen Auges bereits auf ihn gefallen, und um den Preis wahrer Erkenntnis ist er ein Bündnis mit der Bruderschaft eingegangen. Selbst nachdem er ihre wahren Pläne durchschaut und sich von ihr losgesagt hatte, hat er niemals zu forschen aufgehört. Die Suche nach der Wahrheit hat ihn sein Leben lang beschäftigt, bis sie in Alexandrien ein jähes Ende fand.«

»Ja«, stimmte Sarah bitter zu, »und ich habe noch nicht einmal etwas davon geahnt. Woher wisst Ihr, dass er ein zweites Mal auf der Krim gewesen ist?«

»Weil er mich kurz vorher besucht hat.«

»Wann war das?«

»Im Monat Rabi-al-Achir des Jahres 1289«, entgegnete der Alte, als wäre es eben erst gewesen.

Rasch rechnete Sarah die Zeitangabe auf den christlichen Kalender um. »Der Sommer des Jahres 1872«, folgerte sie. »Zu dieser

Zeit weilte ich in einem Mädcheninternat in London. Ich wollte nicht dorthin, aber Gardiner hat darauf bestanden. Allmählich verstehe ich, wieso.«

»Er hatte gute Gründe«, meinte Ammon überzeugt. »In jenem Sommer hat er mich in Kairo besucht. Er sagte mir, dass er mächtige Verbündete gefunden hätte, die ihm dabei helfen würden, die letzten großen Fragen der Menschheitsgeschichte zu klären. Ich warnte ihn, dass derlei Erkenntnisse mit einem hohen Preis einherzugehen pflegen, aber er wollte nichts davon hören. Stattdessen berichtete er mir, was ihm im Krimkrieg widerfahren war, und er stellte mir Fragen über den Eroberer und dessen Feldzug nach Osten.«

»Was ist dann geschehen?«, wollte Sarah wissen.

»Da meine Quellen ihm nicht weiterhelfen konnten, reiste er schon nach wenigen Tagen wieder ab und bestieg ein Schiff nach Konstantins Stadt. Damals wusste ich nicht, was er vorhatte. Wie ahnungslos ich gewesen bin!«

»Und hat er etwas gefunden?«

»Das weiß ich nicht, denn er hat nie wieder darüber gesprochen«, entgegnete der Alte, »weder zu mir noch zu dir.«

»Das mag nicht viel heißen«, knurrte Sarah ebenso wütend wie frustriert. »Gardiner hat mir auch früher schon Dinge verheimlicht – schließlich wusste ich lange nicht, dass auch er ein Mitglied der Bruderschaft gewesen ist.«

»Es ist offenkundig, warum er dir diese Dinge verschwiegen hat. Er wollte dich beschützen.«

»Mich?«, fragte Sarah mit leisem Spott. »Wovor? Vor der Bruderschaft?«

»*La*«, wehrte Ammon kopfschüttelnd ab, »vor dir selbst. Gardiner wollte nicht, dass du so wie er dem Einen Auge verfällst. Er kannte die Verlockungen nur zu gut.«

»Und deswegen hat er mich behandelt wie ein unmündiges Kind?« Sarah konnte ihren Zorn nicht länger verbergen. »Er hätte mich ebenso gut ins Vertrauen ziehen können, mir von seinen Erfahrungen und Befürchtungen erzählen. Stattdessen muss ich all dies erst nach seinem Tod erfahren.«

»Du bist verletzt«, stellte der Alte fest.

»Nicht doch.« Sie lachte bitter auf. »Wieso sollte ich? Weil mir langsam bewusst wird, dass ich den Mann, den ich Vater nannte, gar nicht wirklich kannte? Und weil das Wissen, dass er mir vorenthalten hat, mir von großem Nutzen hätte sein können? Aber nein! Es hat mir Freude gemacht, alles auf eigene Faust herausfinden zu müssen und meinen Feinden dabei stets einen Schritt hinterherzuhinken. Noch größer wäre meine Freude allerdings, hätte es nicht die Menschen, die ich liebe, das Leben gekostet!«

»Du denkst, du hättest Gardiners Tod verhindern können? Oder den von Maurice du Gard?«

Sarah biss sich auf die Unterlippe. »Hätte Gardiner mir all diese Dinge nicht verheimlicht, dann vielleicht«, bestätigte sie schließlich zögernd. »Wissen ist die stärkste aller Waffen, das hat er selbst mich gelehrt. Warum also ließ er mich wehrlos in den Kampf ziehen?«

»Ich denke nicht, dass er wollte, dass du kämpfst.«

»Hatte ich denn eine andere Wahl?« Sie hatte lauter gesprochen, als es der Respekt gegenüber dem Alten gebot, deshalb senkte sie schuldbewusst den Blick. »Verzeiht, Meister. Es ist nur – ich habe das alles schon einmal erlebt. Genau wie damals in Alexandrien fürchte ich schon wieder, einen geliebten Menschen zu verlieren, und damals wie heute muss ich erfahren, dass Gardiner sehr viel mehr wusste, als er mir anvertraut hat. Und das macht mir Angst.«

»Das verstehe ich.« Ammon nickte. »Was hätte Gardiner dir wohl in dieser Situation geraten?«

»Vermutlich, dass ich die Suche abbrechen soll.«

»Vermutlich«, bestätigte der Alte.

»Aber das kann ich nicht«, erwiderte Sarah mit bebender

Stimme. Ihre Fäuste waren geballt, ihre Brust hob und senkte sich unter heftigen Atemzügen. Wut pulste durch ihre Adern, die nicht nur der Bruderschaft galt, sondern auch Gardiner Kincaid. Wenn es seine Absicht gewesen war, sie zu schützen, warum hatte er ihr dann nicht sein Wissen offenbart und sie gewarnt? Stattdessen hatte er sie mit Halbwahrheiten abgespeist und sie in ein Gespinst aus Lügen gehüllt, das sie längst nicht mehr nur an ihm, sondern auch an sich selbst zweifeln ließ.

Aber wie die Hinterlassenschaften der Geschichte, die Gegenstand der Archäologie waren und die der Boden stets nur auf Zeit verschluckte, um sie irgendwann wieder freizugeben, ließ sich auch die Wahrheit nicht auf Dauer verbergen, und Sarah empfand eine gewisse Genugtuung darüber, dass es letzten Endes kein anderer als Gardiner Kincaid gewesen war, der ihr den entscheidenden Hinweis für die Fortsetzung ihrer Suche geliefert hatte.

»Unser Ziel ist die Krim«, verkündete sie ihren endgültigen Entschluss, »ich werde Hingis umgehend darüber informieren.«

»Mein Kind«, sagte Ammon leise.

»Was ist?«, fragte sie, unangemessen barsch.

»Ich fühle Zorn in dir«, sagte der Alte leise. Es war kein Vorwurf, nur eine Feststellung.

»Ich weiß.«

»Was ist nur geschehen? Was ist dir widerfahren, dass du selbst unter deinesgleichen Gegner vermutest?«

»Ich sagte es Euch schon, Meister«, flüsterte Sarah, während sie sich erhob und zum Gehen wandte. »Ich bin aufgewacht.«

Sie verbeugte sich respektvoll, wie sie es immer tat, wenn sie sich von el-Hakim verabschiedete. Dann verließ sie seine Kammer.

Dabei wischte sie hastig die Tränen aus ihren Augen.

7.

Tagebuch Sarah Kincaid

Ich gestehe es mir nicht gerne ein, aber die Unterredung mit el-Hakim hat Spuren hinterlassen. Waren meine Zweifel bislang vage und unbestimmt, bin ich mir ihrer nun bewusst geworden und fühle mich verlorener denn je. Ohne zu wissen, wer ich bin und wohin ich gehe, fühle ich mich wie ein Blatt im Wind, und die Furcht, dass der Sturm, von dem der Weise gesprochen hat, mich erfassen und hinfortreißen könnte, ehe ich meinen geliebten Kamal gefunden habe, lässt mich nicht los.

So dankbar ich für die Hinweise bin, die ich bekommen habe und die alle in dieselbe Richtung zu deuten scheinen, so sehr bin ich erschrocken über die Zwangsläufigkeit, mit der sie sich ergeben. Kamal hat nie einen Zweifel daran gehegt, dass unser Leben von einem höheren Schicksal bestimmt wird, und ich habe Erfahrungen gemacht, die dies bestätigen. Aber bin ich bereit, diese Erkenntnis in aller Konsequenz zu akzeptieren? Würde das Eingeständnis, dass die Geschichte bereits geschrieben ist, nicht in letzter Konsequenz bedeuten, dass wir alle nur Statisten sind, Marionetten in einem kosmischen Spiel? Die Wissenschaftlerin in mir wehrt sich gegen diese Einsicht, zumal sie besagt, dass ich keine Möglichkeit habe, Kamal aus eigenem Antrieb zu befreien und ich dem fatum *schutzlos ausgeliefert bin. Und zu diesem Fatalismus bin ich noch nicht bereit …*

Friedrich Hingis habe ich über die jüngsten Entwicklungen in Kenntnis gesetzt; er teilt meine Ansicht, dass eine Spurensuche auf der Krim die besten Erfolgsaussichten bietet – von einem Schicksal, das unser aller Wege bestimmt, will er als Verfechter der ratio *nichts wissen, und ich beneide ihn fast um seine Überzeugung.*

Während ich mich mit Ammons Hilfe bemühe, noch mehr über jenen geheimnisvollen Skythentempel herauszufinden, auf den Gardiner Kincaid in jener Herbstnacht des Jahres 1854 stieß, ist Friedrich damit befasst, unsere Expedition zu organisieren und eine Schiffspassage nach Sewastopol zu buchen. Eine Aufgabe, die in Anbetracht der politischen Lage alles andere als einfach ist…

PERA, ISTANBUL
24. MÄRZ 1885

»Mr. Abramowitsch?«

Als Friedrich Hingis den geräumigen Salon im vierten Stock des Hotels »Ambassador«, betrat, schlug ihm der strenge Geruch von frischem Bohnerwachs entgegen, gepaart mit einer Note Pfefferminz.

Wände und Decke waren holzgetäfelt und mit orientalisch anmutenden Intarsien und Arabesken versehen; die Möbel waren europäisch und stammten vermutlich aus Paris. Vor einem vergitterten Kamin, in dem ein kleines Feuer knisterte, das zusammen mit einer Gaslampe die einzige Beleuchtung bildete, stand ein breiter, mit Messingbeschlägen versehener Schreibtisch, dahinter ein samtbezogener Ohrensessel. In dem Sessel saß ein Mann, dessen schlanker Wuchs und geradezu falkenhafte Gesichtszüge etwas Respektgebietendes hatten; sein schwarzes Haar war an den Schläfen grau, der Vollbart sorgfältig gestutzt; das schmale kaukasische Augenpaar musterte den Besucher mit einer Offenheit, die in krassem Widerspruch zur restlichen Erscheinung zu stehen schien.

»*Herr* Abramowitsch«, verbesserte er auf Deutsch, mit unüberhörbar slawischem Akzent. »Sie sind Schweizer, wie mir gesagt wurde.«

»Das bin ich.«

»Dann wollen wir uns einer zivilisierten Sprache bedienen und nicht der eines Empires, dessen anmaßende Aspirationen auf die Weltherrschaft den Frieden auf diesem Globus bedrohen.«

»Wie Sie wünschen«, meinte Hingis und verbeugte sich. »Dr. Friedrich Hingis von der Universität Genf.«

»Viktor Abramowitsch«, stellte sich der Russe im Gegenzug vor und erhob sich, um hinter dem Schreibtisch hervorzukommen. Bekleidet war er mit einem schlichten schwarzen Rock, seine schlanke Gestalt spiegelte sich im frisch gewachsten Parkett. »Es freut mich wirklich sehr, dass wir uns kennenlernen.«

»Die Freude ist ganz meinerseits«, versicherte Hingis beflissen, als sie sich die Hände schüttelten. »Offen gestanden, hätte ich nie zu hoffen gewagt, dass ein vielbeschäftigter Mann wie Sie sich Zeit nehmen würde, mich zu empfangen.«

»Aber werter Dr. Hingis, ich bitte Sie!«, rief Abramowitsch, und ein joviales Lächeln teilte seine schmalen Gesichtszüge. »Wir Europäer – wenigstens der zivilisierte Teil von uns – müssen in diesem Teil der Welt doch zusammenhalten. Als ich von Ihren Schwierigkeiten hörte, beschloss ich spontan, Ihnen zu helfen. Wenn auch nicht ganz uneigennützig.«

»Wie darf ich das verstehen?«

»Mein guter Doktor, bitte halten Sie mich nicht für einen geltungssüchtigen Zeitgenossen. Aber wenn sich die Gelegenheit bietet, einem so bekannten und gelehrten Haupt wie Ihnen zu begegnen, so greift man natürlich zu.«

»Sie schmeicheln mir«, sagte Hingis und nestelte verlegen an seiner Brille, was nicht verhindern konnte, dass er rot wurde.

»Keineswegs! Ich habe Ihre Abhandlung gelesen über – wer war es doch gleich? Die Sumerer?«

»Die Hethiter«, verbesserte Hingis mit einer wegwerfenden Handbewegung, als wäre der Unterschied nur höchst nebensächlicher Natur. »Ich habe meine Dissertation über die Regierungszeit von König Hattusili verfasst.«

»Richtig.« Abramowitsch nickte, als würde er sich erinnern. »Sie müssen wissen, dass ich mich ebenfalls mit Geschichtsstudien befasse, wenn auch nur nebenbei. Meine Geschäfte lassen mir leider nicht so viel Zeit dafür, wie ich gerne möchte.«

»Ich verstehe.«

»Aber setzen Sie sich doch, lieber Doktor«, sagte Abramowitsch und deutete auf die ledernen Sessel, die sich um einen niederen osmanischen Holztisch gruppierten, auf dem ein kunstvoll gearbeiteter Aschenbecher aus Vulkangestein stand. »Im Sitzen lässt es sich angenehmer verhandeln als im Stehen. Wie gefällt Ihnen übrigens mein Hotel?«

»Ihr Hotel?«, erkundigte sich Hingis beeindruckt.

»Nun ja, wenigstens die Hälfte davon befindet sich in meinem Besitz«, schränkte der Russe ein. »Derzeit ist es das beste Hotel am Platz, was mich mit großem Stolz erfüllt, aber das wird nicht lange so bleiben.«

»Warum nicht?«, fragte der Schweizer, während er sich in einen der schweren Ledersessel sinken ließ. Abramowitsch nahm gegenüber Platz.

»Weil, mein guter Doktor, mit großem Eifer daran gearbeitet wird, den Orient-Express bis Caringrad* verkehren zu lassen. Und wenn es so weit ist, wird diese Stadt – und ganz besonders dieser Teil davon – erst richtig zur Blüte erwachen. Schon jetzt befinden sich mehrere neue Hotels in Planung. Sogar einen neuen Bahnhof will man bauen, wussten Sie das?«

»Nein«, musste Hingis zugeben, »das wusste ich nicht.«

»Sind Sie denn schon einmal mit dem Orient-Express gefahren?«

»Ich hatte das Vergnügen«, bestätigte der Schweizer.

»Ein außergewöhnliches Erlebnis, nicht wahr?«, begeisterte sich der Russe. »Schon in wenigen Jahren wird man in nur drei Tagen von Paris an den Bosporus reisen können, und das so sicher und

---

* russische Bezeichnung Konstantinopels

komfortabel wie nie zuvor. Aber Sie sind nicht hier, weil Sie mit mir über die Segnungen des Fortschritts philosophieren möchten, oder?«

»Nein«, gestand der Schweizer offen.

»Einer meiner Vertreter bei der Hafenkommandantur hat mir berichtet, dass Sie dringend eine Schiffspassage nach Sewastopol benötigen. Entspricht das den Tatsachen?«

»Allerdings, Herr Abramowitsch«, bestätigte Hingis bereitwillig. »Das Problem ist, dass die osmanischen Behörden mich nicht ausreisen lassen möchten und die russische Botschaft mir keine Einreisegenehmigung erteilt ...«

»... solange sie keine Ausreiseerlaubnis erwirkt haben«, brachte Abramowitsch den Satz zu Ende und verdrehte die Augen. »Bürokraten, was soll ich sagen? Ein erfolgreicher Geschäftsmann wie ich hat unentwegt mit diesen *cretins* zu kämpfen. Mitunter könnte man fast glauben, sie hätten sich alle gemeinsam gegen den gesunden Menschenverstand verschworen.«

»Das ist richtig.« Hingis musste lachen. Die leutselige Art des Russen gefiel ihm. Ganz abgesehen davon, dass Abramowitsch seine Arbeit zu bewundern schien.

»Darf ich fragen, was für eine Art von Geschäften Sie auf die Krim führt?«, fragte der Russe. »Verstehen Sie mich nicht falsch, aber wenn ich Ihnen helfen soll, sind die Gründe Ihrer Unternehmung für mich natürlich von einem gewissen Interesse.«

»Dafür habe ich durchaus Verständnis«, versicherte Hingis. »Es geht um ein Forschungsprojekt, eine geplante Ausgrabung, die vor Ort prospektiert werden soll.«

»Eine Ausgrabung? Tatsächlich?« Abramowitsch war sichtlich überrascht. »Offen gestanden, wusste ich gar nicht, dass es in jener Gegend antike Schätze zu heben gibt.«

»Das wäre wohl auch übertrieben«, wehrte der Schweizer ab. »Allerdings war das Gebiet nördlich des Schwarzen Meeres einst das Land der Skythen, die, da sie keinerlei schriftliche Aufzeichnungen hinterlassen haben, bis heute eines der rätselhaftesten Völker der Antike darstellen. Auf der Krim könnte es jedoch noch Spuren von ihnen geben, und diesen möchte ich nachgehen.«

»Ich verstehe«, sagte Abramowitsch. »Also ist es wissenschaftliches Interesse, das Sie antreibt.«

»Allein und ausschließlich«, behauptete Hingis. Dass seine Brille dabei leicht beschlug, schien dem Russen nicht aufzufallen.

»Nun gut«, sagte Abramowitsch mit bedeutungsschwerer Stimme. »Da ich Sie für einen Mann von Ehre halte, Doktor, und ich zudem Ihre wissenschaftliche Arbeit schätze, sehe ich keinen Grund, an Ihren Angaben zu zweifeln. Ich möchte Ihnen daher einen Vorschlag machen.« Er griff in die Innentasche seines Rocks und beförderte ein metallenes Etui zutage, das er aufklappte. »Zigarre?«

»Gerne«, erwiderte Hingis, ließ sich eine Tabakstange geben und schnupperte daran. »Türkisch?«, fragte er.

»Afghanisch«, verbesserte der Russe. »Unsere osmanischen Freunde verstehen leider nicht allzu viel von den Vorzügen des ›Rauchtrinkens‹. Ihre *nargile* steht ihnen näher, wenn Sie wissen, was ich meine. Es hat sogar Sultane gegeben, die das Rauchen verboten haben. Können Sie sich das vorstellen?«

»Schwerlich.« Hingis paffte, als Abramowitsch ihm den Tabak ansteckte. Eine kurze Pause entstand, in der die beiden Männer an ihren Zigarren sogen, Rauchkringel in die Luft entließen und sich in einen Kokon aus blauem Dunst hüllten.

»Wie ich schon sagte«, kam Abramowitsch schließlich wieder auf das ursprüngliche Thema zurück, »habe ich Ihnen einen Vorschlag zu machen. Die ›Strela‹, ein Handelsschiff, das für mich fährt, läuft noch diese Woche aus. Über Varna und Odessa werden wir Sewastopol anlaufen, wo ich einige Geschäfte zu erledigen habe.«

»Tatsächlich?« Ein O-förmiger Rauchkringel wand sich aus Hingis' vor Staunen offen stehendem Mund.

»Allerdings – und ich möchte Ihnen anbieten, Sie mit an Bord zu nehmen. Ihre Probleme mit den osmanischen Behörden werden dadurch zwar nicht gelöst, aber zumindest auf russischer Seite werden Sie keine Schwierigkeiten haben, wenn ich für Sie bürge. Und über den Preis Ihrer Beförderung werden wir uns sicher einig.«

»Das ... das ist sehr freundlich von Ihnen«, sagte Hingis. »Ich weiß gar nicht, was ich erwidern soll«

»Sagen Sie einfach zu, das genügt«, meinte der Russe zwischen zwei Rauchschwaden von beträchtlicher Größe. »Das Schiff läuft in vier Tagen aus. Das sollte Ihnen Zeit genug geben, alle nötigen Vorbereitungen zu treffen.«

»Das ist wirklich großartig«, versicherte Hingis. »Ich fürchte nur, die Sache hat einen Haken.«

»Nämlich?«, wollte Abramowitsch wissen.

»Nun«, rückte der Eidgenosse ein wenig zögernd heraus, »Ihren Randbemerkungen konnte ich entnehmen, dass Sie auf Briten nicht gut zu sprechen sind. Aufgrund der politischen Gegnerschaft Ihrer Länder kann ich dies gut nachvollziehen, und ich darf Ihnen versichern, dass ich als Schweizer absolut neutral eingestellt bin. Meine Begleiterin auf dieser Forschungsreise jedoch ist – und ich scheue mich fast, dies offen auszusprechen – eine Tochter Sankt Georgs ...«

»Sie ist Britin?«

»Sozusagen.« Hingis setzte ein entschuldigendes Lächeln auf.

»Um wen handelt es sich?«, erkundigte sich der Russe mit forschendem Blick. »Um Ihre Gattin? Ihre Verlobte? Ich darf Ihnen versichern, dass es in diesem Fall ...«

»Nein«, versicherte Hingis schnell, wobei er selbst nicht wusste, ob aus Erleichterung oder aus Bedauern, »nichts dergleichen. Lady Kincaid ist lediglich eine gute Freundin.«

»Lady Kincaid? Eine Adelige demnach?«

»Ihr Vater wurde von Königin Viktoria für seine Verdienste um das Empire in den Stand eines Barons erhoben«, erklärte Hingis.

»Verdienste um das Empire?« Abramowitsch sandte ihm einen geringschätzigen Blick zu. »Demnach ist er wohl ein Kriegsheld? Ein erfolgreicher Schlächter in königlichen Diensten?«

»Keineswegs. Lord Kincaid ist kein Mann des Krieges gewesen. Gleichwohl darf ich Ihnen versichern, dass er ein Held war – auch wenn seine Waffe der Verstand, sein Magazin die Bibliothek und sein Feld der Ehre die Archäologie gewesen ist.«

»Ich verstehe.« Abramowitsch nickte. »Sie sprechen von ihm in der Vergangenheit. Ich nehme also an, dass ...«

»Lord Kincaid ist tot«, bestätigte Hingis. »Er starb vor drei Jahren während eines Aufenthalts in Ägypten. Ich darf hinzufügen, dass ich im Zuge dieses Abenteuers auch meine Hand eingebüßt habe – und dass ich noch sehr viel mehr verloren hätte, wären Lord Kincaid und seine Tochter nicht gewesen.«

»Sie stehen Lady Kincaid also nah?«

»Ursprünglich waren wir Konkurrenten«, berichtete der Schweizer wahrheitsgemäß, »erbitterte Gegner. Aber im Lauf der Zeit haben wir wohl erkannt, was wir aneinander haben. Dieser gegenseitige Respekt ist die Grundlage unserer Freundschaft.«

»Nun«, machte der Russe und zog die Augenbrauen zu einem einzigen Strich zusammen, »ich muss zugeben, dass ich tatsächlich nicht sehr viel für Briten übrig habe. Ihr Snobismus und ihre anmaßende Art erregen meinen Unmut auf eine Art und Weise, die ich meiner Gesundheit als wenig zuträglich erachte. Aber wenn diese Lady Kincaid eine persönliche Freundin von Ihnen ist und Sie mit Ihrem guten Namen für sie bürgen ...«

»Das tue ich«, erklärte Hingis ohne Zögern.

»... so sehe ich keinen Grund, in ihrem Fall nicht eine Ausnahme zu machen«, fuhr Abramowitsch fort und rang sich ein Lächeln ab. »Ich will hoffen, ich werde es nicht bereuen.«

»Sicher nicht«, meinte Hingis überzeugt. »Lady Kincaid ist Archäologin wie ich.«

»Von welcher Universität?«

»Von keiner, wie ich zugeben muss – was allerdings weder fehlender Sachkenntnis noch mangelndem Eifer zuzuschreiben ist. Es ist nur so, dass die wissenschaftliche Welt von Angehörigen unseres Geschlechts dominiert wird, die ein gewisses Unverständnis dafür hegen, dass sich eine junge Frau mit anderen Dingen als Heim und Herd befasst.«

»Natürlich.« Ein hintergründiges Lächeln spielte um Abramowitschs Züge. »Da hat sich der britische Chauvinismus wohl gegen seinesgleichen gewandt.«

»So könnte man es ausdrücken. Allerdings ist Lady Kincaid in vielerlei Hinsicht keine typische Britin, wie Sie zweifellos feststellen werden. Obschon sie Patriotin ist, steht sie dem Kolonialismus kritisch gegenüber und stellt den britischen Anspruch auf Hegemonie offen in Frage. Sie können sich vorstellen, dass ihr das in ihrer Heimat nicht nur Sympathien eingetragen hat.«

»Und ob ich das kann«, versicherte der Russe. »*Meine* Bewunderung für Lady Kincaid wächst dafür von Minute zu Minute. Es dürfte interessant werden, sich mit ihr zu unterhalten.«

»Zweifellos«, bekräftigte Hingis.

»Nun gut.« Abramowitsch erhob sich, nahm die Zigarre aus dem Mund und reichte dem Schweizer die Hand. »Es ist also abgemacht. Sie beide sind meine Gäste an Bord der ›Strela‹ – und natürlich auch sämtliche Diener, Träger oder anderes Personal, das sie mitzunehmen gedenken.«

»Das ist wirklich sehr freundlich von Ihnen.« Hingis stand ebenfalls auf und reichte ihm die Hand. »Ich weiß wirklich nicht, wie ich Ihnen danken soll.«

»Widmen Sie mir Ihre nächste Arbeit«, forderte Abramowitsch ihn lachend auf, und sie besiegelten die Abmachung. »Nun entschuldigen Sie mich bitte, Doktor – ich habe noch einige dringende Geschäfte zu tätigen. Herr Ibrahim Koskow, der Vorsteher meines hiesigen Handelskontors, wird sich um Ihre weiteren Belange kümmern.«

»Ich danke Ihnen«, sagte Hingis noch einmal und verbeugte sich.

»Nicht doch, mein lieber Doktor – ich habe zu danken. Und ich freue mich bereits auf die fachlichen Dispute, die wir während der Reise miteinander führen werden.«

»Ich stehe zu Ihrer Verfügung«, versicherte der Gelehrte geschmeichelt, dann wandte er sich zum Gehen.

Viktor Abramowitsch blickte ihm nach, bis er das Kaminzimmer verlassen und die Tür hinter sich geschlossen hatte. Dann setzte er sich wieder hin und rauchte in Ruhe die Zigarre zu Ende. Friedrich Hingis hatte seine im Aschenbecher zurückgelassen. Vermutlich war ihm der afghanische Tabak zu stark gewesen.

Abramowitsch grinste, während er selbst die Zigarre bis zum letzten Zug genoss. Er war fraglos auf der richtigen Spur.

»Igor«, sagte er dann.

Aus dem Schatten der Kaminnische trat ein wahrer Muskelberg. Der Schädel war kahl rasiert, Oberlippe und Kinn wurden von einem dichten Bart umwuchert. Dank seiner schwarzen Kleidung war der Mann im Halbdunkel, das jenseits des Kaminfeuers herrschte und in dem er reglos gestanden hatte, nicht zu sehen gewesen.

»Ja, Herr?«, fragte er in einem schneidigen Tonfall, der ihn als ehemaligen Kosaken entlarvte.

»Hast du alles mitgehört?«

»Ja, Herr.«

Ein mitleidiges Lächeln spielte um Abramowitschs Züge. »Dieser Einfaltspinsel glaubt tatsächlich, es ginge um ihn.«

»Ja, Herr.«

»Hör gut zu, Igor«, wandte sich Abramowitsch an seinen Gehilfen und Leibwächter: »Ich will, dass du ein Telegramm mit folgendem Wortlaut aufgibst: ›Aktionsverlauf wie geplant. Kontakt hergestellt. Ziel Sewastopol. Erbitten weitere Instruktionen.‹«

»Ja, Herr«, sagte der Muskelberg noch einmal. Dann machte er sich augenblicklich auf den Weg.

Abramowitsch nutzte die einkehrende Ruhe, um sich eine weitere Zigarre anzustecken, und während er die bittere Schwere des Rauchs in seinem Mund schmeckte, sagte er sich, dass die Runde an ihn gehen würde.

Die nächste Runde in diesem großen Spiel um das zukünftige Schicksal der Welt …

Unbekannter Ort
Zur selben Zeit

»Nein!«

Mit einem entsetzten Aufschrei fuhr Kamal aus dem Schlaf. Dunkelheit umgab ihn, sodass er für einen Moment weder zu sagen wusste, wo er war noch wie spät es war. Gehetzt blickte er sich um, und erst nach und nach vermochten seine Augen in der Schwärze einige Dinge auszumachen, deren vertraute Formen ihn ein wenig beruhigten.

Ein Diwan an der Wand.

Ein *yakdan**, der als Schrank diente.

Das von zottigem Fell verhangene Fenster.

Die Schreckensbilder, die er im Traum gesehen hatte, blieben jedoch bestehen. Nicht, dass er sich an Einzelheiten erinnert hätte – alles war wie gewohnt verschwommen und grau, wie hinter Nebelschleiern verborgen. Seine Gefühle jedoch waren umso klarer gewesen, und ihrer entsann er sich noch immer.

Schmerz war dabei gewesen.

Trauer.

Namenlose Furcht.

Kamals Herz hämmerte, als wollte es seine Brust zum Bersten bringen. Kalter Schweiß stand ihm auf der Stirn, während sein Ver-

---

* lederbezogene Kiste

stand noch immer Tritt zu fassen suchte. Aber da war nichts, worauf er setzen konnte. So, als wäre er eine Leiter hinaufgeklettert, höher und höher, während sich die Sprossen unter ihm in Luft aufgelöst hatten.

Die Erinnerung daran, dass er sich *nicht* erinnern konnte, brach hohnlachend über ihn herein, und eine Woge von Übelkeit durchlief ihn. Was blieb, war die Furcht – nicht um sich selbst, sondern um das Leben von jemandem, den er aufrichtig liebte, mit jeder Faser seiner zerbrechlichen Existenz, von ganzem Herzen.

Eine sanfte Berührung rief ihm ins Bewusstsein, dass er nicht allein in seinem Schlafgemach war. Eine Hand glitt seinen nackten Rücken hinauf, streichelte seinen Hals und sein Kinn.

»Was ist mit dir, Geliebter?«, flüsterte eine Stimme in sein Ohr, die ihm fremd und vertraut zugleich erschien. »Ich habe dich schreien gehört. Hast du wieder schlecht geträumt?«

Er nickte.

»War es wieder derselbe Traum?«

»Ja und nein.« Er drehte den Kopf, sodass er sie sehen konnte. Sie hatte sich halb aufgerichtet und die Felldecke abgeworfen. Ihre bleiche Gestalt war im Halbdunkel nur zu erahnen. »Ich habe geträumt, dass ... dass ...«

»Scheue dich nicht, es offen auszusprechen«, ermunterte sie ihn. »Ich werde dir helfen, so gut ich kann.«

»Das weiß ich«, versicherte er. »Es ist nur, in diesem Traum ...«

»Ja?«

»... ging es um dich«, gestand er zögernd.

»Um mich?« Er glaubte, sie in der Schwärze lächeln zu sehen. »Wie überaus schmeichelhaft.«

»Kaum.« Er schüttelte den Kopf. »Du warst in Gefahr. In großer Gefahr ...«

»In Gefahr? Ich?« Sie lachte ausgelassen. »Was bringt dich auf diesen Gedanken?«

»Ich weiß es nicht. Es war nur eine Empfindung, aber sie war so überwältigend, dass sie mich aus dem Schlaf gerissen hat. Für einen Augenblick …«

»Was war für einen Augenblick?«, verlangte sie zu wissen. »Sprich weiter!«

»… hatte ich das Gefühl, dass du nicht hier wärst, sondern an einem weit entfernten Ort«, eröffnete er ihr widerstrebend. Er wollte sie keinesfalls verletzen mit dem, was er sagte.

»Aber ich bin hier«, widersprach sie. »Hier an deiner Seite, wo mein Platz ist.«

Kamal nickte wissend, doch seine Gedanken waren noch in der Traumwelt gefangen. »Für einen Augenblick schien sich alles zu klären«, berichtete er. »Ich hatte das Gefühl, dass sich die Schleier heben und ich endlich erfahren würde, was geschehen ist. Aber alles, was ich fühlte, war Furcht.«

»Furcht«, echote sie.

»Schreckliche Sorge«, führte er aus, »aber nicht um mich, sondern um dich, Sarah, um dein Wohlergehen. Ich glaubte dich von Verrätern umgeben, von dunklen Schatten, die dich aus dem Licht und in die Dunkelheit reißen wollen.«

»Hörst du dir selbst zu, Geliebter?«, flüsterte sie und kicherte. »Das ergibt keinen Sinn.«

»Nicht für meinen Verstand«, gab er zu. »Mein Herz jedoch scheint es zu begreifen, auch wenn ich es selbst nicht verstehe.«

»Jetzt ängstigst du mich, Geliebter«, sagte sie und befühlte seine Stirn. »Das Fieber wird doch nicht zurückgekehrt sein?«

»Nein«, beschwichtigte er. »Mein Geist ist klar wie lange nicht mehr, obwohl ich von Rätseln umgeben bin. Warum zum Beispiel bin ich hier? Warum hast du mich an diesen entlegenen Ort gebracht?«

»Aber das weißt du doch«, erwiderte sie. »Weil die Ärzte der Ansicht waren, dass es am besten für dich wäre, dein zurückgewonnenes Leben in völliger Einsamkeit zu beginnen. Sie befürchteten, du könntest den Verstand verlieren, wenn alles gleichzeitig über dich hereinbricht. Nur deshalb habe ich dich hierher gebracht: um dein Gedächtnis allmählich wieder aufzufüllen und dir zurückzugeben, was verloren ging. Ich dachte, ich hätte dir das ausführlich erklärt.«

»Das hast du«, versicherte er. »Aber …«

»Aber was? Misstraust du mir etwa?«

Die Frage kam so direkt und unvermittelt, dass er darüber erschrak. Noch mehr jedoch entsetzte ihn, dass er zu einer spontanen Verneinung nicht fähig war. War dies der wahre Grund für sein Unbehagen? Hegte er insgeheim Argwohn gegen die Frau, die er liebte? Nachdem sie so viel für ihn getan, ihn den Klauen des Fiebers entrissen hatte?

Ihm graute vor sich selbst, während er sein Gewissen nach einer Antwort durchforschte. Nein, bekannte er schließlich zu seiner eigenen Erleichterung. Er zweifelte nicht an Sarah, sondern an sich selbst, an der leeren Hülle, als die er erwacht war. Und er fürchtete sich vor dem, was diese Leere einst gefüllt haben mochte …

»Nein, Geliebte«, antwortete er nach einer endlos scheinenden Weile. »Ich misstraue dir nicht. Aber ich habe Angst vor dem, was ich gewesen sein könnte.«

»Was meinst du damit?«

»Ich fühle, dass da etwas ist«, versuchte Kamal seinen Empfindungen Ausdruck zu verleihen. »Etwas, das mit meiner Vergangenheit zu tun hat und von dem auch du nichts weißt. Etwas Gefährliches, und ich habe Angst, dass es auch dich bedrohen könnte.«

»Aber das tut es nicht«, beschwichtigte sie ihn und küsste ihn sanft auf die Schulter. »Du brauchst dich nicht zu fürchten, Geliebter. Dazu besteht kein Grund.«

»Nein?«

»Nein«, bekräftigte sie, schlang von hinten ihre Arme um seinen Hals und presste ihre nackte Brust an seinen Rücken, doch die Berührung erregte ihn nicht. Das Durcheinander in seinem Kopf war zu groß.

»Verzeih«, flüsterte er, »ich ...«

»Du willst etwas, das dir Sicherheit gibt?«, hauchte sie in sein Ohr. »Das dir sagt, wer du bist und wohin du gehst?«

»Ja«, antwortete er, »mehr als alles andere.«

»Dann hör mir gut zu, Geliebter«, wisperte sie, »und wisse, dass du dir keine Sorgen zu machen brauchst, weder um dich selbst noch um mich, denn ich werde keineswegs bedroht, sondern habe die größte Gabe empfangen, die das Leben zu spenden vermag.«

»Was bedeutet das?«, fragte er. Er löste sich aus ihrer Umarmung und drehte sich zu ihr um. Seine Augen hatten sich an die Dunkelheit gewöhnt, sodass er ihr Gesicht sehen konnte und das feierliche Lächeln darin.

»Ich bin schwanger«, erwiderte sie. »Ich erwarte ein Kind ... dein Kind.«

»I-ist das wahr?«

»Könnte ich dich je belügen?«, fragte sie dagegen.

»Nein«, meinte er überzeugt. »Und du bist dir ganz sicher?«

»So sicher, wie ich nur sein kann. Wir werden ein Kind bekommen, Geliebter. Und dieses Kind wird unsere Zukunft sein.«

Einen endlos scheinenden Augenblick starrte Kamal sie nur an, während ihn Myriaden positiver Gefühle durchströmten: Überraschung und Dankbarkeit, Zuneigung und Hoffnung. Vor allem jedoch empfand Kamal in diesem Augenblick überbordende Freude angesichts der guten Nachricht, die wie ein heller Sonnenstrahl durch das triste Dunkel seiner Sorgen und Ängste brach.

Und mit der Woge des Glücks, die ihn erfasste, schwand nicht nur die Furcht – sondern auch aller Zweifel.

8.

TAGEBUCH SARAH KINCAID

Meister Ammon hat recht.

Weder bin ich mehr das Mädchen, das nach Lawendelblüten duftete, noch die junge Frau, die ihn vor nunmehr fast zwei Jahren auf dem Djebel Mokattam besucht hat; die Dinge, die ich seither gesehen und erlebt habe, haben mich zu einer anderen Person werden lassen, die weniger naiv ist und deren Glaube an das Gute gelitten hat. Man hat mir meinen Besitz genommen, meine Überzeugungen und die Menschen, die ich liebte. Und noch immer ist es nicht vorbei, denn der Kampf geht weiter, und je mehr ich sowohl über meine Vergangenheit als auch über die von Gardiner Kincaid erfahre, desto mehr wachsen meine Verzweiflung und meine Unsicherheit.

Immer häufiger frage ich mich, wer ich bin. Es bestürzt mich, dass ich die Frage nicht schlüssig beantworten kann, und gäbe es nicht el-Hakim, dessen Weisheit mir in all den Wirren Halt gibt, hätte ich wohl schon den Mut verloren. Aber obschon der Weise mir ein treuer Freund ist und mir in mancher Hinsicht den Vater ersetzt, den ich nicht mehr um Rat bitten kann, habe ich bislang nicht gewagt, ihm jene Frage zu stellen, die mich am meisten beschäftigt und die der Ursprung aller Selbstzweifel ist.

Vielleicht, weil ich mich insgeheim für meine Ichsucht schäme und mir immer wieder sage, dass meine oberste Sorge Kamals Wohlergehen zu gelten hat; vielleicht aber auch nur deshalb, weil ich mich vor der Antwort fürchte wie ein kleines Kind vor dem Einbruch der Nacht…

Sie fühlte sich jung.

Frei und unbeschwert.

Ein Mädchen noch ...

Mit nackten Füßen lief sie durch die vertrauten Korridore von Kincaid Manor, zu einer Zeit, da noch alles in Ordnung gewesen war; noch war keine fremde Macht in die behütete Welt eingedrungen, noch hatte nicht jener von fremder Hand gelegte Brand gewütet, der einst alles zerstören würde. Das alte Herrenhaus bot Schutz und Zuflucht, und Sarah konnte sich keinen Ort auf der Welt vorstellen, an dem sie sich sicherer gefühlt hätte.

Sie fror ein wenig in ihrem Nachthemd, während sie durch die langen, von Gemälden und Rüstungen gesäumten Gänge wandelte, beleuchtet vom schwachen Schein der Gaslampen, die Trevor, der getreue *maior domus*, wie an jedem Abend entzündet hatte. Sarah fürchtete sich dennoch nicht, denn sie pflegte sich vorzustellen, dass sie eine Prinzessin wäre und all diese leeren Rüstungen ihre Kämpen und dass sie nur ein Wort zu sagen bräuchte, und ihre Ritter würden die rostigen Schwerter heben und sie mit ihrem eisernen Leben beschützen.

Sie durchquerte die Eingangshalle und nahm den Weg zur Bibliothek, wo sie ihren Vater vermutete. Wenn Gardiner Kincaid in alten Schriften las und den Geheimnissen der Vergangenheit nachspürte, bekam sie ihn mitunter zwei, drei Tage nicht zu sehen. Dann jedoch tauchte er aus dem Meer alter Bücher und Schriften, in das er sich so vollständig hineinversenkt hatte, wieder auf und verkündete feierlich, wohin die nächste Expedition sie führen würde. Sarah liebte es, ihn auf diesen Reisen zu begleiten, und obwohl sie erst zwölf Jahre alt war, begann sie die Begeisterung ihres Vaters für die Vergangenheit zu teilen. Während sich andere Mädchen ihrer Alters darin gefielen, die Kleider ihrer Mütter und großen Schwestern anzuprobieren und all jene strengen Regeln zu erlernen, die eine junge Dame aus gutem Hause zu berücksichtigen hatte, wenn sie eine gute Partie machen wollte, beschäftigte sich

Sarah lieber mit Geschichtsbüchern. Und den Lateinunterricht, den Gardiner ihr persönlich erteilte, sah sie nicht als überflüssige Qual an, sondern als Tor zu einer anderen, vergangenen Welt …

Barfuß ging sie den Korridor hinab, an dessen Ende die Bibliothek lag. Die Tür war geschlossen, aber an dem hellen Schein über der Schwelle war zu erkennen, dass drinnen Licht brannte. Wenn ihr Vater einem neuen Geheimnis auf der Spur war, pflegte er bis spät in die Nacht zu arbeiten; eigentlich war es Sarah dann untersagt, ihn zu stören, aber in diesem Fall würde er wohl eine Ausnahme machen.

Ein Albtraum hatte sie aus dem Schlaf gerissen.

Wieder hatte sie sie vor sich gesehen, jene dunklen Schatten, deren Ursprung sie sich nicht erklären konnte, weil er irgendwo in der ›Dunkelzeit‹ verborgen war …

Sarah drücke die Klinke, öffnete die Tür einen Spaltweit und spähte hinein.

Das warme Licht einer Gaslaterne beleuchtete die Regale, die bis zur hohen Decke hinauf mit Büchern gefüllt waren: wissenschaftliche Werke zumeist, aber auch zahlreiche Quellentexte. Sogar einige Handschriften befanden sich darunter, die Gardiner erworben hatte. In der Mitte der Bibliothek stand ein großer Lesetisch mit einem bequemen Sessel davor, dessen Rückenlehne Sarah zugewandt war, sodass sie nicht sehen konnte, ob jemand darin saß.

»Vater?«, fragte sie leise.

Sie bekam keine Antwort, also schlich sie auf leisen Sohlen hinein. Es wäre nicht das erste Mal gewesen, dass Gardiner Kincaid so lange über alten Schriften gebrütet hatte, bis er dabei eingeschlafen war.

Vorsichtig umrundete Sarah das große Sitzmöbel, um überrascht festzustellen, dass ihr Vater nicht darin saß. Im Lichtschein der Tischlampe lagen ein aufgeschlagenes Buch und einige Blatt Papier, daneben Gardiners Brille und seine Pfeife, die umgedreht in einem Aschenbecher lag. Offenbar hatte er seine Arbeit nur für einen kurzen Moment unterbrochen, um ein wenig Luft zu schnappen oder weil die Natur ihn dazu gedrängt hatte. Sicher würde er jeden Augenblick zurückkommen.

Ihre Neugier trieb Sarah an den Lesetisch. Schriftwerke jeder Art pflegten sie magisch anzuziehen, denn sie konnte sich kaum etwas Spannenderes vorstellen, als in den Hinterlassenschaften vergangener Zeiten alten Rätseln nachzuspüren. Vor allem die alten Folianten mit ihren dicken Ledereinbänden und ihren Seiten aus Pergament hatten es ihr daher angetan.

Das Buch, in dem ihr Vater gelesen hatte, war längst nicht so alt. Dennoch weckte es Sarahs Neugier, da seine Seiten mit einer seltsam altertümlichen Schrift bedruckt waren, die Sarah noch nie zuvor gesehen hatte. Zwar konnte sie hier und dort ein paar Buchstaben entziffern, aber die Worte ergaben keinen Sinn, wohl weil sie einer anderen Sprache entstammten.

Sarah griff nach dem Buch, steckte den Zeigefinger zwischen die aufgeschlagenen Seiten und schlug zurück zum Anfang, um den Titel zu lesen. Der war in gewöhnlichen Lettern geschrieben, deren Sinn Sarah dennoch nicht erfasste, da sie die Sprache nicht verstand:

DIE HELLENEN IN SKYTHENLAND
von
Karl Johann Heinrich
Berlin 1855

Berlin, das wusste Sarah, war die Hauptstadt des soeben erst gegründeten Deutschen Reiches. Sie hatte ihren Vater davon sprechen hören. Also nahm sie an, dass das Buch in deutscher Schrift und Sprache gehalten war, die ihr Vater ganz offenbar beherrschte. Sie beschloss, ihn zu bitten, dass er ihr ein wenig Deutsch beibringen sollte. Dann schlug sie das Buch wieder an der richtigen Stelle auf und legte es zurück auf den Tisch.

Dabei stieß sie an die Notizen, die ihr Vater sich gemacht hatte, und eines der Blätter fiel zu Boden. Mit pochendem Herzen bückte sich Sarah, um es aufzuheben. Gardiner Kincaid war ein gütiger Mann und ein liebevoller Vater, aber wenn es um seine Arbeit ging, verstand er keinen Spaß. Sarah erinnerte sich noch lebhaft an den Tag, an dem sie versehentlich ihren Tee über einen Abklatsch geschüttet hatte, den Gardiner von einem assyrischen Sarkophag erstellt...

Plötzlich hielt sie inne.

Verstohlen hatte sie das heruntergefallene Blatt wieder auf den Schreibtisch zurücklegen wollen, als ihr Blick auf die Zeichen fiel, die ihr Vater darauf notiert hatte.

Da Sarah seit Beginn des Jahres Lektionen in Altgriechisch erhielt, erkannte sie sofort, dass es sich um griechische Schrift handelte. Allerdings ergaben die Zeichen keinen Sinn, schienen vielmehr eine Abkürzung für irgendetwas zu sein ...

ΑΒΓΔΕ

Sarah überlegte noch, was damit gemeint sein könnte, als sie plötzlich das Gefühl überkam, etwas Verbotenes zu tun. Mit pochendem Herzen legte sie das Blatt zurück an seinen Platz und wollte sich eben abwenden – als sie plötzlich jemand an der Schulter berührte.

»Sarah...?«

Sie schreckte auf – aber es waren nicht die gestrengen Züge Gardiner Kincaids, in die sie blickte, sondern das von Mondlicht beschienene Gesicht von Ammon el-Hakim!

Sarahs Atem ging rasch, ihr Pulsschlag raste, während ihr wieder bewusst wurde, wo sie sich befand. Sie war kein kleines Mädchen mehr, und sie befand sich schon lange nicht mehr auf Kincaid Manor im fernen Yorkshire – sondern in ihrer Schlafkammer im *konak* des Weisen.

Anders als Friedrich Hingis, der es vorgezogen hatte, im Hotel in Pera wohnen zu bleiben, war Sarah Ammons Einladung gefolgt und in sein Haus eingezogen, da sie die Nähe des Alten als ebenso inspirierend wie beruhigend empfand. Mit einem nächtlichen Besuch hatte sie allerdings nicht gerechnet.

»Verzeih, wenn ich dich erschreckt habe, mein Kind«, sagte Ammon leise, der in seiner gestreiften *djellabah* auf der Kante ihrer Schlafstatt hockte. Dem Mondlicht nach, das in steilem Winkel durch das Fenstergitter fiel, musste es spät nachts sein. Eine andere Beleuchtung gab es nicht; der Weise war es gewohnt, sich in völliger Finsternis zu bewegen. »Das lag nicht in meiner Absicht.«

»Schon gut«, beschwichtigte Sarah und setzte sich auf. Wenn el-Hakim zu nachtschlafender Zeit zu ihr kam, musste es einen besonderen Grund dafür geben ...

»Du hast geträumt.« Es war keine Frage, sondern eine Feststellung, sodass Sarah nicht zu widersprechen wagte.

»Ja, Meister.«

»Willst du mir davon erzählen?«

Sarah nickte. Sie empfand tatsächlich das Bedürfnis, dem alten Ammon von dem seltsamen Traum zu berichten – zumal es mehr als ein Traum gewesen war ...

»Erinnert Ihr Euch an das Buch, von dem ich Euch erzählt habe?«, fragte sie deshalb. »Das jener deutsche Historiker geschrieben hat und das mir von Beginn an so seltsam vertraut erschien?«

»Gewiss.«

»Ich weiß jetzt, warum das so war«, eröffnete Sarah ihm. »Ihr hattet recht mit Eurer Vermutung, Meister – ich habe dieses Buch tatsächlich schon einmal gesehen, vor vielen Jahren, in der Bibliothek von Kincaid Manor, und ich weiß noch, dass es eine eigenartige Faszination auf mich ausgeübt hat. Ich war enttäuscht, dass ich nicht lesen konnte, was darin stand, also bat ich Gardiner, mich die deutsche Sprache zu lehren.« Sie lächelte schwach. »Ich hatte das alles völlig vergessen. Dieser Traum jedoch hat mir die Erinnerung zurückgebracht.«

»Weil die Zeit reif dafür war«, sagte der Alte. »Bisweilen ergeben sich Antworten von ganz allein, wenn man lange genug darauf wartet.«

»Meint Ihr?« Sie zuckte mit den Schultern. »Etwas ist in meinem Traum allerdings anders gewesen als in meiner Erinnerung: Neben dem Buch lag ein Blatt Papier mit dem Alexandersiegel darauf.«

»Ein weiterer Wink des Schicksals«, meinte Ammon überzeugt.

»Oder nur eine Spiegelung meiner eigenen Wünsche«, konterte Sarah.

»Du zweifelst«, stellte el-Hakim fest. »Du wehrst dich gegen die Vorstellung, dass auch dein Weg vorgezeichnet ist, weil du glaubst, dass dir damit jede Möglichkeit genommen ist, Kamal zu helfen. Aber das ist nicht der Fall.«

»Nein?«, fragte Sarah. »Kamal hat stets auf das Schicksal vertraut. ›*Insch'allâh*‹, pflegte er zu sagen, ›wenn Gott es will‹ – und was hat es ihm geholfen? Er ist dennoch entführt und vom Dunkelfieber befallen worden!«

»Dennoch besteht noch immer Hoffnung«, beharrte der Weise. »Wir alle sind Werkzeuge des Lichts, Sarah. Vertraue auf das Licht, und es wird dich ans Ziel führen.«

Sarah stutzte. »Was habt Ihr gerade gesagt, Meister?«

»Ich sagte, dass du auf das Licht vertrauen sollst und dass es dich ans Ziel führen wird.«

»Auch Maurice du Gard sagte das«, erwiderte Sarah verblüfft. »Kurz darauf wurde er an Bord der ›Egypt Star‹ ermordet.«

»Und dennoch zweifelst du immer noch? Ich weiß um die Kämpfe, die hinter dir liegen, mein Kind. Als Tochter eines Wissenschaftlers fühlst du dich der Vernunft verpflichtet, dennoch hast du die Erfahrung gemacht, dass die Vernunft nicht das Ende der Weisheit ist. Die Zeit ist gekommen, um zu glauben, Sarah Kincaid.«

»Vielleicht.« Sarah nickte, während sie gleichzeitig das Gefühl hatte, als würde sich ein dunkler Schatten auf ihr Herz legen. »Ich wünschte nur, es wäre so einfach.«

»Es ist einfach«, meinte der Alte überzeugt. »Was hindert dich daran, mir auf dem Pfad der Weisheit zu folgen? Der Schweizer?«

»Nein.« Sarah schüttelte den Kopf. El-Hakim nannte Hingis meist nur schlicht den *»swîsrî«*, was jedoch kein Ausdruck von Geringschätzung war, sondern nur daher rührte, dass der Genfer Gelehrte der einzige Eidgenosse war, den Ammon in seinem ganzen Leben kennengelernt hatte. »Es ist etwas anderes. Etwas, das aus meinem Herzen kommt. Aus meiner Vergangenheit ...«

»Willst du darüber sprechen?«

Sarah schaute den alten Ammon an. So viel Menschlichkeit und Güte sprach aus seinen zerfurchten Zügen, dass sie sich danach sehnte, sich ihm anzuvertrauen. Aber konnte sie das? Oder riskierte sie damit, alles zu verlieren, auch noch den letzten Rest, der ihr verblieben war? Womöglich würde er sie aus seinem Haus jagen, wenn er von ihren dunkelsten Ängsten erfuhr ...

Sie beschloss, es dennoch zu tun.

»Ihr wisst, dass ich mich nicht an meine Kindheit erinnern kann«, sagte Sarah leise. »Im Alter von acht Jahren habe ich das Wasser des Lebens getrunken und erinnere mich deshalb an nichts, was vorher geschehen ist. Alles, was ich habe, sind die Erinnerungen, die Gardiner Kincaid mir gegeben hat: von meiner Kindheit in England, von meiner Mutter, die ich nie kennengelernt habe ...«

»Und?«, fragte der alte Ammon.

»Meister«, fragte Sarah, wobei sie sich überwinden musste, die Worte auszusprechen, »ist Euch je der Gedanke gekommen, dass Gardiner auch in dieser Hinsicht die Unwahrheit gesagt oder mir wichtige Dinge verschwiegen haben könnte?«

»Was bringt dich auf diesen Gedanken, Kind?«, erkundigte sich der Alte. Besorgnis sprach aus seinen Zügen.

»Ich sage nicht, dass er es in böser Absicht getan hat«, schränkte Sarah ein. »Vielleicht ging es ihm nur darum, mich zu beschützen, genau wie in all den anderen Fällen, in denen er die Wahrheit in seinem Sinn gebeugt hat. Und womöglich«, fügte sie so leise hinzu, dass ihre Worte kaum noch zu verstehen waren, »hat er auch die Unwahrheit gesagt, als er behauptete, mein Vater zu sein ...«

Es war ausgesprochen.

Sarah biss sich auf die Zunge, als wollte sie sich selbst dafür bestrafen. Aber gleichzeitig empfand sie auch Erleichterung darüber, den hässlichen Verdacht offen geäußert zu haben.

Der Weise tadelte sie nicht, noch verlachte er ihre Befürchtungen oder tat sie als abwegig ab. »Wer«, fragte er nur, »hat diesen Zweifel in dein Herz gesät? Das Licht meiner Augen mag mich verlassen haben, aber ich kann deutlich sehen, dass dieser Gedanke nicht von dir kommt. In all den Jahren warst du Gardiner treu ergeben, hast ihn als deinen Vater geliebt ...«

»Das tue ich noch immer«, versicherte sie.

»Aber du nennst ihn nicht mehr deinen Vater«, wandte er ein. »Ich habe bemerkt, dass du ihn nur noch beim Namen nennst, als wäre er ein Fremder. Also frage ich dich, Sarah: Wer war es, der diesen gemeinen Verdacht geäußert hat?«

»Laydon«, sagte sie nur.

»Gardiners Mörder.« El-Hakim nickte, als hätte er nichts anderes erwartet.

»Als ich Kamal im Zuchthaus von Newgate besuchte, traf ich dort auch auf Laydon«, erklärte Sarah. »Ich dachte, er könnte mir Informationen über die Bruderschaft geben, also unterhielt ich mich mit ihm ...«

»Und er behauptete, dass Gardiner Kincaid nicht dein Vater wäre?«

»Nicht nur das. Er sagte auch, dass ich in Wahrheit ...« Sie unterbrach sich. Den Satz zu Ende zu denken war schon schwer genug, ihn laut auszusprechen beinahe unmöglich. »... dass ich in

Wahrheit seine Tochter wäre«, eröffnete sie schließlich gegen alle Widerstände und mit Tränen in den Augen.

»Und du hast ihm geglaubt?«

»Natürlich nicht – nicht zu Beginn. Ich tat seine Worte als das Gerede eines Wahnsinnigen ab und verließ das Gefängnis.«

»Aber das Gift der falschen Schlange begann dennoch zu wirken«, vermutete der Alte.

Sarah nickte. »Anfangs sagte ich mir, dass es Laydon nur darauf ankäme, mich ebenso zu zerstören, wie er meinen Vater zerstört hat, und ich versuchte seine Worte zu vergessen. Aber es gelang mir nicht, denn in vielem, was er sagte, hatte er recht gehabt. Gardiner hat mir tatsächlich viele Dinge vorenthalten. Bis zum heutigen Tag stoße ich immer wieder auf Geheimnisse, die er mir hätte offenbaren können, wenn er es nur gewollt hätte – zum Beispiel seine Erlebnisse im Krieg. Warum also sollte er mich im Hinblick auf meine Kindheit nicht auch getäuscht haben?«

»Ist es dein Verstand, der diese Frage stellt«, fragte Ammon, »oder ist es dein verletzter Stolz?«

»Ich weiß es nicht.« Sie schüttelte unwirsch den Kopf. »Beides vielleicht, aber das allein ist es nicht. Es dauerte eine gewisse Zeit, bis ich herausfand, dass Laydon lediglich das ausgedrückt hatte, was ich in meinem Inneren schon die ganze Zeit über gefühlt hatte. Eine Distanz, die im Lauf der Jahre immer größer geworden war, als hätte ich die Wahrheit die ganze Zeit über geahnt, sie mir aber nicht eingestehen wollen.«

»Welche Wahrheit?

»Dass Gardiner Kincaid nicht mein Vater ist.«

»Und Laydon?«

»Ich weiß es nicht. Die Vorstellung, die Tochter eines solchen Scheusals zu sein, ist mir unerträglich«, flüsterte Sarah und wischte sich die Tränen aus den Augen. »Aber immer wieder entdecke ich Eigenschaften an mir, in denen ich Laydon zu erkennen glaube, und das macht mich wütend.«

»Zum Beispiel?«

»Als er mich damals in Kincaid Manor besuchte, da war ich es, die an das Schicksal glaubte, und er war der kühle Rationalist. Seither ist jedoch viel geschehen, und wenn Ihr mich heute auffordert, der Vorsehung zu vertrauen, so stelle ich fest, dass ich inzwischen genau jene Position eingenommen habe, die Laydon einst vertrat. Vielleicht ja deshalb, weil ich nicht anders kann, weil ich sein Erbe in mir trage. Weil ich in Wahrheit seine Tochter bin ...«

Sie konnte die Tränen nicht länger zurückhalten. Ihr Gesicht in den Händen vergrabend, sank sie vornüber und ließ dem Schmerz, den sie so lange zurückgehalten hatte, freien Lauf. Der Alte streckte die Hand aus und suchte ihr Haupt, dann strich er sanft über ihren Hinterkopf, als wäre sie noch ein kleines Kind.

»Nein, Sarah«, sagte er schließlich.

Aus tränengeröteten Augen schaute sie zu ihm auf. »Nein?«, fragte sie schluchzend. »Was bedeutet das?«

»Der Mörder ist nicht dein Vater«, eröffnete el-Hakim. »Das hat er nur gesagt, um deinen Geist zu verwirren, und ganz offenbar ist es ihm gelungen.«

»Aber ... woher wisst Ihr ...?«

»Ich weiß es«, erklärte der Alte mit einem Tonfall, der keinen Widerspruch duldete. »Mehr kann ich dir nicht sagen, denn ich habe Gardiner versprochen, nie ein Wort darüber zu verlieren.«

»Worüber?«, wollte sie wissen und trocknete rasch ihre Tränen.

»Über deine Herkunft. Über das, was du bist.«

»Und – was bin ich?«

»Wozu willst du das wissen? Du folgst dem Weg, den dir das Schicksal vorgegeben hat. Das genügt.«

»Es mag Euch genügen, Meister, aber mir genügt es nicht«, widersprach Sarah. »Ich habe fast alles verloren, das mir je etwas bedeutet hat. Das Einzige, was mir geblieben ist, ist meine Identität, und auch die zerrinnt mir unter den Fingern. Also wenn Ihr etwas wisst, so sagt es mir bitte. Ist Gardiner Kincaid mein Vater gewesen oder nicht?«

»Es macht keinen Unterschied«, behauptete der Alte.

»Für mich ja«, beharrte Sarah. »Bitte, Meister, ich muss es wissen!«

Ammon el-Hakim tat einen tiefen Seufzer. Dann schloss er die Augen, als müsste er tief in sich hineinschauen, um die Wahrheit zu ergründen. *»Anâ muwâfiq«**, murmelte er dann. »Vielleicht ist die Zeit auch dafür reif.«

»Wofür, Meister?«

»Um dir zu sagen, was dein Herz schon längst erkannt hat – dass Gardiner Kincaid nicht dein leiblicher Vater gewesen ist.«

Unzählige Nächte hatte Sarah über dieser Frage gebrütet, unzählige Male erwogen, sie Ammon zu stellen. Als die Antwort nun über seine dünnen Lippen kam, klang sie so lapidar und beiläufig, dass es schon fast verletzend war.

»Er – er war es nicht?«, fragte Sarah dennoch.

»Nein«, bekräftigte der Alte, »aber Mortimer Laydon ist es ebenfalls nicht.«

»Aber – woher komme ich dann?«

»Das weiß ich nicht, mein Kind, und auch Gardiner wusste es nicht. Gleichwohl hat er dich an Kindes statt angenommen und dir eine Zuflucht und Heimat gegeben. Dafür solltest du ihm dankbar sein und ihm nicht zürnen, denn er wollte immer nur das Beste für dich.«

Sarah nickte. Nun also war es gewiss, wusste sie mit Bestimmtheit, was sie bislang nur vermutet hatte: Der Mann, den sie als ihren Vater verehrt und geliebt hatte, war in Wirklichkeit ein Fremder gewesen, der sie als sein eigenes Kind aufgezogen hatte. Aus welchem Grund, entzog sich ihrer Kenntnis, aber sie ahnte, dass es genau das gewesen war, was ihr Vater ihr mit den letzten

---

* arab. Also gut/Einverstanden

Atemzügen hatte sagen wollen, damals, in den Katakomben von Alexandria.

Die Enthüllung bestürzte sie weit weniger, als sie befürchtet hatte. Im Gegenteil, sie fühlte Erleichterung, nun, da sie die Wahrheit kannte, und ein guter Teil jener hilflosen, ohnmächtigen Wut, die sie empfunden und die sich zuletzt sogar gegen ihre Freunde gerichtet hatte, verpuffte. Gleichzeitig ergaben sich Myriaden neuer Fragen: Wenn weder Gardiner Kincaid noch Mortimer Laydon ihr Vater waren, wer war es dann? Wo lagen ihre wahren Wurzeln? Wer war sie einst gewesen, dass sich ein solches Rätsel um sie rankte?

»Natürlich«, fuhr el-Hakim fort, als könne er ihre Gedanken erraten, »möchtest du nun wissen, wo dein tatsächlicher Ursprung liegt. Deine Spuren, Kind, verlieren sich in der Dunkelzeit, die auch ich nicht zu ergründen vermag. Aber ich fühle, dass sich die Schleier des Vergessens schon bald heben werden – und dann werden wir gemeinsam herausfinden, was damals geschehen ist.«

»Gemeinsam?«, fragte Sarah. »Was soll das heißen?«

»Aus diesem Grund bin ich zu dieser späten Stunde zu dir gekommen«, eröffnete ihr der Weise mit einem jungenhaften Lächeln, das für einen Augenblick die Falten aus seinem Gesicht verschwinden ließ. »Ich wollte dir mitteilen, dass ich dich auf deiner Reise begleiten werde. Natürlich nur, wenn du es erlaubst.«

»Wie bitte?« Sarah glaubte, nicht recht zu hören.

»Ich werde mein Haus noch einmal verlassen und mich auf Wanderschaft begeben, so, wie ich es in jungen Jahren getan habe«, bekräftigte der Alte. »Damals hat meine Lebensreise begonnen – nun wird sie bald zu Ende gehen. Aber ich spüre, dass ich noch gebraucht werde, dass es noch eine Pflicht zu erfüllen gilt ...«

»A-aber Meister«, widersprach Sarah erschrocken, »so etwas dürft ihr nicht sagen!«

»Warum nicht?« Erneut lächelte er spitzbübisch. »Kannst du die Zeit aufhalten, mein Kind? Ich kann es nicht. Und vielen, die weiser und erfahrener gewesen sind als ich, ist es ebenfalls nicht gelungen. Wir können unsere Zeit auf Erden nur so sinnvoll wie möglich nutzen, und genau das will ich tun. Deshalb, mein Kind, bitte ich dich, an deiner Erkundung teilnehmen zu dürfen.«

»D-das ist …«, begann Sarah stammelnd.

»Zu viel verlangt?«, fragte er. »Der junge Ufuk wird mich als mein Diener begleiten, und ich verspreche, dass ich dir nicht zur Last fallen werde.«

»… mehr, als ich je zu hoffen wagte«, brachte Sarah ihren Satz zu Ende. »Mit Eurem Ratschlag und Eurer Weisheit auf unserer Seite habe ich größere Hoffnung denn je, dass wir den Berg Meru finden werden, und mit ihm auch meinen geliebten Kamal. Aber ich bin mir nicht sicher, ob ich die Verantwortung übernehmen kann. Die Reise wird lange dauern und beschwerlich sein, und womöglich werden wir unterwegs auf Gefahren stoßen, die …«

»Sorge dich nicht um mich, mein Kind. Ich habe dem Tod schon ins Auge geblickt, da warst du noch nicht einmal geboren. Und es ist mein freier Wille und ausdrücklicher Wunsch, dass ich dich auf dieser Fahrt begleite. Willst du es mir erlauben?«

»Natürlich erlaube ich es, Meister«, erwiderte Sarah, ergriff die Hände des Alten und küsste sie. Ein Gefühl tiefer Zuversicht überkam sie, wie sie es lange nicht mehr verspürt hatte. Es durchbrach ihre Selbstzweifel und Ängste wie heller Sonnenschein einen wolkenverhangenen Tag. »Wie soll ich Euch nur je dafür danken?«

»Aber nein, Sarah Kincaid«, widersprach Ammon leise, »ich bin derjenige, der zu danken hat.«

Unbekannter Ort
Zur selben Zeit

Die Hand mit dem Telegramm, an der ein goldener Siegelring mit dem Emblem eines Obelisken blitzte, zitterte leicht. Wieder und wieder überflog ihr Besitzer die Zeilen, während er sich über die Bedeutung der Worte in vollem Umfang klar zu werden suchte.

Nach Jahrzehnten des Wartens, in denen er seine Pläne sorgfältig vorbereitet und jeden noch so kleinen Mosaikstein gesammelt hatte, um ihn in das große Gesamtbild einzufügen, gab es endlich Erfolg zu vermelden. Keinen Teilsieg, keinen kurzatmigen Triumph, kein Strohfeuer, das im einen Moment aufloderte, um im nächsten wieder zu verlöschen. Sondern den endgültigen Durchbruch!

Damit würde ihm gelingen, was so viele vor ihm erfolglos versucht und worum sich selbst Eroberer vom Schlage eines Alexanders oder Napoleons vergeblich bemüht hatten: die absolute Kontrolle zu erringen, die größte Macht auf Erden ...

Nun endlich war es so weit, und es gab nichts, das ihn mehr aufhalten konnte. All die Bemühungen, all die Opfer, die er gebracht hatte, würden sich nun endlich auszahlen und ihn ans Ziel seiner Wünsche und Träume bringen, und ein Schicksal, das vor Jahrtausenden seinen Anfang genommen hatte, würde sich endlich vollenden.

»Bien«, sagte er laut, während er das Telegramm wieder zusammenfaltete und in die Innentasche seines Rocks steckte. »Die Zeit zur Abreise ist gekommen. *N'est-ce pas ...?*«

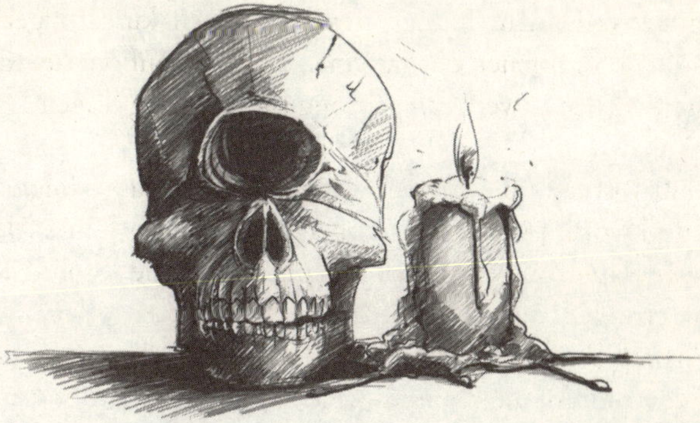

2. Buch
SKYTHENLAND

1.

Reisetagebuch Sarah Kincaid

Seit vier Tagen sind wir nun auf See, haben Istanbul und den Bosporus hinter uns gelassen und Varna erreicht, die erste Station unserer Reise, wo wir die Nacht über vor Anker liegen.

Die ›Strela‹ ist ein zuverlässiges Dampfschiff, das rasch durch die Wellen gleitet und dessen russische Mannschaft ihr Handwerk versteht. Dennoch kann ich nicht behaupten, mich an Bord besonders wohlzufühlen.

Anders als Friedrich, der sich mit Viktor Abramowitsch bestens versteht, habe ich Mühe, unserem Gastgeber trotz dessen offenkundiger Jovialität zu vertrauen. Als neutraler Schweizer, der er nun einmal ist, tut Hingis dies mit den Ressentiments ab, die zwischen Abramowitschs Land und dem meinen herrschen, aber ich teile diese Auffassung nicht; seit ich an Bord gekommen bin, hat eine seltsame Unruhe von mir Besitz ergriffen, eine Furcht, die sich aus dem Gefühl nährt, niemals allein zu sein und auf Schritt und Tritt beobachtet zu werden. Auch die Gegenwart des alten Ammon vermag daran nichts zu ändern. Dabei sollte mich die Tatsache, dass mich der Weise auf dieser Fahrt begleitet, doch eigentlich beruhigen …

Abramowitsch und seinem Kapitän gegenüber habe ich el-Hakim und den jungen Ufuk als Führer ausgegeben; es war den beiden anzusehen, dass sie sich schwerlich vorstellen konnten, von was für Nutzen ein altersschwacher Greis und ein halbwüchsiger Knabe auf einer archäologischen Expedition sein mögen, aber sie stellten keine Fragen, und ich gab keine unverlangten Antworten. Da sie ihrer Aufgabe entsprechend als Diener eingestuft wurden, haben Meister Ammon und der junge Ufuk ihr Quartier auf dem Unterdeck, wo auch die Mannschaften untergebracht sind. Natürlich bedaure ich dies zutiefst und hätte el-Hakim gerne den Komfort der geräumigen Kabine angeboten, welche ich selbst bewohne; aus Gründen der Tarnung verbietet sich dies jedoch, und der Weise scheint alles andere als betrübt darüber zu sein, dass er nicht an den Mahlzeiten teilnehmen muss, die morgens, mittags und abends in der Offiziersmesse eingenommen werden.

Ein Privileg, um das ich ihn angesichts der Tischgesellschaft in jedem Fall beneide ...

HANDELSSCHIFF ›STRELA‹
HAFEN VON VARNA, FÜRSTENTUM BULGARIEN
2. APRIL 1885

Zum Abendessen – es war Gründonnerstag – hatte es russischen Borschtsch gegeben.

Zumindest an der Verpflegung hatte Sarah nichts auszusetzen. Der ukrainische Smutje, der auf der ›Strela‹ seinen Dienst versah, wusste seiner winzigen Kombüse wohlschmeckende Mahlzeiten zu entlocken, die so manchem Passagierdampfer zur Ehre gereicht hätten.

Nach dem Essen pflegte Viktor Abramowitsch das zu tun, was auch die Gentlemen in England nach beendeter Mahlzeit gerne taten: nämlich in blauen Dunst gehüllt, über das Wesen der Welt zu schwadronieren. Während es einem Briten jedoch niemals in den Sinn gekommen wäre, dies in Gegenwart einer Dame zu tun, erlegten sich Abramowitsch und seine Offiziere ungleich weniger Zurückhaltung auf, und sogar Hingis griff hin und wieder zu einer Zigarre.

Grundsätzlich hatte Sarah damit kein Problem – zu Hause in England hatte sie sich oft genug darüber beklagt, wenn Männer Frauen wie Zierpflanzen behandelten und ihnen dadurch ihre Mündigkeit nahmen; Abramowitsch jedoch war nicht nur unhöflich, sondern *obendrein* noch ein Chauvinist.

»Sagen Sie, Lady Kincaid«, verlangte er paffend zu wissen, »wie hat Ihnen Istanbul gefallen? Ist es nicht eine erstaunliche Stadt? Gerade für eine junge Frau?«

Sarah schaute von ihrer Kaffeetasse auf. An den Seiten des Tischs hatten wie an jedem Abend Friedrich Hingis sowie Kapitän Terzow und seine beiden Offiziere Platz genommen. Abramowitsch saß ihr am anderen Ende der Tafel gegenüber. Sein schweigsamer Diener, der auf den Namen Igor hörte und ihm zu folgen pflegte wie ein Schatten, stand einige Schritte hinter ihm.

»Wie darf ich Ihre Frage verstehen, werter Herr Abramowitsch?«, erkundigte sich Sarah. Da sich der Russe beharrlich weigerte, sich der englischen Sprache zu bedienen, obwohl er sie fraglos beherrschte, blieb ihr nichts anderes übrig, als ihre Deutschkenntnisse zu bemühen.

»Nun, soweit ich weiß, ist es bei den Osmanen durchaus üblich, auch Frauen aus westlichen Kulturkreisen in ihren Harem aufzunehmen«, gab der Russe zur Antwort, »zumal, wenn sie von der Natur so überaus reich bedacht wurden und darüber hinaus noch so gebildet sind wie Sie.«

»Ich danke Ihnen für das Kompliment«, entgegnete Sarah kühl. »Was Ihre Vorstellung von den Osmanen betrifft, muss ich Sie jedoch korrigieren. Auch wenn dies in Europa gerne kolportiert wird, ist die Vielehe unter den Türken eher die Ausnahme denn die Regel. Vielleicht sollten Sie auf Ihren Reisen hin und wieder die Geschäfte ruhen lassen und sich stattdessen die Leute, denen Sie Ihre Waren verkaufen, ein wenig genauer ansehen.«

»*Touché.*« Abramowitsch lachte laut und ausladend. »Ich muss zugeben, Sie machen Friedrichs Schilderung alle Ehre.«

»Tatsächlich?« Sarah streifte Hingis mit einem Seitenblick. Sie hatte nicht gewusst, dass er und ihr Gastgeber sich bereits beim Vornamen nannten. »Was hat er Ihnen über mich erzählt?«

»Dass Sie eine außergewöhnliche Persönlichkeit seien. Und dass Sie sich durch nichts und niemanden von Ihren Zielen abbringen ließen.«

»Das ist richtig«, stimmte Sarah zu.

»Und er sagte auch, dass Sie eine Patriotin und Ihrem Land treu ergeben seien.«

»Ist das nicht jeder?«, fragte Sarah.

»Gewiss, gewiss«, bejahte der Russe und blies genüsslich blauen Rauch durch die Nase, »aber in Ihrem Fall scheint mir dies doch besonders bemerkenswert.«

»Inwiefern?«

»Ihr Adelstitel stammt von Ihrem Vater, nicht wahr?«, erkundigte sich Abramowitsch. »Er wurde ihm von Königin Viktoria für besondere Verdienste um das Empire verliehen.«

»Wissenschaftliche Verdienste«, betonte Sarah. »Gardiner Kincaid war kein General, falls Sie dergleichen vermuten sollten.«

»Keineswegs – ich weiß, dass Ihr Vater Archäologe war und seine Meriten rein wissenschaftlicher Natur. Die Privilegien, die ihm dafür verliehen wurden, sind jedoch dieselben, als wenn er ein Kriegsheld gewesen wäre – und sie sind zeitlich begrenzt.«

»Wie die meisten Adelstitel«, stimmte Sarah zu. »Da ich kein männlicher Erbe bin und Gardiner Kincaid keinen Sohn hinterließ, ist der Titel faktisch bereits erloschen, wenn Sie verstehen. Ich trage ihn gewissermaßen nur noch ehrenhalber.«

»Natürlich verstehe ich das.« Der Russe nickte. »Auf diese Weise wird der Kreis der Privilegierten klein gehalten, wie es sein sollte. Aber natürlich würden Sie Ihrer Familie gerne den Titel sichern.«

»Offen gestanden«, erwiderte Sarah, »ist es mir gleichgültig, ob ich einen Titel trage oder nicht. Ich habe Menschen von Adel kennengelernt, deren charakterliche Eigenschaften ebenso mangelhaft waren wie ihre Bildung und die glaubten, Klugheit durch Geld ersetzen zu können. Und ich traf andere«, fügte sie im Hinblick auf el-Hakim zu, der in diesem Moment zwei Decks tiefer hockte und an einem Stück Schiffszwieback kaute, »deren Adel sich nicht in Titeln oder Privilegien ausdrückt und dennoch unstrittig ist.«

»Ein schöner Gedanke«, erkannte Abramowitsch an. »Dennoch muss die Macht im Staat im Besitz von wenigen bleiben, sonst herrscht der Pöbel auf den Straßen.«

»So etwas nennt man Demokratie«, konterte Sarah.

»So etwas nennt man Chaos«, widersprach der Russe. »Ihr Briten sprecht gerne von Gleichheit und Demokratie, doch man braucht sich euer Land nur aus der Nähe anzuschauen, um zu wissen, wie weit Anspruch und Wirklichkeit auseinanderliegen. Während sich im Londoner Westen die Reichen und Schönen sammeln, hausen die Menschen im East End wie die Ratten. Wollen Sie das bestreiten?«

»Keineswegs.«

»Und entspricht es etwa nicht den Tatsachen, dass man auch in Ihrem Land dem Heer der Verzweifelten nicht die Macht im Staat überlassen will?«

»Zugegeben«, räumte Sarah ein, »und ich kann nicht behaupten, dass ich stolz darauf bin. Dennoch ist Armut eine Sache – Sklaverei hingegen noch einmal etwas ganz anderes.«

»Was wollen Sie damit sagen?«

»Damit will ich sagen, dass jemand, dessen Land die Leibeigenschaft erst vor Kurzem abgeschafft hat, uns Briten besser keine Ratschläge in Sachen Menschlichkeit erteilen sollte«, entgegnete Sarah. »Es ist bekannt, dass Zar Alexander kein Freund des niederen Volkes ist und dass er viele der Reformen, die sein Vater auf den Weg gebracht hat, wieder außer Kraft setzen …«

»Nun«, fiel Friedrich Hingis, dessen Brille sich einmal mehr beschlagen hatte, ihr rücksichtslos ins Wort, »ich denke, für einen Abend hat die Unterhaltung lange genug gedauert. Der Ansicht bist du doch auch, werte Freundin, oder nicht?«

Sarah blitzte den Schweizer verärgert an. Aber schon im nächsten Moment gestand sie sich ein, dass er recht hatte. Sich mit Abramowitsch zu streiten war sinnlos. Da er der Eigner des Schiffes war, war seine Meinung an Bord der ›Strela‹ Gesetz. Und weil er ihnen zudem geholfen hatte, die aufwendigen Einreiseprozeduren zu umgehen, die nötig waren, wenn eine Britin ins Zarenreich einreisen wollte, waren Sarah und Hingis ihm außerdem zu Dank verpflichtet – auch wenn er sich diese Gefälligkeit üppig und in klingender Münze hatte bezahlen lassen.

»Natürlich, teurer Friedrich«, sagte sie deshalb und setzte das liebenswerteste Lächeln auf, zu dem sie noch in der Lage war. »Du hast wie immer recht.«

»Dann wollen wir uns jetzt in unsere Kabinen zurückziehen«, schlug der Schweizer diplomatisch vor. »Es war ein langer Tag.«

»In der Tat«, stimmte Sarah zu und erhob sich, worauf auch Hingis und die Offiziere aufstanden. Lediglich Abramowitsch blieb sitzen, ein breites Grinsen im bärtigen Gesicht.

»Ich wünsche Ihnen angenehme Ruhe, Lady Kincaid«, sagte er. »Ich freue mich auf die weiteren Nachtmahle, die wir noch zusammen einnehmen werden«

»Wir ebenso«, beeilte sich Hingis zu versichern, noch ehe Sarah etwas entgegnen konnte. »Nicht wahr, werte Freundin?«

»Natürlich«, stimmte Sarah zu.

Mit einem Nicken verabschiedete sie sich von den Anwesenden, dann verließ sie den Speisesaal.

Sie verspürte das dringende Bedürfnis nach frischer Luft.

In dieser Nacht fand Sarah keine Ruhe.

Das Streitgespräch mit Abramowitsch wollte ihr nicht aus dem Kopf, und sie schalt sich eine Närrin, dass sie vor dem Russen die Fassung verloren hatte. Nach dem Grund dafür brauchte Sarah nicht lange zu suchen. Die Furcht um Kamal zerrte an ihren Nerven, und sie hatte das Gefühl, niemandem mehr vertrauen zu können.

Alle hatten sie getäuscht, Freunde wie Feinde. Zuerst ihr Vater, der sie in all den Jahren im Glauben gelassen hatte, sie wäre seine leibliche Tochter. Dann Mortimer Laydon, der sich als ihr Patenonkel ihre Zuneigung erschlichen hatte, in Wahrheit jedoch im Auftrag der Bruderschaft gehandelt und Gardiner Kincaid ermordet hatte. Nach ihm Maurice du Gard, den sie aufrichtig geliebt hatte und der ihr trotz der Vertrautheit, die zwischen ihnen herrschte, nicht alles gesagt zu haben schien, was er über sie gewusst hatte. Später die Gräfin Czerny, die ihr Freundschaft geheuchelt und sich als ihre Schwester im Geiste bezeichnet hatte, bis sie ihr wahres Gesicht und ihre wirklichen Absichten gezeigt hatte.

Und schließlich sogar el-Hakim, der in all den Jahren gewusst hatte, dass Gardiner Kincaid nicht ihr leiblicher Vater war, es aber nie für nötig befunden hatte, es ihr zu sagen.

Sarah war dem alten Ammon nicht böse deswegen. Er hatte Gardiner sein Wort gegeben und war an sein Versprechen gebunden gewesen. Dennoch hatte er dazu beigetragen, Sarahs Misstrauen weiter zu verstärken. Wenn nun auch noch ein großspuriger Russe daherkam, der sie mit chauvinistischen Ansichten provozierte und ihre Nation beleidigte, sollte sie dann nicht entsprechend reagieren?

Nein.

Je länger Sarah darüber nachdachte, desto deutlicher ging ihr auf, dass sie sich falsch verhalten hatte. Denn ganz gleich, was sie tief in ihrem Inneren empfinden und wie oft sie enttäuscht worden sein mochte – sie konnte es sich nicht leisten, jedem in ihrer Umgebung zu misstrauen. Sie brauchte Verbündete, brauchte Freunde, wenn die Suche nach Kamal Erfolg haben sollte. Selbst von Hingis, der ihr stets ein treuer Begleiter gewesen war, schien sie sich zu distanzieren ...

Das durfte nicht geschehen!

Sarah durfte nicht zulassen, dass das Chaos, das in ihr herrschte, sie überall nur noch Feinde sehen ließ. Wenn sie jedem misstraute, würde sie bald völlig allein und isoliert sein, und dann hatte die

Bruderschaft auf jeden Fall gewonnen. Vielleicht, dachte Sarah schaudernd, war es das sogar gewesen, was ihre Gegner insgeheim beabsichtigt hatten. Die Anhänger des Einen Auges, das hatte Sarah erfahren, waren selbst von Misstrauen und Argwohn zerfressen. Hatte man diesen Pfad erst einmal eingeschlagen, gab es keinen Weg mehr zurück, und Sarah begann zu verstehen, was du Gard und der alte Ammon gemeint hatten, als sie sagten, dass sie den Weg des Lichts beschreiten solle.

Das Licht bedeutete Liebe –

Zuneigung.

Vertrauen.

Wer diesen Weg einschlug, der suchte nicht nach seinen Feinden, sondern war von Verbündeten umgeben ...

In einem jähen Entschluss schwang sich Sarah aus dem Bett, zog ihren Mantel über das Nachtgewand und schlüpfte in ihre Stiefel. Auch auf die Gefahr hin, dass es unanständig wirkte, wenn eine ledige Frau des Nachts das Quartier eines alleinstehenden Mannes aufsuchte, verspürte sie das dringende Bedürfnis, Friedrich Hingis um Verzeihung zu bitten. Nur seinem Verhandlungsgeschick und seinem persönlichen Einsatz war es zu verdanken, dass sie so rasch eine Überfahrt auf die Krim bekommen hatten. Und wie hatte sie es ihm gedankt? Indem sie ihren Gastgeber, bei dem Hingis unter Aufbietung seines guten Namens für sie gebürgt hatte, mit Worten attackierte. Ihr Verhalten tat ihr leid, und sie wollte sich bei ihm entschuldigen. Vorausgesetzt, er hatte überhaupt noch ein Ohr für sie.

Sie griff nach einem Schal und bedeckte damit ihr Haar. Dann öffnete sie die Tür der Kabine und trat nach draußen.

Es war eine kalte und neblige Aprilnacht.

Am frühen Abend hatte der Regen, der seit den Morgenstunden angedauert hatte, endlich ausgesetzt, aber die klamme Feuchtigkeit hing noch in der Luft und schien in jede Ritze zu kriechen. Sarahs Atem schlug sich als weißer Dampf nieder. Sie fröstelte und schlug den Kragen ihres Mantels hoch, ehe sie den Mittelgang hinabschritt. Hingis' Kabine befand sich auf der anderen, dem Hafen zugewandten Seite des Schiffes.

Ihre Schritte klangen dumpf auf den hölzernen Planken, und sie hörte das Plätschern der Wellen, die leise gegen den Schiffsrumpf schlugen. Und noch ein Geräusch vernahm Sarah in der dunklen und nebligen Nacht: Stimmen, die sich leise miteinander unterhielten ...

Instinktiv dämpfte sie ihre Schritte und lauschte. Es waren zwei Männer. Da sie Russisch sprachen, verstand Sarah nicht, was sie sagten, aber sie erkannte ihre Stimmen. Die eine gehörte Kapitän Terzow, die andere Igor, Abramowitschs unheimlichem Diener.

Sarah hatte das Gefühl, dass es besser war, wenn die beiden sie nicht sahen. Lautlos schlich sie weiter und erreichte das Ende des Mittelgangs. Die Backbordseite des Schiffes lag in Dunkelheit. Nur schemenhaft zeichneten sich die Häuser und Türme Varnas am Ufer ab, die Gaslaternen entlang der Kais waren lediglich als verschwommene, schmutzig gelbe Flecke auszumachen, die kaum Licht spendeten. Zudem waren die Deckslaternen an Bord der ›Strela‹ gelöscht worden – gab es dafür einen Grund?

Sarah wollte eben zur Tür von Hingis' Kabine huschen, als zwei Schatten die Promenade herunterkamen.

Terzow und Igor.

Noch immer unterhielten sie sich, und noch immer konnte Sarah kein Wort verstehen. Aber die Art und Weise, wie die beiden ihre Stimmen senkten und die Köpfe zusammensteckten, gefiel ihr nicht. Die Russen führten etwas im Schilde, daran hegte Sarah keinen Zweifel – oder sah sie einmal mehr Feinde, wo gar keine waren?

Von ihrem Platz am Ende des Mittelgangs aus konnte sie nicht gesehen werden. Sich in den Schutz einer Säule pressend, wartete sie ab und beobachtete die beiden. Abramowitschs Diener schien wegen irgendetwas aufgebracht, der Kapitän ihn zu beschwichtigen. Worum es ging, konnte Sarah nicht einmal erahnen. Im nächsten Moment jedoch bekam sie einen Hinweis.

Ein verhaltener Ruf drang vom Ufer her, der die beiden an die Reling eilen ließ. Auch Sarah wagte sich ein Stück aus ihrem Versteck, um hinabzuspähen. Ein einzelner Mann, der einen Mantel und einen schäbigen Zylinderhut trug, stand unten am Kai, in der Hand eine Laterne. Kapitän Terzow rief etwas hinunter, das sich wie eine Frage anhörte und das der Mann mit dem Zylinder wie aus der Pistole geschossen beantwortete.

Eine Losung, vermutete Sarah, ein vereinbartes Erkennungswort.

Ihr Verdacht bestätigte sich, als Terzow dem Zylinderträger zuwinkte und dieser daraufhin die Laterne schwenkte. Im nächsten Augenblick war ein leises Rumpeln zu hören, und aus der Nebelwand, die sich jenseits der Kaimauer erhob, schälten sich die Umrisse zweier schwerer Fuhrwerke, die mit großen Holzkisten beladen waren. Igor nickte und ließ ein zufriedenes Brummen vernehmen, was darauf schließen ließ, dass sich der Streit der Russen auf diese Wagen bezogen hatte. Offenbar hatte die Lieferung auf sich warten lassen, was Abramowitschs Diener sichtlich nervös gemacht hatte.

Was aber befand sich in den Kisten?

Die Laternen an den Fuhrwerken waren ebenso gelöscht worden wie die auf der ›Strela‹, und die Hufe der Pferde hatte man in Säcke gesteckt, um ihre Geräusche auf dem Pflaster zu dämpfen. Die Männer auf den Kutschböcken hatten sich ihre Hüte und Mützen tief in die Gesichter gezogen und blickten starr vor sich hin wie jemand, der nicht erkannt werden wollte.

Was hatte das zu bedeuten? Warum nahm die ›Strela‹ mitten in der Nacht Ware an Bord? Und was sollte die Geheimnistuerei?

Die Antwort lag auf der Hand, und sie gefiel Sarah ebenso wenig, wie Abramowitsch selbst: Der angeblich so ehrbare Kaufmann, auf den Friedrich Hingis solch große Stücke hielt, war ein Schmuggler!

Sarah konnte sich ein Grinsen nicht verkneifen.

Das also war das Geheimnis jener Geschäftserfolge, von denen der Russe so gerne erzählte. Der Russe handelte mit Waren, die er an den Behörden vorbei außer Landes brachte und meistbietend verhökerte – vermutlich Waffen, Alkohol und anderes Zeug, mit dem sich auf dem Weltmarkt viel Geld verdienen ließ.

Hätte Abramowitsch in Sarahs Wertschätzung nicht ohnehin schon auf der untersten Stufe rangiert, wäre er spätestens in diesem Augenblick dort gelandet. Das letzte Quäntchen Sympathie, das sie noch für ihn empfunden hatte, verflog wie ein lauer Windhauch.

Zwar hatte sie nicht übel Lust, den Russen zur Rede zu stellen, aber natürlich entschied sie sich dagegen. Abramowitsch und seine Leute würden alles abstreiten, und vermutlich würde ihr nicht einmal Hingis glauben, sondern annehmen, dass sie sich lediglich für die Niederlage beim Abendessen revanchieren wollte. Und selbst wenn er ihr Glauben schenkte, war damit nichts gewonnen; denn wenn Abramowitsch der Strolch war, für den Sarah ihn hielt – und dafür schien im Augenblick alles zu sprechen –, dann würde er auch nicht davor zurückschrecken, unliebsame Mitwisser auf hoher See über Bord zu werfen. Und da Sarah und Hingis die osmanischen Behörden umgangen hatten, existierte noch nicht einmal ein offizieller Beweis dafür, dass sie Konstantinopel je verlassen hatten, sodass niemand je auf den Gedanken kommen würde, den Russen zu verdächtigen.

Abramowitsch schien sehr genau zu wissen, was er tat, also blieb Sarah nur, ihre nächtliche Beobachtung für sich zu behalten. Lautlos zog sie sich in den Mittelgang zurück und ging zurück zu ihrer Kabine. Ihr ursprüngliches Vorhaben, sich bei Friedrich Hingis zu entschuldigen, hatte sie allerdings aufgegeben.

Denn wie sich gezeigt hatte, war ihr Misstrauen gegen Viktor Abramowitsch nur zu begründet.

2.

Reisetagebuch Sarah Kincaid
Nachtrag

Von Varna aus haben wir Odessa angesteuert, die alte Hafenstadt an der Nordküste des Schwarzen Meeres, wo wir drei Tage vor Anker lagen und das Osterfest verbrachten. Weder Friedrich noch el-Hakim gegenüber habe ich ein Wort von dem verloren, was ich in jener nebligen Nacht beobachtet habe, jedoch nehme ich an, dass es das Warten auf weitere Schmuggelware gewesen ist, das uns in Odessa festgehalten hat.

Seit heute Morgen nun haben wir Kurs auf Sewastopol genommen, das wir bei günstigem Wetter in zwei Tagen erreichen werden. Dass Gardiner Kincaid schon vor mir hier gewesen ist und ich einmal mehr seinen Spuren folge, gibt mir ein seltsames Gefühl, zumal er mir von diesen Dingen nie erzählt hat. Vielleicht habe ich deshalb das Gefühl, verbotene Pfade zu beschreiten und ständig beobachtet zu werden.

Die Tage auf See verbringe ich meist in meiner Kabine mit dem Studium einiger Bücher, die ich in Stambul erworben habe: Sekundärschriften über die Skythen und ihr Reich. Je mehr ich jedoch über jenes geheimnisvolle Reitervolk erfahre, desto deutlicher geht mir auf, wie wenig wir im Grunde darüber wissen. Hatten die Skythen tatsächlich Kontakt zu den Arimaspen? Haben die Einäugigen tatsächlich einen Berg aus Gold gehütet? Ist jener Berg, wie el-Hakim vermutet, tatsächlich gleichbedeutend mit dem Meru, der axis mundi? *Und war es tatsächlich jene Weltenachse, die auch Alexander finden wollte, als er zu seinem Feldzug nach Osten aufbrach?*

So viele Fragen, und egal, wie viel Wissen ich mir auch anzueignen suche – ich werde keine Antworten finden. Denn einmal mehr haben wir die Lehre der reinen Wissenschaft verlassen und bewegen uns ent-

lang der Grenze, die zwischen Geschichte und Mythos verläuft. Oder haben wir sie bereits überschritten?

Ich bin glücklich und froh darüber, dass el-Hakim bei mir ist, dessen ruhige Gelassenheit sich einmal mehr als Fels in der Brandung erweist. Wann auch immer ich die Übersicht zu verlieren drohe oder die Sorge um meinen geliebten Kamal mich in tiefe Verzweiflung stürzen will, suche ich das Quartier des Meisters auf und finde Trost in seinen Worten. Der junge Ufuk, der niemals von Ammons Seite weicht, ist darüber auch mir ein teurer Begleiter geworden, den ich ins Herz geschlossen habe, als wäre er mein Bruder.

Während der Mahlzeiten, die gemeinsam im Salon des Schiffes eingenommen werden, kommt es zu immer eifrigeren politischen Diskussionen. Anders als zu Beginn unserer Reise lasse ich mich von unserem Gastgeber jedoch nicht mehr ohne Weiteres provozieren, sondern spiele nun meinerseits ein kleines Spiel mit ihm. Denn jener sonderbaren Beobachtung eingedenk, die ich des Nachts in Varna gemacht habe, versuche ich Abramowitsch aus der Reserve zu locken und zu der einen oder anderen unvorsichtigen Bemerkung zu veranlassen, seine Ziele und wahren Motivationen betreffend. Zwar ist mir dies bislang noch nicht gelungen, doch kann ich zumindest sagen, dass mir dieses intellektuelle Spiel einige Kurzweil bereitet …

An Bord der ›Strela‹
10. April 1885

»Nein, nein und nochmals nein!«

Wie ein Fallbeil krachte Viktor Abramowitschs rechte Hand gleich mehrmals hintereinander auf den Tisch, als gelte es, jede anders lautende Meinung kurzerhand zu erschlagen.

»Sie können die Lage unserer slawischen Brüder auf dem Balkan doch nicht mit der von kulturlosen Wilden in den schwärzesten Winkeln Afrikas vergleichen!«

»Die Menschen in jenen Regionen sind keineswegs kulturlos, Herr Abramowitsch«, konterte Sarah, die dem Russen einmal mehr an der Tafel gegenübersaß. Das Abendessen war beendet, und der fast schon zur Tagesroutine gehörende Schlagabtausch hatte begonnen. »Es ist nur so, dass wir den Kulturbegriff anders definieren, als Sie es tun.«

»Ach, kommen Sie.« Abramowitsch fuchtelte mit der Zigarre herum, dass ihr glühendes Ende ein wildes Zickzackmuster in die Luft zeichnete. »Was versuchen Sie mir weiszumachen, Lady Kincaid? Dass Sie Mitleid mit diesen Wilden hätten? Oder gar Verständnis?«

»Verständnis«, bekräftigte Sarah. »Mitleid ist nur dort vonnöten, wo die Kolonialmächte in das Leben dieser Menschen eingedrungen sind, um es zum vermeintlich Besseren zu ändern.«

»Nanu?« Der Russe verengte kritisch die Augen. »Höre ich da eine Spur von Reue?«

»Bereuen kann man nur Dinge, die man als Individuum zu verantworten hat«, wich Sarah aus. »Aber wenn Sie wissen möchten, ob ich diese Entwicklung bedaure, dann muss ich Ihre Frage bejahen. Durch die Forschungstätigkeit Gardiner Kincaids hatte ich das Privileg, bereits in jungen Jahren die Welt zu bereisen und viele Dinge zu sehen, die anderen ein Leben lang verborgen bleiben. Und wenn mich diese Erfahrungen eines gelehrt haben, dann, dass es keinen Sinn hat, anderen Völkern die eigene Kultur aufdrängen zu wollen.«

»Einverstanden.« Abramowitsch klemmte sich die Zigarre zwischen die Zähne und klatschte Beifall. »Da sind wir ausnahmsweise einer Meinung. Ihre Regierung hätte darauf verzichten sollen, ihr Einflussgebiet nach Süden auszudehnen, und das schon vor langer Zeit.«

»Vielleicht«, gab Sarah lächelnd zu. »Aber da Sie die Problematik unseres Handelns so glasklar zu durchschauen scheinen, verstehe ich erst recht nicht, weshalb es erklärtes Ziel der zaristischen Politik ist, ihrerseits nach Süden zu expandieren.«

»Ich sagte es Ihnen schon«, erwiderte Abramowitsch mit einem säuerlichen Grinsen, das Sarahs zu karikieren schien. »Die Lage unserer Brüder auf dem Balkan ist mit der in Afrika oder anderen Gebieten nicht zu vergleichen.«

»Warum nicht? Weil es dort nur um ein paar hergelaufene Neger geht, während die Balkanvölker auf eine lange geschichtliche Tradition blicken?«

»Das ist ein Grund«, bestätigte Abramowitsch, ohne mit der Wimper zu zucken. »Außerdem ist Russland von alters her die Schutzmacht aller slawischen Völker und wurde von diesen um Unterstützung gebeten. Oder wollen Sie behaupten, die Hottentotten hätten sich die britische Besatzung gewünscht?«

»Weniger«, gab Sarah zu. »Aber ich glaube, offen gestanden, auch nicht, dass der Balkan großen Wert darauf legt, vom Zaren beschützt zu werden. Die Menschen dort haben das Joch der Fremdherrschaft eben erst abgeschüttelt. Ich denke nicht, dass sie ein Verlangen danach verspüren, es sofort wieder gegen ein neues einzutauschen.«

»Und das aus dem Mund einer Britin!«, schnaubte der Geschäftsmann, der nun erstmals tatsächlich wütend zu werden schien. Bislang war Abramowitsch stets gelassen geblieben und hatte sich darauf beschränkt, seine Gesprächspartnerin gönnerhaft an seiner Weisheit teilhaben zu lassen. Diesmal jedoch hatte Sarah einen Frontalangriff auf die russische Volksseele vorgetragen und dabei offenbar einen empfindlichen Nerv getroffen.

»Wie darf ich das verstehen?«, fragte sie.

»Wie kann man nur so blind sein?«, begehrte der Russe auf. »Ist euch Briten denn nicht klar, dass es die Sorge vor der britischen Expansion ist, die unsere slawischen Brüder in unsere Arme treibt?«

»Tatsächlich?«, fragte Sarah dagegen. »Ich sehe eigentlich nur eine Großmacht, die in Europa Expansion betreibt und nach jedem Fetzen giert, den es aus dem Fleisch des Osmanenreiches reißen kann.«

»Die Osmanen sind am Ende, ihr Reich liegt am Boden«, entgegnete Abramowitsch mit entwaffnender Offenheit. »Wollen Sie mir erzählen, Ihre Regierung hätte kein Interesse daran, sich einen Teil des Staatsgebiets einzuverleiben?«

»Ganz im Gegenteil«, widersprach Sarah. »Sie werden sich erinnern, dass sowohl Großbritannien als auch Frankreich alle dafür nötigen Anstrengungen unternommen haben, ein Auseinanderfallen des Reiches zu verhindern. Dafür wurde auf der Krim ein hoher Blutzoll entrichtet ...«

»Kommen Sie mir nicht mit Rührseligkeiten«, blaffte der Russe. »Die einzige Absicht Ihrer Regierung bestand darin, sich unseren Interessen in den Weg zu stellen und zu verhindern, dass es am Schwarzen Meer zu einer Machtverschiebung kommt.«

»Sieh an«, konterte Sarah. »Der Zar verfolgt also doch Machtinteressen? Ich dachte, es ginge nur darum, Ihre slawischen Brüder zu beschützen?«

Abramowitsch bedachte sie mit einem stechenden Blick, und für einen Moment hatte es den Anschein, als glühten seine Augen nicht weniger als das Ende der Zigarre. Er nahm einen tiefen Zug, um sich zu beruhigen, was allerdings nicht zu verfangen schien. Wütend rammte er die Zigarre in den Aschenbecher.

Sarah konnte nicht verhindern, dass ein Lächeln der Genugtuung um ihre Lippen spielte. Über mehrere Tage hatte sie erfolglos versucht, Abramowitsch aus der Reserve zu locken, während es ihm bei ihr gleich am ersten Abend gelungen war. Der Russe war ein guter Taktiker. Nicht nur, dass er genau wusste, wie man Vorwürfe in den Raum stellte, ohne sie offen auszusprechen. Er verstand es auch, bei allem, was er über sich preisgab, stets unangreifbar zu bleiben, ein Schemen, den Sarah auch nach den knapp zehn Tagen, die sie nun gemeinsam an Bord weilten, noch immer nicht zu durchschauen vermochte: War Abramowitsch lediglich ein erfolgreicher Geschäftsmann oder ein ruchloser Schmuggler? Oder eine gerissene Mischung aus beidem?

Die Dispute, die sich nach dem Abendessen zwischen ihnen zu entspinnen pflegten und denen Friedrich Hingis und Kapitän Terzow beiwohnten, als wären sie Claqueure bei einer Partie Cricket, hatten folglich den Charakter eines Schachspiels angenommen: Um mehr über ihren Gegner zu erfahren, war Sarah Zug um Zug vorgegangen und hatte mitunter wertlose Informationen geopfert, um an vermeintlich wertvollere zu gelangen. Aufgrund von Abramowitschs Geschick war es bislang jedoch eine Partie mit offenem Ausgang geblieben, und nun drängte die Zeit. Im Morgengrauen würde die ›Strela‹ Sewastopol erreichen, und wenn es Sarah bis dahin nicht gelungen war, etwas über ihren Gastgeber herauszufinden, würde sie nie erfahren, was genau sie in jener Nacht in Varna gesehen hatte.

Wer also war Viktor Abramowitsch? *Was* war er? Womöglich ein feindlicher Spion?

Behutsam aber beharrlich hatte sie das Gesprächsthema in die gewünschte Richtung gelenkt und Abramowitsch in eine Gemütsverfassung gebracht, die ihn seine Vorsicht vielleicht vergessen lassen würde. Nun war es Zeit für den nächsten Zug.

»Herr Abramowitsch, darf ich Sie etwas fragen?«, meinte sie sanft, fast unterwürfig, ohne erkennbaren Triumph in der Stimme.

»N-natürlich«, versicherte der Russe, der darüber nicht weniger überrascht zu sein schien als Hingis und Terzow.

»Was halten Sie von der Idee des Panslawismus?«, erkundigte sich Sarah in vertraulichem Ton. »Wie stehen Sie zu der Ansicht, dass sich alle slawischen Völker unter der zaristischen Flagge versammeln sollten? Und ich frage Sie nicht nach Ihrer Einschätzung als Russe, sondern nach Ihrer persönlichen Meinung.«

»Wie darf ich das verstehen?«

»Nun, als loyaler Sohn des Zarenreichs kennen Sie natürlich Ihre patriotische Pflicht und setzen sich dafür ein«, erklärte Sarah. »Zumindest in meinem Land pflegen Realität und Anspruch bisweilen jedoch weit auseinanderzuliegen, sodass man mitunter gezwungen ist, die Vorgaben der Politik – nun sagen wir – hintanzustellen, um das eigene Überleben zu sichern.«

»Es tut mir leid.« Der Russe zuckte mit den Schultern. »Ich weiß immer noch nicht, worauf Sie hinauswollen.«

»Die Idee des Panslawismus, wie sie von führenden Denkern Ihres Landes propagiert wird, sieht vor, den Balkan komplett dem russischen Einfluss zu unterstellen.«

»Und?«

»Das würde aber wohl auch bedeuten, dass bestehende Grenzen abgeschafft und Zölle aufgehoben würden. Kaufleute aus Bulgarien oder der Walachei zum Beispiel könnten ihre Waren dann direkt nach Russland verkaufen, ohne auf Zwischenhändler wie Sie angewiesen zu sein. Damit wären Ihre Geschäftsinteressen unmittelbar betroffen, und Sie müssten auf andere Tätigkeitsfelder ausweichen.«

»Als da wären?«, fragte Abramowitsch forsch.

»Das weiß ich nicht.« Sarah lächelte. »Sie sind der Geschäftsmann, nicht ich.«

Sie schaute dem Russen prüfend ins Gesicht, konnte jedoch nicht die leiseste Veränderung darin erkennen. Entweder war Abramowitsch sich tatsächlich keiner Schuld bewusst, oder er hatte gelernt, seine Empfindungen gut zu verbergen.

»Was genau versuchen Sie mir hier zu unterstellen?«, erkundigte er sich. Dass seine Stimme plötzlich einen gefährlichen Tonfall angenommen hatte, bemerkte nicht nur Sarah, sondern auch Friedrich Hingis, der ihr einen warnenden Blick zuwarf. Offenbar war sie einen Schritt zu weit gegangen. Nun hieß es, vorsichtig zu sein …

»Aber Herr Abramowitsch«, sagte Sarah und lächelte abermals, »ist das denn nicht offensichtlich? Da mir Ihre Geschäfte mit dem Osmanischen Reich einer ungewissen Zukunft entgegenzugehen scheinen, frage ich mich, ob Sie eventuell auch fernöstliche Absichten hegen.«

»Natürlich.« Der Russe nickte. Wenn er erleichtert war, so war ihm auch das nicht anzusehen. In jedem Fall schien er Sarahs Ablenkungsmanöver nicht zu durchschauen, sondern im Gegenteil nur auf dieses Thema gewartet zu haben. »Früher oder später musste es ja zur Sprache kommen, nicht wahr?«, knurrte er. »Wie beliebt das britische Militär es doch gleich zu nennen? Ach ja – ›das große Spiel‹ ...«

»Ich war stets der Ansicht, die Zeitungen hätten dieses Schlagwort geprägt«, wandte Sarah ein.

»Daran sehen Sie, wie wenig Sie von Politik verstehen.«

»Dafür verstehen Sie ganz offenbar umso mehr davon, Herr Abramowitsch«, konterte Sarah. Schlagartig war der Diskurs auf eine andere, persönliche Ebene gewechselt. Entsprechend alarmiert waren Friedrich Hingis' Blicke, die zwischen Sarah und Abramowitsch hin und her zuckten.

»Ich habe dieses Thema bislang gemieden, weil ich Ihnen nicht zu nahe treten wollte«, gab der Russe bekannt. »Schließlich können Sie nichts für die Verbrechen, die Ihre Nation in jenen Erdteilen verübt. Aber angesichts Ihres Verhaltens scheint mir diese Zurückhaltung nicht länger angebracht.«

»Meines Verhaltens?«, fragte Sarah. »Wovon sprechen Sie?«

»Ich spreche davon, dass Passagiere, denen dazu noch eine Gefälligkeit erwiesen wurde, in meinem Land nicht die Stimme gegen den Eigner eines Schiffes erheben. Ich spreche davon, dass Sie mir kriminelle Tätigkeiten unterstellen. Ich spreche davon, dass Sie ...«

»... dass ich eine Frau bin?«, ergänzte Sarah provozierend. »Darum geht es Ihnen doch im Grunde, nicht wahr? Meine Anwesenheit an Bord ist Ihnen von Beginn an ein Dorn im Auge gewesen.«

»Das ist nicht wahr«, wehrte Abramowitsch ab, und Hingis, der nervös auf seinem Stuhl hin und her gerutscht war, sah den Zeitpunkt gekommen, um einzugreifen.

»Bitte, meine Teure«, meinte er, an Sarah gewandt, »ich denke nicht, dass ...«

Aber Sarah ließ sich nicht aufhalten. »Nein?«, entgegnete sie auf Abramowitschs Behauptung. »Warum haben Sie dann vom ersten Abend an versucht, mich zu provozieren? Warum haben Sie mir Heiratsabsichten mit wohlhabenden Osmanen unterstellt und mir jegliche Fachkompetenz, die Archäologie betreffend, abgesprochen? Doch nur aus einem Grund: Weil Sie es nicht ertragen können, dass Ihre ach so männliche Domäne bedroht wird.«

Wütend erhob sie sich von ihrem Stuhl, worauf auch Hingis und Terzow aufstanden. Abramowitsch jedoch blieb sitzen.

»Menschen von Ihrer Sorte, Mr. Abramowitsch«, beschied ihm Sarah nicht auf Deutsch, sondern in ihrer Muttersprache, von der sie sicher war, dass er sie verstand, »habe ich auf der ganzen Welt kennengelernt, und sie öden mich an. Wenn Sie Ihren Patriotismus dazu missbrauchen müssen, Ihre Furcht vor dem sogenannten schwächeren Geschlecht zu verbergen, so können Sie mir nur leidtun. Sollte diese Haltung alle Ihre Landsleute betreffen, so kann ich nicht umhin, die britische Kolonialexpansion für eine segensreiche Sache zu halten, solange sie nur mit einer Eindämmung des russischen Einflusses einhergeht. Gute Nacht.«

Ohne die Erwiderung des Russen abzuwarten, wandte sie sich ab und stürmte aus der Messe. Hinter sich hörte sie Hingis noch ein paar gestammelte Worte der Entschuldigung von sich geben, dann vernahm sie auch schon die zornig polternden Schritte des Schweizers hinter sich. Sie hatte das Promenadendeck noch nicht erreicht, als Hingis sie bereits einholte und zur Rede stellte. Die Haare standen ihm zu Berge, sein Gesicht war puterrot. So aufgebracht hatte sie ihn seit Alexandrien nicht mehr gesehen.

»Meine Teure, ich muss wirklich sagen!«, verschaffte er seiner Fassungslosigkeit Gehör. »Wie konntest du nur?«

»Was genau meinst du?«, erkundigte sich Sarah gelassen. Ihre eben noch zur Schau gestellte Wut war wie fortgeblasen.

»Ich verstehe dich nicht«, tobte der Schweizer weiter, aller Neutralität zum Trotz. »Wie kannst du nur solche Positionen vertreten? Wie unseren Gastgeber derart beleidigen, anstatt ihm dankbar zu sein für ...«

»Meine Dankbarkeit hält sich in engen Grenzen«, stellte Sarah klar. »Abramowitsch ist Geschäftsmann. Er hat sich jede Gefälligkeit, die er uns erwiesen hat, in klingender Münze bezahlen lassen.«

»Dennoch hat er uns sehr geholfen. Du jedoch hast dich ihm gegenüber wie eine Furie benommen. Was ist nur in dich gefahren? Fast könnte man meinen, dass die Ereignisse der letzten Zeit etwas zu viel für dich gewesen sind.«

»Das dürfte zutreffen«, gestand Sarah ungerührt.

»Als ich Viktor um Hilfe bat, bürgte ich mit meinem Namen dafür, dass du keine Britin üblichen Zuschnitts und zudem keine Verfechterin des Kolonialismus wärst. Und nun plötzlich stellst du Behauptungen auf, die selbst mich erröten lassen, obschon ich eurem ›großen Spiel‹ nicht den geringsten Reiz abgewinnen kann, was auch immer damit gemeint sein mag.«

»Beruhige dich, Friedrich ...«

»Ich soll mich beruhigen? Nachdem du dich selbst vergessen und uns vor Viktor unmöglich gemacht hast?«

»Mache ich auf dich den Eindruck einer Frau, die sich selbst vergessen hat?«, fragte Sarah seelenruhig dagegen.

»Nun«, kam er nicht umhin zuzugeben, »ich muss gestehen, deine Gefasstheit überrascht mich.«

»Das kommt daher, dass ich nicht wirklich wütend war«, erklärte sie flüsternd und mit einem Lächeln, das für einen kurzen Moment die alte Sarah durchblitzen ließ, die der arme Hingis so schmerzlich zu vermissen schien.

»D-du warst nicht ...?« Der Schweizer schaute sie verwundert an. »Aber wieso hast du ...?«

»Es ging mir darum, Abramowitsch abzulenken.«

»Wovon?«, ächzte Hingis.

»Von den Dingen, die ich eigentlich erfahren wollte.«

»Und nun hast du sie erfahren?«

»Teilweise.« Sarah wandte sich der Reling zu und schaute hinaus auf die See, in deren dunklem Wasser das Mondlicht glitzerte, während die Schaufelräder der ›Strela‹ unermüdlich ihrer Arbeit nachgingen.

Hingis schnaubte wie ein wilder Stier, aber die Zornesröte in seinem Gesicht legte sich ein wenig. Der Gedanke, dass Sarah nicht aus Impulsivität, sondern absichtlich gehandelt hatte, schien ihn ein wenig zu beruhigen, auch wenn er sich die Gründe dafür nicht erklären konnte. »Und was, wenn die Frage erlaubt ist, hast du herausgefunden?«, erkundigte er sich.

»Dass Abramowitsch nicht aufrichtig zu uns war«, eröffnete sie. »Dass er nicht das ist, was er zu sein vorgibt.«

»Ach so?« Hingis war wenig beeindruckt. »Und was ist er dann? Vielleicht ein Agent der Bruderschaft? Fängst du schon wieder an, überall Feinde zu sehen? El-Hakim hat gesagt, dass das Auge nicht weiß, wo wir sind ...«

»Ich weiß, was er gesagt hat«, beteuerte Sarah, »aber auch ein weiser Mann kann sich irren.«

»Dennoch gehört Viktor nicht zu diesen verrückten Sektierern«, meinte der Schweizer überzeugt. »Dafür würde ich jederzeit meine Hand ins Feuer legen.«

»Woher diese Überzeugung?«, fragte Sarah. »Weil du Abramowitsch so gut kennst? Oder weil er dir schmeichelt, dich mit gutem Tabak verwöhnt und dir gestattet hat, ihn beim Vornamen zu nennen?«

»Das ist unerhört! Das eine hat mit dem anderen nichts zu tun!«

»Nein? Dann erklär mir, mein guter Friedrich, weshalb Abramowitsch als Kaufmann, der er zu sein vorgibt, so erstaunlich gut über internationale Politik informiert ist. Wieso er als angeblich einfacher Bürger dem Adel und dem Zaren den Rücken stärkt. Und wieso er so überaus beschlagen ist in der hohen Kunst der Diplomatie.«

»Das weiß ich nicht.«

»Wie ist er zu seinem Reichtum gelangt?«, fragte Sarah weiter. »Welcher Art sind die Geschäfte, die er tätigt? Beschränken sie sich auf legale Handlungen? Oder ist Abramowitsch bereit, gewisse Kompromisse einzugehen, wenn es der Gewinnvermehrung dient? Und warum gibt er vor, Bestrebungen zu unterstützen, die seinen Interessen eigentlich zuwiderlaufen?«

»Auch das kann ich dir nicht sagen«, musste der Schweizer zugeben.

»Ebenso wenig wie ich«, erwiderte Sarah. »Aber eines habe ich fraglos in Erfahrung gebracht, nämlich dass Viktor Abramowitsch mehr ist, als er gerne zugeben möchte. Als wir in jener Nacht in Varna vor Anker lagen, habe ich zufällig beobachtet, wie mehrere Wagenladungen sorgsam verschlossener Holzkisten an Bord gebracht wurden, still und in aller Heimlichkeit. Warum, frage ich dich?«

»Ich nehme an, du hast einen Verdacht ...«

»In der Tat. Ich könnte mir denken, dass Abramowitsch als Schmuggler arbeitet. Während des Krimkriegs haben sich russische Glücksritter als Blockadebrecher betätigt, um die von den Briten und Türken eingeschlossenen Hafenstädte mit Waren zu versorgen. Diese Leute sind dadurch sehr wohlhabend geworden und haben sich eine Menge Verbindungen geschaffen, die sie bis zum heutigen Tage nutzen. Möglicherweise ist er einer von ihnen.«

»Nun gut«, meinte Hingis, »aber wenn sich Viktor – ich meine Abramowitsch – als Schmuggler betätigt, weshalb hat er uns dann an Bord genommen? Passagiere erhöhen das Risiko der Entdeckung, noch dazu eine Britin, die die Aufmerksamkeit der Behörden in Sewastopol ganz sicher auf sich ziehen wird.«

»Genau das frage ich mich auch schon die ganze Zeit«, stimmte

Sarah zu, »und es gibt nur eine plausible Antwort: Es geht ihm um uns. Um dich und um mich ...«

»Wohl eher um dich.« Hingis konnte den Spott nicht ganz verbergen. »Willst du das wirklich behaupten, Sarah? Willst du sagen, dass Viktor Abramowitsch auf der Lohnliste der Bruderschaft steht?«

»Er ist ein Schmuggler«, erwiderte Sarah, den Sarkasmus schlicht überhörend. »Derlei Subjekte pflegen den Eigennutzen über alles andere zu stellen.«

»Aber nicht Abramowitsch!«, widersprach Hingis und hatte Mühe, verhalten zu sprechen. »Wenn du dich nur hören könntest! Du fängst an, hinter allem und jedem eine Verschwörung zu vermuten! Nimm endlich wieder Vernunft an, Sarah, ich bitte dich!«

Durch die Gläser seiner Brille sandte er ihr einen so beschwörenden Blick, dass ihr tatsächlich Zweifel kamen. Hatte Friedrich womöglich recht? War ihr Misstrauen nur all den Niederlagen und den Verlusten geschuldet, die sie erlitten hatte? War sie schon wieder dabei, Freund und Feind zu verwechseln? Beschritt sie nicht den Pfad des Lichts, den el-Hakim ihr aufgezeigt hatte, sondern jenen anderen Weg des Misstrauens und der Furcht, der über kurz oder lang in den Wahnsinn führte?

Sarah hatte Menschen gesehen, die die Konfrontation mit dem Einen Auge mit ihrer geistigen Gesundheit bezahlt hatten. Die Französin Francine Recassin zum Beispiel, die aus Angst vor der Bruderschaft den Aufenthalt in der geschlossenen Anstalt von St. James einem Leben in Freiheit vorgezogen hatte; und in gewisser Weise auch Mortimer Laydon, dessen Hass und Bosheit seinen Verstand aufgefressen hatten. Sarah wollte nicht werden wie sie – oder war es bereits zu spät?

Sarahs Überzeugung begann zu bröckeln. Gewiss, Abramowitsch schien das ein oder andere Geheimnis zu haben. Aber machte ihn das gleich zu einem Agenten der Bruderschaft?

Hingis, der ihr Schweigen als Starrsinn deutete, schüttelte den Kopf. »Es hat wohl keinen Zweck«, sagte er leise. »Morgen werden wir Sewastopol erreichen. Dann ist es wieder dein Spiel, das wir spielen, nach deinen Regeln. Bisweilen habe ich den Eindruck, dass du es gar nicht mehr anders haben willst. Es ist dir zur Besessenheit geworden.«

Er wartete noch einen Augenblick auf eine Antwort, aber sie schwieg weiter, schon deshalb, weil seine Worte sie wie Pfeile trafen. Daraufhin wünschte er ihr eine gute Nacht, wandte sich ab und schlug den Weg zu seiner Kabine ein.

Sarah sah ihn gehen, und es schmerzte sie, weil sie das Gefühl hatte, dass etwas zwischen ihnen in diesem Augenblick zerbrach. Bislang hatte ihr einstiger Gegner ihr loyal und bedingungslos zur Seite gestanden – aber würde es auch in Zukunft noch so sein?

Tränen traten ihr in die Augen, und sie holte Luft, um seinen Namen zu rufen, ihn aufzuhalten und ihm zu sagen, dass er mit allem recht hätte und sie eine Närrin gewesen sei.

Aber es war nicht ihr Mund, aus dem in diesem Moment ein gellender Ruf drang.

Es war der von Ufuk!

Ammons junger Diener schrie so laut, dass sich seine Stimme überschlug. Wie vom Donner gerührt, blieb Hingis stehen und fuhr herum. Sein fragender Blick traf Sarah.

»Was ...?«

»Das kam vom Unterdeck«, entschied sie, und im nächsten Moment waren beide schon auf dem Weg zu der Treppe, die vom Promenadendeck hinabführte. Die Mannschaftsquartiere waren mittschiffs untergebracht, unmittelbar über den Maschinen, deren beständiges Zischen und Stampfen sie in den Schlaf wog und wieder daraus weckte. Schon von Weitem konnten Sarah und Hingis sehen, dass die Tür des Quartiers, das el-Hakim und der Junge gemeinsam bewohnten, weit offen war. Ufuk stand auf der Schwelle, leichenblass im Gesicht, und raufte sich das Haar.

Sarah fühlte jähe Angst.

Wo war el-Hakim? War dem Weisen etwas zugestoßen?

Erinnerungen an eine andere Schifffahrt gingen ihr durch den Kopf. Auch damals hatte sie ein treuer Freund begleitet – und dafür mit dem Leben bezahlt …

»Nein!«, rief Sarah entsetzt, während sie so schnell rannte, wie das eng geschnittene Kleid und die geschnürten Lederstiefel es zuließen. Hingis war ihr bereits ein Stück voraus und langte noch vor ihr an der Kajüte an. Als er hineinschaute, sah auch er plötzlich aus, als hätte er ein Gespenst gesehen.

Sarah hatte das Gefühl, als wollte ihr Pulsschlag aussetzen. Atemlos langte sie bei Hingis und Ufuk an, tauchte unter der niederen Tür hindurch in die Kabine –

– und hielt verblüfft inne.

Ihre Erleichterung, den alten Ammon lebend und wohlauf vorzufinden, schlug in Wut und Entsetzen um, als sie die Situation ganz erfasste. Inmitten der kleinen Kabine, in der es auf beiden Seiten eine schmale Koje gab, kauerte el-Hakim auf dem Boden. Die beiden Seekisten, die das Gepäck des Weisen enthielten, waren aufgebrochen worden, seine Habseligkeiten lagen rings auf dem Boden verstreut. Das meiste davon war zerstört, sodass der Alte in einem Meer der Zerstörung kauerte: Fetzen von Papyrus und Pergament, Glas- und Tonscherben, Talismane aus Speckstein, die unter Stiefelabsätzen zertreten worden waren.

Für den Unwissenden, der die Bedeutung all dieser Gegenstände nicht kannte, mochte es kein großer Verlust sein. Für el-Hakim jedoch, das wusste Sarah in dem Moment, als sie in seine Züge blickte, waren nicht nur ein paar wertlose Gegenstände zerbrochen.

Sondern seine ganze Welt …

Suchend tasteten seine Hände in dem Durcheinander umher,

fassten jedoch nur mutwillige Zerstörung, während seine blicklosen Augen in Tränen schwammen.

»*Limâthâ?*«, flüsterte er dabei immer wieder. »Warum nur ...?«

Sarah betrat die Kammer, setzte sich, ungeachtet ihres noblen Seidenkleides, zu ihm auf den Boden und legte ihm tröstend die Hand auf die Schulter. Sie war sicher, dass der Weise es zur Kenntnis nahm, aber er reagierte nicht darauf.

»Was ist passiert?«, wollte Hingis von Ufuk wissen.

»Ich weiß es nicht.« Der Junge schüttelte den Kopf. »Wir waren vorn am Bug wie jeden Abend, um das *Yatsı** zu halten. Als wir zurückkehrten, fanden wir unsere Kabine verwüstet.«

»Wie jeden Abend«, folgerte Sarah. »Jemand wusste also, dass ihr die Kabine verlassen würdet, und hat nur darauf gewartet.«

»Aber wer?«, fragte Ufuk verständnislos. »Wer hat etwas davon, das Hab und Gut von Meister Ammon zu zerstören?«

»Wer immer hier gewesen ist«, antwortete Sarah, während sie mit der Hand durch Scherben und Fetzen fuhr, »war nicht in erster Linie darauf aus zu zerstören. Das ist nur, was wir glauben sollen.«

»*Evet?*«, fragte der Junge. »Und was war der wirkliche Zweck von alldem hier?«

»Wissen. Die Suche nach Wissen.«

Nicht Sarah hatte geantwortet, sondern der alte Ammon, der allmählich aus seiner Trauer zurückzufinden schien. Tränen rannen über seine faltige Haut, als wäre sie von Sprüngen durchzogen. Seine blinden Augen jedoch schienen die Wahrheit zu sehen.

»Ammon el-Hakim besitzt keine Reichtümer«, fuhr der Alte tonlos fort. »Die Schätze, die er hütet, sind anderer Natur. Auf sie hatte der Eindringling es abgesehen.«

»Das denke ich auch«, stimmte Sarah zu. »Und als er nicht fand, was er suchte, hat er die Kajüte verwüstet.«

»Und wonach genau hat er gesucht?«, fragte Hingis.

---

* Nachtgebet

»Ich denke, er wollte herausfinden, welchem genauen Zweck unsere Reise dient und welche Rolle el-Hakim dabei innehat«, vermutete Sarah. »Offenbar misstraut man unseren Angaben. Man hat uns während unseres Aufenthalts an Bord nachspioniert, ist dabei jedoch zu keinem Ergebnis gekommen. Da unsere Reise morgen endet, hat man zur letzten Maßnahme gegriffen und die Kabine von el-Hakim durchsucht.«

»*Falls* unsere Reise morgen endet«, wandte Ufuk unheilvoll ein.

»Würde man uns nach dem Leben trachten, so wären wir schon längst nicht mehr an Bord«, wandte Sarah ein.

»Dennoch müssen wir vorsichtig sein«, bekräftigte Ammon. »Feinde sind in der Nähe. Ich fühle Verrat.«

Sarah merkte, wie sich etwas in ihr verkrampfte. Auch damals in Kairo hatte der Weise Verrat prophezeit – und damit recht behalten. Vielleicht, sagte sie sich, hätte sie ihm doch erzählen sollen, was sie in Varna beobachtet hatte . . .

Sie vermied es, in Hingis' Richtung zu blicken. Der Schweizer stand noch immer in der Tür und war sichtlich unangenehm berührt. »Vielleicht hat Viktor nichts von alldem gewusst«, mutmaßte er hilflos, aber es klang weniger nach einer ernsthaften Vermutung als vielmehr nach einer Ausrede.

Sarah erwiderte nichts darauf. Zusammen mit Ufuk ging sie daran, die Bruchstücke dessen aufzusammeln, was noch vom Besitz des alten Ammon übrig war. Sie las die Scherben einiger Tontafeln auf und sortierte die Fetzen eines in arabischer Schrift gehaltenen Pergaments. Sie war sicher, dass, wer immer die Kabine durchsucht hatte, weder des Arabischen mächtig war noch die sumerische Keilschrift beherrschte, was ihn jedoch nicht von seinem Zerstörungswerk abgehalten hatte. Genau diese Mischung aus Ignoranz und brachialer Gewalt war es, die sie wütend machte, denn ihr war auch Kincaid Manor mit all seinen Wissensschätzen zum Opfer gefallen, und Sarah brauchte nur in Ammons Augen zu schauen, um zu wissen, dass er genau dasselbe verloren hatte wie sie.

Es war nicht nur der materielle Verlust, der ihn quälte, sondern vor allem die Gewissheit, dass nichts von dem, was er über all die Jahre aufbewahrt und wie seinen Augapfel gehütet hatte, der Nachwelt erhalten bleiben würde. Da waren die Dinge, die er in seinem Haus in Stambul zurückgelassen hatte, gewiss, aber nichts davon schien dem Alten auch nur annähernd so viel bedeutet zu haben wie die Bücher und Gegenstände, die er auf die Reise mitgenommen hatte.

»Es tut mir leid, Meister«, versicherte sie.

»Das muss es nicht«, wehrte er ab und versuchte ein Lächeln, das ihm allerdings nicht gelingen wollte. »Dies ist die letzte Reise, die ich in meinem Leben antrete. Mich von meinem weltlichen Besitz zu trennen gehört wohl dazu. Ich habe es nur nicht so früh erwartet.«

»Was ist das?«, fragte Ufuk plötzlich, der in einer Ecke der Kammer die losen Seiten eines zerfetzten Buchs auflas.

»Hast du etwas gefunden?«, wollte Sarah wissen.

»Vielleicht.« Er bückte sich und nahm eine der Buchseiten, um damit etwas vom Boden aufzukehren. Dann trug er es vorsichtig zu Sarah und el-Hakim.

»Asche«, stellte Sarah fest, als sie das weißlich graue Pulver betrachtete. »Von einer Zigarre.«

»Sicher?«

Hingis trat näher und bückte sich, um daran zu schnuppern. »Afghanischer Tabak«, stellte er tonlos fest. »Abramowitschs bevorzugte Sorte.«

»Abramowitsch selbst ist den ganzen Abend über in der Messe gewesen, das können wir bezeugen«, überlegte Sarah. »Aber sein Diener Igor ist eine Weile lang weg gewesen …«

»… und ich weiß, dass Abramowitsch ihn gelegentlich mit einer seiner Zigarren bedenkt«, fügte Hingis hinzu. »Damit dürfte das Rätsel gelöst sein.«

Sarah nickte, aber sie sagte nichts. Es wäre leicht gewesen, dem Freund unter die Nase zu reiben, dass sie die ganze Zeit über recht gehabt hatte und er nicht. Aber zum einen war es ein schaler Sieg, und zum anderen erforderte es menschliche Größe, einen begangenen Fehler zuzugeben – und Friedrich Hingis hatte diese Eigenschaft schon so oft an den Tag gelegt, dass es keines weiteren Beweises mehr bedurfte. Allein dass er schwieg und betreten auf die Decksplanken blickte, sprach Bände.

»Was werden wir jetzt tun?«, fragte Ufuk in die Stille. »Soll ich den Einbruch Kapitän Terzow melden?«

»Nein«, lehnte Sarah ab. »Terzow arbeitet für Abramowitsch, also steckt er wohl mit ihm unter einer Decke. Wir werden die Sache also unerwähnt lassen.«

»Das kommt nicht in Frage«, widersprach Hingis entschieden. »Ich werde Abramowitsch zur Rede stellen! Jetzt gleich! Er ist mir eine Erklärung schuldig!«

»Du darfst mir glauben, dass ich nichts lieber täte«, versicherte Sarah, »aber vermutlich ist es genau das, was er will. Da wir nichts beweisen können, wird er alles abstreiten, aber er wird wissen, dass wir die richtigen Schlüsse gezogen haben und gewarnt sind. Wenn wir hingegen schweigen und so tun, als wäre nichts geschehen, lassen wir ihn über unsere Pläne im Unklaren.«

»Nun gut«, sagte Hingis, dem diese Argumentation einzuleuchten schien. »Wenn du es so willst . . .«

»Allerdings werden wir von nun an noch mehr auf der Hut sein«, schärfte Sarah ihm und dem jungen Ufuk ein. »Wir werden abwechselnd Wache halten, damit el-Hakim ruhen kann. Ich selbst übernehme die erste Schicht, dann Ufuk und zuletzt du, Friedrich.«

»Verstanden«, sagte der Schweizer und schürzte die Lippen. »Sarah?«, fragte er dann.

»Ja?«

»Darf ich dich um etwas bitten?«

»Natürlich.« Sie nickte.

»Falls ich leichtsinnigerweise wieder einmal für jemanden die Hand ins Feuer legen möchte, den ich nicht kenne, ermahne mich bitte, von dieser Narretei Abstand zu nehmen«, sagte Hingis ernüchtert. »Wer nur noch eine Hand hat, der sollte ein wenig sorgsamer damit umgehen ...«

»Und?«

Viktor Abramowitsch saß hinter dem Schreibtisch des geräumigen Arbeitszimmers, das er an Bord der ›Strela‹ unterhielt und in dem er bisweilen auch Kunden empfing. Meist diente es ihm jedoch als Rückzugsort, um Geschäften nachzugehen, die das Licht der Öffentlichkeit nicht erblicken sollten.

Die Beine hatte er auf die polierte Wurzelholzplatte gelegt, und eine Zigarre steckte zwischen seinen Zähnen, während er seinen Diener erwartungsvoll anschaute.

»Nichts«, sagte Igor nur, der vor dem Schreibtisch stand und Haltung angenommen hatte wie ein Soldat beim Rapport.

»Ihr habt nichts gefunden?«

»Nichts«, wiederholte der Diener lakonisch. »Weder wissen wir wer der Alte ist noch in welcher Verbindung er zu ihr steht. Außer wertlosem altem Plunder ist nichts in seiner Kabine.«

»Plunder?« Abramowitsch hob die Brauen.

»Bücher«, erklärte Igor und verzog vor Abscheu das Gesicht. »Pergamentrollen, die mit allerlei sinnlosem Zeug bekritzelt waren. Wertloser Tand.«

»Ich verstehe.« Abramowitsch nickte. Offenbar hatte Hingis also die Wahrheit gesagt. Aber warum dann diese Geheimnistuerei? Was führte Kincaid im Schilde?

Abramowitsch war sicher gewesen, dass der Alte der Schlüssel zur Lösung des Rätsels war, aber zu seinem Verdruss hatte sich der Araber als wandelndes Rätsel herausgestellt, über dessen Identität nichts in Erfahrung zu bringen war. Auch wenn die Anweisungen in dieser Hinsicht eindeutig gewesen waren …

»Sobald wir in Sewastopol angelegt haben, wirst du von Bord gehen und dich am Hafen mit einem Mann namens Fjodorow treffen. Du wirst ihm berichten, was wir herausgefunden haben, und er wird dir neue Anweisungen geben.«

»Wie erkenne ich ihn, Herr?«, fragte Igor.

»Er wird dich ansprechen«, gab Abramowitsch zur Antwort. »Er wird dich fragen, ob die Zeit gekommen sei, das Spiel zu Ende zu bringen.«

»Und wie lautet die Losung?«

»Du wirst sagen, dass die Zeit gekommen sei – und dass nicht der Löwe, sondern der Bär das Spiel gewinnen wird …«

3.

Reisetagebuch Sarah Kincaid

Am frühen Morgen haben wir Sewastopol erreicht.

Ich gestehe, dass ich erleichtert bin. Die Nacht über habe ich kaum ein Auge zugetan. Zwar habe ich mich nach Ablauf meiner Wachschicht in meine Kabine zurückgezogen, meine Kleider jedoch anbehalten und im Sitzen geschlafen, den Colt Frontier in Griffweite. Friedrich mag recht haben, wenn er mir vorwirft, dass mein Misstrauen zur Besessenheit zu werden droht, aber es hat mir auch manches Mal das Leben gerettet.

Da bis zur Ausschiffung und der Kontrolle durch die russischen Behörden noch einige Zeit verstreichen wird, hat Viktor Abramowitsch uns zu einem letzten gemeinsamen Frühstück in die Offiziersmesse eingeladen. Obwohl ich eigentlich wenig Lust verspüre, unserem Gastgeber nach den Ereignissen der vergangenen Nacht noch einmal gegenüberzutreten, sehe ich es als letzte Chance an, um zu erfahren, auf wessen Seite der Russe steht.

Da Abramowitsch ähnlich denken dürfte, verspricht unsere letzte gemeinsame Mahlzeit an Bord ein Spiel mit dem Feuer zu werden …

Hafen von Sewastopol
An Bord der ›Strela‹
Morgen des 11. April 1885

»Schönen guten Morgen, Lady Kincaid! Hatten Sie eine angenehme Nachtruhe?«

Schon für das wölfische Lächeln, das Abramowitsch ihr schenkte, hätte Sarah den Russen am liebsten geohrfeigt. Für sie bestand nicht der geringste Zweifel, dass er wusste, was letzte Nacht in der Kajüte von el-Hakim geschehen war, mehr noch, dass er selbst die Anweisung dazu gegeben hatte. Und wie ein Verbrecher, den es an den Ort seiner Untat zurückzog, schien er sich noch an dem Schaden weiden zu wollen, den er angerichtet hatte.

»Danke der Nachfrage«, entgegnete Sarah mit dem zuckersüßesten Lächeln, zu dem sie sich in Anbetracht der Lage befähigt sah. »In der Tat habe ich wunderbar geschlafen. Fast wünschte ich mir, meine Koje auf meiner weiteren Reise mit mir nehmen zu können.«

»Und Sie, mein guter Friedrich?«, erkundigte sich der Russe.

»Genau wie Sarah sagte«, bestätigte Hingis, wobei seine Brille leicht beschlug. »Man bedauert es direkt, schon von Bord gehen zu müssen.«

»Das freut mich«, entgegnete Abramowitsch mit einem Gesicht, das seine Worte Lügen strafte. »Aber so ist es nun einmal. Auch die kurzweiligste Reise geht irgendwann zu Ende.«

Sarah hatte am Frühstückstisch Platz genommen, sodass sich nun auch die beiden Männer setzten. Terzow und seine Offiziere waren nicht zugegen; zum einen mussten die Zollformalitäten geklärt, zum anderen musste das Löschen der Fracht überwacht werden. Sarah hätte interessiert, wie dabei mit jenen Kisten verfahren wurde, die in Varna an Bord gebracht worden waren, aber sie konnte Abramowitsch ja schlecht danach fragen.

»Allerdings hat es eine Weile gedauert, bis ich einschlafen konnte«, gab Sarah zu, während der Diener Kaffee und Gebäck auftrug.

»Tatsächlich?« Abramowitsch gab sich ahnungslos, aber in seinen Augen blitzte es erwartungsvoll.

»In der Tat. Denn ich musste immerzu an das denken, was sich gestern Abend an Bord dieses Schiffes abgespielt hat.«

»Und das wäre?«

»Vertrauen wurde missbraucht«, erklärte Sarah, während sie nach einem Biskuit griff und eine Ecke davon abbiss. »Grenzen wurden überschritten, die nicht hätten überschritten werden dürfen.«

»Um Himmels willen!« Der Russe zerknitterte sein Gesicht in gespieltem Bedauern. »Das klingt fürchterlich! Was ist geschehen?«

»Sehr einfach«, entgegnete Sarah offen, »ich musste die Erfahrung machen, dass Argwohn ein schlechter Ratgeber ist – und dass ich mich offenbar in einigen Menschen geirrt habe. Unter anderem auch in Ihnen, Herr Abramowitsch.«

»In mir?« Abramowitsch legte die Handflächen auf seine Brust. »Verehrte Lady Kincaid, was könnte ich dazu beigetragen haben?«

»Es war das, was Sie sagten«, antwortete Sarah und schaute ihm dabei unverwandt in die Augen. »Wie Sie über den Zaren sprachen und über Ihr Land. Da hätte ich es erkennen müssen.«

»Es erkennen müssen?« Abramowitsch hob seine buschigen Brauen. »Meine Liebe, ich fürchte, ich bin nicht in der Lage, Ihnen zu folgen. Sie sprechen in Rätseln.«

»Tue ich das?« Sarah schüttelte den Kopf. »Dabei sollten Sie es doch am besten verstehen! Schließlich sind Sie selbst dabei gewesen!«

»Meine Liebe.« Ein Lächeln teilte das schmale Gesicht des Russen, kein Lächeln der Entschuldigung, sondern ein überlegenes Grinsen. »Ich weiß nicht, was Sie mit dieser Vorstellung bezwecken, aber ich darf Ihnen versichern, dass Sie Ihren Zweck verfehlt. Ich bin der Eigner dieses Schiffes, nicht sein Kapitän. Für die Disziplin der Mannschaft bin ich weder zuständig noch fällt sie in meinen Verantwortungsbereich. Wenn einem Ihrer Begleiter gestern Abend also ein Malheur wiederfahren sein sollte, so ist die Schuld dafür ganz gewiss nicht bei mir zu su ...«

»Ein Malheur?« Nun war es Sarah, die die Brauen hob. »Wovon, bitte, sprechen Sie?«

»Nun, ich ...« Das Grinsen bröckelte aus Abramowitschs Gesicht. »Ich dachte, wir würden uns über den gestrigen Abend unterhalten. Über das, was geschehen ist ...«

»Das tue ich durchaus«, versicherte Sarah. »Ich wollte zum Ausdruck bringen, wie sehr ich meinen Gefühlsausbruch gestern bei Tisch bedaure und Sie aufrichtig dafür um Entschuldigung bitten. Mein Argwohn hat mich verleitet, in Ihnen einen Gegner zu sehen anstelle des guten und zuverlässigen Freundes, den wir in Ihnen haben. Dabei hätte ich erkennen müssen, dass Sie nichts weiter als ein patriotischer Landsmann sind – und unser Land zu lieben ist schließlich unser aller Pflicht, nicht wahr?«

»Das ... ist richtig«, stieß Abramowitsch hervor, der nicht recht zu wissen schien, was er antworten sollte. Die Erkenntnis, dass er blindlings in die Falle getappt war, die Sarah ihm gestellt hatte, sorgte dafür, dass sich zum ersten Mal eine Spur von Unsicherheit an ihm zeigte. Ohne auch nur den geringsten Vorwurf zu erheben, hatte Sarah ihn dazu gebracht, seine Mitwisserschaft am Einbruch in Ammons Quartier zuzugeben.

»Offenbar haben wir über zwei völlig verschiedene Dinge gesprochen, ohne es zu bemerken«, fuhr sie mit entwaffnendem Lächeln fort, wobei sie ihr Biskuit zurück auf den Teller legte und nach ihrer Serviette griff, um sich damit den Mund zu tupfen. »Und nun entschuldigen Sie uns«, sagte sie dann und erhob sich. »Ich denke, unser Aufenthalt an Bord hat lange genug gedauert. Die Kosten für die Überfahrt haben wir Ihnen bereits im Voraus erstattet, wir bleiben Ihnen also nichts schuldig.« Sie beugte sich über den Tisch und blickte dem Russen direkt in die Augen. »Aber Sie, Herr Abramowitsch, sollten sich in Zukunft gut überlegen, mit wem Sie Geschäfte machen. Ich weiß, dass Sie Ihr Handeln nach Gewinn berechnen und demjenigen zu Gebote stehen, der am besten bezahlt. Aber Sie sollten diese Vorgehensweise gründlich überdenken. Guten Tag.«

Mit einem knappen Nicken verabschiedete sie sich und ging.

Hingis tat es ihr gleich – nicht ohne dem Russen zuvor noch einen Blick zuzuwerfen, der eine Mischung aus Bedauern und Abscheu enthielt.

Abramowitsch schwieg. Weder erwiderte er den Gruß noch erhob er sich, als seine Gäste die Messe verließen, sondern begnügte sich damit, finster vor sich hin zu starren.

Sarah war es gleichgültig. Nach den Ereignissen der letzten Nacht war sie nur froh darüber, endlich von Bord gehen zu können, um ihre Suche nach Kamal zu beginnen. Dennoch hatte die Konfrontation mit Viktor Abramowitsch sie mehr erregt, als sie zugeben wollte.

Man konnte viele Dinge über den Russen mit dem ausgeprägten Geschäftssinn sagen: dass er trotz seiner bürgerlichen Herkunft ein glühender Verehrer des Zaren war und unhaltbare Ansichten die Weltpolitik betreffend vertrat; dass seine Haltung die eines unverbesserlichen Chauvinisten war und seine Ignoranz gegenüber allem Fremden und Unbekannten geradezu Ekel erregend. Aber ganz sicher nicht, dass er zu jener Sorte Mensch gehörte, deren sich die Bruderschaft zu bedienen pflegte. Abramowitsch war kein Wahnsinniger vom Schlage Mortimer Laydons, kein Opportunist wie Horace Cranston, der verräterische Arzt, der Kamal behandelt hatte, und kein Fanatiker wie die Gräfin Czerny. Dennoch hatte er sich als Feind erwiesen, und vielleicht war es gerade das, was Sarah so beunruhigte.

»Alles in Ordnung?«, erkundigte sich Hingis, der ihre Nervosität bemerkte.

»Natürlich«, behauptete Sarah, während sie die Treppe zum Bootsdeck hinunterstiegen, wo Ufuk und der alte Ammon bereits auf sie warteten. Erst, als sie das Schiff verlassen hatten, nahm Sarah ihre bebende Hand von dem Colt Frontier, den sie die ganze Zeit über unter ihrem Kleid getragen hatte.

4.

Reisetagebuch Sarah Kincaid

Bislang kannte ich Sewastopol nur von den Abbildungen in den »Illustrated News« und aus den Schilderungen der Kriegsveteranen, die die Zeitungen gelegentlich drucken. Dieser Tage nun bekomme ich die Stadt mit eigenen Augen zu sehen, aber der Eindruck, der sich mir vermittelt, ist mehr der einer Festung als einer Siedlung.

Sewastopol liegt am westlichen Ufer der Krim, an einem Meeresarm, der tief in die Halbinsel hineinreicht und an seinem Südufer eine Ausbuchtung formt, die einen natürlichen Hafen bildet. Zwei Stein gewordene Monumente militärischer Macht beherrschen das gedrungene Häusermeer, das sich rings um die Bucht erstreckt: im Süden die Festung Konstantin mit ihren mächtigen Mauern und Fortifikationen, im Norden die Quarantäne-Batterie, ein mit massiver Artillerie bestücktes Bollwerk, das die Hafeneinfahrt bewacht.

Während sich der zivile Hafen im Norden der Bucht befindet, ist der Südhafen dem Militär vorbehalten; Sewastopol ist der angestammte Hafen der russischen Schwarzmeerflotte, die sich im Krimkrieg als so nutzlos erwiesen hat. Die massive Aufrüstung und Modernisierung der Flotte, die seither betrieben wurde, ist schon von Weitem erkennbar. Ein Schaudern befällt mich bei dem Gedanken, was geschehen wird, wenn sich gepanzerte, kanonenstrotzende Schlachtschiffe eines Tages im Kampf begegnen werden, denn die Geschichte lehrt uns, dass der Mensch der kindlichen Versuchung, all das, was er ersonnen und gebaut hat, dem praktischen Test zu unterziehen, früher oder später unterliegt.

Trotz der Rivalitäten, die seit dem Ausgang des Krimkriegs das Verhältnis unserer beider Länder bestimmen, wurde mir von Seiten der russischen Behörden bemerkenswert wenig Widerstand entgegenge-

setzt. Unserem Antrag, östlich der Stadt archäologische Untersuchungen durchzuführen, hat man ohne Zögern stattgegeben. Auch Meister Ammon und Ufuk bekamen Passierscheine und eine Aufenthaltserlaubnis ausgestellt, obschon zwischen Russland und dem Osmanischen Reich beständige Querelen herrschen. Der Grund hierfür ist in der Unterstützung zu suchen, die der Zar denjenigen Gebieten des Balkans zukommen lässt, die sich aus dem türkischen Reichsverband lösen wollen. Erst vor einigen Jahren wurden Dobrudscha, Montenegro, Bulgarien und Teile Rumeliens dem Osmanischen Reich ausgegliedert. Vor diesem brisanten Hintergrund wundert es mich umso mehr, dass unsere Bestrebungen solch vorbehaltlose Unterstützung finden.

Selbst das Wetter scheint auf unserer Seite zu sein, denn obschon es dem Hörensagen nach Jahre gibt, in denen das Frühjahr auf der Krim den Vergleich mit einem englischen Winter nicht zu scheuen braucht, zeigt sich das Klima mild und beständig. Der Schnee auf den schroffen Erhebungen, die sich im Osten und Süden der Stadt erstrecken, ist größtenteils abgeschmolzen, und die Mückenplage, die den Sommer oft zur Qual macht, hat noch nicht eingesetzt.

Unterdessen ist Friedrich mit den Expeditionsvorbereitungen befasst. Die Liste, die wir zusammengestellt haben, umfasst neben Reitpferden und Maultieren eine Vielzahl von Ausrüstungsgegenständen, dazu den Proviant, der für eine mehrwöchige Expedition ins wilde Hinterland Sewastopols benötigt wird. Der junge Ufuk ist Friedrich dabei eine unentbehrliche Hilfe, denn da keiner von uns des Russischen mächtig ist, jedoch viele der in der Stadt ansässigen Händler Türkisch sprechen, muss Ammons Diener sich als Übersetzer betätigen. Da die Besorgungen rasch vonstattengehen, können wir hoffen, die Stadt schon in wenigen Tagen zu verlassen, und das ist gut so. Denn zum einen hoffe ich, Kamal so wieder ein Stück näher zu kommen, zum anderen werde ich das Gefühl, beobachtet zu werden, einfach nicht los.

Aus Vorsicht sind wir in keinem der wenigen und ohnehin nicht sehr einladenden Hotels abgestiegen, die Sewastopol zu bieten hat, sondern in einem Gasthaus, das ein gutes Stück vom Hafen entfernt auf der *anderen Seite der Bucht liegt, wo uns eine ganze Etage mit einem Aufenthaltsraum und drei Schlafquartieren zur Verfügung steht. Und obschon ich aus Gründen der Diskretion einen, wie Maurice es wohl genannt hätte,* nom de voyage *benutze, bezweifle ich, dass eine solche Maßnahme den Blick des Einen Auges wirklich fernhalten kann.*

SEWASTOPOL, KRIM
13. APRIL 1885

»Du schreibst, mein Kind?«

Ammons Frage riss Sarah aus ihren Gedanken. Sie blickte von dem kleinen, in gewachstes Leinen gebundenen Büchlein auf, und brauchte einen Moment, um ins Hier und Jetzt zurückzufinden.

»Ja, Meister«, bestätigte sie dann. Obwohl el-Hakim stets behauptete, dass seine übrigen Sinne, wie er es ausdrückte, »den Weg seiner Augen« gehen würden, schien sein Gehör noch ganz ausgezeichnete Dienste zu leisten. Er musste das Geräusch der Feder wahrgenommen haben, die leise über das Papier kratzte – und das, obwohl er am anderen Ende des langen Tisches im Aufenthaltsraum des Gasthauses saß. »Ich pflege die Ereignisse des zurückliegenden Tages zusammenzufassen und ihnen meine eigenen Gedanken hinzuzufügen.«

»Das hast du auch früher schon getan«, sagte der Alte.

»Das stimmt.«

Der Weise lächelte. Vor ihm ausgebreitet lagen die Scherben einer Tontafel, in die Zeichen einer Sarah unbekannten Schrift geritzt waren. Indem seine dürren Finger die Rillen befühlten, versuchte er, die verschiedenen Teile wieder zusammenzufügen, was ihm mit erstaunlichem Geschick gelang. Später würde Ufuk sie mit Knochenleim verbinden. »Das unterscheidet die Jugend vom Alter«, sagte er. »Die Jugend glaubt, der Welt ihre eigenen Gedanken hinzufügen zu können. Das Alter hingegen bescheidet sich damit, die Scherben der Vergangenheit aufzulesen. Denn es gibt kaum einen Gedanken, der noch nicht gedacht, kaum ein Wort, das noch nicht ausgesprochen wurde in der langen Geschichte der Menschheit.«

»Verzeiht, wenn ich widerspreche Meister«, erwiderte Sarah. »Ich schreibe meine Gedanken nicht nieder, um sie der Nachwelt zu erhalten, sondern um sie ein wenig zu ordnen. Ich glaube nicht, dass jemand diese Aufzeichnungen jemals lesen oder sich auch nur dafür interessieren wird.«

»Das weißt du nicht, mein Kind«, meinte der Alte mit einer Spur von Wehmut. »Die Entscheidung darüber wird von anderen getroffen, nicht von ... *Sarah!*«

Die Warnung des Weisen kam noch einen Sekundenbruchteil eher, als sie den Schatten in der Tür bemerkte. Der Griff zu der Waffe, die sie neben sich auf dem Tisch liegen hatte, erfolgte mit einer Routine, die sie fast selbst erschreckte. Der breitschultrige Mann, der dem Schatten folgte und auf die Schwelle trat, blickte in die Mündung der geladenen Waffe.

*»Stoi *!«*, rief Sarah – eines der wenigen Worte, die sie auf Russisch beherrschte –, worauf der Fremde wie angewurzelt stehenblieb und die Hände über den Kopf riss. Bekleidet war er mit dunkelgrauen Hosen, die in schmutzigen Stiefeln steckten, und einem weiten Hemd, wie Bauern es trugen, das von einem Strick um die Hüften zusammengehalten wurde. Auf seinem Kopf ruhte eine unförmige Mütze aus Fell.

»*Njet*, nicht schießen!«, rief er in akzentbeladenem Englisch. »Briederchen Yuri tut Ihnen nichts!«

»Warum schleicht Briederchen Yuri dann wie ein Dieb die Treppe herauf, statt sich beim Wirt anzumelden?«, fragte Sarah misstrauisch.

Ein entwaffnendes Lächeln erschien auf den von Wind und

---

* russ. Halt! Stehenbleiben!

Wodka geröteten Zügen, deren Alter unmöglich zu schätzen war. Borstiges blondes Haar schaute unter der Mütze hervor, ein ebenso beschaffener Bart wucherte auf der Oberlippe. Aus den schmalen, grauen Augen des Mannes blitzte der Schalk, die wettergegerbten Gesichtszüge mit der Knollennase darin wirkten jedoch angesichts der Waffe, die auf ihn gerichtet war, angespannt. »Weil ich Freund«, erklärte er ein wenig unbeholfen. »Führer, den gemietet ... soll mich melden.«

»Wer hat das gesagt?«, wollte Sarah wissen.

»Kleiner Mann mit Brille ... Chektor.«

»Und woher soll ich wissen, dass Sie die Wahrheit sagen?«

»Chat mir etwas ausgerichtet ... soll sagen Losung ... Troischer Krieg ...«

»Trojanischer Krieg«, verbesserte Sarah seufzend und ließ die Waffe sinken – Hingis' Hang zum Gelehrtentum gestaltete praktische Dinge bisweilen etwas schwierig. Er hatte gesagt, dass ihm ein Führer empfohlen worden war, den er im Lauf des Nachmittags vorbeischicken wollte. Allerdings hatte sich Sarah den Mann, der sie durch die unwirtliche Wildnis der Chersonnes führen sollte, ein wenig anders vorgestellt.

»Und Sie Lady Cassandra, richtig?« Der Russe nahm die Hände herunter – riesige Pranken, die Schwielen hatten von schwerer Arbeit –, und entblößte ein gelbes, lückenhaftes Gebiss.

»Soweit es Sie betrifft, ja«, bestätigte Sarah. Es war Hingis' Einfall gewesen, sich mit Tarnnamen aus Homers »Ilias« zu bedienen. Sie war Cassandra, Ufuk war Paris, Meister Ammon der alte Priamos, und Hingis selbst hatte sich in aller Bescheidenheit nach dem größten Helden des Trojanischen Krieges benannt ...

»Chektor sagt, dass Sie mich einstellen.« Der Russe lachte glucksend.

»Was ist daran so komisch?«

»Sie Frau«, stellte er wenig geistreich fest. »Das neue Mode in England, ja?« Wieder kicherte er.

»Nicht nur in England.« Sie schickte ihm einen wissenden Blick. »Gewöhnen Sie sich schon mal daran. Haben Sie Erfahrung als Führer?«, wechselte sie dann das Thema.

»*Njet.*« Er schüttelte den Kopf. »Ich bin nur ein einfacher Bauer.«

»Wieso sprechen Sie dann unsere Sprache?«

»Yuri im Krieg gefangen«, erklärte er und deutete auf die Stellen an seinem Kopf, wo die Ohren unter der Fellmütze steckten. »Und Yuri gut zuhören, schon immer.«

»Ich verstehe«, erwiderte Sarah, die nicht behaupten konnte, dass ihr die letztgenannte Eigenschaft recht gefiel. »Und Sie kennen die Gegend um Inkerman?«

»*Da!*« Er schlug sich mit der Faust vor die Brust. »Selbst war dabei, als großes Töten im Gange! Regiment Selenghinsk, erste Brigade, elfte Division unter General Paulow. Dreitausend junge Männer, die meisten noch nie eine Kugel abgegeben ... In Kopf geschossen ... in Brust und verblutet ... von Granate zerfetzt. Am Ende nur ein paar Dutzend übrig, ich einer davon.«

»Sie hatten Glück«, sagte Sarah leise.

»Wenn selbst dabei gewesen, Lady Cassandra, das nicht sagen.«

Der Russe bedachte sie mit einem undeutbaren Blick. Die Schrecken, die er gesehen hatte, schienen sich selbst nach mehr als dreißig Jahren noch in seinen Augen zu spiegeln, und unwillkürlich fragte sich Sarah, wieso ihr dies bei Gardiner Kincaid nie aufgefallen war. Der Grund war wohl, dass sie ihren Pflegevater nicht anders gekannt hatte. Im Nachhinein jedoch wurde ihr klar, weshalb er bisweilen so still gewesen war und woher seine ablehnende Haltung dem Militär gegenüber rührte.

»Es tut mir leid, Yuri«, entschuldigte sie sich für ihre Naivität. »Ich kann nicht ermessen, was Sie und Ihre Kameraden damals durchgemacht haben. Aber ich bin Ihnen sehr dankbar dafür, dass Sie uns an Ihrem Wissen teilhaben lassen wollen.«

»Braucht nicht leidzutun und brauchen auch nicht bedanken.«

Wieder ließ er sein löchriges Gebiss sehen. »Sie mich bezahlen, das genug. Vorausgesetzt, mich nehmen.«

Sarah brauchte nicht lange zu überlegen. »Ich nehme Sie«, bestätigte sie. »Zu den vereinbarten Konditionen: Sie bekommen die erste Hälfte vor Antritt der Reise, die zweite bei unserer Rückkehr.«

»*Da*.« Er grinste noch breiter. »Allmählich verstehe, weshalb Chektor Verchandlungen überlässt Ihnen. Sie schlaue Frau.«

»Danke sehr.«

»Aber chaben recht. Können nicht vorsichtig genug sein. Gegend nicht sicher. Banden überall«, fügte Yuri mit zum Flüstern gesenkter Stimme hinzu, wobei er nervös nach der Tür schielte.

»Was für Banden?«

»Räuber. Menschen ohne Gewissen.« Er lachte und deutete auf den Colt in Sarahs Hand. »Aber Sie wissen, wie verchandeln.«

»Allerdings«, bestätigte sie.

»Werde Sie führen, ohne Sorge. Aber sein wachsam. Briederchen Tod geht um in Inkerman ...« Sein Gelächter steigerte sich in ein hysterisches Kichern, und zum ersten Mal fragte sich Sarah, ob der Russe unter dem Dauerfeuer der britischen Geschütze, das seinerzeit über Paulows Mannen hereingebrochen war, womöglich mehr als nur seine Jugend verloren hatte.

»Morgen bei Sonnenaufgang brechen wir auf«, gab sie bekannt. »Ich erwarte, dass Sie pünktlich sind. Und nüchtern.«

»Natürlich.« Er nickte. »Briten immer pünktlich. Sogar wenn töten. Nur nicht um fünf Uhr. Machen Pause für Tee.« Er brach abermals in Gelächter aus, so komisch fand er seinen Scherz, und wandte sich dann zum Gehen. Sarah blickte ihm nach und wartete, bis seine Schritte die Stufen hinab und durch den Schankraum verklungen waren.

»Was denkt Ihr, Meister?«, fragte er dann.

»Er gefällt mir nicht«, sprach el-Hakim aus, was sie selbst dachte. »Sein Verstand ist wie Wasser im Wüstensand.«

»Ihr traut ihm nicht?«

»Er traut sich selbst nicht, das ist noch schlimmer«, verbesserte der Weise, während er das letzte noch fehlende Stück in die zerbrochene Tontafel fügte.

»Dennoch gibt es wohl keine Alternative. Es war schwer genug, jemanden aufzutreiben, der einerseits damals in Inkerman dabei war und andererseits bereit ist, sein Wissen mit einer Britin zu teilen. Yuri ist nicht unsere beste Wahl – er ist unsere einzige.«

»Umso vorsichtiger müssen wir sein.«

»Ich werde ein wachsames Auge auf unseren Führer haben«, kündigte Sarah an.

»Tu das«, erwiderte der Alte daraufhin, »und ich werde beten, dass dein Auge das einzige ist, das auf ihn blickt …«

Kanal von Suez, Ägypten
Zur selben Zeit

Der Name des Schiffes war ›Liberté‹, und es fuhr unter französischer Flagge.

Lemont erschien es nur logisch, dass ein Schiff, das ›Freiheit‹ hieß, ihn der Erfüllung all seiner Wünsche und Träume entgegentrug, denn nie zuvor in der Geschichte der Menschheit war ein Individuum freier gewesen, als er es sein würde. Zu allen Zeiten hatten Philosophen und Denker zu verstehen versucht, was Freiheit bedeutete, hatten ihren Wert erörtert und über ihre Bedeutung räsoniert. Auf die einfachste aller Lösungen war allerdings niemand gekommen.

Freiheit war gleichbedeutend mit Macht!

Während der Schwache fremdbestimmt war und um jedes Quäntchen Freiheit betteln musste, offenbarte sie sich dem Mächtigen in ihrer ganzen Fülle. Wer keine Schranken zu fürchten hatte, keine Gegner und keine Gesetze, der konnte aus ihr schöpfen wie aus einem Quell, der nie versiegte – und eben diese Form von Freiheit trachtete Lemont in seinen Besitz zu bringen.

Macht.

Grenzenlose irdische Macht ...

Viele hatten im Lauf der Jahrtausende danach getrachtet, Männer wie Frauen. Kriege waren um ihretwillen geführt und Intrigen gesponnen worden, Bündnisse geschlossen und wieder gebrochen, Verrat und Mord geübt – doch alle Versuche waren gescheitert. Er hingegen würde zu Ende zu bringen, was weder Alexander dem Großen noch Julius Cäsar, weder Suleiman dem Prächtigen noch Napoleon Bonaparte gelungen war ...

»Beeindruckend«, sagte der Mann, der neben ihm auf dem Achterdeck saß und der Wüste dabei zusah, wie sie zu beiden Seiten des Kanals mit träger Langsamkeit vorüberzog. »Überaus beeindruckend.«

»*Oui*, Monsieur l'Angleterre«, stimmte Lemont zu und rückte die Brille mit den geschwärzten Gläsern zurecht, mit der er sich vor der ägyptischen Sonne schützte. Obschon es später Nachmittag war, war diese noch immer grell und blendend. »Eine Fahrt durch den Suez-Kanal ist stets ein beeindruckendes Schauspiel. Vor allem, wenn man es zum ersten Mal erlebt.«

Der andere Mann, ein blasser Brite mit einem Allerweltsgesicht, das von einem Tropenhelm begipfelt wurde, schüttelte den Kopf. »Ich habe nicht den Kanal gemeint«, gestand er leise. »Ich sprach von Ihrer eindrucksvollen Leistung. Offen gestanden, hätte ich niemals geglaubt, dass wir uns eines Tages tatsächlich auf diese Reise begeben würden. Nun endlich verstehe ich, warum Sie den Titel eines Großmeisters für sich in Anspruch nehmen.«

»Finalement«, meinte Lemont voller Genugtuung. »Dabei habe ich es Ihnen gesagt, oder nicht? Ihnen allen habe ich es gesagt, als sie meinem Bündnis beigetreten sind, *n'est-ce pas?*«, fügte er hinzu, an die anderen drei Männer gewandt, die bei ihnen unter den weißen Sonnensegeln saßen, die über das ansonsten menschenleere Achterdeck gespannt waren. Auch auf dem Promenadendeck und in den beiden Salons des Dampfers tummelten sich keine Passa-

giere, denn Lemont und seine vier Begleiter waren die einzigen Reisenden an Bord der ›Liberté‹.

»Das haben Sie«, bestätigte der Brite. »Aber wenn man bedenkt, dass unsere bisherigen Zusammenkünfte stets in einer fensterlosen Kammer im Untergrund Londons stattgefunden haben, so erscheinen meine anfänglichen Zweifel vielleicht nachvollziehbar.«

»Vielleicht«, gab Lemont zu und grinste. »Wobei ich nie verlangt habe, dass Sie an die Bruderschaft glauben, *mon ami*, sondern dass Sie in sie investieren. Weder habe ich Ihnen das Seelenheil versprochen noch eine gerechtere Welt. Aber ich habe Ihnen gesagt, dass es sich für Sie auszahlen wird, wenn Sie die Bruderschaft des Einen Auges unterstützen, und dieser Zeitpunkt ist gekommen. Bislang haben Sie lediglich am Royal Stock Exchange gehandelt, Monsieur l'Angleterre. In Zukunft wird er Ihnen *gehören*. Und die ganze verdammte East India Company gleich mit dazu.«

Der Brite lächelte schwach, während er den Siegelring an seiner Hand betrachtete, der einen kleinen Obelisken zeigte. »Als Sie das erste Mal davon sprachen«, gestand er leise, »dachte ich, Sie hätten den Verstand verloren. Ich glaubte, Sie wären einer von diesen Verrückten, die an den Ecken stehen und von einer besseren Zukunft faseln. Aber inzwischen ...«

»... hat sich dies geändert, *n'est-ce pas?*«, fragte Lemont. »Ich habe Ihnen allen viel in Aussicht gestellt und Ihnen auch vieles abverlangt. Nun jedoch ist die Zeit gekommen, die Früchte unserer Arbeit zu ernten.«

»Das haben Sie uns schon einmal versprochen«, sagte einer der anderen Männer, ein beleibter Südländer mit pomadisiertem Haar.

»Worauf spielen Sie an, Monsieur l'Italie?«, erkundigte sich Lemont. Sein überlegenes Lächeln war jäh aus seinem Gesicht verschwunden. »Auf das Feuer des Re, das uns entgangen ist?«

»Kincaid hat sich als größeres Hindernis erwiesen, als Sie es jemals für möglich gehalten hätten«, gab der Italiener zu bedenken.

»Aber auch als große Chance«, beharrte Lemont, »denn ohne sie wären wir niemals auf *seine* Spur gekommen. Und ohne ihn gäbe es keine neue Erbin. Thots Geheimnis mag uns entgangen sein, aber nun wird uns der Urquell der Macht in die Hände fallen, und er ist tausendmal mehr wert als jede Waffe, Monsieur l'Italie. Auch Sie haben in mich investiert, und Sie werden bekommen, was Sie verlangt haben.«

»Was hat er denn verlangt?«, wollte ein anderer Mann wissen, der ebenfalls südeuropäischer Herkunft zu sein schien, jedoch von schlanker, fast athletischer Postur war.

»Dasselbe wie Sie – die Rückkehr alter Zeiten, Monsieur l'Espagne«, eröffnete Lemont lächelnd. »Unser venezianischer Kaufmann träumt davon, dass ihm wie seinen Vorfahren die Seehoheit über das Mittelmeer und seine Anrainerstaaten gehören möge, inklusive aller dazugehörigen Handelsprivilegien – so wie Sie davon träumen, es Ihren Ahnen gleichzutun und als großer Conquistador in die Neue Welt zurückzukehren. Die Schätze Südamerikas warten auf Sie.«

»Dann hoffen wir, dass auch noch genug für den Rest von uns übrig bleibt«, sagte der vierte Mann verdrießlich, dessen kurzes Haar und gezwirbelter Bart ein fleischiges Gesicht umrahmten.

»Keine Sorge, Monsieur l'Allemagne«, beschwichtigte Lemont. »Auch Sie werden – wie soll ich es nennen? – Ihren Platz an der Sonne bekommen. Betrachten Sie Afrika als Ihren Privatbesitz, inklusive sämtlicher Bodenschätze, die Sie dort finden werden. Das ist, was Sie verlangt haben, und das werden Sie bekommen.«

»Da wusste ich aber noch nicht, dass es auch andere Parteien in unserer Vereinbarung gibt, Großmeister«, wandte der Deutsche ein. Den Titel sprach er mit unverhohlenem Spott aus, was Lemont jedoch nicht zu stören schien.

»Das ist durchaus nicht der Fall, Monsieur«, versicherte er. »Unsere Abmachung bleibt von dem, was ich mit den anderen Gentlemen vereinbart habe, völlig unberührt. Weder haben Sie

Interesse am Mittelmeer angemeldet, noch an Großbritannien oder an überseeischen Besitzungen, wenn ich mich recht entsinne. Jeder von Ihnen bekommt genau das zugesprochen, was vertraglich vereinbart ist. Die Teilung von Macht und Geld hat eine lange und ruhmreiche Tradition. Denken Sie nur an das Triumvirat, mit dessen Hilfe Cäsar einst nach der Herrschaft über die römische Welt griff. Mit dem Unterschied, dass in unserem Fall ein Quintorum daraus wurde. Keiner von Ihnen muss deshalb auf etwas verzichten.«

»Dennoch frage ich mich, weshalb Sie jedem von uns die Existenz der jeweils anderen verheimlicht haben.«

»Aus zwei Gründen, *mon ami*. Erstens, um uns alle zu schützen. Wäre ein Arm unserer Organisation von übereifrigen Gesetzeshütern zerschlagen worden, so hätten die anderen unabhängig davon weiteroperieren können. Zweitens, weil ich Ihnen als Leiter der jeweiligen Landessektionen nicht das Gefühl geben wollte, jemand anderem außer dem Großmeister persönlich Rechenschaft zu schulden. Sie sehen also, ich habe durchaus in Ihrem Sinn gehandelt. Ich hatte nicht vor, Sie zu hintergehen.«

»Aber Sie hätten es tun können«, beharrte der Deutsche. »Es geht um das Prinzip. Ich frage mich, ob wir einem Mann vertrauen können, der uns über all die Jahre so wichtige Informationen bewusst vorenthalten hat.«

Lemont schürzte geringschätzig die Lippen. Die Muskelspiele des Teutonen interessierten ihn nicht. »Ist es tatsächlich Ihre Sorge um das Prinzip, die Sie so gegen mich aufbringt, *mon ami?*«, fragte er. »Oder vielmehr die Befürchtung, ein anderer könnte bei diesem Geschäft einen besseren Schnitt machen? Soweit ich es beurteilen kann, sind Sie der Einzige, der sich an meinem kleinen Täuschungsmanöver stört. Oder wie sehen Sie das, Messieurs?«

Die vom getönten Glas beschirmten Augen blickten in die Runde, ernteten jedoch nur beteuerndes Nicken.

»Alle haben ihren Teil dazu beigetragen, dass wir heute hier sind,

Monsieur l'Allemagne«, stellte Lemont klar, »und alle werden angemessen dafür belohnt. Wenn Sie jedoch der Ansicht sind, dass Sie ungerecht behandelt oder gar betrogen wurden, so sollten wir das auf der Stelle klären. *Alors?*«

Seine Stimme hatte einen schneidenden Tonfall angenommen, der den Anwesenden durch Mark und Bein ging. Dazu nahm Lemont die Brille ab und durchbohrte den Aufrührer mit einem Blick, dessen Eiseskälte selbst der sengenden Wüstensonne zu trotzen schien. Ein endlos scheinender Moment verstrich, in dem der Deutsche seine Chancen und Möglichkeiten abwog – um offenbar zu einem eindeutigen Schluss zu gelangen ...

»Durchaus nicht«, versicherte er, und wie ein Hund, der für etwas gescholten wurde und sich hinter dem Ohr kratzt, um von seinem Vergehen abzulenken, begann er, seinen Schnurrbart zu zwirbeln. »Ich wollte nur sicherstellen, dass wir alle dasselbe wollen.«

»Das wäre nicht nötig gewesen«, sagte Lemont, dessen Stimme erst ganz allmählich wieder an Schärfe verlor. »Wir alle wissen sehr genau, worauf wir uns eingelassen haben, *n'est-ce pas?* Ebenso, wie wir wissen, was wir gewinnen können.«

»Natürlich«, versicherte der Deutsche und senkte den Blick – und zum ersten Mal, wenn auch nur für einen kurzen Augenblick, spürte er am eigenen Leib, was grenzenlose Macht bedeutete. Auch wenn dies erst ein leiser Vorgeschmack war ...

»Und Sie, Großmeister?«, fragte l'Italie.

»Wovon sprechen Sie?«

»Was nehmen Sie sich? Was bleibt Ihnen noch, wenn die Welt unter uns aufgeteilt wird?«

Das Siegerlächeln kehrte auf Lemonts Züge zurück, während er die Brille wieder aufsetzte, sich auf seinem Stuhl zurücklehnte und sich sichtlich entspannte. »Um mich brauchen Sie sich nicht zu sorgen, *mon ami*«, gab er lächelnd bekannt. »Mir bleibt immer noch der Rest der Welt mit allem, was sich dort befindet ...«

5.

Reisetagebuch Sarah Kincaid

Es ist erschreckend. Selbst dreißig Jahre nach dem Ende des Krimkriegs ist die Halbinsel noch immer gezeichnet von den blutigen Schlachten, die hier geschlagen wurden. Artilleriefeuer und Mörsergranaten haben nicht nur Sewastopol selbst zerstört, sondern auch das gesamte Umland umgepflügt, sodass ich unwillkürlich an das denken muss, was der von mir so geschätzte Mark Twain einst über diesen Landstrich schrieb: »In welche Richtung man hier auch schaut, fällt der Blick kaum auf etwas anderes als Zerstörung, Zerstörung und noch einmal Zerstörung! Ruinen, brüchige Mauern, zerrissene Hügel, in denen Krater klaffen, Verwüstung allerorten!« Und in seiner unvergleichlichen Art fügte der Schriftsteller hinzu, dass sich das antike Pompeji im Verglich zu Sewastopol noch in einem guten Zustand befände …

Zwar wurde manches in den vergangenen zwei Jahrzehnten seit Twains Besuch wieder aufgebaut, und die Natur hat das ihre getan, um die Kraterlandschaft mit Moos und Buschwerk zu überdecken – darunter jedoch sind auch nach all der Zeit noch die Spuren des Krieges zu erkennen. Allenthalben stoßen wir bei unseren Grabungen auf Patronenhülsen und rostige Gewehrläufe und hin und wieder auch auf die zerschmetterten Überreste menschlicher Gebeine. Die Knochen tragen weder Farben noch Uniformen. Die Feuchtigkeit der Erde hat nicht nur ihr Fleisch verrotten lassen, sondern auch jeden Hinweis darauf, auf welcher Seite sie einst kämpften. Im Tode sind sie einander gleich geworden, und die Frage drängt sich auf, wieso sich der Mensch nur immer wieder zu dieser größten aller Torheiten hinreißen lässt, anstatt die wirklichen Feinde zu bekämpfen, welche die Welt bedrohen.

In diesem Niemandsland des Todes einen Hinweis auf die Arimaspen zu finden ist sehr viel schwieriger als gedacht, zumal das Gelände der Chersonnes ebenso wild wie unübersichtlich ist und von steilen Höhenzügen und jäh abfallenden Schluchten durchzogen wird. Unsere einzigen Anhaltspunkte sind Gardiner Kincaids mündliche Berichte, soweit el-Hakim sich an sie erinnert, und die Erinnerungen unseres Führers, der die Schrecken des Krieges als junger Mann erlebt hat und den sie seither verfolgen.

Zuhause in England wird der Kampf auf der Krim bis zum heutigen Tag als zwar schwer erkämpfter, jedoch unstrittiger Sieg gefeiert. Hier jedoch, am Schauplatz des Schlachtens, werde ich das Gefühl nicht los, dass es dabei nur Verlierer gab.

Mount Inkerman, Krim
16. April 1885

Der erste Tag der Grabungen auf den zerklüfteten Höhenzügen, die sich südöstlich von Sewastopol erstreckten, brachte nichts anderes zutage als immer neue Hinweise auf das Morden, das sich vor über dreißig Jahren an diesem Ort zugetragen hatte.

Da sich die Ereignisse jenes schicksalhaften Novembertages des Jahres 1854 tatsächlich unauslöschlich in sein Gedächtnis eingebrannt zu haben schienen, erwies sich Yuri, allen Bedenken zum Trotz, als wichtige Hilfe. Auch nach mehr als drei Jahrzehnten vermochte er jeden Hügel und jede Senke exakt zu benennen, und bisweilen hatte es fast den Anschein, als würden die Schatten der Vergangenheit dabei wieder für ihn lebendig. Da er in Paulows Heer als einfacher Soldat gedient hatte, war sein Blickwinkel auf das Schlachtgeschehen freilich eingeschränkt gewesen, und es erwies sich als schwierig und bisweilen fast unmöglich, seine Aussagen mit Gardiner Kincaids Schilderungen in Einklang zu bringen.

Von jenem sumpfigen Tal aus, das der Fluss Tschernaya durchfließt, arbeitete sich die Expedition in westlicher Richtung voran; den Hügelkamm hinauf, auf dem einst die britischen Batterien gestanden hatten, und von dort über den Hang, an dem die britischen Grenadier Guards auf Yuris Regiment Selenghinsk getroffen waren und es ein entsetzliches Blutbad gegeben hatte. Nach allem, was Sarah in Erfahrung gebracht hatte, war das 55. Westmorland Regiment, zu dem auch Gardiner Kincaid gehört hatte, ein Stück weiter westlich positioniert gewesen, auf jenem Höhenzug, dem die Militärs den Namen Mount Inkerman gegeben hatten, obwohl sich das eigentliche Dorf dieses Namens ein gutes Stück weiter östlich befand.

Nordwestlich von Mount Inkerman erstreckte sich ein Taleinschnitt, durch den eine alte Poststraße verlief; auf der anderen Seite gab es eine als Shell Hill bezeichnete Erhebung, auf der sich einst die russischen Stellungen befunden hatten. Wenn es in der Nacht zum 5. November also Gardiners Auftrag gewesen war, den Feind auszukundschaften, so war es vernünftig anzunehmen, dass sich jene Stelle, wo ihn der zerklüftete Boden verschluckt hatte, genau zwischen Mount Inkerman und dem Shell Hill befand – ein etwa 600 Yards im Quadrat messendes, zerklüftetes Areal, das von wilder Vegetation überzogen war.

So chaotisch und unregelmäßig, wie das Terrain sich zeigte, schien auch die Schlacht verlaufen zu sein. Auf engstem Raum, eingeengt von Klippen und Schluchten, waren rund 56 000 Mann aufeinandergetroffen. Da zum Zeitpunkt des russischen Angriffs am frühen Morgen dichter Nebel über dem Gelände gelegen hatte, der die Sicht erschwert und die Artillerie beider Seiten zunächst stark beeinträchtigt hatte, war schon bald nach dem Beginn der Kämpfe ein wildes Hauen und Stechen entbrannt, in dem – schenkte man Yuris Aussagen Glauben – der Einsatz des einzelnen Soldaten weit mehr gewogen hatte als das strategische Geschick der Generäle. Das wilde Gelände hatte es den Russen unmöglich gemacht, ihre Taktik dicht stehender Schützenreihen zu entfalten, und so war es schließlich gekommen, dass rund 16 000 Briten und Franzosen das Gelände gegen eine 40 000 Mann umfassende russische Angriffsmacht verteidigt hatten. Ein militärischer Triumph ohnegleichen, der von den britischen Zeitungen denn auch weidlich gefeiert worden war – der blutgetränkte und von Sprengkratern übersäte Boden von Inkerman jedoch sprach eine andere Sprache.

Es gefiel Sarah nicht, jenen Boden nach Hinweisen zu durchwühlen, und am liebsten wäre sie umgekehrt, um die Ruhe der Gefallenen nicht zu stören. Aber die Archäologin in ihr ermahnte sie, sich nicht von ihren Gefühlen vereinnahmen zu lassen.

Mit wissenschaftlicher Akribie gingen Hingis und sie zu Werke: Mit Hilfe des Theodoliten, den der Schweizer wohlweislich noch in Konstantinopel erstanden hatte, vermaßen sie das unebene Gelände und teilten es in Planquadrate ein, die von Norden nach Süden und von Osten nach Westen nummeriert wurden. Nach diesem Schema würden sich die beiden Grabungsgruppen, von denen die eine Sarah, die andere Friedrich Hingis beaufsichtigen würde, systematisch voranarbeiten. Um den Fortgang der Grabungen zu beschleunigen, hatte Sarah Yuri beauftragt, im Dorf einige kräftige Männer anzuwerben, natürlich nur unter strenger Geheimhaltung ihrer tatsächlichen Identität.

Ein Stück östlich der alten Poststraße, unweit der Stelle, wo auch das 55. Regiment einst campiert hatte, schlugen sie ihr Lager auf: vier große Zelte, von denen eines den Proviant und die Ausrüstung beherbergte. Während tagsüber die Sonne von einem fahlgrauen Himmel geschienen hatte und es angenehm warm gewesen war, brach mit der Dunkelheit empfindliche Kälte über die Chersonnes herein. Ein Lagerfeuer wurde entzündet und Wachschichten eingeteilt, und einmal mehr nahm Sarah sich nicht aus der Regelung aus.

Den geladenen Colt Frontier auf den Knien, hockte sie am

Feuer. Ihre Damenkleider hatte sie gegen Reithosen und -stiefel getauscht, dazu trug sie Bluse und Weste und den unvermeidlichen Sam-Browne-Gürtel mit dem Holster und dem Messer daran. Darüber hatte Sarah den fellgefütterten Ledermantel angezogen, der ihr schon in Griechenland gute Dienste geleistet und den sie eng um ihre Schultern gelegt hatte, um sich vor der Kälte der Nacht zu schützen.

Sie war nicht allein am Feuer.

Zwar hatten sich Hingis und Yuri bereits zur Ruhe begeben, weil sie die späteren Wachschichten übernehmen würden; der alte Ammon jedoch leistete Sarah Gesellschaft, während Ufuk ein Stück abseits saß und an einem Stück Holz schnitzte. Zum Abendessen hatte es eine etwas streng schmeckende, aber sättigende Mahlzeit gegeben, die Yuri aus Bohnen und Fisch zubereitet hatte und deren Geruch noch immer in der Luft lag. Kalter Nordwind strich beständig durch die Senke und ließ die Zeltplanen geräuschvoll flattern, dazu war in der Ferne das Heulen von Wölfen zu vernehmen.

»Hört Ihr das, Meister?«

Der Weise war einmal mehr damit beschäftigt, die Scherben einer Tontafel zu sortieren, deren Kanten und eingeritzte Zeichen seine alten Finger wieder und wieder befühlten. Fast hatte es den Anschein, als könnte er sie auf diese Weise sogar lesen.

»Ja, mein Kind. Die Jäger der Nacht sind auf dem Weg. Aber du brauchst keine Angst zu haben. Sie fürchten das Licht und das Feuer.«

»Ich weiß.« Sarah schüttelte den Kopf. »Die Wölfe sind es nicht, die mich ängstigen. Es ist diese Gegend.« Sie schaute sich wachsam um. »Sie ist mir unheimlich.«

»Aus gutem Grund. Kein Ort kann so viel Tod und Sterben sehen, ohne etwas davon in sich aufzunehmen. Dieser Boden ist von Blut durchdrungen, und die Geister derer, die hier gefallen sind, sind in mancher Weise noch gegenwärtig.«

»Ich glaube nicht an Geister«, stellte Sarah klar. »Aber ich muss immerzu an das denken, was hier geschehen ist. Es muss ein entsetzliches Massaker gewesen sein …«

»Wie immer, wenn der Mensch in den Krieg zieht und seinen Bruder tötet«, bestätigte el-Hakim.

»Wird das jemals enden?«, fragte Sarah.

»Es kann geschehen«, versicherte der Alte, »aber manche Dinge brauchen Zeit, mein Kind, viel Zeit, und uns bleibt nichts, als uns in Geduld zu üben – genau wie du bei deiner Suche nach Kamal.«

»Geduld.« Sarah schnaubte. »Verzeiht, Meister, aber ich kann es nicht mehr hören. Seit Alexandrien übe ich mich darin. Ich warte ab und reagiere und habe dabei doch immer das Gefühl, dass die Gegenseite mir voraus ist. Ich habe das Warten satt.«

»Das ist verständlich«, gab Ammon zu. »Dennoch musst du lernen, dass es Dinge gibt, die nicht in deiner Macht liegen. Vertraue auf die Ordnung, Sarah. Dann brauchst du das Chaos nicht zu fürchten. Du weißt, was Kamal in einem Augenblick wie diesem sagen würde.

»In der Tat.« Sie nickte, und trotz der stillen Verzweiflung, die sich ihrer bemächtigt hatte, glitt ein Lächeln über ihr Gesicht. *»Insch'allâh«,* flüsterte sie. »Wenn Gott es will.«

Der Alte nickte. »Wenigstens das hast du nicht vergessen.«

»Wie gut kennt Ihr Kamal?«, fragte Sarah. Bislang hatte sie es vermieden, über ihren Geliebten zu sprechen, weil es ihr zu schmerzvoll erschienen war. Aber in diesem Augenblick verlangte es sie danach. »Er sagte mir einst, dass er Euch begegnet wäre …«

»Maraka al-haq«*, bejahte Ammon. »Vor langer Zeit …«

»Wie kam es dazu?«

»Sein Vater hat ihn mir vorgestellt. Nara Ben Haqâiq war der Anführer des Tuareg-Stammes, der dazu ausersehen war, das Buch von Thot zu bewachen, und obschon Kamal zu diesem Zeitpunkt

---

* arab. Du hast recht

noch ein halbwüchsiger Knabe war, stand bereits fest, dass ihm diese Aufgabe eines Tages übertragen würde.«

»Noch ein halbwüchsiger Knabe?« Erneut lächelte Sarah. Sich Kamal als Jungen mit pechschwarzem Haar und ebenso schwarzen Augen vorzustellen berührte sie angenehm. »Wie ist er so gewesen? Erzählt mir von ihm!«

»Wach und aufmerksam«, entgegnete der Alte. »Und man konnte schon früh erkennen, dass mehr in ihm ruht.«

»Wie meint Ihr das?«

Der Blick des Alten war wissend. »Willst du behaupten, du hättest es nicht ebenfalls bemerkt, mein Kind? Dass du nicht gespürt hättest, dass ihn etwas umgibt, das anders ist? So, als hätte ihn das Schicksal zu etwas ausersehen, das jenseits unseres Begreifens liegt?«

Sarah war wie vom Donner gerührt. Sie hatte es niemals ausgesprochen, und in dem Moment, als der Weise es sagte, war sie sich nicht einmal mehr ganz sicher, ob sie den Gedanken je bewusst gefasst hatte; aber auch sie hatte bemerkt, dass Kamal nicht wie andere Männer war. Ihn schien etwas zu umgeben, das sich nicht ohne Weiteres erklären ließ, eine Aura des Besonderen, die Sarah trotz des schäbigen Kaftans und des ungepflegten Barts, welche Kamal bei ihrer allerersten Begegnung getragen hatte, sofort aufgefallen war. Vielleicht war diese Aura, diese Ahnung von Größe sogar der Grund dafür gewesen, dass sie sich zu ihm hingezogen fühlte ...

»Glaubt Ihr, dass es Menschen gibt, die füreinander bestimmt sind, Meister?«, erkundigte sie sich.

»Von wem sprichst du? Von dir und Kamal?«

Sie nickte zaghaft.

»Wie du weißt, mein Kind, glaube ich an die Macht der Vorsehung«, erwiderte der Alte, »aber in eurem Fall muss man noch nicht einmal davon überzeugt sein, um es zu erkennen. Denn dir, Sarah Kincaid, wohnt dieselbe rätselhafte Kraft inne wie Kamal. Auch bei unserer ersten Begegnung habe ich sie gespürt.«

»Ihr scherzt, Meister.«

*»Ahyânan**«, gab der Weise zu, »aber nicht in diesem Fall. Hast du es denn noch nie gefühlt? Hast du nie bemerkt, dass euch beide mehr verbindet als die bloße Anziehung zwischen Mann und Frau? Eure Seelen sind verwandt, Sarah, so, als wären sie einander schon einmal begegnet.«

»Ihr meint ... in einem früheren Leben?« Es kostete Sarah Überwindung, die Frage auszusprechen, denn anders als Maurice du Gard glaubte sie nicht an Dinge wie Reinkarnation und Wiedergeburt. Schon das Konzept eines ordnenden Schicksals war eine Herausforderung, zu weiteren Zugeständnissen an die »Domäne des Irrealen«, wie Friedrich Hingis es nannte, war sie nicht bereit.

»La«, verneinte Ammon. »Ich spreche von dem, was hinter dir liegt, obschon du dich nicht daran erinnern kannst ...«

»Die Dunkelzeit?«, fragte Sarah. Erst jetzt wurde ihr klar, worauf der Weise hinauswollte. »Ihr nehmt an, Kamal und ich kannten uns von damals ...?«

Ammon machte eine unbestimmte Handbewegung. »Es ist ein wenig wie mit dieser Tontafel«, sagte er, auf die Scherben deutend, die vor ihm ausgebreitet lagen. »Die Antwort ist bereits da, doch um sie zu verstehen, müssen wir alle Teile zusammensetzen. Vorher bleibt uns nur, was alle Ahnungslosen tun – zu raten und zu vermuten.«

»Und was genau vermutet Ihr, Meister?«, wollte Sarah wissen.

Die blinden Augen des Weisen schienen sie direkt anzusehen, wobei nicht zu ergründen war, was er dachte. »Es ist spät«, sagte er dann. »Bei Tagesanbruch wird die Suche fortgesetzt, und du wirst meine Hilfe brauchen. Ich werde mich zur Ruhe begeben.«

Er sammelte die Scherben ein und machte Anstalten, sich zu erheben. Ufuk ließ seine Schnitzerei liegen und eilte herbei, um ihm zu helfen.

---

* arab. bisweilen

»Meister!«, beschwerte sich Sarah. »So könnt Ihr mich nicht einfach sitzen lassen. Was wisst Ihr über Kamal? Was genau verbindet uns?«

Während Ufuk ihn bereits zu seinem Zelt führte, wandte sich el-Hakim noch einmal um. »Die Scherben der Vergangenheit, Sarah«, brachte er in Erinnerung. »Setze sie zusammen, und das Rätsel wird sich lösen. Gute Nacht.«

Damit blieb sie allein am Feuer zurück, und obwohl es dem Weisen einmal mehr gelungen war, ihr Innerstes mit ein wenig Trost und Zuversicht zu erhellen, hatte Sarah das Gefühl, dass er ihr etwas verschwieg.

Etwas, das Kamal betraf ...

... und sie selbst.

Am 21. April, auf den Tag genau einen Monat, nachdem sie in der Osmanischen Staatsbibliothek auf die ersten Hinweise auf die Arimaspen gestoßen waren, wurden Sarah und ihre Begleiter auch im morastigen Boden der Chersonnes fündig.

Dem Erfolg vorausgegangen waren vier Tage intensiver Grabungen, in denen sich die Expedition Planquadrat für Planquadrat vorangearbeitet hatte, quer über den Höhenzug, der im Lauf der Schlacht von Inkerman die schwersten und blutigsten Gefechte gesehen hatte. Was sie dabei in dem von Feuchtigkeit und Kälte durchdrungenen Boden gefunden hatten, war schaurig genug gewesen. Am fünften Tag jedoch – und damit unerwartet früh – entdeckte einer der russischen Ausgräber etwas, das erstmals Anlass zur Hoffnung gab.

Sarahs Gruppe war gerade dabei, Planquadrat 16-b zu durchkämmen, das sich unmittelbar an der alten Poststraße befand, als von Hingis' Gruppe, die etwa hundert Yards weiter westlich arbeitete, ein Stück den Hügel hinauf, lautes Geschrei herüberdrang. Als Sarah den Blick hob, sah sie Yuri dort oben stehen, wie von Sinnen mit einer behelfsmäßigen Fahne aus Kanvas winkend.

»Kommen!«, rief er dazu. »Kommen rasch . . .!«

Sarah zögerte keinen Augenblick und rannte los. Es war später Nachmittag, aber die Sonne stand noch hoch am Himmel, sodass es warm geworden war. Ihre Schaufel noch in der Hand, die Ärmel ihrer Bluse aufgekrempelt wie ein Kohlenmann, setzte sie den Hügel hinauf. Zwei der Gräber folgten ihr, ebenso Ammon und der junge Ufuk, wenn auch sehr viel langsamer.

Schon aus einiger Entfernung konnte sie Friedrich Hingis' silberhelles Lachen hören: ein sicheres Anzeichen dafür, dass der Schweizer und seine Leute tatsächlich auf etwas gestoßen waren. Sarah beschleunigte ihren Schritt. Ihre Stiefel versanken bis zu den Knöcheln im Morast, und sie hatte Mühe, im steil ansteigenden, von Sträuchern und Buschwerk überwucherten Gelände voranzukommen. Natürlich hätte sie auch den Umweg über den Pfad nehmen können, der von der Poststraße abzweigte und den Anstieg über den sogenannten Wellway umging, aber dazu war ihre Ungeduld zu groß.

Sie erreichte die Grabungsstelle, helfende Hände reckten sich ihr entgegen und zogen sie herauf. Wie Sarah auf den ersten Blick feststellte, hatten Hingis und seine Helfer ganze Arbeit geleistet: Auf einer Fläche von zwanzig Yards im Quadrat war die Vegetation gerodet und der Boden freigelegt worden. Hier und dort waren Messlatten aufgestellt worden, und man hatte an verschiedenen Orten Probegrabungen vorgenommen. In diesem Augenblick jedoch hatten sich alle um eine Stelle versammelt, die unterhalb eines etwa zwei Yards hohen Hangabbruchs lag. War es womöglich hier gewesen, wo ihr Vater eingebrochen war? Sarahs Pulsschlag, der sich beim Laufen ohnehin beschleunigt hatte, steigerte sich in hämmerndes Stakkato.

»Kommen, kommen, Mylady«, forderte Yuri sie auf, der von einem Ohr zum anderen grinste und vorausging, um ihr einen Weg durch den Kordon der Ausgräber zu bahnen.

Die Stelle, um die sich die Männer drängten, maß drei Yards im

Quadrat und war von vier in den Boden gerammten Holzpflöcken markiert. In der Mitte war ein Stück Gestein zu sehen, das aus dem Boden ragte. Daneben kniete Friedrich Hingis, ein siegessicheres Lächeln im Gesicht. Seine Hose und sein Hemd waren schmutzbedeckt, ebenso wie seine Brille, durch die er kaum noch etwas zu sehen schien, zumal sie vor Anstrengung beschlagen war.

»Komm, Sarah«, verlangte er und winkte Sarah aufgeregt heran, »sieh dir das an!«

Sie gesellte sich zu ihm, und ihr geschulter Blick erkannte sofort, dass die Gesteinsoberfläche nicht natürlichen Ursprungs, sondern künstlich behauen war.

»Das könnte etwas sein«, gab sie zu, während sie gleichzeitig nach einem Spatel griff, um noch mehr Erdboden und Morast zu entfernen. Schon mehrfach waren sie im Boden auf die Überreste von Steinmauern gestoßen, die sich jedoch bei näherer Betrachtung als die Überreste ehemaliger Bollwerke und Geschützbefestigungen herausgestellt hatten. Sarah wollte ganz sichergehen, ehe sie sich von der Euphorie der anderen anstecken ließ.

»›Das könnte etwas sein‹?«, echote Hingis und verzog seine schmutzgrauen Züge zu einem Grinsen. »Meine Liebe, das scheint mir reichlich untertrieben. Ich wäre dir dankbar, wenn du deine Begeisterung dem Gegenstand anpassen würdest.«

Damit erhob er sich und gab den Blick auf einen weiteren Steinsockel frei, den er bislang mit dem Körper verdeckt hatte. Auch dieser war von Schmutz befreit und künstlich behauen – an seiner Vorderseite jedoch entdeckte Sarah etwas, das jeden Zweifel hinfällig machte. Zwei griechische Schriftzeichen waren dort eingemeißelt, Alpha und Beta.

Die ersten Buchstaben des Alexandersiegels!

Zitternd streckte Sarah die Hand aus, befühlte ungläubig die Rillen, als wollte sie sich vergewissern, dass ihre Augen ihr keinen Streich spielten. Aber es bestand kein Zweifel. Die Zeichen waren so wirklich wie der Stein, in den sie geschlagen waren.

Sie waren am Ziel ihrer Suche.

Für einen Augenblick war Sarah wie erstarrt. Von dem Tag an, da sie mit ihrer Suche nach den Arimaspen begonnen hatte, hatte sie auf diesen Moment gewartet. Nun, da er gekommen war, war sie von Gefühlen überwältigt. Genugtuung und Dankbarkeit waren darunter, aber auch neue Hoffnung.

»Und?«, erkundigte sich Hingis feierlich. »Was sagst du?«

Sarah antwortete auf ihre Weise – mit einem Kuss auf seine schmutzige Wange. »Gute Arbeit, Kollege«, versicherte sie.

»Das Lob kann ich nur erwidern. Und sollte ich jemals an deinen Fähigkeiten als Wissenschaftlerin gezweifelt haben, so bin ich ein verdammter Idiot gewesen.«

»Nein«, widersprach sie lächelnd. »Nur ein guter Freund.«

Auch Ufuk und der alte Ammon kamen dazu. Als der Weise das Zeichen des Eroberers ertastete, sprach er einige unverständliche Worte, schien ansonsten aber nicht weiter verwundert – anscheinend hatte er nichts anderes erwartet.

Nun wollte Sarah keine Zeit mehr verlieren. Sie zog die Arbeiter von ihrer Grabungsstelle ab, und gemeinsam ging man daran, die übrigen Steine freizulegen, die Hingis und seine Leute im Morast gefunden hatten. Wie sich herausstellte, waren es nur Trümmer; obwohl es einst massive Quadern gewesen sein mussten, hatte etwas sie auseinandergerissen, und den glatten Bruchkanten nach zu urteilen, musste dies unter Einwirkung ungeheurer Gewalt geschehen sein.

»Granaten«, meinte Yuri überzeugt. »Britische Kanonen beschießen Hügel, lassen keinen Stein auf dem anderen.«

Sarah dachte einen Augenblick nach. Den Schilderungen Ammons nach, war die unterirdische Anlage infolge des Artilleriefeuers bereits teilweise eingestürzt gewesen, als Gardiner aus seiner Ohnmacht erwachte. Die Sorge, sie könnten lediglich die Überreste des alten Tempels entdeckt haben, ließ Sarahs Hoffnung wieder schwinden. »Wir werden Probebohrungen vornehmen«, ordnete sie an. »Wenn es hier irgendwo einen Hohlraum gibt, müssen wir ihn finden.«

»Einverstanden«, bestätigte Hingis, dem der Finderstolz ins Gesicht geschrieben stand. An Schliemanns Suche nach Troja hatte der Schweizer damals nicht teilgenommen, aus Furcht vor dem, was ihn außerhalb von Bibliotheken und Vorlesungssälen erwarten mochte; diesmal jedoch war er dabei, und seine Freude darüber ähnelte der eines kleinen Jungen, der Schatzsucher spielte.

Nach Sarahs Vorgaben wurden Markierungen angebracht, an denen die Bohrer ins Erdreich getrieben wurden – und tatsächlich dauerte es nicht lange, bis das Eisen in einen Hohlraum vordrang. Erneut gingen die Gräber zu Werke, und als sie diesmal fündig wurden, war es nicht nur ein einzelnes Stück Stein; es waren mehrere aneinandergefügte, flache Quadern. Einer von ihnen war eingebrochen, darunter befand sich der Hohlraum, den die Bohrung offenbart hatte.

Sarah nahm einen Stab und stieß ihn hinab, um die Größe der Hohlkammer auszuloten. Als sie damit nirgendwo auf Widerstand stieß, beschleunigte sich ihr Pulsschlag erneut. Offenbar befand sich unter den Quadern ein unterirdischer Raum von beträchtlicher Größe.

Durch die Öffnung, die gerade groß genug war, dass sich ein schlanker Mensch hindurchzwängen konnte, warfen sie einige Fackeln hinab, deren Schein jedoch nicht ausreichte, die Kammer ganz zu beleuchten. Nur felsiger Boden war zu sehen, auf den vermutlich seit langer Zeit kein Mensch mehr einen Fuß gesetzt hatte.

»Das muss es sein«, meinte Sarah überzeugt. »Wahrscheinlich ist Vater an einer anderen Stelle eingebrochen. Aber es scheint dieselbe Anlage zu sein.«

Sie selbst bemerkte nicht, dass sie Gardiner Kincaid in der Aufregung ihren Vater nannte, obwohl sie es seit geraumer Zeit peinlich zu vermeiden suchte; dem alten Ammon jedoch blieb es nicht verborgen. »Ich stimme dir zu, Kind«, sagte er. »Dort in der Tiefe ruht das Rätsel, das Gardiner zu entwirren suchte.«

»Was werden wir tun?«, fragte Hingis mit besorgtem Blick zum Himmel. »Nicht mehr lange, und es wird dunkel.«

»Dort unten, mein Freund«, erwiderte Sarah, während sie schon dabei war, ihre Sachen zu packen, »ist es immer dunkel. Es spielt also keine Rolle, ob es hier draußen Tag ist oder Nacht.«

Der Logik dieser Argumentation hatte der Schweizer nichts entgegenzusetzen, aber ihm war anzusehen, dass er sich lieber bei hellem Sonnenschein auf eine Expedition in die Tiefe begeben hätte.

Sarah konnte es ihm nicht verdenken.

Auch ihr war nicht entgangen, dass sich etwas verändert hatte, seit sie den Zugang zu der Kammer entdeckt hatten. Von einem Moment zum anderen schien es dunkler und kälter geworden zu sein – aber natürlich war das nur Einbildung und sowohl die sinkenden Temperaturen als auch das nachlassende Licht lediglich dem zu Ende gehenden Tag geschuldet. Warum, fragte sich Sarah, fühlte sie dann jedoch ein Gefühl unheimlicher Bedrohung, wann immer sie in den Abgrund schaute?

Sie hütete sich, Hingis etwas von ihren Bedenken zu sagen. Stattdessen warf sie Fackeln und Schwefelhölzer in einen Kanvasbeutel und ließ sich ein Seil sowie eine volle Feldflasche geben. Den Colt Frontier trug sie ohnehin am Gürtel, auch wenn sie ahnte, dass er ihr vor den Gefahren, die dort unten lauerten, keinen Schutz bieten konnte.

Hingis rüstete sich ebenfalls für den Abstieg. Trotz seiner Bedenken hätte es sich der Schweizer niemals nehmen lassen, seine Freundin auf die wagemutige Exkursion zu begleiten. Zum dritten Teilnehmer der Erkundung bestimmte Sarah Yuri, den Oberbefehl über das Lager und die Helfer übertrug sie in ihrer Abwesenheit el-Hakim.

Seile wurden herangeschafft, an denen die Teilnehmer der Expedition in die Tiefe hinabgelassen wurden. Den Anfang machte Yuri, der seine schwere Littikhsky-Muskete, die ihm in Inkerman nach eigenen Angaben schon einmal treue Dienste geleistet hatte, auf dem Rücken trug. Ihm folgte Sarah, als Letzter kam Hingis – und schon im nächsten Moment hatte die dunkle Tiefe sie alle drei verschlungen.

»Hoffentlich werden sie dort finden, was sie suchen«, sagte Ufuk auf Türkisch, sodass die russischen Gräber ihn nicht verstehen konnten.

»Insch'allâh«, erwiderte el-Hakim.

6.

Mount Inkerman, Krim
Abend des 21. April 1885

Es dauerte eine Weile, bis sich ihre Augen an die spärlichen Lichtverhältnisse unter Tage gewöhnt hatten. Dann gingen Sarah und ihre beiden Gefährten daran, die unterirdische Kammer zu untersuchen, auf die die Ausgräber gestoßen waren, und im Licht der Fackeln verblassten die Schatten der Vergangenheit.

Die Kammer war ein unterirdischer Raum von etwa acht Yards Länge und ebensolcher Breite. Die Raumhöhe betrug an der niedrigsten Stelle nur rund zwei Yards, und es gab einen Durchgang, der über einige Stufen in eine weitere Kammer zu führen schien.

Der Boden bestand aus nacktem Fels, ebenso wie die Wände. Lediglich Teile der Decke waren aus Steinquadern zusammengefügt, die an einigen Stellen eingebrochen waren – eine Folge der Detonationen, die sich vor mehr als drei Jahrzehnten an der Oberfläche ereignet hatten. Dass die Decke nicht ganz eingestürzt war, verdankte sie wohl nur den steinernen Säulen, die das Gewölbe stützten. Sarah vermutete, dass es sich um natürliche Höhlen gehandelt hatte, die erst mit der Zeit ausgebaut worden waren. Dergleichen war keine Seltenheit, gerade bei Nomadenvölkern, die keine eigenständige Architektur entwickelt hatten.

»Sarah!«, rief Hingis, der an eine der Wände getreten war und sie im Fackelschein betrachtete, plötzlich zu ihr herüber. »Schau dir das an!«

Sie sah sofort, was der Schweizer meinte: In den Fels waren Darstellungen gehauen, bildliche Symbole und Ornamente.

»Skythisch«, stellte Sarah fest, während sie einige der Bilder mit den Händen befühlte.

»Diese hier ja«, räumte Hingis ein und schwenkte die Fackel ein Stück weiter. »Hier allerdings entziehen sie sich einer eindeutigen Zuordnung. Sie sind weder skythischen Ursprungs noch kommen sie mir griechisch oder makedonisch vor.«

»Das ist wahr«, stimmte Sarah zu. Die Ornamente waren in einem sehr schlichten Stil gehalten, der auf einfache geometrische Formen setzte und auf Verzierungen jedweder Art ganz verzichtete. In Gedanken ging Sarah die altorientalischen Stile durch, fand jedoch keine Übereinstimmung. Dennoch hatte sie das Gefühl, dass die Bilder sie an etwas erinnerten, als hätte sie zumindest ähnliche Darstellungen schon einmal gesehen.

»Ägyptisch vielleicht?«, fragte Hingis.

»Kaum.« Sie schüttelte den Kopf. »Schon viel eher ...«

»Ja?«, hakte der Schweizer nach.

»Natürlich!« Sarah lachte erleichtert auf. »Dass ich nicht eher darauf gekommen bin! Die Darstellungen ähneln der, die im Codicubus enthalten waren! Die Skizze des Berges Meru ...«

»Mein Gott!«, entfuhr es Hingis. »Du hast völlig recht! Die gleichen Linien, der gleiche Stil ...«

»... nur, dass sie etwas ungelenk wirken«, schränkte Sarah ein. »Jenes Dreieck dort zum Beispiel – wer immer es in den Stein gemeißelt hat, hatte keine Ahnung von Geometrie. Viel eher sieht es aus, als ob ...«

»... als ob ein Kind die Schrift eines Erwachsenen nachgeahmt hätte«, half Hingis mit einem passenden Vergleich aus. »Ist es das, was du meinst?«

»In der Art.« Sarah nickte. »Aber unabhängig davon sind die Zeichen ein weiterer Beweis dafür, dass wir auf der richtigen Spur sind und dass auch Gardiner mit einiger Wahrscheinlichkeit schon nach dem Berg Meru gesucht hat.«

»Dieser alte Fuchs!«, bemerkte Hingis anerkennend. »Aber warum hat er nie etwas darüber verlauten lassen? Eine Entdeckung von solch historischer Tragweite hätte veröffentlicht gehört!«

»Er hatte wohl seine Gründe«, vermutete Sarah, »und ich nehme an, dass sie mit der Bruderschaft zusammenhängen. Aber darauf kann ich keine Rücksicht mehr nehmen.«

Im Lichtschein der Fackeln schritten sie die Wand bis zu der Stelle ab, wo die Decke eingebrochen und die Kammer verschüttet war. Hier und da waren weitere Darstellungen zu sehen, die allerdings in keinem Zusammenhang zu stehen schienen, was Sarahs Theorie weder widerlegte noch erhärtete. Vielleicht, dachte sie, hatten die skythischen Erbauer des Tempels jene fremdartigen Zeichen irgendwo gesehen und sie nachgeahmt, weil sie ihnen eine besondere Bedeutung zugeschrieben hatten. Und womöglich, spann sie den Gedanken weiter, hatten diese Zeichen ja auch damit zu tun, dass die skythische Kultur nie eine eigene Schrift hervorgebracht hatte.

Sie passierten den Durchstieg, der über einige flach abfallende Stufen in eine weitere Kammer mündete. Diese war fast ebenso groß wie die erste; auch hier war ein Teil der Decke eingestürzt, und es gab ebenfalls einen Gang, der noch weiter in die Tiefe zu führen schien. Über dem Sturz entdeckten Sarah und Hingis einen weiteren Beleg dafür, dass sie an der richtigen Stelle suchten – denn in das Gestein waren fünf griechische Schriftzeichen gemeißelt:

ΑΒΓΔΕ

»Das Alexandersiegel!«, hauchte Hingis.

»Gut möglich, dass das jene Zeichen sind, die Gardiner damals gesehen hat«, fügte Sarah hinzu, während sie ihren Blick über die von Sprüngen durchzogene und von Wurzelwerk durchsetzte Steindecke schweifen ließ. »Vielleicht war dies ja die Stelle, wo er eingebrochen ist.«

»Das Alpha steht für ›Alexander‹«, rekapitulierte Hingis die Bedeutung des Siegels, »Beta für *basileus*, was ›König‹ bedeutet. Gamma steht für *genos*, das Wort für ›Königsgeschlecht‹, und Delta für *theos*, das griechische Wort für ›Gott‹. Das Epsilon schließlich steht für *ergon*, was ein Werk oder eine Errungenschaft bezeichnet ...«

»In diesem Fall wohl Letzteres«, überlegte Sarah. »Alexander hat diesen Tempel besucht und ihn symbolisch in Besitz genommen, indem er sein Zeichen anbringen ließ.«

»Für einen Eroberer nicht weiter ungewöhnlich«, meinte Hingis. »Die Frage ist eher, was Alexander gerade an diesem Tempel so wichtig erschienen ist, dass er ihn mit dem königlichen Siegel versehen hat.«

»Diese Frage hat wohl auch Gardiner beschäftigt, und zwar so sehr, dass er fast zwanzig Jahre später noch einmal an diesen Ort zurückgekehrt ist. Allerdings in aller Stille und Heimlichkeit – wohl, weil er in der Zwischenzeit einige Dinge herausgefunden hatte ...«

»Ich kann nicht behaupten, dass mir dieser Gedanke besonders gut gefällt«, gab Hingis zu.

»Mir auch nicht«, gestand Sarah ein. »Aber es ist der Weg zu Kamal.« Ohne Zögern bückte sie sich und schlüpfte unter dem niedrigen Sturz hindurch in den dahinter liegenden Gang. Hingis und Yuri, der sich schweigend im Hintergrund hielt, jedoch eine Hand auf seiner Muskete liegen hatte, folgten ihr.

Der Stollen war von Menschenhand in den Fels getrieben und führte schräg bergab. Die Fackel erhoben, ging Sarah voraus, den Blick wachsam in die Dunkelheit gerichtet, die sich vor ihr ballte und dem Feuerschein nur widerwillig weichen wollte. Erneut stießen sie auf Darstellungen im Felsgestein. Diesmal allerdings waren sie gegenständlicher Natur und alle eindeutig skythisch.

Auf den ersten Bildern waren Szenen abgebildet, wie Sarah sie schon früher gesehen hatte: Darstellungen von skythischen Kriegern, die auf Pferden ritten und mit den für ihr Volk so charakteristischen kurzen Bogen bewaffnet waren. Bilder von Jagd und Kampf waren zu erkennen, schließlich solche, die das Alltagsleben der Reiternomaden schilderten. Schließlich jedoch entdeckten Sarah und ihre Begleiter eine Darstellung, die zumindest ihr und Hingis eisige Schauder über den Rücken jagte.

In den Stein waren die Abbildungen einiger Skythenkrieger gehauen – ihren detailliert wiedergegebenen, reich verzierten Rüstungen nach handelte es sich um Anführer –, die die Häupter gesenkt hielten und auf dem Boden knieten. Vor ihnen lagen ihre Bogen und Pfeile. Davor stand eine Gestalt, die die Skythen beinahe um das Vierfache überragte: ein riesiger Krieger, der einen großen Speer in seinen ungeheuren Pranken hielt – und auf dessen Stirn nur ein einzelnes Auge prangte …

»Die Arimaspen«, hauchte Sarah. »Es ist also wahr …«

Ihr russischer Führer war weit weniger beeindruckt. »Komisch«, kommentierte er trocken. »Warum nur chat das große Briederchen bloß ein Auge?«

»Weil«, erklärte Hingis bereitwillig, »es sich um einen Zyklopen handelt – und Zyklopen haben nun mal nur eines.«

»Das ist der Beweis, Friedrich«, flüsterte Sarah, die vom Anblick der Darstellung noch immer ganz gefesselt war. »Herodot hatte recht. Die Skythen haben tatsächlich von den Arimaspen berichtet – ganz einfach deswegen, weil sie ihnen begegnet sind.«

»Offensichtlich«, stimmte der Schweizer zu. »Wie es aussieht, ist es wohl zu bewaffneten Auseinandersetzungen zwischen den Skythen und den Einäugigen gekommen, die die Arimaspen jedoch für sich entschieden. Daraufhin haben die Häuptlinge vor ihnen die Waffen gestreckt und sich ihnen ergeben.«

»Versteche«, meinte Yuri, der den Kopf schief gelegt hatte und das Bild ebenfalls eingehend betrachtete. »Und warum sind die Kerlchen mit den niedlichen Mitzchen auf dem Kopf so winzig klein?«

»Diese ›Mitzchen‹«, erläuterte Hingis, nun doch ein wenig indigniert, »sind Kappen aus Leder oder Fell, wie sie unter den östlichen Reiternomaden ganz gebräuchlich waren. Und der Grund, warum die Männer kleiner dargestellt sind als der Einäugige, ist der, dass sie in ihm offenbar ein sehr mächtiges Wesen erkannt haben, womöglich sogar eine Gottheit …«

»Natürlich!« Sarah nickte. »Du hast völlig recht. Dieser unterirdische Tempel diente nur dem einem Zweck, die Arimaspen zu verehren! Die Skythen müssen in ihnen tatsächlich so etwas wie Götter gesehen haben, vielleicht aufgrund ihrer Andersartigkeit …«

»Moment«, wandte Yuri ein. »Wollen Sie erzählen, es gibt diese Kerle mit nur einem Auge wirklich?«

»Allerdings will ich das«, versicherte Sarah. »Um sie zu finden, sind wir hier.«

»Njet«, stieß der Russe aus und verzog missbilligend das Gesicht. »Das keine gute Idee. Überhaupt keine gute Idee!«

»Ich bezahle Sie nicht dafür, dass Sie mich kritisieren, Yuri«, stellte Sarah klar, »sondern dass Sie uns Ihr Wissen und Ihre Arbeitskraft zur Verfügung stellen. Gehen wir also weiter.«

»Noch tiefer in den Berg?«

»Was dagegen?«, fragte Hingis.

»Njet«, wiederholte der Russe, während er die Muskete von der Schulter gleiten ließ und sie in Anschlag nahm. »Ich möchte nur vorbereitet sein.«

»In diesen Höhlen ist seit Jahrzehnten niemand mehr gewesen«, beschwichtigte Sarah. »Dort erwartet uns gewiss kein Feind.«

Der Blick, den Yuri ihr zuwarf, war vorwurfsvoll und entschuldigend zugleich. »Das General Paulow damals auch gesagt – zehn Stunden später alle tot.«

Er ging voraus, die Fackel in der einen, die angelegte Muskete in der anderen Hand. Sarah und Hingis folgten ihm, vorbei an weiteren Wandbildern, die Darstellungen der Arimaspen zeigten und hin und wieder auch einige jener rätselhaften Ornamente.

»Möchtest du meine Vermutung hören, werte Kollegin?«, fragte Hingis, während sie dem schnurgerade verlaufenden Stollen folgten. Er sprach deutsch, um Yuri von der Unterhaltung auszuschließen – weniger aus Argwohn, sondern um den Russen von weiteren unqualifizierten Kommentaren abzuhalten.

»Natürlich.« Sarah nickte.

»Ich denke, dass du mit deiner Beobachtung, die geometrischen Formen würden aussehen, als wären sie ohne Sinn und Verstand nachgemalt, ganz richtigliegst. Vermutlich handelt es sich um Symbole der Arimaspen, die von den Skythen nachgeahmt wurden, um diese zu ehren.«

»Das würde bedeuten, dass die Einäugigen eine eigene Kultur hatten«, verfolgte Sarah den Gedanken weiter. »Und dass es einst wohl doch ein ganzes Volk von ihnen gegeben hat, genau wie Aristeas berichtet.«

»Aber was ist aus dieser Kultur geworden? Und weshalb wurde nie etwas darüber bekannt?«

»Ich bin überzeugt, dass die Bruderschaft dir diese Frage beantworten könnte«, erwiderte Sarah. »Denke an das, was wir in Alexandria erfahren haben. Die großen Bibliotheksbrände der Antike sind fast alle der Bruderschaft zuzuschreiben. Sie wollte nicht, dass das Wissen der alten Zeit bis in unsere Tage erhalten bleibt.«

»Aber warum nicht? Was hat es mit den Arimaspen und dem Berg Meru auf sich, dass die Bruderschaft solches Interesse daran hat, es zu verschw...?«

Der Schweizer verstummte, als er im Halbdunkel gegen ein Hindernis stieß. Es war Yuris breiter Rücken, und wegen der Weste, die der Russe trug, hatte Hingis den Mund plötzlich voller Ziegenfell.

»Igitt«, würgte er. »Könnten Sie mich das nächste Mal vorwarnen, ehe Sie einfach stehen bleiben?«

»Nächste Mal, Professor«, versprach Yuri beklommen. »Aber dann wir beide tot.«

»Wovon sprechen Sie? Was...?«

Erst jetzt merkte Hingis, dass auch Sarah abrupt stehen geblieben war. Nur einen halben Yard vor ihr schien der Boden plötzlich zu enden, dahinter herrschte abgrundtiefe Dunkelheit.

»Ein Schacht«, erklärte Sarah und versuchte, mit der Fackel hinabzuleuchten, was ihr jedoch nicht recht gelang. »Hätte Yuri ihn nicht gesehen, wären wir alle hineingestürzt.«

»T-tatsächlich?« Hingis nahm seine beschlagene Brille ab und reinigte sie mit einem Zipfel seines Hemdes. Dann setzte er sie wieder auf, nur um festzustellen, dass der Stollen tatsächlich von einem Schacht durchbrochen wurde, der an die eineinhalb Yards breit war und lotrecht in die Tiefe abfiel. Aus dem dunklen Schlund drang ein Geruch, der so beißend und abscheulich war, dass er den Schweizer instinktiv zurückfahren ließ.

»Was in aller Welt ...?«

»Der Schacht setzt sich auch nach oben fort«, stellte Sarah fest und leuchtete mit der Fackel zur Decke hinauf. Auch dort klaffte eine etwa eineinhalb Yards durchmessende Öffnung.

»Wo er wohl hinführt?«, fragte Hingis.

»Wohl zu einem anderen Einstieg«, vermutete Sarah. »Gardiner ist damals auch nicht auf demselben Wege hinausgelangt, auf dem er hereingekommen ist.«

»Und nach unten?«

»Wer weiß?« Sarah zuckte mit den Schultern und tippte mit dem Fuß einen Stein an, sodass er über die Kante rollte und in die Tiefe fiel. Sekundenlang war nichts zu hören.

Dann ein dumpfer Aufschlag.

»Fester Boden«, stellte Sarah fest und schickte ihre brennende Fackel hinterher. Mit leisem Fauchen stürzte die Flamme hinab, ehe sie rund zehn Yards tiefer auf kahlem Steinboden liegen blieb. Ihr flackernder Schein tauchte die Schachtwand in unstetes Licht.

»Schön und gut«, meinte Hingis. »Und du glaubst wirklich, dass unsere skythischen Freunde schon die Vorzüge guten Stahls zu schätzen wussten?«

In Gedanken ohrfeigte sich Sarah dafür, dass es ihr nicht sofort aufgefallen war: In den senkrecht abfallenden Fels waren Tritte eingeschlagen: feste Stiegen aus Stahl, die zwar Rost angesetzt hatten, jedoch entschieden zu vertrauenswürdig aussahen, um mehr als zweitausend Jahre alt zu sein.

»Du hast recht«, stellte sie fest, während sie sich auf die Knie niederließ und die Schachtwand befühlte. »Außerdem wurde dieses Gestein nicht von Hand bearbeitet. Hier waren Maschinen am Werk.«

»Und das bedeutet?«

»Dass Gardiner und wir nicht die Einzigen sind, die von der Existenz dieses Ortes wissen«, folgerte Sarah gepresst. »Und dass vor uns schon jemand hier gewesen ist, der diesen Tempel erforscht hat.«

Sie sagte nicht, wen sie meinte, aber es war offenkundig. Hingis' Lippen formten eine lautlose Verwünschung. Sollte die Bruderschaft ihnen einmal mehr zuvorgekommen sein? Hatte der Codicubus, den Polyphemos ihnen hinterlassen hatte, veraltete Informationen enthalten? War die Spur, der sie folgten, am Ende längst erkaltet?

»Was hast du vor?«, fragte er, als sich Sarah anschickte, in den Schacht zu steigen.

»Was wohl? Ich will wissen, was sich dort unten befindet.«

»Nichts Gutes«, meinte Yuri überzeugt, der seine Nase in den Luftzug gesteckt hatte, der aus der Tiefe aufstieg, und sie kopfschüttelnd rümpfte. »So viel steht fest.«

»Wie auch immer«, beharrte Sarah. »Ich will wissen, woran ich bin. Wenn die Bruderschaft tatsächlich vor uns hier war, hat sie womöglich Spuren hinterlassen. Hinweise, denen wir folgen können.«

Hingis zögerte. Der Rationalist in ihm argumentierte, dass dies nicht sehr wahrscheinlich sei, und riet ihm davon ab, sich blindlings in ein weiteres Abenteuer zu stürzen, das womöglich nur damit enden würde, dass sie sich alle Knochen brachen. Der loyale

Freund in ihm wollte Sarah jedoch nicht ausgerechnet in dem Augenblick, da sich all ihre Hoffnungen zu zerschlagen drohten, die Hilfe verweigern. Auch wenn es bedeutete, dabei Kopf und Kragen zu riskieren …

»Warte einen Moment«, bat er und nahm das Seil ab, das er über der Schulter trug.

»Was willst du tun?«

»Was wohl? Dich begleiten.«

»Nein«, wehrte sie kategorisch ab. »Du hast nur eine Hand. Wenn du auf den Stiegen den Halt verlierst …«

»Sarah.« Er lächelte. »Ich bin Schweizer. Das Klettern ist uns gewissermaßen in die Wiege gelegt.«

»Aber ich will nicht, dass …«

»Yuri wird mich mit diesem Seil sichern«, kündigte er an. »Falls ich tatsächlich danebentrete, werde ich fallen – aber nicht sehr tief. Bist du nun beruhigt?«

»Ein wenig«, gab sie zu.

»Dann lass uns keine Zeit verlieren. Ich möchte nicht länger in dieser düsteren Gruft verweilen, als unbedingt nötig ist. Dieser Geruch gefällt mir ganz und gar nicht!«

Sie ließen im Stollen zurück, was sie nicht unbedingt brauchten; lediglich die Seile, etwas Trinkwasser sowie zwei Ersatzfackeln nahmen sie mit. Yuri bestand zudem darauf, dass seine Muskete dabei sein müsse, obschon Sarah argumentierte, die klobige Waffe werde ihm beim Klettern nur hinderlich sein. Sie übernahm es selbst, den beiden Männern vorauszuklettern. Vorsichtig setzte sie ihren Fuß auf die oberste Sprosse und prüfte deren Festigkeit; nachdem sie halbwegs sicher sein konnte, dass der Stahl sie tragen würde, stieg sie langsam in die zugige Tiefe, der brennenden Fackel entgegen.

Sie kamen nur langsam voran. Infolge seiner fehlenden Hand ließ Hingis beim Klettern besondere Vorsicht walten, und Yuri, der die Nachhut bildete, achtete darauf, dass das Sicherungsseil stets gespannt blieb. Während des Abstiegs hielt Sarah vergeblich nach weiteren Wandbildern Ausschau. Der Schacht war tatsächlich ungleich jüngeren Ursprungs als der Rest des Tempels. Fast hatte es den Anschein, als hätte jemand die antiken Anlagen erweitert, um sie selbst zu nutzen. Ein absurder Gedanke einerseits – andererseits hatte die Bruderschaft in der Vergangenheit schon manches unternommen, dass auf den ersten Blick unsinnig erschienen war …

Sarah war erleichtert, als sie den Fuß endlich wieder auf festen Boden setzte. Sie nahm die Fackel wieder auf und sah sich um. Der Schacht endete in einer Kammer, die wieder natürlichen Ursprungs zu sein schien und auch sehr viel älter. Vielleicht war er angelegt worden, um in tiefer gelegene Bereiche des Tempels zu gelangen, deren ursprüngliche Zugänge längst eingestürzt oder verschüttet waren.

Auch Hingis und Yuri erreichten schließlich wohlbehalten den Grund des Schachtes. Das dunkle Haar des Schweizers klebte schweißnass an seinem Schädel, und seine verbliebene Hand zitterte vor Anstrengung. Aber gleichzeitig lag auf seinen Zügen auch ein stolzes Lächeln.

»Gut gemacht«, raunte Sarah ihm zu.

»Eine Fingerübung für einen Eidgenossen«, behauptete er, gleichwohl er die kühle Luft keuchend in seine Lungen sog und sofort husten musste.

»Vorsicht«, warnte Sarah. »Der Geruch ist hier unten noch um einiges stärker als oben im Stollen.«

»Woher kommt das?«, fragte Hingis schnuppernd.

»Um das herauszufinden, sind wir hier«, sagte Sarah und trat kurzentschlossen in einen der Gänge, die aus der Höhle abzweigten.

Im Feuerschein tauchten erneut Wandbilder auf, die die Arimaspen zeigten. Ein ganzes Heer von ihnen war dargestellt, mit jenen sichelförmigen Klingen bewaffnet, die auch Sarah schon in den Händen der Einäugigen gesehen hatte. Zwischen die Abbildungen der Arimaspen waren immer wieder die geometrischen Symbole eingestreut, die die skythischen Künstler wohl als eine Art Verzierung verstanden hatten, obwohl Sarah annahm, dass sich sehr viel mehr dahinter verbarg. Sie vermutete, dass jedes einzelne dieser Symbole eine verborgene Bedeutung hatte, möglicherweise handelte es sich dabei sogar um eine bislang unentdeckte Schrift und Sprache.

»Was all das wohl bedeuten mag?«, fragte Hingis, der denselben Gedanken zu hegen schien.

»Unmöglich festzustellen.« Sie zuckte mit den Schultern. »Was uns fehlt, ist eine Referenz, auf die wir Bezug nehmen können. Obwohl ...«

»Ja?«

Sarah verzog das Gesicht. »Auch auf die Gefahr hin, dass du mich ermahnen wirst, mich gefälligst an die wissenschaftlich überprüfbaren Fakten zu halten ...«

»Ja?«, hakte der Schweizer noch einmal nach.

»... muss ich gestehen, dass ich das Gefühl habe, diese Zeichen von irgendwo zu kennen. Sie kommen mir vertraut vor, obwohl ich genau weiß, dass ich sie noch nie gesehen habe. Ist das nicht verrückt?«

»Doch«, gestand Hingis trocken zu. »Aber gerade deshalb ergibt es einen gewissen Sinn.«

Sarah musste an die Dunkelzeit denken und an das, was el-Hakim ihr darüber gesagt hatte. War es möglich, dass sie diese fremdartigen Symbole aus der Zeit *vor* dem Fieber kannte? Dass sie ihre Bedeutung einst womöglich sogar gekannt hatte?

Der Gedanke war quälend und tröstend zugleich. Tröstend, weil er Sarah versicherte, dass sie auf dem richtigen Weg war, quälend, weil er ihr einmal mehr das Gefühl gab, unvollkommen zu sein. Womöglich ruhte das Wissen, das zu Kamals Befreiung nötig war, in ihr – und war dennoch unerreichbar weit entfernt ...

»Lass uns weitergehen«, drängte Hingis. »Dieser Geruch ist schwer zu ertragen.«

Sarah nickte. Auch sie merkte bereits, wie er ihre Sinne benebelte. Unwillkürlich musste sie an Griechenland denken, an ihren Abstieg in die Unterwelt und an das, was sie dort erlebt hatte. Der Kraft halluzinogener Drogen hatte der menschliche Verstand wenig entgegenzusetzen, und Sarah verspürte nicht das geringste Bedürfnis, ein zweites Mal einem Höllenhund oder einer anderen Ausgeburt ihrer eigenen düsteren Phantasie zu begegnen.

Sie huschten den Gang hinab, vorbei an Bildern, die die Einäugigen im Kampf gegen diverse Fabelwesen zeigten – und schließlich sogar gegen ihresgleichen ...

»Sieh dir das an, Friedrich«, zischte Sarah. »Auf diesem Bild kämpfen Einäugige gegen Einäugige!«

»Tatsächlich. Was mag das zu bedeuten haben?«

»Es deckt sich mit dem, was Polyphemos mir berichtete: dass sich die Zyklopen untereinander entzweit hätten und gegeneinander fochten«, erklärte Sarah.

»Aber warum?«, fragte Hingis. »Und weshalb interessiert sich die Bruderschaft dafür?«

»Die Antwort liegt womöglich dort in der Dunkelheit«, vermutete Sarah, »jenseits dieses beißenden Geruchs.«

Der Stollen endete in einer geräumigen Kammer, die zur Überraschung Sarahs und ihrer Begleiter bis unter die Decke mit Holzkisten angefüllt war. Auf der gegenüberliegenden Seite gab es einen Durchgang, der allerdings von einer Tür aus rostigem Eisen verschlossen wurde.

»Sieh an«, rief Yuri aus. »Was ist das?«

»Skythisch ist es jedenfalls nicht, so viel ist sicher«, konstatierte Hingis, der sich an einer der Kisten zu schaffen machte. »Konserven«, stellte er fest, nachdem er den Deckel leicht angehoben und hineingeleuchtet hatte. »Weiße Bohnen.«

»Hier ebenso«, verkündete Sarah, die in eine weitere Kiste gespäht hatte. »Jemand hat sich hier unten häuslich eingerichtet.«

»Wer auch immer gewesen, er chat davon viel Blächungen

gekriegt.« Yuri lachte glucksend über seinen Scherz. »Zug reicht nicht, um Feuer zu machen. Also muss Zeug aus Dosen fressen ...«

»Richtig«, stimmte Sarah zu. »Offenbar hat jemand eine längere Zeit hier unten verbracht.«

»Nicht chat verbracht«, verbesserte der Russe und streckte Sarah einen Gegenstand entgegen, den er vom Boden aufgelesen hatte. »Verbringt immer noch.«

Was er ihr hinhielt, war eine leere Konservendose, die jemand achtlos auf den Boden geworfen hatte. Das Innere war nicht trocken, wie man es hätte vermuten sollen, sondern glänzte feucht im Licht der Fackeln. Der Führer hatte also recht – jemand hatte sich noch bis vor kurzem hier unten aufgehalten.

Oder er war noch immer hier ...

Unwillkürlich glitt Sarahs rechte Hand zur Hüfte und legte sich auf den Griff des Colt Frontier. Der kühle Perlmutt gab ihr ein wenig Sicherheit, aber der unbekannte Feind konnte überall lauern, hinter jedem Vorsprung, in jeder dunklen Nische.

In aller Eile suchten sie die Höhle ab, leuchteten in die Winkel hinter den Kisten, doch abgesehen von weiteren leeren Konservendosen fanden sie nichts. Schließlich entschieden sie weiterzugehen.

Die Eisentür war verschlossen, wobei das Vorhängeschloss alt und brüchig war. Ein gezielter Schlag mit einem spitzen Stein gab ihm den Rest. Mit einem Ruck zog Yuri den Riegel beiseite und stemmte sich gegen die Tür, während Sarah mit dem Colt in der Hand sicherte.

Die rostigen Scharniere krächzten, als die Tür aufschwang. Der beißende Geruch verstärkte sich schlagartig, und der flackernde Schein der Fackeln fiel auf hölzerne Regale, die sich in schwarzer Dunkelheit verloren. Aus dieser Finsternis starrte den Besuchern etwas entgegen, das so grässlich war, dass es Sarah Kincaid einen gellenden Schrei entlockte.

Ein bleicher Schädel, aus dessen hoher Stirn eine einzige leere Augenhöhle starrte …

»La! La! Tawaqqif …!«*

Mit einem Aufschrei fuhr Ammon el-Hakim aus dem nur Sekunden währenden Schlaf, in den er gefallen war, während er am Lagerfeuer gesessen und in die züngelnden Flammen gestarrt hatte. Ufuk, der unterwegs gewesen war, um Brennholz zu sammeln, war sofort bei ihm.

»Meister! Was habt Ihr?«

Der Widerschein der Flammen spiegelte sich in den blicklosen Augen des Alten und warf geisterhafte Schatten auf sein faltenzerfurchtes Gesicht. Und obwohl er blind war, hatte es den Anschein, als hätte er etwas gesehen, das ihn zu Tode erschreckt hatte …

»Etwas ist geschehen«, hauchte er flüsternd, während seine knochigen Hände nach denen des Jungen tasteten. Obwohl der Weise nahe am Feuer saß, waren sie kalt wie die eines Toten. »Etwas Schreckliches …«

»W-wovon sprecht Ihr, Meister?«, fragte Ufuk verwirrt.

»Sie sind hier! Schon die ganze Zeit über … habe es nicht bemerkt …«

»Meister!« Ufuk schüttelte verständnislos den Kopf. Den Weisen so zu sehen machte ihm Angst. Schon häufig hatte er um die Gesundheit des Alten gefürchtet, aber noch niemals so sehr wie in diesem Moment. Ammons leerer Blick war weiter auf die Flammen gerichtet, seine Gesichtszüge von Furcht verzerrt.

»Sohn«, stöhnte er, »ich bin ein Narr gewesen. Hätte Sarah warnen müssen … nun schwebt sie in großer Gefahr!«

»Was kann ich tun? Meister, bitte sagt mir, wie ich helfen kann!«

* arab. »Nein! Nein! Aufhören …!«

Der Alte wandte den Blick vom Feuer, und es hatte den Anschein, als hätten die lodernden Flammen seine Augen in glühende Kohlen verwandelt. »Du musst zu ihr, Junge«, ächzte er. »Du musst zu ihr gehen und sie warnen!«

»Wovor?«

»Vor den Schatten«, entgegnete Ammon mit einer Stimme, die einen Hauch von Wahnsinn erkennen ließ. »Sie sind bereits hier. Überall ...«

Er drehte den Kopf, als wollte er in das umgebende Unterholz spähen, und hätte Ufuk es nicht besser gewusst, hätte er gesagt, dass sein Meister sie alle getäuscht hatte und er in Wahrheit noch immer sehen konnte. »Du musst gleich aufbrechen«, drängte er den Jungen, »sofort, hörst du?«

»Aber ich muss doch bei Euch bleiben ...«

»Kümmere dich nicht um mich!«, erwiderte der Alte barsch. »Lady Kincaid ist es, um die du dich sorgen musst. Die Aufgabe, die ihr das Schicksal zugedacht hat, ist größer als die meine. Also geh! Jetzt gleich!«

»J-ja, Meister.«

Nur widerwillig erklärte sich der Junge einverstanden. Nicht so sehr, weil es ihn graute, in das dunkle Loch zu steigen, in dem Sarah Kincaid und ihre beiden Begleiter vor mehr als vier Stunden verschwunden waren, sondern weil er den alten Ammon nicht allein lassen wollte. Die russischen Gräber, die sie in Inkerman angeheuert hatten, mochten fleißig und arbeitsam sein, aber durfte er seinen Meister ihrer Obhut überlassen? Einige von ihnen schliefen, die übrigen saßen am anderen Lagerfeuer und würfelten. Vielleicht war es besser, wenn er einen der Vormänner bat, ein Auge auf el-Hakim ...

»Geh schon! Worauf wartest du?«, zischte der Alte mit einer Strenge, die Ufuk nicht von ihm gewohnt war. »Geh zu ihr und warne sie. Sage ihr, dass sie rasch zurückkehren soll. Unser Vorhaben ist nicht länger unentdeckt, der Feind ist ganz in der Nähe.«

Wie von einer Giftschlange gebissen, schoss der Junge in die Höhe. So aufgebracht hatte er seinen Meister noch nie erlebt. *»Naram, ya hadjdjî«*, stammelte er und fuhr herum, um zum Einstieg zu eilen – aber er kam nicht weit.

Noch während er sich umwandte, sah er über sich etwas aufblitzen. Instinktiv riss er die Arme empor, um sich zu schützen, aber es war zu spät. Der Kolben des Repetiergewehrs traf ihn an der Schläfe.

Ufuk fühlte sengenden Schmerz, der im Bruchteil eines Augenblicks von seinem Schädel in die Beine zuckte und ihn zu Boden schickte. Benommen landete er im Morast, während er hinter sich den alten Ammon rufen hörte.

»Ufuk? Bist du das …?«

Er wollte antworten, aber er konnte nicht. Zu übermächtig war der Schmerz, zu groß die Benommenheit. Auf dem feuchten Boden kauernd, warf er sich herum und sah die großen dunklen Schatten, die über ihm standen und auf ihn herabblickten.

Und im flackernden Schein des Feuers, kurz bevor er das Bewusstsein verlor und endgültig niedersank, erkannte der Junge die grinsenden Züge Viktor Abramowitschs.

7.

»Was bei allen Geistern der Wissenschaft...?«

Friedrich Hingis war neben Sarah getreten. Wie sie starrte er fassungslos auf die grausige Szenerie, die der Fackelschein aus der Schwärze gerissen hatte.

Die Kammer war gerade so hoch, dass man aufrecht darin stehen konnte, jedoch schien sie sich weit in den Berg hinein zu erstrecken. Die Wände wurden von Regalen aus dunklem Holz gesäumt, in der Mitte gab es mehrere längliche Tische. Die daran befestigten Lederschlingen und die seitlich angebrachten Blutrinnen ließen vermuten, dass es sich um Operationstische handelte: roh zusammengezimmerte Möbel, wie ein Feldscher sie benutzte, und die in Wahrheit wenig mehr als Schlachtbänke waren. Noch mehr als die Tische und der beißende Gestank, der die feuchtkalte Luft tränkte, ließ jedoch der Inhalt der Regale die Besucher erschaudern. Denn was sich darin aneinanderreihte, übertraf alles, was sie bislang gesehen hatten.

Es war ein Panoptikum des Grauens.

Dicht nebeneinander standen unzählige gläserne Gefäße unterschiedlicher Größe, die allesamt menschliche Körperteile enthielten. Abgetrennte Gliedmaßen waren ebenso dabei wie innere Organe, und aus einem zylinderförmigen Behälter blickte Sarah der Schädel entgegen, der sie aus dem Dunkel angestarrt hatte.

Das abgetrennte Haupt eines Zyklopen...

»Mein Gott«, flüsterte sie, starr vor Entsetzen. »Worauf sind wir hier nur gestoßen?«

Sie musste ihre Beine zwingen, einen Schritt nach vorn zu tun und die Kammer des Grauens zu betreten. Der Lichtschein ihrer Fackel, so kam es ihr vor, folgte ihr nur zögernd. Flackernd wanderte er über die grausigen Exponate, die in gelblich schimmernder Flüssigkeit schwammen.

»Formaldehyd«, stellte Hingis erschüttert fest, »daher der Geruch. Einige der Behältnisse müssen undicht sein ...«

Der schlechte Zustand einiger Ausstellungsstücke bestätigte diesen Verdacht. Manche Exponate hatten sich bereits fast vollständig zersetzt, andere waren im Zerfall begriffen. Und während Sarah noch immer zu verstehen suchte, was jemanden dazu bringen mochte, einen Ort wie diesen einzurichten, stieß sie auf weitere Behältnisse, deren Inhalt zu schrecklich war, als dass sie den Anblick ertragen hätte.

Spontan fühlte sie Übelkeit in sich aufsteigen, wandte sich ab und übergab sich. Hingis eilte zu ihr und stützte sie, kaum weniger erschüttert als sie selbst.

»Sieh nicht hin, Sarah«, ermahnte er sie. »Sieh nicht hin!«

Sie schüttelte den Kopf und schluchzte, konnte nicht verhindern, dass ihr Tränen in die Augen traten. »Sag, dass es nicht wahr ist«, bat sie, »dass sie nicht wirklich hier sind ...«

Sie konnte fühlen, wie Hingis sich neben ihr verkrampfte. Der Freund schien selbst um Fassung zu ringen. »Es ist wahr«, krächzte er mit versagender Stimme, während er sich abwandte, weil auch er den Anblick der winzigen, deformierten Körper nicht mehr ertrug.

»Was ist hier geschehen?«, flüsterte Sarah. »Was haben diese Wahnsinnigen getan?«

»Ich weiß es nicht«, gestand Hingis ein. »Und ich glaube, ich möchte es auch nicht herausfinden. Lass uns gehen, rasch ...«

»Nein.« Sie schüttelte den Kopf. »Zuerst muss ich wissen, was hier vor sich ging.«

Sie riss sich von ihm los, wankte zu einem der Operationstische, um sich daran abzustützen. Dabei stieß sie gegen etwas, das von der niederen Decke hing und metallisch klirrte. Mit vor Entsetzen weit aufgerissenen Augen starrte Sarah auf ein ganzes Arsenal an Sägen und Ahlen, wie ein Handwerker sie benutzte, aber gewiss kein Gefolgsmann des Hippokrates!

Erschrocken wich sie zurück und stieß gegen das Regal auf der anderen Seite der Kammer. Hingis und Yuri starrten entsetzt, nicht auf Sarah, sondern auf das, was sich hinter ihr befand.

»Das«, ächzte Hingis, »ist wohl deine Antwort ...«

Sarah spürte, wie sich ihre Nackenhaare sträubten. Langsam wandte sie sich um, wappnete sich innerlich für einen neuen Schrecken ...

Es waren Schädel.

Achtzehn Knochenhäupter, die nebeneinander aufgereiht waren und eine grausige Metamorphose darstellten.

Der erste Schädel war der eines gewöhnlichen Menschen mit zwei Augenhöhlen und der dreieckigen Nasenöffnung. Die nächsten Exemplare wiesen grässliche Verformungen auf, die fraglos durch Einengungen oder verwerfliche chirurgische Eingriffe zustande gekommen waren. Dabei war zu beobachten, dass sich die Position der Augen von Schädel zu Schädel weiter verschob; während die Stirnpartie immer höher und die Nasenwurzel immer schmäler wurde, rückten die Höhlen immer enger zusammen – bis sie schließlich beim achten Schädel zu einer einzigen verschmolzen waren.

Die nächsten Exponate legten beredtes Zeugnis davon ab, was geschah, wenn die grausige Verwandlung nicht gelang, und allein der Gedanke daran, was die gequälten Besitzer dieser Häupter durchlitten haben mochten, erfüllte Sarah mit unbändiger Trauer. Der letzte Schädel jedoch war makellos geformt, mit hoher Stirn, breiten Wangenknochen und nur einem Auge.

Das Haupt eines Zyklopen.

»Sieh an«, knurrte Hingis bitter. »Offenkundig kennen wir nun das Geheimnis der Arimaspen. Sie sind das Ergebnis einer scheußlichen Manipulation, einer Vergewaltigung der Natur, wie sie verabscheuungswürdiger kaum denkbar ist.«

Sarah nickte. Ihr Begleiter sprach ihr aus der Seele. Aber wie passte ihre grässliche Entdeckung zu den Überlieferungen eines sagenumwobenen Stammes von Einäugigen? Waren die Zyklopen zu allen Zeiten nicht mehr gewesen als das Werk einer frevlerischen Täuschung?

Ein Stück hartes Eisen, das sich plötzlich in ihren Rücken bohrte, unterbrach ihren Gedankengang.

»Was ...?«

»Chände choch und Waffe weg«, sagte eine schneidende Stimme.

Yuri ...

Sarah wandte sich halb um, den Colt Frontier noch in der Hand. In Anbetracht der schrecklichen Eindrücke war sie jedoch nicht in der Lage, Gegenwehr zu leisten.

»Der Revolver«, brachte der Russe in Erinnerung, der mit der Muskete auf sie zielte. »Nicht schießen möchte, aber ich werde tun, wenn Dummcheiten ...«

»Schon gut«, versicherte Sarah und legte die Waffe nieder. Ihr Verstand hatte Mühe, mit den Ereignissen Schritt zu halten, was auch am beißenden Gestank des Formaldehyds liegen mochte. Hingis erfasste die Situation schneller.

»Yuri!«, entfuhr es ihm voller Entrüstung. »Was verdammt noch mal ist in Sie gefahren?«

»Die Not, die pure Not«, erklärte ihr Führer mit entschuldigendem Grinsen, während er weiter auf die beiden zielte. »Ich chabe fünf Kinder zu ernähren – und die andere Seite zahlt einfach besser.«

»Die andere Seite?«, schnappte Hingis. »Sie ... Sie arbeiten für die Bruderschaft?«

»Von irgendwelchen Briederchen weiß ich nichts, mein lieber Chektor, und ich weiß auch nicht, was hier wollen. Yuri ist nur ein treuer Sohn von Mitterchen Russland und tut, was man ihm ...«

Weiter kam er nicht.

Denn aus dem Schatten, der plötzlich hinter ihm emporwuchs, drohend wie ein Unwetter, erwuchs eine mächtige Faust, die wie ein Blitz herabzuckte und ihn auf den Kopf traf. Yuris Fellmütze dämpfte den Aufprall ein wenig, aber der Hieb war dennoch so stark, dass der Russe wie vom Schlag getroffen niedersank und reglos liegenblieb.

Die dunkle Gestalt, die noch immer hinter ihm stand, schritt über den Bewusstlosen hinweg in den Lichtkreis der Fackeln. Sarah und Hingis schnappten nach Luft, als sie in das einäugige Gesicht eines Zyklopen blickten.

»Guten Abend, Mylady«, grüßte er mit tiefer Stimme und deutete eine Verbeugung an.

»P-Polyphemos?«, fragte Sarah eingeschüchtert.

»Polyphemos ist tot«, erklärte der Einäugige, dessen Körpergröße gut zweieinhalb Yards betragen mochte. »Sie selbst haben gesehen, wie er starb. Mein Name ist Hieronymos.«

»H-Hieronymos.« Sarah bebte am ganzen Leib. So willkommen ihr das Eingreifen des Einäugigen gewesen war – ganz würde sie sich wohl nie an ihre Existenz gewöhnen. »Und wie . . .?«

»Nicht jetzt«, erklärte er in einem Tonfall, der jeden Widerspruch von vornherein ausschloss. »Wir müssen diesen düsteren Ort rasch verlassen. Feinde kommen, schon sehr bald.«

»Was für Feinde?«

»Spielt das denn eine Rolle? Der Wissende hat viele Gegner, Lady Kincaid. Wenn Sie am Leben bleiben wollen, dann folgen Sie mir.«

Sarah und Hingis tauschten einen Blick. Beide standen zu sehr unter dem Schock der Ereignisse, als dass sie widersprochen hätten.

»Was ist mit ihm?«, erkundigte sich stattdessen Hieronymos, auf den bewusstlosen Yuri deutend. »Soll er leben oder sterben?«

»Ist er ein Täter oder nur ein willenloses Werkzeug?«

»Letzteres«, gab der Zyklop zu.

»Dann wünsche ich, dass er am Leben bleibt«, erklärte Sarah, woraufsich der Hüne widerspruchslos bückte und den Bewusstlosen hochhob, um ihn sich wie ein Stück Holz über die Schulter zu laden. Das zusätzliche Gewicht schien er nicht einmal zu bemerken.

»Kommen Sie«, forderte er Sarah und Hingis dann auf, »ich bringe Sie nach draußen.«

»Und dann?«, fragte Hingis keck. »Wieso sollten wir Ihnen vertrauen?«

»Vielleicht, weil ich Ihnen gerade das Leben gerettet habe, Doktor.«

»Mit Verlaub, das könnte auch eine Finte gewesen sein. Immerhin hatten wir auch schon mit Abkömmlingen Ihrer Spezies zu tun, die uns nicht sehr freundlich gesonnen waren.«

»Nicht in diesem Fall«, versicherte Hieronymos. »Ich bin auf Ihrer Seite. Wenn Sie am Leben bleiben wollen, dann folgen Sie mir. Wenn Sie sterben möchten, Doktor, dann bleiben Sie. Es ist Ihre Entscheidung.«

Hingis gab ein Schnauben von sich, das deutlich machte, dass ihm keine der beiden Optionen besonders gefiel. Sarah, die sich in der Zwischenzeit gesammelt und ihren Revolver vom Boden aufgelesen hatte, war anderer Ansicht.

»Er hat recht, Friedrich«, stimmte sie dem Einäugigen zu. »Wenn er uns hätte schaden wollen, hätte er das längst tun können. Zudem würde er uns wohl kaum unsere Waffen lassen.«

»Zugegeben«, gestand Hingis widerwillig ein, während er den Hünen weiter misstrauisch beäugte. »Aber wenn er auf unserer Seite ist, wieso ist er dann hier? Und warum sagt er uns nicht, was für ein höllischer Ort dies ist?«

»Weil wir dazu keine Zeit haben, Doktor«, eröffnete Hieronymos schlicht. »Während Sie hier unten waren, hat eine Abteilung des russischen Militärs bereits Ihr Lager überfallen und Ihre Freunde gefangen genommen.«

»Was?« Sarah schnappte entsetzt nach Luft.

»In diesem Augenblick ist vermutlich bereits ein Stoßtrupp auf dem Weg hierher«, bekräftigte der Zyklop. »Natürlich können wir uns weiter streiten, aber ich denke nicht, dass wir uns lange gegen eine Dutzendschaft Kosaken werden behaupten können.«

»Kosaken, russisches Militär«, echote Sarah – und schon im nächsten Moment hatte sie nicht mehr den leisesten Zweifel, wem sie diesen nächtlichen Überfall verdankten.

Abramowitsch …

8.

Der Weg, auf dem der Zyklop sie zurück zur Oberfläche führte, war ein anderer als der, auf dem sie hereingelangt waren. Eine verwirrende Vielfalt an Höhlen und Stollen schien den Berg zu durchziehen, von denen sich manche hinter schmalen Nischen und Felsspalten verbargen und sich nur dem Eingeweihten offenbarten. Hieronymos schien keine Schwierigkeit zu haben, sich in dem dunklen Labyrinth zurechtzufinden, in dem Sarahs und Hingis' Fackeln unstetes Licht verbreiteten; mit traumwandlerischer Sicherheit ging er voraus.

Zu Beginn ihrer Wanderschaft sprach niemand ein Wort. Sowohl Sarah als auch ihr Begleiter standen noch unter Schock. Zu lebendig stand ihnen noch die grausige Menagerie des Todes vor Augen, zu überraschend war die Begegnung mit dem Einäugigen gewesen, zu bestürzend, was er ihnen enthüllt hatte. Erst nach und nach erwachte Sarahs Verstand wieder aus der Lethargie und begann Fragen zu stellen. Und als sie selbst keine Antwort darauf fand, brach sie das Schweigen und sprach sie laut aus:

»Du hast auf uns gewartet?«, fragte sie den Zyklopen, der ihnen vorausging und seine hünenhafte Gestalt beugen musste, um den Stollen zu passieren.

»In der Tat. Ich wusste, dass Sie kommen würden, Lady Kincaid.«

»Woher?«

»Weil sowohl Polyphemos als auch ich keinen Augenblick daran gezweifelt haben, dass es Ihnen möglich wäre, den Hinweisen zu folgen, die wir Ihnen gegeben haben.«

»Hinweise?«, schnappte Hingis. »So würde ich es wohl kaum bezeichnen! Es hat nicht viel gefehlt, und wir hätten den Text, der in dem Codicubus versteckt war, nicht einmal entdeckt!«

»Aber Sie haben ihn entdeckt, nicht wahr?«, konterte der Zyklop, während er unbeirrt weiterging. »Bei allem, was wir unternahmen, mussten wir sehr vorsichtig sein. Wir haben alles getan, um dafür zu sorgen, dass die Informationen im Codicubus von niemand anderem als Ihnen verstanden werden können, Lady Kincaid. Wäre sein Inhalt in falsche Hände geraten, wäre das Geheimnis gewahrt geblieben. Und wie sich herausgestellt hat, war diese Vorsichtsmaßnahme mehr als notwendig ...«

Sarah war klar, worauf der Einäugige anspielte – Viktor Abramowitsch ...

»Stehen die Russen auf der Seite der Bruderschaft?«, verlangte sie zu wissen.

»Wer weiß?« Hieronymos zuckte mit den breiten Schultern. »Die Arme der Bruderschaft sind wie die eines Kraken, und sie reichen in viele Länder. Anderseits ist auch der Unwissende ein Gegner des Weisen.«

Sarahs Mund wurde zu einem dünnen Strich in ihrem Gesicht. Nach Verlassen der ›Strela‹ hatten sie inständig gehofft, dem zwielichtigen Russen niemals wieder zu begegnen, aber diese Hoffnung war wohl vergeblich gewesen. Abramowitsch war hartnäckiger, als sie vermutet hatte, und er schien ganz bestimmte Pläne zu verfolgen.

»Ich Idiot«, schalt sich Friedrich Hingis selbst. »Wieso nur bin ich so vertrauensselig?«

»Du wolltest mir helfen«, versuchte Sarah ihn zu beruhigen. »Mach dir keine Vorwürfe deswegen.«

»Das sagt sich leicht.« Er lachte freudlos auf. »Du bist es ja auch nicht gewesen, der den Feind geradewegs auf unsere Spur gebracht hat. Im Gegenteil – du hast mich von Anfang an vor Abramowitsch gewarnt. Nun befinden sich el-Hakim und der junge Ufuk in seiner Gewalt. Ich könnte mich ...«

»Wenn es Sie tröstet, Doktor, kann ich Ihnen sagen, dass der Russe im Augenblick unsere geringste Sorge ist«, erwiderte Hieronymos.

»Was soll das heißen?«

»Haben Sie eine Ahnung, was für ein Ort dies ist?«, fragte der Einäugige dagegen. Sarah und Hingis tauschten einen Blick. Offenbar war der Moment gekommen, in dem sie einige Antworten erhalten würden.

»Es ist ein Tempel«, entgegnete Sarah, »eine Kultstätte der Skythen, offenbar der Verehrung der Arimaspen gewidmet. Und wir wissen, dass Alexander der Große diesen Ort besucht hat.«

»Sehr gut«, erkannte der Zyklop an. »Aber kennen Sie auch den Grund für diesen Besuch?«

»Nun – wir nahmen an, dass es mit der Bruderschaft in Verbindung steht, mit dem Einen Auge ...«

»Lady Kincaid.« Hieronymos blieb stehen und nutzte eine breite Stelle im Stollen, um sich umzudrehen und ihr aus seinem einzelnen Auge einen düsteren Blick zuzuwerfen. »Was Sie hier sehen, sind die Wurzeln meines Volkes.«

»Die Wurzeln deines Volkes?« Sarah konnte an nichts anderes denken als an die Galerie des Grauens. »Dann ist dieser Tempel euer Ursprung? Ihr seid alle das Ergebnis von ... von ...«

»Nein«, entgegnete Hieronymos zu ihrer unendlichen Erleichterung, während er seinen Weg fortsetzte. »Was Sie gesehen haben, war nur ein Schatten, Mylady. Ein frevlerischer Versuch, es der Schöpfung gleichzutun.«

»Der Schöpfung?«, hakte Hingis nach. »Soll das heißen, die Einäugigkeit wäre natürlichen Ursprungs?«

»Ist Ihre Einhändigkeit natürlichen Ursprungs, Doktor?«, fragte der Zyklop dagegen. »Das eine Auge ist ein Zeichen – genau wie ihre verbliebene Hand.«

»Der Vergleich hinkt wohl ein wenig. Eine Hand zu verlieren scheint mir weniger ein Zeichen als ein Schicksalsschlag zu sein.«

»Genau das meine ich, Doktor. Die Arimaspen waren ausersehen. Ausersehen vom Schicksal.«

»Die Arimaspen?«, fragte Sarah. »Nennt ihr euch so?«

»Es ist nur ein weiterer Name, den uns die Menschen gegeben haben. Andere nannten uns Zyklopen und sahen in uns nichts anderes als Monstren. Wieder andere, wie die Erbauer dieses Tempels, missverstanden unseren Auftrag und verehrten uns selbst als Gottheiten. Dabei sollten wir Mittler zwischen Himmel und Erde sein.«

»Das hat mir auch Polyphemos erzählt«, bestätigte Sarah. »Er sagte mir, dass vor langer Zeit drei Götter auf die Erde gekommen seien und die Zyklopen zu ihren Dienern bestellt hätten.«

»Das ist wahr. Bis zu jener Zeit waren wir gewöhnliche Menschen, die in den Tälern lebten und unsere Felder bestellten. Doch in der Nacht, da die Ersten an Fäden aus gleißendem Licht herabkamen, ging eine Veränderung mit meinem Volk vor sich, und fortan trug es das Eine Auge – das Zeichen der Ersten.«

»Die indischen *puranas* berichten, dass die Götter einst an den Strahlen der Sonne herabstiegen«, erinnerte sich Sarah an das, was el-Hakim ihr erzählt hatte.

»Viele Völker haben ihre Version dieser Geschichte, Lady Kincaid«, erwiderte der Zyklop. »Daran können Sie erkennen, dass es sich um die Wahrheit handelt, verborgen in den Mythen der Welt.«

»Was ist damals weiter geschehen?«, wollte Hingis wissen. »Polyphemos sagte, dass sich die Zyklopen untereinander entzweit hätten, und im Tempel haben wir Wandbilder gesehen, die dies zu bestätigen scheinen.«

»Es stimmt«, gab Hieronymos zu. »Solange Einheit unter den Ersten währte, lebten die Menschen in Glück und Zufriedenheit. Es gab keine Kriege, und mit den Dienern des Einen Auges als Mittlern lebten Götter und Sterbliche in Frieden.«

»In der Antike wurde dieser paradiesische Zustand als das Goldene Zeitalter bezeichnet«, meinte Hingis.

»In der Tat. Aber dann verschwor sich einer der Ersten gegen seinesgleichen und verriet den Menschen zwei der Geheimnisse, die die Götter mit auf die Erde gebracht hatten: Das Feuer des Re sollte ihnen unbegrenzte Macht verleihen, das Wasser des Lebens Unsterblichkeit. Daraufhin kam es zum Krieg zwischen den Ersten, in den auch mein Volk verwickelt wurde. Wir spalteten uns in jene, die ihren Herren weiter die Treue hielten, und solche, die selbst nach der Macht der Ersten trachteten und sich mit dem Verräter verbündeten.«

»Warum nennst du sie die ›Ersten‹?«, wollte Sarah wissen.

»Weil sie genau das waren«, antwortete der Zyklop, »die Ersten, die Wissen und Wahrheit auf die Welt brachten. Aber es wurde ihnen schlecht gedankt. Denn der Verräter behielt die Oberhand und vertrieb seinesgleichen aus ihrer Festung auf den Gipfeln der Welt. Die Ersten wurden gezwungen, ein Dasein unter den Menschen zu fristen, in die Körper von Sterblichen gebannt und dazu verdammt, den ewigen Kreislauf des Werdens und Vergehens stets aufs Neue zu durchleben. Vorher allerdings gelang es ihnen, die Geheimnisse, die sie mit auf die Erde gebracht hatten und die die Basis ihrer Macht darstellten, zu verschlüsseln.«

»Was Sie da erzählen«, meinte Hingis, »klingt wie eine Sage.«

»Das ist es auch. Zahllose Kulturen haben aus diesen Ereignissen die Geschichte ihrer Entstehung geformt. Sie ist der Ursprung unzähliger Mythen.«

»Kaum zu glauben.« Der Eidgenosse schüttelte den Kopf. »Wenn ich nicht wüsste, dass das Feuer des Re und das Wasser des Lebens tatsächlich existieren . . .«

»Auch das dritte Geheimnis existiert, Doktor«, versicherte Hieronymos, »auch wenn es als Einziges noch nicht entschlüsselt wurde.«

»Worum handelt es sich?«, wollte Sarah wissen. »Ist es eine weitere schreckliche Waffe?« Mit Unbehagen erinnerte sie sich an Ammons Warnung vor der ungeheuren Bedrohung, die der Menschheit drohe.

»Das dritte Geheimnis, Lady Kincaid, ist keine Waffe«, erklärte der Zyklop. »Es ist die Welt selbst.«

»Was bedeutet das?«

»Das weiß ich nicht genau«, gab Hieronymos zu. »Aber es heißt, dass derjenige, der das dritte Geheimnis kennt, das Schicksal der Welt in seinen Händen hält.«

»Das also ist es, was die Bruderschaft will«, folgerte Hingis.

»Ganz recht, Doktor. Die Bruderschaft ging aus dem Bündnis hervor, das die Menschen einst mit dem Verräter schlossen. Da man ihn der Geheimnisse beraubt hatte, wollte er die Geschicke der Menschheit bestimmen, indem er Einfluss auf ihre Führer nahm und ihnen Macht und Ansehen versprach. Der Assyrer Sargon war der Erste, der den Verlockungen der Bruderschaft verfiel, später kam Alexander, mit dessen Hilfe sie ihr Ziel fast erreichten – bis ein weiser Mann namens Aristoteles ihm die Augen öffnete und ihn dazu brachte, sich von den verfehlten Lehren abzuwenden. Cäsar ebnete der Bruderschaft den Weg zur Herrschaft, bis er an den Iden des März ermordet wurde, und auch einige römische Imperatoren, die dem Größenwahn verfallen und daher leichte Opfer waren, sollten ihre Macht vermehren helfen. In den Wirren der Völkerwanderung wandte die Bruderschaft sich den Goten zu, im Mittelalter den Mongolen, schließlich den Osmanen. Als deren Versuch, sich nach Westen auszudehnen, mit der erfolglosen Belagerung von Wien scheiterte, richtete das Eine Auge seinen Blick wieder auf Europa. In Frankreich machte die Bruderschaft schließlich jemanden aus, dessen Machtgier und Ruchlosigkeit ihrer eigenen in nichts nachstand ...«

»Napoleon«, riet Sarah.

»Die Bruderschaft half, wo sie konnte, um dem Kaiser der Franzosen zur Macht zu verhelfen«, fuhr Hieronymos fort, »und ihre Agenten waren es auch, die ihn zur Intervention in Ägypten bewegten – natürlich nur mit dem einen Ziel, das Feuer des Re an sich zu bringen. Das Ansinnen scheiterte jedoch aufgrund des beherzten Eingreifens der treuen Diener, die die Ersten unter den Sterblichen hatten, und Bonaparte bekam von der Geschichte eine Lektion erteilt. Im Zuge der Wirren nach seiner Entmachtung nutzten wir, die wenigen, die wir vom einstmals stolzen Volk der Zyklopen geblieben waren, die Gunst der Stunde, um die Bruderschaft zu zerschlagen.«

»Warum wart ihr nur noch wenige?«

»Zum einen, weil der Bruderkrieg unsere Zahl reduziert hatte. Zum anderen aber auch, weil wir, um unser Überleben zu sichern, gezwungen waren, uns über die Jahrhunderte mit gewöhnlichen Menschen zu verbinden. Dadurch wurde unser Erbe verwässert, und jene, die das Zeichen des Einen Auges trugen, wurden immer weniger. Dennoch haben wir den Kampf gegen die Verräter niemals aufgegeben und glaubten sie schließlich besiegt.«

»Aber das war ein Irrtum, richtig?«, mutmaßte Hingis.

»Ja und nein. Denn auch wenn die Bruderschaft selbst vernichtet war, die Saat des Verrats war es nicht, und sie wirkte weiter fort.«

»Was genau ist geschehen?«, fragte Sarah, die begierig darauf war, nun endlich zu erfahren, was es mit ihren geheimnisvollen Gegenspielern auf sich hatte.

»Auf dem Sterbebett vertraute Napoleon das geheime Wissen der Bruderschaft, eingeschlossen in einen Codicubus, einem Gefolgsmann an, einem Gardeoffizier, der ihm bis zur letzten Stunde die Treue hielt. Dieser wiederum gab es an seinen Sohn weiter, der nichts unversucht ließ, den Behälter zu öffnen – bis es ihm schließlich gelang. Er erfuhr vom Bündnis des Einen Auges und von den Dingen, die einst geschehen waren, und rief die Bruderschaft erneut ins Leben. Diesmal jedoch bediente sie sich nicht einzelner Persönlichkeiten, um ihre Ziele durchzusetzen, sondern nutzte die Mittel der neuen Zeit. Ein Netz von Bündnissen wurde geschlossen, Intrigen geschmiedet, Menschen ohne ihr Wissen manipuliert und benutzt.«

»Menschen wie Gardiner Kincaid«, sagte Sarah leise.

»Ja«, bestätigte Hieronymos, »aber die neu gegründete Bruderschaft beließ es nicht dabei. Die Arimaspen wurden gejagt und verfolgt. Wer sich der Bruderschaft nicht ergab und in ihre Dienste trat, der wurde getötet. Zum Schein haben die Letzten von uns schließlich eingewilligt. In Wahrheit jedoch ging unser Widerstand weiter, und wir haben die Bruderschaft bekämpft.«

»So, wie die Zyklopen, die mir geholfen haben«, ergänzte Sarah nachdenklich. Immer wieder hatte sie in der Vergangenheit Begegnungen mit Einäugigen gehabt, die ihr hilfreich zur Seite gestanden hatten, auch wenn sie ihnen zunächst misstraut hatte – von jener geheimnisvollen Gestalt, der sie in den Katakomben von Alexandrien begegnet war, bis hin zu ihrem treuen Beschützer Polyphemos, den die Gräfin Czerny hatte töten lassen.

»Meine Brüder sind für ihre Überzeugung in den Tod gegangen«, sagte Hieronymos leise. »Ich bin als Einziger noch am Leben. Der Letzte der Zyklopen, der Letzte meiner Art.«

»Und die anderen?«, fragte Sarah. »Was ist mit den Einäugigen, die in den Diensten der Bruderschaft stehen?«

»Sie sind nicht von unserem Blut. Die Verräter von einst sind längst nicht mehr. Die Wächter der Bruderschaft sind ohne Ausnahme das Ergebnis jener frevlerischen Manipulation, deren Spuren Sie gesehen haben.«

»Allerdings«, bestätigte Sarah, die noch immer Übelkeit verspürte, wenn sie an die Menagerie dachte. »Aber warum tut die Bruderschaft so etwas Schreckliches?«

»Die falschen Erben wissen, was damals geschehen ist, und wollen die Nachfolge der Ersten antreten. Dazu gehört auch, dass sie sich mit Dienern umgeben, die das Zeichen des Einen Auges tragen – auch wenn sie bloß eine Nachäffung der Schöpfung sind, entstellt an Körper und Seele. Die meisten wissen nicht einmal mehr, was sie einst waren, haben den Verstand verloren angesichts der Dinge, die ihnen zugefügt wurden. Aber sie sind der Bruderschaft treu ergeben und würden alles tun, um ihr zum Sieg zu verhelfen.«

Sarah nickte. Nach allem, was sie selbst gesehen und erlebt hatte, konnte sie dies nur bestätigen. »Dein Volk musste in der Vergangenheit so viel erdulden, Hieronymos«, sagte sie leise. »Wie kommt es, dass ihr den Kampf dennoch niemals aufgegeben und den Ersten weiter die Treue gehalten habt?«

Hieronymos blieb stehen. Erneut wandte sich der Zyklop zu ihr um, und der Blick, den er ihr sandte, war tief und unergründlich wie ein Ozean. »Weil, Lady Kincaid«, entgegnete er leise, »das einzelne Auge auf unserer Stirn uns stets daran erinnert hat, wozu wir ausersehen sind. Und unser Glaube war stark genug, die Zeit zu überdauern.«

»Euer Glaube? Woran?«

»Dass die rechtmäßigen Erben eines Tages zurückkehren würden«, erwiderte der Einäugige schlicht, während er sich umwandte und weiterging. »Dass sie die Verräter bestrafen und den Ersten nachfolgen würden, so, wie es unseren Vorvätern einst geweissagt wurde.«

»Eine Weissagung?«, fragte Hingis, der ihm mit wieselflinken Schritten hinterhereilte. »Sie meinen eine Prophezeiung?«

»Ganz recht, Doktor, gegeben von den Ersten, ehe sie die Festung auf den Gipfeln verließen und verbannt wurden in die Welt der Sterblichen.«

»Die Festung auf den Gipfeln«, echote Sarah nachdenklich. Die Worte weckten Assoziationen in ihr – zum einen mit dem Traum, den sie vor einiger Zeit gehabt und in dem sie für einen kurzen Augenblick das Gefühl hatte, die Schleier des Vergessens würden sich lüften. Zum anderen aber auch mit dem, was der Codicubus enthalten hatte. Die rätselhafte Zeichnung tauchte vor ihrem geistigen Auge auf: ein zur geometrischen Form stilisierter Berg mit einem Turm darauf, dazu das Wasser des Lebens ...

Eine Frage formte sich auf ihren Lippen, aber sie sprach sie nicht aus, weil ihre Wanderung durch den Berg im nächsten Moment endete. Jäh mündete der Stollen in eine Kammer, die kreisrund war und eine kuppelförmige Decke besaß, in deren Zenit sich eine vergitterte Öffnung befand. Darüber war ein mit grauen Wolken befleckter Nachthimmel zu sehen.

»Der Ausstieg«, erklärte Hieronymos überflüssigerweise. »Er befindet sich auf der anderen Seite des Berges, unweit der Straße nach Sewastopol. Die Einheimischen halten ihn für einen alten Brunnenschacht.«

»Danke, Hieronymos«, sagte Sarah, »du hast uns das Leben gerettet.«

»Ich habe nur getan, was meine Pflicht war.«

»Und nun?«

»Wenn Sie die Hinweise richtig gedeutet haben, so wissen Sie längst, was zu tun ist.«

»Ich muss das dritte Geheimnis finden und entschlüsseln, ehe die Bruderschaft es tut«, sagte Sarah leise. »Aber wo finde ich es? Wohin führt mich diese Suche?«

»Auch das wissen Sie bereits. Sie müssen nur Ihrer Intuition vertrauen!«

»Der Berg Meru«, flüsterte Sarah in Erinnerung an all das, was sie von el-Hakim erfahren hatte. »Dort befindet sich das dritte Geheimnis, richtig?«

»In der Tat«, bestätigte der Zyklop.

»Also ist es der Berg, den die Bruderschaft sucht?«

»Nein.« Hieronymos schüttelte den Kopf. »Sie hat ihn längst gefunden.«

»Was?« Sarah fühlte blankes Entsetzen.

»Unter Folter haben einige meiner Brüder das Geheimnis preisgegeben«, fuhr der Einäugige fort. »Aber zu wissen, wo sich das dritte Geheimnis befindet, bedeutet noch längst nicht, seiner habhaft zu werden. Noch ist es den Schergen des Einen Auges nicht gelungen.«

»Dann weißt du, wo sich der Berg Meru befindet?«

Der Zyklop nickte. »Alle Brüder meines Volkes wussten es einst, denn dort nahm alles seinen Anfang. Weit im Osten, jenseits der Großen Berge, auf dem Dach der Welt.«

»Auf dem Dach der Welt?«, fragte Hingis nach, der im flackernden Schein seiner Fackel von einem zum anderen blickte. »Sprechen wir vom Himalaya? Von Tibet . . .?«

»Dort nahm alles seinen Anfang«, wiederholte der Zyklop.

»Und du kennst den genauen Weg?«, erkundigte sich Sarah. »Du könntest ihn mir beschreiben?«

»Ja, Mylady. Ich bin bereits dort gewesen, vor vielen Jahren.«

»Aber das ist doch blanker Unfug!«, ereiferte sich Hingis. »Tibet ist Tausende von Meilen entfernt und wird nicht von ungefähr ›verbotenes Königreich‹ genannt. Die Bewohner schotten sich seit Jahrhunderten von der Außenwelt ab, und wie es heißt, wird jedem Ausländer, der das Land unbefugt betritt, ohne Federlesens der Garaus gemacht.«

»Ich habe davon gehört«, versicherte Sarah. »Dennoch scheint dies der einzige Weg zu sein. Der Weg zum Berg Meru – und damit auch zu Kamal.«

»Unsinn«, widersprach der Schweizer. »Wir wissen ja noch nicht einmal, ob er dort ist.«

»Er ist dort«, sagte Hieronymos hart. »Die verräterische Gräfin hat seinen Geist verwirrt und sein Herz gewonnen.«

Sarah verspürte einen schmerzhaften Stich im Herzen. »Ich muss zu ihm«, bekräftigte sie mit bebender Stimme. »Wirst du mich führen, Hieronymos?«

»Ja, Mylady.«

»Dann werden wir rasch eine Expedition nach Osten ausrüsten. Vorher müssen wir unsere Gefährten aus der Gewalt dieses verräterischen Russen befreien. Wirst du uns auch dabei helfen?«

»Mylady«, erwiderte der Zyklop, und ein Lächeln huschte über seine einäugigen Züge, was an sich schon ein bemerkenswerter Anblick war, »natürlich werde ich Ihnen helfen, schon weil der Schwur mich bindet, den ich einst geleistet habe.«

»Welcher Schwur?« Sarah hob die Brauen.

Hieronymos' Brust straffte sich. »Ich bin der Letzte der Arimaspen«, erklärte er stolz, »und ich habe Ihnen einst die Treue geschworen – auch wenn Sie sich nicht mehr daran erinnern.«

Sarah schaute ihn erschrocken an. »Soll das bedeuten ... Willst du damit sagen, wir wären uns bereits einmal begegnet?«

»Vor langer Zeit«, bestätigte er. »Sie waren noch ein Kind.«

»Noch ein Kind?« Sarah bekam eine Gänsehaut. »Das bedeutet, dass dies während der Dunkelzeit gewesen sein muss, in den Jahren, an die ich mich nicht erinnere.«

»Ja, Mylady. Vor langer Zeit.«

Sarah konnte nicht anders, als die Hand nach dem Zyklopen auszustrecken. Nun, da sie endlich einen Hinweis auf ihre verlorene Vergangenheit bekam, wollte sie ihn am liebsten festhalten und nicht mehr loslassen – und im selben Augenblick, in dem ihre Hand die breite Brust des Zyklopen berührte, brach eine Flut von Eindrücken über Sarah Kincaid herein, Gefühle und Erinnerungen, die wie Schlaglichter auf sie einprasselten.

Ein fahler Himmel.

Verschneite Hänge.

Vertraute Gesichter.

Aber auch Verwirrung und Furcht ...

Schon im nächsten Moment war es wieder vorbei, die Bilder verblassten. Was blieb, waren die eigentümlichen Züge des Zyklopen, die sie auffordernd anblickten.

»Und nun«, sagte Hieronymos, während er unter seine Robe griff und die für seinesgleichen so charakteristische Sichelklinge hervorholte, deren blanke Schneide im einfallenden Mondlicht glänzte, »ist es an der Zeit, diesen Schwur einzulösen ...«

9.

Reisetagebuch Sarah Kincaid
Nachtrag

So aufgewühlt ich innerlich war und sosehr ich darauf brannte, das Geheimnis zu ergründen, von dem Hieronymos uns berichtet hatte – unsere Sorge hatte zunächst unseren Freunden zu gelten, die in die Gewalt des Feindes geraten waren.

Noch immer wussten wir nicht, welche Rolle Viktor Abramowitsch spielte: War er ein Agent des Ordens? Ein Handlanger wie Mortimer Laydon und die verräterische Gräfin Czerny? Oder arbeitete er auf eigene Rechnung und witterte lediglich ein gutes Geschäft? Welche dieser Möglichkeiten auch zutreffen mochte – Abramowitsch hatte gezeigt, dass er gefährlich war. Je eher es uns gelang, el-Hakim und den armen Ufuk aus seinen Klauen zu befreien, desto besser!

Grabungscamp
Mount Inkerman, Krim
Früher Morgen des 22. April 1885

Die Dämmerung war weiter heraufgezogen und hatte die Schatten der Nacht vertrieben. Bleicher Sonnenschein sickerte durch die morgengrauen Wolken, tauchte die schroffen Hügel in kaltes Licht und ließ die Bäume und Sträucher lange Schatten werfen. Nur die Senken lagen noch in Dunkelheit.

Normalerweise hätte Sarah Kincaid nach einer Nacht wie dieser den Tagesanbruch freudig begrüßt; für das, was ihre Begleiter und sie sich vorgenommen hatten, kam er zwei Stunden zu früh.

Von ihrem Versteck aus, das sich zwischen zwei kargen Felsbrocken am Südhang des Berges befand, konnte Sarah das Lager sehen, zumindest den Teil davon, der der alten Poststraße abgewandt lag. Zu den vier Zelten des Grabungscamps hatten sich zwei weitere gesellt, die aus Beständen des russischen Militärs zu stammen schienen. Auch die Kosaken konnte Sarah sehen; zwei von ihnen saßen am Lagerfeuer, fünf weitere waren ein Stück abseits bei den Pferden. Die übrigen acht Männer, die graue Reitermäntel und die charakteristischen Fellmützen trugen, bewachten zwei elend aussehende Gestalten, die Rücken an Rücken an einen abgestorbenen Baum gefesselt waren.

El-Hakim und Ufuk.

In aller Eile hatten Sarah und ihre männlichen Begleiter einen Plan ausgearbeitet, demzufolge Sarah es übernehmen sollte, ins Lager zu schleichen und die Gefangenen loszuschneiden, allerdings erst, nachdem Hingis und der Zyklop auf der anderen Seite des Camps Verwirrung gestiftet hatten.

Der kühle Perlmuttgriff des Colt Frontier lag in Sarahs Hand. Obwohl sie die Sicherheit schätzte, die eine Waffe in unzivilisierten Gegenden zu bieten vermochte, hasste sie den Gedanken, damit auf Menschen zu zielen. Sie hatte es in der Vergangenheit getan, wenn es notwendig gewesen war, um ihr Leben und das ihrer Gefährten zu schützen, und sie würde es auch wieder tun. Aber sie fühlte nicht den leisesten Triumph dabei.

Ein Schaudern kroch in ihr empor, das nicht nur der klammen Kälte des Morgens geschuldet war. Jeden Augenblick konnte das Signal erfolgen, dann hieß es handeln …

Von den russischen Hilfskräften, die sie in Inkerman angeworben hatten, war nichts mehr zu entdecken. Vermutlich hatten die Soldaten sie nach Hause geschickt. Auch von Viktor Abramowitsch war weit und breit keine Spur; wahrscheinlich lag er in einem der Zelte und schlief. Zu gerne hätte Sarah erfahren, was der Russe im Schilde führte und auf wessen Seite er stand. Aber Yuri, der inzwischen aus seiner Ohnmacht erwacht war und sie unter

Tränen um Verzeihung gebeten hatte, hatte ihr keine Antwort auf diese Frage geben können. Nur eines war unübersehbar gewesen: die Angst in den Augen des Veteranen, als Sarah den Namen Abramowitsch erwähnte. Da seine Furcht vor Hieronymos jedoch noch größer zu sein schien, hatte er sich schließlich bereit erklärt, seinen Verrat zu sühnen, indem er bei der Befreiung der Gefangenen half und den Lockvogel spielte. Zwar hatte Sarah Zweifel, was Yuris Loyalität betraf, jedoch konnte sie es sich in Anbetracht des zahlenmäßig weit überlegenen Feindes nicht leisten, wählerisch zu sein – und Hieronymos hatte angekündigt, ein wachsames Auge auf den Veteranen zu haben.

Nervös blickte sie auf das Zifferblatt ihrer Taschenuhr.

Fast fünfzehn Minuten waren vergangen.

Inzwischen mussten die anderen längst ihre Positionen auf der anderen Seite des Lagers bezogen haben. Wieso hatten sie noch nicht losgeschlagen? Gab es Schwierigkeiten?

Sarahs Unruhe wurde noch größer. Sie rutschte auf dem feuchten Moos hin und her, auf das sie sich bäuchlings gelegt hatte, damit sie vom Camp aus nicht gesehen wurde.

Endlich regte sich etwas!

Das Gebüsch auf der anderen Seite des Lagers teilte sich, und Yuri trat hervor. Dass seine Schritte unsicher und wackelig waren, mochte zum einen an der langen Bewusstlosigkeit liegen, zum anderen aber auch an dem bitteren Wissen, dass der Lauf seiner eigenen Littikhsky-Muskete auf ihn gerichtet war ...

Sarah sah ihn auf die Kosaken zugehen und hörte ihn etwas auf Russisch sagen. Der Name Abramowitsch fiel, und einer der Soldaten wandte sich ab und betrat eines der Militärzelte, die auf dem Lagerplatz errichtet worden waren. Kurz darauf kehrte er zurück, nicht nur Abramowitsch im Schlepp, sondern auch dessen Leibwächter Igor, der seinem Herren schon an Bord der ›Strela‹ wie ein Schatten gefolgt war. Sarah nickte grimmig. Bislang machte Yuri seine Sache gut. Wenn es ihm gelang, Abramowitsch und seine

Leute zum Brunnenausstieg auf der anderen Seite des Berges zu locken, hatten Sarah und ihre Begleiter freies Feld.

Man konnte sehen, wie der Veteran mit den Händen fuchtelte und seine Worte gestenreich unterstrich. Ganz offenbar war ihm tatsächlich daran gelegen, seinen Verrat wiedergutzumachen, und für einen Moment hatte es den Anschein, als würde Abramowitsch ihm Glauben schenken.

Aber dann überstürzten sich die Ereignisse.

Ein peitschender Schuss zerriss die Stille des Morgens – und Yuri brach tödlich getroffen zusammen!

Sarah sog scharf die Luft ein. Im ersten Moment dachte sie, dass Hieronymos den Schuss abgegeben hätte, aber dann sah sie das scheußlich rote Loch in Yuris Stirn und den Armeerevolver in Igors Hand, aus deren Lauf sich blauer Rauch kräuselte. Abramowitschs Leibwächter hatte den Veteranen getötet, automatenhaft und ohne auch nur mit der Wimper zu zucken!

Noch ehe Sarah ihr Entsetzen auch nur im Ansatz überwinden konnte, gab es auf der anderen Seite des Lagers Tumult. Schüsse fielen, und erschrocken registrierte sie den dumpfen Klang einer Littikhsky. Sarah biss die Zähne zusammen und fasste den Griff des Colt Frontier fester, aber noch zögerte sie. Wenn sie jetzt auf die Lichtung stürmte, konnte sie vielleicht drei oder vier der Bewacher außer Gefecht setzen, ehe sie selbst getroffen wurde, aber sie hatte nicht die leiseste Chance, el-Hakim und Ufuk lebend zu erreichen …

Schon im nächsten Moment waren alle Überlegungen hinfällig. Das Gebüsch auf der rückwärtigen Seite des Lagers teilte sich, und weitere Soldaten kamen zum Vorschein: Marineinfanteristen aus Sewastopol, die sich offenbar im Schatten der Senke verborgen gehalten hatten. Mit drohend erhobenen Gewehrläufen und aufgepflanzten Bajonetten trieben sie zwei Gefangene vor sich her – Sarahs Herzschlag wollte aussetzen, als sie Friedrich Hingis und Hieronymus erkannte.

Eine erschreckende Erkenntnis dämmerte ihr: Abramowitsch hatte mit ihrem Auftauchen gerechnet. Er hatte ihnen eine Falle gestellt, und sie waren blindwütig hineingetappt. Auch von Hieronymus war diesmal keine Hilfe zu erwarten – ihn bewachten die Soldaten mit besonderem Argwohn.

»Lady Kincaid!«, rief Abramowitsch laut, wobei er sich um seine Achse drehte, damit er nach allen Seiten zu hören war. Anders als an Bord der ›Strela‹ sprach er nicht Deutsch, sondern Englisch. »Wo stecken Sie? Bitte ersparen Sie mir und meinen Männern die Mühe, diesen öden Landstrich nach Ihnen zu durchsuchen. Bestimmt gibt es Argumente, die Sie überzeugen werden, sich rasch zu ergeben.«

Auf sein Kopfnicken hin hob Igor abermals die Waffe und trat auf Hingis zu. Drohend schwebte der noch immer rauchende Lauf des Revolvers vor der Schläfe des Schweizers, der krampfhaft die Augen zusammenkniff. Es bestand kein Zweifel, dass Abramowitschs Handlanger ohne Zögern einen weiteren kaltblütigen Mord begehen würde.

Sarah handelte augenblicklich.

Der Russe hatte alle Trümpfe auf seiner Seite. Das Versteckspiel fortzusetzen wäre völlig unsinnig gewesen.

»Ich bin hier!«, rief sie und erhob sich. Gleichzeitig ließ sie den Colt Frontier sinken.

Abramowitsch schaute zu ihr herauf. Dann gab er einen knappen Befehl, und zu Sarahs Verblüffung tauchten schon einen Lidschlag später zwei weitere Dutzend Marinesoldaten aus dem Dickicht auf. Das Gelände war geradezu durchsetzt von ihnen.

Die Männer entwaffneten Sarah und führten sie mit vorgehaltenen Waffen hinunter zu den anderen. Für das hämische Grinsen, mit dem Abramowitsch sie willkommen hieß, hätte sie den Russen am liebsten geohrfeigt. Anders als die Soldaten unter seinem Befehl trug er keine Uniform, sondern einen grauen Wachsmantel, dessen weit geschnittene Form ihm in Sarahs Augen etwas Dämonisches verlieh.

»Wer hätte gedacht, dass wir uns so schnell wiedersehen?«, fragte er feixend.

»Sie sind ein gewissenloser Mörder«, zischte Sarah nur, auf den leblosen Körper ihres Führers deutend. »Yuri hat Ihnen nichts getan.«

»Das sehe ich anders«, stellte Abramowitsch klar. »Immerhin hat er mich verraten und sich wieder auf Ihre Seite geschlagen. Allerdings war mir die ganze Zeit über klar, dass dies geschehen würde. Etwas in seiner schlichten, allzu durchschaubaren Persönlichkeit machte es unvermeidlich. Aber sorgen Sie sich nicht um ihn, Lady Kincaid – er ist entbehrlich.«

»Natürlich«, stimmte Sarah bitter zu. »Wie so viele, deren Sie sich schon entledigt haben, nicht wahr?«

»Wenn es nötig ist.« Der Russe zuckte mit den Schultern.

»Warten Sie es ab, Abramowitsch. Der Tag, an dem die Bruderschaft zu dem Schluss kommen wird, dass auch Sie Ihren Zweck erfüllt haben und entbehrlich sind, wird kommen.«

»Da ist sie wieder, diese ominöse Bruderschaft.« Abramowitsch schürzte die Lippen. »Ich muss zugeben, dass ich noch manchen Gedanken an den bemerkenswerten Schlussmonolog verschwendet habe, mit dem sie von der ›Strela‹ verschwunden sind, auch wenn ich gestehen muss, dass ich keine Ahnung habe, wovon Sie da eigentlich sprechen.«

»Lügner«, zischte sie. »Ich habe die Furcht in Yuris Augen gesehen, als er von Ihnen sprach, eine Angst, wie sie nur . . .«

»Was?«, hakte er nach, als sie plötzlich verstummte.

»Sie arbeiten nicht für die Bruderschaft«, flüsterte Sarah, der plötzlich klar wurde, was Hieronymos gemeint hatte, als er von »Unwissenden« sprach.

»Natürlich nicht. Ich stehe in den Diensten seiner Majestät des Zaren.«

»Sie sind ein Spion«, drückte Sarah es weniger schmeichelhaft aus.

»Wenn es genehm ist, bevorzuge ich den Ausdruck ›Agent‹«, verbesserte der Russe und nahm Haltung an. »Hauptmann Viktor Abramowitsch von seiner Majestät Geheimpolizei.«

»Die Ochrana«, flüsterte Sarah.

Sie hatte von dem gefürchteten Geheimdienst gehört, den Zar Alexander III. vor wenigen Jahren ins Leben gerufen hatte, hauptsächlich, um seine eigenen Untertanen zu bespitzeln und sie daran zu hindern, Aufstände anzuzetteln. Aber wohl auch, um internationale Spionage zu betreiben.

»Offenbar«, meinte Abramowitsch, »ist unser Ruf uns bereits vorausgeeilt.«

»Wenn Sie unter ›Ruf‹ verstehen, dass ich gehört habe, wie in Ihrem Land unschuldige Menschen ins Gefängnis gesteckt und wehrlose Bauern verprügelt werden, dann haben Sie recht«, konterte Sarah schnaubend.

»S-Sie sind ein Spion in zaristischen Diensten?«, fragte Friedrich Hingis fassungslos.

»Genau das, Doktor!«

»Dann protestiere ich gegen unsere Festnahme auf das Entschiedenste«, ereiferte sich der Schweizer. »Was Sie hier tun, verstößt gegen jedes Recht!«

»Und Sie glauben, daran würde ich mich auch nur im Geringsten stören?«, fragte Abramowitsch dagegen. »Sie befinden sich hier auf russischem Territorium, Doktor, vergessen Sie das nicht.«

»Das tue ich nicht. Aber als ausländischer Staatsbürger verfüge ich über gewisse Rechte, die Sie nicht einfach ...«

Er verstummte, als der Ochrana-Agent in schallendes Gelächter ausbrach. »Mit Verlaub, mein lieber Doktor Hingis, wer sollte mich daran hindern? Zumal Sie keineswegs verschleppt wurden, sondern freiwillig in unser Land gekommen sind.«

»Nachdem Sie uns dazu verholfen hatten«, knurrte Hingis, dem das ganze Ausmaß der Täuschung eben erst klar zu werden begann.

»Warum haben Sie das getan?«, wollte Sarah wissen. »Warum haben Sie uns geholfen, die Krim zu erreichen?«

»Weil ich wissen wollte, was Sie vorhaben. Schon seit geraumer Zeit wissen wir von einer verbrecherischen Organisation, die im Orient ihr Unwesen treibt und ihr Hauptquartier ganz offenbar in einer westeuropäischen Hauptstadt hat. Und wie wir weiter herausgefunden haben, hatten Sie in der Vergangenheit mehrfache Verbindung zu dieser Organisation, Lady Kincaid.«

»Mehrfache Verbindung?« Sarah lachte freudlos auf. »So kann man es auch nennen. Vor allem, wenn man die blühende Phantasie eines Großinquisitors des Zaren hat.«

»Zu viel der Ehre.« Abramowitsch grinste unbeeindruckt. »Ich bin nur ein bescheidender Diener des Reiches.«

»Dann hören Sie gut zu«, forderte Sarah ihn auf. »Die Organisation, von der Sie gehört haben, nennt sich Bruderschaft des Einen Auges. Es ist ein Zusammenschluss fanatischer Sektierer, die die Geheimnisse der Vergangenheit nutzen wollen, um die Zukunft zu beherrschen.«

»Das klingt reichlich blumig, finden Sie nicht?«

»Vielleicht – aber es ist die Wahrheit.«

»Die Wahrheit.« Abramowitsch kaute das Wort wie einen Priem. »Ich werde Ihnen etwas über die Wahrheit erzählen, Lady Kincaid. Die Wahrheit ist, dass das britische Empire auf dem asiatischen Kontinent seit geraumer Zeit einen rücksichtslosen Expansionskurs verfolgt. Indien, Pakistan, China, die Mongolei – die Liste lässt sich beliebig fortsetzen. Überall tritt das Empire auf und nimmt seine Handels- und Machtinteressen wahr.«

»Und?«, fragte Sarah.

»Weshalb also sollte es nicht mit einer Organisation zusammenarbeiten, deren Ziel ganz offensichtlich die Errichtung neuer hierarchischer Strukturen im Orient ist?«, spann Abramowitsch seinen Gedanken weiter. »Mehr noch, warum sollte es nicht selbst eine solche Organisation ins Leben rufen, wenn es dadurch seinen

Konkurrenten schaden und seine Vormachtstellung ausbauen kann?«

»Ist das Ihr Ernst?« Sarah schaute den Russen zweifelnd an. »Sie vermuten einen Zusammenhang zwischen der Bruderschaft und der britischen Kolonialpolitik?«

»Wundert Sie das? Wo die Macht des Empire von Tag zu Tag wächst? Ihre Regierung hat schon in der Vergangenheit bewiesen, dass ihr jedes Mittel recht ist, um ihren Einfluss im Orient auszubauen.«

»Vielleicht«, räumte Sarah ein, »aber sie würde nicht mit ruchlosen Verbrechern zusammenarbeiten. Der Zar allerdings scheint sich in dieser Hinsicht sehr viel weniger Zurückhaltung aufzuerlegen.«

»Kommen Sie.« Abramowitsch verzog das Gesicht. »Ich wäre Ihnen dankbar, wenn Sie diese durchschaubaren Versuche, mich zu provozieren, unterlassen würden.«

Sarah nahm die Schultern zurück und straffte sich. »Schön«, erwiderte sie, »dann verraten Sie mir, was das alles soll. Warum haben Sie uns hinterrücks überfallen und festnehmen lassen?«

»Sehr einfach: Weil Sie britische Spione sind.«

»Glauben Sie das wirklich?«

»Ich muss doch sehr bitten!«, platzte Hingis heraus. »Ich bin Schweizer und aus Überzeugung neutral. Mich der Spionage zu bezichtigen ist gerade zu lächerlich!«

»Was Sie betrifft, mache ich eine Ausnahme, Doktor«, gestand Abramowitsch zu. »Ich denke, dass Lady Kincaid Sie über die wahren Beweggründe Ihres Handelns schlechterdings nicht informiert hat. Sie sollten lediglich zur Tarnung des Unternehmens beitragen, das als archäologische Expedition getarnt war, in Wirklichkeit jedoch die Einrichtung eines geheimen, nachrichtendienstlichen Stützpunkts auf der Krim zum Ziel hatte.«

»Was?« Sarah schüttelte den Kopf. »Sie sind ja verrückt.«

»Angesichts dessen, was meine Männer dort in der Tiefe vorgefunden haben, Lady Kincaid, sorge ich mich eher um Ihre geistige Gesundheit als um die meine. Was in aller Welt treiben Sie dort unten? Was haben sich die Briten ausgedacht, um das Große Spiel für sich zu entscheiden? Und was«, fügte er sichtlich angewidert hinzu und deutete dabei auf Hieronymos, »hat diese entstellte Kreatur damit zu tun?«

»Das Große Spiel«, schnaubte Sarah. »Können Sie an nichts anderes denken?«

»Nicht wir haben diesen Begriff geprägt«, brachte der Russe in Erinnerung. »Sie sind das gewesen, nachdem Ihr formelles Staatsoberhaupt sich zur Kaiserin von Indien hat krönen lassen ...«

»... während Ihr geschätzter Zar von einem russischen Großreich träumt«, fügte Sarah hinzu. »Ist es nicht so? Aber hier geht es nicht um den Verlust oder das Hinzugewinnen von Land und Einfluss. Solange Sie das nicht begreifen, Abramowitsch, werden Sie nicht in der Lage sein, etwas gegen die Bruderschaft zu unternehmen. Doch wahrscheinlich wollen Sie das gar nicht, weil Sie nicht an der Wahrheit interessiert sind, sondern nur daran, Ihrem Zaren zu gefallen.«

»Sie tun es schon wieder, Lady Kincaid«, sagte der Russe gelassen. »Sie unterschätzen mich.«

»Tatsächlich?«

»Sagen Sie mir, was Sie über diese geheimnisvolle Bruderschaft wissen, dann sehen wir weiter.«

»Sie werden mir nicht glauben.«

»Versuchen Sie es.«

»Also gut.« Sarah nickte. »Die Wurzeln dieser Organisation reichen bis weit in die Vergangenheit, bis an die Anfänge der menschlichen Zivilisation. Immer wieder hat sie im Lauf der Geschichte versucht, die Herrschaft über die Menschheit an sich zu reißen ...«

»... aber es ist ihr nicht gelungen«, vervollständigte der Ochrana-Agent gelangweilt. »Bis zum heutigen Tag.«

»Ich sagte Ihnen, Sie würden mir nicht glauben.«

»Wenn Sie mich überzeugen wollen, sollten Sie mir etwas mehr bieten als Kolportage, Lady Kincaid.«

»Dann sage ich Ihnen, dass jene Bruderschaft in genau diesem Augenblick auf der Suche nach einer Waffe ist, deren Zerstörungskraft alles bislang Dagewesene in den Schatten stellt.«

»Waffe? Zerstörungskraft?« Sie sah das begehrliche Blitzen in Abramowitschs Augen und wusste, dass sie einen Fehler begangen hatte. Sie musste vorsichtig sein ...

»Ganz richtig«, bestätigte sie. »Es ist ein altes Geheimnis aus vorgeschichtlicher Zeit, und die Bruderschaft ist dabei, es zu entschlüsseln.«

»Das klingt nicht sehr glaubwürdig«, stellte der Russe fest.

»Tut mir leid, wenn es Ihnen nicht zusagt«, konterte Sarah achselzuckend, »aber es ist die Wahrheit. Die Bedrohung ist real, Abramowitsch, ob es Ihnen gefällt oder nicht, und sie gefährdet Ihr Land ebenso wie das meine.«

»Und Sie erwarten, dass ich Ihnen das abnehme?«

»Die Bruderschaft kennt keine Nationen, ihr geht es nur um ihre eigenen Interessen«, bekräftigte Sarah. »Anstatt mich und meine Freunde hier festzuhalten und uns unsinnigen Beschuldigungen auszusetzen, sollten Sie uns lieber gehen lassen, damit wir ...«

»Wohin?«, fragte der Russe scharf, und Sarah wusste, dass sie von nun an auf jedes Wort achten musste.

»Wohin auch immer die Spur der Bruderschaft uns führen wird«, antwortete sie ausweichend.

»Das reicht mir nicht.« Der Ochrana-Agent schnaubte geräuschvoll. »Wenn Sie wollen, dass ich Ihnen Glauben schenke, werden Sie mir mehr darüber sagen müssen. Viel mehr ...«

Sarah starrte zu Boden.

Es war die Wahl zwischen Pest und Cholera.

Wenn sie schwieg, würde Abramowitsch sie ohne Federlesens

abführen, in Sewastopol vor ein Militärgericht stellen und ins Gefängnis stecken lassen; wenn sie dem Russen hingegen von der Vergangenheit der Bruderschaft und von jenem dunklen Geheimnis berichtete, das im fernen Tibet seiner Entdeckung harrte, so lief sie Gefahr, eine Machtquelle von womöglich apokalyptischen Ausmaßen in die Hände eines einzelnen Landes zu spielen, das dem Empire noch dazu feindlich gesonnen war.

Sie musste versuchen, einen Mittelweg zu finden. Was sie Abramowitsch erzählte, musste genügen, um seine Neugier zu wecken und ihn seine Verdachtsmomente zumindest in Frage stellen zu lassen. Auf keinen Fall jedoch durfte er alles erfahren ...

»Tu es nicht, Sarah!«, rief in diesem Augenblick Ammon el-Hakim herüber, der ihre Gedanken einmal mehr zu erraten schien. »Es ist ein Spiel mit dem Feuer!«

»Was sagt der Alte?«, erkundigte sich Abramowitsch, der kein Arabisch zu verstehen schien.

»Er bezweifelt, dass Sie es ehrlich meinen«, übersetzte Sarah frei.

»So, tut er das.« Der Geheimdienstmann nickte und schien einen Augenblick nachzudenken. Dann erteilte er Igor einen knappen Befehl, worauf sich dieser in Begleitung zweier Kosaken in Bewegung setzte und auf el-Hakim und den Jungen zu trat.

»Was haben Sie vor?«, wollte Sarah wissen.

»Warten Sie es ab.«

Abramowitsch wartete ruhig, bis seine Schergen die Gefangenen voneinander losgebunden hatten. Die Fesseln um die Fußgelenke lockerten sie, sodass die beiden gehen konnten, die um ihre Handgelenke ließen sie, wie sie waren. Als sich el-Hakim nicht sofort erhob, packte Igor ihn unsanft am Kragen seiner *djellabah* und zog ihn auf die Beine; aber die Glieder des Alten, die über einen längeren Zeitraum hinweg unnatürlich angewinkelt gewesen waren, versagten ihren Dienst, und er ging zu Boden. Ufuk wollte ihm zur Hilfe eilen, aber der Kolben des Berdan II-Gewehrs, der ihm in die Seite gerammt wurde, ließ auch ihn zusammenbrechen.

»Halt!«, herrschte Sarah Abramowitsch an. »Hören Sie sofort auf damit!«

»Womit denn?«, gab sich der Agent der Ochrana ahnungslos. »Wir haben ja noch nicht einmal angefangen.«

Sie maß ihn mit einem vernichtenden Blick, dann wandte sie sich ungeachtet der schussbereiten Gewehrmündungen ab und ging zu el-Hakim und seinem Diener. Ufuk war es inzwischen gelungen, sich mit vor Schmerz verzerrten Zügen auf die Knie zu rappeln, der Weise wand sich noch am Boden und versuchte vergeblich, auf die Beine zu kommen.

»Hier, Meister.« Abramowitschs Büttel schlicht ignorierend, ließ sich Sarah bei dem Alten nieder und reichte ihm die Hand.

»Alf shukr«, bedankte sich Ammon mit brüchiger Stimme, während sie ihm behutsam auf die Beine half. Flüsternd fügte er hinzu: »Du musst dich vorsehen, Sarah ... Er wird das Wissen nur zum Krieg verwenden, und alles wird noch schlimmer ...«

Erneut erteilte Abramowitsch seinen Leuten einen Befehl, worauf Sarah, el-Hakim und Ufuk ergriffen und zu ihm gebracht wurden. Nebeneinander aufgereiht standen sie vor ihm wie Verbrecher, die dem Haftrichter vorgeführt wurden, und der Mann der Ochrana schien seine Rolle sichtlich zu genießen.

»Nun«, stellte er voller Genugtuung fest, »offenbar haben wir Ihre Schwachstelle gefunden, Lady Kincaid. Ich weiß zwar nicht, was Sie an dem alten Narren finden, aber er scheint ein geeignetes Druckmittel zu sein. Igor!«

Ohne Zögern griff Abramowitschs Scherge nach dem kurzläufigen Revolver, der mit einer Kette an seinem Gürtel befestigt war. Und zu Sarahs Entsetzen zeigte die Mündung im nächsten Moment auf die Stirn des alten Ammon!

»Nein!«, rief sie laut.

»Ich protestiere entschieden«, fügte Hingis hinzu.

Abramowitsch jedoch lachte nur.

»Protestieren Sie, so lange Sie wollen. Hier, in diesem Augenblick, ist mein Wort Gesetz. Und dieses Gesetz besagt, dass der Alte sterben wird, wenn Sie mir nicht augenblicklich die Wahrheit sagen. Wo befindet sich das Geheimnis, hinter dem diese Bruderschaft angeblich her ist? Wo ist es versteckt?«

Sarah schwieg, während sie Abramowitsch unverwandt anstarrte. Aus dem Augenwinkel konnte sie sehen, wie el-Hakim seine hagere Gestalt straffte. Obwohl er die Mündung vor seinem Gesicht nicht sehen konnte, schien er zu wissen, dass ihm der Tod entgegenstarrte.

»Offenbar«, meinte Abramowitsch, »konnte ich Ihnen noch nicht glaubhaft genug versichern, dass ich es ernst meine. Aber das lässt sich ändern, Lady Kincaid.«

Er nickte Igor kaum merklich zu, worauf Sarah sehen konnte, wie sich der Finger am Abzug krümmte. Sarah biss sich auf die Lippen, bis Blut hervortrat. Alles in ihr drängte sie dazu, ihr Schweigen zu brechen und dem Russen zu verraten, was er so unbedingt wissen wollte, aber die Warnung Ammons lag ihr noch in den Ohren.

Er wird das Wissen nur zum Krieg verwenden, und alles wird noch schlimmer ...

Ihr Zögern währte einen Augenblick zu lang. Im nächsten Moment hatte Abramowitschs Helfer den Abzug betätigt.

»Nein!«, gellte Sarahs entsetzter Schrei.

Es war zu spät.

Der Spannhahn des Revolvers schnappte zu, und Sarah erwartete, el-Hakim blutüberströmt zu Boden sinken zu sehen ...

... aber er tat es nicht.

Statt des erwarteten Knalls gab der Revolver nur ein hohles metallisches Klicken von sich.

»Gütiger Himmel!«, rief Hingis, während Ufuk eine Lobpreisung Allahs ausstieß. »Was in aller Welt ...?«

»In meiner Abteilung«, erläuterte Abramowitsch, »haben wir uns ein hübsches Spiel ausgedacht, das sehr geeignet ist, um verstockte Zungen zu lösen. Einige Kammern der Revolvertrommel werden mit Patronen gefüllt, andere leer gelassen. Man weiß nie, was als Nächstes kommt, nur eins ist sicher: dass die Chancen, mit dem Leben davonzukommen, mit jedem erneuten Versuch sinken.«

»Sie . . . Sie sind ein Scheusal«, fauchte Sarah.

»Diesmal hatte der Alte Glück«, fuhr der Russe unbeeindruckt fort. »Lassen Sie es nicht auf einen weiteren Versuch ankommen.«

Sarah wischte sich das Blut von den Lippen. Ihr Gesicht war zu einer eisigen Maske gefroren. »Dafür werden Sie büßen«, prophezeite sie. »Eines Tages werden Sie dafür bezahlen.«

»Das bezweifle ich. Sie sollten Ihre Kräfte lieber darauf verwenden, mir endlich die Wahrheit zu sagen, statt unhaltbare Drohungen auszusprechen.«

Sarah wandte den Blick von ihm ab. Sie konnte sehen, dass el-Hakim den Kopf schüttelte, als wüsste er, dass sie in seine Richtung starrte, und als wollte er ihr zu verstehen geben, dass sie hart bleiben sollte.

Aber das konnte sie nicht.

Der Beinahe-Tod des Weisen hatte ihr klargemacht, dass sie nicht bereit war, sein Leben zu opfern, egal wie hoch der Preis dafür sein mochte. In den letzten Jahren hatte sie so viele geliebte Menschen verloren, dass sie es nicht ertragen würde . . .

Also brach sie ihr Schweigen.

Sie berichtete, was sie von Hieronymos über die Ursprünge der Bruderschaft erfahren hatte, von den Ersten und vom auserwählten Volk der Zyklopen, vom Krieg der Einäugigen und von den drei Geheimnissen. Sie erzählte, wie sie von der Bruderschaft manipuliert und getäuscht worden war und wie sie in deren unfreiwilligen Diensten nach dem Feuer des Re und dem Wasser des Lebens gesucht hatte. Und sie berichtete auch von jenem dritten Geheimnis, das auf dem fernen Dach der Welt seiner Entdeckung harrte. Nur Kamal erwähnte sie nicht. Abramowitsch sollte nicht noch ein weiteres Mittel in die Hände bekommen, um sie unter Druck zu setzen.

Nachdem sie ihren Bericht beendet hatte, kehrte Schweigen im Lager ein. Da sie Englisch gesprochen hatte, hatte wohl keiner der anwesenden Soldaten verfolgen können, was sie sagte. Ihr Anführer hingegen hatte aufmerksam zugehört und Sarah kein einziges Mal unterbrochen. Erst jetzt machte er deutlich, was er von ihrer Geschichte hielt.

»Was Sie mir da erzählt haben«, sagte er leise, »sind nichts als alte Märchen, Anspielungen und Spekulationen. Sie müssen mich für einen ausgemachten Idioten halten, wenn Sie erwarten, dass ich Ihnen so etwas glaube. Warum geben Sie nicht einfach zu, dass Ihre Regierung versucht, ihren Einfluss auf die Gebiete jenseits des Himalaya auszudehnen und nach Indien und Pakistan nun auch Tibet dem Empire einzuverleiben sucht?«

»Von diesen Dingen weiß ich nichts«, stellte Sarah klar. »Ich habe Ihnen gesagt, was ich weiß, also lösen Sie nun Ihren Teil der Abmachung ein und lassen Sie den Weisen in Frieden.«

»Nichts haben Sie, gar nichts!« Zum ersten Mal verlor der Russe die Beherrschung. »Ich gebe zu, dass Ihre Geschichte nicht eines gewissen exotischen Reizes entbehrt, aber Sie haben mir nicht einen einzigen Beweis geliefert, nicht einen Hinweis, der ...«

»Was ist mit ihm?«, fragte Sarah auf Hieronymos deutend. »Ist seine Existenz kein Beleg für die Wahrheit meiner Worte? Und was ist mit dem unterirdischen Tempel? Sie haben ihn mit eigenen Augen gesehen.«

»Und wenn schon. Wenn Sie mir nichts anderes bieten können, muss ich annehmen, dass Sie eine Spionin sind.«

»Wie gut sind Ihre Kenntnisse in Geschichte?«, erkundigte sich Sarah unvermittelt.

»Ausreichend«, versicherte er. »Warum nur denken die Briten

immer, sie hätten als einziges Volk auf Erden Kultur und Bildung für sich gepachtet?«

»Dann stellen Sie sich eine Frage«, forderte Sarah ihn auf. »Was ist es gewesen, das Alexander den Großen dazu bewogen hat, sich an der Spitze seines Heeres aufzumachen und das Perserreich zu unterwerfen? Was hat ihn dazu gebracht, sich mit einer persischen Prinzessin namens Roxane zu verbinden und danach immer weiter gen Osten zu ziehen, über die Grenzen der damals bekannten Welt hinaus bis an die Ausläufer des Himalaya?«

Abramowitschs Blick enthielt ehrliche Überraschung. »Sie denken, dass er auf der Suche war nach ...?«

»Wenn Sie auf diese Fragen eine schlüssige Antwort kennen, dann halten Sie mich und meine Gefährten von mir aus für Spione. Aber wenn Sie auch nur den geringsten Zweifel hegen, dann sollten Sie zumindest in Erwägung ziehen, dass ich die Wahrheit gesagt habe.«

Sarah schwieg, während der Ochrana-Mann zuerst sie und dann jeden einzelnen ihrer Begleiter prüfend taxierte. Dann wandte er sich ab und ging zurück in sein Zelt. Im Vorbeigehen forderte er Igor auf, die Waffe sinken zu lassen.

Im Gesicht des Kosaken war eine Spur von Bedauern zu lesen, aber er gehorchte seinem Herrn ohne Zögern. Ufuk und Sarah eilten zu el-Hakim, um ihn zu stützen.

»Wie geht es Euch, Meister?«, erkundigte sich Sarah besorgt.

»Danach frage nicht, mein Kind«, stöhnte der Alte. »Was hast du nur getan? Du hättest ihm niemals von den Geheimnissen erzählen dürfen!«

»Ich konnte nicht anders, Meister.«

»Ich bin alt, Sarah. Ich werde ohnehin bald sterben. Es ist meine Bestimmung.«

»Vielleicht, Meister«, erwiderte Sarah trotzig. »Aber noch ist es nicht so weit.«

Es war schon Mittag, als Abramowitsch zurückkehrte.

In Begleitung Igors trat der Ochrana-Offizier in das Zelt, in dem Sarah und ihre Gefährten an Armen und Beinen gefesselt auf dem Boden saßen, bewacht von vier bis an die Zähne bewaffneten Kosaken.

»Nun?«, erkundigte sich Sarah spöttisch, ihrer misslichen Lage zum Trotz. »Haben Sie entschieden, was Sie mit uns tun werden?«

Abramowitsch nickte. Es war jenes selbstsichere, an Arroganz grenzende Nicken, das Sarah schon an Bord der ›Strela‹ unangenehm aufgefallen war. »Allerdings«, versicherte er. »Ich habe von Sewastopol nach St. Petersburg telegraphiert und um Instruktionen gebeten.«

»Und?«, fragte Sarah spitz. »Was hat der Zar seinem ergebenen Diener geraten?«

»Man hat mich angewiesen, Ihnen einen Vorschlag zu unterbreiten«, entgegnete der Russe steif, wobei nicht festzustellen war, ob er selbst diesen Vorschlag unterstützte oder nicht. »Ich möchte vorausschicken, dass seine Majestät der Zar ein Mann der Tat ist und normalerweise nichts von Phantastereien wie denen, die Sie uns aufgetischt haben, hält ...«

»Aber?«, hakte Sarah nach.

»... aber in Anbetracht der Tatsache, dass Sie Ihre wirre Geschichte mit einigen« – er blickte angewidert in Hieronymos' Richtung – »wenn auch fragwürdigen Beweisen untermauern können, ist seine Majestät geneigt, Ihren Schilderungen Gehör zu schenken – unter Vorbehalten, versteht sich.«

»Aha«, machte Friedrich Hingis, der neben Sarah auf dem feuchten Boden hockte. »Und wie sehen diese Vorbehalte aus?«

»Sie werden freigelassen«, eröffnete Abramowitsch rundheraus, »und Sie können Ihre Expedition fortsetzen – allerdings unter meiner Aufsicht.«

»Warum nur überrascht mich das nicht?« Sarahs Stimme triefte nun vor Spott. »Glauben Sie, ich wüsste nicht, worauf der Zar es abgesehen hat? Ihn lockt doch nur die Aussicht, eine Machtquelle von unvorstellbaren Ausmaßen in seinen Besitz zu bringen.«

»Und warum auch nicht? Würde die Regierung Ihres Landes eine derartige Gelegenheit ungenutzt verstreichen lassen?«

»Nein«, gab Sarah zu, »das würde sie nicht – und das ist auch der Grund dafür, dass ich die Regierung meines Landes niemals über diese Dinge in Kenntnis gesetzt habe. Worum auch immer es sich dabei handelt, das Geheimnis darf nicht in den Besitz eines einzelnen Landes gelangen. Krieg und Vernichtung wären die Folge.«

»Und Sie erwarten von mir, dass ich Ihnen das abnehme? Nach allem, was Sie an Bord der ›Strela‹ von sich gegeben haben?«

»Ich wollte Sie aus der Reserve locken«, versicherte Sarah, »denn mir war von Anfang an klar, dass Sie falschspielen.«

»Dann sollte ich Sie wohl zu Ihrer Menschenkenntnis beglückwünschen«, spottete Abramowitsch. »Bei der Auswahl Ihrer Verbündeten hat sie Ihnen allerdings keine sehr guten Dienste erwiesen, denn weder unser gemeinsamer Freund aus der Schweiz noch der alte Araber noch das einäugige Monstrum können Ihnen bieten, was seine Majestät der Zar von Russland Ihnen bietet.«

»Was sollte das sein?«, erkundigte sich Sarah bissig. »Ein lebenslanger Zwangsaufenthalt in Sibirien?«

»Nein. Ein Transportmittel, das in der Lage ist, Sie innerhalb von Tagen über eine Strecke zu befördern, für deren Bewältigung sie andernfalls Wochen, wenn nicht Monate benötigen würden.«

Sarah blieb unbeeindruckt. »Was Sie nicht sagen. Und wie wollen Sie das bewerkstelligen? Kann der Zar neuerdings auch zaubern?«

»Durchaus nicht«, widersprach der Agent grinsend und griff unter seinen Feldmantel, um ein Stück Papier hervorzuziehen, das er rasch entfaltete. Mit wachsendem Staunen stellte Sarah fest, dass es sich um einen Plan handelte, eine technische Zeichnung.

»Allerdings«, fuhr Abramowitsch triumphierend fort, »ist seine

Majestät im Besitz eines neuartigen Fortbewegungsmittels, mit dessen Hilfe es ein Leichtes wäre, die vielen tausend Meilen zu überwinden, die zwischen dem Schwarzen Meer und dem Himalaya liegen.«

Ohne ein weiteres Wort der Erklärung bückte er sich und breitete die Zeichnung vor den Gefangenen aus. Was Sarah und ihre Gefährten darauf erblickten, versetzte sie in Erstaunen.

Ein länglicher, zigarrenförmiger, an den Enden spitz zulaufender Körper, der von einer Art Netz umgeben und sowohl von der Seite als auch von vorn abgebildet war. Darunter hing, durch Seile befestigt, eine Art Gondel, die ein wenig aussah wie ein Phaeton ohne Räder. Im Heck war etwas untergebracht, das an eine Schiffsschraube erinnerte, dazu ein Ruder, das ebenfalls an die christliche Seefahrt gemahnte.

»Was ist das?«, fragte Sarah, die sich nicht sicher war, ob sich Abramowitsch nur einen Scherz mit ihr erlaubte. In den »Illustrated News« hatte sie ähnliche Zeichnungen gesehen, jedoch nicht geglaubt, dass ...

»Wonach sieht es in Ihren Augen denn aus?«, stellte der Russe die Gegenfrage.

»Nach etwas, das es aufgrund logischer physikalischer Erwägungen gar nicht geben kann«, gab Friedrich Hingis zur Antwort.

»Ist das Ihre Überzeugung, Doktor? Wie gut, dass Sie sich der Archäologie verschrieben haben und nicht der Physik. Denn dieses Gerät – dieses Luftschiff – existiert tatsächlich. Und es ist in der Lage, wie ein Vogel zu fliegen.«

»Haben Sie es schon gesehen?«, fragte Sarah.

»Allerdings.«

»Und Sie sind bereits damit geflogen?«

»Noch nicht. Der Aeronaut, der es zu steuern vermag, wird erst in einigen Tagen in Sewastopol eintreffen. Aber ich bin überzeugt davon, dass dieses Luftschiff funktioniert. Es ist ein Meisterwerk russischer Ingenieurskunst.«

»Wie man unschwer erkennen kann«, schnarrte Hingis. »Die Beschriftungen sind allesamt französisch ...«

»Die Arbeit meiner Abteilung hat es unseren Ingenieuren ermöglicht, gewisse Anleihen bei unseren französischen Konkurrenten zu nehmen«, erklärte Abramowitsch achselzuckend. »Ein Mann namens Charles Renard hat sehr brauchbare Pläne zum Bau eines funktionierenden Luftschiffs vorgelegt, die unsere Leute allerdings maßgeblich ergänzt und erweitert haben, sodass seine Majestät der Zar von Russland mit vollem Recht behaupten kann, im Besitz des einzigen Langstrecken-Luftschiffs dieser Welt zu sein.«

»Warum ist es hier in Sewastopol?«, wollte Sarah wissen.

»Unsere Informanten vor Ort berichten seit geraumer Zeit von verstärkten britischen Truppenbewegungen an der Nordwestgrenze«, erklärte der Russe bereitwillig. »Der Geheimdienst hat den Auftrag erhalten, die Situation vor Ort zu klären, was sich wegen der unübersichtlichen Geländebeschaffenheit jedoch als überaus schwierig herausgestellt hat. Und da sich unsere Ballons aufgrund der extremen Windverhältnisse als nutzlos erwiesen haben ...«

»... wollen Sie es nun mit einem Luftschiff versuchen, das sich steuern lässt und den Launen des Windes weniger ausgesetzt ist«, brachte Sarah den Satz zu Ende.

»Genauso ist es«, stimmte Abramowitsch zu. »Die Bauteile des Luftschiffs wurden während unseres Aufenthalts in Varna unter strenger Geheimhaltung an Bord der ›Strela‹ verladen und nach Sewastopol transportiert.«

»Ich verstehe.« Sarah nickte und schalt sich eine Närrin. Das also war es gewesen, was in jener Nacht heimlich und leise an Bord gebracht worden war! Mit vielem hatte sie gerechnet, aber ganz sicher nicht damit ...

»Der ursprüngliche Plan sah vor, von Soči aus an den Ausläufern des Kaukasus entlang einen Testflug nach Baki zu unternehmen, ehe das Luftschiff zu seinem eigentlichen Einsatzort überstellt werden sollte. Aber wir wären bereit, unsere Pläne zu ändern und es Ihren Zwecken zur Verfügung zu stellen – vorausgesetzt, Sie willigen in die Kooperation ein.«

»So, wie Sie das sagen, hört es sich beinahe an, als wäre ich von Sinnen, wenn ich die Gelegenheit nicht ergreifen würde«, entgegnete Sarah, die sich nicht von der zur Schau gestellten Freundlichkeit des Russen täuschen ließ. Wenn ein Geheimdienstmann Dinge, die noch vor wenigen Tagen als streng geheim eingestuft worden waren, plötzlich laut hinausposaunte, dann war sicher Vorsicht geboten.

»So ist es auch«, meinte er überzeugt, »denn Sie werden keine zweite Chance wie diese bekommen.«

»Und wenn ich Ihr großzügiges Angebot ausschlage? Wenn ich mich weigere, darauf einzugehen?«

»Das werden sie nicht.« Einmal mehr ließ Abramowitsch das überhebliche Lächeln sehen. »Wenn alles wahr ist, was Sie sagen, und diese Bruderschaft tatsächlich dabei ist, sich eine Machtquelle von ungeahnten Ausmaßen anzueignen, dann werden Sie alles daransetzen, möglichst rasch nach Tibet zu gelangen. Sollten Sie das nicht tun, müssen wir wohl davon ausgehen, dass Sie gelogen haben – und entsprechend verfahren ...«

»Mistkerl«, knurrte Sarah.

»Das ist glatte Erpressung«, beschwerte sich Hingis.

»Ich würde es eher ein unwiderstehliches Angebot nennen«, verbesserte der Russe. »Also? Wie lautet die Antwort, die ich nach St. Petersburg telegraphieren soll?«

Sarah starrte ihn wütend an. Ammons düstere Worte klangen ihr noch immer im Ohr, und natürlich sträubte sich alles in ihr dagegen, einen Büttel des Zaren geradewegs zum Ursprung des dritten Geheimnisses zu führen – aber hatte sie eine Wahl?

»Einverstanden«, erklärte sie sich widerstrebend bereit. »Sie bekommen Ihren Willen.«

»Das überrascht mich nicht.«

»Voraussetzung ist allerdings, dass ich das Kommando über die Expedition führe«, stellte Sarah klar, »und dass es mir obliegt, die Teilnehmer zusammenzustellen.«

»Von mir aus – solange Sie im Auge behalten, dass das Luftschiff nur zehn Personen trägt. Und dass neben dem Kapitän und seiner Mannschaft auch Igor und ich an der Reise teilnehmen werden. Mit den übrigen fünf Plätzen verfahren Sie, wie es Ihnen beliebt.«

»Verstanden«, erklärte Sarah zähneknirschend.

»Sehr gut.« Abramowitsch nickte. »Ich werde St. Petersburg umgehend informieren. Ich bin sicher, dass man uns jede erdenkliche Unterstützung zukommen lassen wird. Und vielleicht«, fügte er hinzu, wobei nicht zu erkennen war, ob es ihm damit ernst war oder ob er nur spottete, »ist es uns ja möglich, unsere Meinungsverschiedenheiten für die Dauer der Expedition beizulegen.«

»Das bezweifle ich, Hauptmann«, entgegnete Sarah steif. »Denn was uns trennt, ist mehr als eine Meinungsverschiedenheit. Unsere Ziele sind so unterschiedlich, wie sie es nur sein können. Zweifellos wird Ihre Order lauten, die Natur jener mysteriösen Kraftquelle zu erkunden, sie auf ihren Nutzen hin zu beurteilen und gegebenenfalls im Namen des Zaren in Besitz zu nehmen. Ich hingegen sage Ihnen schon jetzt, dass ich alles unternehmen werde, was nötig ist, damit das dritte Geheimnis nicht in falsche Hände gerät.«

»Das ist Ihr gutes Recht«, erwiderte Abramowitsch mit einem Grinsen, das Sarah nicht gefallen wollte, »so, wie es mein gutes Recht ist, Sie daran zu hindern. Unsere Ziele mögen unterschiedlich sein, Lady Kincaid, aber die Situation zwingt uns zur Zusammenarbeit. Der Vergleich mit dem Blinden und dem Lahmen drängt sich geradezu auf, nicht wahr? Der eine weiß, wohin die Reise gehen soll, der andere hat die Mittel dazu. Wir beide sind aufeinander angewiesen, ob es Ihnen gefällt oder nicht.«

»Es gefällt mir ganz und gar nicht«, stellte Sarah klar, »aber das muss es ja auch nicht, oder?«

Der Russe taxierte sie mit einem langen Blick. »Nein«, gab er schließlich zu und wandte sich zum Gehen.

»Was ist mit unseren Fesseln?«, rief Hingis ihm nach. »Ich dachte, wir kommen frei?«

Abramowitsch lächelte schwach. »Erst, wenn wir wieder in Sewastopol sind, Doktor. Wir wollen doch nicht, dass unsere Kooperation endet, noch bevor sie richtig begonnen hat, nicht wahr?«

Damit verließ er das Zelt. Seinen Kosaken bedeutete er mit einem Wink, ihm zu folgen und die Gefangenen allein zu lassen. Sarah nahm an, dass es eine Geste des guten Willens sein sollte, aber sie konnte nichts Versöhnliches daran finden. Der Ochrana-Agent hatte sie hintergangen, manipuliert und erpresst, und ihr war nichts anderes übrig geblieben, als in seine Pläne einzuwilligen.

Oder?

Während Friedrich Hingis die Lippen zusammengekniffen hatte und stumm vor sich hin schmollte, hatten Hieronymos' Züge einen düsteren Ausdruck angenommen, das eine Auge sich zu einem schmalen Schlitz verengt. Dass der Zyklop sich sorgte, war unübersehbar, aber er schien es vorzuziehen zu schweigen – anders als el-Hakim ...

»Das ist nicht gut, Sarah«, murmelte der Alte auf Arabisch. »Das ist nicht gut ...«

»Ich hatte keine andere Wahl, Meister.«

»Du hättest ihm nichts von diesen Dingen erzählen dürfen.«

»Dann wärt Ihr jetzt tot.«

Die blinden Augen des Weisen richteten sich unverwandt auf sie. »Bisweilen, mein Kind, ist der Tod eine geringere Strafe als das Leben. Vor allem, wenn er jemanden in meinem Alter ereilt.«

»Ich konnte nicht anders, Meister, verzeiht«, rechtfertigte sich Sarah. »Außerdem haben wir nun eine Chance, rasch ans Ziel unserer Reise zu gelangen ...«

»... in Begleitung einer Schlange, die nur darauf wartet, ihre

Giftzähne in unser Fleisch zu schlagen«, fügte Ammon tadelnd hinzu. »War es wirklich mein Wohl, das du im Sinn hattest, mein Kind? Oder hast du dabei an Kamal gedacht?«

Sarah blieb eine Erwiderung schuldig. Die Frage war zu verletzend – und die Antwort zu kompliziert. Natürlich war es ihr darum gegangen, das Leben des Weisen zu retten, ihre Beweggründe waren jedoch egoistischer Natur gewesen ...

»Du musst dich vorsehen, Sarah«, flüsterte der Alte, noch ehe sie etwas erwidern konnte. »Lass nicht zu, dass deine Leidenschaft deine Überzeugung übersteigt. Willst du mir das versprechen?«

»Was meint Ihr damit, Meister?«

»Möglicherweise kommt eine Zeit«, orakelte el-Hakim düster, »da du dich entscheiden musst zwischen deiner Liebe zu Kamal und der Pflicht, die dir das Schicksal auferlegt hat ...«

10.

Reisetagebuch Sarah Kincaid
Nachtrag

Zumindest in einer Hinsicht hat Viktor Abramowitsch Wort gehalten: Noch am selben Tag wurden wir nach Sewastopol gebracht, wo man uns die Fesseln abnahm und uns unsere Habe zurückgab. Allerdings untersagte man uns, den streng bewachten Militärhafen zu verlassen. Unser diesbezüglicher Protest verhallte ungehört.

Schon jetzt zeichnet sich ab, dass die Zusammenarbeit mit den Russen nicht einfach werden wird, dennoch glaube ich noch immer, dass ich keine andere Wahl hatte. Die Situation ist verworren, und nicht nur ich habe Mühe, den Überblick zu behalten. Auch Hingis und Hieronymos wissen sichtlich nicht, wie sie mit unseren russischen Verbündeten verfahren sollen. Misstrauen herrscht auf beiden Seiten.

Zudem gehen mir die Worte von el-Hakim nicht aus dem Kopf. Obschon auch ich die Pläne der Bruderschaft vereiteln will, hat für mich die Suche nach Kamal die oberste Priorität. Bislang bin ich stets davon ausgegangen, dass diese beiden Ziele einander ergänzen oder sich zumindest nicht widersprechen; Ammons Warnung jedoch hat mich erstmals zweifeln lassen. Schwere Bedenken scheinen el-Hakim im Hinblick auf Kamals Rettung zu plagen. Wenn ich ihn danach frage, zieht er sich zurück und verweigert mir jede Auskunft, sodass ich nur beunruhigende Mutmaßungen anstellen kann.

Währenddessen werden die Vorbereitungen für eine Reise getroffen, wie sie noch keiner von uns jemals auf sich genommen hat und die uns weiter in die Ferne führen wird als jede andere zuvor …

Hafen von Sewastopol, Krim
Abend des 30. April 1885

Es dauerte mehr als eine Woche, bis die Expedition zur Abreise bereit war. Zwar waren die Depots und Lager von Sewastopol bis zum Rand gefüllt, und Viktor Abramowitsch besaß eine Generalvollmacht, die es ihm erlaubte, sich nach Belieben daraus zu bedienen; aber es zeigte sich, dass eine Unternehmung wie diese, die ja noch nie unternommen worden war, besonderer Vorbereitungen bedurfte.

Infolge der kalten Witterung, die in großer Höhe zu erwarten war, sollte zunächst fellgefütterte Winterkleidung aus Militärbeständen mitgenommen werden, die sich jedoch bei Weitem als zu schwer erwies, um in der Gondel mitgeführt zu werden. Alternativ griff man auf Ölzeug zurück, wie die Seeleute es bei schwerem Wetter trugen, darunter würden die Reisenden Unterkleider aus wärmender Wolle tragen; filzgefütterte Handschuhe und Stiefel sowie Mützen, die sich herunterziehen ließen, sodass sie das ganze Gesicht bedeckten, würden ein Übriges tun, die Passagiere des Luftschiffs vor der rauen Witterung zu schützen.

Der Proviant und die Wasservorräte, die man an Bord nahm, waren spärlich. Laut Abramowitschs Angaben war das Luftschiff in der Lage, Strecken von bis zu 120 Meilen pro Tag zu bewältigen; bei Anbruch der Dunkelheit musste es landen – einerseits, weil das Manövrieren bei Nacht zu große Risiken barg, andererseits, um die neuartigen Akkumulatoren, die den Antrieb mit Elektrizität versorgten, wieder aufzuladen. Bei dieser Gelegenheit konnten jeweils neue Vorräte gefasst und an Bord genommen werden.

Auch was die Ausrüstung der Expedition betraf, erlaubte die Natur des Fortbewegungsmittels keine allzu großen Zugeständnisse. Neben der Werkzeugkiste, die sich ohnehin an Bord befand, wurden lediglich Decken, ein Kochtopf, emailliertes Geschirr und Besteck sowie zwei gewachste Zeltbahnen mitgenommen, aus denen sich eine behelfsmäßige Behausung errichten ließ. Zu Forschungszwecken wurden Sarah außerdem ein Teleskop, ein Theodolit, zwei Messlatten sowie einige Seile zugestanden; dazu durfte jedes Besatzatzungsmitglied ein paar persönliche Dinge mitnehmen, die allerdings von Abramowitsch und seinen Leuten genau überprüft wurden.

Obwohl Sarah formal die Leiterin der Expedition war, ließ der Agent der Ochrana keinen Zweifel daran aufkommen, wer in Wirklichkeit die Fäden in der Hand hielt. Dazu gehörte auch, dass sämtliche Waffen, die mitgeführt wurden – im Ganzen zwei Revolver (darunter Sarahs Colt Frontier), vier Berdan II-Gewehre der neusten Bauart sowie zwei Krnka-Schnelllader –, unter Verschluss gehalten wurden und den Angehörigen des russischen Militärs vorbehalten waren. Auf diese Weise sollte wohl verhindert werden, dass es während des Fluges zu einer Meuterei kam und Sarah und ihre Leute sich des Schiffs bemächtigten – ein Gedanke, der geradezu lächerlich war, da weder sie noch einer ihrer Gefährten gewusst hätte, wie sich ein Luftschiff steuern ließ.

Der Mann, der dies vermochte, hieß Sergej Balakow und war am späten Nachmittag des 28. April in Sewastopol eingetroffen. Balakow war Offizier der russischen Armee und Ballonfahrer: einer jener Wagemutigen, deren Aufgabe es war, sich nicht nur den Launen von Wind und Wetter auszusetzen, sondern auch dem gegnerischen Bleihagel, indem sie sich in einem winzigen Korb über die Linien des Feindes treiben ließen und dessen Stärke auszukundschaften suchten.

Wenn Sarah erwartet hatte, dass man Balakow die tollkühne Natur seines Berufs ansehen würde, so wurde sie enttäuscht: Der Russe, der noch keine dreißig Jahre alt war und aus der Gegend von Smolensk stammte, war nur von mittlerer Größe und ebenso unscheinbar wie schüchtern. Das Gesicht war blass, die Augen schmal und von grauer Farbe, das blonde Haar dünn und, Balakows Alter zum Trotz, bereits schütter. Er redete nur selten, und wenn, dann meist nur, um dienstliche Anweisungen zu geben. An der Art, wie seine Männer ihm begegneten, konnte Sarah jedoch erkennen, dass sie ihm Respekt und Vertrauen entgegenbrachten, und sie hoffte, dass dieses Vertrauen gerechtfertigt war.

Das Zusammenstellen der Besatzung, die unter Balakows Obhut die Reise antreten würde, war nur eine Formalität: Die Mannschaft bestand außer dem Kapitän selbst noch aus zwei Mannschaftsdienstgraden, die zusammen mit ihm in Sewastopol eintrafen, dazu kamen Abramowitsch und Igor. Die fünf verbleibenden Plätze durfte Sarah nach Gutdünken besetzen, und wie sich zeigte, wollte keiner ihrer Gefährten zurückstehen. Hieronymos hatte ohnehin angekündigt, Sarah auf ihrer Reise nach Osten begleiten zu wollen, zudem war er der Einzige, der schon einmal in Tibet gewesen war; dass sich auch Ammon el-Hakim der Expedition anschließen würde, hatte Sarah zwar insgeheim gehofft, jedoch hätte sie dem Weisen niemals von sich aus dazu geraten, da kaum abzusehen war, welche Strapazen und Mühen die Reise ihnen abverlangen würde; Ufuk erklärte sich ohne Zögern bereit, seinem Meister auch auf diese gefährliche Mission zu folgen, und schließlich rang sich auch Friedrich Hingis dazu durch. Obwohl der Gedanke, sich vom sicheren Erdboden zu lösen, dem Eidgenossen keineswegs angenehm und er schon im Voraus überzeugt war, dass er keinen rechten Geschmack an der Fliegerei finden würde, ließ er es sich nicht nehmen, nach all den Fährnissen, die sie gemeinsam überstanden hatten, Sarah auch auf dieser letzten Reise zu begleiten, und so war die Mannschaft vollzählig.

Während Balakow Sarahs Wahl eher besorgt zur Kenntnis nahm, weil er sich fragte, wie ein Koloss vom Schlage Hieronymos' in der Gondel des Luftschiffs untergebracht werden könnte, ohne deren Stabilität zu gefährden (es war überhaupt nur möglich, weil Hingis, Ufuk und el-Hakim das zulässige Höchstgewicht weit unterschritten), hatte Abramowitsch nur ein mitleidiges Kopfschütteln dafür übrig. Sarah war klar, was der Agent dachte – natürlich fragte er sich, wie ein Halbwüchsiger, ein Greis, ein

Gelehrter und ein Monstrum ihnen wohl unterwegs von Nutzen sein könnten, und vermutlich rechnete er sich aus, dass, falls es zur Konfrontation käme, seine Soldaten und er in jedem Fall die Oberhand behalten würden. Sarah ließ ihn gewähren und unternahm nichts, um seine Meinung zu ändern. Unterschätzt zu werden verschaffte einen klaren strategischen Vorteil.

Jedem einzelnen Besatzungsmitglied war klar, dass sie sich auf ein Wagnis einließen, auf eine Reise, wie sie noch keiner vor ihnen angetreten hatte und die sie in unbekannte Regionen führen würde. Die tatsächliche Tragweite ihrer Entscheidung wurde Sarah und ihren Gefährten jedoch erst bewusst, als sich das Vehikel, das sie durch die Lüfte tragen sollte, erstmals in seiner vollen Größe vor ihnen erhob.

Unter Balakows Aufsicht waren die Kisten aus Varna geöffnet worden, und auf einem Areal, das sich südlich des Hafenbeckens befand und von einer hohen Absperrung umgeben war, Tag und Nacht bewacht von Marineinfanteristen, wurde das Luftschiff zusammengebaut.

Den Anfang machte die Gondel, die, wie Sarah schon auf dem Plan bemerkt hatte, einer oben offenen Kutsche ähnelte, die freilich keine Räder hatte; es gab einen hochgezogenen Bug, der sich nach vorn ein wenig verjüngte, und ein breites Heck, das zugleich den Antrieb und die Steuerung des Schiffes beherbergte. Die Länge der Gondel betrug nur rund fünf Yards, sodass absehbar war, dass die Besatzung keine allzu große Bewegungsfreiheit haben würde; jeder bekam einen Platz zugewiesen, an dem er während des Fluges auszuharren hatte. Zudem sah das Konstrukt aus mit wetterfestem Kanvas überzogenem Leichtmetall nicht sehr Vertrauen erweckend aus, wie Hingis mit leisem Stöhnen feststellte. Auch Sarah musste zugeben, dass ihr der Gedanke, in diesem Käfig Hunderte von Yards über dem Boden zu schweben, nicht gerade angenehm war, aber sie hütete sich davor, es sich anmerken zu lassen. Schon deshalb, weil sie Abramowitsch diesen Triumph nicht gönnen wollte.

Den Antrieb des Luftschiffs oder *aerostats*, wie Balakow es nannte, bildete ein neuartiger Motor, dessen Konstruktion und Bauweise wohl ebenso französisch war wie das Fortbewegungsmittel selbst. Denn anders als frühere Luftschiffe, von denen Sarah gehört und gelesen hatte, wurde dieses nicht von Dampf angetrieben, sondern von Elektrizität, die aus dem Speicher wiederaufladbarer Batterien stammte. Zwar führte auch dieses *aerostat* eine Dampfmaschine mit, die allerdings nur dazu diente, die Akkumulatoren während der nächtlichen Reiseunterbrechungen mittels Bewegungsenergie, die in Elektrizität umgewandelt wurde, neu zu laden. Sarah konnte nicht behaupten, jedes Detail des Vorgangs verstanden zu haben, aber sie begriff, dass es sich als unmöglich erwiesen hatte, Brennstoffe und Wasser, die zum Betreiben eines Dampfantriebs unerlässlich waren, in ausreichender Menge während des Fluges mitzuführen; die Akkumulatoren jedoch hatten dieses Problem gelöst und Abhilfe geschafft.

Am beeindruckendsten war jedoch der Auftriebskörper des Luftschiffs, dessen halbstarre Konstruktion Balakow und seine Leute am Vorabend des Abflugs errichteten: ein über achtzig Yards langes, geradezu riesenhaft anmutendes Gebilde, dessen länglich runde, sich an den Enden verjüngende Form an einen riesigen Fisch erinnerte. Gefüllt war es, ähnlich wie ein Ballon, mit Heißluft, die über einen oberhalb der Gondel angebrachten Petroleum-Brenner angeheizt wurde. Schon als der Auftriebskörper halb gefüllt war, hob sich die Gondel vom Boden, sodass sie mit Tauen und Ballastsäcken gesichert werden musste. Umhüllt wurde die »fliegende Sprotte«, wie Hingis das Luftschiff abschätzig nannte, von einem Netz, das wiederum mit den Seilen verbunden war, die die Gondel hielten.

Wie bei einem Segelschiff führten zu beiden Seiten Wanten empor, über die man hinaufklettern konnte, um den Brenner zu bedienen und gegebenenfalls Reparaturarbeiten am Auftriebskörper vorzunehmen. Überhaupt, so sagte Abramowitsch in einem seltenen Moment von Ehrlichkeit, sei dieser die Achillesferse des Luftschiffs; ein großes Leck, durch das die heiße Luft entwich, würde vielleicht zum Absturz, ganz sicher aber zu einer Notlandung führen, und was dies inmitten unwirtlichen und feindlichen Gebiets bedeuten mochte, brauchte nicht eigens gesagt zu werden. Der Russe betonte jedoch stolz, dass einer seiner Landsleute, ein Ingenieur namens Ziolkowski, bereits daran arbeite, einen Auftriebskörper aus Leichtmetall zu bauen, der ungleich weniger anfällig sei.

Aufgrund der begrenzten Tagesreichweite des Schiffes und seiner limitierten Flughöhe, die abhängig von Klima und Luftdruck höchstens 15 000 Fuß betrug, war eine sorgfältige Planung der Route vonnöten.

Unter Zuhilfenahme von Kartenmaterial aus dem Archiv der Hafenkommandantur legte Balakow eine Route fest, die die hohen Gipfel mied und stattdessen versuchen würde, durch Überfliegen von Pässen und Bergsätteln auf das Dach der Welt zu gelangen. Je weiter es jedoch nach Osten ging, desto spärlicher wurde das Material, und was das ferne Ziel der Reise betraf, so existierten überhaupt keine verlässlichen Karten, sondern lediglich einige Skizzen, die ganz offenbar aus Geheimdienstquellen stammten und die Abramowitsch eifersüchtig hütete. Sarahs süffisante Bemerkung, die Ochrana hätte die Hilfe des britischen Nachrichtendiensts gut gebrauchen können, konterte er mit dem Hinweis, dass ein Major der russischen Armee – ein gewisser Nikolai Michailowitsch Prschewalski – bereits vor fünfzehn Jahren von Irkutsk aus eine Expedition in die Mongolei unternommen hätte, die ihn schließlich auch nach Tibet führte. Jedoch hätte diese Erkundung dem östlichen Teil des Landes gegolten, wohingegen der Westen noch weitgehend unerforscht sei, auch von den Briten.

Sarah widersprach nicht; zum einen, weil sie es nicht besser wusste, zum anderen, weil sie sich keine kleinkarierten Gefechte mit dem Russen liefern wollte. Es gab allen Grund, seine Kräfte zu schonen. Bei Tagesanbruch würde die Reise beginnen, die das größte Wagnis darstellte, auf das sich Sarah jemals eingelassen hatte. Eine Reise zu neuen Horizonten – und nicht zuletzt auch in ihre eigene Vergangenheit ...

Hieronymos hatte sich bereits zur Ruhe begeben, ebenso wie der junge Ufuk, der den Tag über mit Botengängen beschäftigt gewesen und schon beim Nachtmahl fast eingenickt war. Nur Sarah, Hingis und el-Hakim waren noch auf den Beinen, und wie so oft in den letzten Stunden standen sie auf dem Platz, auf dem das Luftschiff verankert war, und blickten daran empor. Abramowitsch, der einmal mehr die Kommandantur aufgesucht hatte, um nach St. Petersburg zu telegraphieren und – so nahm Sarah an – seine letzten Befehle entgegenzunehmen, hatte die Posten verdoppeln und zusätzlich zu den Marineinfanteristen auch noch Igor und seine Kosaken Aufstellung nehmen lassen. Mit blank gezogenen Klingen standen sie um das *aerostat* versammelt, und ihre eisernen Mienen ließen keinen Zweifel daran, dass sie jeden in Stücke hauen würden, der es wagte, sich unbefugt zu nähern.

»Und du bist sicher, dass uns dieses Ding tragen wird?«, erkundigte sich Hingis argwöhnisch.

»Keineswegs«, bekannte Sarah, um, als der Schweizer sie mit einem vorwurfsvollen Seitenblick bedachte, rasch hinzuzufügen: »Aber ich hoffe es wirklich sehr.«

»Wie tröstend.« Hingis räusperte sich. »Weißt du, werte Freundin, ein wenig erinnert mich das an ein anderes Fortbewegungsmittel, mit dem wir einst gereist sind und das nicht weniger unkonventionell war. Allerdings habe ich keine sehr guten Erinnerungen an diese Reise.«

Sarah wusste natürlich, worauf er anspielte. Damals, als sie von Marseille nach Alexandrien übergesetzt waren, hatten sie sich eines Unterseebootes bedient, das der ebenso geniale wie spleenige Capitaine Hulot geradewegs unter den britischen Schlachtschiffen hindurchsteuerte, die eine Blockade um Alexandria errichtet hatten.

Wenn sie daran zurückdachte, sah Sarah Hingis noch lebhaft vor sich, mit grün verfärbten Zügen und einem bekümmerten Ausdruck im Gesicht ...

»Habt Vertrauen, meine Kinder«, sprach el-Hakim ihnen Mut zu, was Sarah sogleich für Hingis übersetzte.

»Ach ja?« Der Schweizer war wenig überzeugt. »Und wieso, wenn ich fragen darf? Offen gestanden, traue ich dieser fragwürdigen Konstruktion nicht weiter, als ich sie werfen könnte.«

»Wer auf des Schicksals Pfaden wandelt, der hat nichts zu fürchten«, eröffnete der Weise, nachdem Sarah Hingis' Bedenken ins Arabische übertragen hatte.

»Und das bedeutet, Meister?«, fragte Sarah.

»Dass all dies geschehen sollte«, meinte der alte Ammon überzeugt. »Dass es vorgezeichnet war im Buch der Geschichte.«

»Es sollte geschehen? Aber Meister, habt nicht Ihr selbst gesagt, dass es ein Fehler war, sich mit Abramowitsch zu verbünden? Dass ich niemals ...«

»Ich bin alt, mein Kind«, erklärte el-Hakim, »und ich habe vieles gesehen – dennoch bin auch ich nicht vor einem Irrtum gefeit. Inzwischen weiß ich, dass wir in Wahrheit keine andere Wahl hatten, als dem Pfad zu folgen, den uns das Schicksal vorgab. Du nicht – und ich ebenfalls nicht.«

»Woher dieser Sinneswandel?«, wollte Sarah verwundert wissen. »Wann habt Ihr das erkannt, Meister?«

»Als ich von diesem Wunderwerk erfuhr«, antwortete der Alte, auf das Luftschiff deutend.

»Aber Meister, es ist kein Wunderwerk, sondern nur eine Maschine, die die physikalischen Gesetze nutzt, um ...«

El-Hakim lachte leise.

»Was habt Ihr, Meister?«

»Hältst du mich wirklich für so dumm, mein Kind? Natürlich weiß ich, dass dies ein Gebilde von Menschenhand ist. Das Wunder, von dem ich spreche, ist ganz anderer Art.«

»Tatsächlich?«

Statt direkt zu erklären, worauf er hinauswollte, antwortete der Weise mit einem Zitat:

Denn über den Bergen, den hohen,
die nur des Vogels Flug übersteigt,
leben die Krieger, die Arimaspen,
die das Geheimnis hüten . . .

»Verstehst du, was ich meine, Kind?«, fügte er anschließend hinzu.

»Ich glaube, ja, Meister«, bestätigte Sarah verblüfft. Viele Male hatte sie das Gedicht des Aristeas schon gelesen, doch es war ihr nie wirklich aufgefallen, dass darin von hohen Bergen die Rede war, die man nur im Flug überwinden konnte.

»Gottes Wege sind unergründlich«, entgegnete der Alte, »aber auf die ein oder andere Art scheint sich zu erfüllen, was vor so vielen Jahrhunderten geschrieben wurde. Dies«, sagte er, auf das Luftschiff deutend, »ist der vorgezeichnete Weg, um die Reise fortzusetzen und die Bestimmung zu erfüllen, davon bin ich inzwischen überzeugt.«

Sarah bedachte el-Hakim mit einem Blick, der zugleich bewundernd und voller Dankbarkeit war. Schon als sie noch ein Kind gewesen war, hatte er es verstanden, ihr mit wenigen Worten Mut zu machen, jedoch niemals so sehr wie in diesem Augenblick. Sie übersetzte für Hingis, und auch der Schweizer schien sich ein wenig zu entspannen.

Schweigend standen sie noch eine Weile vor dem Schiff, dessen eindrucksvolle Konturen sich gegen das Licht der untergehenden Sonne abzeichneten. Wind war aufgekommen, der von der See landeinwärts wehte und am Auftriebskörper zerrte. Die Haltetaue knarrten, als könnte das riesige Gebilde es kaum erwarten, der Anziehung der Erde zu trotzen und sich in die Lüfte zu schwingen.

Nur noch wenige Stunden, dachte Sarah.

Nur noch wenige Stunden …

BOMBAY, BRITISCH-INDIEN
ZUR SELBEN ZEIT

»Hatten Sie eine angenehme Reise, Sahib?«

Der *Babu**, der an Bord gekommen war, um die fünf Europäer zu begrüßen, verbeugte sich tief, was Lemont mit Wohlwollen zur Kenntnis nahm. Wie bedeutend der Umfang an Loyalität war, den man mit Geld erwerben konnte, erstaunte ihn immer wieder.

Inmitten zahlloser britischer Schiffe, die unter dem Banner der *Peninsular and Oriental Steam Navigation Company* fuhren, hatte die ›Liberté‹ am Abend im Hafen von Bombay angelegt. Die Weite der Arabischen See erstreckte sich hinter ihnen als schwarz glitzernde Fläche, in der sich das Licht der Sterne verheißungsvoll spiegelte; vor ihnen lag die Stadt, die von den Briten gerne als *Gateway to India* bezeichnet wurde. Ein endlos scheinendes Meer aus windschiefen Dächern, von denen grauer Rauch aufstieg und aus denen hin und wieder die steinernen Gebäude der britischen Kolonialherren ragten, erstreckte sich östlich des Hafenbeckens, und der strenge Geruch, den der Wind herübertrug und der ein wenig nach Marsala, vor allem aber nach Exkrementen und Unrat roch, ließ Lemont innerlich die Nase rümpfen. Er verabscheute Orte wie diesen, an denen das Leben unkontrolliert wucherte und eitrige Geschwüre hervorbrachte, die in der Hitze der Sonne stanken und schwärten.

Angewidert blickte er zu den Hütten hinüber, die sich entlang der Kaimauer erstreckten und wo auch zu vorgerückter Stunde noch reges Treiben herrschte. Fackeln erhellten die Unterstände und Verschläge, vor denen unzählige Wasser- und Obstverkäufer,

---

* Inder in Diensten der britischen Verwaltung

Süßwarenhändler und *kunjiris** unter lautstarken Rufen ihrer Tätigkeit nachgingen. Ihre Kundschaft waren Seeleute, deren Schiffe tagsüber angelegt hatten und die nun auf Landgang waren, aber auch Angehörige der britischen Verwaltung, die in ihren makellosen, blitzend weißen Uniformen weithin auszumachen waren und einen bemerkenswerten Kontrast zur dunklen, schweißglänzenden Haut der Kulis bildeten, die ihre oftmals abenteuerlich zusammengezimmerten Karren hinter sich her zogen.

Obwohl sich Lemont Mühe gab, sich seine Abscheu nicht allzu sehr anmerken zu lassen, gelang es ihm nicht ganz. Er hatte Bombay nie gemocht. Für Europäer war die Stadt, die nach dem örtlichen Kult der Göttin Mumba benannt war, ein notwendiges Übel, wenn man das asiatische Hinterland erreichen wollte, aber Lemont hatte dem riesigen, dampfenden und aus jeder Pore schwitzenden Moloch noch nie etwas abgewinnen können, in dem sich Inder, Briten, Chinesen, Juden, Araber und Perser ein ebenso buntes wie lärmendes Stelldichein gaben. Vielleicht, weil es ihn an New Orleans erinnerte …

»Danke, die Überfahrt war sehr angenehm«, entgegnete er und erwiderte die unterwürfige Geste des *Babu* mit einem wohlwollenden Nicken. »Wurde alles wie gewünscht vorbereitet?«

»Gewiss, Sahib«, antwortete der Bedienstete beflissen, der einen Turban und die weiße Kleidung der Kolonialverwaltung trug. »Im Bengala-Hotel wurden wie von Ihnen gewünscht fünf Zimmer reserviert. Die *ticca ghari***, die am Kai auf Sie wartet, wird Sie und Ihre Begleiter dorthin bringen, sodass Sie sich von der langen Reise erholen können.«

»Und die Weiterreise?«, erkundigte sich Lemont, der kein Verlangen danach verspürte, auch nur einen Tag länger als unbedingt nötig in Bombay zu verweilen.

---

* hin. Gemüsehändler

** hin. Mietkutsche

»Alles wurde nach Ihrem Wunsch avisiert, Sahib«, versicherte der *Babu*, wobei er sich abermals verbeugte. »Schon übermorgen verlässt ein Zug der Indischen Eisenbahn die Viktoria Station und wird Sie über Agra nach Delhi bringen.«

»Gut, sehr gut«, erwiderte Lemont leise.

Alles verlief genau nach Plan.

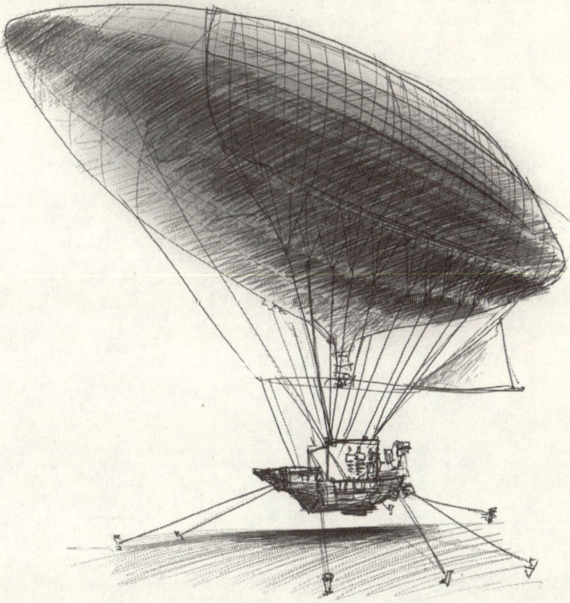

Zwischenbericht
In den Lüften

Anmerkung:

Über den Verlauf der Reise im Luftschiff existieren keine Tagebucheinträge Lady Kincaids; ob dies den beengten und überaus spartanischen Raumverhältnissen im zaristischen Aerostat *zuzuschreiben ist, die das Führen eines Logbuchs unmöglich gemacht haben, oder ob die Aufzeichnungen im Zuge der nachfolgenden, überaus dramatischen Ereignisse verloren gegangen sind, entzieht sich unserer Kenntnis. Um dem Leser dennoch einen möglichst lückenlosen Eindruck von den Entbehrungen und Gefahren der abenteuerlichen Luftfahrt zu geben, wurde daher versucht, den Reiseverlauf aufgrund späterer Berichte und Zeugenaussagen authentisch zu rekonstruieren.*

Der Verfasser.

1.

Das Gefühl, das Sarah Kincaid empfunden hatte, als die Haltetaue gekappt und die Ballastsäcke gelöst worden waren und das Luftschiff endlich seinem Bestimmungsort entgegenschwebte, war unbeschreiblich gewesen: ein Anflug von Euphorie, wie sie ihn lange nicht mehr verspürt hatte. Bar aller Fesseln, war das Luftschiff aufgestiegen, hatte den Kriegshafen und die tristen Ruinen Sewastopols hinter sich gelassen und war in ein Reich vorgedrungen, das bislang den Kreaturen des Himmels vorbehalten gewesen war. Ein alter Traum erfüllte sich, als Kapitän Balakow die Anweisung gab, die Maschine anzuwerfen und Kurs Ost-Südost anzulegen, denn zum ersten Mal war ein Fluggerät, das der Mensch ersonnen und gebaut hatte, nicht den Launen des Windes ausgesetzt, sondern in der Lage, sich aus eigener Kraft zu bewegen. Und indem sich das Heckruder knarrend gegen die Brise stemmte, hatte das Vehikel Fahrt aufgenommen und bewiesen, dass Abramowitsch nicht übertrieben hatte: Russland befand sich tatsächlich im Besitz eines funktionierenden Luftschiffs!

Während Balakow und seine Leute nicht das Verlangen zu haben schienen, ihrem denkwürdigen Fortbewegungsmittel einen Namen zu geben, hatte Sarah dies in Gedanken längst getan und es nach demjenigen Menschen benannt, um dessen Liebe willen sie all dies auf sich nahm.

Kamal.

Wann auch immer eine Bö das Schiff erfasste und es zum Spielball von Kräften machte, gegen die sich alles menschliche Tun verschwindend gering ausnahm, brauchte sie den Namen nur vor sich hin zu flüstern, um wieder neuen Mut zu fassen und darauf zu vertrauen, dass die Konstruktion sie nicht im Stich lassen, sondern sie allen Naturgewalten zum Trotz ans Ziel der Reise bringen würde.

El-Hakim und Ufuk vertrauten auf die Vorsehung und meisterten die Fährnisse, die die Luftreise dem menschlichen Organismus auferlegte, mit bewundernswerter Leichtigkeit – anders als Friedrich Hingis, dessen Befürchtungen sich allesamt zu bestätigen schienen. Nicht nur, dass es der Natur des bodenständigen Schweizers zutiefst zuwiderzulaufen schien, den Erdboden zu verlassen, es hatte auch Auswirkungen auf seine Verdauung und hinterließ unübersehbare Spuren in seinem Gesicht, die von fahlgrüner Färbung bis hin zu schwärzlichen Rändern um die Augen reichten. Gegen Nachmittag, wenn die Sonne dem Horizont entgegensank und die Stunde sich näherte, da das Luftschiff landen würde, besserte sich sein Befinden merklich, und hin und wieder war auch ein Lächeln auf seinen ausgemergelten Zügen zu sehen. Am Morgen jedoch, wenn die Reise weiterging und die ›Kamal‹ sich wieder in luftige Höhen schwang, pflegte Hingis den Eindruck eines Todkranken zu vermitteln, dessen Tage auf Erden gezählt waren.

Hieronymos hingegen schien seit dem Tag der Abreise von einer seltsamen Melancholie erfüllt. Er sagte kaum ein Wort und beteiligte sich nicht an den Gesprächen der anderen, und wenn Sarah ihn etwas fragte, so fielen seine Antworten einsilbig aus. Gewöhnlich verbrachte er die Tage damit, an dem ihm zugewiesenen Platz an der Backbordseite der Gondel zu stehen und nach Osten zu blicken, wo er das ferne Ziel der Reise wusste. Was ihm dabei durch den Kopf ging, war unmöglich zu erraten, und er vertraute sich auch Sarah nicht an, wohl weil sie seit dem Tag des Abflugs keinen Augenblick mehr ungestört waren.

Tagsüber sorgte die drückende Enge an Bord der Gondel dafür, dass kein Wort gewechselt werden konnte, ohne dass Abramowitsch es erfuhr, nachts war es Igor, der wie ein Schatten um das Lager schlich und seine Ohren überall zu haben schien. Obwohl sich der Mann von der Ochrana alle Mühe gab, den Anschein zu erwecken, als wäre alles in bester Ordnung, war das Misstrauen zwischen den beiden Teilen der Besatzung beinahe körperlich zu spüren. Einzig Balakow schien davon ausgenommen. Dem Kapitän schien es vor allem darum zu gehen, das Luftschiff auf seiner Jungfernfahrt sicher und zuverlässig zu steuern.

Zu Beginn der Reise hätte Sarah es nicht für möglich gehalten, aber bereits am vierten Tag begann sich das Auge an fernen Bergen, grünen Wäldern und braun gefleckten Steppen sattzusehen, die unter ihnen vorbeizogen und in die hin und wieder einzelne Siedlungen gestreut waren. Obschon die ›Kamal‹ mit größerer Geschwindigkeit reiste als jedes andere Fortbewegungsmittel, kam es Sarah angesichts der ungeheuren Strecke so vor, als rührten sie sich kaum von der Stelle. Das Gefühl von Freiheit, das sie am Tag der Abreise verspürte hatte, verflog und machte Ernüchterung Platz, und Sarah musste feststellen, dass die Stunden des Tages, in denen sie zwischen den Wolken hingen und infolge von Abramowitschs fortwährender Beobachtung kaum etwas anderes tun konnten, als den eigenen Gedanken nachzuhängen, immer länger wurden.

Auf den ersten drei Etappen der Reise, die von Sewastopol nach Kerč, von dort nach Soči und schließlich ans östliche Ende des Schwarzen Meeres nach Poti führte, legte das Luftschiff infolge des beständigen Ostwinds eine Strecke von etwas mehr als vierhundert Meilen zurück. An den Ausläufern des südlichen Kaukasus entlang ging es nach Tiflis, durch die zerklüftete Landschaft Aserbaidschans nach Ganžă und von dort nach Baki. Es war das erste Mal, dass Sarah das Kaspische Meer zu sehen bekam, aber aus der Luft betrachtet, wirkte es unerreichbar und auf seltsame Weise unwirklich. *Caelum non animum mutant, qui trans mare currunt** hatte schon der römische Dichter Horaz von den Seefahrern behauptet – für jene, die durch die Lüfte reisten, schien dasselbe zu gelten.

---

* lat. Die übers Meer reisen, tauschen den Himmel, nicht ihren Sinn.

Erst wenn das Luftschiff zurück zur Erde sank und die Passagiere die Gondel verließen, um die Nacht am Boden zu verbringen, gewann die Umgebung wieder reale Bedeutung. Dann hatte Sarah das Gefühl, ihrem geliebten Kamal wieder ein wenig näher zu sein, auch wenn es womöglich nur eine Selbsttäuschung war.

Wie an jedem Abend gab es auch nach der Landung am Meer ein Nachtmahl, das Ufuk zubereitete; da man in Baki Vorräte fassen konnte, fiel es an diesem Abend deutlich umfangreicher aus als an den Tagen zuvor, und so gab es statt der gewohnten Ration Reis diesmal Käse und Feigen und sogar Hammelfleisch zu essen.

Da Balakow das Risiko, die Kaspische See direkt zu überqueren, als zu hoch einstufte, folgte die weitere Route dem Verlauf der Küste. Die nächsten Stationen waren Astara, Rašt, Čalus und schließlich Gorgan. Über die südlichen Steppen Turkmeniens hinweg, der Heimat des jungen Ufuk, ging es weiter gen Osten, ehe am zwölften Tag der Reise in der Ferne die gezackten, weiß gekrönten Zinnen der Berge auftauchten. Im Lauf der nächsten acht Tage arbeitete sich das Luftschiff weiter voran und trotzte nicht nur den Winden, die von den Bergen her durch die Ebene fuhren, sondern auch dem Regen, der von Südosten heranzog und ein erster Vorbote des Monsuns war, der schon bald über den indischen Subkontinent hereinbrechen würde. Wenn die ›Kamal‹ ihr Ziel bis dahin nicht erreicht hatte, war kein Weiterkommen möglich.

Infolge des schweren Regens blieb das Luftschiff zwei Tage am Boden. Am 23. Mai endlich setzte es die Reise fort und überquerte die Grenze des von den Briten besetzten nördlichen Afghanistan. Von da an befand es sich – jedenfalls nach Abramowitschs Verständnis – über feindlichem Territorium. Man mied die Städte und großen Siedlungen und hielt sich nördlich von Kabul, um schließlich über den Khaibar Pass und an den Ausläufern des Hindukusch entlang nach Vorderindien vorzustoßen. Je weiter es nach Osten ging, desto mächtiger wurden die Erhebungen und desto höher musste Balakow das Luftschiff steuern. Entsprechend kälter wurde es, sodass das Ölzeug und die wollene Unterkleidung schon bald kaum noch ausreichten. Die Mützen wurden übergezogen, aber auch sie boten nur unzureichend Schutz vor den niedrigen Temperaturen in luftiger Höhe. Sarah fror erbärmlich und hätte manches darum gegeben, ihre Jacke aus fellgefüttertem Leder bei sich zu haben, aber kein Wort der Klage kam ihr über die Lippen.

Am achtundzwanzigsten Tag der Reise bewältigte die ›Kamal‹ die rund einhundert Meilen betragende Distanz zwischen Pathankot und Rampur. Rampur war, wie Abramowitsch aus den Dossiers seiner Abteilung zu berichten wusste, die Hauptstadt der Bergprovinz Bashar, die zumindest auf dem Papier vom britischen Empire unabhängig war, deren Radscha aber, wie Abramowitsch abschätzig hinzufügte, freundschaftliche Beziehungen zur Kolonialverwaltung pflegte. Da Rampur die letzte bedeutende Siedlung vor der Grenze war und regen Handel mit dem benachbarten Tibet trieb, brachte Balakow das Luftschiff dennoch in unmittelbarer Nähe der Stadt zur Landung, um noch einmal Wasser und Vorräte zu fassen, ehe die Expedition in das *terra incognita* begann. Außerdem wollte man die Dienste eines *sirdar* in Anspruch nehmen, eines ortskundigen Führers, der das unzureichende Kartenmaterial ergänzen helfen sollte.

Das Auftauchen eines Fluggeräts, das noch dazu so riesig war wie die ›Kamal‹, löste unter den Einwohnern Rampurs einen Aufruhr aus.

Auf einer sanft abfallenden Wiese, die südlich der über dem Fluss Sutlej thronenden Siedlung lag, brachte Balakow das Luftschiff zur Landung. Die beiden Anker wurden geworfen, und mit der Routine der täglichen Übung glitten Dimitri und Pjetr, die beiden Matrosen, an den Seilen hinab, um die Gondel zu sichern. Hin und wieder hatte – sehr zum Missfallen des alten Ammon – auch Ufuk schon an dem waghalsigen Prozedere teilgenommen, das mit jeder Landung einherging. An diesem Tag hatte el-Hakim es ihm untersagt – wie sich herausstellen sollte, in weiser Voraussicht.

Denn kaum hatte der erste der beiden Matrosen den Erdboden erreicht, traf ihn auch schon ein Stein, den ein Stadtbewohner geworfen hatte – und es blieb nicht der Einzige!

Ein ganzer Hagel faustgroßer Geschosse ging auf die beiden Männer nieder, die ihnen nur deshalb nicht gefährlich wurden, weil sie sich rasch hinter einen großen Felsen flüchteten. Eine Meute aufgebrachter Stadtbewohner tauchte auf, die meisten von ihnen Inder, aber auch einige gedrungene Pahari, wie die Bewohner der Bergregionen genannt wurden. Wofür auch immer sie das Luftschiff und seine Besatzung halten mochten: dass sie ihm nicht freundlich gesonnen waren, war unschwer festzustellen.

»Gekaufte Idioten«, maulte Abramowitsch. »Vermutlich steht jeder Einzelne von diesen zerlumpten Teufeln in britischen Diensten.«

»Das glaube ich weniger«, meinte Hingis, der neben ihm an der Reling stand und auf die Meute hinunterblickte. Sie konnten von Glück sagen, dass die Leute nicht in der Lage waren, ihre Steine so weit zu werfen, dass sie die Gondel erreichten. Und über Schusswaffen schienen die Einwohner von Rampur glücklicherweise nicht zu verfügen. »Offen gestanden, sieht es mir eher aus, als würde man *uns* für Ausgeburten der Hölle halten«, fügte der Schweizer mutmaßend hinzu.

»Uns?« Der Russe schaute ihn verständnislos an.

»Nun ja, was würden Sie denken, wenn Sie in einem Dorf am Rand der bekannten Welt leben und auf einmal ein riesengroßes fliegendes Etwas aus dem Himmel herabsinken würde?«

»Wenn schon.« Abramowitsch strich sich über den Bart, der im Lauf der vergangenen drei Wochen in seinem Gesicht gewuchert war – zur Morgentoilette und anderen Tätigkeiten, die dem Behufe der Reinlichkeit dienten, bot sich nur selten Gelegenheit. »Ich werde mir von diesem Bauernpack nicht unser Schiff auseinandernehmen lassen.«

»Ich bin Ihrer Ansicht, Hauptmann«, fügte Sarah mit vor Sarkasmus triefender Stimme hinzu. »Sie sollten die Menschen alle erschießen. Ich bin überzeugt, Igor erledigt das gerne für Sie.«

Der Mann von der Ochrana erwiderte etwas Unverständliches. Dann gab er, sehr zu Sarahs Bestürzung, seinem Handlanger tatsächlich ein Zeichen, worauf dieser nach einem der Berdan-Gewehre griff.

»Was ...?«, wollte Sarah fragen, als Igor auch schon feuerte – geradewegs in die Luft.

Der peitschende Knall des Schusses zeigte dennoch Wirkung. Die aufgebrachten Bewohner, die sehr wohl zu wissen schienen, was ein *bandook** anrichten konnte, wichen furchtsam zurück.

»Dachten Sie wirklich, ich würde auf wehrlose Menschen feuern lassen?«, erkundigte sich Abramowitsch bei Sarah.

»Der Gedanke kam mir«, gab diese zu.

»Wie es aussieht, haben Sie noch eine Menge zu lernen.«

»Seien Sie unbesorgt, Hauptmann. Ich lerne schnell ...«

Abramowitsch wandte sich an Balakow und sagte etwas auf Russisch, worauf der Kapitän, der seine Uniform in Sewastopol zurückgelassen hatte und ebenso wie seine beiden Untergebenen Zivilkleidung trug, nur mit den Schultern zuckte und etwas erwiderte, dass dem Ochrana-Agenten ganz und gar nicht zu gefallen schien.

»Was sagt er?«, wollte Sarah wissen.

»Ich habe ihn aufgefordert, das Luftschiff wieder zu starten, da wir hier offenbar nicht erwünscht sind. Aber er sagt, dass das Auftriebsvolumen des Luftkörpers für den Landevorgang so beträchtlich verringert werden muss, dass wir erst in einer Stunde wieder abheben können.«

»In einer Stunde?« Sarah hob die Brauen.

»Genau das«, knurrte Abramowitsch, auf den nahen Wald deutend. »Bis dahin hängen wir womöglich alle schon an diesen Bäu-

* hin. Gewehr

men dort. Vielleicht werden wir bald doch gezwungen sein, auf diese ach so wehrlosen Menschen zu schießen.«

»So wehrlos sind die nicht«, meldete sich Hingis, der an der Reling stand und wachsam auf die Meute blickte. »Seht euch das an!«

Sie schauten in die Richtung, die der Schweizer ihnen bedeutete: Die Stadtbewohner hatten Verstärkung bekommen! Eine Abteilung Soldaten, die weiße Uniformen und Turbane trugen und mit Musketen bewaffnet waren sowie mit Lanzen, an deren Spitzen die Farben Bashars wehten, hatte sich zu der aufgebrachten Menge gesellt, deren Wortführer heftig gestikulierend mit dem Kommandanten sprach.

Worum es ging, war unschwer zu erraten.

»Oje«, machte Hingis düster. »Wenn die Soldaten das Feuer auf uns eröffnen, sind wir geliefert.«

»Allerdings«, stimmte Abramowitsch zu. »Wenn der Auftriebskörper getroffen wird, schwindet jede Chance, dass wir innerhalb einer Stunde wieder von hier verschwinden. Igor!«

Abramowitschs Schatten erwiderte nichts. Dafür griff er erneut zum Gewehr. Ein weiteres reichte er Abramowitsch.

»Einen Augenblick«, verlangte Sarah. »Bevor wir schießen, sollten wir mit diesen Leuten sprechen.«

»Nur zu«, forderte der Russe sie grinsend auf. »Aber ich warne Sie. Diese Hinterwäldler sind ebenso verschlagen wie gefährlich.«

»Da sind sie nicht die Einzigen«, beschied sie ihm mit einem freudlosen Lächeln. »Allmählich bin ich daran gewöhnt.«

Der Trupp der Soldaten hatte sich in Bewegung gesetzt und kam auf das Luftschiff zu, dessen Gondel rund zwanzig Schritte über dem Boden schwebte, gehalten nur von den Ankertauen und den beiden Matrosen, die noch immer unten am Boden waren. Wenn der Sergeant und seine Leute beeindruckt waren, so ließen sie es sich nicht anmerken. Herausfordernd schauten sie zur Gondel empor.

»Briten?«, fragte der *havildar* in akzentbehaftetem, aber verständlichem Englisch.

Sarah musste an das denken, was Abramowitsch ihr über den Radscha von Rampur erzählt hatte, und beschloss, dass es das Beste wäre, mit offenen Karten zu spielen. »Ja«, bestätigte sie. »Wir sind Wissenschaftler auf einer Erkundungsmission.«

»Steigen herab«, forderte der Sergeant sie auf und winkte. »Werden gebracht in Palast des Radschas.«

Sarah bedachte Abramowitsch, der neben ihr stand, mit einem Seitenblick. »War das gerade eine Einladung?«

»Nein«, meinte der Geheimdienstler überzeugt, »es war eine Aufforderung, ihnen das *aerostat* kampflos zu übergeben. Die wollen uns nur dazu bringen, das Luftschiff zu verlassen.«

Sarah teilte Abramowitschs Argwohn nicht, aber ihr war auch klar, dass sie den Russen nicht dazu würde bringen können, gegen seinen Willen aus der Gondel zu steigen. »Wir danken dem Radscha für die freundliche Einladung«, sagte sie deshalb, »aber wir ziehen es vor, unsere Reise so rasch wie möglich fortzusetzen.«

Der *havildar* schien die Absage nicht gelten lassen zu wollen. »Haben Ballon ohne Erlaubnis auf Boden von Radscha gelandet«, entgegnete er und lieferte gleichzeitig die Erklärung dafür, dass seine Leute und er vom Auftauchen des Luftschiffs ungleich weniger überrascht waren als die Zivilisten: Offenbar hatten sie schon britische Militärballons zu Gesicht bekommen und hielten die ›Kamal‹ lediglich für ein besonders großes Exemplar.

»Das bedauern wir sehr«, versicherte Sarah, »ebenso, wie wir es bedauern, die Einwohner von Rampur erschreckt zu haben. Das lag nicht in unserer Absicht.«

»Haben gelandet Ballon ohne Erlaubnis von Radscha«, wiederholte der Sergeant beharrlich. »Bashar nicht britischer Besitz. Bedeutet, dass Ballon gehört Radscha.«

Sarah war zu verblüfft, um etwas zu erwidern, anders als Abramowitsch, der mit nichts anderem gerechnet zu haben schien.

»Nun ist die Katze wenigstens aus dem Sack«, knurrte er. »Darauf also hat dieser Tagedieb es abgesehen. Er will unser Schiff.«

»W-wozu?«, fragte Sarah verblüfft. Sie konnte sich beim besten Willen nicht vorstellen, was der Herrscher einer hinterindischen Bergprovinz mit einem modernen Luftschiff anfangen wollte.

»Wenn meine Informationen zutreffen, so ist der Radscha ein alter Zecher. Wahrscheinlich will er das *aerostat*, um es bei der Kolonialverwaltung gegen ein flüssiges Lösegeld einzutauschen. Sie haben ihm ja den Floh ins Ohr gesetzt, dass wir Briten wären.«

»Es schien mir vernünftig«, verteidigte sich Sarah.

»Vernünftig wäre es, diesem Großmaul da unten das selbige zu stopfen«, konterte Abramowitsch wütend. Dann straffte er seine Gestalt und wandte sich dem Anführer der Soldaten zu. »Auf keinen Fall«, stellte er klar. »Dieses Luftschiff ist unser Eigentum und steht unter dem Schutz der …« – man konnte sehen, wie viel Überwindung es ihn kostete, die Worte auszusprechen – »der britischen Regierung.«

Der Sergeant schien einen Augenblick nachzudenken, und Sarah und ihre Gefährten hofften, dass Abramowitschs Worte genügend Eindruck geschunden hätten, um die Soldaten umkehren zu lassen.

Aber das war nicht der Fall.

Auf einen Befehl ihres Anführers hin rammten die Kämpfer, acht an der Zahl, ihre Lanzen in den Boden und nahmen die Musketen von den Schultern, um sie zu laden.

»Mist«, sagte Hingis herzhaft.

Auch wenn die Passagiere des Luftschiffs ebenfalls bewaffnet waren – der Auftriebskörper und der Kanvas, mit dem die Gondel bespannt war, boten den feindlichen Kugeln zu wenig Widerstand, als dass die Gegenwehr von langer Dauer hätte sein können. Solange die ›Kamal‹ nicht in der Lage war, sich fortzubewegen, war sie den Angreifern nahezu schutzlos ausgeliefert, aller modernen Technik zum Trotz.

Es war eine frustrierende Einsicht, die auch Abramowitsch zu dämmern schien. Gleichwohl zog es der Russe vor, sein Gewehr in den Anschlag zu nehmen und auf die Soldaten zu zielen. Igor tat es ihm gleich. »Wenn Sie das Feuer eröffnen«, rief er dazu, »werden wir das als feindlichen Akt werten und uns verteidigen.«

Den *havildar* schien das nicht zu kümmern. Ohne Erwiderung riss er die gekrümmte Klinge aus der Schärpe und stieß sie in die Luft. Die Soldaten, die nebeneinander Aufstellung genommen hatten, legten auf das Luftschiff an.

»Abramowitsch«, knurrte Sarah.

»Ja doch«, erwiderte der.

»Unternehmen Sie gefälligst etwas!«

»Das werde ich. Diese Strauchdiebe werden es bitter bereuen, uns angegriffen zu haben.«

»Und dann?«, fragte Sarah. »Wie viele von denen können Sie erledigen, ehe es jemanden von uns erwischt oder das Schiff irreparablen Schaden nimmt?«

»Einige«, verkündete der Russe trotzig.

»Und dann? Es werden noch mehr von ihnen kommen, und der Kampf wird zu Ende sein, noch ehe er richtig begonnen hat.«

»Was schlagen Sie vor? Wollen Sie diesem Räuberpack unser Fortbewegungsmittel überlassen?«

»Sicher nicht«, wehrte Sarah ab. »Aber im Gegensatz zu Ihnen benutze ich meinen Verstand. Und der sagt mir, dass wir nicht den Hauch einer Chance haben, diesen Kampf zu überstehen. Wir sollten uns also vorläufig ergeben und ...«

»Das kommt nicht in Frage! Ein Offizier der russischen Armee ergibt sich nicht!«

Sarah seufzte. Sie hatte markige Worte wie diese schon früher gehört. Damals freilich war es Captain Stuart Hayden gewesen, ein Angehöriger des königlich-britischen Husarenregiments, der sie gesprochen hatte. Und Sarah sagte sich, dass die Unterschiede zwischen den Angehörigen der russischen und jenen der britischen

Armee trotz der erbitterten Gegnerschaft bemerkenswert gering waren.

Noch war kein Schuss gefallen.

Aus irgendeinem Grund schienen sowohl Abramowitsch als auch der *havildar* noch zu zögern. Ein letzter, stiller Augenblick der Vernunft, ehe die Waffen sprechen und die Eigendynamik des Krieges jede Verständigung unmöglich machen würde.

Plötzlich geschah etwas Unerwartetes.

Abramowitsch ließ, sehr zu Sarahs Erstaunen, die Waffe sinken. Dabei hatte er einige russische Worte auf den Lippen, die sich nach einer üblen Verwünschung anhörten.

»Also schön«, rief er dann laut. »Wir ergeben uns! Aber unter entschiedenem Protest!«

»Wie das?«, fragte Sarah von der Seite.

»Ich möchte nicht darüber sprechen«, stellte der Russe klar, und Sarah fragte auch nicht weiter. Sie war nur froh darüber, dass die Gefahr einer bewaffneten Auseinandersetzung fürs Erste gebannt war, und Hingis, Ufuk und el-Hakim, dem sein junger Diener alle Vorgänge flüsternd beschrieben hatte, schienen ihre Erleichterung zu teilen.

Auch die Soldaten des Radschas schienen damit zufrieden. Die eine Hälfte blieb dennoch mit den Musketen im Anschlag zurück, während sich der Sergeant mit den übrigen vier Männern dem Landeplatz näherte.

»Herabsteigen und mitkommen«, befahl er einmal mehr, und diesmal gab es keinen Widerspruch.

Die Strickleiter wurde entrollt und zum Boden hinabgelassen. Der Erste, der das Luftschiff verließ, war Igor; es folgten Abramowitsch, Hingis und Sarah. Die Mienen, mit denen die Soldaten sie in Empfang nahmen, waren so grimmig, dass sich Sarah insgeheim fragte, ob es eine gute Idee gewesen war, sich zu ergeben. Aber hatten sie die Wahl gehabt?

»Was wird mit uns geschehen?«, fragte sie den Sergeanten.

»Radscha wird entscheiden. Sind sein Eigentum, ebenso wie großer Ballon. Darf verfahren, wie beliebt . . .«

»Das sind ja keine sehr ermutigenden Aussichten«, kommentierte Hingis halblaut. »Ich will hoffen, dem Radscha ist an guten Beziehungen zum Empire gelegen, ansonsten könnte dies ziemlich unangenehm für uns werden.«

Schon bei früheren Gelegenheiten hatte sich der Schweizer als wahrer Meister der Untertreibung erwiesen, selten jedoch hatte er die Lage mehr beschönigt als in diesem Augenblick. Sie waren der Gnade eines Mannes ausgeliefert, der nicht nur dem Alkohol verfallen schien, sondern auch mit totalitärer Strenge über sein kleines Reich gebot. Wenn die Verhandlungen nicht nach seinen Vorstellungen verliefen oder die Kolonialverwaltung ein entsprechendes Lösegeld zahlte – und warum sollte sie? –, dann würden sie womöglich alle in einem dunklen und zugigen Kerker enden . . .

Inzwischen ließ sich das nächste Besatzungsmitglied an der Strickleiter herab – es war Hieronymos.

Mit einer Behändigkeit, die einem Koloss seiner Größe kaum zuzutrauen war, glitt der Zyklop zu Boden und nahm die letzten Yards im Sprung. Als er sich wieder zu seiner vollen Größe aufrichtete und den Soldaten zuwandte, reagierten diese auf überraschende Weise.

Schlagartig hellten sich ihre Mienen auf, und in der Art, wie sie den Zyklopen betrachteten, spiegelte sich Bestürzung ebenso wie spontane Freude.

»Mig-shár! Mig-shár!«, riefen sie laut, sodass ihr Vorgesetzter aufmerksam wurde. Der *havildar* kam herbei und zeigte dieselbe Reaktion auf die Gegenwart des Einäugigen. Er sprach einige Worte auf Hindi, die Hieronymos zu Sarahs größtem Erstaunen erwiderte.

»W-was sagt er?«, wollte sie wissen.

»Dass sie geehrt sind, mich zu sehen.«

»D-du sprichst ihre Sprache?«

»Ein wenig.«

»Warum hast du das nie erwähnt?«

»Es schien mir nicht wichtig«, gab Hieronymos mit einiger Endgültigkeit bekannt.

Noch ehe Sarah und ihre Begleiter recht begriffen, was geschah, warfen der Sergeant und seine Soldaten sich vor dem Einäugigen zu Boden und huldigten ihm, was dieser mit Gleichmut zur Kenntnis nahm. Als sie sich wieder erhoben, war die Feindseligkeit aus ihren Mienen gewichen, und sie begegneten den anderen Expeditionsteilnehmern mit derselben zuvorkommenden Freundlichkeit wie dem Zyklopen.

»Kommen mit, kommen mit«, forderte der Sergeant sie auf.

»Wohin?«, wollte Abramowitsch wissen.

»In Palast von Radscha.«

»Als Gefangene?«

Der *havildar* schaute den Russen an, als hätte dieser den abwegigsten aller Gedanken geäußert. »Keineswegs«, widersprach er lächelnd. »Freunde von Mig-shár auch Freunde von Radscha! Sein alle seine Gäste! Folgen mir! Folgen!«

2.

Der Palast des Radschas von Bashar erhob sich oben am Berghang, jenseits der spitzen Schieferdächer von Rampur. Eine schmale Straße wand sich in engen Serpentinen bis hinauf zu dem Bau, der zwar nicht die Pracht anderer Fürstentümer aufzuweisen hatte, jedoch groß und trutzig genug war, um auf die Besucher Eindruck zu machen. Hinter weißen Mauern mit geschwungenen Zinnen erhob sich ein steinernes Gebäude mit hohen Fenstern und kuppelgekrönten Türmen.

Sarah und ihre Begleiter wurden in eine Kammer geführt, in der man ihnen Betelnüsse und Lassis anbot, während der Kommandant zum Radscha ging, um ihm von den ungewöhnlichen Besuchern zu berichten. Es dauerte nicht lange, bis sie vorgelassen wurden. Auf Seidenkissen gebettet und die *hookah** rauchend, empfing der Herrscher von Bashar seine Gäste.

Schon auf den ersten Blick war zu erkennen, dass Abramowitschs Geheimdienstinformationen zutrafen: Der Radscha, ein Mann um die fünfzig, dessen reich bestickte Kleider sich um einen feisten Wanst spannten, wies alle Merkmale von jemandem auf, der oft und in zu großem Umfang dem Alkohol zusprach: Seine von schwarzgrauem Haar umrahmten Züge, insbesondere die Nase, waren gerötet, die Augen hatten einen fiebrigen Glanz. Und insbesondere wer das zweifelhafte Vergnügen hatte, ihm nahe zu kommen und seinen Atem zu riechen, der wusste, dass die *hookah* das weitaus geringere Laster des Radschas war.

---

* hin. Wasserpfeife

All dies hielt ihn jedoch nicht davon ab, die Besucher auf das Freundlichste zu begrüßen und ihnen immer wieder zu versichern, wie sehr er sich über ihre Anwesenheit freue – davon, dass er noch vor kurzem drauf und dran gewesen war, sie als Geiseln zu nehmen und um ihre Habe zu erleichtern, war keine Rede mehr. Am meisten bezog sich das Willkommen freilich auf Hieronymos, der, zu Viktor Abramowitschs Missfallen, als Anführer der Gruppe gesehen und angesprochen wurde. Dass es nicht so war, schien dem Radscha und seinen Leuten schlechterdings unvorstellbar.

Sie unterhielten sich auf Hindi, sodass Sarah und die anderen nichts davon verstanden. Auch Abramowitsch, obschon ein Mann vieler Talente, war dieser Sprache nicht mächtig, was ihn sichtlich ärgerte. Sarah war nicht wohl dabei, dass sie nicht mitbekam, was zwischen dem Radscha und dem Einäugigen besprochen wurde, zumal sie nicht einmal wusste, weshalb die Bewohner Bashars dem Zyklopen mit derartiger Zuvorkommenheit begegneten. Natürlich versuchte sie, sich einen Reim darauf zu machen und entwickelte eine Theorie, die sich teilweise schon bald bestätigte.

Der Radscha lud Hieronymos und – wie er es nannte – seine Diener ein, im Palast zu bleiben und dort die Nacht zu verbringen. Während Balakow dies dankend ablehnte, mit der Begründung, dass seine Leute und er lieber beim Schiff bleiben wollten, war der Rest der Besatzung ganz froh darüber, nach mehr als drei Wochen, in denen sie ihre Häupter auf den nackten Boden gebettet und oftmals erbärmlich gefroren hatten, wieder in einem richtigen Bett zu schlafen. Zwar machte Abramowitsch kein Hehl daraus, dass er ihrem Gastgeber nicht traute, jedoch hatte auch er nichts gegen ein weiches Lager einzuwenden, und zu dem spontanen Festmahl, das der Herrscher von Bashar zu Ehren der Besucher gab, brachte der Russe gar eine Flasche Wodka mit, die er dem Radscha unter großen Worten und noch größeren Gesten überreichte.

»Sieh an«, raunte Sarah Abramowitsch zu, »das ist ja eine fast menschliche Geste.«

»Fast«, gab der Ochrana-Agent mit einem unbestimmten Lächeln zu. »Täuschen Sie sich nicht in mir.«

Das Mahl, das die Köche des Radschas zubereiteten, ließ keine Wünsche offen: Lammfleisch und Geflügel, das im Lehmofen zubereitet und nach Art der Nordprovinzen mit Pfeffer, Kurkuma und Kreuzkümmel gewürzt war, dazu Reis, Fladenbrot und frische Früchte. Bashar besaß nicht den Überfluss anderer Fürstentümer, war durch den regen Handel mit Tibet aber auch nicht unvermögend. Immer wieder wurden neue, reich bestückte Platten herangetragen, von denen die Gäste zunächst zaghaft, dann jedoch immer beherzter zugriffen.

Nach dem Essen wurde die *hookah* gereicht, und es gab Schnaps zu trinken, den der Radscha, wie er stolz versicherte, in seiner eigenen Brennerei herstellen ließ, der jedoch den Geschmack – und wohl auch die Eigenschaften – von reinem Spiritus hatte.

Der Radscha selbst sprach nicht nur seinem eigenen Gesöff zu, sondern auch dem Wodka, den Abramowitsch ihm geschenkt hatte, und wurde darob immer leutseliger. War es zu Beginn des Mahles nur Hieronymos gestattet gewesen, ihn direkt anzusprechen, lockerten sich die Umgangsformen im Lauf des Abends zusehends. Auf Seidenkissen am Ende der Tafel thronend, bot der Herrscher von Bashar mit fortschreitender Uhrzeit einen immer despektierlicheren Anblick, während Hieronymos, der den Ehrenplatz zu seiner Rechten hatte, reglos und aufrecht saß wie ein Fels in der Brandung.

»Wie gut es ist«, meinte der Radscha auf Englisch und mit vom Alkohol schwerer Zunge, »dass Mig-shár nach all den Jahren zurückgekehrt ist.«

»Zurückgekehrt?«, erkundigte sich Sarah, die mit den übrigen Expeditionsteilnehmern ein gutes Stück tafelabwärts saß.

»Gewiss. Er ist schon einmal hier gewesen. Vor langer, langer Zeit.«

Sarah sandte Hieronymos einen fragenden Blick zu, worauf er

ihr mit einem kaum merklichen Kopfschütteln zu verstehen gab, dass der Radscha auf dem Holzweg war. Allerdings sah es der Zyklop wohl nicht als notwendig an, den Irrtum aufzuklären.

»Dürfen wir also davon ausgehen, dass Eure Exzellenz uns dankbar dafür sind, dass wir Mig-shár nach Rampur zurückgebracht haben?«, fragte Abramowitsch, der neben Sarah hockte, mit listigem Lächeln.

»Aber gewiss.«

»Dürften wir Euch in diesem Fall um eine kleine Gefälligkeit bitten?«

»Eine Gefälligkeit?« Die vom Alkohol aufgedunsenen Züge des Radschas verfinsterten sich. »Hab ich euch nicht schon Dankbarkeit genug erwiesen?«, fragte er gereizt. »Schließlich habe ich euer Leben geschont und euch als meine Gäste in meinen Palast aufge...«

Er unterbrach sich, als Hieronymos etwas sagte, und die beiden tauschten einige geflüsterte Worte.

»Schön«, erklärte sich der Radscha dann bereit, nun ein wenig versöhnlicher, »in Anbetracht des großen Dienstes, den ihr mir erwiesen habt, bin ich bereit, mir eure Bitte anzuhören.«

»Sehr großzügig, Euer Exzellenz«, entgegnete Abramowitsch in schlecht gespielter Unterwürfigkeit. »Es ist nicht viel, worum wir Euch bitten, lediglich um einen Führer, der uns den Weg durch das Gebirge weisen kann.«

»Ihr braucht einen *sirdar*?« Der Radscha schaute ihn durchdringend an. »Ihr wollt nach Tibet?«

»Ja, Exzellenz.«

Der Radscha dachte nur einen Augenblick lang nach. »Ich werde euch meinen Neffen Chandra mitgeben«, entschied er dann, auf einen jungen Mann von vielleicht achtzehn Jahren deutend, der ihnen an der Tafel schräg gegenüber saß. Sein blauschwarzes Haar war punktgescheitelt, seine dunklen Augen wirkten wach und aufmerksam. »Er hat die Reise über den Shipki-La schon viele Male unternommen. Er kann euch den Weg zeigen.«

»Das ist sehr zuvorkommend, Exzellenz«, erwiderte Abramowitsch, und Sarah fügte ein leises *dhanyabad** hinzu, eines der wenigen Hindi-Worte, die sie beherrschte.

»Ihr wollt also die Grenze überqueren?«, fragte der Radscha zwischen zwei gehörigen Schlucken Wodka, die er jeweils mit einem heiseren Lachen quittierte. »Das verbotene Königreich betreten? Seine Geheimnisse ergründen?«

»Ja, Exzellenz«, stimmte Sarah zu. »Zu diesem Zweck haben wir den weiten Weg auf uns genommen.«

»So?« Der Radscha trank und lachte erneut. »Und ihr glaubt, dass ihr dadurch klüger werdet? Weiser?« Diesmal brauchte er keinen Alkohol, um in dröhnendes Gelächter auszubrechen. »Wie wenig ihr doch versteht. Und dennoch maßt ihr euch an, allen Geheimnissen auf den Grund gehen zu wollen.«

»Unwissend sind wir in der Tat, Exzellenz«, räumte Sarah diplomatisch ein, noch ehe Abramowitsch etwas erwidern konnte. »Deshalb wissen wir auch nicht, woher Ihr unseren einäugigen Freund kennt.«

»Woher ich ihn kenne?«, lallte der Radscha. »Du willst wissen, woher ich ihn kenne?«

»Genau das.«

»Komm mit, Weib«, forderte der Fürst von Rampur sie auf, »offenbar ist es an mir, deine schändliche Unwissenheit zu schmälern.«

Er wollte sich erheben, aber der Alkohol hatte ihm so zugesetzt, dass er dazu nicht mehr in der Lage war. Schwerfällig sank er auf die Kissen zurück, und es bedurfte zweier kräftiger Diener, ihn hochzuwuchten und so auf die Beine zu stellen, dass er nicht gleich wieder umkippte. Mit einem Grunzen bedeutete er Sarah und jedem, den es sonst noch interessierte, ihm zu folgen. Sie verließen den von Säulen gesäumten Speisesaal und betraten einen Gang, der mit

---

* hin. Danke

zahlreichen Wandgemälden versehen war. Sarah erblickte Darstellungen Schiwas und anderer Gottheiten aus dem Pantheon der Hindus.

Vor einem der Gemälde, das vom Licht einer Fackel flackernd beleuchtet wurde, blieb der Radscha stehen. »Deswegen«, sagte er lallend und deutete mit den beringten Fingern auf das Bild. »Deswegen wissen wir, wer Mig-shár ist.«

Sarah, Hingis und Ufuk folgten seinem Hinweis und betrachteten das Bild – das einen Einäugigen zeigte.

Da der Kopf vergrößert dargestellt war, um die Wichtigkeit der Figur zu betonen, war das eine Auge unübersehbar. Einem König gleich, saß der Zyklop auf einem Thron, während die Menschen ihm huldigten. Offenbar, folgerte Sarah, hatten nicht nur die Bewohner des fernen Skythenlandes die Einäugigen als Gottheiten verehrt, sondern auch jene der indischen Bergprovinzen, was die Gemeinsamkeit in der Bildsymbolik erklärte.

»Dieses Gemälde«, erläuterte der Radscha lallend, »ist vor mehr als dreihundert Jahren entstanden. Einer meiner Ahnen ließ es anfertigen, Mig-shár zu Ehren, der unser Volk besucht hatte. Ein ganzes Jahr lang blieb er bei uns, ehe er sich entschloss, uns wieder zu verlassen. Vorher jedoch versprach er, dereinst zurückzukehren und uns an seinem Sieg teilhaben zu lassen.«

»Ich verstehe«, sagte Sarah, die interessiert zugehört hatte. Brachte man die Geschichte mit dem zur Deckung, was sie von Hieronymos erfahren hatten, so war anzunehmen, dass sich ein Zyklop auf der Flucht vor den Schergen der Bruderschaft in Rampur versteckt hatte. Von den Einwohnern der Stadt war die Begegnung als so einschneidend empfunden worden, dass sie die Erinnerung daran auf Bildern festgehalten und über Jahrhunderte gepflegt hatten. Hieronymos hingegen hatte noch nicht einmal etwas von seinem Vorfahr gewusst. Vielleicht, weil dieser schon wenig später von den Agenten der Bruderschaft entdeckt und getötet worden war?

»Das ist unglaublich, ganz unglaublich«, pflichtete Hingis beflissen bei. Der Radscha bedachte zuerst ihn, dann Sarah und schließlich Abramowitsch, der sich der Gruppe ebenfalls angeschlossen hatte, mit einem abschätzigen Blick.

»Warum wollen Unwissende wie ihr nach Tibet?«, erkundigte sich der Herrscher von Bashar dann rundheraus.

»Um Erleuchtung zu suchen«, entgegnete Sarah diplomatisch.

»Und ihr seid bereit, euer Leben dafür zu riskieren?«

»Unser Leben?«, fragte Hingis. »Wieso das?«

Der Radscha lachte leise und verächtlich. »Habt ihr euch nie gefragt, weshalb Tibet das ›verbotene Reich‹ genannt wird? Es ist Europäern unter Androhung der Todesstrafe untersagt, in das Land einzureisen. Die Straße jenseits des Shipki-La ist gesäumt von den Gebeinen derer, die dieses Verbot missachtet haben.«

»T-tatsächlich?« Hingis' Brille beschlug.

»Ganz sicher«, meinte Abramowitsch, »handelt es sich bei diesen Geschichten um Schauermärchen, die man erzählt, um arglose Fremde zu erschrecken.«

»Keineswegs. Die Priester, die wie Könige über das Land herrschen, hüten ihre Geheimnisse mit der Eifersucht eines alten Weibes.« Der Radscha lachte heiser. »Fremde, die in ihr Land kommen und Erleuchtung suchen, werden nichts als Tod und Verderben finden.«

»Auch dann, wenn Mig-shár uns begleitet?«, fragte Sarah.

Der Radscha von Rampur starrte sie an, als hätte sie den Verstand verloren, die Schnapsröte wich schlagartig aus seinen Zügen. »Was?«, hauchte er tonlos.

»Wie Exzellenz wissen, steht unsere Expedition unter dem Schutz von Mig-shár«, brachte Sarah in Erinnerung. »Womöglich hat sein Wort auch in Tibet Gewicht.«

»Möglicherweise«, gestand der Radscha ihr zu. »Aber dazu wird es nicht kommen.«

»Weshalb nicht?«

»Weil Mig-shár nach langer Zeit wieder nach Rampur zurückgekehrt ist und uns niemals wieder verlassen wird.«

»Was? Aber …«

»Das kommt nicht in Frage!«, polterte Abramowitsch dazwischen, noch ehe sich Sarah eine angemessene Erwiderung zurechtlegen konnte. »Der Einäugige ist ein Teil unserer Besatzung!«

»Das war er, vielleicht, obwohl ich auch das bezweifle«, erwiderte der Radscha kopfschüttelnd. »Nun ist er wieder hier und wird uns niemals wieder verlassen. Ihr werdet eure Reise allein fortsetzen.«

»Aber das können wir nicht!«, widersprach Abramowitsch. »Nur der Einäugige kann uns den Weg zum …« Der Russe unterbrach sich und schluckte den Rest des Satzes hinunter, zusammen mit der Wut, die in ihm brodelte. Der Radscha jedoch schien den Hinweis auch so verstanden zu haben. Seine Gesichtszüge wurden noch um einige Nuancen blasser, während sich seine Pupillen erschrocken weiteten.

»Ihr sucht nach dem Meru«, ächzte er und wich furchtsam zurück, einen Arm wie zur Abwehr erhoben. »Vom Weltenberg ist Mig-shár einst gekommen. Es ist sein Ursprung … unser aller Ursprung. Ihr trachtet nach Dingen, die den Sterblichen verwehrt sind.«

»Aber nein«, suchte Sarah ihn zu beschwichtigen. »Wir sind nur Archäologen. Wissenschaftler, die nach der Wahrheit suchen.«

»Nach verbotener Wahrheit«, verbesserte der Radscha sie kopfschüttelnd. »Ihr werdet den Tod finden«, prophezeite er rundheraus, »jeder Einzelne von euch.«

»Aber …«

»Chandra wird euch nicht begleiten.«

»Aber Euer Exzellenz, wir brauchen einen *sirdar* …«

»Sucht ihn euch unter den Pahari oder auf der anderen Seite der Berge«, zischte der Radscha und machte eine abschneidende Handbewegung. Seine Augen hatten einen seltsamen Glanz angenommen, und es war schwer zu sagen, ob dieser vom Alkohol rührte oder von innerer Panik. »Ich werde das Leben meines Neffen nicht aufs Spiel setzen, um eurer Vermessenheit willen. Tod und Verderben erwarten den, der die Geheimnisse der Götter ergründen will.«

Sarah konnte sehen, wie Abramowitsch neben ihr unruhig wurde. Der Ochrana-Agent war ein eisenharter Realist, der mit Prophezeiungen und mystischen Andeutungen nichts anfangen konnte, vor allem dann nicht, wenn sie seine Pläne beeinträchtigten. Auch Sarah war nicht gerade begeistert über das, was sie zu hören bekamen, aber anders als Abramowitsch wusste sie aus Erfahrung, dass Drohungen in diesem Fall nicht hilfreich sein würden. Zumal, da sie der Gnade ihres Gastgebers in nicht unbeträchtlichem Umfang ausgeliefert waren.

»Exzellenz mögen uns verzeihen, wenn wir Euch beunruhigt haben«, sagte Sarah deshalb schnell, noch ehe Abramowitsch etwas entgegnen konnte, und deutete eine Verbeugung an. »Dies lag keinesfalls in unserer Absicht. Wenn Ihr es wünscht, werden wir Rampur auf schnellstem Wege verlassen.«

»Das wünsche ich allerdings«, bekräftigte der Radscha. »Den Rest der Nacht verbringt als meine Gäste im Palast. Bei Tagesanbruch jedoch verlasst Bashar und kehrt niemals zurück.«

»Nichts anderes hatten wir vor«, versicherte Abramowitsch.

»Und Mig-shár?«, fragte Sarah vorsichtig.

»Der Auserwählte wird bleiben«, sagte der Radscha endgültig. Dann wandte er sich ab und ging zurück in die Halle.

Abramowitsch folgte ihm wortlos. Weder Sarah noch Hingis bemerkten das listige Funkeln in den Augen des Russen.

Obschon er nicht besonders groß war, verfügte der Palast von Rampur über mehrere Innenhöfe. In einem dieser Höfe gab es einen Obstgarten, wo Äpfel und Feigen wuchsen, aber auch Bananen, Aprikosen und andere exotische Früchte. Dorthin hatten sich Sarah und Hingis nach Beendigung des Gastmahls zurückgezogen, um sich ungestört zu besprechen, denn die Wände ihrer Quartiere, davon war Sarah überzeugt, hatten Augen und Ohren.

Während der weise Ammon sich bereits hingelegt hatte und seinem alten Körper die nötige Ruhe gönnte, hatte Sarah keinen Schlaf finden können. Ruhelos war sie in ihrer Kammer auf und ab gewandert, bis sie sich schließlich ein Herz gefasst und Hingis aufgesucht hatte, dem es ebenso ergangen war. Gemeinsam hatten sie den Gästetrakt verlassen und den angrenzenden Obstgarten aufgesucht. Zwar hatten ihnen die beiden Posten, die am Eingang Wache hielten, argwöhnische Blicke zugeworfen, sie jedoch ungehindert passieren lassen.

Die Nacht war klar, sodass ein Meer funkelnder Sterne den Himmel übersäte. Helles Mondlicht beleuchtete den Hof, und sah man von dem kühlen Wind ab, der hin und wieder von den Bergen wehte, war die von Jasmin getränkte Luft angenehm lau. Im Zentrum des Gartens, dessen Beete kreisrund angelegt waren, befand sich eine steinerne Bank, deren Seitenlehnen die Form von Affenköpfen hatten. Dorthin setzten sich Sarah und ihr treuer Begleiter und unterhielten sich flüsternd.

»Ich sage es nicht gern, werte Freundin«, seufzte Hingis, »aber ich fürchte, wir sind wieder einmal zwischen alle Fronten geraten.«

»Ich weiß, was du meinst«, pflichtete Sarah ihm bei. Nicht genug damit, dass sie der ständigen Kontrolle durch Abramowitsch unterlagen, nun waren sie auch noch den Launen eines Potentaten ausgesetzt, der ganz offensichtlich mehr wusste, als er zu sagen bereit war.

»Was hältst du vom Radscha?«, wollte sie wissen.

Hingis' Gesicht zog sich in die Länge. »Er ist ein Aufschneider und ein Säufer«, lautete sein vernichtendes Urteil, »daran besteht nicht der geringste Zweifel. Aber er scheint auch ein Mann des Glaubens zu sein. Und es war unübersehbar, dass er sich fürchtet.«

»Vor wem? Vor der Bruderschaft?«

»Wohl eher vor dem Zorn der Götter«, überlegte Hingis. »Er sagte, dass Tod und Verderben den erwarten, der das Geheimnis des Weltenberges zu ergründen sucht. Und es schien sein voller Ernst zu sein.«

Sarah nickte. »Meister Ammon ist überzeugt davon, dass Gardiner ähnlich gedacht und mir deshalb all diese Dinge verheimlicht hat. Er wollte mich beschützen.«

»Du glaubst, Gardiner hat von diesen Dingen gewusst?« Hingis schaute sie fragend an. »Die ganze Zeit über? Und dir nie ein Sterbenswort davon gesagt?«

»Allerdings. Als ich ihn einmal fragte, weshalb er sich unter allen Gebieten der Archäologie ausgerechnet die Geschichte des Alten Orients ausgesucht hätte, entgegnete er, dass dort die Antworten auf all unsere Fragen lägen. Damals wusste ich nicht, was er damit meinte, aber inzwischen glaube ich zu verstehen.«

»Willst du es mir erklären?«

»Gardiner war nicht nur irgendeinem archäologischen Rätsel auf der Spur«, erläuterte Sarah. »Ihm ging es nicht darum, einen Skythentempel auf der Krim zu erforschen oder die verschollene Bibliothek Alexandrias ausfindig zu machen. All dies waren für ihn nur Hinweise, Stationen auf dem Weg zu einer universellen Wahrheit, zum eigentlichen Grund, aus dem wir uns letzten Endes mit Archäologie befassen.«

»Liebe Freundin«, sagte Hingis leise und hob demonstrativ seinen Arm, »du machst mir eine Gänsehaut!«

»Es ist mein Ernst, Friedrich. Ich glaube, dass jenes Erlebnis auf der Krim Gardiner erkennen ließ, dass es noch eine zweite, tiefere Wahrheit geben muss als jene, die wir in Geschichtsbüchern finden, und sein Drang nach dieser Wahrheit war so groß, dass er sogar die Zusammenarbeit mit der Bruderschaft dafür in Kauf genommen hat. Als ihm schließlich klar wurde, welche Ziele sie verfolgte, hat er sich von ihr abgewandt, aber da war es bereits zu spät. Er hatte den Feind auf die richtige Spur geführt – und was er noch nicht getan hatte«, fügte Sarah düster hinzu, »das habe ich zu Ende geführt. Denk nur an das Wasser des Lebens ...«

»Du hast nichts davon gewusst«, beschwichtigte Hingis. »Du hattest keine Ahnung, dass du missbraucht und manipuliert wurdest.«

»Nein?«, fragte sie traurig. »Wie du dich vielleicht erinnerst, hatte ich einen treuen Freund, der es mir gesagt hat. Aber ich habe nicht auf ihn gehört und seine Warnungen in den Wind geschlagen.«

»Aus Liebe«, erwiderte der Schweizer und legte ihr tröstend die verbliebene Hand auf die Schulter. »Was du getan hast, hast du aus Zuneigung zu Kamal getan.«

»Aber ich *habe* es getan – und dem Feind damit den Weg zu einem Ort gewiesen, der womöglich die letzten Geheimnisse der Menschheit birgt. El-Hakim sagt, alle Bedrohungen der Vergangenheit verblassen im Vergleich zu dem, was am Berg Meru auf uns wartet.«

»Glaubst du, Hieronymos weiß mehr darüber, als er uns sagt?«

»Warum fragst du?«

»Nun«, meinte Hingis, »dein einäugiger Freund hütet manches Geheimnis. Schließlich hat er uns auch nicht erzählt, dass er fließend Hindi spricht, und er scheint deine Vergangenheit sehr viel besser zu kennen als du selbst.«

Sarah konnte nicht widersprechen. Wiederholt hatte sie im Lauf ihrer Reise versucht, dem Zyklopen weitere Informationen über die Dunkelzeit zu entlocken, doch Hieronymos hatte beinahe ebenso großes Geschick darin entwickelt, sich in Gegenfragen und dunkle Andeutungen zu flüchten wie el-Hakim.

»Ist dir je der Gedanke gekommen«, fügte Hingis hinzu, »dass er eigene Pläne verfolgen könnte?«

»Hieronymos?« Sarah schüttelte den Kopf. »Ausgeschlossen. Er ist uns treu ergeben. Außerdem hat er mir einen Eid geleistet ...«

»... an den du dich nicht erinnern kannst. Davon abgesehen, kommt mir vieles, das er gesagt hat, seltsam vor. Sein Gerede von den Ersten zum Beispiel ...«

»Wäre es dir lieber, er hätte sie Götter genannt?«

»Das macht keinen Unterschied.«

»Vielleicht doch«, gab sie zu bedenken. »Wenn der Berg Meru aus der Sage tatsächlich existiert, gibt es sicher auch für die Ersten eine reale Entsprechung.«

»Eine reale Entsprechung für überirdische Kreaturen, die an Lichtfäden auf die Erde kommen und den Menschen die Zivilisation bringen?« Hingis machte kein Hehl aus seinen Zweifeln.

»Womöglich war es kein Licht, an dem sie herabgestiegen sind, sondern lediglich etwas, das gleißend hell leuchtete«, führte Sarah ihren Gedanken aus, »womöglich so strahlend hell, dass es bei den Menschen, die es beobachteten, zu äußerlichen Veränderungen führte. Man weiß inzwischen, dass beispielsweise jene bedauernswerten Kreaturen, die in Wanderzirkussen als Absonderlichkeiten vorgeführt werden, in Wirklichkeit ...«

»Du willst die Zyklopen mit behaarten Frauen und siamesischen Zwillingen vergleichen?«, zischte Hingis.

»In gewisser Weise, ja. Vielleicht war die Veränderung, die jenen Menschen widerfahren ist, so einschneidend, dass sie fortan von Generation zu Generation weitergegeben wurde. Das würde auch erklären, weshalb sich die Einäugigkeit wieder verlor, als die Zyklopen begannen, sich mit gewöhnlichen Menschen zu vermischen.«

Hingis war nicht überzeugt. »Und die Ersten?«, wollte er wissen.

»Waren womöglich Wesen, die ...«, Sarah suchte nach den passenden Worten, »... nicht dieser Welt entstammten«, brachte sie schließlich zaghaft hervor.

»Nicht dieser Welt?« Hingis schaute zum Sternenmeer, das vom Firmament herunterblitzte. »Bei aller Liebe, werte Freundin! Ich kenne deine Schwäche für die Romane von Monsieur Verne, aber ...«

»Das meine ich nicht«, versicherte Sarah, »aber fast alle Religionen des Ostens sprechen von der Möglichkeit anderer Welten und Wirklichkeiten. Was, wenn sich auch dahinter eine tiefere Wahrheit verbirgt? Hast du an diese Möglichkeit gedacht?«

»Nein«, gab Hingis zu, »und das werde ich auch nicht, denn du, liebe Freundin, bist schon wieder dabei, Physik und Metaphysik zu verwechseln. Vergiss nicht, was Hieronymos über die Ersten erzählt hat. Selbst wenn jene Wesen – wie du es nennst – aus einer anderen Welt zu uns gekommen wären, wie hätten sie einander verlieren und über all die Zeit hinweg suchen sollen?«

»Nicht Wesen, Friedrich«, widersprach Sarah. »Ich spreche von Seelen. Verwandten Geistern, die getrennt wurden und wieder zueinander finden wollten, weil sie ...«

»Schluss, kein Wort weiter!«, blaffte der Gelehrte. »Ich möchte nichts mehr hören!«

»Aber ...«

»Mir will scheinen, werte Freundin, dass dir die dünne Luft in diesen Höhen nicht bekommt«, sagte er und schaute Sarah ablehnend, fast feindselig an. Es war derselbe Ausdruck, den sie früher in seinem Gesicht gesehen hatte, als sie noch erbitterte Gegner gewesen waren. Für einen Moment wünschte sie sich, nicht Friedrich Hingis, sondern Maurice du Gard an ihrer Seite zu haben, der übersinnlichen Dingen gegenüber aufgeschlossen gewesen war und ihre Gedanken sicher nicht gleich verworfen hätte, so abwegig sie auch erscheinen mochten. Aber du Gard war nicht hier, ebenso wenig wie der alte Gardiner oder Kamal. Friedrich Hingis war einer der wenigen Verbündeten, die ihr geblieben waren, und womöglich tat sie gut daran, dieses Mal auf ihn zu hö...

»Lady Kincaid! Lady Kincaid!«

Ufuks Stimme gellte durch die Nacht und riss Sarah aus ihren Gedanken. Sie fuhr hoch und sah den Jungen aus dem Hauseingang stürmen, vorbei an den verblüfften Wachen. Mit wieselflinken Schritten rannte er auf sie zu, ungeachtet seiner weiten Pluderhosen. Sein Atem ging heftig, Entsetzen stand in seinen Zügen.

»Ufuk«, rief Sarah ihm entgegen. »Um Himmels willen!«

Keuchend kam er bei ihr an und wäre vor Erschöpfung gestürzt, hätte Hingis ihn nicht aufgefangen. »Was ist los, Junge?«, wollte auch er wissen. »Was ist passiert?«

»Böse Dinge«, presste Ammons Diener hervor, während er weiter nach Luft schnappte. »Böse Dingen gehen vor sich ...«

»Berichte«, verlangte Sarah, und nachdem er ein paarmal tief durchgeatmet hatte, fand Ufuk immerhin die Kraft, einige Worte hervorzustoßen.

»Russen ... Abramowitsch ...«

»Was ist mit ihnen?«

»Haben den Palast verlassen ...«

»Ich weiß«, versicherte Sarah. »Abramowitsch und Igor wollten die Nacht beim Luftschiff verbringen, um es zu bewachen.«

»Nein, Mylady.« Der Junge schüttelte den Kopf und schaute sie mit großen Augen an. »Die Russen – sind fort!«

»Was?« Hingis zog ungläubig die Brauen hoch.

»Bist du sicher?«, fragte Sarah. »Was bringt dich auf den Gedanken?«

»Ich konnte nicht schlafen«, berichtete Ufuk unter noch immer rasselnden Atemzügen. »Habe Geräusche gehört, draußen auf dem Gang ... Tür geöffnet und sie gesehen.«

»Wen?«

»Abramowitsch und Igor – und sie hatten Chandra bei sich!«

»Chandra?« Sarah brauchte einen Moment, um den Namen einzuordnen. »Den Neffen des Radschas?«

»Evet.« Der Junge nickte. »Igor trug ihn. Der Neffe des Radschas war bewusstlos ...«

Sarah und Hingis tauschten einen Blick. Ihre Meinungsverschiedenheit von vorhin war vergessen, es gab wichtigere Dinge, um die sie sich kümmern mussten. Ganz offenbar hatte Abramowitsch den Abreisetermin kurzfristig vorverlegt. Und was noch schlimmer war: Er war dabei, den Neffen des Radschas zu entführen, um nicht auf einen Führer verzichten zu müssen.

»Wie kann er nur?«, stöhnte Hingis unter Aufgabe aller akademischen Zurückhaltung. »Dieser verdammte Idiot!«

»Eine gute Frage«, pflichtete Sarah ihm bei. »Die ganze Garnison wird hinter ihm her sein. Er kann von Glück sagen, wenn er die Grenze lebend erreicht.« Sie schüttelte den Kopf, verständnislos über so viel Sturheit und Unverstand. »Wo sind Hieronymos und el-Hakim?«, erkundigte sie sich dann.

»Den Einäugigen habe ich seit dem Abendessen nicht mehr gesehen«, gab Ufuk bekannt. »Und der Weise schläft in unserem Quartier. Die Russen haben uns nichts gesagt, als sie sich davongeschlichen haben. Ich glaube fast«, fügte er ein wenig leiser hinzu, »sie wollen uns zurücklassen.«

»Ich verstehe«, sagte Sarah nur. Zwar wusste sie nicht, was genau Abramowitsch im Schilde führte, aber es gab eigentlich nichts, das sie dem Ochrana-Agenten nicht zugetraut hätte. Sie mussten handeln, ehe es zu spät war.

»Ihr beide«, wandte sie sich an Ufuk und Hingis, »werdet jetzt in die Quartiere gehen und el-Hakim holen. Vom Gepäck nehmt nur das mit, was ihr unbedingt braucht. Wir treffen uns am Schiff.«

»Und du?«, fragte Hingis.

»Ich«, erwiderte Sarah mit verwegenem Grinsen, »werde mich derweil um unseren Freund Abramowitsch kümmern.«

»Was willst du tun?«

»Offen gestanden, weiß ich das noch nicht – ich werde wohl ein wenig improvisieren müssen ...«

3.

Erst als sie den riesigen Schatten erreichten, den der Auftriebskörper des Luftschiffs gegen das weiße Mondlicht warf, gönnte sich Viktor Abramowitsch ein erleichtertes Aufatmen.

»Gut gemacht«, lobte er und nickte Igor zu, der den bewusstlosen Körper des jungen Inders trug. »Bring ihn an Bord und verschnüre ihn so, dass er sich nicht rühren kann. Und stopf ihm das Maul. Wir wollen nicht, dass er Ärger macht, wenn er aufwacht.«

Der Kosake nickte nur, dann stieg er an der Strickleiter empor, den Neffen des Radschas wie eine Last über der Schulter. Kapitän Balakow, der zusammen mit Dimitri die Nachtwache hielt, schaute Abramowitsch verblüfft an.

»Was hat das zu bedeuten?«, wollte er wissen.

»Das braucht Sie nicht zu interessieren, Kapitän. Dieser Einsatz steht unter dem Befehl der Ochrana.«

»Bei allem Respekt, Hauptmann, was an Bord meines Luftschiffs geschieht, geht mich durchaus etwas an.«

»Ihr Luftschiff?« Abramowitsch schien belustigt. »Sie vergessen, Kapitän, dass es meine Abteilung gewesen ist, die die Pläne dafür besorgt hat. Und ohne die Genialität der Ingenieure seiner Majestät würde es noch nicht einmal existieren.«

»Dennoch wurde mir das Kommando übertragen«, beharrte der sonst so stille Balakow in seltener Beredsamkeit, »und wenn Sie das Schiff einer Gefahr aussetzen, so wünsche ich zumindest, darüber informiert zu werden.«

»Also schön«, erklärte sich Abramowitsch großzügig bereit,

»wenn Sie sich dann besser fühlen. Wir haben den Neffen des Radschas eingeladen, uns auf unserer Reise zu begleiten.«

»D-dieser Bewusstlose ist der Neffe des Radschas?«

»Allerdings. Und rein zufällig ist er auch der beste *sirdar* der Gegend. Bedauerlicherweise wollte er uns seine Dienste nicht freiwillig antragen ...«

»Und da haben Sie ihn entführt?« Balakows Augen weiteten sich. »Haben Sie den Verstand verloren?«

»Vorsicht, Kapitän. Ich bin nicht Ihr Untergebener!«

»Aber verstehen Sie denn nicht? Sie haben einen kriegerischen Akt begangen!«

»Und?« Abramowitsch zuckte mit den Schultern. »Diese Leute halten uns für Briten, also werden sie denen die Schuld dafür geben. Außerdem brauchen wir einen ortskundigen Führer, wenn wir auf die andere Seite der Berge gelangen wollen.«

»Was ist mit dem Zyklopen?«

»Ich traue dieser Missgeburt nicht. Zudem hat er sich für meinen Geschmack ein wenig zu gut mit dem Radscha verstanden.«

»Aber wir können keine zusätzliche Person mit an Bord nehmen«, wehrte Balakow ab. »Zusammen mit den Vorräten und dem Frischwasser, die wir an Bord genommen haben ...«

»Das werden wir auch nicht«, versicherte Abramowitsch gelassen.

»Was soll das heißen?«

»Das soll heißen, dass nicht alle Mitglieder der ursprünglichen Besatzung die Reise fortsetzen werden.«

»Sie wollen jemanden zurücklassen? Wen?«

»Offen gestanden, würde mich das auch interessieren.«

Sowohl Balakow als auch Abramowitsch fuhren herum – um sich keiner anderen als Sarah Kincaid gegenüberzusehen, die vor ihnen stand, die Arme energisch in die Hüften gestemmt und einen vorwurfsvollen Ausdruck im Gesicht. Ihre Brust hob und senkte sich unter raschen Atemzügen vom schnellen Laufen.

»Ich werde das nicht diskutieren«, verkündete Abramowitsch.

»Was?«, fragte Sarah. »Dass Sie uns die gesamte Garnison von Bashar auf den Hals hetzen und die von Kunawar gleich noch mit? Oder dass Sie vorhatten, uns einfach zurückzulassen?«

»Seien Sie nicht albern! Es widerstrebt mir zwar, es zuzugeben, aber für den Erfolg dieser Expedition sind Ihre Kenntnisse nun einmal unentbehrlich. Ich hätte Sie also noch rechtzeitig vor dem Abflug verständigt.«

»Wie überaus rücksichtsvoll.« Sarah lächelte ohne eine Spur von Heiterkeit. »Da habe ich ja noch mal Glück gehabt. Und was ist mit den anderen? Mit Hingis? Mit Ufuk und dem alten Ammon?«

»Dies ist eine Unternehmung seiner Majestät des Zaren von Russland«, stellte Abramowitsch klar, »und kein Ausflug für halbwüchsige Knaben und Greise.«

»Der halbwüchsige Knabe und der Greis«, knurrte Sarah, »sind ein Teil meiner Mannschaft.«

»Das waren sie. Wir werden sie hier zurücklassen.«

»Nur über meine Leiche.«

»Lady Kincaid.« Nun war es der Russe, der sein Gesicht zu einem freudlosen Lächeln verzog. »Was soll das? Sie kennen die Situation, in der wir uns befinden, genauso gut wie ich. Ohne ortskundigen Führer werden wir es schwer haben, eine Passage nach Tibet zu finden. Da der Radscha uns seinen Neffen nicht freiwillig mitgeben wollte, musste ich also handeln. Und Sie wissen ebenso gut wie ich, dass wir nicht mehr als zehn Personen mitnehmen können. Anstatt mir also Knüppel zwischen die Beine zu werfen, sollten Sie mir danken, dass ich das Problem aus der Welt schaffe, ohne dass Sie sich Ihren hübschen Kopf darüber zerbrechen oder gar ein schlechtes Gewissen bekommen müssen.«

»Mein Kopf, Hauptmann, geht Sie gar nichts an«, konterte Sarah, »ebenso wenig wie mein Gewissen. Ich werde nicht tatenlos zusehen, wie Sie jemanden gewaltsam entführen und dafür zwei meiner Leute zurücklassen. Ist Ihnen nicht klar, was den beiden passieren wird, wenn der Radscha erfährt, dass sein Neffe verschleppt wurde?«

»Mein Auftrag ist es, Probleme zu lösen, Lady Kincaid«, antwortete Abramowitsch kaltschnäuzig, »nicht, mir mit immer neuen den Tag zu verderben. Ich bin ein Mann der Tat und kein Denker wie Sie.«

»Das ist nicht zu übersehen«, schnaubte Sarah – und handelte so schnell, dass keiner der Russen dazu kam zu reagieren.

Schon während des Wortwechsels mit Abramowitsch hatte sie sich Dimitri genähert, der an einem der Ankertaue stand und Wache hielt. Dabei hatte sie sich so unsicher und ziellos bewegt, dass niemand Verdacht geschöpft hatte. Nun jedoch fuhr sie herum, packte die Waffe, die der Matrose in seinen Händen hielt, und entwand sie ihm mit einem beherzten Griff. Das Berdan-Gewehr flog wie von selbst in den Anschlag. Es durchzuladen und auf Abramowitsch zu richten kostete Sarah nur einen Augenblick.

»Was soll das?«, fragte der Russe. Es klang nicht erschrocken, eher verärgert.

»Lassen Sie den Jungen frei«, verlangte Sarah. »Sofort!«

»Das kann ich nicht.«

»Und wieso nicht?«

»Weil er tief und fest schläft«, erklärte der Ochrana-Agent ungehalten. »Der Wodka, den ich dem Radscha vermacht habe, war eine Spezialabfüllung meiner Abteilung. Und da er seinen Neffen reichlich davon trinken ließ …«

»Natürlich.« Sarah nickte. »Es überrascht mich eigentlich nicht. Und ich dachte, Sie wollten einfach nur mal freundlich sein.«

»Ich hatte Sie gewarnt, oder?«

»Ja, das hatten Sie. Und jetzt warne ich Sie: Bringen Sie den Neffen des Radschas augenblicklich zurück in den Palast, oder ich verpasse Ihnen hier und jetzt eine Kugel!«

»Natürlich, nur zu«, ermunterte Abramowitsch sie grinsend. »Der Knall wird fraglos die Wachen alarmieren, aber ich bin sicher,

Sie finden eine passende Erklärung dafür, dass wir den Neffen des Radschas zu einem handlichen Bündel verschnürt an Bord unseres Schiffes genommen haben. Und natürlich brauchen Sie mich nur zu erschießen, um die Situation zu bereinigen. Kapitän Balakow und seine Leute werden Ihren Anordnungen bereitwillig Folge leisten.«

Sarah knirschte wütend mit den Zähnen.

Abramowitsch hatte recht.

Ihm Gewalt anzudrohen war sinnlos, dazu war er zu abgebrüht. Ihm Gewalt anzutun wäre geradezu dämlich gewesen.

»Wir lassen niemanden zurück«, beharrte sie hilflos.

»Doch – und es gibt nichts, was Sie dagegen tun könnten. Noch vor Morgengrauen wird dieses Luftschiff Rampur verlassen, und zwar ohne den Jungen und den Greis. Wenn Sie so klug sind, wie ich denke, dann werden Sie die Notwendigkeit dieses Schrittes begreifen und sich fügen.«

Sarah hielt den Lauf des Berdan II noch immer auf den Russen gerichtet, aber ihre Entschlossenheit hatte merklich nachgelassen. Obwohl das Heft des Handelns scheinbar in ihren Händen lag, fühlte sie sich machtlos und überrumpelt. Schlimmer noch, von einem Standpunkt kühler Logik aus konnte sie Abramowitschs Argumentation sogar nachvollziehen. Aber rechtfertigte die Suche nach einem Geheimnis, und wäre es noch so alt und kostbar, den Verrat an zwei Freunden?

Nein!

Sarah hasste Abramowitsch dafür, dass er sie überhaupt dazu gebracht hatte, in diese Richtung zu denken. Verzweifelt überlegte sie, was zu tun wäre, als Hingis und Ufuk den Landeplatz erreichten, zusammen mit dem alten Ammon. Der Weise wirkte verstört, sein Blick ging ins Leere. Überhaupt war er seit Beginn der Reise noch einmal sichtlich gealtert, wie Sarah bedrückt feststellte.

»Bravo, Lady Kincaid«, lobte Abramowitsch mit vor Sarkasmus

triefender Stimme. »Wenn Sie auf Ärger aus waren – nun haben Sie ihn.«

»Ich bin es nicht, der zwei Besatzungsmitglieder zurücklassen will«, stellte Sarah klar, »also kommen Sie mir nicht so. Friedrich, Ufuk – nehmt Kapitän Balakow und Dimitri die Waffen ab, und dann …«

Weiter kam sie nicht, denn in diesem Augenblick wendete sich das Blatt. Sarah sah noch, wie ein Schatten auf sie fiel, im nächsten Moment wurde sie von etwas hart getroffen und von den Beinen gerissen. Mit einem erstickten Schrei ging sie zu Boden, dabei betätigte sie versehentlich den Abzug des Gewehrs, ehe es ihr aus der Hand gerissen wurde. Der Schuss krachte und zerriss die Stille der Nacht. Noch ehe er ganz verklungen war, wurde Sarah von jemandem gepackt und emporgezerrt, und einen Herzschlag später hatte sie den Lauf eines Revolvers an ihrer Schläfe.

Igor.

Der Leibwächter Abramowitschs hatte die Geschehnisse vom Luftschiff aus verfolgt. Tollkühn war er an der Ankerleine herabgeglitten und hatte sich auf Sarah gestürzt, die mit dem Angriff von oben nicht gerechnet hatte.

»Gute Arbeit, alter Freund«, lobte Abramowitsch und holte sich sein Gewehr zurück, während Balakow und Dimitri ihrerseits die Waffen zückten und Hingis, Ufuk und el-Hakim damit in Schach hielten. »Sind Sie immer noch der Ansicht, dass Sie ungerecht behandelt werden, Lady Kincaid?«

»Allerdings«, knurrte Sarah ungeachtet des drohenden Revolverlaufs.

»Vielleicht«, überlegte der Ochrana-Mann, »sollten wir dem Streit ein Ende setzen, indem wir vollendete Tatsachen schaffen.«

»Nein!«, rief Sarah, der sofort klar war, was er damit meinte. »Tun Sie das nicht! Der Junge und el-Hakim können nichts dafür …«

»Sieh an.« Abramowitsch wog den Kopf hin und her. »Wie höflich Sie plötzlich sein können, wenn es um das Leben Ihrer Freunde geht.«

»Bitte«, wiederholte Sarah, da es genau das zu sein schien, was der Russe hören wollte, »tun Sie ihnen nichts!«

»Wie gerne würde ich Ihrer Aufforderung Folge leisten – aber ich fürchte, die Notwendigkeit zwingt mich zu anderen Maßnahmen.«

»Nein!«, widersprach Sarah trotzig. Tränen der Verzweiflung stiegen ihr in die Augen.

»Lass es gut sein, Kind«, sagte der alte Ammon. »Ich habe immer gewusst, dass dies meine letzte Reise sein würde.«

»Nicht, Meister!«, widersprach Ufuk. »So etwas dürft Ihr nicht sagen! Nicht hier, nicht jetzt ...«

»Es liegt nicht in unserer Hand, darüber zu bestimmen, Junge«, erklärte der Alte ruhig.

»Aber Eure Zeit ist noch nicht gekommen, das fühle ich.« Ufuk schüttelte den Kopf, Tränen rannen über seine Wangen. »Wenn es sein muss, dann lasst mich an Eurer Stelle gehen.«

»Nein!«, schrie Sarah und wand sich in Igors Klammergriff.

»Schluss jetzt«, entschied Abramowitsch barsch, »wir haben keine Zeit mehr zu verlieren. Wenn der Junge und der Alte es so eilig haben mit dem Sterben, sollen sie eben beide ...«

Dass er nicht weitersprach, sondern vor Schreck die Augen aufriss, lag an der Klinge, die blitzschnell aus der Finsternis auftauchte und sich an seine Kehle legte, geführt von einem übermächtigen Schatten.

»Kein Wort mehr«, zischte ihm eine tiefe Stimme dabei ins Ohr. »Du hast für eine Nacht genug geredet, Russe!«

Abramowitsch wusste nicht, wie ihm geschah, und auch Sarah und die anderen begriffen im ersten Moment nicht, was vor sich ging. Erst als der Schatten den Russen nach vorn stieß und selbst ins fahle Mondlicht trat, wurde klar, was geschehen war: Hieronymos hatte die Schwärze der Nacht genutzt, um zu demonstrieren, weshalb seinesgleichen einst weithin gefürchtet worden war – und um endgültig klarzustellen, auf wessen Seite er stand.

»Gute Arbeit, alter Freund«, wiederholte Sarah Abramowitschs Worte von vorhin und konnte sich ein Lächeln der Genugtuung nicht verkneifen. »Wie es aussieht, hat Sie das Glück erneut verlassen, Hauptmann. Also bitte fordern Sie Ihre Leute auf, die Waffen sinken zu lassen, oder es wird ein böses Ende für Sie nehmen.

»Oder aber«, rief Hingis herüber, »wir beenden diesen kindischen Firlefanz und sehen zu, dass wir von hier fortkommen! Dort kommen die Soldaten des Radschas!«

Sarah fuhr herum.

Tatsächlich!

Gegen die finsteren, gezackten Umrisse der Häuser Rampurs konnte man die hellen Gestalten ausmachen, die sich im Laufschritt näherten. Die Waffen, die sie in ihren Händen hielten – Schwerter, Speere und Musketen – blitzten im Mondlicht.

»Der Schuss hat sie alarmiert«, presste Abramowitsch hervor, der noch immer Hieronymos' Stahl an der Kehle hatte. Trotz aller Vorsicht, die der Ochrana-Agent und sein Handlanger hatten walten lassen, war es dem Zyklopen gelungen, seine Sichelklinge so zu verbergen, dass es niemandem aufgefallen war. »Hingis hat recht. Wenn wir jetzt nicht zusammenarbeiten, sind wir so gut wie tot!«

Sarahs Zögern währte nur einen Augenblick. Es widerstrebte ihr, mit einem Lügner und Verräter zu kooperieren und auf diese Weise zu seinem Komplizen zu werden, aber die Notwendigkeit zwang sie erneut dazu. Sie nickte Hieronymos zu, der die Klinge daraufhin sinken ließ. Abramowitsch fiel auf die Knie. Keuchend griff er sich an den Hals, wo das Sichelschwert einen dünnen roten Faden hinterlassen hatte, und gab eine Verwünschung von sich. Igor kam und half ihm auf die Beine, und im nächsten Moment waren sie auch schon dabei, die Strickleiter zu erklimmen.

Balakow war der Erste, der an Bord ging. Schon im Klettern wies er Pjetr, der die Bordwache hielt, an, die Ballastsäcke abzuwerfen. Die Taue strafften sich.

»Rukho! Rukho!«, rief der Anführer der Soldaten – es war derselbe *havildar* der sie am Vortag empfangen hatte – mit Donnerstimme herüber. »Im Namen des Radschas! Stehen bleiben!«

Sarah bezweifelte, dass die Wachen schon von der Entführung des fürstlichen Neffen wussten. Vermutlich waren sie durch den Schuss aufmerksam geworden und hatten gesehen, dass die vermeintlichen Gäste dabei waren, sich aus dem Staub zu machen. In Gegenden wie dieser genügte das, um als verdächtig zu gelten.

Natürlich dachte keiner der Reisenden daran, der Aufforderung des Sergeanten nachzukommen. So rasch sie konnten, kletterten sie an der Leiter empor, wobei Hingis den Stumpf seines Armes nutzte, um sich einzuhaken, während er mit der verbliebenen Hand nach der nächsten Sprosse griff. Dann waren Ufuk und el-Hakim an der Reihe.

»Das Luftschiff ist nur für zehn Personen ausgelegt!«, schrie der Russe. »Wir werden nicht abheben können!«

»Das hätten Sie sich überlegen sollen, bevor Sie den Neffen des Radschas entführt haben«, konterte Sarah.

In diesem Moment fiel der erste Schuss.

Die Soldaten waren nahe genug herangekommen, um ihre Schusswaffen zum Einsatz zu bringen. Neben gewöhnlichen *bundooks* hatten einige der Männer auch *jingals* bei sich, schwere Musketen mit Luntenschloss, die noch ungleich größeren Schaden anrichten konnten!

Der peitschende Knall wurde von den Berghängen zurückgeworfen und hallte dutzendfach wider. Sarah hörte ein hässlich fauchendes Geräusch und duckte sich unwillkürlich. Nur wenige Schritte neben ihr fuhr die Kugel ins Gras.

Abramowitsch sah ein, dass es keinen Sinn hatte, die Diskussion fortzusetzen – stattdessen wandte er sich um, hastete zur Leiter und kletterte wieselflink daran empor. Wieder blitzten die Schlösser der

Musketen auf, und Schüsse krachten. Das tödliche Blei fegte durch die Nacht, noch näher diesmal. Es war nur eine Frage von Augenblicken, wann es sein erstes Ziel finden würde.

Dimitri, der sich sein Gewehr zurückgeholt hatte, riss es in den Anschlag und gab ebenfalls einige Schüsse ab, die allerdings zu ungenau gezielt waren, um den Verfolgern gefährlich zu werden. Ungehindert drangen die Soldaten des Radschas weiter vor, kamen in geduckter Haltung den Hügel herauf, bittere Entschlossenheit in den verkniffenen Mienen.

»Nun du, Hieronymos«, forderte Sarah den Zyklopen auf, der jedoch nur den Kopf schüttelte.

»Ich habe geschworen, Sie zu beschützen, Lady Kincaid. Wissen Sie nicht mehr?«

Es widerstrebte Sarah, jemanden, der ihrem Kommando unterstellt war, zurückzulassen, aber sie sah auch ein, dass es zwecklos gewesen wäre, dem Einäugigen zu widersprechen. Also kletterte sie Abramowitsch hinterdrein, ungeachtet der Kugeln, die die Nacht durchpflügten. Eines der Geschosse ging über sie hinweg, und man konnte hören, wie es den Kanvas der Gondel durchschlug. Gleich darauf war ein greller Schrei zu vernehmen.

Ufuk!

Sarah beschleunigte ihre Bemühungen und stieg weiter die Sprossen hinauf, so schnell sie es nur wagen konnte. Zweimal griff sie daneben und wäre um ein Haar abgestürzt, aber es gelang ihr, sich einzuklammern. Sie hatte die Gondel noch nicht ganz erreicht, als sich ihr helfende Hände entgegenstreckten und sie an Bord zogen.

»Jetzt der Zyklop!«, hörte sie Abramowitsch rufen.

»Ankertaue kappen!«, befahl Balakow mit lauter Stimme, und ein Ruck durchlief das Luftschiff, mit dem es sich hinauf zum nächtlichen Himmel schwang.

Sarah sprang auf die Beine und eilte zur Reling. Hieronymos hing an der Leiter, während die Luft ringsum von Kugeln durchsiebt wurde. Zwei weitere Geschosse trafen die Gondel, richteten jedoch keinen nennenswerten Schaden an, eine dritte traf den Auftriebskörper und schlug ein Leck. Sie konnten von Glück sagen, dass die Soldaten nicht wussten, was das Schiff in der Luft hielt, sonst wäre es ihnen ein Leichtes gewesen, es durch gezielten Beschuss vom Himmel zu holen.

Sarah half dabei, Hieronymos über die Reling zu hieven, der ihr dabei ein dankbares Lächeln zuwarf. Erst dann dämmerte ihr, dass es nicht einer, sondern zwei Mann gewesen waren, die sie am Boden zurückgelassen hatte.

»Dimitri!«, rief sie. »Wo ist Dimitri?«

Der Blick, den Abramowitsch ihr zuwarf, ließ sie erschaudern. Sie beugte sich über die Reling und schaute hinab.

Unten, auf dem mondbeschienenen Grashang, sah sie den Matrosen. Mit dem Gewehr feuerte er auf den Feind, der die Anhöhe erklommen hatte und fast heran war, dabei schrie er aus Leibeskräften. Sarah wusste nicht, was er sagte, aber sie verstand auch so ...

»Wir müssen umkehren!«, schrie sie. »Sofort!«

»Und riskieren, dass wir alle umgebracht werden?«, fragte Abramowitsch. »Auf keinen Fall!«

Nun hatten die Soldaten des Radschas den Landeplatz erreicht. Mit zitternden Händen hatte Dimitri das Gewehr nachgeladen und feuerte noch einmal, traf einen der Angreifer in die Brust – ehe ihn seinerseits eine Kugel ereilte.

Mit einem Aufschrei griff er sich ans Bein und brach zusammen. Im Nu war er von Dutzenden von Feinden umringt, die ihre Säbel gezückt hatten. Das Letzte, was Sarah sah, war eine blitzende Klinge, die erbarmungslos niederfuhr, und im nächsten Moment hielt einer der Soldaten etwas in den Händen, das wie der Kopf eines Menschen aussah ...

Sie schlug sich die Hände vors Gesicht und wandte sich ab. Grauen packte sie und schnürte ihr die Kehle zu, Tränen stiegen ihr in die Augen.

»Ich hoffe«, zischte Abramowitsch ihr ins Ohr, »Sie werden nie vergessen, was Sie gerade gesehen haben, Lady Kincaid. Diesen Mann haben Sie auf dem Gewissen!«

Wutschnaubend wandte er sich ab und überließ Sarah ihrem Entsetzen, während das Luftschiff Fahrt aufnahm und zunächst in einem weiten Bogen nach Südwesten fuhr, fort von Rampur und den Soldaten. Zwar feuerten die Wachen des Radschas noch immer, doch mit jedem Augenblick wurden ihre Kugeln weniger gefährlich, und schließlich vermochten selbst die *jingals* das Schiff nicht mehr zu erreichen.

Balakow übernahm es selbst, in die Takelage zu klettern und das entstandene Leck zu flicken, ehe es sich ausweiten konnte, während sich Sarah und Hingis um Ufuk kümmerten, der glücklicherweise nur einen Streifschuss am rechten Arm davongetragen hatte. Sarah verarztete ihn notdürftig und gab ihm einen Kuss auf die Stirn, mit dem sie sich dafür bedankte, dass er sie gewarnt hatte. El-Hakim, der im Bug der Gondel kauerte und in seiner *djellabah* zu frieren schien, starrte unbewegt vor sich hin. Zweifellos hatte er mitbekommen, worum es bei dem Streit zwischen Sarah und Abramowitsch gegangen war und auch, dass er zurückgelassen werden sollte ...

»Das ist nicht gut«, sagte er leise. »Womöglich habe ich einen Fehler begangen. Ich hätte mich nicht auf diese Reise begeben sollen. Du riskierst zu viel, um mein altes Leben zu beschützen, Sarah. Kein Leben darf mit einem anderen erkauft werden!«

»Ich weiß, Meister«, versicherte Sarah. »Dennoch konnte ich nicht anders.«

»Alles wird noch schlimmer werden«, sagte der Weise mit düsterer Stimme voraus. »Wolken verfinstern den östlichen Horizont ...«

Der Blick, mit dem Sarah den alten Ammon bedachte, war zugleich voller Verblüffung und voller Sorge – denn am nächtlichen Himmel, der sich im Osten über dem gezackten Grat der

Berge spannte, ballten sich tatsächlich dunkle Wolken, die das Licht der Sterne schluckten und nichts Gutes verhießen.

Kamal erbebte innerlich.

Tiefe Ehrfurcht und ein Glücksgefühl, wie er es zuvor nie gekannt hatte (jedenfalls nahm er das an) erfüllten ihn, während er seine Hand auf die nackte, zarte Wölbung legte, die seine Geliebte ihm lächelnd entgegenreckte.

»Kannst du es fühlen?«, fragte sie.

Sie hatte sich in den letzten Wochen verändert. Ihre Züge waren voller geworden, trotz der Übelkeit, die sie meist am frühen Morgen befallen hatte, und aus ihren grünen Augen schien mehr Zuneigung zu sprechen als je zuvor. Ausgestreckt lag sie neben ihm auf dem Bett und hatte ihren Unterbauch entblößt, unter dessen sanfter Rundung sich die Frucht ihrer Liebe verbarg.

»Nein«, erwiderte er, »noch nicht.«

»Aber ich kann es fühlen«, versicherte sie lächelnd. »Ich spüre seinen Herzschlag, geradeso, als ob es mein eigener wäre.«

»Das muss wundervoll sein.« Er erwiderte ihr Lächeln, aber es wirkte gequält.

»Was hast du?«

»Nichts weiter. Es wäre nur schön, auch etwas tun zu können. Auch etwas beizutragen, das ...«

»Du hast schon etwas beigetragen«, sagte sie, und für einen kurzen Moment lag wieder der alte, betörende Ausdruck auf ihren Zügen. »Das war mehr als genug. Nun bin ich an der Reihe.«

»Aber ich ...«

»Schhh«, zischte sie und legte ihm eine Hand auf den Mund. »Kein Wort weiter. Lass uns einfach nur glücklich sein, Geliebter.«

Er küsste ihre Hand flüchtig und schob sie zur Seite. »Natürlich, wie du willst ...«

Sie richtete sich halb auf, sodass das Nachthemd herabrutschte und ihren Bauch wieder bedeckte. »Bist du denn etwa nicht glücklich?«, fragte sie ängstlich.

»Doch, natürlich«, versicherte er schnell. »Die Frau, die ich liebe, bekommt ein Kind von mir. Wie könnte ich nicht glücklich sein?«

»Aber?«

»Aber ich frage mich, was für eine Sorte Vater ich meinem Kind sein werde! Ich erinnere mich noch immer nicht an meine Vergangenheit, Sarah, nicht an das kleinste Stück! Wie soll ich einem Sohn ein Vorbild sein, wenn ich noch nicht einmal selbst weiß, wer ich bin?«

»Du bist enttäuscht«, sagte sie sanft und strich über seine Wange, »und das verstehe ich. Aber du solltest uns nicht unsere Freude nehmen. Dieses Kind ist alles, was wir brauchen, Kamal. Ein neuer Anfang für uns beide. Ein neues Leben.«

Er schaute sie an, blickte in das blasse Gesicht mit den hohen, geröteten Wangen. Er sah die Traurigkeit darin und wusste, dass seine Einwände der Grund dafür waren – und er schalt sich einen verdammten Narren.

»Aber ja«, erwiderte er und rang sich erneut ein Lächeln ab, das tatsächlich einigermaßen zuversichtlich wirkte, »du hast völlig recht. Wie egoistisch von mir, in diesem Augenblick nur an mich zu denken. Es geht um dich – um dich und das Kind.«

»Außerdem«, fügte sie augenzwinkernd hinzu, »scheinst du davon auszugehen, dass es ein Sohn werden wird.«

»Warum auch nicht?«

»Weil du dich irrst, Geliebter«, beschied sie ihm voller Überzeugung und legte erneut ihre Hand auf die Wölbung. »Es wird ein Mädchen, Kamal.«

Er hob die Brauen. »Wie …?«

»Ich fühle es.«

»Aber …«

»Ich *weiß* es«, verbesserte sie sich, und es war ihrem Tonfall anzumerken, dass sie keinen Widerspruch wünschte.

Sie war seltsam verletzlich und gefühlsbetont in diesen Tagen, deshalb sagte er nichts dagegen. »Also schön«, meinte er stattdessen, »wie soll unsere Tochter also heißen?«

»Hast du einen Vorschlag?«

»Ich denke schon«, erwiderte er mit feierlicher Miene und küsste sie zart auf den Mund, ehe er den ersten Namen nannte, der ihm in den Sinn gekommen war: »Ich wäre dafür, sie Sarah zu nennen. Nach ihrer Mutter ...«

Man konnte sehen, wie das Lächeln von ihren Lippen schwand und ihre Züge sich verfinsterten. »Du hattest schon bessere Einfälle«, sagte sie nur, wälzte sich seitlich aus dem Bett und verließ mit hastigen Schritten das Schlafgemach.

Zum zweiten Mal an diesem Morgen verwünschte sich Kamal für seine unüberlegten Worte, auch wenn er sich diesmal keiner Schuld bewusst war. Im Gegenteil, er hatte geglaubt, ihr damit eine Freude zu bereiten. Weshalb reagierte sie so gereizt?

Er überlegte, ihr nachzulaufen, ließ es aber bleiben. Wenn sie ein solches Verhalten an den Tag legte, kam er nicht an sie heran. Dann hatte er das seltsame Gefühl, einer völlig Fremden gegenüberzustehen. Aber was bedeutete das schon, wenn er sich selbst ein Fremder war?

4.

Da es zu gefährlich war, die Gebirsgpassage bei Dunkelheit anzutreten, begnügte sich Kapitän Balakow damit, das Luftschiff über einem Waldgebiet kreisen zu lassen, das sich westlich von Rampur erstreckte und dessen dichte Vegetation vom Boden aus kaum einen Blick auf den Himmel zuließ. Erst als der Morgen dämmerte und die grauen Felsendome des Himalaya aus den Schatten traten, änderte er den Kurs und steuerte die Berge an.

Das Narkotikum aus dem Wodka, den Abramowitsch dem Radscha verehrt hatte, war offenbar stark gewesen. Als Chandra in den späten Morgenstunden erwachte, klagte er über heftige Kopfschmerzen und konnte sich zunächst an nichts entsinnen. Abramowitsch jedoch sorgte dafür, dass er sich schon sehr bald wieder erinnern konnte.

Der Neffe des Radschas sprach leidlich Englisch, und obwohl ihm die Tatsache, gefangen und entführt worden zu sein, verständlicherweise nicht gefiel, fügte er sich rasch in sein Schicksal – wohl weil Abramowitsch ihm in unvergleichlicher Ochrana-Manier klarmachte, dass er nicht zögern würde, ihn aus zehntausend Fuß Höhe über Bord zu werfen, falls er sich weigern sollte zu kooperieren. Da Chandra nur leichte Pluderhosen und eine Weste trug, erhielt er Dimitris Wollkleidung und dessen Ölzeug, um sich vor Wind und Kälte zu schützen. Wie sich schon an den Vortagen angedeutet hatte, reichte beides jedoch schon bald nicht mehr aus.

Je höher die ›Kamal‹ stieg und je näher sie den Gipfeln kam, desto empfindlicher wurde die Kälte, fast so, als führte die Reise in eine andere Jahreszeit. Auch machte die in dieser Höhe noch sehr viel dünnere Luft sich bemerkbar, vor allem el-Hakim und – überraschenderweise – auch Abramowitschs Handlanger Igor hatten mit Atemnot und Kopfschmerzen zu kämpfen. Ohnehin war fraglich, wie hoch das Luftschiff würde fliegen können. Wie Sarah erst jetzt erfuhr, waren bislang nur Höhen von bis zu eineinhalb Meilen tatsächlich erprobt worden. Und da der Shipki-La, über dessen Passhöhe sie nach Tibet vordringen wollten, rund fünfzehntausend Fuß hoch lag, würde mehr als nur etwas Rückenwind erforderlich sein, um die ›Kamal‹ von einer Seite der Berge auf die andere zu tragen; von dem Unwetter, das sich über den Gipfeln zusammenzubrauen schien und in dessen graue Wolken die Berge ihre schneebedeckten Spitzen bohrten, ganz zu schweigen.

Vorerst jedoch hielt sich das Wetter zurück; nur ferner Donner war zu hören, während das Luftschiff dem Lauf des Flusses Sutlej durch eine Landschaft folgte, die nördlich von Rampur immer wilder und ursprünglicher wurde. Nicht nur, dass die Hänge immer steiler anstiegen, auch die Vegetation wechselte, und statt üppig wuchernden Grüns waren bald nur noch niedrige Sträucher auszumachen, die sich in den grauen Fels krallten.

Ein Pfad wand sich am Wasser entlang, der hin und wieder, wenn eines der Flussufer unpassierbar wurde, über eine höchst abenteuerlich aussehende *jhula** auf die andere Seite wechselte. Ab und zu waren verstreute Schafe auf den kargen Hängen zu sehen oder Bergbewohner, die ihre schwer beladenen *gadhas*** den Pfad hinauftrieben. Die Dörfer, die die Reisenden von oben sahen, waren wenig mehr als Ansammlungen kleiner, aus Naturstein errichteter Hütten, von denen sich dunkle Rauchfahnen zum Himmel wanden. Die einzige größere Siedlung, so erklärte Chandra, sei die Stadt Chani, die sie am frühen Nachmittag erreichten.

---

* hin. Hängebrücke

** hin. Esel

Da sie genügend Vorräte hatten, zogen Abramowitsch und Balakow es jedoch vor, das Luftschiff ein gutes Stück oberhalb auf einem Felsplateau zu landen, wo es zum einen vor Blicken aus dem Tal geschützt war und zum anderen auch wirksam verteidigt werden konnte.

Da die Fahrt bereits in der Nacht begonnen hatte, waren die Akkumulatoren an diesem Tag bereits früher erschöpft als sonst. Während Balakow und Pjetr die kleine Dampfmaschine dazu benutzten, die Kapazität mittels Bewegungsenergie wieder aufzuladen (wobei es sich als zunehmend schwierig erwies, genügend Brennmaterial zu finden), versuchte Abramowitsch, mit Chandras Hilfe das unzureichende Kartenmaterial zu ergänzen; da sich der Inder auch hier kooperativ zeigte, war das Ergebnis durchaus nennenswert. Dennoch hatte Sarah kein Wort der Anerkennung für Abramowitsch übrig. Seit ihrer überstürzten Abreise aus Rampur hatte sie keine Silbe mit dem Russen gesprochen, und sie hatte vor, es auch dabei zu belassen.

Die Nacht verlief ohne Zwischenfälle, und so konnte die Reise am nächsten Morgen ungehindert fortgesetzt werden. Die nächste Etappe führte weiter den Sutlej hinauf zu einem Dorf namens Poo, das, wie Friedrich Hingis mit augenzwinkerndem Verweis auf die deutsche Bedeutung des Wortlauts bemerkte, auch genauso aussah.

Am 29. Mai endlich stieg die ›Kamal‹ zum Shipki-La auf.

Um die dafür erforderliche Flughöhe zu erreichen, musste erstmals auf der Reise Ladung zurückgelassen werden. Da man im Begriff war, in feuchte, schneereiche Regionen vorzustoßen, ließ man die Wasservorräte ab und entledigte sich eines Teils der Ausrüstung. Auch einige persönliche Gepäckstücke mussten zurückbleiben, darunter die Gladstone-Taschen, in denen Sarah und Hingis ihre wenigen Habseligkeiten verstaut hatten.

Je näher sie der Passhöhe kamen, desto heftiger wurde die Brise, die ihnen entgegenblies und der sich der Antrieb des Luftschiffs mit aller Kraft widersetzte. Nun erst zeigte sich Balakows Geschick, denn dem Kapitän gelang es immer wieder, die konisch geformte Spitze des Auftriebskörpers durch schnelles Gegenlenken in den Wind zu drehen. Hätte eine der heftigen Böen das Luftschiff von der Seite getroffen, wäre es vermutlich gegen den Fels geschleudert worden und abgestürzt.

Überhaupt ragte der hellgraue Granit, in den sich der Sutlej im Lauf unzähliger Monsune tief eingegraben hatte, immer schroffer und bedrohlicher zu beiden Seiten auf. Mehrmals, wenn Balakow eines seiner gefährlichen Manöver vollführte, kam die ›Kamal‹ den Felswänden gefährlich nah, und es gehörte nicht viel Phantasie dazu, sich auszumalen, was geschehen würde, wenn die dünne Haut des Auftriebskörpers riss – niemand war erpicht darauf, in den türkisblauen Pfuhl zu stürzen, der tief unter ihnen schäumte und brodelte.

Oft wurde die Gondel von schweren Erschütterungen durchlaufen, sodass Balakow die Anweisung gab, die Passagiere sollten sich mit den dafür vorgesehenen Stricken an die Reling knoten. Sarah tat es mit einem gewissen Fatalismus. Ihr Schicksal war ohnehin auf Gedeih und Verderb an das des Luftschiffs gebunden, warum also nicht auch im wörtlichen Sinne?

Die Taue knarrten, die Konstruktion der Gondel ächzte. Wie ein waidwundes Tier bäumte sich das *aerostat* gegen die Gewalten auf, die an ihm zerrten, während der Antriebspropeller stetig, aber immer erfolgloser gegen den Wind ankämpfte. Über den Ebenen und sogar über den Bergen, die sie überflogen hatten, hatte sich das Luftschiff als zuverlässiges Fortbewegungsmittel erwiesen. Nun jedoch, im hohen Gebirge, stieß es an die Grenzen seiner Belastbarkeit.

Sarah konnte in den Mienen fast aller Mitreisenden einen bekümmerten Ausdruck erkennen, selbst in den Gesichtern von Abramowitsch und Hieronymos; in Friedrich Hingis' Fall gesellte sich noch eine ungesunde grüne Färbung hinzu, die sich nur deshalb nicht in einem Schwall von Erbrochenem entlud, weil der Schweizer den Tag über kaum etwas gegessen hatte. Einzig el-Hakim schien von allem unberührt zu sein, als scherten ihn weder die heulenden Winde noch die drohende Todesgefahr.

Aufrecht stand er vorn im Bug, gehalten von Ufuk, der die Arme um ihn geschlungen hatte. Der Alte hatte die Augen geschlossen, auf seinen Zügen lag tiefer Frieden, denn anders als die übrigen Reisenden an Bord der ›Kamal‹ hatte der Weise von Mokattam mit dem Leben abgeschlossen.

»Festhalten!«, gellte Balakows russischer Befehl, den Sarah inzwischen verstand. Wieder erfasste eine Bö den Auftriebskörper und drückte die Schnauze nach oben, sodass die Gondel zwanzig, dreißig Yards emporschoss und dabei den Felsen erneut gefährlich nahe kam. Sofort lenkte der Kapitän wieder dagegen, und das Luftschiff zog in die andere Richtung. Die eng stehenden Felswände, zwischen denen es hindurchschoss, hatten etwas von einem Labyrinth – das urplötzlich endete, als eine riesige Mauer aus Granit vor dem Bug auftauchte.

Nicht nur Sarah, auch ihre männlichen Begleiter schrien auf, als es für einen Moment so aussah, als würde der Auftriebskörper samt der Gondel gegen den Fels prallen. Aber dann, buchstäblich im letzten Augenblick, erfasste ein jäher Aufwind das Schiff und riss es fast senkrecht empor.

Sarah merkte, wie ihr Magen nach unten sackte, und die Luft blieb ihr für einen Moment weg. Instinktiv klammerte sie sich an die Reling, während sie mit vor Schreck geweiteten Augen sah, wie die Abbruchkante der Felswand heranraste!

Mit atemberaubender Geschwindigkeit flog die Gondel darauf zu, und es hatte den Anschein, als würde zwar der Auftriebskörper darüber hinwegfliegen, die Gondel jedoch, die ein gutes Stück darunter hing, daran zerschellen. Sarah schloss die Augen und schickte ein Gebet zum Himmel, als plötzlich ein hässlich schrammendes Geräusch zu hören war. Die Gondel kippte, und noch einmal öffnete sich der tiefe Abgrund des Sutlej unter ihnen wie ein riesiger, unersättlicher Schlund – dann beförderte eine weitere Bö sie nach oben, und sie hatten den Grat überwunden.

Sarah riss die Augen auf.

Vor ihnen lag die Passhöhe.

Es war geschafft!

Zum Jubeln war freilich niemandem zumute. Zu groß war der Schrecken, der ihnen in den Gliedern saß, zu grässlich der Atem des Todes, den sie alle gespürt hatten. Zudem erwuchs mit dem Erreichen des Passes schon die nächste Bedrohung: in Gestalt der tibetischen Soldaten, die den nur aus einigen Steinmauern und einem Aussichtsturm bestehenden Grenzposten besetzten!

Zu beiden Seiten der Passstraße, die sich von Südwesten heraufquälte und den Grat überwand, waren Steine zu künstlichen Haufen aufgetürmt, die von ritueller Bedeutung zu sein schienen; Leinen, an denen bunte, teils zerrissene Gebetsfähnchen im Wind flatterten, waren ringsherum gespannt, sodass die Steinberge wie ein mystisches Tor wirkten, der Zugang zu einer anderen Welt. Links und rechts davon war die Landschaft karg. Graues Gestein übersäte den Bergsattel; der Schnee war längst gewichen, aber nur hier und dort waren einzelne Grasbüschel auszumachen, die sich bei jedem Windstoß ängstlich duckten. Mit dem Einsetzen des Monsuns würde sich dies sprunghaft ändern. Dann würde die Landschaft erblühen, und grüne Wiesen würden sich erstrecken, wo jetzt noch braune Steppe herrschte.

Aber noch war es nicht so weit.

Noch hatte weder der Regen eingesetzt noch der Nebel, der den Monsun begleitete und die Höhen verhüllen würde, und so war das Luftschiff, das jäh über die Abbruchkante stieg, gut auszumachen. Natürlich entdeckten die Soldaten es sofort . . .

»Ich zähle sieben«, stellte Abramowitsch fest, der das Teleskop angehoben hatte und hindurchblickte. »Drei auf dem Turm, zwei vor der Hütte, zwei weitere bei den Ponys.«

Balakow sagte einige Sätze auf Russisch, die dem Ochrana-Mann nicht zu gefallen schienen. »Der Kapitän will landen«, erklärte er, als Hingis ihn fragte, »um die Gondel und den Auftriebskörper auf Schäden zu untersuchen. Aber ich halte das nicht für ratsam nach allem, was wir über Tibet wissen.«

Sarah hütete sich, es laut zu sagen, aber in diesem Fall war sie Abramowitschs Meinung. Der Kashag, wie der in Tibet regierende Ministerrat genannt wurde, wachte mit Argusaugen über das Land, dessen geistliches wie politisches Oberhaupt der Dalai Lama war, eine mysteriöse Gestalt, von der einige gar behaupteten, sie wäre eine Gottheit. Ausländern war es bei Strafe verboten, die Grenze des Landes ohne Zustimmung des Ministerrats zu überschreiten, und eine solche zu erwirken, galt ohne entsprechende Verbindungen als nahezu unmöglich. Natürlich hatte es Missionare gegeben, die nach Tibet gelangt waren, und seit einigen Jahren entsandten sowohl Briten als auch Russen verstärkt Agenten in die Region. Von einer Öffnung der Grenzen, wie sie unter zivilisierten Ländern gang und gäbe war, konnte jedoch keine Rede sein. Gut möglich, dass die Soldaten das Feuer eröffneten, sobald die ›Kamal‹ in Reichweite kam – und einen weiteren Angriff würde das Schiff wohl nicht überstehen.

»Wir müssen höher gehen«, sagte Abramowitsch, der das Gleiche zu denken schien, und teilte dies Balakow mit. Die beiden wechselten einige Worte, dann schienen sie sich zu einigen – und im nächsten Moment flogen die Packsäcke mit den Zelten über Bord.

»Was tun Sie da?«, brach Sarah ihr langes Schweigen.

»Wonach sieht es denn aus? Wir werfen Ballast ab, um noch höher zu steigen. Auf diese Weise entgehen wir vielleicht ihren Kugeln. Oder haben Sie einen besseren Vorschlag?«

»Nein«, gab sie bissig zu. »Ich frage mich nur, wen von uns Sie als Ersten über Bord werfen werden, wenn Ihnen die Gepäckstücke ausgehen.«

Sie nahm ihm das Fernrohr aus der Hand und warf ihrerseits einen Blick hindurch. Man konnte sehen, wie die Grenzer wild mit den Armen winkten und aufgeregt aufeinander einredeten. Bekleidet waren sie mit dem traditionellen rotbraunen *bukoo*, der in Tibet auch als Uniform zu fungieren schien, sowie mit Mützen aus Yakfell, deren Ohrenschützer heruntergeklappt und unter dem Kinn verknotet waren, sodass von den ledrigen, sonnengebräunten Gesichtern der Soldaten kaum etwas zu sehen war. Außer mit dem *ral-gri*, dem traditionellen tibetischen Breitschwert, waren einige von ihnen mit altertümlichen Luntenschloss-Musketen bewaffnet, der Rest hatte Bogen und Köcher mit langen Pfeilen über der Schulter. Keine sehr modern ausgerüstete Streitmacht, aber durchaus eine, die Sarah und ihren Gefährten gefährlich werden konnte.

Durch das Abwerfen der Zeltplanen gewann das Luftschiff tatsächlich rasch an Höhe. Der Wind, der unmittelbar über dem Bergsattel merklich nachgelassen hatte, nahm plötzlich wieder zu, und die Luft wurde spürbar dünner. Sarah schätzte, dass sie sich inzwischen auf gut 16 000 Fuß befinden mussten. Sie hatte keine Ahnung, wofür die Tibeter das seltsame Objekt hielten, das so unvermittelt über ihren Köpfen aufgetaucht war – vielleicht für ein Wunder oder für ein Zeichen der Götter. Vielleicht durchschauten sie aber auch, was es tatsächlich war: ein Fremdkörper, der dabei war, in ihre behütete Welt einzudringen.

Bislang hatte sich Sarah keine Gedanken darüber gemacht, aber in diesem Augenblick kam sie sich wie ein Räuber vor. Genau so wurden Leute, die sich widerrechtlich Zugang verschafften und etwas ungefragt an sich zu nehmen gedachten, genannt. Sie hatte plötzlich das unschöne Gefühl, dass es Unrecht war, was sie tat, aber sie verdrängte es mit dem Gedanken an Kamal und an die Mission, die sie zu erfüllen hatte. Ihre Verunsicherung blieb jedoch, denn sie war eine Fremde in diesem archaischen, unbekannten Land, und die Schwere, die sie infolge der dünnen Luft auf den Lungen spürte, rief ihr dies bei jedem Atemzug von Neuem ins Bewusstsein.

Inzwischen hatten sie die Grenze überflogen, ohne dass auch nur ein einziger Schuss gefallen war. Ob die Soldaten aus Ehrfurcht nicht gefeuert hatten oder weil ihnen klar gewesen war, dass ihre Kugeln nicht so weit reichten, würden die Reisenden wohl nie erfahren. Es spielte auch keine Rolle mehr, denn die Landschaft, die sich vor ihnen ausbreitete, während sie die Passhöhe hinter sich ließen und allmählich wieder sanken, war so dramatisch, dass es ihnen den Atem raubte. Zerklüftete Felsmassen erstreckten sich von Norden nach Süden in einem Panorama, das auf der Welt seinesgleichen suchte. Im Lauf der vielen Expeditionen, auf denen sie Gardiner Kincaid begleitet hatte, hatte Sarah viel gesehen und erlebt, aber noch nie etwas, das auch nur annähernd dem Vergleich mit der gewaltigen Majestät des Himalaya standgehalten hätte.

Zu beiden Seiten der Straße, die sich auf dieser Seite der Grenze fortsetzte, um schließlich in engen Windungen zwischen steilen Felswänden zu verschwinden, stiegen die kahlen Hänge sprunghaft an, und schon bald ging ihr von Schiefergrau durchsetztes Ocker in weite Schneefelder über. Wasserfälle waren hier und dort zu sehen, riesige Katarakte, die von den Gipfeln herabstürzten und zeigten, dass die Zeit der Schneeschmelze eingesetzt hatte, und auch ihrem alten Weggefährten, dem Sutlej, begegneten die Aeronauten wieder.

Chandra sagte ihnen, dass sie, wenn sie ihm weiter folgten, auf die Stadt Tsaparang stoßen würden, eine Siedlung, die einstmals Hauptstadt eines riesigen Königreichs gewesen sei. Die Archäologin in ihr fand diese Ausführungen durchaus interessant, jedoch konnte Sarah weder ihren Blick von der überwältigenden Schönheit der Landschaft wenden noch an etwas anderes denken als an Kamal, dem sie sich plötzlich so nah und verbunden fühlte wie lange nicht mehr.

Sollte dies die Welt sein, in die ihr Geliebter nach seinem Erwachen gebracht worden war, so wohnte dieser Tatsache zumindest ein gewisser Trost inne – denn noch an keinem anderen Ort hatte Sarah eine größere Ruhe und innere Kraft verspürt als ausgerechnet hier, am buchstäblichen Ende der Welt.

Auch el-Hakim schien es zu fühlen; der Weise stand noch immer vorn am Bug und hatte die Arme ausgebreitet, schien die raue, eisig kalte Luft zu genießen, obschon sie auf seine Lungen drückte und sein altes Herz herausforderte. *»Al-hamdullilah!«**, rief er dabei in seiner Sprache, die außer Sarah nur der junge Ufuk verstand. »Es beginnt!«

»Was meint Ihr, Meister?«, fragte Sarah.

»Spürt ihr es denn nicht?«, fragte der Weise und lachte hell, fast wie ein Kind. »Es hat bereits angefangen!«

»Was faselt der alte Narr?«, wollte Abramowitsch barsch wissen. »Hat er jetzt den Verstand komplett verloren?«

»Schweigen Sie«, fuhr Sarah ihn an, schon deshalb, weil sie insgeheim fürchtete, der Russe könnte recht haben. »El-Hakim hat mehr Verstand in seinem kleinen Finger als Ihresgleichen im ganzen Kopf. Er sagt, dass etwas beginnt oder anfängt . . .«

»Was er nicht sagt«, meinte der Agent der Ochrana unbeeindruckt. »Und was meint er damit?«

»Das weiß ich nicht«, erwiderte Sarah gereizt, »aber er hat mich noch niemals . . .« Sie brach mitten im Satz ab, als sie plötzlich etwas fühlte. Es war ein Eindruck von Bedrohung, weit jenseits von dem, was sie gewöhnlich empfand, fast wie eine höhere Eingabe.

»Was ist?«, drängte Abramowitsch – als aus der Takelage des Luftschiffs ein gellender Ruf herabdrang.

Nachdem eine Landung auf dem Bergsattel nicht möglich gewesen war, hatte Balakow Pjetr hinaufgeschickt, damit er den Auftriebskörper nach etwaigen Rissen oder anderen Schäden untersuchte. Dort oben hing der Matrose nun und klammerte sich an

---

* arab. Gott sei Dank!

das Netz, während er gleichzeitig etwas zu sehen schien, das den übrigen Besatzungsmitgliedern verborgen blieb, weil die ausladenden Formen des Auftriebskörpers es verdeckten. Es war nur ein Wort, dass der Russe ständig wiederholte, anfangs noch gefasst, dann in heller Panik.

»Was sagt er?«, fragte Hingis.

»Vögel«, knurrte Abramowitsch nur. »Er schreit irgendwas von Vögeln. Haben denn jetzt alle den Verstand verloren?« Er schaute sich nach Igor um, und der Blick, den die beiden wechselten, schien zu besagen, dass sie sich in jedem Fall gegenseitig den Rücken freihalten wollten, falls es zum Äußersten kam.

Doch in diesem Augenblick gab auch Sarah, die erneut nach dem Teleskop gegriffen hatte und sich weit aus der Gondel lehnte, um einen Blick gen Osten zu erheischen, einen erschrockenen Laut von sich – denn ihr war klar geworden, was der Matrose meinte.

Aus den dichten Wolken, die sich über dem Tal ballten, näherte sich etwas. Auf den ersten Blick war es nicht auszumachen, weil es sich beinahe ebenso schwarz und schattenhaft ausnahm wie die Wolken selbst, aber der Blick durch das Fernrohr offenbarte Sarah, dass das Etwas Flügel hatte, mit denen es schlug, und dass es sich atemberaubend schnell näherte.

»Spürt ihr es denn nicht! Merkt ihr nicht, dass es begonnen hat?«, rief el-Hakim wieder und begann, mit den ausgebreiteten Armen zu flattern wie ein Kind, das einen Vogel nachahmen wollte. »Das ist der Beweis! Nun endlich wissen wir, dass wir auf dem richtigen Weg sind, denn er ist gekommen, um uns zu empfangen!«

»Wer, Meister?«, rief Sarah gegen den stärker werdenden Wind und das Kreischen, das er herantrug.

»Frage nicht, mein Kind, sondern sehe mit dem Herzen«, schrie der Alte zurück. »Es ist der Garuda! Der Simurgh! Oder, wie wir ihn nennen, der Vogel Roc!«

Lemont konnte den fernen Donner hören, der von jenseits der Ausläufer des Gurla-La herüberdrang, und war einmal mehr froh darüber, sich gegen die Passage über den Shipki-Pass entschieden zu haben. Der Monsun würde nicht mehr lange auf sich warten lassen, und dann würden nicht nur die Flüsse anschwellen und zur reißenden Gefahr, sondern auch viele Straßen unpassierbar werden. Um rascher ans Ziel zu gelangen, waren seine Begleiter und er daher über Agra, Delhi und Dehra Dun nach Nepal eingereist. Über Ramu und Chala hatten sie schließlich die Passage nach Tibet über den Saipal Himal gemacht. Bei der Grenzstadt Siar hatten sie die Grenze überschritten und das *da-yig* vorgezeigt, den von der tibetischen Regierung ausgestellten Passierschein, der ihnen ungehinderten Zutritt sowohl zum Land als auch zu seinen Heiligtümern gewährte.

Natürlich war das Dokument gefälscht, aber die *dmag-mi**, die an der Grenze Wache hielten, hatten dies ebenso wenig durchschaut wie Lemonts ehrgeizige Pläne. Nicht einer von ihnen hatte auch nur geahnt, dass sich unter den mehr als achtzig Teilnehmern der Karawane der zukünftige Herrscher nicht nur dieses Landes befand, sondern der ganzen Welt … .

Die Yaksänften, die Lemont und seinen Verbündeten als Reiseunterkünfte dienten und auf den breiten Rücken der riesigen, fellbesetzten Tiere ruhten, waren primitiv, aber sie erfüllten ihren Zweck. Die Teppiche, Kissen und Wolldecken, mit denen das Innere ausgeschlagen war, sollten Luxus vorspiegeln; in Wahrheit war das Reisen in den schwankenden, würfelförmigen Behältnissen, in die unablässig der Wind fuhr, in etwa so bequem wie der Ritt auf einem betrunkenen Kamel. Lemont verabscheute diese Form der Fortbewegung und nahm sie nur dann in Anspruch, wenn es sich nicht vermeiden ließ. Auf staubigen Samtkissen auf einem Yak zu sitzen, dessen Ausdünstungen und Exkremente erbärmlichen Gestank verbreiteten, war alles andere als angenehm,

---

* tib. einfacher Soldat

aber immer noch besser, als zu Fuß zu gehen, zumal, wenn es galt, riesige Höhenunterschiede zu überwinden.

Die einheimischen Träger und Treiber, die den Zug begleiteten, hatten in dieser Hinsicht weniger Glück, aber Lemont ging davon aus, dass ihre kurzen, stumpigen Beine auch ungleich besser dazu geeignet waren, Gipfel zu erklimmen, als seine. Zudem taten sie genau das, was die Natur und die Vorsehung ihnen zugedacht hatten – sie verrichteten niedere Dienste und schleppten das Gepäck jener, deren Intellekt dem ihren weit überlegen war. Insofern spiegelte die Karawane in ihrer Zusammensetzung genau jene Welt wider, von der Lemont träumte, seit es ihm gelungen war, das Geheimnis des Codicubus zu entschlüsseln: eine Welt, in der jene die Macht besaßen, denen von Anbeginn der Geschichte die Macht dazu gegeben worden war!

Selbst für Lemont war es schwierig, sich inmitten der kargen, von schneebedeckten Gipfeln umrahmten Landschaft vorzustellen, dass alles in einer heißen Sommernacht begonnen hatte, vor mehr als dreißig Jahren. In all dieser Zeit hatte Lemont niemals die Hoffnung verloren, hatte er den Glauben daran, dass es ihm eines Tages gelingen würde, das Erbe anzutreten, niemals aufgegeben.

Entscheidungen waren dazu nötig gewesen, Verzicht und Opfer, und nicht alle waren ihm leichtgefallen. Aber seit er sich auf diese Reise begeben, und, mehr noch, seit er den Saipal Himal überwunden und Siar hinter sich gelassen hatte, hatte er mehr denn je das Gefühl, seiner Bestimmung zu folgen.

Der Wind, der von Westen über die Hochebene strich, war eisig kalt und selbst im Innern der Sänfte zu spüren. Gelegentlich schlug Lemont den Fellvorhang beiseite, um einen Blick auf primitive Steinhütten zu erheischen oder die schäbigen Zelte von Bergnomaden, vor denen Herden schmutziger Schafe und magerer Ziegen weideten. Warum die Geschichte der Menschheit ausgerechnet hier ihren Anfang genommen hatte, entzog sich Lemonts Verständnis, aber es war eine unbestreitbare Tatsache. Und hier, inmitten dieser Einsamkeit, unbeachtet von den Augen der Welt, würde sie schon in Kürze auch ihre Erfüllung finden.

Es war am zweiten Tag nach der Überquerung des Passes. Die Stadt Burang und das Kloster Shepeling hatten sie am Mittag hinter sich gelassen, als es unter den Treibern Tumult gab. Entgegen dem sonst eher ruhigen und stoischen Wesen der *bhotia**, die Lemont in Agra zum Dienst verpflichtet hatte, entstand plötzlich lautes Geschrei. Heisere Stimmen riefen wild durcheinander, die Karawane kam zu einem jähen Halt.

In der Befürchtung, sie könnten in einen Hinterhalt geraten sein, griff Lemont nach seiner Waffe. Der Griff des Revolvers schmiegte sich mit beruhigender Schwere in seine Rechte. Als er hören konnte, wie sich über den matschigen Boden rasche Schritte näherten, hob Lemont die Waffe und zog den Spannhahn zurück und riss im nächsten Moment den Vorhang der Sänfte beiseite.

»Halt!«, rief er dabei laut. »Bleib stehen, Bursche, oder ...!«

Doch der gedrungene Mann, der nur an die fünf Fuß groß war und dessen Gesichtshaut die Farbe und Beschaffenheit von altem Leder hatte, war kein Bandit, sondern der Karawanenführer, dessen Namen sich Lemont nicht merken konnte, obschon der Bergbewohner ihn ständig im Munde führte.

»Nicht schießen, Sahib!«, rief er laut und riss die Arme hoch. Die Augen unter der unförmigen, von Motten zerfressenen Fellmütze waren weit aufgerissen. »Gumpo kein *budmaash***!«

»Was soll dann das Geschrei?«, fragte Lemont ungerührt. »Warum geht es nicht weiter?«

»Weil, Sahib«, erwiderte der *sirdar* zerknirscht, »Treiber sich weigern, den Weg fortzusetzen.« Er machte eine tiefe Verbeugung, als fürchte er, Lemont könnte doch noch von seiner Schusswaffe Gebrauch machen.

---

* Inder tibetischer Herkunft

** Schurke

»Aus welchem Grund?«, fragte dieser stattdessen.

»Haben Angst.«

»Wovor?« Lemonts Augen verengten sich. »Vor Räubern?« Es war bekannt, dass Räuberbanden entlang der Fernstraßen ihr Unwesen trieben und ihren Lebensunterhalt damit verdienten, wehrlose Pilger ihrer Habe zu berauben. Lemont hatte deshalb vorgesorgt und nicht nur sich und seine Geschäftspartner, sondern auch ihre Diener mit hochwertigen Martini-Henry-Gewehren ausstatten lassen. Vor den meist nur mit Knüppeln und Säbeln bewaffneten Banditen sollten sie hinreichend Schutz gewähren.

»*Gan*«, verneinte der Führer. »Keine Angst vor *budmaash*. Aber sagen, dass Land des Langa Co ihnen verboten.«

Lemont hob eine Braue. »Seit wann?«

»Seit Gerüchte Runde machen.«

»Was für Gerüchte?«

Der Führer schürzte die Lippen, die er mit Yakbutter beschmiert hatte, um sie vor Kälte und Sonne zu schützen. Er schien nicht antworten zu wollen, sah aber wohl ein, dass er keine Wahl hatte. »Mig-shár«, flüsterte er leise.

»Was?«

»Mig-shár«, wiederholte Gumpo kleinlaut.

»Was bedeutet das?«, fragte Lemont unwirsch. »Du weißt genau, dass ich euer eigenartiges Kauderwelsch nicht verstehe!«

»Bedeuten Mann-mit-einem-Auge«, übersetzte der Führer ins Französische, das er leidlich beherrschte.

»Mann mit einem Auge«, echote Lemont.

»Nicht Gumpo sagen, Leute sagen«, versicherte der Bhotia rasch. »Mig-shár Gestalt aus alter Zeit, alte Geschichten. Aber Treiber sagen, dass in letzter Zeit gesehen.«

»Wo?«, wollte Lemont wissen.

»Rund um den Langa Co«, erwiderte Gumpo und beschrieb mit der Hand einen Kreis in der Luft. »Heißt, dass Umgebung von See in alter Zeit Heimat von Mig-shár. Jetzt wieder hier.«

»So, heißt es das.« Lemont entblößte das makellose Gebiss zu einem wölfischen Grinsen. »Und warum meutern die Treiber?«

»Meutern nicht, Sahib«, versicherte der Führer, »sein nur besorgt wegen Mig-shár. Denn heißt weiter, dass Ende von *bod* gekommen, wenn Mig-shár zurückkehrt.«

Lemont hatte sich nie die Mühe gemacht, die Sprache der Menschen zu erlernen, die diesen ebenso einsamen wie unzugänglichen Flecken Erde bewohnten. Dennoch wusste er, dass *bod* das Wort war, mit dem die Tibeter ihr Land zu bezeichnen pflegten. Angesichts der Ängste, die nicht nur die Treiber, sondern auch den armen Gumpo zu plagen schienen, dessen Stimme zuletzt arg gezittert hatte, konnte er jedoch nur überlegen lächeln.

»Ich fürchte keinen Mig-shár«, gab er bekannt. »Sag das den Treibern.«

»Zu Befehl, Sahib. Gumpo fürchtet nur, wird Männer nicht trösten. Haben Mig-shár gesehen.«

»Was?«

»Einer der Treiber, Nygal, behaupten, Mig-shár gesehen«, bestätigte Gumpo leise, wobei nicht zu erkennen war, ob er sich mehr vor der einäugigen Sagengestalt fürchtete oder vor seinem gestrengen Auftraggeber.

»Wann und wo ist das gewesen?«

»Gestern bereits und heute wieder. Sorgen für Unruhe unter den Treibern. Und jetzt, da Gebiet des Mig-shár betreten ...«

»*D'accord*, ich verstehe«, erklärte Lemont kurzerhand und schickte sich an, aus der Sänfte zu steigen.

»Was tun?«, rief Gumpo entsetzt. »Nicht kommen heraus! Zu gefährlich!«

»Wie ich schon sagte – ich fürchte mich nicht vor einem Mig-shár«, bekräftigte Lemont und wartete, bis der Bothia die kleine Holzleiter angelegt hatte, damit er bequem vom hohen Rücken des Reittiers heruntersteigen konnte.

Die Karawane befand sich auf einer der Passhöhen, die die

Straße auf dem Weg nach Norden überwand. Zu beiden Seiten türmten sich die Berge, als würden sie das Ende der Welt markieren, rechts die Steinmassen des Gurla Mandhata, die schwindelerregende 24 000 Fuß hoch in den grauen Himmel ragten. Die Senke dazwischen war karg, die steinigen Hänge trotz der Jahreszeit noch schneebedeckt, und die Straße, die dazwischen verlief, war wenig mehr als ein braunes, von Hufen zerstampftes Band, in dem sich der Morast des Bodens und der Kot der Tiere mischten. Es kostete Lemont einige Überwindung, den Fuß hineinzusetzen, und das Schmatzen, das seine Stiefel bei jedem Schritt verursachten, rief seinen Ekel hervor.

Die Mundwinkel angewidert herabgezogen, forderte er Gumpo auf, ihn zu Nygal zu bringen, jenem Träger, der von sich behauptete, einen Einäugigen gesehen zu haben. Vielleicht, so dachte er, war es an der Zeit, den Primitiven eine Lektion zu erteilen.

Vorn an der Spitze des Zuges marschierten nur der *sirdar* und die erfahrensten Treiber, die eine Art Vorhut bildeten; es folgten die Yaks mit den Sänften und dem Küchenwagen sowie dem schweren Gepäck. Danach kamen die Diener und die restlichen Treiber, deren Bergponys und Maulesel das Gepäck und die Vorräte transportierten. Je weiter hinten man in der Karawane ritt, desto schlimmer war der Gestank. Dennoch hatte sich Lemont für die hinterste Sänfte entschieden. Zum einen, weil er es nicht schätzte, in vorderster Reihe zu stehen, wo man den Unwägbarkeiten, die über die Karawane hereinbrechen konnten, ohne Vorwarnung ausgeliefert war; zum anderen, weil es ihm lieber war, seine Geschäftspartner vor sich zu wissen als in seinem Rücken.

Natürlich hatten sie ihm ihr Wort gegeben, natürlich waren sie durch Verträge gebunden, und natürlich fürchteten sie ihn. Aber er misstraute ihnen trotzdem.

Der Spanier, der Engländer und der Russe hatten, alarmiert durch das Geschrei der Treiber, ihre Sänften ebenfalls verlassen. Der Deutsche und der Italiener hatten es vorgezogen, in ihren Sänften zu bleiben. Gleichwohl hatten sie die Vorhänge zurückgeschlagen und die Köpfe herausgestreckt, und die Zornesröte, die das tropenbehelmte Gesicht des Deutschen färbte, ließ erkennen, dass er sich schrecklich echauffierte. »Zum Donnerwetter«, brüllte er, »das darf doch nicht wahr sein! Was bilden sich diese dummen Bauern eigentlich ein?«

»Sie haben Angst, Monsieur l'Allemagne«, erklärte Lemont mit einiger Gleichgültigkeit.

»Wovor?«

»Vor geheimnisvollen einäugigen Wesen, die sie gesehen haben wollen.«

»Einäugige Wesen? Sie meinen, wie in den Geschichten, die Sie den Anhängern Ihrer eigentümlichen Philosophie erzählen?«

»Ganz recht, Monsieur l'Allemagne, aber das sind keine Geschichten. Es ist die Wahrheit über die Entstehung unserer Kultur. Warum sonst wohl wären wir hier?«

»Gewiss nicht, weil ich solchen Blödsinn glaube«, konterte der Deutsche, »sondern weil wir beide ein Geschäft zu beiderseitigem Vorteil abgeschlossen haben. Und ich werde mir dieses Geschäft nicht von ein paar hergelaufenen Eingeborenen verderben lassen.«

»Keine Sorge«, versicherte Lemont, »das habe auch ich nicht vor.« Mit einem überlegenen Lächeln wandte er sich ab und den Trägern zu. Gumpo brachte den Mann, der auf den Namen Nygal hörte: ein junger Kerl von noch nicht einmal zwanzig Jahren, dessen Gesichtszüge ausgemergelt waren und dessen Blick von Furcht getrieben war.

»Du bist Nygal?«, erkundigte sich Lemont.

Der Träger nickte.

»Du behauptest, du hättest etwas gesehen ...«

Nachdem Gumpo übersetzt hatte, sprudelte ein ganzer Schwall an Worten aus dem Träger hervor, aus denen Lemont immer wieder das eine heraushörte: *Mig-shár.*

»Nygal sagt, dass Gestalt gesehen mit nur einem Auge, und er sicher, dass Mig-shár gewesen. Gestern in Schlucht und heute Morgen am Hohlweg.«

»Wie hat er ausgesehen?«

Gumpo übersetzte die Frage auf tibetisch, und erneut antwortete der Treiber bereitwillig und mit furchtsam gesenktem Blick.

»Nygal sagt, er wäre bekleidet gewesen wie ein echter Bothia, mit *bukoo* aus grauer Wolle. Dazu trug er das *zor-ba*, das Sichelschwert ...«

»Ich verstehe.« Lemont nickte.

Unaufgefordert fügte Nygal noch einige Worte hinzu, die Gumpo nur zögernd übersetzte. »Nygals Vater sein *pundit** in seinem Dorf und haben ihm viel von Mig-shár erzählt. Sagen, dass Ende gekommen, wenn Krieger mit nur einem Auge kehren zurück. Daher Treiber nicht wollen weitergehen. Keiner will weitergehen«, fügte er kleinlaut hinzu. »Auch Gumpo nicht. Nicht gut, Zorn der Götter herausfordern.«

»Keiner will weitergehen?« Der Engländer, der Lemont gefolgt war und nun breitbeinig und mit in die Hüften gestemmten Armen neben ihm stand, sog scharf die Luft ein. »Was will das feige Pack denn tun? Uns einfach hier sitzen lassen?«

»Das kommt nicht in Frage«, stimmte der Russe zu und schlug den Saum seines Mantels zurück, sodass der Revolver sichtbar wurde, der im Gürtel steckte. »Oder müssen wir euch erst zeigen, was geschieht, wenn ihr *unseren* Zorn herausfordert?«

»Geduld, *mes amis*«, beschwichtigte Lemont gelassen.

»Geduld?«, schnauzte der Deutsche von seinem Yak herab. »Sie haben leicht reden! Ihr Geld ist es ja nicht, dass diese Halbmenschen mit ihrem abergläubischen Unsinn aufs Spiel setzen!«

»Er hat recht«, pflichtete der Spanier ihm bei. »Haben Sie nicht selbst gesagt, dass wir unser Ziel möglichst rasch erreichen müssen,

---

* hin. Lehrer

Großmeister? Dass uns wegen der verschneiten Bergpässe nur ein kurzes Zeitfenster bleibt?«

»In der Tat, das habe ich«, bekannte Lemont ohne Zögern, »und ich bin sicher, dass wir die Reise schon bald ungehindert fortsetzen können. Denn wenn die Männer erst erfahren haben, in wessen Diensten sie stehen, werden sie ihre Meinung fraglos ändern.«

»In wessen Diensten wir stehen, Sahib?« Gumpo schaute ihn verwundert an. »Was bedeutet das?«

Statt zu antworten, lachte Lemont nur – ein schallendes, überlegenes Gelächter, das von den Geröllhängen widerhallte. Sodann stieß er einen knappen Befehl aus, und zu beiden Seiten der Straße schienen die Felsen lebendig zu werden.

Die Träger verfielen in entsetztes Geschrei. Gumpo fuhr herum und wollte fliehen, doch Lemonts Rechte schoss nach vorn, packte ihn am Kragen und hielt ihn unnachgiebig fest.

»Wo willst du hin?«, herrschte er den zappelnden Führer an. »Die Wesen, vor denen du dich fürchtest, sind längst hier!«

Gumpo schrie auf, als sich die in wollene Mäntel gehüllten Gestalten zu ihrer vollen Größe aufrichteten und die Hänge herabstiegen. Je näher sie kamen, desto deutlicher wurde, dass sie wahre Riesen waren, und obwohl Kapuzen ihre Köpfe bedeckten und weit in ihre Gesichter reichten, schienen der *sirdar* und die Träger bereits zu ahnen, was sich darunter verbarg. Lemont konnte ihre Furcht spüren, und er berauschte sich am Gefühl der Macht, das ihn dabei durchströmte.

Die Vermummten erreichten die Straße. Zu einer Zweierreihe formiert, kamen sie heran. Die Träger wichen furchtsam zurück, einige wandten sich zur Flucht, doch Lemont griff nach seiner Waffe und feuerte in die Luft. »Bleibt hier, ihr Feiglinge!«, schrie er, nachdem der Knall die Männer hatte erstarren lassen. »Die Migshár werden euch nichts tun! Seht ihr denn nicht, was hier vor sich geht? Ich bin ihr Herr und Meister!«

Obwohl Gumpo angesichts der unbequemen Lage, in der er sich

befand, nicht übersetzen konnte, schienen die Träger auf ihre Weise dennoch zu verstehen. Eingeschüchtert blieben sie stehen und starrten auf Lemont, der sich den Vermummten ohne Zögern entgegenstellte.

Die Kapuzenträger kamen heran.

Es wurde still über der Senke, selbst der beständige Wind schien für einen Moment auszusetzen. Nur noch das leise Gemurmel einiger Treiber war zu hören, die ihre *mani lag-khor** ausgepackt hatten und beteten, als fürchteten sie, der Untergang der Welt könne jeden Augenblick über sie hereinbrechen.

Als die Vermummten – es waren acht an der Zahl – die Karawane erreichten, blieben sie stehen und schlugen die Kapuzen zurück. Dass kein Entsetzensschrei durch die Reihen der Treiber ging, war ein Beleg dafür, wie sehr die Bergbewohner im Glauben und in den Mythen ihrer Heimat verwurzelt waren. Dass es sich bei den hünenhaften Fremden um Einäugige handelte, hatte für sie schon festgestanden, lange bevor die Besucher ihre Gesichter enthüllten.

Lemonts Geschäftspartner allerdings, allen voran der Deutsche und der Italiener, die nun doch ihre Sänften verließen und sich zu den anderen gesellten, stießen laute Schreie aus.

»W-wie ist so etwas möglich?«

»Es ist möglich, Monsieur l'Allemagne«, erwiderte Lemont schlicht. »Ich habe es Ihnen gesagt, oder nicht?«

»D-das haben Sie …«

Für einen Augenblick schien die Zeit stillzustehen.

Reglos standen die Fremden, deren narbige, entstellte Mienen nur ein einziges Auge zur Schau trugen, den Reisenden gegenüber. Dann schlugen sie ihre Mäntel zurück und entblößten die Schwerter, die an ihren Gürteln hingen: klobige, sichelförmige Gebilde, die entsetzliche Wunden zu schlagen vermochten. Auf einen knappen Befehl ihres Anführers hin zückten die Zyklopen die Waffen,

---

* tib. Gebetsmühlen

und für einen Moment hatte es den Anschein, als sollten sich sämtliche Befürchtungen, die die Träger gehegt hatten, erfüllen.

Doch die Einäugigen machten keine Anstalten zum Angriff; stattdessen nahmen sie ihre Schwerter in beide Hände und hielten sie gesenkten Hauptes vor sich, um sie wie eine Gabe zu präsentieren. In dieser Haltung sanken sie auf die Knie.

»S-Sahib, was …?«

Gumpos Augen weiteten sich vor Erstaunen, als er sah, dass die Mig-shár keinem anderen als seinem Auftraggeber huldigten. Lemont ließ ihn los und nahm die Ehrung der Einäugigen mit vor der Brust verschränkten Armen entgegen. Die Genugtuung, die ihn dabei erfüllte, war unbeschreiblich.

Nun hatten sie das Ziel ihrer Reise fast erreicht.

Es war sein Land, auf dem er sich befand.

Seine Bestimmung …

»Wie ist das möglich?«, wiederholte der Brite, der neben ihm stand.

»Nun«, erwiderte Lemont, »offenbar sind es doch nicht nur irgendwelche Geschichten, die ich Ihnen erzählt habe.«

»Sie meinen, die Arimaspen … existieren tatsächlich? Bis zum heutigen Tag?«

»In gewisser Weise.« Lemont nickte.

»Unsinn«, zischte der Deutsche. »Es gibt keine Einäugigen! Wie in aller Welt haben Sie es angestellt …?«

»Vielleicht werde ich Ihnen das irgendwann verraten, *mes amis*«, entgegnete Lemont ruhig. »Bis dahin sollten Sie sich hüten, jemals wieder an meinen Worten zu zweifeln. Denn wo ein Wille ist, da ist auch ein Weg.«

»Sie … Sie haben diese Kreaturen künstlich geschaffen?«, erkundigte sich der Italiener zweifelnd. »Warum sollte jemand so etwas Verrücktes tun?«

»Weil, mein Freund«, erklärte Lemont bereitwillig, »in diesem Teil der Welt die Geschichte ein langes Gedächtnis hat. Andere

Kulturen, die in die Vorzeit unserer Zivilisation zurückreichten, wie die der Babylonier, der Ägypter oder der Maya, mögen längst verloschen sein und mit ihnen auch ihr geheimes Wissen. Hier jedoch, auf dem Dach der Welt, umgeben von Mauern, die nicht einmal Alexander der Große zu überwinden vermochte, hat sie sich bis in unsere Zeit erhalten, und um sie zu ergründen und sich anzueignen, bedarf es eigener Methoden. Für Sie mag das alles Mummenschanz sein. Für die Bhotia jedoch« – und dabei deutete er auf Gumpo und seine Leute, die sich ihrerseits zu Boden geworfen hatten und inzwischen nicht nur mehr den Einäugigen huldigten, sondern auch deren Herren –, »ist dies ein Teil ihrer Geschichte.«

»Aber ich verstehe immer noch nicht ...«

»Wie lange, Monsieur L'Italie, wird es wohl dauern, bis man bemerkt, dass unser Passierschein gefälscht ist? Wie lange, bis der Kashag von unserer Karawane erfährt und Nachforschungen anstellt? Dies ist verbotenes Land, vergessen Sie das nicht, und sobald man unser Eindringen bemerkt, wird man uns mit aller Härte bekämpfen. In Begleitung der Arimaspen allerdings, die von nun an unser Schutz und unser Geleit sein werden, haben wir nichts zu befürchten. Sie werden uns Türen öffnen, die anderen verwehrt bleiben.«

»I-ich verstehe«, flüsterte der Italiener beeindruckt, und weder ihm noch einem der anderen Europäer fiel eine weitere Erwiderung ein. Der Großmeister der Bruderschaft schien seinen Plan sorgfältig bedacht zu haben, und allmählich war selbst der kritische Deutsche der Ansicht, dass der Titel angemessen war.

Der Hamburger Kaufmann wandte unmerklich den Kopf und warf den Mig-shár einen verstohlenen Blick zu. Er erschrak, als er für einen Moment in eines der Zyklopenaugen blickte.

Denn es lag kein Leben darin.

Nur Leere – und Verzweiflung.

5.

All die Geschichten, die el-Hakim ihr in ihrer Jugend erzählt hatte, die Märchen aus Tausendundeiner Nacht, in denen unerschrockene Helden gegen gefiederte Ungeheuer gekämpft hatten, kamen Sarah Kincaid wieder in Erinnerung.

»Der Roc! Der Vogel Roc!«, hörte sie den alten Ammon gegen den heulenden Wind rufen, während sich eine weitere Sage vor ihren Augen als wahr zu erweisen schien.

Aber natürlich war es kein riesenhafter Vogel, der ihnen aus der von flackernden Blitzen erhellten Wolkenbank entgegenkam. Das Schauspiel war deshalb allerdings nicht weniger eindrucksvoll.

Unzählige Vögel, Vertreter der verschiedensten Spezies, flatterten auf ihren Schwingen heran: Adler und Kraniche, Schneehühner und Wildgänse, kleine Singvögel ebenso wie riesenhafte Aasfresser. Zu einem riesigen Pulk zusammengerottet, der allen Regeln der Biologie zu widersprechen schien, stürzten sie aus den dunklen Wolken.

Der Anblick war so Ehrfurcht gebietend, dass Sarah keinen Augenblick zweifelte, dass dies der wahre Kern war, der der Sage vom Vogel Roc zugrunde lag – denn das tausendfache Kreischen, das der Wind herübertrug, hörte sich tatsächlich wie der fürchterliche Schrei einer einzelnen, riesenhaften Kreatur an.

»Hört nur, hört!«, rief el-Hakim. »Es ist der Vogel Roc! Wir sind auf dem richtigen Weg!«

»Allmächtiger!« Friedrich Hingis, der ebenfalls vorn an der Reling stand, betrachtete das Herannahen der Vögel mit weniger Begeisterung, zumal die Winde, die am Luftschiff zerrten, immer noch stärker wurden. »Sie kommen auf uns zu! All diese Vögel kommen genau auf uns zu!«

Der Schweizer hatte recht. Der Anblick des riesigen Pulks hatte Sarah für einen Augenblick so gefesselt, dass ihr die Gefahr, in der sie alle schwebten, gar nicht bewusst geworden war. Tatsächlich aber hatten die Vögel ihre Flugrichtung geändert und hielten nun geradewegs auf das Luftschiff zu. Und im selben Moment wurde Sarah auch bewusst, dass es nicht ein Jahrtausende alter Mythos war, der die Tiere zu diesem Verhalten trieb, sondern die Furcht vor dem nahenden Sturm.

»Hör auf zu schreien, alter Narr!«, herrschte Abramowitsch el-Hakim an, der lauthals lachte, ausgelassen wie ein Kind. »Du lockst sie an!«

»Unsinn«, widersprach Sarah. »Die Vögel fliehen vor dem Unwetter – und das sollten wir auch tun, wenn wir am Leben bleiben wollen.«

»Sie ... Sie haben recht«, pflichtete der Russe ihr in seltener Zustimmung bei. Aber er kam nicht mehr dazu, Balakow eine entsprechende Anweisung zu erteilen. Denn in diesem Moment erfasste eine Bö das Luftschiff, die stärker war als alle vorangegangenen.

Der Auftriebskörper wurde breitseits getroffen und emporgerissen, ebenso wie die darunterhängende Gondel. Ein erstickter Schrei war gegen das Brausen des Windes zu vernehmen, und Sarah blickte nach oben – nur um zu sehen, wie Pjetr, den Balakow zur Schadensüberprüfung in die Wanten geschickt hatte, den Halt verlor und stürzte. Einen Augenblick gelang es dem Matrosen noch, sich einzuklammern, aber das Gewicht seines eigenen Körpers riss ihn in die Tiefe. Das Tau entwand sich seinem Griff, und mit einem gellenden Schrei auf den Lippen kippte er in die bodenlose Leere.

Der Besatzung blieb keine Zeit, um den Verlust des Kameraden zu betrauern. Obwohl Kapitän Balakow versucht hatte, den

Vögeln auszuweichen, würde es zum Zusammenstoß kommen. Der Pulk war inzwischen so nahe, dass er den östlichen Himmel verdunkelte; vom Sturmwind getragen, jagten die Tiere pfeilschnell heran, und es war absehbar, was geschehen würde, wenn sie auf das Luftschiff trafen.

»Die Gewehre!«, rief Sarah. »Vielleicht ändern sie ihre Flugrichtung, wenn wir ein paar von ihnen erlegen!«

Abramowitsch schien denselben Gedanken gehabt zu haben, denn Igor und er standen bereits an der Reling, die Gewehre in den Händen.

»Mein Revolver«, verlangte Sarah, und der Ochrana-Agent gab ihn ihr ohne Zögern. Dann feuerten sie, gaben Schuss um Schuss auf die Schimäre ab, die den Himmel vor ihnen verfinsterte und sich mit beängstigender Geschwindigkeit näherte.

Einzelne Vögel wurden getroffen und sackten in die Tiefe, aber die Wirkung der Kugeln war zu gering, um Eindruck auf die in Panik geratenen Tiere zu machen, und der Donner, der von den Gipfeln herabdrang, war so mächtig, dass er den Schusslärm verschluckte.

»Es hat keinen Sinn!«, rief Sarah verzweifelt. »Wir können sie nicht aufhalten!«

»In Deckung!«, brüllte Abramowitsch und duckte sich hinter die Wandung der Gondel, deren Kanvas sich zum Zerreißen blähte. Er schickte einige Worte auf Russisch hinterher, von denen nicht festzustellen war, ob sie ein Gebet oder eine Verwünschung waren.

Rasch zog Sarah das Sicherungsseil enger, das sie sich wie die anderen Besatzungsmitglieder um die Hüfte geschlungen hatte, und ging dann ebenfalls hinter der Bespannung in Deckung, die inzwischen schon erste Beschädigungen aufwies. Nicht mehr lange, und der Kanvas würde reißen. Was dann mit der Takelage und dem Auftriebskörper geschah, darüber wollte sie lieber gar nicht nachdenken.

Sie hörte das Zischen der Ventile, als Balakow heiße Luft entließ, um tiefer zu gehen, und die Stimme von el-Hakim, die trotz des Windes und des Kreischens der Vögel deutlich zu vernehmen war. Und als gäbe es keinen Sturm und keine Bedrohung, hörte sich der Alte unbeschwert und leicht an, wie eine Feder im Wind, während er den nur zu bekannten Text zitierte:

Denn über den Bergen, den hohen,
die nur des Vogels Flug übersteigt,
leben die Krieger, die Arimaspen,
im Zeichen des Einen Auges . . .

Die Frage, ob Aristeas womöglich von diesen Dingen gewusst, ob seine Ode in Wahrheit keine Beschreibung vergangener Ereignisse, sondern womöglich eine Prophezeiung gewesen war, schoss Sarah durch den Kopf – es war der letzte Gedanke, den sie bewusst fasste. Denn im nächsten Moment geriet die ›Kamal‹ in den Pulk der Vögel.

Auf einen Schlag war das Schiff von Schwärze umgeben und ein ohrenbetäubendes Kreischen und Flattern ringsum zu vernehmen. Nicht nur Sarah, sondern auch die Männer brüllten laut vor Furcht und Entsetzen, als das gefiederte Verderben hundertfach über sie hereinbrach und mit Krallen und Flügeln schlug. Sarah sah noch, wie sich einige der Tiere in der Takelage verfingen, andere gerieten in die Fänge von Igor und Abramowitsch, die wütend um sich hieben. Andere ließen sich auf der Gondel nieder und beschwerten sie dadurch, was das Sinken des Luftschiffs beschleunigte. Federn und Kot prasselten auf das Deck herab, und Sarah riss schützend die Hände vors Gesicht, in der Hoffnung, dass es nur möglichst rasch enden möge.

Bereits wenige Augenblicke später war der Ansturm der Tiere tatsächlich vorbei; von Panik getrieben, waren sie weitergezogen. Schlagartig wurde es heller, und Sarah schaute nach oben zum Auftriebskörper der ›Kamal‹. Es kam ihr beinahe wie ein Wunder vor, dass die an einen Fisch erinnernde Form noch weitgehend erhalten war. Natürlich gab es Lecks, doch die Hülle war nicht, wie Sarah befürchtet hatte, in Fetzen gerissen worden. Mit etwas Glück ließ sich der Schaden reparieren.

Ihre Gefährten schienen ebenso zu denken, denn sie verfielen in lauten Jubel – der allerdings schon im nächsten Moment wieder endete. Denn den Vögeln folgte der Sturm.

Als die nächste Bö die ›Kamal‹ erfasste, war es, als würde sie von der Faust eines Titanen getroffen. Jäh kippte der Auftriebskörper zur Seite und riss die Gondel mit, die Taue ächzten unter der Beanspruchung. Es war, als hätten sich alle Elemente der Welt auf einen Schlag gegen die Aeronauten verschworen. Selbst die Gesetze der Physik, die eben noch auf ihrer Seite gestanden hatten, schienen sich plötzlich gegen sie zu wenden.

»Achtung!«, brüllte Ufuk, als sie der Felswand an Backbord gefährlich nahe kamen. Erneut riss Balakow am Ruder, aber die ›Kamal‹ gehorchte den Befehlen ihres Kapitäns nur noch bedingt. Zwar machte das Schiff Anstalten, nach Steuerbord abzudrehen, jedoch wurde es just in diesem Moment von einem weiteren Windstoß erfasst, der es vollends zum Spielball der Naturgewalten machte.

Ein Blitz fuhr aus dem dunklen Grau der Wolken, das sich inzwischen über den gesamten Himmel verteilt hatte, und verfehlte die ›Kamal‹ nur knapp. Sarah war geblendet vom gleißenden Licht und konnte nicht sehen, was weiter geschah – aber sie konnte es hören. Und was durch den Donner und den peitschenden Wind an ihr Ohr drang, war schrecklich genug.

Die Konstruktion der Gondel ächzte, ebenso wie die Taue, während das Luftschiff ein um das andere Mal von schweren Stößen erschüttert und hin und her geworfen wurde. Vermutlich, dachte Sarah, war es nur noch eine Frage der Zeit, bis die Seile reißen und die Gondel an einem Felshang zerschellen würde.

Ein grässliches Kreischen, dann erneut ein Blitz, der von tosendem Donner begleitet wurde. Schlagartig setzte prasselnder Regen ein – und plötzlich erklang ein Schrei, der so durchdringend war, dass Sarah die Augen aufriss.

Chandra!

Der Neffe des Radschas von Rampur hatte die Sicherheitsleine gelöst und stand an der Reling, war drauf und dran, über Bord zu springen, was sein sicheres Ende bedeuten würde.

»Nein!«, rief Sarah, aber der junge Inder war so panisch, dass er nicht hörte. Schon hatte er seinen Fuß auf die Reling gesetzt...

Kurzerhand löste Sarah ihre eigene Leine und sprang auf, um den Inder zu packen und ihn zurück in die Gondel zu ziehen. Nach allem, was in Rampur geschehen war, fühlte sie sich verantwortlich für ihn und wollte nicht zulassen, dass er sich in den Tod stürzte. Doch einen Sekundenbruchteil ehe sie ihn erreichte, wurde die ›Kamal‹ frontal von einer weiteren vernichtenden Bö erfasst – und diesmal war es zu viel für das Schiff.

Zwei der Taue, die die Gondel hielten, rissen mit hässlichem Knacken, die Plattform kippte zur Seite. Chandra verlor den Halt und stürzte, allerdings nicht ins Leere, sondern in die Kanvasbespannung der Reling, die ihn wie eine Hängematte auffing. Der junge Inder schrie aus Leibeskräften, wand sich wie ein Insekt, das auf den Rücken gefallen war. Sarah, die sich mit dem Ellbogen an einem der Querträger eingehakt hatte, beugte sich zu ihm und streckte die Hand nach ihm aus. »Hier«, rief sie, »greif zu!«

Trotz seiner Todesangst begriff der Neffe des Radschas und versuchte, ihre Rechte zu erreichen. Ihre Fingerspitzen berührten sich, und Sarah wollte schon aufatmen – als der durchnässte Kanvas plötzlich riss und seine Last freigab.

Als würde er von unwiderstehlicher Kraft in die Tiefe gesogen, verschwand Chandra durch den Riss. Sarah schrie entsetzt, aber ihr Schrei ging im Tosen des Windes und im Prasseln des Regens unter, der immer noch stärker wurde. Schon hatten sich Hülle,

Gepäck und Kanvas vollgesogen und sorgten dafür, dass es steil hinabging, dem schroffen, schneebedeckten Fels entgegen.

Sarah sah, dass Abramowitsch nach einem Beil gegriffen hatte. Über die schräge Fläche der Gondel arbeitete er sich nach oben und begann, auf die noch haltenden Taue einzuschlagen.

»Um Himmels willen!«, schrie Hingis, der sich zusammen mit Ufuk und el-Hakim im Bug festklammerte. »Was tun Sie da?«

Abramowitschs Antwort war nur halb zu verstehen, aber sie war deutlich genug. »... kappen ... sonst verloren ... Hülle allein ...«

Allen Vorbehalten zum Trotz, die sie dem Ochrana-Agenten gegenüber hatte, begriff Sarah sofort, dass Abramowitsch recht hatte. Das Gewicht der Gondel würde sie unkontrolliert nach unten ziehen und gegen einen der Felsen schmettern. Wenn sie überleben wollten, musste alles dafür getan werden, dass sie in der Luft blieben, auch wenn es bedeutete, dass sie die Gondel zurücklassen und sich in die Reste der Takelage flüchten mussten.

Auch Hieronymos schien das einzuleuchten. Gemeinsam mit Igor ging er daran, die verbliebenen Taue zu durchschneiden, während sich der Rest der Besatzung anschickte, in die Wanten zu klettern. Während Ufuk auf el-Hakim achtete, hatte Sarah ein Auge auf Hingis, dessen fehlende Hand ein tödliches Risiko war. Heulender Wind zerrte an ihnen und bewarf sie mit eiskaltem Wasser, während sie mit buchstäblich letzten Kräften in die Takelage stiegen und sich dort so gut es ging mit losen Seilen sicherten. Hände, die vom Klettern kraftlos und von der Kälte zu klamm waren, um verlässliche Knoten zu binden, erwiesen sich als weitere Schwierigkeit, aber es gelang ihnen dennoch.

Tau um Tau wurde gekappt, und schließlich gesellten sich auch Abramowitsch und Igor zu den anderen in die Takelage. Hieronymos war der Vorletzte, der die Gondel verließ, die nur noch an dünnen Seilen hing und jeden Augenblick abstürzen würde. Zurück blieb Kapitän Balakow, der der Tradition folgend, sein Schiff als Letzter verlassen wollte – doch es kam nicht mehr dazu.

Die Seile rissen, und das Letzte, was Sarah von Balakow sah, war sein entsetztes Gesicht in der sich überschlagenden Gondel, die unter ihnen in den Wolken verschwand. Der Auftriebskörper jedoch, seiner Bürde ledig, schoss wie von einem Katapult geschleudert in die Höhe, fast wie ein Korken, der nicht untergehen konnte. Dass die Hülle beschädigt war und man Heißluft abgelassen hatte, spielte keine Rolle mehr, denn zum einen hatte sie keine Last mehr zu tragen, zum anderen war sie längst zum Spielball der Winde geworden und ihren Launen schonungslos ausgesetzt.

Ein Inferno tobte.

Dunkelgraue, fast schwarze Wolken umgaben den Auftriebskörper, an den Sarah und ihre Gefährten sich klammerten wie Schiffbrüchige an eine Planke, während Wind und Regen auf sie einschlugen und sie in die Tiefe zu schleudern drohten. Ohrenbetäubender Donner erfüllte die Luft, gleißende Blitze fuhren herab und teilten den Himmel in gezackte Linien.

So, dachte Sarah in ihrer Erschöpfung und Verzweiflung, kurz bevor sie das Bewusstsein verlor, musste das Ende der Welt sein.

Dann wurde es dunkel.

»Ist sie das?«

»Ja, Mahasiddha.«

»Sie ist jünger, als ich dachte.«

»Ich weiß, Mahasiddha. Aber sie ist gesund. Und sie erfüllt alle Voraussetzungen.«

Die alte Frau trat vor und streckte ihre Hand aus, berührte die Stirn des Kindes, das vor ihr in der Wiege lag – und in diesem Moment war es, als würden die hektischen Geräusche und das schrille Geschrei, die die Gänge und Säle des Waisenhauses erfüllten, jäh verstummen. Stille kehrte ein, und nur noch die Greisin und das Kind schienen zu existieren, als umgäbe sie eine schützende Blase, die allen Lärm und alles Unheil fernhielt.

»Eine gute Wahl«, stellte die Greisin schließlich fest.

»Ich danke Euch, Mahasiddha.«

»Und es weiß wirklich niemand, woher das Kind stammt?«

»Nein, Mahasiddha. Es gibt Gerüchte, ihr Vater wäre ein britischer Offizier, der unlängst im Kampf gefallen sei. Die Mutter ist bei der Geburt gestorben.«

»Also ist es ein Kind ohne Heimat«, folgerte die Greisin. »Ein Spross verschiedener Kulturen ...«

»Ja, Mahasiddha. Genau wie Ihr verlangtet.«

»Sehr gut.« Die Greisin nickte. Dann streckte sie abermals die Hand nach der Stirn des Kindes aus. »Also ist es beschlossen«, flüsterte sie. »Du sollst meine Erbin sein.«

Es war der 19. Januar des Jahres 1858.

3. Buch
Tibet

1.

Ruhe.

Frieden.

Gelassenheit.

Sarah Kincaid hatte das Gefühl, eins zu sein mit dem Universum und alle menschlichen Empfindungen weit hinter sich gelassen zu haben. Da war keine Angst mehr und kein Entsetzen, keine Trauer und keine Furcht. Selbst ihre vor Kälte und Anstrengung schmerzenden Glieder spürte sie nicht mehr, als hätte sie unendlich lange geruht.

»Sarah?«

Die Stimme war ihr bekannt, und sie schlug die Augen auf.

Vor ihr saß Gardiner Kincaid, und sie war noch nicht einmal überrascht darüber. Schon früher war sie ihrem Ziehvater an der Schwelle zwischen Leben und Tod begegnet, aber niemals hatte sie ihn so deutlich vor sich gesehen wie in diesem Augenblick – wohl weil sie diese Schwelle nun überschritten hatte?

»Was willst du von mir?«

Sie erschrak über sich selbst, als sie sich die Worte sprechen hörte. Hatte der Mann, der sie an Kindes statt angenommen hatte, nicht mehr Achtung verdient?

»Ich weiß nicht, was du meinst«, behauptete Gardiner, der genauso aussah, wie sie ihn in Erinnerung hatte: weißes Haar, energische Gesichtszüge mit Augen, die so stahlblau waren wie ihre eigenen und ihr deshalb stets das Gefühl gegeben hatten, dass auch sie das keltische Erbe in sich trug.

Ein Irrtum.

»Du weißt es nicht? Du hast mich belogen, über all die Jahre! Du hast mich im Glauben gelassen, deine leibliche Tochter zu sein.«

»Dafür gab es einen Grund«, antwortete Gardiner.

»Warum hast du mir diesen Grund nicht mitgeteilt? Warum musste ich all diese Dinge erst nach deinem Tod erfahren? Ich hätte deinen Rat und deine Hilfe gut brauchen können.«

»Du hattest Rat«, meinte Gardiner überzeugt. »Und du hattest Hilfe.«

»Von wem? Von Fremden?«

»Von Menschen, die dich begleitet haben. Bis ans Ende deiner Reise.«

»Das Ende meiner Reise? Es ist also vorbei?«

»Noch nicht ganz. Du hast vieles auf dich genommen und manches erduldet. Aber noch hast du das letzte Rätsel nicht gelöst, das letzte Geheimnis nicht ergründet.«

»Von welchem Geheimnis sprichst du?«

»Von dem deiner Herkunft«, enthüllte Gardiner bereitwillig. Ein nachsichtiges Lächeln huschte über seine Züge, um sofort wieder zu verschwinden. »Das Rätsel der Dunkelzeit, Sarah. Die Lösung ist nicht mehr fern.«

»Die Dunkelzeit?«, fragte Sarah verwirrt. »Aber – wie kann ich das Rätsel lösen, wenn ich nicht mehr am Leben bin? Wenn meine Zeit auf Erden zu Ende gegangen ist?«

»Davon war nie die Rede, mein Kind.« Gardiner schüttelte den Kopf. »Folge deiner Bestimmung und leugne sie nicht länger, hast du verstanden? Öffne die Augen und erkenne, wer du bist. Jetzt, Sarah! *Jetzt* ...«

Als wäre sie noch immer das Mädchen, das jede Anweisung seines Vaters widerspruchslos zu befolgen hatte, schlug sie abermals die Augen auf – und diesmal tat sie es nicht im Traum, sondern in Wirklichkeit.

Wie zuvor sah sie sich einem Mann gegenüber – aber es war nicht Gardiner Kincaid.

Gelassen saß er auf einem schlichten Hocker und hatte die Arme vor der Brust verschränkt. Gekleidet war er in einen tibetischen *bukoo* aus gelber Wolle, sein Haupt war kahl. Seine schmalen Gesichtszüge waren unverkennbar die eines Bergbewohners, mit dunklem Teint und schmalen, fast schwarzen Augen, die sie durchdringend anblickten.

Obwohl Sarah den Mann noch nie zuvor gesehen hatte, erschrak sie nicht, denn sowohl sein Gesicht als auch seine Körperhaltung entbehrten jeder Bedrohung und strahlten genau jenen inneren Frieden aus, den sie eben noch selbst empfunden hatte.

Vor ihrem Erwachen …

»Wo …?«, wollte Sarah fragen, aber sie brachte nicht mehr als ein heiseres Krächzen zustande.

»In Sicherheit«, antwortete der Fremde, dessen Alter sich unmöglich schätzen ließ, in gutem Englisch.

»Wie …?«

»Wir haben Sie gefunden. Vor acht Tagen …«

Sarah erschrak. Acht Tage!

Deshalb also fühlte sie sich so erholt und ausgeruht. Sie war acht Tage lang ohne Bewusstsein gewesen! Und dieser Fremde hatte sich offenbar um sie gekümmert.

»Wie fühlen Sie sich?«

Sarah versuchte ein Nicken. Sie lag auf einer hölzernen Pritsche und trug ein Gewand aus grober Wolle auf nackter Haut. Eine Decke aus zottigem Fell, das wohl von einem Yak stammte und entsprechend streng roch, war über sie gebreitet.

»Sie hatten Fieber«, erklärte der Fremde. »Und Sie haben im Schlaf gesprochen …«

Sarah rieb sich die schmerzenden Schläfen. Für einen Moment fragte sie sich, ob es tatsächlich Gardiner Kincaid gewesen war, mit dem sie sich im Traum unterhalten hatte, oder nicht vielmehr jener Fremde. Aber natürlich war das Unsinn, sie war lediglich benommen von ihrer langen Bewusstlosigkeit.

»Wer ...?«, wollte sie wissen.

»Mein Name ist Ston-Pa, was in Ihre Sprache übersetzt ›Lehrer‹ bedeutet. Ich bin der Abt des Klosters von Tirthapuri.«

Mönche, dachte Sarah erleichtert, Anhänger Buddhas ...

Erst jetzt nahm sie den Geruch von Räucherstäbchen wahr, der in der kalten Luft schwebte. Sie schaute sich um und stellte fest, dass sie sich in einer schlichten Kammer befand, deren Decke von dicken Holzbalken getragen wurde. Anstatt eines Fensters gab es nur eine schmale, glaslose Öffnung, die vergittert war und hinter der sie grauen Himmel sah. Die Tür bestand aus dunklem Holz, ihr gegenüber hing ein Stoffgemälde an der Wand, das mit exotischen Schriftzeichen beschrieben war.

»W-wo liegt Tirthapuri?«, wollte Sarah wissen. »Soweit ich weiß, gibt es kein Kloster am Shipki-Pass ...«

»Das ist richtig«, räumte der Abt ein. »Sie befinden sich viele Meilen weiter östlich, an den Ausläufern des heiligen Berges Kailash. So weit hat der Sturmwind Sie getragen, geradewegs über die Berge, die nur des Vogels Flug übersteigt.«

»Was?« Die bekannten Worte ließen Sarah von ihrem Lager hochfahren. »Was haben Sie gerade gesagt?«

»So pflegen wir den Gharwal Himal zu nennen«, eröffnete Ston-Pa. »Warum fragen Sie?«

Sarah antwortete nicht. Ihr Schädel brummte wie ein Bienenstock, sodass sie sich gleich wieder hinlegen musste. »I-ich danke Euch«, flüsterte sie, während sie sich einmal mehr die Schläfen massierte.

»Den Menschen zu dienen ist unsere Pflicht.« Zum ersten Mal erblickte Sarah ein Lächeln auf den asketischen Zügen des Mönchs. »Allerdings sollten Sie die Natur nicht noch einmal herausfordern, Lady Kincaid. Hätte es in der Absicht der Schöpfung gelegen, dass wir fliegen, so hätte sie uns Flügel verliehen.«

»I-Ihr kennt meinen Namen?«

»Natürlich.«

»Woher?«

»Ihr unerschrockener Begleiter hat mir davon erzählt.«

»Mein Begleiter?« Sarah schämte sich dafür, dass sie erst jetzt an ihre Kameraden dachte. »Von wem sprecht Ihr? Hingis?«

»Seinen Namen vermag meine Zunge nicht auszusprechen«, gestand der Abt, »aber in der Sprache meines Volkes nennen wir ihn Mig-shár, das bedeutet ›der mit einem Auge‹.«

»Hieronymos.« Sarah atmete auf. Sie war also nicht die Einzige, die den Absturz des Luftschiffs (oder vielmehr seiner Überreste) überlebt hatte. »Und wie geht es den anderen?«

»Ein Mann mit Namen Yngus hat eine Wunde am Kopf davongetragen, aber gestern ist auch er aus seiner Ohnmacht erwacht. Und wir haben einen Jungen gerettet.«

»Ufuk.« Sarah nickte. Ammons Diener und Friedrich Hingis schienen also ebenfalls noch am Leben zu sein, auch wenn der Abt Schwierigkeiten hatte, den Namen des Schweizers auszusprechen. »Und die anderen?«

»Ein *ryga-ser-pa**, der das Gastrecht mit Füßen tritt und die Geduld meiner Mitbrüder auf eine harte Probe stellt.«

Sarah war klar, dass nur Abramowitsch gemeint sein konnte. »U-und sonst?«, fragte sie.

»Niemand.«

»Aber es waren noch zwei weitere Männer an Bord, ein alter Mann und ...«

Statt zu antworten, schüttelte der Abt nur den Kopf.

»Ammon«, flüsterte sie. Sie sah den Weisen noch vor sich, wie er im Bug der Gondel kauerte und so ausgelassen lachte, als gäbe es weit und breit keine Bedrohung. Von allen Teilnehmern der Expedition hatte er am meisten auf das Schicksal und die Kraft der Vorsehung vertraut. Sollte ausgerechnet er den Absturz nicht überlebt haben?

---

* tib. Russe

»Meine Brüder und ich sind überzeugt davon«, sagte Abt Ston-Pa leise, »dass die Art des Todes das Leben eines Menschen widerspiegelt. Wenn dies so ist, so hat der andere Mann aus *ryga-ser** im Diesseits viel Schuld auf sich geladen, denn wir fanden seinen Körper zerschmettert am Fuß eines Felsens.«

»Igor.« Sarah nickte. Sie hatte für Abramowitschs brutalen Handlanger nicht genug übrig gehabt, um tiefe Trauer zu empfinden, aber auch ihm hätte sie ein solches Ende nicht gewünscht.

»... der alte Mann hingegen war äußerlich unverletzt, als hätte sein *yidam*** ihn geradewegs zum Boden zurückgetragen. Aber sein Inneres hatte schwere Verletzungen erlitten, sodass auch meine Heilkunst ihn nicht zu retten vermochte.«

»War er noch bei Bewusstsein?«

»Ja.« Abt Ston-Pa nickte. »Lange genug, um mir aufzutragen, dass ich Sie retten und Sie bei Ihrer Unternehmung unterstützen solle.«

»Und dann ... starb er?«, fragte Sarah flüsternd.

»Ja, Lady Kincaid. Ich habe alles versucht, um ihn zu retten, aber die Verletzungen, die er davongetragen hatte ...«

Sarah hörte nicht mehr, was der Mönch weiter sagte.

Tränen brannten in ihren Augen und sorgten dafür, dass ihr Blick verschwamm. Der Verlust, den sie in diesem Augenblick spürte, wog so schwer, dass er alles andere übertraf. So froh sie eben noch darüber gewesen war, am Leben zu sein, so übermächtig war jetzt das Entsetzen darüber, dass el-Hakim es nicht geschafft hatte.

Zwar hatte der Weise schon vor ihrer Abreise davon gesprochen, dass diese Reise seine letzte sein und ihn ans Ende seines Lebens führen werde, aber sie hatte ihm nicht glauben wollen und alles darangesetzt, ihn zu beschützen. Nun war es dennoch geschehen,

---

* tib. Russland

** tib. Gottheit, die der Gläubige zu seinem persönlichen Beschützer erklärt

und dasselbe Gefühl der Trauer erfüllte Sarah wie damals bei Gardiner Kincaid.

Verzweiflung senkte sich zentnerschwer auf sie und drückte sie wieder hinab in den dunklen Pfuhl der Ohnmacht. So, als sträubte sich ihr Bewusstsein dagegen, die schreckliche Wahrheit anzuerkennen, wurde es erneut finster um Sarah, und schon im nächsten Augenblick war sie wieder von Stille umgeben.

Unbekannter Ort
Zur selben Zeit

Lautlos setzte er einen Fuß vor den anderen, während er auf nackten Füßen den Korridor hinabschlich. Dabei zitterte er am ganzen Körper, nicht nur der Kälte wegen, vor der seine dünne Kleidung ihm kaum Schutz bot, sondern auch, weil er sich fürchtete.

Vor dem, was er war.

Vor dem, was *sie* war ...

Sie hatten sich einander entfremdet, daran bestand kein Zweifel. Von dem Augenblick an, da sie ihm von ihrer Schwangerschaft erzählt hatte, war etwas zwischen ihnen gewesen; etwas, das ihm sagte, dass ihre Zuneigung zu ihm nicht mehr dieselbe war wie zuvor.

Anfangs hatte er es zu ignorieren versucht, hatte er sich eingeredet, dass es die Liebe zu ihrem ungeborenen Kind wäre, die sie so handeln ließ, und dass er sich eben damit abfinden müsse, ihre Zuneigung mit jemandem zu teilen.

Aber das allein war es nicht.

Je weiter sich die Schwangerschaft entwickelte, desto fremder wurden sie einander, ja, desto gleichgültiger schien er ihr zu werden. In den ersten Monaten, nachdem er aus dem Fieber erwacht war, hatte sie buchstäblich jede Minute mit ihm verbracht, hatte ihn gepflegt und ihm geholfen, sein verlorenes Gedächtnis zurückzugewinnen. Und sie hatte ihren vollendeten Körper beinahe täglich benutzt, um ihn von seinen Ängsten und Befürchtungen abzulenken und sein Bewusstsein, wie sie es nannte, mit neuen, angenehmen Erinnerungen zu füllen.

Seit ihrer Schwangerschaft jedoch hatte sich dies grundlegend geändert. Nicht nur, dass sie jede Form von körperlicher Zärtlichkeit ablehnte, was er noch hätte verstehen können; sie mied in zunehmendem Maße auch seine Gesellschaft.

Hatte sie ihn anfangs noch täglich in seiner Kammer auf der Nordseite der Festung besucht, so waren diese Besuche schon bald immer seltener geworden. Und je weiter ihr Zustand fortschritt und je deutlicher ihr Körper sich verformte, desto deutlicher bekam er es zu spüren. Zu Beginn hatten sie noch die Mahlzeiten zusammen eingenommen, bis sie irgendwann erklärt hatte, dass sie auch dabei ungestört sein wolle. Er hatte Verständnis geheuchelt, in der verzweifelten Hoffnung, dass sie sich irgendwann besinnen und wieder die Frau werden würde, die er seit seinem Erwachen kennen und lieben gelernt hatte – aber das war nicht der Fall.

Je mehr Zeit verging, desto unnahbarer wurde sie – und desto mehr hasste er sich selbst.

Er war ein Mann ohne Namen.

Ein Fremder ohne Vergangenheit.

Das Einzige, was ihm seinen Zustand einigermaßen erträglich gemacht hatte, war ihre Zuneigung gewesen. Nun, da er sie verlor, kam ihm sein Dasein sinnlos und verschwendet vor, und er fragte sich, weshalb sie ihn überhaupt aus seiner Ohnmacht geweckt hatte. Die Antwort lag auf der Hand, und sie war ebenso schockierend wie unsinnig: Weil sie ein Kind von ihm gewollt hatte ...

Kamal hatte versucht, den Gedanken zu ignorieren, hatte ihn als die Eifersucht eines Mannes zu verwerfen versucht, der in seinem noch ungeborenen Kind einen unliebsamen Konkurrenten um die Liebe seiner Frau sah. Das schlechte Gewissen, das er darüber empfand, hatte ihn lange Zeit davon abgehalten, etwas zu unternehmen oder sie wegen ihres seltsamen Verhaltens zur Rede zu stellen.

Ihr Eintreffen jedoch hatte alles geändert.

Kamal wusste nicht, wer sie waren.

Sarah hatte ihm lediglich gesagt, dass sie Besuch erwarten würde, und schon zwei Tage später waren die Gäste eingetroffen. Vom Fenster seiner Kammer aus hatte Kamal sie gesehen: einen ganzen Tross Sänften tragender Yaks sowie unzählige Ponys und Maultiere, die von einheimischen Treibern geführt wurden. Wer immer die Besucher waren, sie schienen nicht nur wohlhabend zu sein, sondern auch einigen Einfluss zu besitzen. Sarahs Aufregung, als sie ihm von der bevorstehenden Visite berichtete, war ihm nicht entgangen.

Seit sie allerdings in der Festung weilten, hatte Kamal die Fremden nicht mehr zu sehen bekommen. Geradezu eifersüchtig wachte Sarah darüber, dass er ihnen nicht begegnete. Natürlich hatte er sich nach dem Grund hierfür erkundigt, aber sie hatte erwidert, dass es nicht gut für ihn wäre, zu viel zu erfahren. Und allmählich war aus seinen Schuldgefühlen ohnmächtige Wut geworden.

Wenn sie ihn, wie sie stets beteuert hatte, über alles liebte, weshalb schloss sie ihn dann aus ihrem Leben aus? Trotz der Kälte, mit der sie ihm neuerdings begegnete und die von der alten Zuneigung nichts mehr erkennen ließ, liebte er sie noch immer und war nicht bereit, ihr die Schuld an den Veränderungen der letzten Zeit zu geben. Niemand anders als diese Fremden mussten dafür verantwortlich sein, und er brannte darauf, zu erfahren, wer sie waren und was sie im Schilde führten. Wieso waren sie gekommen? Und weshalb begegnete Sarah ihnen mit derartiger Ehrfurcht?

Da sie ihm keine Antworten auf diese Fragen gab, hatte er beschlossen, selbst danach zu suchen.

Vorsichtig hatte er die Tür seiner Kammer einen Spaltweit geöffnet und auf den Korridor hinausgespäht. Zu seiner Erleichterung hatte er dort niemanden entdecken können, und so war er hinausgehuscht und den Korridor hinabgeschlichen, vorbei an der Halle, in der sie früher zusammen gespeist hatten. Seit die Fremden in der Anlage weilten, nahm Kamal seine Mahlzeiten in seiner Kammer ein, getrennt von den geheimnisvollen Gästen.

Was in aller Welt hatte es mit ihnen auf sich, dass er sie nicht einmal aus der Nähe sehen durfte? Oder war es in Wirklichkeit umgekehrt? Durften sie nichts von seiner Anwesenheit wissen? Und hatte es womöglich mit dem zu tun, was in der Vergangenheit geschehen war? Woran er sich nicht erinnerte?

Jeder neue Gedanke, der ihm durch den Kopf ging, während er den von Fackelschein beleuchteten Gang hinabhuschte, fachte seine Neugier nur noch mehr an. Dabei wurde ihm bewusst, dass er sich schon längst nicht mehr wie ein Genesender fühlte, den man an einen einsamen Ort gebracht hatte, damit er sich erholte – sondern wie ein Gefangener.

Entsprechend beschleunigte sich sein Pulsschlag, als aus einem Quergang ein flackernder Schatten auf den Hauptkorridor fiel. Kamal blieb stehen und presste sich eng an die kalte, aus groben Natursteinen zusammengefügte Wand.

Der Schatten wurde zunächst länger und dann wieder kürzer – ohne Zweifel ein Posten, der auf dem Nebengang patrouillierte!

Kamal stieß eine Verwünschung aus. Er erwog umzukehren, konnte sich aber nicht dazu entschließen. Er war gekommen, um Antworten zu erhalten, eher würde er nicht weichen.

Fieberhaft überlegte er, wie er den Posten überlisten konnte, um ungesehen an ihm vorbeizukommen – als er ein hässliches Gefühl in seiner Magengrube verspürte. Ein eisiger Schauder schüttelte ihn und überzog seinen Rücken mit einer Gänsehaut. Kamal fuhr herum, nur um sich einer dunklen, riesigen Gestalt gegenüberzusehen, die ihm lautlos gefolgt zu sein schien.

Der Fremde war groß, an die acht Fuß, und mit einem weiten

Umhang bekleidet, der ihn nur noch eindrucksvoller erscheinen ließ. Die Kapuze trug er tief herabgezogen, sodass sein Gesicht zunächst nicht zu sehen war. Als er sich jedoch vorbeugte, erfasste der Fackelschein die Züge des Hünen und riss sie aus der Dunkelheit.

Kamal sog scharf die Luft ein. Jähes Entsetzen ließ ihn wanken, als wäre er von einem Fausthieb getroffen. Denn in den entstellten Zügen des Riesen klaffte nur ein einziges Auge . . .

2.

Mit einem Aufschrei des Entsetzens schreckte Sarah aus dem Schlaf.

Ihr war gewesen, als starrte ein riesiges Auge auf sie. Fast überrascht stellte sie fest, dass sie sich noch immer in jener Kammer im Kloster von Tirthapuri befand. Wiederum wusste sie nicht, wie viel Zeit verstrichen war, aber ein Gefühl sagte ihr, dass es diesmal sehr viel weniger war, denn der Himmel hinter dem vergitterten Fenster hatte sich gegenüber dem letzten Erwachen kaum verändert.

Erneut sah sie sich den milden Gesichtszügen von Abt Ston-Pa gegenüber. Diesmal war er allerdings nicht allein. Eine zweite Gestalt saß bei ihm, deren Konturen sich erst nach und nach aus den Schleiern der Dunkelheit schälten. Sarah zuckte zusammen, als sie Ufuk erkannte, denn die Anwesenheit des Jungen rief ihr den Verlust von el-Hakim schmerzlich in Erinnerung. Seltsamerweise sah Ammons Diener jedoch in keiner Weise bekümmert aus, sondern schien im Gegenteil von einer Ruhe und Gelassenheit erfüllt, die jener des Abts in nichts nachzustehen schien.

»Ufuk«, stieß Sarah hervor, während sie sich aufrichtete, die Felldecke an sich pressend. Anders als beim ersten Versuch waren die Kopfschmerzen diesmal zu ertragen. »Was ist geschehen?«

»Sie haben erneut das Bewusstsein verloren«, erklärte Ston-Pa anstelle des Jungen. »Der Schmerz und die Erschöpfung ...«

»Ja«, sagte Sarah nur. Noch immer war ihr zum Weinen zumute, aber sie tat es nicht, denn es kam ihr falsch und egoistisch vor. Wenn ihr Ammons Tod naheging, um wie viel mehr musste dann Ufuk trauern, der nicht nur einen Freund, sondern auch seinen

Vaterersatz und Lehrer verloren hatte. Und niemand anderer als sie trug Schuld daran! Hätte sie Ammons Ersuchen, sie auf der Expedition zu begleiten, nicht nachgegeben – damals, in jener Märznacht, die eine Ewigkeit zurückzuliegen schien – so wäre er fraglos noch am Leben gewesen.

»Es tut mir leid, Ufuk«, flüsterte sie deshalb. »Unendlich leid ...«

»Das muss es nicht«, versicherte der Junge kopfschüttelnd.

»Aber ...«

»Auf Ihren Reisen, Lady Kincaid«, sagte Abt Ston-Pa, »sollten Sie längst die Erfahrung gemacht haben, dass im Universum nichts verloren geht. Unsere Körper mögen vergänglich sein, der Geist jedoch ist unsterblich und bleibt erhalten.«

»Natürlich«, sagte Sarah, aber es war nicht mehr als ein Lippenbekenntnis, denn die Erfahrungen der Vergangenheit hatten sie mehr als einmal an der universellen Ordnung zweifeln lassen.

»Der Abt spricht die Wahrheit«, beteuerte Ufuk, an dessen Stimme Sarah im Vergleich zu früher eine Veränderung wahrzunehmen glaubte. Der junge Turkmene war seinem Alter an Besonnenheit und Tugend ohnehin stets weit voraus gewesen; neuerdings jedoch sprach er auch noch mit unerschütterlicher Überzeugung. »Nur die sterbliche Hülle von Meister Ammon ist von uns gegangen, sein Geist jedoch lebt in mir fort.«

»Ich weiß.« Sarah nickte. »So, wie er in mir fortlebt und in jedem anderen, dem er seine Weisheit ...«

»Lady Kincaid«, sagte der Junge vorsichtig, »ich fürchte, Sie verstehen nicht. Ich *bin* Meister Ammon!«

Sarah erschrak, aber sie gab sich alle Mühe, es sich nicht anmerken zu lassen. Ganz offenbar waren die Strapazen der Reise und zuletzt noch der Tod seines Meisters zu viel für den armen Jungen gewesen.

»Sie glauben mir nicht«, stellte Ufuk fest. Die Enttäuschung war ihm deutlich anzusehen. Seine Augenbrauen zogen sich zusammen, und seine Wangen blähten sich, aber schon im nächsten Moment hellten sich seine Züge wieder auf. »Erinnern Sie sich an Kesh?«, erkundigte er sich dann. »Meinen Vorgänger, der Meister Ammon in Kairo diente?«

»Natürlich erinnere ich mich an ihn«, versicherte Sarah, »aber ich sehe nicht, was das ...«

»Ich erinnere mich ebenfalls an ihn«, erklärte der Junge schlicht.

»Du?« Sarah schaute ihn verständnislos an. »Das ist unmöglich, denn du hast Kesh niemals kennengelernt! Er starb, lange bevor el-Hakim nach Stambul kam.«

»Dennoch erinnere ich mich an ihn, als ob er mein Bruder gewesen wäre«, beharrte Ufuk. »Ich weiß alles über ihn. Als Sie noch Kinder waren, hat er Sie oft an den Zöpfen gezogen.«

»Das ist wahr.« Die Erinnerung ließ ein Lächeln über Sarahs Züge gleiten, das jedoch sofort wieder verschwand.

»... und er war heimlich in Sie verliebt«, fügte der Junge hinzu, »auch wenn er es Ihnen nie gesagt hat.«

Sarahs Gesicht nahm einen tadelnden Ausdruck an. »Mit derlei Dingen spaßt man nicht, Ufuk«, wies sie den Diener zurecht. »Hat el-Hakim dir das nicht beigebracht?«

»Nein, Mylady. Aber er lehrte mich, immer die Wahrheit zu sagen und sie als das höchste Gut zu betrachten. Deshalb würde ich Sie niemals belügen.«

»Warum denkst du dir dann solche Dinge aus?«, fragte Sarah schon weniger streng. Der Junge tat ihr leid. Sicher war er überzeugt, die Wahrheit zu sagen, aber ganz offensichtlich hatte sein Verstand die Grenzen der Vernunft überschritten.

»Aber das tue ich nicht«, versicherte er mit großen Augen. »Glauben Sie mir, ich kenne Kesh nicht weniger gut als Sie.«

»Unsinn! Du warst doch gerade erst geboren, als ...«

»Meister Ammon kannte ihn«, erklärte Ufuk. »Das genügt. Sein Wissen ist auch mein Wissen, nichts davon ist verloren. Ich erinnere mich an Ihre erste Begegnung mit el-Hakim ebenso, wie ich mich an den Unfall erinnere, den Sie hatten, als Sie mit Ihrem Vater die Pyramiden erkundeten.«

»Woher weißt du das?«, fragte Sarah verblüfft. Sie selbst hatte diese Dinge, die rund eineinhalb Jahrzehnte zurücklagen, schon fast vergessen. Sollte el-Hakim seinem Schüler all diese Nichtigkeiten erzählt haben? Und wenn ja, warum?

»Weil es hier ist«, erwiderte der Junge und tippte sich dabei an die Schläfe, »und hier«, fügte er hinzu und legte die Hand auf die Brust. »Der Geist von el-Hakim ist in mir, Lady Kincaid, sein gesamtes Wissen und seine Erfahrungen.«

»D-das ist unmöglich«, beharrte Sarah und starrte ihn fassungslos an, während ihr Herz allmählich zu begreifen begann. Genau wie el Hakim es stets gefordert hatte.

»Du verlangst einen Beweis?«, fragte Ufuk und wechselte in die arabische Sprache, wobei seine Stimme einen vertraulichen Tonfall annahm. »In jener Nacht vor unserer Abreise hast du mir von deinen verborgenen Ängsten berichtet. Du hast mir von Mortimer Laydon erzählt und von Gardiner Kincaid, und ich habe dir gesagt, dass dieser nicht dein leiblicher Vater gewesen ist …«

Für einen Augenblick war Sarah stumm vor Staunen.

Ammon mochte Ufuk umfangreiches Wissen vermittelt und ihm manches Geheimnis anvertraut haben – aber ganz sicher hatte er dem Jungen nichts von Sarahs Ängsten und Befürchtungen erzählt. Die abwegige, geradezu abenteuerlich anmutende Vermutung, die sie insgeheim hegte, musste also zutreffen …

»M-Meister?«, fragte sie zögernd und kaum hörbar.

»Was von ihm geblieben ist«, bestätigte Ufuk leise. »Der Schatz seiner Erfahrungen, gesammelt in einem neuen Körper. *Meinem* Körper …«

»Aber so etwas ist unmöglich.« Sie schüttelte beharrlich den Kopf. »Es kann nicht sein …«

»Lady Kincaid«, sagte Abt Ston-Pa sanft, »denken Sie nicht, dass es an der Zeit ist, die alten Vorurteile zu überwinden und Ihr Denken in neue Bahnen zu lenken? Hier in Tibet ist manches Wirklichkeit, was im fernen Okzident unmöglich erscheinen mag, denn unser Geist ist offen für die Mysterien und nicht der bloßen Materie verhaftet.«

Sarah hörte ihn reden, aber sie verstand kein Wort. Die Tränen waren in ihre Augen zurückgekehrt, aber diesmal unternahm sie nichts, um sie zurückzuhalten. Sie streckte die bebende Hand aus, berührte Ufuks Wange und sein schwarzes Haar. Sollte es tatsächlich …?

»Wir nennen es *pho-wa*«, erklärte der Abt. »Es ist eine Yoga-Technik, mit deren Hilfe es uns möglich ist, das Bewusstsein eines Menschen in den Körper eines anderen zu übertragen.«

»I-ist das wahr?«, wandte sich Sarah an Ufuk, wobei sie sich nicht sicher war, ob sie den Jungen oder den weisen Ammon fragte.

»In uralten Aufzeichnungen, die aus den Tagen Babyloniens stammen, hatten wir Hinweise darauf entdeckt, dass fern im Osten, jenseits der Säulen, die den Himmel tragen, jene hohe Kunst gepflegt wird«, eröffnete er. »Fortan war es Meister Ammons vage Hoffnung, sie zu entschlüsseln, ehe sein Dasein auf Erden endet – nicht um seinetwillen, sondern um das Wissen zu wahren, das er zeit seines Lebens gesammelt hat. Es war einer der Gründe, warum er die Expedition nach Osten begleiten wollte.«

»Und er hatte dich eingeweiht?«

»Von Beginn an.« Der Junge nickte. »Als Meister Ammon mich zum ersten Mal fragte, ob ich eines Tages seine Nachfolge antreten wolle, da habe ich abgelehnt, weil ich dachte, dass ich niemals so weise und erfahren werden könnte wie er. Aber er sagte mir, dass er mir dabei helfen würde, und so bereitete er mich darauf vor, eines Tages sein Erbe zu übernehmen.«

»Normalerweise«, schränkte Abt Ston-Pa ein, »erfordert das Ritual des *pho-wa* jahrelange Vorbereitung, denn sowohl der Spender als auch der Empfänger müssen einen hohen Grad der Reife erlangt haben, um es zu vollziehen.«

»Und das war der Fall?«, fragte Sarah verwundert.

»Nur zum Teil. Zwar hatte el-Hakim alles darangesetzt, seinen Schüler und sich auf die Übertragung vorzubereiten, doch war sein Wissen zu lückenhaft. In der Folge haben wir etwas angewandt, das wir *trong-jug* nennen. Da diese hohe Kunst in der Vergangenheit vielfach zu verbrecherischen Zwecken missbraucht wurde, ist sie den Mitgliedern unseres Ordens normalerweise verboten. In diesem Fall wurde jedoch eine Ausnahme gemacht.«

»Warum ist sie verboten?«, wollte Sarah wissen.

»Lady Kincaid, auch beim *trong-jug* geht es darum, das menschliche Bewusstsein von einem Körper in einen anderen zu übertragen, allerdings ohne Vorbereitung oder Zustimmung der beteiligten Person.«

»Was soll das heißen?« Sarah bedachte zuerst den Abt, dann Ufuk mit einem ungläubigen Blick. »Wollt Ihr mir erzählen, Ihr wärt in der Lage, das Bewusstsein eines Menschen aus seinem Körper ... zu stehlen?«

»Gewissermaßen, ja«, stimmte der Mönch zu, »obwohl es in Wahrheit ein wenig komplizierter ist. Jedenfalls wissen Sie nun, weshalb diese Technik untersagt wurde. Im Fall des alten Ammon jedoch haben wir sie angewandt, um sein Wissen zu erhalten. Hätte unser junger Freund hier«, er lächelte Ufuk wohlwollend zu, »uns nicht unter Tränen angefleht, derjenige sein zu dürfen, auf den das Wesen seines Meisters übertragen wird, hätte sich einer unserer jüngeren Brüder dazu bereiterklärt, die sich schon ihr ganzes Leben lang darauf vorbereiten, *stong-pa dape* zu sein – ›unbeschriebene Bücher‹ –, um eines Tages die Weisheit der Ältesten in sich aufzunehmen.«

»I-ich verstehe«, flüsterte Sarah. »Auf diese Weise bewahrt Ihr das Wissen Eures Ordens und gebt es von Generation zu Generation weiter, ohne es aufschreiben zu müssen ...«

»Was der Grund dafür sein dürfte, dass wir mehr über die Geheimnisse der alten Zeit wissen als die Völker des Westens«, bestätigte der Abt. »Geschriebenes Wissen kann allzu leicht ausgelöscht oder von jenen missbraucht werden, die es nicht zum Guten, sondern zum Bösen verwenden.«

Sarah nickte. Nach allem, was sie über die Bruderschaft des Einen Auges wusste, konnte sie dies nur bestätigen. Aber so erschütternd diese Enthüllungen auch waren – die Freude darüber, dass el-Hakim nicht verloren war und zumindest ein Teil von ihm weiterexistierte, war stärker und überwog auch die letzten rationalen Vorbehalte. Freudentränen rannen ihr über die Wangen.

»Was ist mit meinen übrigen Gefährten?«, erkundigte sie sich. »Wann kann ich zu ihnen?«

»Wann immer Sie sich stark genug dazu fühlen, Lady Kincaid«, erwiderte der Abt. »Anschließend werden wir uns in der großen Halle versammeln, um den Göttern zu huldigen und ihnen für Ihre Rettung zu danken. Und wir werden beraten, was weiter zu tun ist. Es gibt viele Dinge, über die wir reden müssen.«

»Wovon sprecht Ihr?«

»Sarah«, sagte Ufuk in jenem sonoren Tonfall, der nicht ihm zu gehören schien, »du musst nicht länger verbergen, was der wahre Grund unserer Reise ist. Wir sind hier unter Freunden. Es gibt keine Geheimnisse mehr, verstehst du?«

Sarah schaute den Jungen an – und verstand tatsächlich.

Indem sie das Bewusstsein des alten Ammon auf Ufuk übertrugen, hatten die Mönche von Tirthapuri von all den Dingen Kenntnis erlangt, die im Bewusstsein des Weisen gespeichert gewesen waren. Sie wussten von der Suche nach den Arimaspen, von den dramatischen Erlebnissen auf der Krim und im Fürstentum Rampur und von der gefahrvollen Irrfahrt durch die Lüfte.

Und natürlich, fügte Sarah in Gedanken hinzu, wussten sie auch von Kamal und der Bedrohung durch das Eine Auge.

»Wie gesagt«, wiederholte der Abt, als sich Sarahs erstaunter Blick auf ihn richtete, »da sind viele Dinge, über die wir sprechen müssen.«

3.

Reisetagebuch Sarah Kincaid
Nachtrag

Ich hatte nicht damit gerechnet, die Augen jemals wieder aufzuschlagen, aber eine unfassbare Laune des Schicksals – oder sollte auch ich allmählich von Bestimmung sprechen? – hat uns am Leben erhalten.

Das Kloster, dessen Mönche uns nach dem Absturz der ›Kamal‹ aufgelesen und gesund gepflegt haben, liegt rund einhundert Meilen östlich des Shipki-La, unweit der alten Pilgerstraße, die von Leh nach Lhasa führt, und fast am Ende des von dramatischen Felsformationen gesäumten Tales, das der Fluss Sutlej durch die karge, von Bergen umgebene Wüstenei geschnitten hat. Einhundert Meilen, fast eine ganze Tagesreise – so weit haben uns die Überreste unseres treuen Schiffs getragen, gepeitscht vom Regen und vom unnachgiebigen Wind. Dennoch kommt es mir vor, als hätte uns der Sturm noch viel weiter hinfortgeweht, in eine andere Welt …

Tirthapuri ist keine sehr große Anlage und umfasst lediglich einen kleinen Tempel sowie ein längliches Gebäude, in dem sich die Versammlungshalle der Mönche, eine Bibliothek und die Küche befinden; ferner einen ummauerten Hof, der die Unterkünfte und Vorratslager beherbergt und in dessen Mitte ein hoher Mast errichtet wurde, an dem Dutzende bunter Fähnchen im Wind flattern, um, wie Abt Ston-Pa uns erklärt, den Berggöttern zu huldigen. Trotz seiner geringen Größe scheint dem Kloster einige Bedeutung zuzukommen, denn unweit davon befinden sich heiße Quellen, deren Wasser Heilkräfte besitzen soll, das auch bei meinem Gefährten und mir Anwendung fand. Mehr noch als die äußeren Merkmale beeindrucken mich jedoch die Ruhe und Kraft, die diesen wundersamen Ort zu durchdringen scheinen.

Noch immer kann ich kaum glauben, was Ufuk widerfahren ist, und fürchte, alles könnte sich als Betrug herausstellen; aber wann immer ich mich mit Ufuk unterhalte, habe ich das Gefühl, dass das Wissen und die Weisheit meines alten Lehrers aus ihm sprechen, sodass mir nichts anderes bleibt, als einfach hinzunehmen, was anderswo auf der Welt eine Sensation ersten Ranges wäre.

Friedrich Hingis ergeht es ebenso wie mir. Auch er hatte mit dem Leben abgeschlossen, gleichwohl sucht er als Rationalist nach wissenschaftlichen Erklärungen für das, was Ufuk widerfahren ist. Dabei nimmt er Begriffe wie »Seelenwanderung« und »Reinkarnation« in den Mund und postuliert abenteuerliche Thesen, die letztlich jedoch nur Ausdruck einer gewissen Hilflosigkeit sind und zeigen, dass auch seine Wissenschaft hier an ihre Grenzen gelangt ist.

Abramowitsch verhält sich, wie man es von ihm erwarten durfte; statt den Mönchen dankbar für seine Rettung zu sein, begegnet er ihnen mit Misstrauen und versucht, Abt Ston-Pa und seinen Mitbrüdern Informationen über ihr Land und seine Politik zu entlocken. Doch obschon die Mönche der Lehre Buddhas folgen, scheinen sie Geheimnisse zu hüten, die noch um vieles älter sind, und so sind sie geübt darin, ihr Wissen zu bewahren und neugierigen Fragen mit Ausflüchten zu begegnen. Mir gegenüber hingegen scheinen sie bereit, ihr Schweigen zu brechen, was zum einen mit dem Auftauchen Hieronymos' zusammenhängen mag, zum anderen aber auch damit, dass ich mich diesen Menschen und ihrem Land auf eine rätselhafte Art und Weise verbunden fühle.

Fast kommt es mir vor, als wäre ich schon einmal hier gewesen, und noch niemals zuvor in meinem Leben hatte ich das Gefühl, den Antworten auf meine Fragen näher zu sein …

Kloster Tirthapuri
Westtibet
14. Juni 1885

Die Rezitation war zu Ende.

Die große, von Säulen getragene Halle, die den Mönchen des Klosters als Ort der Versammlung und der Kontemplation diente, hatte sich geleert, aber noch immer schien die Luft zu vibrieren von den heiligen Texten, die die Mönche vorgetragen hatten, und das möglichst rasch und mit lauter Stimme, damit die Worte, wie Abt Ston-Pa erklärte, gute Schwingungen erzeugten und zum Wohle aller Wesen gen Himmel stiegen. Auch die Gäste hatten dem Vortrag beiwohnen dürfen, wobei nur Sarah, Hingis, Ufuk und Hieronymos der Einladung gefolgt waren – Abramowitsch zog es vor, in seiner Kammer zu bleiben und, so nahm Sarah an, finsteren Gedanken nachzuhängen.

Lediglich Ston-Pa und seine beiden Diener – junge Mönche mit kahl geschorenen Häuptern, deren türkisfarbene Ohrringe sie als Mitglieder tibetischer Adelsfamilien auswiesen – waren in der Halle geblieben. Der Abt wartete, bis die beiden kleine Holzschälchen aus Ahorn gebracht und mit Buttertee gefüllt worden waren. Dazu wurden Yakbutter und geröstete Gerste gereicht, die man nach Belieben in den Tee gab. Das Ergebnis war ein nahrhafter Brei namens *tsampa*, der so etwas wie das Nationalgericht der Tibeter darstellte.

Heißer Dampf stieg von den Schälchen zur hölzernen Decke auf, die vor langer Zeit mit einem riesigen Mandala bemalt worden war, einem jener komplizierten Muster, anhand derer Buddhisten wie Hindus das Wesen des Kosmos zu erklären versuchten. Der Ruß von Abertausenden von Butterlampen, die im Lauf der Jahrhunderte in der Halle abgebrannt worden waren, hatte es jedoch fast zur Unkenntlichkeit geschwärzt. *Thangka*, wie die schmalen Stoffgemälde hießen, die zwischen den mit bunten Stoffstreifen umwickelten Säulen hingen, gaben in *umay** gehaltene Mantren wieder, Glaubensformeln, die zu den unverrückbaren Grundsätzen der buddhistischen Religion gehörten. In Ermangelung von Kissen oder Sitzmöbeln hockte man auf Teppichen, die auf dem harten Steinboden ausgelegt waren. Der Schein der untergehenden Sonne fiel in goldenen Schäften durch ein hoch angebrachtes Fenster und spendete unwirkliches Licht.

Obgleich die Eindrücke fremd waren, der Ruß und das Yakfett streng rochen und es so kalt war, dass sowohl die Mönche als auch ihre Gäste dicke Mäntel aus gelb gefärbter, handgewobener Wolle tragen mussten, um nicht elend zu frieren, strahlte der Ort eine Geborgenheit aus, wie Sarah sie nur als Kind in der alten Sternwarte auf dem Djebel Mokattam oder in der Bibliothek von Kincaid Manor empfunden hatte. Beide Orte waren verloren, hinfortgerissen vom Strudel der Zeit – dieser jedoch existierte, und Sarah hatte das Gefühl, hier nicht weniger zu Hause zu sein als im fernen Yorkshire.

»Es ist gut, dass Sie alle hier sind«, begann Abt Ston-Pa die Unterredung in seinem makellosen, fast akzentfreien Englisch.

»Das wäre nicht der Fall, wenn Ihr uns nicht gerettet und in Eure Obhut aufgenommen hättet, ehrwürdiger Abt«, entgegnete Sarah und senkte demütig das Haupt. »Dafür danken wir Euch von ganzem Herzen.«

»Zu helfen ist unsere Pflicht«, wiederholte der Vorsteher des Klosters sein Credo, »dennoch war es nicht unsere Hilfsbereitschaft, die uns an jenem Tag hinausgeführt hat, sondern die Vorsehung. Einer unserer Mitbrüder hatte einen Traum, der von eurer Ankunft berichtete.«

»Tatsächlich?«, fragte Hingis wenig beeindruckt – schließlich konnte jemand nicht einfach geträumt haben, was sich rund einhundert Meilen entfernt über dem Shipki-La zugetragen hatte ...

---

* tibetische Handschrift

»Er sah den Garuda am Himmel«, bestätigte Ston-Pa zu aller Verblüffung. »Und er sah ein Schiff aus den Wolken stürzen, genau wie in den alten Überlieferungen.«

»In alten Überlieferungen?« Sarah verstand nicht, aber der Abt schien auch nicht gewillt, näher darauf einzugehen.

»Ganz recht«, bestätigte er nur. »Wir zogen also aus, um die Stelle zu suchen, die der *tschamkan** uns beschrieb, und trafen dort auf Mig-shár, den wir aus denselben alten Mythen kennen wie den Garuda, gegen den seinesgleichen einst kämpfte.«

Sarah nickte. Auch die Tibeter schienen also jene Sage zu kennen, derzufolge die Arimaspen einst Krieg gegen die Greife führten. Sie schaute zu Hieronymos hinüber, der in Lotushaltung auf einem der Teppiche hockte und ab und zu aus seiner Ahornschale trank. Selbst im Sitzen war er noch größer als die meisten Mönche des Ordens im Stehen, und sein einzelnes Auge war klar und wachsam. Der Zyklop war der Einzige, der den mörderischen Flug durch den Sturm bei vollem Bewusstsein miterlebt und unverletzt überstanden hatte. Sofort nach ihrer Bruchlandung hatte er sich auf den Weg gemacht, um Hilfe zu holen. Mit Erfolg.

»Mig-shár, der die Sprache der *ryga-gar-pa*** spricht«, fuhr der Abt fort, als wäre es das Selbstverständlichste der Welt, auf eine Gestalt aus alten Sagen zu treffen, »berichtete uns von einigen *tschiling-pa****, die verletzt wären und unsere Hilfe bräuchten, und so nahmen wir uns ihrer an. Zu diesem Zeitpunkt ahnten wir bereits, dass sich damit alles verändern würde.«

»Alles verändern?« Sarah hob die Brauen. »Was heißt das?«

»In jenen alten Überlieferungen, die von den einäugigen Hütern des Berges berichten, heißt es auch, dass die Rückkehr Mig-shárs einst das Ende der Welt einleiten wird.«

---

* tib. Seher, Wahrsager

** tib. Inder

*** tib. Fremde, Ausländer

Sarah fühlte jähe Beklemmung. Zum einen, weil sie zu ahnen begann, warum sowohl die Menschen in Rampur als auch die tibetischen Mönche dem Zyklopen mit jener Mischung aus Freundlichkeit und Vorsicht begegneten; zum anderen, weil sich die Worte Ston-Pas mit denen Ammons deckten, der in Stambul ebenfalls vor einer bevorstehenden Katastrophe gewarnt hatte, vor einem Geheimnis, das jede Waffe an Gefährlichkeit bei Weitem übertreffen würde.

»Auch wir haben etwas Derartiges gefühlt, ehrwürdiger Abt«, bestätigte Ufuk, der sich immer häufiger des Pluralis bediente, wenn er von sich sprach. »Wir hatten Visionen, Träume von einer dunklen Bedrohung, die über der Menschheit liegt.«

Ston-Pa nickte. »Die Gerüchte haben sich als wahr erwiesen.«

»Was für Gerüchte?«, wollte Sarah wissen.

»Vor einigen Wochen«, berichtete der Abt, »kamen Pilger nach Tirthapuri, um in den heißen Quellen zu baden. Sie waren auf dem Rückweg vom Kailash, den sie umrunden wollten, um Vergebung für ihre Sünden zu erlangen, doch sie brachten die *khora** nicht zu Ende, denn unterwegs begegneten sie etwas, das sie in Todesangst versetzte und umkehren ließ.«

»Nämlich?«, wollte Hingis wissen.

»Einäugigen Kriegern, Doktor. Zyklopen, wie Sie sie wohl nennen würden, obwohl die Bezeichnung nicht korrekt ist.«

Zum ersten Mal ließ Hieronymos eine Reaktion erkennen. Er setzte die Holzschale, aus der er gerade hatte trinken wollen, ab und schaute den Abt fragend an. »Wie viele?«

»*Du-ma***«, entgegnete Ston-Pa mit einer unbestimmten Handbewegung. »Anfangs gaben wir nichts auf die Gerüchte, denn Pilger, insbesondere solche, die die *khora* nicht vollenden, pflegen häufig Dämonen im Gepäck zu haben, deren sie sich nicht erweh-

---

* tib. rituelle Umwanderung

** tib. viele

ren können. Als wir jedoch auf euch trafen, wurde uns klar, dass sie nicht nur einer Täuschung erlegen waren und dass wohl auch die anderen Dinge zutreffen, von denen wir gehört haben.«

»Was für Dinge?«

»Unweit des Kailash, in einem Nebental, das wir *kag redschet-pa* nennen – ›den Ort, der vergisst‹ –, befindet sich eine Festung, deren Ursprünge noch in die Zeit der Shang Shung zurückreichen, lange bevor die wahre Lehre nach Tibet kam. Im Lauf der Jahrhunderte wurde sie immer weiter ausgebaut und von verschiedenen Herren benutzt, ehe sie den Königen von Tsaparang als Garnison für ihre Soldaten diente. Als das Reich von Guge jedoch im Krieg gegen seinen Nachbarn Ladakh unterging, da wurde die Festung aufgelassen und stand zwei Jahrhunderte lang leer – bis sie schließlich von Neuem besiedelt wurde. Von *tschiling-pa* – von Fremden.«

Sarah tauschte vielsagende Blicke mit Hingis und Ufuk. »Was sind das für Leute?«, erkundigte sie sich dann.

»Das wissen wir nicht«, gestand der Abt, »aber was wir von ihnen hörten, gab uns wenig Anlass zur Freude. Wie es hieß, sei das Böse, das einst den Untergang von Guge herbeiführte und das Land des Sutlej vertrocknen ließ, wieder nach *bod* zurückgekehrt, und wie in den alten Überlieferungen bediente es sich abtrünniger Mig-shár, um seine finsteren Ziele zu verfolgen. Auch diesen Gerüchten schenkten wir zunächst keine Beachtung, aber nach allem, was wir nun erfahren haben, glauben wir, dass Ihre Feinde und unsere Feinde dieselben sind, Lady Kincaid.«

»Die Bruderschaft des Einen Auges«, sprach Sarah aus, was sie insgeheim bereits vermutet hatte.

»Meine Brüder und ich haben uns oft gefragt, ob all dies zusammenhängt«, stimmte Ston-Pa zu. »In endlosen Runden haben wir darüber diskutiert, ohne zu einer Antwort zu gelangen. Ammons Wissen jedoch hat uns geholfen, die fehlenden Teile des Rätsels zu ergänzen, wie ein Mandala, dessen wahres Wesen sich erst nach und nach und nur dem Eingeweihten erschließt. Doch in diesem Fall sind es namenlose Schrecken, die sich uns offenbaren, denn wir beginnen zu ahnen, woher die Einäugigen stammen, die die Festung Redschet-Pa besetzen.«

»In der Tat«, stimmte Sarah zu, die schaudernd an das denken musste, was ihre Gefährten und sie in jener unterirdischen Tempelanlage auf der Chersonnes vorgefunden hatten. »Diese Krieger sind so wenig einäugig wie Ihr oder ich, werter Abt, sondern wurden unter Einsatz menschenverachtender Methoden dazu gemacht. Anfangs konnte ich mir nicht erklären, weshalb jemand etwas so Grässliches tun sollte, aber seit ich weiß, welche Bedeutung die Mig-shár für Euer Volk haben, wird es mir allmählich verständlich.«

»Hier in Tibet sind die Sagen der alten Zeit noch lebendig, Lady Kincaid, und das Einauge ist ein Symbol, das noch weiter in die Vergangenheit reicht als Ihre Religion oder die meine, weiter selbst als der alte Glaube der *bon*. Sie haben gut daran getan, seiner Spur zu folgen, denn sie hat Sie hierher geführt, ans Ziel Ihrer Reise.«

»Ans Ziel meiner Reise?« Sarah hob die Brauen. »Wie darf ich das verstehen?«

»Nun«, entgegnete der Abt, »ich habe Ihnen bereits gesagt, wo sie sich befinden – unweit des Berges Kailash, der nicht nur den *bon-po* als heilig gilt, sondern auch den Jaina, den Hindus und den Anhängern Buddhas. Die einen verehren ihn als Sitz der Götter, die anderen glauben, dass alle Weisheit hier ihren Anfang nahm. Aber ihnen allen gemeinsam ist die Überzeugung, dass der Kailash . . .«

». . . die *axis mundi* ist«, sprach Sarah flüsternd aus, was sie in diesem Moment dachte. »Der Mittelpunkt der Welt.«

»Ganz recht.«

Sarah schickte Hieronymos einen fragenden Blick. »Ist das wahr?«, fragte sie. »Ist unsere Suche zu Ende?«

»Ja, Mylady.« Der Zyklop nickte.

»Aber ich dachte, der Berg Meru ...«

»Die Hindus gehen davon aus, dass alles aus der Geisteswelt in der Materie eine Entsprechung hat. So, wie Sie hinter jedem Mythos einen wirklichen Kern vermuten«, erklärte Abt Ston-Pa.

»Und der Kailash ist die reale Verkörperung des Meru?«, erkundigte sich Sarah vorsichtig. Noch immer hatte sie sich nicht daran gewöhnt, dass der Mönch tiefe Einsicht in Meister Ammons Geheimnisse genommen hatte und entsprechend vieles wusste.

»So ist es. Denken Sie nur an die Zeichnung, die sich in dem Würfel befand: ein Berg mit vier Wellenlinien darunter, richtig?«

»Vier Flüsse«, nannte Sarah ihre Interpretation.

Ein wissendes Lächeln spielte um die kantigen Gesichtszüge des Abts. »Wären Sie überrascht zu erfahren, dass vier der größten Flüsse, die den *gling** durchfließen, am Kailash ihren Ursprung haben?«

Sarahs Empfindungen waren zunächst zwiespältiger Natur. Einerseits war sie froh darüber, dass sie dem Ziel ihrer Reise plötzlich so nah sein sollte, andererseits hatte sie das Gefühl, nichts dazu beigetragen zu haben. Ein Sturm hatte sie hergebracht, die Macht des Zufalls – oder eben doch jene des Schicksals?

Selbst Hingis, der ewige Skeptiker, war verstummt. Zwar schüttelte er ungläubig den Kopf und nahm seine wieder einmal beschlagene Brille ab, um sie am Saum des Wollmantels zu säubern, aber er schwieg und brachte keinen Einwand vor. Auch Ufuk blieb gelassen. Wahrscheinlich, so nahm Sarah an, hatten der Abt und Hieronymos ihn schon früher in das Geheimnis eingeweiht.

Erst nach und nach ging ihr auf, was all dies bedeutete. Wenn sie den Meru tatsächlich gefunden hatten, dann womöglich auch Kamal! Vielleicht wurde ihr Geliebter ja in jener alten Burg festgehalten, von der der Abt gesprochen hatte und die die Bruderschaft für sich in Besitz genommen zu haben schien!

---

* tib. Kontinent

»Wenn die Festung des Vergessens tatsächlich von unseren Feinden besetzt wird«, spann sie ihre Gedanken weiter, »dann bedeutet das, dass Ammon und Hieronymos recht hatten: Auch die Bruderschaft hat das Rätsel des Berges Meru gelöst, sonst wäre sie nicht hier. Aber wie unser einäugiger Freund schon vermutet hat, ist es ihnen bislang nicht gelungen, in den Besitz des dritten Geheimnisses zu gelangen. Es fragt sich nur, weshalb ...«

»Ich möchte Ihnen einige Geschichten erzählen, meine Freunde«, kündigte Abt Ston-Pa an, »aber ich warne Sie – Ihre Sicht auf die Welt wird danach nicht mehr dieselbe sein.«

»Glauben Sie mir«, versicherte Friedrich Hingis und setzte seine Brille wieder auf, »das ist auch jetzt schon nicht mehr der Fall ...«

»Wie Sie vielleicht wissen«, begann der Abt, »wurde Tibet in alter Zeit von Königen regiert, die dem *bon* frönten, dem Glauben an Schamanismus und den der Natur innewohnenden Kräften. Diese Könige begründeten das Reich Shang Shung, dessen Mittelpunkt der Kailash bildete und dessen Wappentier der Garuda gewesen ist. Wie es in unseren Quellen heißt, soll Shang Shung vor vielen Tausend Jahren von Dämonen bedroht worden sein. Als die Not am größten war, stieg Shenrab Miwo, ein heiliger und gelehrter Mann, unter heftigem Donner und Getöse an einer Leiter aus Licht auf den Kailash herab, um den Menschen im Kampf gegen das Böse beizustehen.«

»An einer Leiter aus Licht?« Sarah horchte auf. Erneut dachte sie an das, was Ammon ihr in seinem Haus in Konstantinopel berichtet hatte: dass die Götter einst an den Strahlen der Sonne auf den Berg Meru herabgekommen wären. Eine weitere Übereinstimmung ...

»Dies ist nur eine von vielen Sagen, die sich um den Kailash ranken«, sagte Ston-Pa. »Ich möchte Ihnen noch eine weitere erzählen: Zwischen den frühen Buddhisten und den *bon-po* soll es vor langer Zeit zum Streit darüber gekommen sein, welcher Religion der Berg der Götter denn nun gehöre. Ein ebenso weiser wie mächtiger Yogi mit Namen Milarepa trat zum Disput gegen einen nicht weniger mächtigen Meister des *bon* an, und als sie sich nicht einigen konnten, wurde beschlossen, dass ein magischer Wettstreit entscheiden solle. Wer von beiden es schaffen würde, den Gipfel des Kailash als Erster zu erreichen, dessen Religion sollte der Berg auf immer gehören.«

»Und?«, fragte Hingis. Die Art und Weise, wie sich Historie und Mythos in Tibet vermischten, mochte ihm nicht behagen. Sein Interesse war dennoch geweckt.

»Milarepa entschied den Wettkampf für sich, indem er nach dem ersten Sonnenstrahl griff, der am Morgen über den Grat des Berges fiel, und daran im Bruchteil eines Augenblicks auf den Gipfel flog.«

»Ach.« Hingis verzog das Gesicht.

»Von einem anderen Lehrer unseres Glaubens hingegen, dem Guru Padmasambhava, wird berichtet, er sei im Besitz zahlreicher Schätze gewesen, die er vom Kailash herabgetragen und versteckt hätte.«

»Schätze?«, fragte Sarah.

»Im übertragenen Sinn. Gemeint ist geheimes Wissen, das Padmasambhava gehütet hat und das sich den Menschen erst dann offenbaren wird, wenn die Zeit dafür reif ist.«

»So wie das Buch von Thot«, ergänzte Ufuk, was auch Sarah in diesem Augenblick dachte, »und wie alle anderen Geheimnisse, die die Ersten hinterlassen haben.«

»Darauf will ich hinaus, geschätzter Freund«, stimmte Abt Ston-Pa zu. »All diese Dinge, von denen wir durch Ihre Ankunft erfahren haben – die Existenz der Ersten, die Auserwählung ihrer Diener und ihre Zeichnung mit dem Einen Auge, das Ende des Goldenen Zeitalters und die verborgenen Geheimnisse – haben ihre Entsprechung in den alten Schriften, weshalb ich keinen Zweifel an ihrer Wahrheit hege.«

»Darin liegt eine gewisse Ironie«, meinte Hingis. »Aus Sicht der

Wissenschaft stellt es sich genau umgekehrt dar: Hier werden Überlieferungen stets auf ihren historischen Gehalt hin überprüft.«

»Wahrheit bleibt Wahrheit, Doktor, egal, ob sie mit dem Verstand oder mit dem Herzen begriffen wird«, erwiderte der Abt. »Und die Wahrheit über den Berg Meru und das letzte Geheimnis, das dort ruht, führt uns schließlich zu jener letzten, dramatischen Erkenntnis, die alles verändern wird.«

»Wovon sprecht Ihr?«, wollte Sarah wissen, der der unheilvolle Unterton in der Stimme des Abts nicht entgangen war.

»Sie fragen sich, warum die Bruderschaft das letzte Geheimnis noch nicht entschlüsselt hat. Ich werde es Ihnen sagen: Das dritte Geheimnis ist nicht an einer bestimmten Stelle zu suchen, sondern außerhalb von Raum und Zeit, und es gibt nur einen Ort der Welt, auf den diese Beschreibung zutrifft.«

»Welchen?«, wollte Sarah wissen.

Ston-Pa beugte sich zu ihr vor.

»Shambala«, flüsterte er.

Festung Redschet-Pa
Zur selben Zeit

Der Wein, der in das Kristall plätscherte, hatte die Farbe von Bernstein. Geheimnisvoll reflektierte er das Kerzenlicht, das den Speisesaal beleuchtete.

»Noch einmal, meine Liebe?«

»Mit Vergnügen«, sagte Ludmilla von Czerny, worauf sich der Madeira auch in ihr Glas ergoss.

»Auf Sie«, sagte Lemont und prostete ihr vom anderen Ende der Tafel aus zu. »Weil Ihnen gelungen ist, was niemandem vor Ihnen gelang.«

»Natürlich«, entgegnete Czerny lächelnd. »Haben Sie etwa an

mir gezweifelt, Großmeister? Ich sagte Ihnen doch, dass ich erfolgreich sein würde. Schließlich besitze ich eine Eigenschaft, die meine Vorgänger allesamt entbehrten. Ich bin eine Frau …«

»Das ist nicht zu übersehen.« Er nickte. »*Savez-vous*, das Eigenartige daran ist, dass Sie ihr tatsächlich auf eine gewisse Weise ähnlich sind. Unter anderen Voraussetzungen, zu einer anderen Zeit, hätten Sie beide vielleicht Freundinnen werden können.«

»Wohl kaum. Wir mögen in mancher Hinsicht wie Schwestern sein, aber was unsere Ziele betrifft, unterscheiden wir uns so sehr voneinander wie Tag und Nacht.«

»Sieh an«, meinte Lemont. »Und welche von Ihnen beiden ist wohl nun der Tag und welche die Nacht?«

»Das liegt im Auge des Betrachters«, entgegnete die Gräfin achselzuckend. »Im *Einen* Auge, um genau zu sein.«

»Darauf wollen wir trinken.«

Sie erhoben die Gläser und setzten sie an die Lippen. Der Madeira war zu süß, um noch als Wein durchzugehen, obschon man ihn in England zum Essen zu reichen pflegte. In dem Wissen, dass die Bewohner Tibets von den Segnungen eines guten Tropfens ebenso wenig verstanden wie von allen anderen Errungenschaften der zivilisierten Welt, hatte Lemont einige Kisten davon auf Reisen mitgenommen und auf dem Rücken der Maultiere über die Pässe tragen lassen. Dem Geschmack war dies nicht unbedingt zuträglich gewesen, aber selbst ein Getränk, das die Torturen einer langen Seereise, einer endlos scheinenden Eisenbahnfahrt und eines anstrengenden Bergmarsches ertragen hatte, war immer noch um vieles besser als alles, was die einheimische Küche zu bieten hatte.

»Wir sind also am Ziel«, erklärte Lemont feierlich, nachdem er sein Glas wieder abgesetzt und zurück auf den Tisch gestellt hatte. Wer hätte das gedacht, nach all der Zeit.«

»Ihre Freunde wohl jedenfalls nicht«, meinte Czerny, auf die leeren Plätze zu beiden Seiten der Tafel deutend. Der Brite, der Russe, der Deutsche, der Italiener und der Spanier hatten sich bereits zur

Ruhe begeben. Bleierne Müdigkeit war eine der Folgen, mit denen der menschliche Körper auf die ungewohnt dünne Luft zu reagieren pflegte.

»Sie sind – oder waren – ein notwendiges Übel«, erklärte Lemont. »Angesichts der beträchtlichen Kosten, die unsere Suche in den vergangenen Jahren verschlungen hat, hatte unsere Organisation keine andere Wahl, als sich ihrer zu bedienen. An unsere Sache haben sie nie wirklich geglaubt. Alles, worum es ihnen geht, ist Geld, Geld und noch mehr Geld.«

»Was ist falsch daran?«, fragte Czerny keck.

»Dass ihre Pläne so kurzsichtig sind wie ein altersschwacher Greis«, entgegnete Lemont. »Materielle Dinge sind stets vergänglich, Teuerste. Absolute Macht jedoch währt ewig. Wir haben das Geheimnis der Unsterblichkeit entschlüsselt und stehen nun kurz davor, auch noch das letzte Geheimnis zu ergründen, das vor so langer Zeit auf unserer Welt zurückgelassen wurde. *Dies* sind Ziele, für die es sich zu kämpfen lohnt.«

»Was wird mit ihnen geschehen?«

»Mit unseren Helfern?«

Czerny nickte.

»Wer weiß?« Lemont zuckte mit den Schultern. »Womöglich wird ihnen bei der Rückreise in die Heimat ein Unglück widerfahren. Oder aber sie bleiben hier und genießen bis ans Ende ihres Daseins unsere Gastfreundschaft in diesen ehrwürdigen Hallen.«

Er machte eine ausladende Handbewegung, worauf die Gräfin und er in schallendes Gelächter verfielen. Nach Jahren, in denen sie sich verborgen gehalten und im Geheimen operiert hatten, war die Zeit gekommen, die Masken endlich fallen zu lassen.

»Wie fühlen Sie sich?«, erkundigte sich Lemont, nachdem sie sich wieder gefangen hatten.

»Es könnte mir nicht besser gehen«, versicherte Czerny mit Blick auf die Wölbung in ihrem Unterleib. »Die Erbin wächst heran, genau wie es sein soll.«

»Und Sie sind sicher, dass es ein Mädchen werden wird?«

»Absolut.«

»Woher nehmen Sie diese Überzeugung?«

»Sehr einfach – weil ich es will«, erwiderte die Gräfin. »Und ich habe noch immer bekommen, was ich wollte.«

Lemont lachte leise. »Das Kind ist der Schlüssel. Mit Ben Naras Blut in den Adern wird es in der Lage sein, die Pforte zu öffnen, und dann endlich wird uns alles gehören. Ist Ihnen klar, wie lange die Suche gedauert hat, die in diesen Tagen zu Ende geht?«

»O ja, Großmeister«, stimmte sie zu. »Und ist Ihnen klar, wie illuster die Runde jener ist, in deren Tradition Sie sich einreihen? Alexander, Cäsar, Suleiman, Napoleon . . .«

»Sie alle sind gescheitert, weil sie niemals erfahren haben, was wir wissen. Womöglich konnte die Bruderschaft in der Vergangenheit ihre Ziele nicht erreichen, weil ihre Führer das wahre Wesen der Dinge nicht durchschaut haben. Erst die Xenosophie hat uns dazu in die Lage versetzt.«

»Auf die Xenosophie«, sagte Czerny und erhob noch einmal ihr Glas.

»Schon in wenigen Tagen«, erklärte Lemont, »werden wir aufbrechen. Die Zeit, die wir haben, ist nur kurz. Der Weg ist nur wenige Wochen im Jahr gangbar, zwischen der Schneeschmelze und dem Einsetzen des Monsuns. Die Arimaspen werden uns begleiten und uns mit allem versorgen, was wir brauchen. Und wenn die Erbin erst geboren ist, werden die Dinge sich ohnehin ändern. Die Welt, in die wir im nächsten Frühjahr herabsteigen, Gräfin, wird eine andere sein als jene, die wir in Kürze verlassen.«

»Und was wird dann aus mir?« Über den Rand ihres Glases hinweg schaute sie ihn unverwandt an. »Wer garantiert mir, dass es mir nicht ebenso ergeht wie Ihren bedauernswerten Geldgebern?«

»Nachdem Sie all dies geleistet haben? Nachdem Sie Kincaid ausgespielt und uns eine Erbin geschenkt haben?« Lemont lachte auf. »*Ma chère*, Sie unterschätzen den Grad meiner Dankbarkeit.

Wenn wir zurückkehren, wird die Welt ein neues Gesicht bekommen. Unsere Anhänger, die wir in all den Jahren um uns geschart haben, brauchen sich dann nicht mehr im Verborgenen zu halten. Die Bruderschaft wird nicht länger eine Geheimgesellschaft sein, sondern offen operieren, und das Eine Auge wird über allem stehen. Und natürlich werde ich eine Stellvertreterin benennen, die mir …«

Er unterbrach sich, als plötzlich Schritte zu hören waren. Alarmiert fuhr er herum, ebenso wie Czerny. Auf der Schwelle des Speisesaals, der in der Haupthalle der alten Festung eingerichtet worden war, wo einst König und Heerführer residiert hatten, tauchten zwei Arimaspen auf. Mit den Sichelklingen hielten sie einen Mann in Schach, der zwischen ihnen stand und in dessen Gesicht sich gleichermaßen Entsetzen wie Verwirrung spiegelte.

Kamal Ben Nara.

»Was hat das zu bedeuten?« Ludmilla von Czerny sprang auf.

»Ein Eindringling«, erstattete einer der Zyklopen mit tonloser Stimme Bericht. »Er hat versucht, Euch zu belauschen.«

Zornesröte schoss in die blassen Gesichtszüge der Gräfin, wütend blitzte sie den Gefangenen an. »Ist das wahr?«, fragte sie. »Hatte ich dir nicht ausdrücklich untersagt, dein Quartier zu verlassen?«

»Das hattest du«, bestätigte Kamal mit bebender Stimme, »und ich begreife allmählich, weshalb.«

»Nichts begreifst du, gar nichts«, fuhr sie ihn an. Von Hass und Abneigung erfüllt, kam sie ihm wie eine Karikatur jener Frau vor, die er in den vergangenen Monaten lieben gelernt hatte, die ihn an der Hand genommen und ins Leben zurückgeführt hatte – jedoch, wie sich nun herausstellte, nur zu ihrem eigenen Vorteil.

»Sag mir, dass das nicht wahr ist«, flüsterte er und starrte sie dabei flehend an. »Sag mir, dass all die Dinge, die ich gehört habe, nur ein schlechter Scherz gewesen sind.«

»Was genau meinst du?« Sie stand auf, trat zu ihm und musterte ihn von Kopf bis Fuß. »Dass meine Zuneigung zu dir nur geheuchelt war? Dass ich nicht die bin, für die du mich die ganze Zeit über gehalten hast? Dass ich in Wahrheit andere Pläne verfolgte? Du hast recht, Kamal. Es war alles Lüge – so, wie dein ganzes Leben eine Lüge ist.«

»Wer bin ich wirklich?«, wollte er wissen.

»Glaubst du im Ernst, dass ich dir das sage?« Sie schüttelte den Kopf. »Du hast getan, was von dir erwartet wurde. Mehr brauchst du nicht zu wissen.«

»Aber ich ...«

Mit einem wütenden Schnauben brachte sie ihn zum Schweigen und wandte sich zu Lemont um. »Ich kenne ihn«, behauptete sie. »Er wird nicht aufgeben, jetzt nicht und auch später nicht. Wenn es darum geht, der Wahrheit nachzuspüren, ist er ebenso verbissen wie sie. Vor ein paar Tagen ist er schon einmal aus seinem Quartier geflohen.«

»Davon haben Sie mir nichts gesagt.«

»Ich wollte Sie nicht beunruhigen, Großmeister.«

»Die Entscheidung darüber, ob ich beunruhigt bin oder nicht, sollten Sie mir überlassen«, wies Lemont sie zurecht. »Was also schlagen Sie vor?«, fragte er dann und taxierte den Gefangenen.

»Eine endgültige Lösung«, antwortete Czerny kalt. »Solange er lebt, ist er eine Bedrohung. Also sollten wir ihn töten.«

»Das käme Ihnen sehr gelegen, nicht wahr?« Lemont lachte leise. »Sehen Sie sich vor, Gräfin. Kincaid haben Sie bezwungen, aber Sie sollten nicht den Fehler begehen, sich mit mir anzulegen.«

»Aber Großmeister«, wandte sie erschrocken ein, »ich habe in keiner Weise versucht ...«

»Halten Sie mich wirklich für so dumm?« Lemont deutete auf Kamal. »Wenn er stirbt, ist uns jede Möglichkeit genommen, eine neue Erbin zu zeugen – nur für den Fall, dass Ihnen etwas zustoßen oder es sich entgegen Ihren Beteuerungen doch um einen Jungen handeln sollte. Das würde Sie unentbehrlich machen, nicht wahr, Gräfin? In jeder Hinsicht einzigartig.«

Die Czerny errötete. »Aber nein, Großmeister«, beeilte sie sich zu versichern, »das war nicht meine Absicht. Ich wollte nur ...«

»Sie bekleiden einen hohen Rang innerhalb unserer Organisation, Gräfin. Vermutlich ist er höher, als es Ihnen aufgrund Ihres Geschlechts und Ihres nur erheirateten Titels zukommt. Also bescheiden Sie sich damit und denken Sie nicht einmal daran, auch mich manipulieren zu wollen. Es würde Ihnen nicht bekommen.«

Einen Augenblick schien Ludmilla von Czerny widersprechen und erneut ihre Unschuld beteuern zu wollen, aber sie sah wohl ein, dass es keinen Sinn hatte. Stattdessen senkte sie ehrerbietig den Blick. »Ja, Großmeister«, sagte sie nur. »Ich verstehe.«

»Bringt ihn in den Kerker«, wies Lemont die beiden Arimaspen an, die sich daraufhin wortlos abwenden und den Befehl ausführen wollten, aber Kamal widersetzte sich ihnen mit aller Kraft.

»Wer sind Sie?«, fragte er den Mann mit dem französischen Akzent, der sich als »Großmeister« ansprechen ließ und von seinen Leuten ganz offenbar gefürchtet wurde. »Ich habe das Gefühl, Ihnen schon einmal begegnet zu sein.«

»Unwahrscheinlich, *mon ami*«, erwiderte Lemont mit hintergründigem Lächeln. »Sie müssen mich wohl mit jemandem verwechseln ...«

4.

Reisebericht Sarah Kincaid
Nachtrag

Shambala ...

Das Wort schwebte im Raum wie der Duft einer Jasminblüte – lockend und exotisch, aber auch von einer bitteren Strenge.

Zuletzt hatte ich als Kind von jenem sagenumwobenen Ort gehört, ohne mir je Gedanken darüber zu machen, worum genau es sich dabei handelte. Als Abt Ston Pa den Namen jedoch aussprach, da hatte er plötzlich einen vertrauten, fast tröstenden Klang, und ich war begierig, mehr darüber zu erfahren.

Kloster Tirthapuri
Abend des 14. Juni 1885

»Shambala?«, echote Friedrich Hingis, der den Namen noch nie zuvor gehört zu haben schien.

»Als ich noch ein junger Novize war«, berichtete Abt Ston-Pa lächelnd, »kam ein britischer Missionar ins Tal des Sutlej. Seine Bemühungen, mich den christlichen Glauben zu lehren, waren weniger erfolgreich als die Lektionen, die er mir in seiner Muttersprache angedeihen ließ, weswegen ich sie leidlich beherrsche. Aber ich glaube mich zu erinnern, dass Ihre Religion etwas kennt, dass Sie als ›Paradies‹ bezeichnen.«

»Das ist richtig«, stimmte Sarah zu.

»Dann betrachten Sie Shambala als das asiatische Pendant dazu: ein Ort der Vollkommenheit und der göttlichen Geheimnisse, an dem sich die Welt in absolutem Gleichgewicht befindet.«

»Und Ihr glaubt, Shambala befände sich auf dem Berg Meru?«, fragte Sarah, die fühlen konnte, wie sich ihr Pulsschlag beschleunigte.

»Das wäre zu einfach«, schränkte der Abt ein. »Verstand und Seele sind nicht dasselbe, nur weil sie im selben Körper wohnen. Der Berg Meru, repräsentiert in der Gestalt des Kailash, stellt den Mittelpunkt des Kosmos dar; von hier entspringen alles Wissen und alle Energie, hier nahm die Zivilisation ihren Anfang. Shambala jedoch ist die Quelle, aus der sich dieses Wissen nährt und die ihm Sinn und Richtung gibt, denn im Licht von Shambala sind, wie es heißt, alle Geheimnisse der Welt verborgen.«

»Alle Geheimnisse der Welt«, wiederholte Sarah flüsternd. Sie schickte Hieronymos einen fragenden Blick zu, aber der Zyklop reagierte nicht darauf, sodass nicht festzustellen war, ob er die Meinung des Abts teilte oder nicht. »Und die Ersten?«, fragte sie. »Wie passen sie in dieses Bild?«

»Die Überlieferung weiß von weisen Männern und Frauen zu berichten, die Shambala fanden und dort erleuchtet wurden. Später kehrten sie unter die Menschen zurück und gaben weiter, was sie gesehen und gelernt hatten, unter anderem auch Künste wie jene des *pho-wa* und des *trong-jug*. Womöglich sind sie mit den Ersten gemeint.«

»Wer weiß?«, entgegnete Sarah höflich, obwohl die Antwort sie nicht ganz zufriedenstellte. Immerhin waren die Ersten in der altorientalischen Tradition als göttliche Wesen beschrieben worden.

Hingis schien es ebenso zu gehen. Er wirkte nicht überzeugt, aber vielleicht wollte er sich als Mann der Wissenschaft auch nur nicht mit reinen Spekulationen befassen. Lediglich Ufuk schien dank Meister Ammons Weisheit offen für alle Möglichkeiten.

»Also könnten auch die Schergen des Einen Auges Shambala gefunden haben«, folgerte er. »Aber warum haben sie das letzte Geheimnis noch nicht entschlüsselt?«

»Weil die Pforte Shambalas gesichert ist«, antwortete der Abt.

»Auf welche Weise?«

»Das weiß ich nicht. Aber es heißt, dass nur derjenige nach Shambala gelangen kann, der von den Göttern dazu ausersehen wurde.«

»Von den Götter ausersehen!« Sarah schlug sich mit der Hand vor die Stirn. »Natürlich, das ist die Antwort!«

»Worauf?«, fragte Hingis.

»Wir haben darüber gerätselt, was Alexander der Große im Osten gesucht hat, nicht wahr? Waren es die Arimaspen? Der Berg Meru? Nein, Friedrich! Ich denke, es war die Suche nach dem verlorenen Paradies, die ihn immer weiter getrieben hat, bis an die Ausläufer des Himalaya. Denn wie alle Herrscher des Mittelalters und der Antike suchte auch er nach göttlicher Legitimation, und vermutlich war es genau das, was ihm die Bruderschaft in Aussicht stellte, genau wie später Cäsar und all den anderen. Sogar dem Kaiser der Franzosen ...«

»Und Gardiner?«

Sarah schüttelte den Kopf. »Weltliche Macht hat ihn nie gereizt. In seinem Fall war es wissenschaftliche Erkenntnis, mit der man ihn lockte, die Suche nach der letzten Wahrheit. Und Shambala repräsentiert diese Wahrheit mehr als alles andere.«

»Ich weiß nicht recht.« Der Schweizer schürzte die Lippen. »Gardiner war kein Phantast. Er hätte nicht die besten Jahre seines Lebens geopfert, um einem Hirngespinst nachzujagen.«

»Shambala ist kein Hirngespinst, Doktor«, wies der Abt ihn milde zurecht. »Es existiert so wirklich wie Sie und ich.«

»Aber Ihr habt doch selbst gesagt, dass es kein gewöhnlicher Ort ist«, beharrte der Schweizer. »Dass es außerhalb von Raum und Zeit existiert.«

»Man kann es nicht einfach betreten, wie man diesen Saal betritt, das ist wahr. Aber das bedeutet nicht, dass es Shambala nicht gäbe oder es nicht möglich wäre, dorthin zu gelangen. Wichtiger als alles andere ist es, der Ehre würdig und darauf vorbereitet zu sein, so wie es die Ersten gewesen sind.«

»Und wer ist der Ehre würdig?«, fragte Sarah. Sie musste unwillkürlich an die Gräfin Czerny denken und konnte sich nicht vorstellen, dass eine Person, die ihre Ziele so rücksichtslos verfolgte, eine Aussicht haben sollte ...

Plötzlich kam ihr ein Gedanke.

»Kamal«, flüsterte sie den Namen ihres Geliebten.

»Was?« Hingis schaute sie an.

»Kamal«, wiederholte sie. »Er ist der Schlüssel! Deshalb wurde er entführt und seiner Erinnerungen beraubt. Er soll der Bruderschaft den Weg nach Shambala öffnen.«

»Bist du sicher?«

»Nein.« Sie schüttelte den Kopf. »Aber es erscheint mir auf eine bedrückende Weise logisch.«

»Logik, werte Freundin, ist eine Kategorie, die wir in diesem Zusammenhang lieber nicht bemühen sollten.«

»Du weißt, wie ich es meine. Meister Ammon sagte, dass Kamal etwas umgeben hätte, das schwer zu benennen sei, eine Aura des Besonderen, und auch ich habe das stets so empfunden. Und Polyphemos meinte, dass die Ersten dazu verurteilt gewesen seien, durch die Welt der Sterblichen zu irren und dabei stets von Neuem geboren zu werden. Was, wenn er einer von ihnen ist?«

»Du meinst – ein Erster?«

»Es würde vieles erklären«, meinte Ufuk.

»Was sagst du dazu, Hieronymos?«, wandte sich Sarah an den Einäugigen, der sich bislang nicht an der Unterredung beteiligt, sondern sich damit begnügt hatte, von Zeit zu Zeit die Holzschale an seine Lippen zu setzen und den *tsampa* zu schlürfen. Der Zyklop wandte sich ihr zu, und der Blick seines einzelnen Auges fiel auf sie.

»Alles ist verbunden«, sagte er, »und Sie sind dabei, die Zusammenhänge zu erkennen.«

»Ich bin dabei?« Sie runzelte die Stirn. »Was genau bedeutet das?«

»Das wissen Sie doch längst, oder etwa nicht?«

Sarah hielt den Atem an. Zu behaupten, dass sie etwas wusste, war eine schiere Übertreibung. Aber natürlich ahnte sie etwas, auch wenn sie den Gedanken bislang immer wieder verdrängt hatte. Schon deshalb, weil er mit ihrer Vergangenheit zusammenhing … mit der Dunkelzeit.

»Hat es mit dem zu tun, was Polyphemos mir einst erzählte?«, fragte sie vorsichtig.

»Ja.« Der Zyklop nickte.

»Er behauptete, dass ich Inanna wäre«, fuhr Sarah flüsternd fort, um dann zögernd die alles entscheidende Frage auszusprechen: »Gehöre … bin auch ich eine der Ersten? Trage auch ich eine wiedergeborene Seele in meiner Brust …?«

»Sarah!«, rief Hingis entsetzt, dem das entschieden zu viel war. Aber die Worte waren gesagt, und aller Augen richteten sich wissbegierig auf den Zyklopen.

»Ich vermute es«, gestand dieser leise.

»Du vermutest es?«

»Es ist der Quell unserer Hoffnung, dass Sie die rechtmäßige Erbin sind, Lady Kincaid. Sie und niemand sonst.«

»W-was bedeutet das? Ich verstehe nicht …«

»Nur wer würdig ist, darf die Pforte nach Shambala durchschreiten«, wiederholte Hieronymos die Worte des Abts.

»Und – du glaubst, dass ich das bin?«

»Nicht nur ich glaube das. Auch Polyphemos war dieser Ansicht, sonst hätte er nicht sein Leben für Sie geopfert, ebenso wie Gardiner Kincaid und Maurice du Gard.«

»Maurice …« Den Namen des Freundes zu hören und sich vorzustellen, dass auch er von diesen Dingen gewusst, sie ihr jedoch absichtlich verschwiegen hatte, schmerzte Sarah. Sie beschloss, ihre Gedanken auf das Hier und Jetzt zu beschränken. »Also ist es wahr?«, wollte sie wissen. »Trage auch ich das Vermächtnis der Ersten in mir, genau wie Kamal? Ist das der Grund für unsere Seelenverwandtschaft?«

»Ich weiß es nicht«, gestand der Zyklop bedauernd. »In jenen Tagen ist viel geschehen.«

»Wovon sprichst du? Bitte sag es mir«, flehte Sarah. »Mein Leben lang habe ich versucht, meine Vergangenheit zu ergründen, aber es ist mir nie gelungen. Kannst du mein Gedächtnis sein und mir verraten, was damals passiert ist?«

»Das würde ich gerne, Mylady, aber ich bin nicht dabei gewesen. Polyphemos war einst Ihr Leibwächter. Leider kann er uns nichts mehr verraten.«

»Dann … dann werde ich wieder einmal nicht erfahren, wer ich bin und woher ich komme?«, fragte Sarah.

»Vielleicht doch«, wandte Abt Ston-Pa ein. »Vergessen Sie nicht, dass es uns durch das Ritual des *trong-jug* möglich ist, ein Bewusstsein auf das andere zu übertragen. Diese Fertigkeit kann auch dazu benutzt werden, um eine Seele mit einer anderen zu verschmelzen und in ihre verborgensten Winkel zu blicken. Wenn Sie bereit wären, sich mir anzuvertrauen …«

»Das bin ich«, erklärte Sarah ohne Zögern. »Wenn ich nur endlich Aufschluss bekomme.«

»Davor muss ich warnen«, wandte Ufuk ein. »Wenn Sarah das ist, was wir vermuten, könnten die Abgründe, die in ihr lauern, noch um vieles dunkler sein, als eines einzelnen Menschen Verstand ertragen kann. Bedenken Sie, ehrwürdiger Abt, wie viele Jahrhunderte, wie viel Leid und Tod sie gesehen haben würde, wenn unser Verdacht zutrifft.«

»Dennoch haben wir keine andere Wahl«, beharrte der Mönch. »In der Überlieferung heißt es, dass das Weltenende naht, wenn der Mig-shár zurückkehrt. Kein Unwissender darf die Pforte Shambalas durchschreiten, keines Unreinen Fuß den heiligen Boden beschmutzen – andernfalls drohen der Menschheit Tod und Verderben. Wir müssen wissen, ob Lady Kincaid das Erbe der Ersten in sich trägt.«

Sarah schaute Ufuk betroffen an. Die Katastrophe, die der alte

Ammon hatte kommen sehen – so würde sie sich also bewahrheiten. Der Junge erinnerte sich offensichtlich an das Gespräch im Haus des Weisen, denn er senkte betreten den Blick.

»Sie haben recht, ehrwürdiger Abt«, sagte er dann. »Vielleicht ist es bisweilen nötig, der Vergangenheit ihre Geheimnisse zu entreißen, anstatt darauf zu warten, dass sie sich von selbst offenbaren.«

5.

Shipki-La, Westtibet
Mai 1865

Eisiger Wind blies von den Hängen herab und ließ die Schneeflocken in dichten Wirbeln tanzen, gerade so, als wollte sich der Winter dem Gang der Natur widersetzen und gegen die nahende Wärme protestieren.

Es war nur eine kleine Karawane, die sich die verschneite Straße herauf und über die Passhöhe gequält hatte: drei Yaks, vier Bergponys und ein Dutzend in Fellmäntel und -mützen gekleidete Gestalten, die inmitten von Schneetreiben und Nebel nur als verschwommene Kleckse auszumachen waren. An der Spitze des Zuges, Seite an Seite mit dem tibetischen Führer, schritt der Mann, der die Karawane befehligte.

Er war ein *angrezi**, wie er im Buche stand, wohlhabend und gebildet und von einem unbeugsamen Willen beseelt; dabei aber von kräftigerem Wuchs als die meisten Briten und auch nicht von jener zerbrechlichen Konstitution, die viele seiner Landsleute aufwiesen, sondern von einer erstaunlichen Zähigkeit, die selbst den bediensteten *bhotia* Respekt abnötigte. Auch auf Äußerlichkeiten schien er weniger Wert zu legen: In seinem Gesicht wucherte ein wahres Ungetüm von Bart, und seine Mütze und sein Mantel gewährten nicht nur ebenso viele Flöhen Obdach wie jene der Einheimischen, sondern verströmten auch denselben strengen Geruch. Und anders als alle anderen Briten, die jemals den Shipki-La heraufgekommen waren, erwartete Gardiner Kincaid nicht, dass man die Zunge der Kolonialherren beherrschte, sondern war

* hin. Engländer

nach Kräften bemüht, sich in der Landessprache verständlich zu machen.

»Dschi rygan-ring-po?«, erkundigte er sich bei dem *yak-pa**, den er in Poo, auf der anderen Seite der Grenze, angeworben hatte.

Nagapo, der Führer, von dem unter der riesigen Fellmütze mit den heruntergeklappten Ohrenschützern nur die schmalen Augen zu sehen waren, machte eine unbestimmte Handbewegung nach Osten. »Drei Tagesmärsche bis zur nächsten Siedlung«, rief er gegen den pfeifenden Wind. »Vier, wenn das schlechte Wetter anhält. *Lha gyalo!*«

Lha gyalo – wie oft hatte Gardiner diesen Spruch in den letzten Tagen gehört.

Wörtlich übersetzt bedeutete er »Mögen die Götter siegen«, aber die Tibeter pflegten ihn auch ganz allgemein zu verwenden, wann immer sie ihrer guten Laune, einem Glückwunsch oder auch einfach nur ihrer Hoffnung Ausdruck verleihen wollten – Beleg für ein instinktives, fast kindlich zu nennendes Urvertrauen, das den Menschen des Westens längst abhandengekommen war, Gardiner jedoch tief beeindruckte. Womöglich, dachte er, würde auch er eines Tages so empfinden können, wenn er das Rätsel gelöst hatte …

Als sie eine jener Anhäufungen von Steinen passierten, mit denen die Tibeter den Berggöttern zu huldigen pflegten, scherte er aus der Karawane aus. Da der Boden vom Wind kahl gefegt war, brauchte er nicht lange nach einem Stein zu suchen, den er kurzerhand vom Boden aufhob und zu den anderen legte, wobei er eine Verbeugung andeutete; Nagapo und die meisten Treiber taten es ihm gleich.

Natürlich hatte Gardiner in der vergleichsweise kurzen Zeit, die er nun in Asien weilte, nicht die hiesige Religion angenommen, und er glaubte auch nicht wirklich an die Existenz göttlicher

---

* tib. Yak-Führer

Wesen im Himalaya. Aber zum einen hatte auch er schon erfahren, was Shakespeare seinen Hamlet sagen ließ – nämlich dass es mehr Dinge zwischen Himmel und Erde gab, als sich die Schulweisheit erträumen ließ; und zum anderen wollte er sowohl diesem Land als auch den Menschen, die darin lebten, seinen Respekt erweisen.

Tibet.

Das verbotene Reich.

Viel hatte Gardiner im Vorfeld seiner Reise über jene Region gehört, die von mehr Rätseln und Mysterien umgeben zu sein schien als jede andere. Das meiste davon waren Warnungen gewesen, Aufforderungen, die Grenze nicht zu überschreiten. Mal waren sie eindringlicher gewesen, mal weniger, aber ihnen allen war die Furcht anzumerken, die die sogenannte zivilisierte Welt vor dem zu haben schien, was jenseits der Berge lag. Gardiner hingegen war genau aus diesem Grund hierhergekommen. Er wollte Antworten.

Seinen einheimischen Gefährten freilich hatte er nichts davon gesagt. Für sie war er vermutlich nur ein weiterer *tschiling-pa*, der seine Nase in Angelegenheiten steckte, von denen er nichts verstand. Immerhin bezahlte er sie gut und behandelte sie mit Freundlichkeit und Respekt, weshalb sie trotz des ungünstigen Wetters bei der Karawane geblieben waren.

»Wird weiter schneien?«, erkundigte sich Gardiner bei Nagapo mit Blick auf den grauen Himmel, aus dem unablässig Myriaden feinster Flocken stürzten.

»Kann sein«, entgegnete der Tibeter, »aber der Wind lässt nach, und schon morgen werden wir ins Tal absteigen und ...«

Er unterbrach sich, als ein heller, peitschender Laut zu hören war, den der Wind von Nordosten herantrug und der schon deshalb nicht in das Mandala passte, das die Natur aus Stein und Schnee malte, weil er von Menschenhand verursacht worden war.

Ein Schuss!

Abrupt blieb Nagapo stehen. Er legte den Kopf in den Nacken, lauschte und schnupperte, als wäre er in der Lage, wie ein Tier Witterung aufzunehmen.

»Banditen?«, fragte Gardiner, obwohl es ihm abwegig erschien, dass sich Wegelagerer bei diesem Wetter auf die Lauer legen sollten. Sicherheitshalber trat er an das Yak, das sein Gepäck trug, öffnete die lederne Scheide und zog die Winchester hervor, die ihm seit einer Reise in die Vereinigten Staaten wertvolle Dienste leistete.

»Nein«, entgegnete der Führer, als kein weiterer Schuss erklang, »vielleicht auch nur Pilger, die einen Schneeleoparden vertreiben. Gefährlich wegen *ka-rúd*.«

Das letzte Wort kannte Gardiner nicht, sodass er nachfragen musste. »*Ka-rúd*«, erklärte Nagapo daraufhin mit bekümmerter Miene, »ist, wenn Götter der Berge zürnen.«

Als wäre dies Erklärung genug, ging der Führer einfach weiter, und die Karawane setzte ihren Weg durch das Schneegestöber fort.

Allerdings nicht für lange.

Es waren noch keine zehn Minuten verstrichen, da erklang noch ein Schuss, näher diesmal, und es blieb nicht dabei. Ein weiterer Knall folgte, der von einer schweren Luntenschlossmuskete stammte, und ein gellender Schrei flog auf dem Wind heran.

»Ein Kampf«, stellte Gardiner fest. Noch immer hielt er sein Gewehr im Anschlag. Mit den Zähnen zerrte er den Fäustling von seiner rechten Hand, damit er den Abzug bedienen konnte, während er sich wachsam umblickte. »Was ist da los?«

»Es kam aus dieser Richtung«, meinte Nagapo überzeugt und deutete den Anstieg zur linken Wegseite hinauf.

»Du sicher? Hatte eher den Eindruck, als ob . . .«

Erneut fielen Schüsse, aber Gardiner war nicht in der Lage, sie räumlich einzuordnen. Der Wind und der Schnee sorgten dafür, dass sie bald nah, dann wieder ganz fern zu sein und zudem noch aus verschiedenen Richtungen zu kommen schienen. Er beschloss, sich auf die Erfahrung seines Führers zu verlassen.

»De-na!«, rief Nagapo bestimmt und wies erneut auf den Hang.

»Dann komm mit«, knurrte Gardiner entschlossen. »Der Rest bleibt hier und wartet.«

Der *yak-pa* brauchte nur einen Moment, um den Bogen und den Köcher mit den dazugehörigen Pfeilen vom Rücken seines Bergponys zu lösen, dann war er schon zur Stelle. Im Laufschritt verließen sie die Straße und stiegen den Hang hinauf, wo der Schnee infolge der Verwehungen gleich sehr viel höher war. Ihre dicken Filzstiefel sanken ungehindert ein, und im Nu stand er ihnen bis zu den Knien. Doch die Schüsse, die auch weiterhin zu hören waren, jetzt begleitet von aufgeregtem Geschrei, trieben die beiden Männer zur Eile an. Ganz offenbar befand sich jemand in Bedrängnis.

Sie überwanden die erste Steigung und gelangten zu einer Kuppe, von der aus sie die Krawane wegen des dichten Schneefalls schon nicht mehr sehen konnten. Dafür erblickten sie ein Stück voraus, inmitten einer flachen Senke, einige schemenhafte Gestalten.

Zwei von ihnen rührten sich nicht mehr; reglos lagen sie im Schnee, und es gehörte nicht viel Phantasie dazu, sich auszumalen, dass sie von Kugeln ereilt worden waren; zwei weitere jedoch hielten sich noch aufrecht – eine große und eine sehr viel kleinere, die noch ein Kind sein mochte. Beide waren in dicke wollene Mäntel gehüllt und trugen Fellmützen. Die kleinere Gestalt drängte sich an die größere, die so etwas wie ein Schwert in den Händen zu halten schien. Gegen feindliche Kugeln bot die altertümliche Waffe allerdings keinen Schutz, und es war wohl nur den schlechten Sichtverhältnissen zu verdanken, dass noch nicht vier Leichen im Schnee lagen.

Für Gardiner stand fest, dass er handeln musste. Auch wenn er die genauen Gegebenheiten des Kampfes, der dort im Schneesturm vor sich ging, nicht kannte, schien ihm die Kräfteverteilung doch dermaßen ungleich verteilt, dass es sowohl als Gentleman als auch als Christenmensch seine Pflicht war einzugreifen.

»Los!«, befahl er kurzerhand und beschleunigte seine Schritte. Durch den kniehohen Schnee watete er auf die beiden Gestalten zu, Nagapo folgte ihm, einen Pfeil auf der Bogensehne.

Je näher sie kamen, desto mehr Einzelheiten schälten sich aus der nebligen Szenerie. Gardiner erkannte, dass die kleinere der beiden Gestalten tatsächlich ein Kind war, die größere ein wahrer Hüne, dessen blitzende Klinge die Form einer Sichel hatte. Und plötzlich waren auch die Angreifer zu sehen!

Schemenhaft tauchten sie aus der weißen Wand auf, schwärzliche, vermummte Schatten, die mit Gewehren bewaffnet waren und davon rücksichtslos Gebrauch machten. Wieder krachte ein Schuss. Der Hüne, der sich schützend über das Kind beugte, zuckte zusammen, blieb jedoch aufrecht stehen.

Gardiner stieß eine Verwünschung aus. Er nahm das Gewehr in den Anschlag, aber die Distanz war noch zu groß, als dass er einen sicheren Treffer hätte anbringen können. Er biss die Zähne zusammen und wollte noch schneller laufen, aber es ging nicht. Ohnehin war das Marschieren auf einer Höhe von zwölftausend Fuß infolge der dünnen Luft eine Tortur. Ein Sturmlauf wie dieser jedoch überforderte Gardiners Kräfte. Keuchend verlangsamte er seinen Schritt, während die Angreifer näher kamen wie eine Meute hungriger Wölfe. Sie waren so auf ihre Opfer fixiert, dass sie Gardiner und Nagapo noch nicht bemerkt hatten. Obwohl die Seite des Briten schmerzte und er das Gefühl hatte, seine Stiefel wären mit Blei beschlagen, kämpfte er sich weiter durch den Schnee. Sie mussten den Hünen und das Kind vor den Banditen erreichen, sonst waren die beiden verloren!

Der Nebel lichtete sich, noch mehr Einzelheiten traten hervor – und fast im selben Moment, in dem Gardiner stehen blieb und die Winchester in den Anschlag riss, erblickten ihn auch die Banditen. Sie schrien laut und riefen einander heisere Befehle zu, dann krachte auch schon Gardiners Schuss, einer der Angreifer krümmte sich und verschwand in einer Wolke aufgeworfenen Schnees.

Die kalte, dünne Luft in seine Lungen saugend, eilte Gardiner weiter, während er zu seiner Rechten eine Bogensehne schnellen hörte. Nagapos Pfeil schoss hinaus und fand ebenfalls sein Ziel – einen weiteren Banditen, der von den Beinen kippte und schreiend liegen blieb.

Unterdessen hatten die anderen Kerle – Gardiner zählte fünf – den Hünen und das Mädchen erreicht. Obschon angeschossen, sprang der riesenhafte Kämpfer auf die Beine und ließ sein Schwert kreisen, während er das Kind gleichzeitig schützend an sich presste. Die Sichelklinge fuhr herab und hielt blutige Ernte. Der Unterarm eines der Banditen wurde durchtrennt, schreiend roter Lebenssaft schoss aus dem Stumpf und besudelte den Schnee.

Gardiner und Nagapo waren fast heran. Aus der Hüfte schoss der Archäologe ein zweites Mal und streckte einen weiteren Angreifer nieder, und auch der gefiederte Tod, den der *yak-pa* von der Sehne entließ, suchte sich ein Opfer. Sich an die Brust greifend, wo der Pfeil steckte, brach der Bandit zusammen, sodass nur noch zwei Gegner verblieben. Der eine nahm ein hässliches Ende unter der Sichelklinge, die der Hüne einmal mehr mit tödlicher Präzision führte. Der andere hatte sein *ral-gri* gezückt und drang damit seinerseits auf den Hünen ein.

Das Kind stieß einen gellenden Schrei aus, der das Heulen des Windes und das Geschrei der Kontrahenten übertönte und an Gardiners Herz rührte. Er wollte schießen, aber er konnte es nicht, ohne das Kind oder seinen Beschützer zu gefährden. Von der Kraft getrieben, die ihm die Verzweiflung gab, eilte er weiter, keuchend und wankend, um in den Kampf einzugreifen – doch in diesem Moment zuckte die Sichelklinge des Hünen vor und durchbohrte den Körper des Räubers, als würde sie dort auf keinerlei Widerstand treffen.

Der Angreifer erstarrte wie vom Blitz getroffen und ließ seine

Waffe fallen. Einen Augenblick stand er so, die schmalen Augen weit aufgerissen, dann zog der Hüne seine Klinge zurück, worauf der Bandit zusammenbrach. Noch einen Augenblick hielt sich der siegreiche Kämpfer aufrecht, dann ging er in die Knie. Weinend beugte sich das Kind über ihn, und im nächsten Moment war Gardiner bei ihnen.

Das Erste, was er feststellte, war, dass das Kind ein Mädchen war. Unter der Kapuze, deren dunkelroter Wollfilz von Schneeflocken übersät war, lugte ein fein geschnittenes Gesicht hervor, das von Sommersprossen übersät war. Tränen rannen aus den tiefblauen Augen, die kein asiatisches Erbe erkennen ließen, und unwillkürlich fragte sich Gardiner, was ein weißes Mädchen in diesem entlegenen Teil der Welt zu suchen haben mochte, noch dazu unter solch dramatischen Umständen. Geradezu schockiert jedoch war er, als er einen Blick unter die Kapuze des Hünen erheischte – denn der Mann hatte nur ein Auge! Er war nicht einäugig in dem Sinne, dass er das andere verloren hatte, sondern schien von jeher nur über dieses eine Sehorgan zu verfügen, das inmitten seiner hohen, nach vorn gewölbten Stirn prangte. Gardiner konnte nicht anders, als auf die Knie zu sinken, wobei er nicht wusste, ob es die dünne Luft oder die Ehrfurcht war, die ihn niederzwang.

»*Arimaspoi*«, flüsterte er, »also ist es wahr . . .«

Nach Jahren der Suche, die ihn um den halben Erdball getrieben und schließlich hierher geführt hatte, fand er endlich eine Bestätigung für die wilden Vermutungen, die er angestellt, und für die abenteuerlichen Thesen, die er formuliert hatte – und alles nur, um zu ergründen, was er damals gesehen hatte, in jener kalten Novembernacht auf der Krim, ehe das Schlachten begonnen hatte.

»Sie . . . Sie wissen, wer ich bin?«, stieß der Zyklop hervor, der zu Gardiners Überraschung die englische Sprache fließend beherrschte, wenn auch mit einem Akzent, der sich keiner bekannten Sprache zuordnen ließ.

»Allerdings.« Gardiner nickte. »Sie sind ein Arimaspe, ein Nachkomme der Wächter, die einst den Weltenberg hüteten ...«

»Das genügt.« Der Einäugige hustete, seine Gesichtszüge verzerrten sich. Gardiner konnte sehen, dass sich sein Umhang unterhalb der linken Schulter dunkel verfärbt hatte. Er schien Schmerzen zu leiden, aber kein Laut der Klage kam über seine Lippen. »Danke ... für Ihre Hilfe ...«

»Keine Ursache.« Gardiner schüttelte den Kopf. »Sie sollten nicht sprechen, das kostet nur unnötig Kraft. Können Sie gehen? Dann bringe ich Sie von hier fort.«

»Nein«, wehrte der Einäugige ab. »Das hätte keinen Sinn. Sie würden uns folgen.«

»Wer?

»Das Eine Auge ... Es sieht uns überall.«

Gardiner wusste nicht, was der Hüne meinte – vermutlich war er bereits im Delirium und redete wirr. Der Archäologe richtete sich auf und bedachte die Leichen, die rings im Schnee lagen, mit einem prüfenden Blick. Nagapo stand etwas abseits und schaute nach den Männern, die von seinen Pfeilen niedergestreckt worden waren. Ganz offenbar kam für sie jedoch jede Hilfe zu spät.

»Wer waren diese Kerle?«, wollte Gardiner wissen. »Banditen?«

»Diener des Bösen«, entgegnete der Zyklop. »Es werden noch mehr von ihnen kommen.«

»Dann sollten wir verschwinden.«

»Ich nicht, nur Sie«, widersprach der Einäugige. »Und Sie nehmen das Mädchen mit.«

»Was?« Gardiner glaubte, nicht recht zu hören.

»Nein!«, rief die Kleine, deren Alter Gardiner auf sechs oder sieben Jahre schätzte. Auch sie sprach fließend Englisch, es schien ihre Muttersprache zu sein. »Polyphemos, bitte nicht!«, flehte sie. »Verlass mich nicht!«

»Das tue ich nicht«, versicherte der Riese. »Ich werde immer bei dir sein, Sarah, auf die ein oder andere Art ...«

»Aber du darfst nicht sterben, hörst du?«, schluchzte sie und warf sich an ihn, klammerte sich mit ihren kurzen Armen an seine mächtige Gestalt. »Du hast geschworen, mich zu beschützen.«

»Und das werde ich auch«, erwiderte der Einäugige, der auf denselben Namen zu hören schien wie der Zyklop in Homers »Odyssee«. Unwillkürlich fragte sich Gardiner, ob dies sein richtiger Name war oder ob er ihn um des Kindes willen angenommen hatte, das ihn aufrichtig zu lieben schien. »Ich werde bei dir sein, Sarah. Und wir werden uns wiedersehen, das verspreche ich.«

Sie antwortete nicht, sondern weinte ungehemmt, während sie ihr Gesicht an seiner blutigen Schulter vergrub. Sanft, aber bestimmt ergriff Polyphemos ihre Arme, zog sie von sich weg und schob sie Gardiner Kincaid entgegen.

»Hier, Herr ... Nehmen Sie sie mit und sorgen Sie gut für sie ... Sie hat niemanden sonst.«

»A-aber ich ...«

»Bitte, Herr. Sie ist etwas Besonderes ...«

»Etwas Besonderes?«

»Die Hoffnungen der Menschheit ruhen auf ihr, eines Tages ... Sie ist die Erbin, die Hüterin des letzten Geheimnisses ...«

Gardiner konnte nicht behaupten, auch nur ein Wort von dem zu verstehen, was der Zyklop ihm erzählte. Aber die Art und Weise, wie es der Einäugige sagte, ließ keinen Zweifel daran, dass es ihm damit ernst war. Obschon er sich als Archäologe der Wissenschaft verpflichtet fühlte, konnte Gardiner nicht anders, als ihm zu glauben. Aber es lag nicht nur an der Eindringlichkeit der Worte, sondern auch an dem Mädchen, dem er sich vom ersten Augenblick an verbunden gefühlt hatte.

Vielleicht, weil er selbst seine Eltern früh verloren hatte und wusste, was es bedeutete, allein zu sein. Vielleicht, weil sie ihm auf eine rätselhafte Weise ähnlich war. Vielleicht aber auch, weil sie mit jenem Geheimnis verbunden schien, das zu ergründen er die weite Reise auf sich genommen hatte ...

Das Kind – Sarah – unternahm einen Versuch, zu Polyphemos zurückzukehren und sich erneut an ihn zu klammern, was der Zyklop jedoch unterband. Daraufhin suchte das Mädchen bei Gardiner Zuflucht, klammerte sich an seine wollenen Beinkleider und die durchnässten Stiefel.

»A-aber das geht nicht«, beeilte sich Gardiner zu erklären. »Dieses Kind braucht Vater und Mutter.«

»Seien Sie ihr beides«, trug der Einäugige ihm kurzerhand auf, ein Widerspruch schien nicht möglich.

Unbeholfen streckte Gardiner, der niemals Kinder gehabt und sie im Grunde auch nicht gewollt hatte, um sich ganz seiner Arbeit und den Forschungen widmen zu können, die Hand aus und strich sanft über Sarahs Kapuze. Sie hob den Blick und schaute zu ihm auf, und in diesem Moment empfand er etwas, das er noch vor wenigen Augenblicken nicht für möglich gehalten hätte.

Liebe.

Aufopfernde, bedingungslose Liebe.

»Hier«, ächzte Polyphemos und streckte ihm etwas entgegen, das er unter seinem Mantel hervorgeholt hatte. Es war eine kleine gläserne Phiole, mit Wachs versiegelt.

»Was ist das?«

»Geben Sie es ihr zu trinken ... Es wird sie vergessen lassen, was gewesen ist ... wird sie schützen ... unter den Menschen leben ... bis die Zeit reif ... aber müssen vorsehen ...«

Polyphemos schnappte nach Luft, die Miene vor Schmerz verzerrt. Er schien noch etwas hinzufügen zu wollen, aber in diesem Augenblick stieß Nagapo einen lauten Warnschrei aus.

»Sie kommen!«

Gardiner fuhr hoch. Tatsächlich waren im Norden, jenseits der Schnee- und Nebelschleier, weitere Gestalten zu erkennen, die auf *dakyar*, den tibetischen Schneeschuhen, den Hang herabkamen und sich rasch näherten. Auch sie schienen mit Gewehren bewaffnet zu sein.

»Gehen Sie«, drängte Polyphemos, »ich werde sie aufhalten!«

»Aber Sie sind verwundet ...«

»Gehen Sie!«

»Ich will aber nicht umkehren«, knurrte der Archäologe. »Ich habe diesen weiten Weg nicht auf mich genommen, um ...«

»Wie ist Ihr Name?«

»K-Kincaid«, antwortete Gardiner stammelnd. »Gardiner Kincaid ...«

»Der Weg nach Tibet ist Ihnen verwehrt, Gardiner Kincaid«, erwiderte der Zyklop, während er sich wieder auf die Beine raffte und zu voller Größe aufrichtete. Offenbar war er noch lange nicht bezwungen. »Das Schicksal hat einen anderen Weg für Sie gewählt. Dieses Kind ist von nun an Ihre Bestimmung!«

»Meine Bestimmung? Aber ich ...!«

»Gehen Sie schon!«

Als Polyphemos seine Anweisung zum dritten Mal wiederholte, nahm seine Stimme einen schneidenden Tonfall an, und der Blick seines einen Auges war so eindringlich, dass Gardiner gehorchen musste. Für einen Moment hatte er sogar das Gefühl, den Zyklopen und seine Handlungsweise zu verstehen, allerdings war dieser Eindruck nur flüchtig und schon einen Lidschlag später wieder verflogen.

»Komm, Kind«, sagte er und wich zurück, wobei er das Mädchen mitzog. Erstaunlicherweise wehrte sie sich nicht. Sie schluchzte und weinte noch immer und rief unentwegt den Namen ihres Beschützers, aber weder protestierte sie noch widersetzte sie sich, als Gardiner nach ihrer kleinen Hand griff und sie wegführte.

Fort von Tibet.

Fort von allem, was ihr vertraut war.

In eine andere Welt ...

»Polyphemos! Polyphemos!«, rief sie und wandte sich noch einmal um – aber sowohl der Zyklop als auch seine Feinde waren schon im Schneetreiben verschwunden.

Festung Redschet-Pa
Westtibet
Nacht des 15. Juni 1885

Nie zuvor hatte Kamal mehr mit dem Schicksal gehadert als in diesem Augenblick, da er im Dunkel seiner Zelle saß, verraten und allein gelassen – und ohne Erinnerung!

Vergeblich hatte er versucht, das Wenige, das er erfahren hatte, in einen Zusammenhang zu bringen. Wie hätte es ihm auch gelingen sollen? Die Frau, an deren Zuneigung er geglaubt hatte, hatte ihm selbst gesagt, dass sein ganzes bisheriges Leben eine Lüge gewesen war, folglich konnte er sich auf nichts davon verlassen.

Weder wusste er, wer sie in Wirklichkeit war noch welche Ziele sie verfolgte. Auch was sie ihm über seine eigene Vergangenheit erzählt hatte, über das Fieber, das ihn angeblich befallen hatte, war vermutlich gelogen gewesen. Im Grunde wusste Kamal ja noch nicht einmal, an welchem Ort er sich befand. Welches Land der Erde brachte Menschen hervor, die nur ein Auge hatten?

Seltsam war, dass ihn der Anblick der Einäugigen nicht halb so erschreckt hatte, wie es eigentlich hätte der Fall sein sollen; es erschien ihm sogar auf eine verquere Art folgerichtig. Auch der geheimnisvolle Franzose, der sich als »Großmeister« titulieren ließ und dessen Arroganz nur noch von seinem Größenwahn übertroffen zu werden schien, war Kamal auf eine quälende Weise vertraut vorgekommen – quälend deshalb, weil er sich beim besten Willen nicht entsinnen konnte, wann er diesem Mann bereits einmal begegnet war.

Welche Fragen er sich auch immer stellte, sie blieben unbeantwortet. Nur eines wusste er: Dass man ihn getäuscht und hintergangen hatte, damit die »Gräfin«, wie der Franzose sie nannte, von ihm schwanger wurde, und es schien zudem von großer Bedeutung zu sein, dass das noch ungeborene Kind ein Mädchen war.

Kamal konnte sich auch darauf keinen Reim machen. Er hatte

sich darauf gefreut, Vater zu werden, hatte gehofft, dass damit tatsächlich ein neues Leben für ihn beginnen würde. Auch diese Hoffnung war letztlich nur Trug gewesen. Die Gräfin hatte ihn hingehalten und ihm weiter ihre Liebe geheuchelt, bis sie sicher sein konnte, dass die ihr eingepflanzte Saat aufgehen würde. Dann hatte sie sich von ihm abgewandt, mit einer Eiseskälte, die ihn noch immer schaudern ließ.

Wer waren diese Leute? Was führten sie im Schilde, dass sie ein Menschenleben als so gering erachteten?

Immer wieder rief er sich ins Gedächtnis, was er gehört hatte. Von einer Organisation war die Rede gewesen, von einem Ort, den es zu erreichen, von einer Pforte, die es zu öffnen gelte. Kamal wusste zu wenig, um aus diesen Andeutungen schlau zu werden, aber der Franzose hatte auch gesagt, dass sich die Welt verändern werde, und das klang überaus beunruhigend. Mehr hatte Kamal nicht mehr in Erfahrung gebracht, denn in diesem Moment hatten ihn die einäugigen Wächter entdeckt. Je länger er darüber nachdachte, desto mehr hatte er das Gefühl, dass sich inmitten dieser Ödnis, in die man ihn verschleppt hatte, bedeutungsvolle Dinge ereignen würden.

Dinge, von denen vieles abhing.

Obwohl es in dem dunklen Felsloch, in das man ihn gesteckt hatte und dessen Grund mit fauligen Knochen übersät war, kein Tageslicht gab und man jedes Zeitgefühl verlor, hatte Kamal versucht, die Orientierung zu behalten. Seit seiner Inhaftierung hatte er zweimal geschlafen, was wohl bedeutete, dass rund sechsunddreißig Stunden vergangen waren. Hatten Czerny und der Franzose der Festung inzwischen den Rücken gekehrt? Hatte man ihn zurückgelassen?

Dieser Gedanken brachte Kamal jedes Mal an den Rand einer Panik. Dann zwang er sich mit aller Macht zur Ruhe und lauschte angestrengt, ob er irgendwo über sich vielleicht ein Geräusch vernehmen konnte. Es blieb jedoch still – bis er irgendwann knirschende Schritte und das Rasseln von Waffen hörte.

Jemand näherte sich!

Fackelschein erhellte den Gang. Es war das erste Licht, das er seit fast zwei Tagen zu sehen bekam. Es schmerzte in seinen Augen. Die Hand wie gegen grellen Sonnenschein schützend an die Stirn gelegt, schaute Kamal erwartungsvoll zu der kreisrunden Deckenöffnung empor, die den einzigen Zugang zu seiner Zelle bildete. Anfangs hatte er versucht, das rostige Gitter, das die Öffnung verschloss, mit den Händen zu erreichen. Vergeblich . . .

Die Schritte wurden lauter, das Licht der Fackeln intensivierte sich. Kamal sprang auf, wobei er seine von der Kälte und der Feuchtigkeit schmerzenden Gelenke spürte. Mehrere Gestalten versammelten sich um die Öffnung und starrten von oben auf ihn herab. Es waren fünf Einäugige. Angeführt wurden sie von der Frau, die er einmal geliebt hatte.

»Wie gefällt es dir da unten?«, fragte sie, als wollte sie sich an seinem Unglück weiden.

Er antwortete nicht.

»Du bist ein schlechter Verlierer«, stellte sie fest, »aber offen gestanden habe ich nichts anderes von dir erwartet. Schließlich hatten wir im Lauf der vergangenen Monate ja genügend Zeit, uns kennenzulernen, nicht wahr?«

Sie lachte. Ein schmutziges, verräterisches Lachen, das dafür sorgte, dass sich seine Bauchmuskeln verkrampften.

Ein Teil von ihm hatte sich bis zuletzt an die Hoffnung geklammert, dass sich alles als entsetzliches Missverständnis herausstellen oder sich in Wahrheit der Franzose als der Getäuschte erweisen würde – aber die Boshaftigkeit in ihrem Gelächter machte diese Hoffnungen auf einen Schlag zunichte. Alles war nur gespielt gewesen, von Anfang an. Wie, fragte er sich, hatte er diese Frau nur jemals lieben können?

»Wie ich diesen Blick von dir hasse«, zischte sie. »Du bist ein Zauderer, Kamal, ein ewiger Zweifler. Du hattest das Spiel schon verloren, ehe es überhaupt begann.«

»Ein Spiel?«, brach er nun doch sein Schweigen. »Das ist es also für dich gewesen?«

»Noch nicht einmal das, denn zu spielen bereitet für gewöhnlich Vergnügen.« Ihre Mundwinkel fielen verächtlich herab. »Du jedoch hast mich die ganze Zeit über gelangweilt.«

Es lag so viel Gift in ihrer Stimme, dass er sich fragte, was er getan haben mochte, um derart gehasst zu werden, aber auch darauf fiel ihm keine Antwort ein.

»Wäre es nach mir gegangen«, fuhr sie fort, »wäre dies der Zeitpunkt gewesen, an dem dein jämmerliches Leben geendet hätte. Du hast deine Schuldigkeit getan und wirst nicht länger gebraucht.«

»Dein ›Großmeister‹«, erwiderte Kamal, wobei er allen Spott in das Wort legte, zu dem er noch fähig war, »ist anderer Ansicht.«

»In der Tat«, bestätigte sie ungerührt, »deshalb sollst du leben. Allerdings wirst du keine Gelegenheit haben, dich daran zu erfreuen, denn von nun an wirst du keine Essensrationen mehr bekommen. Du wirst das Wasser trinken, das sich auf dem Grund deiner Zelle sammelt, und vielleicht wirst du früher oder später anfangen, an jenen Knochen dort zu nagen. Aber sie werden dir keine Nahrung spenden, und darüber wirst du langsam den Verstand verlieren, bis du elend zugrunde gehst.«

Entsetzen packte ihn, trotzig schüttelte er den Kopf. »Das kannst du nicht tun!«

»Da hast du recht«, bestätigte sie zu seiner Verblüffung. »Es wäre nicht angemessen, angesichts der körperlichen Intimität, die wir beide zusammen hatten. Ich werde dir also dies hier geben«, fügte sie hinzu und warf etwas in die Zelle, das vor ihm auf den Boden fiel.

Ein Strick …

»Mir mag der Großmeister verboten haben, dich zu töten«, erklärte sie, »aber wenn du von eigener Hand aus dem Leben scheidest, trage ich keine Schuld daran.«

»Hexe«, knurrte Kamal. »Unbegreifliche, widerwärtige Hexe!«

»Ich nehme das als Kompliment.«

»Was habe ich nur verbrochen, um das zu verdienen?«

»Sehr einfach«, beschied sie ihm, »du hast die falsche Frau geliebt. Und nun entschuldige mich. Anders als dich erwartet mich eine vielversprechende Zukunft.«

Damit wandte sie sich ab und wollte gehen, ohne ein Wort des Bedauerns oder auch nur des Abschieds.

»Sarah!«, rief er ihr fassungslos hinterher.

Wider Erwarten kehrte sie noch einmal an den Rand der Öffnung zurück und schaute mit einem Blick auf ihn herab, den er nie vergessen würde. Ungeduld lag darin, aber auch tiefer Schmerz.

»Du Narr hast es noch immer nicht begriffen, nicht wahr?« Sie schüttelte den Kopf, und für einen Moment war ihm, als könnte er im Fackelschein eine Spur von Bedauern auf ihren Zügen erkennen. »Mein Name ist nicht Sarah. Er ist es nie gewesen ...«

6.

Kloster Tirthapuri
Morgen des 15. Juni 1885

»Nun? Wie fühlt Ihr Euch?«

Sarah schlug die Augen auf, aber ihr war nicht, als ob sie erwachen würde. Vielmehr kam es ihr vor, als wäre sie noch niemals zuvor in ihrem Leben aufgeweckter und klareren Verstandes gewesen als im Zustand der Trance, in die Abt Ston-Pa und seine Mitbrüder sie versetzt hatten.

Wie viel Zeit vergangen war, wusste Sarah nicht. Noch immer saß sie auf dem mit Teppichen beschlagenen Boden der Versammlungshalle, aber es fiel kein Mondschein mehr durch das hohe Fenster, sondern fahles Tageslicht, und ein bewölkter Himmel war zu erkennen. Sarah schaute sich um, nahm jedoch weder den Abt bewusst wahr, der ihr gegenübersaß, noch die übrigen Mönche, die sie in einem weiten Kreis umlagerten, um, wie er erklärt hatte, die Energien zu verstärken und das *trong-jug* zu erleichtern.

Anfangs war es Sarah schwergefallen, ihren Geist gegenüber Fremden zu öffnen. Maurice du Gard hatte sie sich hin und wieder anvertraut, Meister Ammon und natürlich Kamal, aber es waren stets nur einzelne Gedanken gewesen, Splitter ihres Bewusstseins. Jemandem Zugang zu seinem innersten Selbst zu gewähren, bedeutete, ihm seine Ängste und Sehnsüchte zu offenbaren und sich auf eine Art und Weise zu entblößen, die selbst körperliche Nacktheit bei Weitem übertraf. Entsprechend hatte sich Sarah anfangs nach Kräften dagegen gewehrt, aber je beruhigender der Abt auf sie eingesprochen hatte und je tiefer sie in Trance gesunken war, desto geringer war ihr Widerstand geworden. Und indem sie ihn schließlich ganz aufgab, waren die Schleier, die bis zu diesem Augenblick noch über ihrer Vergangenheit gelegen hatten, verschwunden, und grelles Licht hatte die Dunkelzeit erleuchtet!

Sarah wusste nun alles, sie erinnerte sich – und plötzlich fügten sich die Dinge wie von selbst zusammen.

Sie hatte sich selbst als Kleinkind gesehen, an der Seite einer Frau, die man *mahasiddha* nannte, was im Sanskrit eine von göttlicher Weisheit erleuchtete Person bezeichnete. Als Pilgerin war Mahasiddha mit ihr durch das Land gezogen, fortwährend auf der Suche nach etwas, das Sarah weder begriff noch ganz erfassen konnte, und schließlich hatte ihre Suche sie nach Norden geführt, über die Grenze nach Tibet.

Die Erkenntnis, dass Sarah vor langer Zeit schon einmal auf dem Dach der Welt gewesen war, bestürzte sie in keiner Weise; vielmehr war es eine plausible Erklärung dafür, weshalb ihr manches vertraut erschien und sie sich dem Land und seinen Menschen verbunden fühlte. An einem entlegenen Ort, bewacht vom Auge des Zyklopen, hatte ihre Pflegemutter ihr Wissen und ihre Erinnerungen auf Sarah übertragen wollen, doch Diener der Bruderschaft hatten ihr Versteck ausfindig gemacht und sie überfallen.

Das Ritual des *pho-wa*, das die Greisin mit ihr hatte durchführen wollen, war jäh unterbrochen worden, als die Schergen des Feindes in die Halle eindrangen, und das Bild Mahasiddhas, die im Kugelhagel starb, stand Sarah noch immer schrecklich vor Augen, ebenso wie das der Zyklopen, die sich den Eindringlingen todesmutig entgegenstellten. Einer von ihnen, Polyphemos, nahm sie bei der Hand und flüchtete mit ihr aus der Festung, die einsam auf einem Berggipfel thronte. Über mehrere Tage hinweg flohen sie durch Schnee und Eis, im Bestreben, den Shipki-Pass zu erreichen und nach Indien zu entkommen. Doch ihre Feinde folgten ihnen und holten sie ein, und wäre da nicht ein Brite namens Gardiner Kincaid gewesen, der zur rechten Zeit am rechten Ort war, so hätte die Bruderschaft wohl an diesem kalten Frühsommertag des Jahres 1865 einen endgültigen Sieg davongetragen.

Aber Gardiner hatte noch ungleich mehr getan.

Nicht nur, dass er in den Kampf eingriff, er brachte Sarah auch in Sicherheit, gab ihr ein Heim und eine Familie, und obwohl sie ihn aufrichtig geliebt und noch bis vor wenigen Monaten für ihren leiblichen Vater gehalten hatte, begann sie erst jetzt zu erahnen, was er tatsächlich geleistet hatte. Denn von jenem Tag an war er ein Teil von etwas gewesen, dessen wahre Ausmaße er zu diesem Zeitpunkt noch nicht erahnen konnte, und als er es schließlich doch tat, jagte es ihm solche Angst ein, dass er entschied, Sarah dürfe nie etwas davon erfahren.

Polyphemos' Rat folgend, verabreichte er ihr das Wasser des Lebens, freilich ohne zu wissen, wie es richtig gehandhabt wurde. Daraufhin war sie vom Dunkelfieber befallen worden, und es hatte eines Arztes namens Mortimer Laydon bedurft, sie davon zu heilen. Gardiner hatte alles unternommen, um sie zu schützen – aber von diesem Augenblick an war ihr Schicksal mit dem der Bruderschaft untrennbar verbunden gewesen.

Die ganze Zeit über hatte sie gerätselt, was die Stimmen bedeuteten, die sie im Schlaf hörte, sich unzählige Male den Kopf darüber zerbrochen, wofür die verschwommenen Bilder stehen mochten, die sie im Traum vor Augen hatte. Nun endlich wusste sie, dass sie der Nachhall jener Ereignisse waren, die vor zwanzig Jahren stattgefunden hatten. Die Erkenntnis war beruhigend und erschreckend zugleich, aber sie stürzte Sarah nicht in Panik; es überwog die Erleichterung darüber, endlich zu wissen, was damals geschehen war.

Sie bemerkte, dass der Abt sie noch immer erwartungsvoll anschaute, und sie erinnerte sich, dass er ihr eine Frage gestellt hatte. »Besser«, versicherte sie. »Es ist seltsam, nach so vielen Jahren festzustellen, wer man ist.«

»Die meisten Menschen fristen ihr Leben, ohne es jemals zu erfahren, Mahasiddha«, entgegnete Ston-Pa. »Insofern könnt Ihr Euch glücklich schätzen.«

»Wie nennt Ihr mich?«

»Mahasiddha«, entgegnete der Abt ebenso ernst wie respektvoll, wobei er das Haupt leicht neigte. »Denn auch Ihr seid erwacht, als das Wissen der Greisin auf Euch überging.«

»Dann denkt Ihr, dass jene Greisin eine der Ersten war?«

»Nicht in ihrer körperlichen Erscheinung«, schränkte der Abt ein, »aber indem sie deren Wissen und Erfahrungen in sich trug. Am Beispiel von el-Hakim habt Ihr gesehen, dass es möglich ist, dergleichen Dinge weiterzugeben.«

»Aber das *pho-wa* wurde nicht beendet«, wandte Sarah ein. »Wir wissen also nicht, wie viel von ihrem Wissen auf mich übergegangen ist und ob ich in der Lage bin, die Pforte zu öffnen.«

»Das ist wahr«, sagte eine Stimme, die aus der Dunkelheit drang. Hieronymos, der dem Ritual schweigend beigewohnt hatte, stand dort an eine Säule gelehnt. »Dennoch bleibt Ihnen nichts anderes übrig, als es zu versuchen, Lady Kincaid. Denn auch unsere Feinde wollen das Geheimnis entschlüsseln, und wenn es ihnen gelingt, wird Finsternis über die Welt hereinbrechen.«

»Aber die Bruderschaft ist uns einen wesentlichen Schritt voraus«, wandte Sarah ein. »Oder weißt du, wo sich der Eingang nach Shambala befindet?«

»Nein«, gab der Zyklop zu, »denn ich bin damals nicht dabei gewesen – aber Sie wissen es.«

»Ich?«

»Erinnern Sie sich an jenen Ort, an den Sie die Mahasiddha damals brachte, um Sie an Ihrem Wissen teilhaben zu lassen?«

»Ich entsinne mich an einen schneebedeckten Gipfel«, fasste Sarah die Bilder zusammen, die sie gesehen hatte, »an Türme aus Fels und eine große Halle. Außerdem an einen langen Korridor, *lam-gól* genannt ...«

»*Lam-gól* ist tibetisch und bedeutet ›geheimer Pfad‹«, erklärte Hieronymos, wobei der Abt zustimmend nickte. »Über diesen geheimen Pfad sind Sie einst aus Shambala entkommen.«

»Aus Shambala?«, fragte Sarah, und wieder fügte sich ein Detail in das Mosaik. »Die ›Festung auf den Gipfeln‹, natürlich! Damit war also tatsächlich Shambala gemeint, nicht wahr? Genau wie auf der Zeichnung, die der Codicubus enthielt.«

»Das ist richtig.«

»Und ich bin bereits dort gewesen?«

»Nicht am geweihten Ort selbst«, schränkte der Einäugige ein, »aber in der Halle, die sich im Inneren des Meru befindet und die *sgo-mo kai-shes-ráb* genannt wird – ›Pforte der Weisheit‹. Dort steht das Portal, das nur die Ersten zu durchschreiten vermögen ...«

»... und auf dessen anderer Seite sich das dritte Geheimnis befindet«, folgerte Sarah.

»So ist es.«

»Hieronymos.« Ihr Blick enthielt eine Mischung aus Bedauern und Vorwurf. »Warum hast du mir das niemals gesagt? Es wäre um so vieles leichter gewesen.«

»Wirklich? Was hätte es Ihnen genutzt, Mylady? Wissen ohne Wahrheit ist wie eine Blüte ohne Wurzeln.«

»Aber es hätte mir womöglich geholfen, Kamal zu retten.«

»Das ist nicht Ihre Aufgabe. Mahasiddha bestimmte Sie zur Erbin und Hüterin des dritten Geheimnisses. Seinem Schutz hat Ihre ganze Sorge zu gelten, zumal wir uns nicht sicher sein können, was Kamal betrifft.«

Sarah hob die Brauen. »Was soll das heißen?«

»Sie selbst haben vermutet, dass er der Bruderschaft den Weg nach Shambala öffnen soll, oder nicht?«

»Das habe ich«, gab Sarah zu, »aber er würde das niemals freiwillig tun.«

»Das wissen wir nicht. Kamal ist nicht mehr der, der er einst war«, brachte der Zyklop in Erinnerung. »Nach allem, was wir erfahren haben, müssen wir die Möglichkeit in Betracht ziehen, dass er ein Feind geworden ist.«

»Ausgeschlossen!« Sarah schüttelte den Kopf. »Kamal würde

mich nie verraten, ebenso wenig, wie er unsere Sache verraten würde!«

»Sie sind auserwählt, Mylady, aber nicht unfehlbar«, entgegnete der Zyklop. »Lassen Sie nicht zu, dass Ihre Gefühle Ihr Urteilsvermögen beeinträchtigen. Denn eine Wahl muss getroffen werden ...«

»Eine Wahl?« Sarahs Augen verengten sich. »Worüber?«

»Ich denke, was Mig-shár zu sagen versucht«, erklärte der Abt, »ist, dass Pflicht und Neigung einander mitunter ausschließen.«

»Pflicht? Neigung?« Sarah schaute von einem zum anderen. »Ihr denkt, dass ich mich entscheiden muss zwischen der Wahrung des Geheimnisses ... und Kamal?«

»Darauf könnte es hinauslaufen«, bestätigte Hieronymos, »und Sie sollten beizeiten erwägen, auf welcher Seite Sie stehen. Es gilt das Schicksal Ihres Geliebten gegen das der Menschheit abzuwägen.«

»Ihr wollt, dass ich Kamal opfere?«, erkundigte sich Sarah fassungslos. Sie hatte das Schönreden satt.

»Bisweilen«, sagte Abt Ston-Pa, »verlangt uns das Leben Opfer ab ...«

»Kommt mir nicht so!«, fuhr Sarah ihn an. Sie fühlte ihr Herz bis zum Hals schlagen. Tränen schossen ihr in die Augen, Zeugen hilflosen Zorns. »Ich habe meinen Vater verloren, viele Freunde und fast meinen gesamten Besitz, also tut nicht, als ob ich nicht wüsste, was Opfer bedeuten. Aber ich ... ich ...« Die Stimme versagte ihr, und sie senkte den Blick. Am liebsten wäre sie aufgesprungen und hätte die Halle verlassen, um Hingis' Quartier aufzusuchen und bei dem Freund Trost zu suchen. Vermutlich würde ihr der Schweizer jedoch dasselbe sagen. Mehr noch, er hatte es ihr bereits gesagt, damals in Griechenland. Sie hatte nicht auf ihn gehört und damit erst die Ereignisse in Gang gesetzt, die sie schließlich hierher geführt und in diese Lage gebracht hatten ...

Waren Hieronymos und Ston-Pa also im Recht? Musste Kamal

geopfert werden, um die Katastrophe abzuwenden? Verzweiflung ergriff von Sarah Besitz, vor der es kein Entkommen gab. Die Entscheidung musste getroffen werden, so oder so ...

Eine Hand legte sich auf ihre Schulter, sanft, fast zärtlich.

Sie blickte zögernd auf und schaute in Ufuks jugendliche Züge, aus denen jedoch die Weisheit und das Alter Ammons sprachen. Selbst der Blick seiner Augen war glasig und ins Leere gerichtet, genau wie es bei el-Hakim der Fall gewesen war.

»Sarah«, sagte er sanft, »Meister Ammon hatte gesagt, dass es dazu kommen würde, nicht wahr? Damals in jenem Zelt, als wir Abramowitschs Gefangene waren.«

Sarah nickte. Sie erinnerte sich, auch wenn es eine Ewigkeit zurückzuliegen schien.

»Genau das wollte Gardiner dir ersparen«, fuhr Ufuk fort. »Er hatte dieselbe Erfahrung gemacht wie du, und weil er diese Entscheidung niemals treffen wollte, weil er niemals wählen wollte zwischen einem geliebten Menschen und seiner moralischen Pflicht, hat er dir alles verheimlicht.«

»Die Bindung an irdische Dinge«, fügte Abt Ston-Pa erklärend hinzu, »macht uns in gewisser Weise erpressbar. Deshalb glauben wir Buddhisten, dass in der Askese die Antwort liegt, denn nur sie macht uns frei von weltlichen Begierden und Bedürfnissen.«

»Ich will keine Antworten mehr«, behauptete Sarah mit dem störrischen Trotz eines Kindes. »Ich will Kamal! Ich will ihn mehr als alles andere, verstehen Sie? Ich möchte ihn zurück, möchte mit ihm eine Familie haben und ein normales Leben führen!«

»Das ist verständlich«, redete Ufuk ihr zu. »Dennoch wirst du mit diesem Wunsch womöglich alles zerstören, denn die Bruderschaft weiß um deine Schwäche für ihn, und sie wird alles daransetzen, sie für ihre Zwecke zu nutzen.«

»Ich werde Kamal nicht einfach opfern«, stellte Sarah klar.

»Dann war alles vergeblich«, konterte Hieronymos kalt, »und meine Brüder haben ihr Leben für nichts gegeben.«

Betroffen schaute Sarah von einem zum anderen, sah die Sorge in den Mienen ihrer Freunde. Es kam ihr vor, als ob sie unter Anklage stünde, und wieder verspürte sie den unbändigen Drang, aufzuspringen und einfach davonzulaufen, an einen Ort, wo sie niemand finden konnte.

Aber diese Möglichkeit gab es nicht.

Wohin auch immer sie sich wandte, ihre Vergangenheit würde sie einholen. Sie musste ihr die Stirn bieten.

Hier und jetzt!

»Also gut«, sagte sie leise, aber mit fester Stimme. »Ich werde nach Shambala gehen und mich dem Schicksal stellen. Aber vorher werde ich versuchen, Kamal zu befreien.«

»Mylady ...«

»Kennst du den Weg nach Kag Redschet-Pa, Hieronymos?«

Der Zyklop senkte den Blick. »Ja, Mylady, aber ...«

»Mein Entschluss steht fest«, bekräftigte Sarah. »Wenn ich wirklich diejenige bin, für die ihr mich haltet, dann steht es niemandem zu, ihn in Frage zu stellen. Ich werde Kamal ausfindig machen und feststellen, auf wessen Seite er steht. Wenn er noch immer der Mann ist, den ich liebe – und daran hege ich nicht den geringsten Zweifel –, werden wir ihn befreien und gemeinsam nach Shambala ziehen.«

»Und wenn nicht?«

»Wir sind alle in Gottes Hand, ehrwürdiger Abt«, entgegnete Sarah ausweichend, worauf der Mönch eine weitere Verbeugung andeutete. Seine Mitbrüder folgten seinem Beispiel.

»Wer kommt mit mir?«, fragte sie in die Runde.

»Die Mönche von Tirthapuri werden Sie bis an die Ausläufer des Kailash begleiten und danach die *khora* vollziehen, um Unterstützung und Glück für Ihre Unternehmung zu erbitten«, gab Ston-Pa zur Antwort. »Den heiligen Berg selbst werden sie jedoch nicht betreten.«

»Und du, Hieronymos?«

»Ich stehe zu meinem Eid.«

»Auch wenn ich von dir verlange, gegen deine Überzeugung zu handeln?«

»Auch dann.«

»So, wie wir zu dem Versprechen stehen, das Meister Ammon Ihnen gegeben hat«, versicherte Ufuk, der nun wieder er selbst zu sein schien. »Auch wenn ich mich davor fürchte, das letzte Geheimnis zu ergründen.«

»Ich weiß dein Angebot zu schätzen«, versicherte Sarah, »und ich war dankbar und froh, dass du mich auf dieser Reise begleitet hast. Doch von nun an benötige ich die Hilfe des Meisters nicht länger. Ich weiß nun, wer ich bin und was meine Bestimmung ist. Bleib hier im Kloster und hüte das Wissen, das der Weise dir anvertraut hat.«

»Sind Sie sicher, Mylady?«

»Allerdings. Ich werde dir die Aufzeichnungen übergeben, die ich von meinen Reisen gemacht habe. Sollte mir etwas zustoßen und ich vom Gipfel des Berges nicht zurückkehren, so obliegt es dir, damit zu verfahren, wie es dir richtig erscheint.«

»I-ich verstehe«, sagte der Junge, und erst, als sie die Bestürzung in seinen Augen sah, wurde Sarah klar, dass sie soeben ihren letzten Willen ausgesprochen hatte, ihr weltliches Testament.

»Was ist mit Hingis?«, wollte Hieronymos wissen.

»Friedrich ist Wissenschaftler«, erwiderte Sarah. »Ich nehme an, dass er sich eine Gelegenheit wie diese nicht entgehen lassen wird. Schließlich erhält ein Archäologe nicht alle Tage die Gelegenheit, eines der größten Menschheitsrätsel zu ergründen. Und auch Abramowitsch wird uns begleiten«, fügte sie hinzu.

»Was?«

»Mahasiddha«, wandte Ston-Pa ein, »verzeiht, wenn ich Euch widerspreche. Aber der *ryga-ser-pa* ist kein guter Mensch. Er hat das Gastrecht mit Füßen getreten und meinen Brüdern und mir mit Dingen gedroht, die ich nicht gerne wiederholen möchte.«

»Ich weiß, ehrwürdiger Abt«, räumte Sarah ein, »aber wir können es uns nicht leisten, bei der Wahl unserer Verbündeten kleinlich zu sein. Abramowitsch ist ein Soldat – und wenn wir gegen die Bruderschaft ziehen, werden wir jede Schusshand dringend benötigen.«

»Er wird für Ärger sorgen«, prophezeite Hieronymos, »und bei der ersten sich bietenden Gelegenheit wird er uns hintergehen.«

»Er wird versuchen, in den Besitz des Geheimnisses zu gelangen«, stimmte Sarah zu, »um seinem Land damit eine Vormachtstellung zu verschaffen. Zumindest daraus hat er nie ein Hehl gemacht.«

»Warum dann dieses Risiko, Mahasiddha? Wenn Shambalas Macht in die Hände einer einzelnen Nation geriete, würde das ebenso verheerende Folgen haben, wie wenn sich die Bruderschaft ihrer bemächtigte.«

»Vielleicht deshalb, ehrwürdiger Abt, weil ich das Gefühl habe, dass Abramowitsch uns dennoch von Nutzen sein kann – und dass er seine Rolle im ›großen Spiel‹ noch nicht erfüllt hat. Darüber hinaus habe ich ihm mein Wort gegeben.«

»Absprachen können gebrochen werden«, knurrte Hieronymos.

»Du verlangst, dass ich mein Versprechen missachte?«, fragte Sarah spitz. »Gerade du?«

Der Zyklop senkte den Blick. Offenbar hatte sie ihn an einer empfindlichen Stelle getroffen. »Verzeihen Sie, Mylady«, flüsterte er. »Ich bin zu weit gegangen.«

»So wie wir alle«, erwiderte sie, »aber nur, weil uns die Entwicklungen dazu getrieben haben. Keiner von uns möchte hier sein, wir alle wären in diesem Augenblick lieber woanders und würden uns der Verantwortung entziehen, die uns das Schicksal zugedacht hat. Aber die Dinge sind nun einmal, wie sie sind.«

»Das Schicksal?«, fragte Ufuk.

»Nach allem, was ich erfahren habe«, antwortete Sarah, »kann ich wohl nicht anders, als daran zu glauben.«

»Om Mani Padme Hum!«, rief Abt Ston-Pa aus. »Möge unser aller Bestimmung sich an jenem Ort erfüllen, wo alles seinen Anfang nahm.«

Er senkte das kahle Haupt, sprach ein leises Gebet und fügte ein leises *Lha gyalo* hinzu.

Mochten die Götter siegen!

7.

Reisetagebuch Sarah Kincaid

Am frühen Morgen des 16. Juni haben wir das Kloster verlassen – ein Zug von fünfzehn Seelen, zu denen neben Abt Ston-Pa, Friedrich Hingis, Hieronymos, Viktor Abramowitsch und mir auch noch zehn Mönche des Klosters gehören, die uns zum Kailash begleiten.

Was Abramowitsch betrifft, so hat Hieronymos recht behalten.

Zwar hat sich der Russe grundsätzlich bereiterklärt, sich unserer Unternehmung anzuschließen, jedoch macht er kein Hehl daraus, dass er weder mir noch den Mönchen von Tirthapuri traut. Vielleicht liegt es daran, dass er als Offizier des Geheimdiensts nicht anders kann, als in jedermann einen potenziellen Feind zu sehen. Womöglich ist Misstrauen aber auch einfach sein prägendster Charakterzug, und ich verspüre Beklemmung bei dem Gedanken, dass auch ich auf dem besten Weg war, so zu werden wie er.

Seither hat sich viel geändert. Ich habe die Antworten bekommen, nach denen ich stets so verzweifelt gesucht habe, und ich weiß, dass ich nicht allein bin in diesem Kampf, auch wenn sich die Ziele meiner Mitstreiter von den meinen unterscheiden mögen. Ich habe mir untersagt, an Kamal zu denken, und ich hoffe inständig, dass ich nicht jene Wahl treffen muss, vor der Meister Ammon mich vor langer Zeit gewarnt hat. Denn in der Tat wüsste ich nicht, wie ich mich entscheiden würde, wenn es das Wohl meines Geliebten gegen das der Menschheit abzuwägen gälte.

Keiner von uns kann erahnen, was uns auf dieser Reise widerfahren wird, und meine Hände zittern, während ich diese Zeilen schreibe, denn es sind die letzten, die ich zu Papier bringe. Schon in Kürze werden wir uns von Abt Ston-Pa und seinen Mitbrüdern trennen, und ich werde ihnen mein Tagebuch, das mich auf so vielen Reisen begleitet hat, anvertrauen, auf dass sie es an Ufuk weitergeben, der es hüten und für den Fall, dass ich nicht zurückkehre, nach Gutdünken damit verfahren soll.

Ich bin nicht abergläubisch, aber ich kann nicht verhehlen, dass die Tatsache, dass das kleine leinenbeschlagene Buch fast voll ist und ich auf der letzten Seite angelangt bin, mich mit einer gewissen Unruhe erfüllt…

Tal von Darchen
Westtibet
21. Juni 1885

Die kahlen Berghänge von Tirthapuri hatten sie weit hinter sich gelassen, ebenso wie das Tal der heißen Quellen. Durch eine Landschaft, deren karge, urwüchsige Schönheit Sarah und ihren Begleitern den Atem raubte, zogen sie weiter nach Südosten, dem Kailash entgegen.

Sie folgten der Straße, auf der der König von Ladakh einmal im Jahr nach Lhasa zog, um den Dalai Lama im Ritual des *lop-chag** seiner Loyalität zu versichern, und auf der in den Sommermonaten zahllose Pilger zum heiligen Berg zu wandern pflegten – aber wider Erwarten war der Weg menschenleer, was die Einsamkeit und schiere Größe der Landschaft, durch die beständig der raue Ostwind strich, nur noch deutlicher zu Bewusstsein brachte.

»Das ist kein gutes Zeichen«, meinte Abt Ston-Pa überzeugt. »Wenn die Pilger dem heiligen Berg fernbleiben, ist das ein böses Omen.«

»Wahrscheinlich haben sie von den Einäugigen gehört und fürchten sich«, vermutete Sarah.

---

* tib. »Fußfall«

»Wahrscheinlich«, bestätigte der Mönch, aber die Erklärung schien ihn nicht zu beruhigen. Als wollten sich seine dunklen Ahnungen bewahrheiten, verfinsterte sich der Himmel zunehmend, je weiter sie nach Nordosten gelangten. Schließlich verschwanden die schneebedeckten Berggipfel ganz darin, und man hatte den Eindruck, eine dunkle Decke hätte sich über die Erde gebreitet. Auch tagsüber herrschte mattes Zwielicht, und in der Nacht hielten die Mönche Wache und wechselten sich darin ab, ihre Gebetsmühlen zu drehen und segensreiche Mantren zu murmeln. Entsprechend fand Sarah nur wenig Schlaf; ihre Ängste und Befürchtungen ließen sie nicht los, und ihre Unruhe wuchs mit jeder Stunde.

Was würde dort am Kailash auf sie warten?

Abt Ston-Pa schien überzeugt, dass der Kampf zwischen Licht und Finsternis, wie er es nannte, spiritueller Natur sein würde, vergleichbar dem Duell, das sich der Yogi Milarepa und der Meister des *bon* einst um den Berg geliefert hatten.

Abramowitsch war da ganz anderer Ansicht, und zur Ausnahme teilte Sarah seine Meinung; die wenigen Waffen, die ihnen nach dem Absturz des Luftschiffs verblieben waren – ein Berdan-Gewehr und ein Krnka-Schnellader, dazu Sarahs Revolver und Hieronymos' Sichelklinge –, führten sie mit und waren entschlossen, sie auch einzusetzen. Aber würden sie ausreichen, um einen gefährlichen und zum Äußersten entschlossenen Gegner zu bezwingen? Die früheren Begegnungen mit der Bruderschaft hatten Sarah gelehrt, dass diese mit allen Mitteln kämpfte, zumal, wenn die finale Entscheidung bevorstand und die Sektierer sich am Ziel ihrer Träume wähnten.

Am fünften Tag nach ihrer Abreise aus Tirthapuri konnten Sarah und ihre Gefährten erstmals einen Blick auf das Ziel ihrer Reise erheischen. Am Morgen hatten sie Darchen hinter sich gelassen, ein Dorf, das am südlichen Ausläufer des Kailash lag und für gewöhnlich vor bußfertigen Pilgern überquoll. Aber auch hier waren die Gassen verlassen, die Siedlung selbst wie ausgestorben, und einmal mehr ließ Ston-Pa verlauten, dass dies kein gutes Zeichen wäre. Ein dunkler Schatten, so der Abt, sei über das Land gekommen.

Nichtsdestotrotz folgten sie dem Pfad nach Norden, wobei der heftige Regen, der nach Mittag einsetzte, die Straße aufweichte und das Vorankommen erschwerte. Im *gur** eines Nomaden, der ihnen bereitwillig Buttertee anbot, augenscheinlich froh über die Gelegenheit, Mönche zu bewirten und so etwas für sein Seelenheil tun zu können, fanden sie Zuflucht vor den Sturzbächen, die sich aus dem Himmel ergossen. Als die Regenfront endlich weitergezogen war, hatten sich auch die grauen Monsunwolken verflüchtigt, und im letzten Licht des Tages, das über die Berggrate fiel, erblickten Sarah und ihre Gefährten den Kailash in seiner ganzen Pracht.

Es war überwältigend.

Wie ein riesiger Tempel, dessen Wände aus Granit bestanden und dessen spitzes Dach von Schnee bedeckt war, schälte sich der Berg aus den Wolken, und es nahm niemanden mehr Wunder, dass der Kailash in so vielen Religionen Asiens eine zentrale Stellung einnahm. Sonnenlicht berührte die breite, von waagrechten weißen Streifen durchzogene Westflanke des Berges und tauchte ihn in goldenen Schein, verlieh ihm eine geradezu überirdische Majestät. Unerreichbar fern wirkte er und doch zum Greifen nah, und zumindest für einen kurzen Augenblick hatte es den Anschein, als ob keine Macht der Welt diesen Ort entweihen oder gar gefährden könnte.

Die Mönche verharrten reglos und murmelten einmal mehr ihre Mantren, und auch Sarah, die vor langer Zeit schon einmal an diesem Ort gewesen war, flüsterte ein Gebet. Hieronymos hatte das Haupt gesenkt und war niedergekniet, und selbst der sonst so nüchterne Hingis schien von dem Anblick ergriffen. Mehrmals

* tib. Zelt

nahm er die Brille ab und wischte sich die Augen. Von solcher Anteilnahme war Abramowitsch freilich weit entfernt, aber auch er sagte kein Wort und starrte schweigend auf das Naturschauspiel – vielleicht, weil er in diesem Augenblick begriff, dass der Weltenberg keine Ausgeburt der Phantasie war, sondern tatsächlich existierte.

Wie lange sich der Kailash ihnen gezeigt hatte, wusste Sarah anschließend nicht mehr zu sagen. So unvermittelt, wie er aus den Wolken aufgetaucht war, verschwand er in den Schatten der heraufziehenden Nacht. Dunkelheit brach herein, erfasste zuerst die Täler und schließlich auch den Giganten. In dem silbernen Licht allerdings, das der Mond auf die karge Erde warf, waren seine riesenhaften Formen noch zu erahnen wie die verblassende Erinnerung an einen vergangenen Traum.

Nachdem sie die Nacht im Zelt des Nomaden verbracht hatten, setzten Sarah und ihre Gefährten anderntags die Reise fort.

Immer näher kamen sie nun dem Berg, der sie zunächst noch aus der Ferne grüßte, dann aber hinter den steil aufragenden und von bunten Steinbändern durchzogenen Felswänden seiner südlichen Ausläufer verschwand. Ein wahres Labyrinth aus Granit schien sich am Fuß des Weltenberges zu erstrecken, doch zum ersten Mal hatte Sarah den Eindruck, den Weg zu kennen.

Als sie diesen Ort zuletzt besucht hatte, war sie noch ein Kind gewesen, und natürlich hatten sich ihr andere Dinge eingeprägt, als es bei einem Erwachsenen der Fall gewesen wäre, zumal sie auf der Flucht und völlig verängstigt gewesen war. Dennoch glaubte sie, die ein oder andere der grauen Felsformationen wiederzuerkennen, die von Einlagerungen orangefarbenen und blauen Gesteins gebändert wurden. Ganz sicher war sie sich, was eine aus Lehm und Steinen gemauerte *chorta* betraf, die am Wegesrand stand. Seile spannten sich von der Spitze bis zum Boden, an denen Hunderte ausgebleichter und vom Wind zerfetzter Fähnchen flatterten; rings um die steinerne Säule, die als Symbol für den buddhistischen Glauben stand, hatten Pilger unzählige *mani* abgelegt: Steine, in die sie Mantren und Gebetssprüche geritzt hatten.

Sarah wusste, dass sie diese Stelle schon einmal passiert, mehr noch, dass sie selbst einen Stein hier abgelegt hatte, auf dem sie um Beistand für ihre Flucht gebeten hatte.

Vor langer Zeit . . .

»Erinnert Ihr Euch?«, fragte Abt Ston-Pa, der neben ihr marschierte.

»Ich denke, ja.« Sie nickte. Es war seltsam, die Barrieren des Vergessens nicht mehr in sich zu fühlen. Gleichwohl bezweifelte Sarah, dass die Dunkelzeit bereits alle ihre Geheimnisse preisgegeben hatte.

Sie war die Tochter eines britischen Offiziers und einer unbekannten, vermutlich indischen Mutter, und hätte jene geheimnisvolle Frau, die man respektvoll *Mahasiddha* nannte, sie nicht aus dem Waisenhaus von Bombay geholt, so hätte ihr Leben fraglos einen völlig anderen Verlauf genommen. Sarah entsann sich einiger Lektionen, die Mahasiddha ihr erteilt hatte, aber es waren kaum persönliche Erinnerungen dabei. Vielleicht deshalb, weil all diese Dinge schon so lange zurücklagen; vielleicht aber auch, weil das Ritual des *pho-wa* niemals abgeschlossen worden war. Sarah hatte vieles erfahren und einige Antworten erhalten – das große Rätsel jedoch war noch immer ungelöst, und mit jedem Gesteinsbrocken und jeder Felsspalte, an die sie sich zu erinnern glaubte, wuchs ihre Zuversicht, dass sie der Lösung näher kam.

Wenn sie an Mahasiddha dachte, so sah Sarah eine Frau vor sich, die still und in sich gekehrt war, als wäre sie von großer Traurigkeit erfüllt, von einer Einsamkeit, die ungleich mehr war als das schmerzliche Vermissen menschlicher Gesellschaft. Gerade so, als hätte sie nicht nur das Liebste auf Erden verloren, sondern auch einen Teil von sich selbst.

»Wir sind da«, erklärte Abt Ston-Pa unvermittelt und riss Sarah aus ihren Gedanken. Sie hatte die Gesteinsformationen, dic sic im Lauf der letzten Stunde passiert hatten, nur unterbewusst wahrgenommen; nun jedoch wurde ihr klar, dass sie die graue Felsnadel mit der orangeroten Spitze tatsächlich kannte. Sie erinnerte sich, daran vorbeigekommen zu sein, damals, als sie mit Polyphemos geflüchtet war. Am Fuß des Felsens teilte sich der Weg. Der eine Pfad führte steil bergauf und verschwand zwischen den Felsen, der andere wies nach Südosten.

»Dieser Fels«, erklärte Abt Ston-Pa, »wird von den Pilgern *›gal-mé kyai so-ma shag‹* genannt – die ›Fackel des neuen Tages‹. Wenn früh am Morgen der erste Sonnenstrahl ins Tal fällt, pflegt er die Spitze hell zu erleuchten und den Bußfertigen die Richtung zu weisen. Hier trennen sich unsere Wege.«

»Ich verstehe«, sagte Sarah nur. Zu gerne hätte sie die Gesellschaft des Abts und seiner Mönche noch länger geteilt, deren Gegenwart sie als überaus beruhigend und wohltuend empfand. Aber ihr war klar, dass kein Argument stark genug sein würde, um die Mönche von Tirthapuri zum Bleiben zu bewegen; zum einen war ihre Ehrfurcht vor dem heiligen Berg zu groß, als dass sie ihren Fuß daraufgesetzt hätten, zum anderen wollten sie die innere *khora* durchlaufen und mit der rituellen Umkreisung des Kailash göttlichen Beistand für das Gelingen von Sarahs Mission erflehen.

»Jener Pfad«, erläuterte der Abt und deutete nach Südosten, »führt nicht nur zum Eingang der *khora*, sondern auch nach Redschet-Pa. Ob der Wanderer seine Schritte zur Stätte der Buße lenkt oder zum Ort des Vergessens, ist ihm selbst überlassen. Es ist der Scheideweg zwischen Gut und Böse. Von hier an bedürft Ihr unserer Führung nicht mehr, Mahasiddha.«

»Ich weiß«, erwiderte Sarah, obwohl sie sich keineswegs sicher war. Sie konnte nur hoffen, dass ihre lückenhaften Erinnerungen ihr den Weg zum geheimen Pfad und damit nach Shambala weisen würden. Von hier an, so kam es ihr zumindest vor, waren ihre Gefährten und sie auf sich gestellt, gab es kein Zurück.

»Vorsicht!«

Hieronymos' Warnung war verhalten, aber ernst. Sarah, die sich von Abt Ston-Pa verabschieden und ihm für seine treue Hilfe hatte danken wollen, fuhr herum.

»Was ist?«

Der Zyklop hatte den Kopf in den Nacken gelegt. Das Lid seines einen Auges war halb herabgezogen. »Wir sind nicht mehr allein«, flüsterte er mit einer Stimme, die sie erschaudern ließ. »Wir werden beobachtet.«

»Von wem?«, wollte Sarah wissen, während ihre Hand bereits nach dem Griff des Colt Frontier tastete.

»Von unseren Feinden. Sie sind hier ...«

Plötzlich war ein sirrendes Geräusch zu hören, das aus dem Steinmeer der umgebenden Felsentürme heranflog – und einer von Abt Ston-Pas Mitbrüdern riss die Arme hoch und ging mit einem erstickten Aufschrei nieder. Er war tot, noch ehe er den Boden berührte. In seiner Brust steckte ein langer gefiederter Schaft.

»Ein Überfall!«, rief Abramowitsch und riss das Gewehr, das er die ganze Zeit über nicht aus den Händen gelegt hatte, in den Anschlag. Aus der Hüfte gab er zwei Schüsse ab – allerdings ohne Erfolg. Denn weder war der feindliche Bogenschütze zu sehen noch festzustellen, aus welcher Richtung der Pfeil gekommen war. Ein zweites Geschoss zuckte heran und verfehlte Friedrich Hingis nur um Haaresbreite.

»Geht in Deckung!«, wies Sarah ihre Gefährten an, die sich daraufhin zu beiden Seiten des Pfades hinter die Felsen duckten. Nach vorn boten diese ausreichend Schutz, im Rücken waren die Wanderer jedoch verwundbar und mussten einander gegenseitig Feuerschutz geben.

Da der Abt und seine Mönche allesamt unbewaffnet waren, ließ Sarah Abramowitsch und Hingis auf der einen Seite Stellung beziehen, während Hieronymos und sie die andere Flanke zu decken versuchten, was gegen einen Feind, der sich noch immer nicht sehen ließ, aber mit tödlicher Präzision zuschlug, alles andere als einfach war.

Schon hagelten weitere Pfeile herab, die sich erneut Opfer unter den Mönchen von Tirthapuri suchten. Sarah hörte entsetzte Schreie und gab ihrerseits einige Schüsse ab, als sie ein Stück über sich einen Schatten zwischen den Felsen wahrzunehmen glaubte. Aber die Kugeln prallten wirkungslos am Gestein ab und endeten als heulende Querschläger. Auch Abramowitsch erwiderte den Beschuss – mit demselben Ergebnis. Auch seine Projektile vermochten gegen den unsichtbaren Gegner nichts auszurichten. Dafür ließ sich wiederum das hässliche Sirren von Pfeilen vernehmen, die in die Schlucht stachen und erst im letzten Moment zu sehen waren. Einer der Mönche wurde ins Bein getroffen, die übrigen Geschosse zersplitterten am harten Fels.

»Was nun?«, rief Abramowitsch herüber. Hätte Sarah nicht gewusst, dass auch der Russe an seinem Leben hing, hätte sie geschworen, in seiner Stimme eine Spur von Schadenfreude auszumachen. »Wie sieht Ihre Strategie aus?«

Sarah überlegte. An Ort und Stelle bleiben konnten sie nicht, weil die Pfeile ihrer Gegner sie nach und nach dezimieren würden. Rückzug kam ebenfalls nicht in Frage. Natürlich konnten sie einen Durchbruch wagen, aber womöglich lauerten dort zwischen den Felsen noch mehr Bogenschützen, die nur darauf warteten, dass sie ihre Deckung aufgaben.

Hieronymos schien sich dieselben Fragen gestellt zu haben wie sie, denn plötzlich erhob er sich, streifte seinen Mantel ab und packte das Sichelschwert mit beiden Händen.

»Was hast du vor?«, wollte sie wissen.

»Warten Sie hier«, wies er sie an. »Wenn ich in fünf Minuten nicht zurück bin, ziehen Sie sich zurück.«

»Aber . . .«

»Bitte«, fügte er hinzu, und das so eindringlich, dass es weniger nach einem Ersuchen als nach einem Befehl klang.

»Verstanden«, bestätigte sie nur, und unter erneutem Pfeilbeschuss huschte der Hüne davon und verschwand zwischen den Felsen.

»Halt!«, protestierte Abramowitsch. »Wo will er hin?«

»Uns helfen«, erwiderte Sarah.

Der Russe stieß eine Verwünschung aus. »Darauf möchte ich wetten …«

Hingis gab seine Stellung auf der linken Wegseite auf und huschte zu Sarah, um ihr beizustehen. Der Schnelllader, den er im Anschlag hatte, ließ sich mit etwas Übung auch einhändig bedienen.

Zusammen mit den Mönchen kauerten sie am Fuß des Felsens und warteten ab. Einmal mehr konnte Sarah Abt Ston-Pa und seine Mitbrüder nur bewundern. Trotz der unmittelbaren Gefahr schienen sie keine Furcht zu empfinden, sondern waren ins Gebet versunken, als könnte allein die Kraft des Glaubens die tödlichen Pfeile von ihnen fernhalten. Auch Sarah schickte leise Stoßgebete zum Himmel, aber sie hielt vorsichtshalber auch die Augen offen. Als eines der gefiederten Geschosse in ihre Richtung zuckte, entging sie ihm um Haaresbreite.

Mit einem empörten Aufschrei feuerte Hingis in die Richtung, aus der der Pfeil gekommen war. Die Kugel prallte gegen grauen Fels, Granitbrocken lösten sich und rieselten herab.

Dann kehrte Stille ein, schwer und drückend …

»Was ist jetzt?«, zischte Abramowitsch.

Kein Pfeilsirren war mehr zu vernehmen, nur noch das Stöhnen des Mönchs, der ins Bein getroffen worden war und dem seine Mitbrüder einen Fetzen seines *bukoo* zwischen die Zähne gestopft hatten, damit er nicht lauthals schrie.

Endlos scheinende Augenblicke verstrichen.

Was hatte dieses Schweigen zu bedeuten? Wieso hatte der Beschuss plötzlich ausgesetzt? Und wo war Hieronymos?

»Sarah?«, flüsterte Hingis.

»Ja?«

»Ist dir der Gedanke gekommen, dass wir sterben könnten? Ich meine, hier und jetzt?«

Sie nickte.

»War es das wert?« Der Schweizer schaute sie an. Es war kein Vorwurf, nur eine Frage, aber er schien eine Antwort zu erwarten.

»Ich weiß es nicht«, gestand sie leise – um jäh zusammenzuzucken, als markerschütterndes Gebrüll die Stille zerriss. Gleichzeitig fiel ein dunkler Schatten über die Stelle, wo Sarah und Hingis kauerten.

Sarah fuhr hoch und sah eine riesenhafte Silhouette, die sich gegen den Himmel abzeichnete. Einzelheiten konnte sie nicht erkennen, nur die Gesichtszüge und das eine Auge darin, dazu das Sichelschwert in der Pranke des Hünen – und noch ehe sie einen klaren Gedanken fassen konnte, riss sie den Colt Frontier beidhändig in die Höhe und feuerte.

Der Revolver krachte, die Kugel jagte aus dem Lauf und traf den Koloss in die Brust, worauf sein Kriegsschrei abbrach und in ein Keuchen überging. Der Hüne wankte, als wäre er gegen ein unsichtbares Hindernis gestoßen, dann kippte er nach vorn und stürzte geradewegs auf Sarah und Hingis herab.

Sarah schnappte nach Luft. Reaktionsschnell wich sie zurück, um nicht von der Körpermasse des Hünen erschlagen zu werden. Hingis, der ein wenig langsamer war, wurde mit einem erstickten Aufschrei zu Boden gerissen und unter dem Fellmantel des Einäugigen begraben.

Sarah stand wie vom Donner gerührt, die rauchende Waffe noch in den Händen. Mit vor Entsetzen weit aufgerissenen Augen starrte sie auf den Zyklopen, der bäuchlings vor ihr am Boden lag.

»Hieronymos«, hauchte sie entsetzt.

Abramowitsch half ihr, den Koloss auf den Rücken zu drehen und damit gleichzeitig auch Hingis zu befreien. Der Schweizer rang keuchend nach Atem, war ansonsten aber unverletzt – und Sarah war erleichtert, als sie in die vernarbten und auf unnatürliche Weise deformierten Gesichtszüge des Toten blickte.

Es war nicht Hieronymos.

Zwar gab es inmitten der hohen Stirn nur ein einzelnes Auge, aber während ihr einäugiger Verbündeter der letzte Spross der Arimapsen war, repräsentierte dieser Zyklop das Ergebnis einer ebenso grässlichen wie frevlerischen Manipulation, die an einem fernen Ort vorgenommen worden war, tief unter der feuchten Erde der Krim. Die Unterschiede waren so eindeutig, dass sich Sarah fragte, weshalb sie ihr nicht schon früher aufgefallen waren. Und in diesem Moment begriff sie auch, was Hieronymos gemeint hatte, als er sagte, dass die Diener der Bruderschaft an Körper und Seele entstellt wären. Denn selbst im Tod war der Blick, der durch das halb geschlossene Augenlid stach, noch von Wahnsinn gezeichnet …

»Verzeihen Sie mir.«

Sarah wandte sich um. Hieronymos stand hinter ihr, die blutige Sichelklinge in der einen und etwas, das sie nicht näher identifizieren konnte, in der anderen Hand. Seine breite Brust hob und senkte sich heftig, und er schien erschöpft zu sein von dem Kampf, den er siegreich entschieden hatte.

»Es waren drei«, erklärte er. »Zwei von ihnen habe ich erledigt, aber dieser ist mir entkommen. Bitte verzeihen Sie mir.«

»Da gibt es nichts zu verzeihen«, erwiderte Sarah. »Ohne deine Hilfe wären wir vermutlich längst tot. Wir sind es, die zu danken haben, Hieronymos.«

Der Zyklop nickte knapp. Dann hob er seine Klinge, beugte sich zu dem Toten hinab und ergriff den Pferdeschwanz, zu dem dessen langes Haar gebunden war. In diesem Augenblick begriff Sarah, was ihr einäugiger Verbündeter da in seiner linken Hand hielt: das Haar seiner besiegten Feinde samt der noch blutigen Kopfhaut …

»Bitte nicht«, sagte sie leise.

Er schaute auf. »Warum nicht?«, fragte er mitleidlos dagegen. »Er war nichts als ein Betrüger, ein Vergehen an der Natur.«

»Vielleicht – aber er war auch ein Mensch«, wandte Sarah ein.

Der Zyklop verzog missbilligend das Gesicht. Dass jemand versuchte, seinesgleichen nachzubilden, schien er nicht nur als Frevel an der Schöpfung, sondern auch als persönliche Kränkung zu empfinden. Er hob die Klinge und wollte sein blutiges Handwerk fortsetzen, als Ston-Pa ihm abermals Einhalt gebot.

»Mig-shár möge warten!«, rief der Abt, der sich über den vermeintlich Toten gebeugt und die Hände auf dessen blutige Brust gelegt hatte. »Dieser hier ist noch am Leben! Sein Atem ist schwach und sein Herzschlag kaum noch zu spüren, aber noch hat ihn der Geist nicht verlassen.«

»Was?«

Sarah ließ sich bei ihm nieder – der Abt hatte recht. Tatsächlich hob und senkte sich die Brust des feindlichen Kriegers kaum merklich, aber es war wohl nur eine Frage der Zeit, bis sich sein einzelnes Auge für immer schließen würde.

»Kannst du mich verstehen?«, fragte sie ihn.

Die Antwort war ein angedeutetes Nicken.

»Du weißt, wer ich bin?«

Alles, was aus der Kehle des Verwundeten drang, war ein dunkles Rasseln. Zu mehr war er offenbar nicht in der Lage. Hieronymos jedoch schien nicht gewillt, ihn so davonkommen zu lassen.

»Rede«, riet er ihm und stellte sich am Kopfende auf, das Sichelschwert in den Händen. »Du kannst schnell sterben oder langsam, es ist deine Wahl, du Hund!«

Im ersterbenden Blick des Verwundeten flackerte etwas wie Dankbarkeit auf. Dann deutete er erneut ein Nicken an. Blut rann aus seinen Mundwinkeln.

»Du gehörst zur Bruderschaft?«

»J-ja ...« Es war mehr ein Keuchen als eine wirkliche Antwort.

»Der Gefangene«, stellte Sarah die Frage, die ihr am meisten auf den Nägeln brannte, »Kamal Ben Nara – hast du ihn gesehen?«

»Ja ...«

»Ist er am Leben? Geht es ihm gut?«

Der Zyklop versuchte ein Lachen, wobei immer mehr roter Lebenssaft über seine Lippen sickerte. »Verlies ...«, presste er dabei hervor. »Vergessene Festung ... Gräfin ...«

»Die Gräfin Czerny?«, hakte Sarah nach.

»Ja ...«

»Ist sie auch dort? In Redschet-Pa?«

»Nein«, röchelte der Einäugige, »Großmeister ... Prophezeiung erfüllen ... Rückkehr der Ersten ...«

Sarah und Hieronymos tauschten einen Blick. »Das bedeutet, dass sie auf dem Weg zum Gipfel sind«, folgerte der Zyklop, »und dass sie die ›Pforte der Weisheit‹ bereits gefunden haben.«

»Ist das wahr?«, wandte sich Sarah an den Verwundeten – aber dieser war nicht mehr in der Lage zu antworten. Er öffnete den Mund, doch seine Worte ertranken in einem neuerlichen Blutschwall. Das ohnehin schon entstellte Gesicht geriet zur schmerzverzerrten Fratze, sein Körper bäumte sich auf. Hieronymos schickte Sarah einen fragenden Blick, und auf ihre Erlaubnis hin löste er sein Versprechen ein und beendete das Leiden des Ordensdieners, dessen Stöhnen jäh erstarb.

»Ihr habt ihn gehört«, sagte der Zyklop in die schreckliche Stille. »Nun haben wir die endgültige Bestätigung dafür, dass uns der Feind einen entscheidenden Schritt voraus ist. Wir haben keine Zeit mehr zu verlieren.«

Sarah schloss die Augen. Sie wusste, was ihr einäugiger Beschützer ihr damit zu verstehen geben wollte. Und, was noch schlimmer war: Sie wusste, dass er recht hatte.

Wie sehr hatte sie gehofft, dass sie nicht in diese Lage kommen, dass sie nicht gezwungen sein würde, zwischen ihrer Mission und Kamal zu entscheiden!

»Sarah«, sagte Hingis leise, als sie sekundenlang schwieg.

Es stimmte ja. Sie musste eine Entscheidung treffen. Aber wie konnte sie den Mann, den sie liebte und um dessentwillen sie all dies auf sich genommen hatte, einfach im Stich lassen, da sie nun endlich wusste, wo er sich aufhielt?

Sarah gab sich keinen Illusionen hin. Die Bruderschaft hatte schon wiederholt bewiesen, dass ihre Machtgier nur noch von ihrer Rachsucht übertroffen wurde. Wenn ihre Pläne scheiterten, würde Kamal der Erste sein, der dies zu spüren bekam – und Sarah wollte nicht noch einen geliebten Menschen verlieren.

Sie *konnte* es nicht ...

Blinzelnd schlug sie die Augen auf. Tränen hatten sich darin angestaut, die nun über ihre Wangen rannen, aber sie schämte sich ihrer nicht, nicht einmal vor Abramowitsch.

»Ich kann Kamal nicht einfach opfern«, stellte sie klar.

»Aber Sarah!«, hauchte Hingis erschrocken.

»Dann hat die Bruderschaft den Kampf gewonnen«, folgerte Hieronymos düster, »und die Menschheit bezahlt den Preis dafür.«

Sarah schüttelte den Kopf. Sie wollte nicht, dass dies geschah, aber sie hatte sich dieses Los auch nicht ausgesucht, hatte nie darum gebeten, zu irgendetwas auserwählt oder mit besonderen Kenntnissen ausgestattet zu sein. Alles, was sie wollte, war ein einfaches Leben – und nun sollte sie freiwillig darauf verzichten?

»Wozu diskutieren wir hier überhaupt?«, blaffte Abramowitsch. »Vermutlich treiben sich in den Bergen noch mehr von diesen verdammten Einäugigen herum, und je länger wir bleiben, desto größer wird die Gefahr, erneut in einen Hinterhalt zu geraten.«

»Dann gehen Sie doch«, fuhr Sarah ihn an. »Tun Sie, was Sie müssen, für Zar und Vaterland.«

»Das werde ich«, versicherte der Russe zähneknirschend, »denn anders als Sie weiß ich, was meine Pflicht ist, und ich werde nicht kneifen, wo meine Hilfe gebraucht wird.«

»Schweigen Sie!« Sarah wusste selbst nicht, was in sie fuhr, als sie den Revolver in den Anschlag riss und damit auf Abramowitsch zielte. Noch eine Kugel befand sich in der Trommel – genug, um den Ochrana-Agenten ein für alle Mal verstummen zu lassen …

»Was denn? Wollen Sie mich erschießen? Nachdem Sie mir die ganze Zeit über Vorhaltungen wegen meiner angeblich mangelnden Moralität gemacht haben? Der Zeitpunkt, den Sie gewählt haben, um Ihre Haltung zu überdenken, ist denkbar ungünstig.«

Der Russe zuckte nicht mal mit der Wimper. Gefasst blickte er in die Mündung. »Ich weiß, dass Sie weder mich leiden können noch meine Methoden«, fügte er hinzu, »aber hier geht es längst nicht mehr um Sie oder um mich. Wenn alles stimmt, was Sie gesagt haben, dann müssen wir zusammenarbeiten, um die Bedrohung aufzuhalten, ganz gleich, wie groß die Opfer sein mögen. Die Entscheidung ist längst gefallen.«

»Damit hat er recht«, pflichtete Hingis ihm zu Sarahs Missfallen bei. Auch Abt Ston-Pa nickte in stiller Zustimmung.

»Ist das euer Ernst?«, fragte Sarah, die nicht fassen konnte, dass sich ausgerechnet der Spion des Zaren als Retter der Menschheit aufspielte. »Merkt ihr denn nicht, worum es ihm geht? Dass er nur nach Shambala will, um sich des dritten Geheimnisses zu bemächtigen?«

»Selbst wenn, ändert es nichts an unserer Mission«, gab Hingis zu bedenken. »Und du hast selbst gesagt, dass seine Rolle in diesem Spiel noch nicht zu Ende gespielt ist, nicht wahr?«

Sarah atmete tief durch. Mit den eigenen Argumenten bekämpft zu werden tat weh. Aber die Tatsache, dass Freund und Gegner einer Meinung waren, machte ihr auch klar, dass sie überstimmt war. Abramowitsch hatte recht. Im Grunde gab es nichts mehr zu entscheiden. Und gerade das war es, was Sarah so unbändig wütend machte.

Ihr Finger zitterte am Abzug, aber sie besann sich und ließ die Waffe sinken. Es war also beschlossen. Sie würde auch noch das letzte Opfer bringen, das das Schicksal ihr abverlangte, auch wenn sich alles in ihr dagegen sträubte ...

Oder gab es noch einen anderen Ausweg?

»Also schön«, sagte sie leise, »ich werde gehen – und du auch, Hieronymos.«

»Mylady?« Der Blick des einen Auges war unsicher.

»Vor langer Zeit hast du geschworen, mich zu beschützen, nicht wahr?«, fragte sie.

»Das ist richtig.«

»Dann entbinde ich dich jetzt von diesem Schwur und übertrage ihn stattdessen auf Kamal. Geh nach Redschet-Pa und versuche, ihn zu befreien, während wir anderen unseren Weg fortsetzen.«

»Das kommt nicht in Frage!«, wetterte Abramowitsch. »Wir brauchen seine Schwerthand, wenn wir diesen Kampf für uns entscheiden wollen!«

»Er oder ich«, stellte Sarah zur Auswahl. »Das ist meine Bedingung.«

»Mylady«, wandte Hieronymos ein, »ich weiß nicht, ob ...«

»Ob du der Richtige für diese Aufgabe bist?« Sie schüttelte den Kopf. »Ich bin mir ebenfalls nicht sicher, denn du hast mich als einer der Ersten darauf hingewiesen, dass ich mich würde entscheiden müssen, und du hast mir manche Dinge verheimlicht.«

»Mylady, ich ...«

»Aber«, fuhr Sarah fort, ehe er sich verteidigen konnte, »du bist mir in den vergangenen Wochen auch ein treuer Freund gewesen und hast dein Leben eingesetzt, um das meine zu erhalten. Deshalb vertraue ich dir nun das Wertvollste an, das mir auf Erden geblieben ist, Hieronymos – das Leben meines Geliebten.«

»Gefühlsduseliger Unfug!«, rief Abramowitsch dazwischen. »Warum marschieren wir nicht ...«

»Halten Sie den Mund!«, beschied ihm Hingis so energisch, dass der Russe tatsächlich verstummte. Aller Augen richteten sich auf Hieronymos, der noch immer zögerte.

»Es ist nicht gut, sich dem Schicksal zu widersetzen, Lady Kincaid«, sagte der Einäugige.

»Das mag richtig sein«, räumte Sarah ein, »aber woher willst du wissen, was unser Schicksal ist? Vielleicht hat die Vorsehung diese Entwicklung in Gang gesetzt, und vielleicht wollte sie, dass ich so und nicht anders entscheide?«

Das eine Auge starrte sie an. Verletztheit sprach aus seinem Blick, womöglich auch ein wenig Enttäuschung. Aber obwohl ihm anzusehen war, dass er Sarahs Entscheidung nicht billigte, nickte der Zyklop schließlich.

»Danke, Hieronymos«, flüsterte Sarah. »Bitte verzeih mir. Ich kann nicht anders.«

Der Einäugige zuckte mit den Schultern. Dann säuberte er seine noch immer blutige Klinge am Fellumhang des getöteten Ordensschergen, steckte sie in den Gürtel und wandte sich zum Gehen.

»Vielleicht«, rief Sarah ihm hinterher, »ist es für uns alle an der Zeit, dem Schicksal zu vertrauen.«

Der Zyklop blieb stehen und wandte sich noch einmal um. Der Blick, mit dem er Sarah maß, war unmöglich zu deuten. Und schließlich erwiderte er etwas, das weder Sarah noch Abt Ston-Pa und seine Mitbrüder je vergessen würden.

»Dán-po gyalo«, sagte er in Anlehnung an den traditionellen tibetischen Glückwunsch – Mögen die Ersten siegen!

Dann verschwand er zwischen den Felsen.

8.

Mount Kailash
Westtibet
22. Juni 1885

Es war früh am Morgen. Bis spät in die Nacht hinein waren Sarah und ihre Gefährten durch das Felsenlabyrinth marschiert, das sich in immer kühneren und steileren Formationen an der Bergflanke emporwand. Nur hin und wieder hatte sich das graue Gestein geöffnet und einen kurzen Blick auf den Gipfel freigegeben, und das auch nur, wenn die Wolken es zuließen.

Der Kailash blieb das Mysterium, als das er den Reisenden von Beginn an erschienen war.

Nicht nur von Hieronymos, auch von Abt Ston-Pa und seinen Mitbrüdern hatten sich Sarah und ihre verbliebenen Gefährten getrennt. Jedoch hatten sich nur zwei der Mönche auf den Rückweg nach Tirthapuri begeben, um den Verwundeten versorgen zu lassen, der Rest war unter der Führung des Abts in die innere *khora* eingetreten, um die rituelle Umwanderung des Berges zu vollziehen und die Götter für den Kampf, der bevorstand, gnädig zu stimmen. Die Toten waren, der tibetischen Tradition folgend, nicht beigesetzt, sondern ihrer Kleidung entledigt und auf exponierte Felsen gelegt worden, wo sie den Tieren als Nahrung angeboten wurden. Auf diese Weise schloss sich für sie der Kreis des Lebens.

In der Nacht hatte Sarah nur wenig Schlaf gefunden. Die jüngsten Ereignisse ließen sie nicht zur Ruhe kommen, und ohne Unterlass hatte sie darüber gegrübelt, wie es Hieronymos inzwischen ergangen sein mochte. Hatte er Redschet-Pa bereits erreicht? War es ihm gelungen, dort einzudringen und ihren Geliebten zu befreien?

Erst gegen Morgen war sie schließlich eingenickt, schon kurz darauf jedoch von Hingis geweckt worden. Nach einem kurzen, aber kräftigenden Frühstück, das aus kaltem *tsampa* bestand – ein Feuer zu entfachen wagten sie nicht aus Furcht, sich zu verraten –, brachen sie ihr Nachtlager, das nur aus ein paar ausgebreiteten Decken und Yakfellen bestand, ab und setzten die Reise fort.

Die Sonne war noch nicht so hoch gestiegen, als dass ihre Strahlen schon in die Täler drangen; sie leuchtete jenseits der scharfen Felsgrate und schien den Himmel im Osten in Brand zu setzen. Aber mit jedem Augenblick wurde es heller, und mit der Dunkelheit schwand auch die Kälte der Nacht.

Der schmale Pfad, der zwischen bunt gefleckten Felsen den Berg hinaufführte, war nicht einfach zu begehen; bald galt es, ein Kar von losem Geröll zu überqueren, bald gabelte sich der Weg zwischen mehreren Felsen, sodass sich jeder Fremde rettungslos verirren musste. In solchen Fällen pflegte Sarah die Augen zu schließen und jene Erinnerungen zu bemühen, die so lange in ihr geschlafen hatten, und tatsächlich kam die Antwort dann wie von selbst zu ihr, auch wenn Abramowitsch dieser Methode nicht viel Vertrauen entgegenbrachte.

»Und Sie sind sicher, dass das der richtige Weg ist?«, erkundigte er sich despektierlich. Während Sarah die Führung der kleinen Gruppe übernommen hatte, hielt sich der Russe stets etwas hinter ihr. Das Schlusslicht der kleinen Kolonne bildete Friedrich Hingis, damit er ein Auge auf den Ochrana-Agenten haben konnte.

»In der Tat«, bestätigte Sarah, ohne sich umzudrehen.

»Und an all das erinnern Sie sich wegen dieses Hokuspokus, den die Schlitzaugen mit Ihnen getrieben haben?«

Mit einem Seufzen blieb Sarah stehen und wandte sich nun doch um. »Ein wenig mehr Respekt würde Ihnen gut zu Gesicht stehen, Abramowitsch. Immerhin haben Abt Ston-Pa und seine Mönche uns allen das Leben gerettet.«

»Nicht allen«, brachte der Russe in Erinnerung, und Sarah entging nicht, das für einen kurzen Moment etwas wie Bedauern in seinem schmalen Gesicht zu erkennen war – eine menschliche Regung, weil Abramowitsch um seinen treuen Kameraden Igor trauerte? Einen Lidschlag später jedoch war der Eindruck schon wieder verflogen, und die bärtigen Züge des Agenten erstarrten erneut zur undurchschaubaren Maske.

»Dieser Hokuspokus, wie Sie es nennen«, erklärte Sarah, während sie sich abwandte und den Weg fortsetzte, »ist für die Menschen in diesem Teil der Welt greifbare Realität, und obwohl es mir als Wissenschaftlerin widerstrebt, komme ich nicht umhin zuzugeben, dass es bei mir gewirkt hat. Ich entsinne mich an Dinge, die ich längst vergessen zu haben glaubte, unter anderem auch an diesen Weg.«

»Aha«, machte der Russe unbeeindruckt. »Dann können Sie uns sicher auch sagen, woher dieses verdammte Rauschen rührt.«

Abramowitsch hatte recht.

Schon seit geraumer Zeit begleitete sie ein dumpfes Geräusch, das zunächst nur verhalten und wie aus weiter Ferne zu hören gewesen war; inzwischen jedoch nahm es mit jedem Felsen und jeder Biegung, die sie hinter sich brachten, an Lautstärke zu.

Es war ein Wasserfall, einer jener Katarakte, die vom schmelzenden Schnee gespeist wurden und von den Hängen des Berges in die Tiefe stürzten; blendend weiß hoben sie sich gegen das graubraune Gestein ab, wie Salz, das aus riesigen Fässern herabgeschüttet wurde. Bereits mehrere dieser Sturzbäche hatten Sarah und ihre Gefährten passiert, jedoch waren sie noch keinem davon so nahe gekommen.

Noch ein Stück weit führte Sarah die kleine Expedition in nördliche Richtung, dann bog sie nach Westen ab. An zwei steil aufragenden Felsen vorbei, die eine Art natürliches Tor zu bilden schienen, gelangten sie schließlich zum Katarakt.

Ein türkisblauer Pfuhl lag eingepfercht zwischen glatt gewaschenem Gestein, in den sich tosend das Wasser ergoss. In insgesamt vier Stufen stürzte es von einem Plateau herab, das rund einhundert Yards höher liegen mochte; die Felswand darunter ließ weder einen gangbaren Weg erkennen noch war sie zum Klettern geeignet. Da kaum je ein Sonnenstrahl den Grund der Schlucht erreichte und kalter Wind von den Schneehängen blies, hatte sich die feine Gischt des Wasserfalls als glitzernde Eisschicht auf dem Gestein niedergeschlagen.

Es war ein beeindruckendes Naturschauspiel, für das Viktor Abramowitsch allerdings keinen rechten Sinn zeigte. »Und jetzt?«, schrie er gegen das Tosen an. »Sie haben uns in eine Sackgasse geführt, meine Teure!«

Auch Hingis schien verunsichert. Der Schweizer hatte seine Brille abgenommen, um sie vom allgegenwärtigen Sprühnebel zu reinigen (eine eher erfolglose Prozedur) und sandte Sarah fragende Blicke zu. Tatsächlich schien es auf den ersten Blick keinen anderen Weg aus der Schlucht zu geben als den, auf dem sie hereingelangt waren. Aber Sarah erinnerte sich, dass es noch eine andere Möglichkeit gab.

Sie gönnte sich den Luxus eines wissenden Lächelns. Schließlich bedeutete sie den Männern, die Gewehre unter den Umhängen verschwinden zu lassen, um sie vor Spritzwasser zu schützen, und dann mit ihr zu kommen. Hingis und Abramowitsch taten, wozu sie aufgefordert wurden, wenn auch mit unterschiedlicher Bereitwilligkeit. Sie folgten Sarah auf dem Pfad, der am schäumenden Pfuhl entlangführte und aus wenig mehr als einigen schmalen Felsvorsprüngen bestand, die vereist waren und den Filzstiefeln nur ungenügenden Tritt boten.

»Was haben Sie vor?«, brüllte Abramowitsch. »Wollen Sie uns umbringen?«

Sarah erwiderte nichts. Unbeirrt ging sie voraus, und schon nach wenigen Schritten hatte der weiße Nebel sie verschlungen. Vorsichtig tastete sie sich weiter, die rechte Hand an der glatten Felswand, auch wenn ihr diese im Ernstfall keinen Halt bieten würde. Immer näher kam sie dem Wasserfall, und immer lauter wurde das Tosen, bis es ihr Bewusstsein ganz zu füllen schien. Genau diesen Weg war sie damals auch mit Polyphemos gegangen, durch das Tor, das nur wenige Wochen im Jahr gangbar war; im Winter pflegte der Wasserfall zur Eissäule zu erstarren und ein Passieren unmöglich zu machen, im Sommer und im Herbst schwoll er durch die Regengüsse des Monsuns derartig an, dass der Pfuhl überquoll und den darunter verlaufenden Pfad in ein reißendes Flussbett verwandelte. Die Zeit der nachlassenden Schneeschmelze jedoch war der rechte Augenblick, um den *lam-gól* nach Shambala zu betreten.

Den geheimen Pfad ...

Vorsichtig einen Fuß vor den anderen setzend, umrundete Sarah den Pfuhl und näherte sich Stück für Stück dem Wasserfall. Ihr *bukoo* hatte die klamme Feuchtigkeit aufgesogen und hing so bleischwer an ihr, dass er das Vorankommen zusätzlich erschwerte. Doch sie biss die Zähne zusammen und kämpfte sich weiter voran, hoffend, dass ihre Gefährten ihr folgten. Plötzlich konnte sie im weißen Dunst die herabstürzenden Massen des Katarakts erkennen, zum Greifen nah!

Von vorn betrachtet, sah es so aus, als würde das Wasser direkt am Gestein herabfließen, was jedoch nicht der Wahrheit entsprach. In Wirklichkeit ergoss es sich in einem Bogen, der die Felswand lediglich wie ein Vorhang verhüllte. Im feuchten Gestein, dessen Oberfläche infolge des gebrochenen Tageslichts in bunten Farben schillerte, klaffte eine Öffnung, die für den zufälligen Entdecker wie eine Felsspalte aussah. Sarah jedoch wusste, dass sich mehr dahinter verbarg.

Viel mehr.

Der letzte Schritt erforderte einigen Mut, da die Wand jäh zurücksprang und der Abstand gut eineinhalb Yards betrug. Ein Fehltritt, und man würde in das eiskalte Wasser stürzen, aus dessen Wirbeln und Strudeln es kein Entkommen gab.

Sarah fasste sich ein Herz. Mit einem gewagten Sprung setzte sie zur Öffnung hinüber, an deren glatt gewaschenem Gestein sie jedoch keinen Halt fand. Einen Augenblick lang schwankte sie und ruderte mit den Armen, um nicht zurückzukippen. Dann hatte sie das Gleichgewicht zurückgewonnen, und mit einem weiteren Schritt nach vorn brachte sie sich in Sicherheit.

Sofort wandte sie sich um und sah, wie sich eine Gestalt aus der weißen Nebelwand löste.

Abramowitsch!

Sarah ertappte sich, dass sie froh war, den Russen zu sehen. Sie streckte ihm die Hand entgegen und half ihm, die Kluft zu überwinden. Auch Hingis brachte die Passage unversehrt hinter sich, wenn auch nur mit einer gehörigen Portion Glück. Seine beschlagene Brille hatte der Gelehrte abgenommen, was allerdings zur Folge hatte, dass er nur wenige Schritt weit sehen konnte.

Jenseits des Felsspalts öffnete sich eine Höhle, deren Decke hoch genug war, dass man aufrecht darin stehen konnte. Sarah und ihre Gefährten entledigten sich der durchnässten Wollmäntel, die sie zusammenrollten und auf die Rucksäcke schnürten. Dann entzündeten sie ihre Fackeln. Die mit Yakfett getränkten Lappen verbreiteten einen strengen Geruch, brannten jedoch trotz der klammen Feuchtigkeit wie Zunder.

»Nun, meine Herren?«, erkundigte sich Sarah mit einem verwegenen Lächeln. »Sind Sie immer noch der Ansicht, ich hätte Sie in eine Sackgasse geführt?«

Die Frage war rhetorischer Natur, und keiner der beiden Männer antwortete. Stattdessen setzten sie ihren Marsch fort, der von nun an unter Tage weiterführte. Der Höhle schloss sich ein Stollen an, der über zahllose Stufen steil bergauf führte, immer weiter empor.

Im Inneren des Berges ...

Bislang waren Sarahs Erinnerungen an den *lam-gól* eher verschwommen gewesen. Im Zuge des langen Marsches durch die Dunkelheit frischten sie sich jedoch zunehmend auf, so, als wären sie in den umgebenden Fels geritzt wie die Mantren der Tibeter in ihre Gebetssteine.

Nicht nur des Weges entsann sich Sarah inzwischen, sondern auch der Empfindungen, die sie damals gehabt hatte und die von Furcht über Trauer bis hin zu schierer Verzweiflung reichten. Bemerkenswert war, dass sich ihre Gefühle nun, da sie nach so langer Zeit an diesen Ort zurückkehrte, kaum unterschieden. Wieder hatte sie fast alles verloren, geliebte Menschen waren von ihrer Seite gerissen worden. Aber anders als damals war sie kein Kind mehr und nicht mehr völlig wehrlos ...

»Von wem wurde dieser Stollen angelegt?«, fragte Abramowitsch, der hinter ihr ging. Hingis bildete wiederum das Schlusslicht.

»Vermutlich von den Arimaspen«, gab Sarah zur Antwort. »Wie es heißt, waren sie von Beginn an die Diener der Ersten.«

»Aber dieser Fels sieht nicht aus, als wäre er von Hand bearbeitet worden«, meinte der Russe und wischte im Vorbeigehen darüber. »Er ist völlig glatt und gleichmäßig, ebenso wie die Stufen. Ganz offenbar ist hier eine Maschine am Werk gewesen, aber ich kenne keine, die in der Lage wäre, sich durch derart massives Gestein zu schneiden.«

»Womöglich«, äußerte Hingis den Verdacht, den auch Sarah insgeheim hegte, vor dem Ochrana-Agenten jedoch nicht hatte aussprechen wollen, »verfügten die Ersten über Technik, die späteren Generationen nicht mehr zugänglich war. Das Feuer des Re beispielsweise ...«

»... wäre dazu durchaus in der Lage gewesen«, schnitt Sarah dem Schweizer das Wort ab. Sie wollte Abramowitschs ohnehin schon geweckte Begehrlichkeit nicht noch mehr anstacheln.

»Sie trauen mir noch immer nicht«, stellte der Russe grinsend fest. »Dabei hatte ich gedacht, dass Sie inzwischen ...« Er stutzte, als er mit dem Fuß gegen etwas stieß. »Verdammt noch mal, was ...?«

Er blieb stehen und hielt die Fackel so, dass sie den Boden beleuchtete. Die Stufen waren zuletzt immer flacher geworden und schließlich in einen waagerecht verlaufenden Stollen übergegangen, der übersät war von ebenso bleichen wie bizarren Gebilden.

»Knochen«, stellte Sarah fest.

Tatsächlich lagen überall auf dem glatten Gestein Bruchstücke menschlicher Gebeine verstreut. Manche waren derart klein, dass sie auch als Kiesel hätten durchgehen können, andere geradezu pulverisiert worden. Einigen jedoch war ihr Ursprung noch deutlich anzumerken. Ein halbierter Schädel lag auf dem Boden und grinste den Eindringlingen unheimlich entgegen.

»Was hat das zu bedeuten?« Hingis hatte sich gebückt, um den Fund näher in Augenschein zu nehmen. Mit vor Aufregung bebender Hand rückte er seine Brille zurecht.

»Das weiß ich nicht«, entgegnete Sarah, die sich wieder aufgerichtet hatte und wachsam die Wände untersuchte, »aber aus Erfahrung würde ich sagen, dass Vorsicht geboten ist.«

»Inwiefern?« Abramowitsch hob sein Gewehr.

»Was auch immer diesen Menschen widerfahren ist«, entgegnete Sarah, »kann man nicht mit Waffen bekämpfen. Schon viel eher würde ich sagen ...«

»Was?«, drängte der Russe ungeduldig, als sie nicht weitersprach, sondern stattdessen die Wände untersuchte.

»Hier gibt es eine Fuge«, stellte sie fest. »Sie verläuft vom Boden bis zur Decke.«

»Hier ebenfalls«, meldete Hingis von der anderen Seite. »Und hier schon wieder!«

»Was hat das zu bedeuten?« Abramowitsch sandte Sarah einen gehetzten Blick zu. »Bislang waren die Wände glatt, oder nicht?«

»Das waren sie«, bestätigte Sarah.

»Und? Was hat das hier zu bedeuten? Können Sie sich nicht erinnern?«

Sarah wischte sich eine Haarsträhne aus dem Gesicht. Sie konnte sich in der Tat an das entsinnen, was vor langer Zeit in diesem Stollen geschehen war, aber es waren keine angenehmen Erinnerungen. Ihr Bewusstsein hallte wider von gellenden Schreien und dem grässlichen Geräusch berstender Knochen ...

Ihr Pulsschlag steigerte sich, während sie vorsichtig weiterging. Schon nach wenigen Schritten endete der Stollen jedoch. Eine Wand tauchte aus der Dunkelheit auf und verschloss den Gang mit massiver Endgültigkeit.

»Verdammt«, schnauzte Abramowitsch, »das darf nicht wahr sein!«

»Offenbar doch«, ächzte Hingis. »Ich fürchte, werte Freundin, hier ist *finis sapientiae**...«

»Diesen Anschein mag es haben«, räumte Sarah nickend ein.

»Anschein?« Abramowitsch schüttelte den Kopf. »Dies ist fester Granit, meine Teure. Was wollen Sie tun? Mit dem Kopf dagegenrennen?«

»Mitnichten!«, widersprach Hingis. Er hatte die Fackel abgelegt und schlug mit der Faust gegen die Wand. Das Ergebnis war ein dumpf schwingender Ton. »Das ist kein Gestein! Das ist Metall!«

»Was?« Abramowitsch horchte auf.

»Kein Zweifel«, bestätigte der Schweizer, nachdem er der Wand einen weiteren Ton entlockt hatte. »Das Material ist mit einer schieferfarbenen Schicht überzogen, die es wie Gestein aussehen lässt. Aber es ist fraglos metallischen Ursprungs.«

»Auch die Seitenwände bestehen aus Metall«, fügte Sarah hinzu, während sie suchend die Fackel kreisen ließ. Wonach genau sie Ausschau zu halten hatte, wusste sie nicht. Damals waren Polyphemos und sie aus der anderen Richtung gekommen.

»Helfen Sie mir«, forderte sie ihre Begleiter deshalb auf.

»Wonach suchst du?«, fragte Hingis.

»Nach etwas, womit es sich in Gang setzen lässt.«

»In Gang setzen? Was?«, wollte Abramowitsch wissen.

»Der Mechanismus, Hauptmann.«

»Was für ein Mechanismus?«

»Der den Zugang nach Shambala verschließt – und der aus

---

* lat. das Ende der Weisheit

jenen bedauernswerten Zeitgenossen das gemacht hat, was sie hier am Boden verstreut liegen sehen.«

»S-Sie meinen . . .?« Der Russe schien die Knochentrümmer plötzlich mit anderen Augen zu betrachten.

»Genau das.« Sarah nickte. »Es ist eine Falle, wie sie auch die alten Ägypter oder die Mayas errichteten, um ihre Tempelanlagen zu sichern, nur auf einem technisch sehr viel höheren Niveau. Nur der Eingeweihte soll den Weg nach Shambala finden. All jene, die sich widerrechtlich Zugang verschaffen wollen, trifft das Verderben.«

»Scheint funktioniert zu haben«, meinte Abramowitsch trocken.

»Nicht ganz«, widersprach Hingis schaudernd. »Der Bruderschaft muss es dennoch gelungen sein, zur Pforte der Weisheit vorzustoßen, wenn auch unter schrecklichem Blutzoll.«

»Menschenleben bedeuten der Bruderschaft nichts«, sagte Sarah. »Ihr war es gleichgültig, wie viele ihrer Anhänger sterben mussten, um einen Weg durch das Labyrinth zu finden.«

»Welches Labyrinth?«, fragte Abramowitsch. »Ich sehe nur einen geraden Gang mit Wänden aus Metall.«

»Weil Sie es nicht besser wissen«, beschied Sarah ihm, während sie weiter die Fugen untersuchte, die in jeweils zwei Yards Abstand die Stollenwände teilten. Plötzlich hielt sie inne. »Ein Luftzug«, stellte sie fest. »Das muss der Anfang sein.«

»Der Anfang? Wovon?« Auch Hingis schien ratlos, bis sich Sarah mit aller Kraft gegen die Stollenwand stemmte und sich diese, zum größten Erstaunen der beiden Männer, tatsächlich in Bewegung setzte.

»Allmächtiger«, hauchte Hingis.

»Das ist unmöglich«, presste Abramowitsch hervor, obwohl er es mit eigenen Augen sah.

Von Sarah angestoßen, teilte sich das Metall an den Fugen und wich zurück: ein massiver Würfel von zwei Yards Kantenlänge. Doch nicht nur die Tatsache, dass es ihr gelungen war, den Block zu bewegen, war erstaunlich, sondern auch, dass dies nahezu lautlos vonstattenging. Weder war das Rasseln eines verborgenen Mechanismus zu hören noch das Knirschen von Sand oder Gestein. Der ungeheure Kubus glitt so lautlos dahin wie ein Boot über einen windstillen See.

»Kommen Sie«, forderte Sarah die beiden Männer auf und trat in den Hohlraum, der durch das Zurückweichen der Wand entstanden war.

»Aber wieso . . .?«

»Sie sollten keine Fragen stellen«, riet Sarah Abramowitsch, »sondern sich beeilen.« Der Beleg dafür kam schon im nächsten Moment, als sich aus der gegenüberliegenden Stollenwand ein weiterer Würfel hervorschob und ihnen den Rückweg versperrte.

»Verdammt, was . . .?«

»Nun kommen Sie schon«, drängte Hingis und eilte hinter Sarah her. Schließlich blieb auch dem Russen nichts anderes übrig, als dem herannahenden Koloss zu weichen. Im nächsten Moment hatte es den Anschein, als wären nicht nur die beiden Blöcke, sondern der gesamte Korridor in Bewegung gesetzt worden.

Offenbar hatte Sarah eine Kettenreaktion in Gang gebracht, denn ein weiterer Würfel trat zurück und öffnete den Gefährten einen neuen Weg, während die hinter ihnen liegende Kammer wieder verschlossen wurde – gerade so, als wäre der Berg zum Leben erwacht.

»Verstehen Sie jetzt, was ich meine?«, fragte Sarah. Ein weiterer Hohlraum entstand vor ihnen, in den sie rasch eintraten.

»Erstaunlich, ganz erstaunlich!«, rief Hingis. »Ein sich veränderndes Labyrinth!«

»Aber wie funktioniert es?«, fragte Abramowitsch verwundert. »Wodurch wird es angetrieben?«

»Eins nach dem anderen, Hauptmann«, entgegnete Sarah. »Einstweilen haben wir genug damit zu tun, am Leben zu bleiben.«

»Wie das?« Der Russe zuckte mit den Schultern. »Eine Kammer öffnet sich, eine andere schließt sich. Wo ist das Problem?«

Er hatte kaum zu Ende gesprochen, als sich die Kammer, in der sie standen, nach zwei Seiten öffnete.

»Hier liegt das Problem«, antwortete Sarah, »denn ich kann Ihnen versichern, dass nur einer dieser beiden Wege nach Shambala führt.«

»Und welcher?«, fragte Hingis.

Sarah schloss für einen Moment die Augen. Sich an den Weg zu erinnern, den Polyphemos und sie damals genommen hatten, war schon schwierig genug – dies auch noch in umgekehrter Reihenfolge zu tun verlangte ihr das Äußerste ab, zumal ihre Erinnerungen widerhallten von den gellenden Schreien der Ordensschergen, die versucht hatten, ihnen durch das Labyrinth zu folgen, und die zwischen den Wänden zermalmt worden waren.

»Hier entlang«, entschied sie unvermittelt und trat in den linken Hohlraum, der bereits wieder dabei war, sich zu schließen. Hingis und Abramowitsch folgten ihr ohne Widerspruch – und atmeten auf, als sich die Wahl als richtig erwies und sich ein weiterer Zwischenraum öffnete.

So ging es weiter.

Bald öffnete sich nur eine Kammer, dann waren es zwei oder gar drei. Nach einem komplexen geometrischen Muster, das an exakten Gitternetzlinien ausgerichtet war, schoben sich die Kuben wild durcheinander und öffneten den richtigen Weg ebenso wie tödliche Sackgassen. Dass die Seiten der Würfel mitunter dunkle Flecken aufwiesen und mit den Überresten jener besudelt waren, die zwischen den Metallwänden ein elendes Ende gefunden hatten, erleichterte die Orientierung nicht.

Sarah und ihre Gefährten kamen nicht dazu, darüber nachzusinnen, wer sich dieses Meisterstück ausgedacht haben oder auf welchen physikalischen Prinzipien es beruhen könnte. Sie waren vollauf damit beschäftigt, inmitten der sich – so schien es – immer rascher bewegenden Kuben einen Ausweg zu finden. Wie viele Kammern sie bereits durchschritten hatten, konnte keiner von ihnen mehr genau sagen. Waren es fünf gewesen? Zehn? Zwanzig? Auch Sarah hatte nicht mitgezählt, aber sie ahnte instinktiv, dass sie sich dem Ende des Labyrinths näherten.

»Dies ist die vorletzte Kammer«, stellte sie fest, als sie in einen Zwischenraum traten, der sich rechts von ihnen öffnete.

»Ich hoffe, du hast recht«, verkündete Hingis atemlos. »Mein Verlangen danach, wie ein Botanicum gepresst und für alle Zeiten konserviert zu werden, hält sich in engen Grenzen.«

Zwei Hohlkammern öffneten sich, eine auf der linken, eine auf der rechten Seite. Nur eine davon führte aus dem Labyrinth.

Sarah konzentrierte sich – aber wie ein Schatten, der sich nicht greifen ließ, oder wie ein Stern, der verblasste, sobald man den Blick direkt darauf richtete, verflüchtigte sich ihre Erinnerung im entscheidenden Moment und hinterließ nichts als ein dunkles Loch.

»Liebste Freundin«, meinte Hingis, als die Wand hinter ihnen näher rückte, »jetzt wäre der richtige Augenblick ...«

Sarah schloss die Augen und versuchte es abermals – mit demselben niederschmetternden Ergebnis. In welche Richtung waren Polyphemos und sie damals zuerst gegangen, nach links oder nach rechts?

Sie wusste es nicht mehr.

Ihre Ziehmutter war vor ihren Augen getötet worden, Krieger des Ordens waren ihnen auf den Fersen gewesen und hatten sie mit Pfeilen beschossen. Vielleicht *wollte* sich ihr Bewusstsein auch nicht mehr erinnern. Die Wand kam unaufhaltsam näher ...

»Sarah«, mahnte Hingis.

»Los doch«, drängte Abramowitsch.

Sarah wischte den Schweiß ab, der ihr trotz der Kälte auf die Stirn getreten war. Wie sollte sie sich entscheiden? Schon war die Kammer nur noch ein Yard breit, ihre Gefährten und sie standen dicht gedrängt ...

Sarah atmete tief durch. Sein Glück auf einer der beiden Seiten zu suchen, war immer noch besser, als zerquetscht zu werden.

Sein Glück, sagte eine Stimme in ihrem Kopf, die ebensogut Gardiner Kincaid wie el-Hakim gehören konnte, *oder seine Bestimmung…*

Ihr Bauchgefühl riet ihr zur rechten Seite, ihr Verstand, um Ausgleich bemüht, zur linken.

»Sarah!«

Nur noch eineinhalb Ellen – die Zeit wurde knapp.

»Jetzt!«, brüllte Abramowitsch und wollte nach links – aber Sarah packte ihn, riss ihn zurück und zerrte ihn nach der anderen Seite. Hingis kam hinterher.

Mit knapper Not entronnen sie dem Spalt, der sich lautlos hinter ihnen schloss, und fanden sich in einer weiteren Kammer wieder, die sich in nichts von den vorangegangenen unterschied.

»Und jetzt?«, fragte Hingis in die Stille.

»Aus«, meinte Abramowitsch überzeugt. »Es war die falsche Entscheidung.«

Wie um seine Befürchtungen zu bestätigen, war ein scharrendes Geräusch zu hören, und Sarah erwartete schon, dass sich eine der umgebenden Wände nähern und ihrem Dasein ein zynisches Ende setzen würde. Aber das war nicht der Fall.

Stattdessen hob sich die vor ihnen liegende Wand wie von Geisterhand, und blau schimmerndes Licht flutete in die Kammer. Dahinter lag ein Stollen mit Wänden aus Felsgestein.

Sie hatten es geschafft!

Es gab keinen lauten Jubel, kein ausgelassenes Geschrei, zumal sie annehmen mussten, dass sie sich auf feindlichem Territorium befanden. Aber Friedrich Hingis schenkte Sarah ein frohes Lächeln und wischte sich kurz über die Stirn, und sogar Abramowitsch ließ sich zu einem dankbaren Nicken herab. Sarah selbst empfand vor allem Erleichterung – auch wenn sie wusste, dass die wirkliche Herausforderung noch vor ihnen lag.

Sie griff an den Gürtel und zückte den Colt Frontier, dann trat sie hinaus auf den Gang, dessen Bauweise der des geheimen Stollens ähnelte. Anders als dort gab es hier jedoch oval geformte Schächte, die in regelmäßigen Abständen in die Decke eingelassen waren und für ein unwirklich anmutendes Licht sorgten. Sarah nahm an, dass ihr oberes Ende von Eis überzogen war und das Sonnenlicht auf diese Weise filterte. Die Wände des Korridors waren mit Zeichnungen versehen: geometrischen Symbolen wie denen, die sie im Tempel der Skythen gesehen hatten. Diese allerdings wirkten nicht wie von ungelenker Hand nachgeahmt, sondern schienen von jenen zu stammen, die die Bedeutung dieser Zeichen gekannt und genutzt hatten.

Sarah und Hingis wechselten einen Blick. Die Situation war zu angespannt, als dass sie sich in fachlichen Diskursen hätten ergehen wollen. Aber es war offenkundig, dass sie auf eine archäologische Sensation ersten Ranges gestoßen waren, gegen die sich der Schatz des Priamos wie wertloser Trödel ausnahm. Danach also, dachte Sarah, hatte Gardiner Kincaid sein Leben lang gesucht. Er war den Spuren der Arimaspen gefolgt und hatte die Mythen gedeutet. Doch als er kurz davor gewesen war, das Geheimnis zu enträtseln, war er einem kleinen Mädchen begegnet, das sein Leben von einem Augenblick zum anderen geprägt und verändert hatte …

Sie löschte ihre Fackel und ging ein Stück den Gang hinab, trat unter einen Schaft aus blauem Licht. Hingis und Abramowitsch folgten ihr.

»Ein Auge«, kommentierte der Schweizer, als er zu der ovalen Öffnung emporblickte.

Sarah nickte. Die Analogie war ihr entgangen, aber natürlich hatte ihr gelehrter Freund recht. Sie waren am Ziel ihrer Reise angelangt, dort, wo einst die Ersten regiert und die Kulturen ihren Anfang genommen hatten – wenn man geneigt war, derlei Dinge zu glauben. Für denjenigen, der dazu bereit war, bedeutete der Stollen den Zugang zu einer anderen Welt. Wer in seiner alten Denkweise verhaftet blieb, würde nichts anderes sehen als einen in den Fels gehauenen Gang mit mystischen Zeichen.

Abramowitsch ließ keinen Zweifel daran aufkommen, welcher Fraktion er angehörte. Längst hatte er sein Gewehr von der Schulter genommen und hielt es im Anschlag. »Worauf warten wir?«

Sie gingen weiter, vorsichtiger jetzt und auf einen Kampf gefasst. Von ihrem geheimnisvollen Gegner bekamen sie jedoch nichts zu sehen. Der Stollen verlief steil bergan, und schließlich waren wieder Stufen in den Boden eingelassen, die das Vorankommen eigentlich erleichtern sollten. Infolge der dünnen, stickigen Luft, die noch dazu eisig kalt war, geriet der Weg jedoch zur Strapaze.

Je höher es hinaufging, desto diffuser wurde das Licht, und bisweilen flirrte sogar loser Firn im bläulichen Schein. Ein Blick auf ihre Taschenuhr verriet Sarah, dass sich der Tag draußen dem Ende neigte; die Sonne ging unter und die Temperaturen sanken.

Die Gefährten verzichteten dennoch darauf, die Fackeln wieder zu entzünden. Ihr Schein wäre zu verräterisch gewesen, also zogen sie es vor, lautlos durch das Halbdunkel zu schleichen, Stufe für Stufe, bis der Stollen schließlich in einem länglichen Gewölbe endete.

Die Decke war hoch und mit weiteren Symbolen versehen, die ineinandergriffen und ein kompliziertes Muster ergaben. Getragen wurde sie von Säulen, die direkt aus dem massiven Gestein geschnitten schienen. Halterungen waren daran befestigt, in denen brennende Fackeln steckten – der erste Hinweis darauf, dass Sarah und ihre Begleiter nicht allein waren.

Die Waffen schussbereit erhoben, betraten sie das Gewölbe und passierten die Säulen, deren Schatten über den Boden flackerten. Totenstille herrschte, nur das Knistern der Flammen war zu hören – und plötzlich ein spitzer Schrei von Friedrich Hingis.

Sarah fuhr herum, aber es war bereits zu spät, um Gegenwehr zu leisten! Die riesenhaften Gestalten, die hinter den Säulen hervortraten, waren zu zahlreich. Und auch sie waren bewaffnet. Einige von ihnen hielten kräftige Bogen in den Händen, auf denen lange

Pfeile lagen, andere hatten unförmige *jingals* auf die Eindringlinge angelegt, die sie ganz allein bedienten. Ihnen allen war gemein, dass sie nur ein einzelnes Auge besaßen …

»Zyklopen«, zischte Hingis und wich zurück. Der Schweizer und seine Gefährten drängten sich aneinander, Rücken an Rücken.

Sie waren eingekreist!

»Verdammt«, wetterte Abramowitsch und schickte einen russischen Fluch hinterher. Zumindest dieses eine Mal konnte Sarah ihm nur beipflichten. Der Feind, der ihnen so unverhofft aufgelauert hatte, war ihnen zahlenmäßig hoffnungslos überlegen. Wenn es zum Kampf kam, würde er vorüber sein, noch ehe er richtig begonnen hatte.

»Überrascht?«

Die Stimme, die diese Frage stellte, hätte Sarah unter Tausenden herausgekannt. Sie gehörte einer Frau – jener Frau, die sich als ihre Freundin ausgegeben, die Verständnis geheuchelt, sich ihr Vertrauen erschlichen und sie anschließend schmählich hintergangen hatte.

»Wo sind Sie?«, rief Sarah so laut, dass es von der hohen Decke widerhallte. Die Wut, die dabei in ihre Adern schoss, war nur schwer zu kontrollieren. »Zeigen Sie sich, Gräfin, oder fürchten Sie sich?«

»Warum sollte ich?«, drang es höhnisch zurück. »Sei versichert, Schwester, wenn sich eine von uns beiden fürchten sollte, dann du!«

Eine weitere Gestalt löste sich aus den unsteten Schatten, die zwei Köpfe kleiner war als die Zyklopen; ihre stolze Haltung und ihr aufrechter Gang ließen jedoch keinen Zweifel daran, dass sie die Anführerin war.

Ludmilla von Czerny sah genauso aus, wie Sarah sie in Erinnerung hatte. Rötliches Haar, blasser Teint, schmale Züge, aus denen ein kaltes, aber fesselndes Augenpaar blickte. Ihre schlanke Gestalt hatte die Gräfin in einen Mantel aus Nerz gehüllt, und ihre Schwäche für Goldschmuck schien sie sich auch an diesem unwirtlichen

Ort bewahrt zu haben – eine Eitelkeit, die Sarah im höchsten Maße unpassend fand.

Ihre Erzfeindin wiederzusehen, die Arroganz in ihren hageren, bleichen Zügen, versetzte Sarahs Blut ohnehin schon in Wallung. Vollends an den Rand der Fassung brachte sie jedoch, dass sich Ludmilla von Czerny seit ihrer letzten Begegnung in einer Beziehung doch verändert hatte. Denn selbst durch den dicken Mantel war deutlich der gewölbte Bauch der Gräfin zu erkennen.

Sarah war wie vor den Kopf geschlagen.

Sie konnte nicht glauben, was sie sah.

Sollte ihrer Erzfeindin vergönnt sein, was ihr selbst versagt geblieben war?

Alles in ihr empörte sich gegen diese, so schien es ihr, himmelschreiende Ungerechtigkeit, aber sie nahm sich mit aller Kraft zusammen, um es sich nicht anmerken zu lassen. Zumindest diese Genugtuung wollte sie ihrer Rivalin nicht auch noch verschaffen.

»Guten Tag, Gräfin«, sagte sie so ruhig und beherrscht sie es vermochte. »So sehen wir uns also wieder.«

»In der Tat.« Czerny nickte. »Offen gestanden, habe ich nicht damit gerechnet. Ich glaubte dich besiegt und geschlagen. Offenbar haben wir noch mehr Gemeinsamkeiten, als mir klar gewesen ist.«

»Zwischen uns, Gräfin«, zischte Sarah, »gibt es keinerlei Gemeinsamkeit. Unser Blut hat nicht einmal dieselbe Temperatur.«

»Das will ich gerne glauben, angesichts des milchigen, abgestandenen Etwas, das durch deine Adern fließen muss. Kein Wunder, dass dein Geliebter nur zu gerne bereit war, mir zu folgen.«

Ihren hämischen Gesichtszügen war anzusehen, dass sie nur zu genau um die Wirkung ihrer Worte wusste. Jedes einzelne davon traf Sarah wie ein Peitschenhieb, und es bedurfte ihrer ganzen Selbstdisziplin, die Kontrolle zu bewahren.

»Wo ist Kamal?«, fragte sie.

»Bist du deswegen gekommen?« Die Gräfin seufzte. »Hast du ihn noch immer nicht vergessen? Wie rührend!«

»Wo ist er?«, wiederholte Sarah, jedes Wort betonend.

»Nicht hier.« Die Gräfin grinste. »Ich fürchte, du hast den weiten Weg vergeblich gemacht. Bedauerlich, nicht wahr?«

»Wohin haben Sie ihn gebracht?«, fragte sie, um endlich Gewissheit zu bekommen.

»Schwester.« Czerny verzog keine Miene, aus ihren Augen allerdings sprach bitterer Hohn. »Du bist nicht in der Position, um Fragen zu stellen, geschweige denn auf Antworten zu bestehen. Es bedarf nur eines knappen Befehls von mir, und deine Kameraden und du werdet von Pfeilen durchbohrt. Die Arimaspen sind mir treu ergeben.«

»Daran zweifle ich keinen Augenblick«, knurrte Sarah, machte jedoch keine Anstalten, den Revolver sinken zu lassen.

»Was hat das zu bedeuten?«, fragte Abramowitsch. »Wer ist diese Person?«

»Natürlich.« Sarah nickte. »Verzeihen Sie. Ich vergaß, Sie einander vorzustellen. Hauptmann, dies ist Gräfin Ludmilla von Czerny. Sie gehört der Organisation an, von der ich Ihnen berichtet habe. Gräfin, dies ist Hauptmann Viktor Abramowitsch, ein treuer Untertan und Offizier seiner Majestät des Zaren von Russland.«

»Erstaunlich.« Czerny hob eine Braue. Ihre Überraschung schien sich in engen Grenzen zu halten. »Du bist in der Wahl deiner Verbündeten noch nie sehr anspruchsvoll gewesen, Schwester.«

»Was hat das zu bedeuten?«, donnerte Abramowitsch. »Weshalb bedrohen Sie uns?«

»Sehr einfach: Weil Sie widerrechtlich und in feindseliger Absicht in unser Territorium eingedrungen sind, Hauptmann.«

»Ihr Territorium?« echote Hingis, der sein Gewehr ebenfalls noch im Anschlag hatte. »Verzeihen Sie, wenn ich widerspreche, Gnädigste, aber ich denke nicht, dass der Kailash irgendjemandem gehört.«

»Er gehört der Bruderschaft des Einen Auges«, schnarrte die Gräfin.

»Seit wann?«

»Seit Anbeginn der Zeit, Doktor, was Sie zweifellos wüssten, wenn Sie die richtigen Schlussfolgerungen gezogen hätten. Aber Sie waren ja schon immer ein wenig zaudernd, wenn es darum ging, nicht wahr?« Sie schien der Unterhaltung überdrüssig zu werden, denn mit einem verächtlichen Schnauben wandte sie sich dem Anführer der Zyklopen zu. »Gib ihnen fünf Sekunden, Tigranes. Wenn sie sich bis dahin nicht freiwillig ergeben haben, erschießt sie – und zwar alle.«

Der Einäugige, der eine der schweren *jingals* trug, nickte wortlos – und Sarah wusste, dass die Zeit gegen sie lief.

Fünf Sekunden ...

Natürlich, sie konnten sich zur Wehr setzen und womöglich drei oder vier der Kerle ins Verderben reißen, ehe es sie selbst erwischte.

Drei Sekunden.

Vielleicht würde es Sarah sogar gelingen, ihrer Erzfeindin eine Kugel beizubringen und sie für ihre Untaten büßen zu lassen. Damit jedoch würde jede Aussicht, die Pläne der Bruderschaft zu durchkreuzen, erlöschen, und sie würde Kamal niemals wiedersehen.

Noch eine Sekunde.

Sarah wusste später nicht mehr, ob Hingis und sie die Waffen gleichzeitig sinken ließen oder ob ihr der Schweizer einen Sekundenbruchteil voraus gewesen war. Jedenfalls schien auch er für sich zu dem Entschluss gekommen zu sein, dass ein sinnloser Opfertod niemandem nutzte – anders als Abramowitsch, der als Soldat zum Kampf entschlossen schien und sein Gewehr als Letzter senkte.

»Gut so«, lobte die Gräfin, die nichts anderes erwartet zu haben schien. Sofort waren zwei der Hünen zur Stelle, um ihnen die Waffen abzunehmen und ihnen Handfesseln anzulegen. Hingis wurden kurzerhand die Unterarme im Rücken verschnürt.

»Schau an«, meinte der Schweizer. »Sie scheinen uns wirklich zu fürchten, wenn Sie sogar einen verkrüppelten Gelehrten binden müssen, Verehrteste.«

»Durchaus nicht«, wehrte die Gräfin ab, »aber der Großmeister ist nun einmal kein Freund von ungeliebten Überraschungen.«

»Der Großmeister?«, fragte Sarah.

»Das Oberhaupt unserer Organisation.«

»Er – ist hier?«

»Allerdings.«

»Dann bringen Sie mich zu ihm«, verlangte Sarah. Sie konnte es kaum erwarten, endlich dem Mann ins Gesicht zu sehen, der hinter all diesen Intrigen und Heimlichkeiten steckte. Sollte die Bruderschaft des Einen Auges nach so langer Zeit endlich einen Namen, ein Gesicht bekommen?

»Das werde ich«, versicherte die Czerny, »aber nicht, weil du danach verlangst, sondern weil er es so wollte. Wir wissen von eurer Anwesenheit, seit ihr das Labyrinth durchschritten habt. Deine Manöver sind so durchschaubar wie eh und je, Schwester. Wir brauchten nur auf euch zu warten. Es war genauso einfach wie alles andere.«

Sarah biss sich auf die Lippen. Sie verbot sich, die Gräfin zu fragen, was sie damit meinte, wollte ihr nicht noch mehr Gelegenheit geben, ihre giftgetränkten Pfeile abzuschießen, von denen sie jeder bis ins Mark traf. Stattdessen schwieg sie, was Czerny als kleinen Sieg interpretierte und ihr ein leises Kichern entlockte.

Auf ihren Befehl hin gesellten sich noch mehr Ordensschergen hinzu. Diesmal waren es jene schwarz gewandeten Kämpfer, denen Sarah schon früher begegnet war und die ihre Turbane so um die Köpfe geschlungen zu tragen pflegten, dass nur die Augenpartie frei blieb. Keine Zyklopen, sondern normale Menschen, aber nicht weniger mordlüstern und gefährlich.

»Bringt sie nach oben«, ordnete Czerny an und setzte sich selbst an die Spitze des Zuges, der sich schwerfällig in Bewegung setzte.

Der Halle schloss sich ein weiteres Gewölbe an, das ebenfalls von

Fackeln beleuchtet wurde; von dort wand sich eine steinerne Treppe empor, die sich, einer riesigen Schraube gleich, in den Fels bohrte. Vorbei an Arimaspen und vemummten Kämpfern, die die Anlage bewachten, ging es immer weiter hinauf.

Die Treppe mündete in einen gewaltigen Kuppelsaal, dessen Grundform elliptisch war und an der breitesten Stelle rund einhundert Yards durchmessen mochte. Die Wände wurden rings von Kerzen gesäumt, die allesamt entzündet waren und deren Schein die Halle beleuchtete. Die Decke überzog ein riesiges Mosaik geometrischer Formen. Wie zuvor im Stollengang gab es auch hier ovale Öffnungen, »Augen« im Fels, die bis an die Oberfläche zu reichen schienen. Dass keine Helligkeit hereindrang, ließ vermuten, dass draußen inzwischen die Nacht hereingebrochen war. Der Fackelschein, der statt des Tageslichts die Kuppel erhellte, beleuchtete unzählige hölzerne Transportkisten, die auf- und nebeneinandergestapelt waren. Offensichtlich, dachte Sarah, hatten sich die Schergen der Bruderschaft für einen längeren Aufenthalt eingerichtet.

Was ihre Aufmerksamkeit jedoch am meisten fesselte, war weder die schiere Größe der Halle, deren alleinige Existenz schon an ein technisches Wunder grenzte, noch deren Ornamente. Vielmehr war es die eigentümliche Skulptur, die am anderen Ende der Halle aufragte, exakt über dem zweiten Mittelpunkt der Ellipse. Denn das fremdartige Gebilde, das aus mehreren Teilen bestand und an die drei Yards hoch war, schwebte über dem Boden!

»Sarah«, ächzte Hingis.

»Ich sehe es«, raunte sie ihm zu. »Ein magnetisches Feld ...«

Im Lauf ihrer Nachforschungen war sie immer wieder auf Hinweise darauf gestoßen, dass es der Bruderschaft gelungen war, sich die dem Magnetismus innewohnenden Kräfte nutzbar zu machen.

Ein erster, früher Anhaltspunkt war der Tempel der Arsinoë im alten Alexandria gewesen, in dem der Überlieferung nach eine Statue frei im Raum geschwebt hatte; ein anderer, sehr viel aktuellerer Beleg war der Codicubus, der sich nur mit Hilfe magnetischer

Kräfte öffnen ließ. Als Sarah den Kuppelsaal betrat und die schwebende Skulptur erblickte, verstand sie, woher die Bruderschaft ihre Kenntnisse bezogen hatte.

»Da staunst du, nicht wahr?«, erkundigte sich Ludmilla von Czerny mit einem Stolz, als hätte sie das physikalische Kunststück selbst zuwege gebracht. »Damit hast du wohl nicht gerechnet?«

Erneut verzichtete Sarah auf eine Erwiderung, sondern versuchte, klar und logisch zu denken. In den ptolemäischen Texten war davon die Rede, dass die Statue in Alexandria unter einer Kuppel aus Erz geschwebt hatte, was den Schluss nahelegte, dass auch diese Halle zumindest teilweise aus Metall bestand. Sarahs Blick wanderte an den riesigen Pfeilern empor, die das Gewölbe stützten und sich im Zenit der Kuppel vereinten. Wer auf Erden war in der Lage, so etwas zu bauen?

»Wie ich sehen kann, Lady Kincaid, sind Sie von unseren Errungenschaften tief beeindruckt, *n'est-ce pas*?«

Sarah zuckte zusammen.

Nicht nur, weil die Stimme, die zugleich spöttisch und herausfordernd klang, sie aus ihren Gedanken riss, sondern auch, weil sie ihr entfernt bekannt vorkam. Wie der Nachhall von etwas, das in ihrem Leben einst eine wichtige Rolle gespielt hatte.

Oder von *jemandem* …

Die Gefangenen fuhren herum. Ein Mann gesellte sich zu ihnen, dessen Alter nur schwer zu schätzen war. Bekleidet war er mit einem weiten schwarzen Mantel, dessen Schulterpartie fellbetresst und mit einem Überwurf versehen war. Seine schwarzen Lederstiefel waren blank poliert, in seiner Rechten hielt er einen Gehstock mit goldenem Knauf. Seine Haltung war aufrecht, seine Hautfarbe von aristokratischer Blässe. Sein kurz geschnittenes Haar war weiß, was ihn betagter erscheinen ließ, als er wohl tatsächlich war. Die jugendliche Entschlossenheit in seinen kantigen Zügen machte diesen Eindruck jedoch wieder wett. Ein Paar eisblauer Wolfsaugen blitzte Sarah aus dem Gesicht entgegen, das ihr fremd und vertraut zugleich erschien. Fremd, weil sie diesem Mann noch nie zuvor begegnet war. Vertraut, weil er jemandem auf bedrückende Weise ähnlich sah.

»Offen gestanden, *ma chère*, hatte ich nicht damit gerechnet, dass wir uns einmal persönlich kennenlernen würden. Schließlich habe ich es bislang stets verstanden, dezent im Hintergrund zu bleiben, *n'est-ce pas*? Ihre Beharrlichkeit ist in der Tat erstaunlich, aber die Weichen sind längst gestellt. Selbst Sie können nichts mehr daran ändern.«

Es war nicht nur sein Aussehen. Auch seine Körperhaltung, seine Sprechweise und die Angewohnheit, seine englischen Sätze mit Brocken seiner Muttersprache auszuschmücken, um ihnen auf diese Weise mehr Nachdruck zu verleihen, weckten bei Sarah ein Gefühl von Vertrautheit.

»Willkommen an der Pforte der Weisheit«, sagte er.

»Wer sind Sie?«, fragte Sarah unverwandt, ahnend, dass ihr die Antwort nicht gefallen würde.

Der Weißhaarige taxierte sie aus seinen Wolfsaugen, dann nickte er bedächtig. *»Eh, bien«*, meinte er dazu, »ich denke, Sie haben ein Recht, es zu erfahren, nach allem, was Sie zweifellos auf sich genommen haben – auch wenn es völlig vergeblich gewesen ist. Mein Name, *ma chère*, ist du Gard. Lemont Maurice du Gard . . .«

9.

Pforte der Weisheit
Mount Kailash
Nacht des 23. Juni 1885

Du Gard! Allein die Erwähnung des Namens genügte, um Sarah für einen Moment die Fassung verlieren zu lassen. Konnte es einen solchen Zufall geben? Sollten sie einander ausgerechnet hier begegnen?

Natürlich erklärte es die verblüffende Ähnlichkeit, so, wie es viele andere Dinge erklärte. Aber Sarah war zu überwältigt von der Wucht des Augenblicks, als dass sie in der Lage gewesen wäre, einen Zusammenhang herzustellen. Selbst Hingis schien es so zu gehen, trotz seines sonst messerscharf arbeitenden Verstandes.

»Sie sind ein Lügner!«, ereiferte er sich. »Maurice du Gard ist tot! Er starb während eines Einsatzes in ...«

»Ich weiß«, entgegnete der Weißhaarige nur. »Da er uns gefährlich wurde, hatte ich leider keine andere Wahl. Wissen Sie, was es für ein Gefühl ist, Doktor, sein eigen Fleisch und Blut auszumerzen und sich damit selbst die Aussicht auf Unsterblichkeit zu versagen?«

»Sein eigen Fleisch und Blut?« Hingis starrte den Mann im Mantel ungläubig an. Sarah hingegen hatte inzwischen begriffen, auch wenn sich ihr Herz der Wahrheit noch immer verschloss.

»Er hat mir von Ihnen erzählt«, sagte sie tonlos, mit fast versagender Stimme.

»C'est vrai?« Der Franzose hob die Brauen. »Ich dachte immer, er hätte mich verleugnet.«

»Er sagte mir, dass alles, was ihm sein Vater hinterlassen hätte, sein Name gewesen wäre. Sie hätten seiner Mutter den Kopf verdreht und sie später sitzen lassen.«

»Alte Geschichten.« In einer Unschuldsgeste breitete du Gard die Arme aus. »Sie war eine Seherin, und ich bedurfte ihrer Dienste.«

»Gehörte dazu auch, sie zu schwängern?«, erkundigte sich Sarah direkt und wenig damenhaft.

»Sie wissen nichts, Lady Kincaid. Gar nichts.«

»Genug, um zu verstehen, dass Sie nicht hier sein dürften«, konterte sie. »Was haben Sie an diesem Ort zu suchen, du Gard?«

»Das wissen Sie doch ganz genau.« Der Weißhaarige lächelte. »Ich bin das Oberhaupt jener Organisation, die Sie ebenso eifrig wie erfolglos zu bekämpfen suchten.«

»Aber – wie ist das möglich?« Sarah schüttelte den Kopf. »Welches teuflische Spiel haben Sie die ganze Zeit mit uns getrieben? Mit meinem Vater, mit mir und nicht zuletzt mit Ihrem eigenen Sohn?«

»Ich hatte nie einen Sohn«, berichtigte du Gard kalt. »Ein Sohn stellt sich nicht gegen seinen Vater.«

»Aber Maurice wusste doch nicht, dass . . .«

»Non?«, fiel du Gard ihr spitz ins Wort.

In diesem Moment wurde ihr klar, wie naiv sie gewesen war. Sie erinnerte sich an die Schreckensvisionen, die Maurice gehabt hatte und deren Inhalt er ihr nie hatte erzählen wollen. Nun endlich kannte sie den Grund dafür. *Natürlich* hatte er gewusst, wer ihr geheimnisvoller Gegenspieler war, oder es zumindest geahnt. Aber er hatte es vorgezogen, ihr nichts von seinem Verdacht zu sagen, ob aus Vorsicht oder aus Scham.

»Maurice war verrückt, Lady Kincaid«, sagte du Gard, ohne mit der Wimper zu zucken. »Er hatte den Verstand verloren, ebenso wie seine treulose Mutter.«

»Die Frage ist doch, wer hier treulos gewesen ist«, konterte Sarah. Zwar hatte sie ihre Überraschung noch nicht verwunden, jedoch schlug das Gefühl mehr und mehr in blanke Wut um. »Soweit ich weiß, haben Sie Frau und Kind verlassen, weil Sie eine politische Karriere in Washington angestrebt haben und eine kreolische Mätresse hierfür nicht förderlich gewesen ist.«

»Es waren die Jahre nach dem Bürgerkrieg«, erklärte du Gard, der sich keiner Schuld bewusst zu sein schien. »Die Vereinigten Staaten waren ein aufblühendes Land, das bereit war, jedem, der es wollte, eine faire Chance zu bieten.«

»Jedem«, konterte Sarah, »nur nicht Ihrer Frau und Ihrem Sohn, denn die wurden von Ihnen feige im Stich gelassen!«

Du Gard schien nicht gewillt, sich provozieren zu lassen. Im Gegenteil, er schien sich köstlich darüber zu amüsieren. »Allmählich begreife ich, weshalb Sie ihm so nahestanden, Lady Kincaid«, meinte er. »Derselbe Mangel an Voraussicht, derselbe lächerliche Hang zur Moralisierung. Ist Ihnen nie der Gedanke gekommen, dass es Dinge geben könnte, die solche Opfer wert sind?«

»Nein«, erwiderte Sarah ohne Zögern, »denn nach meiner Erfahrung gibt es nichts, das sich gegen Liebe aufwiegen lässt.«

»Dann gehen Ihre Erfahrungen noch nicht weit genug, oder Sie sind wie Gardiner Kincaid nicht in der Lage, die Wahrheit zu ertragen. Auch das wäre möglich.«

Die Erwähnung ihres Ziehvaters ließ Sarah abermals innerlich zusammenzucken. Er und du Gards Vater hatten sich gekannt! War das der Grund dafür gewesen, dass Gardiner damals in Paris Maurices Nähe gesucht und ihm den Codicubus anvertraut hatte?

Nach und nach erschlossen sich Sarah die Zusammenhänge, und wie von selbst fügten sich auch noch die restlichen Teile des Puzzles zusammen.

»Sie sind das gewesen«, flüsterte sie.

»Wovon sprechen Sie?«

»Sie sind der Sohn des Gardeoffiziers, dem Bonaparte auf dem Sterbebett den Codicubus übergab ...«

»*Oui, c'est vrai*. Mein Vater diente in der *Grande Armée* und war ein persönlicher Vertrauter des Kaisers. Er begleitete ihn nach

Russland ebenso wie in die schmachvolle Gefangenschaft, kämpfte bei Waterloo an seiner Seite und folgte ihm ins Exil nach Korsika. Und er wurde für seine Treue reich belohnt. Auch wenn es ihm Zeit seines Lebens versagt blieb, zu erfahren, welches Geheimnis der Codicubus enthielt.«

»Aber Sie haben es in Erfahrung gebracht, nicht wahr?«

»Allerdings. Es hat mich fast mein ganzes Leben und das gesamte Erbe meiner Familie gekostet, aber schließlich habe ich es herausgefunden. Und seit ich es weiß, ist mir klar, dass dieses Geheimnis jedes Opfer wert ist.«

»Auch das unschuldiger Menschen?«

Du Gard lachte nur. »Lady Kincaid, Sie sollten aufhören, in solch kleinlichen Dimensionen zu denken, andernfalls wird es Ihnen nicht besser ergehen als Ihrem Ziehvater. Auch er war stets der Ansicht, mir moralische Vorhaltungen machen zu müssen. Von den Idealen der Bruderschaft hat er nichts gehalten.«

»Was für Ideale?«, fragte Sarah. »Brutale Rücksichtslosigkeit? Das Recht des Stärkeren?«

»Sie verstehen nichts, gar nichts. Als mein Vater mir den Codicubus übergab, hatte die Bruderschaft des Einen Auges praktisch aufgehört zu existieren. Napoleons Tod hatte ihren Niedergang eingeleitet, und die einäugigen Verräter machten Jagd auf die wenigen Getreuen, die ihr noch geblieben waren.«

»Ich weiß.« Sarah nickte. Hieronymos hatte ihr die Geschichte erzählt, wenn auch aus einer anderen Perspektive.

»Dann sind Sie klüger, als ich es damals gewesen bin. Ich ahnte nichts von diesen Dingen. Alles, was ich hatte, war ein metallenes Behältnis mit einem Jahrtausende alten Geheimnis darin. Also begab ich mich auf die Suche nach jemandem, der mir dieses Rätsel entschlüsseln konnte, und ich scheute dabei weder Mühen noch Gefahren. In New Orleans wurde ich schließlich nach langer Suche fündig.«

»Maurices Mutter«, folgerte Sarah.

»Ganz recht. Sie war es, die mir das Geheimnis des Codicubus offenbarte und mir verriet, wie er sich öffnen ließ. Und von diesem Augenblick an begriff ich, dass ich zu Höherem ausersehen war.«

»Zu Höherem?«, fragte Abramowitsch zweifelnd. Es war das erste Mal, dass er sich an dem Wortwechsel beteiligte, und der Blick, mit dem du Gard ihn bedachte, war der, mit dem man eine Fliege in der Zuckerdose entdeckte.

»*Alors, monsieur* – Lady Kincaid und Dr. Hingis sind mir bekannt. Aber wir wurden uns, wenn ich mich recht entsinne, noch nicht vorgestellt.«

»Hauptmann Viktor Abramowitsch von der Armee seiner Majestät des Zaren von Russland«, schnarrte der Offizier zackig und schlug in preußisch anmutender Manier die Hacken zusammen. Dass er überdies für den zaristischen Geheimdienst arbeitete, verschwieg er ebenso, wie Sarah es vorhin getan hatte.

»Nun«, meinte du Gard achselzuckend, »Ihre Berufswahl erklärt immerhin, weshalb Ihnen die Vorstellung, zu Höherem auserwählt zu sein, abwegig erscheint. Wenn Sie jedoch in einer Stadt, in der eine todbringende Seuche wütet, von derlei Dingen erfahren, und wenn diese Seuche, die täglich Hunderte von Menschen dahinrafft, völlig spurlos an Ihnen vorübergeht, so sind Sie von diesem Augenblick an gezeichnet. Vom Schicksal auserwählt.«

Sarah biss sich auf die Lippen. Sie wusste, dass zu Beginn der Fünfzigerjahre mehrere Gelbfieber-Epidemien in New Orleans gewütet hatten. Offenbar war dies genau zu jener Zeit gewesen, da du Gard sich dort aufgehalten hatte. Und womöglich, fügte sie in Gedanken hinzu, waren das grausame Sterben und der allgegenwärtige Tod zu viel für seinen Verstand gewesen.

»Auf diese Weise«, setzte der Schurke unbeirrt seinen Vortrag fort, »erfuhr ich von der Bruderschaft des Einen Auges und beschloss, sie neu zu begründen. Schon in der Vergangenheit war sie stets mit frischem Blut versorgt worden, wann immer sich jemand unter den Menschen fand, der Mut und Voraussicht genug besaß, sich der Herausforderung zu stellen, die die Geschichte ihm auftrug.«

»Sie reden wie ein Wahnsinniger«, stellte Sarah fest.

»Glauben Sie, das wüsste ich nicht?« Mit funkelnden Augen blitzte du Gard sie an. »Denken Sie, ich hätte mich nicht auch gefragt, ob ich nicht längst den Verstand verloren habe? Ob die Seuche mich nicht doch erfasst hat in jener Nacht und ich seither in einem Fiebertraum gefangen bin, aus dem ich nicht mehr herausfinde? Also habe ich nach Antworten gesucht: Woher stammen jene Geheimnisse, die der Menschheit hinterlassen wurden? Welchem Zweck haben sie einst gedient? Welche Beweise lassen sich dafür finden? Was ist die Erklärung?«

»Mit Verlaub«, bemerkte Hingis trocken, »Sie sehen nicht aus wie jemand, der eine rationale Rechtfertigung nötig hätte.«

Du Gard winkte ab. »Ich musste lange nach einer entsprechenden Antwort suchen. Schließlich fand ich sie – nicht etwa in den alten Ruinen, die ich leichtgläubige Idioten wie Gardiner Kincaid nach Hinweisen durchwühlen ließ, sondern in der Neuen Welt. Darin liegt eine gewisse Ironie, nicht wahr? Aber die Menschen in Amerika sind eben aufgeschlossener, wenn es darum geht, in neue Richtungen zu denken.«

»Von was für Richtungen sprechen wir hier?«, wollte Sarah wissen.

»Vor genau zehn Jahren«, erklärte du Gard, »gründete eine Frau namens Helena Blavatsky – übrigens eine Landsmännin von Ihnen, Abramowitsch – in New York ein Organisation, die sie als ›Theosophische Gesellschaft‹ bezeichnete. Da ich zu diesem Zeitpunkt Abgeordneter des US-Repräsentantenhauses war, stand mir der Zugang zu jenen Kreisen frei, in denen Madame Blavatsky verkehrte und sich als Medium verdingte. Um die Wahrheit zu sagen, habe ich nie daran geglaubt, dass sie tatsächlich über das zweite Gesicht verfügte. Maurices Mutter hatte in dieser Hinsicht eine wesentlich ausgeprägtere Begabung. Was Blavatsky allerdings über die Herkunft der menschlichen Zivilisation zu sagen hatte, das beeindruckte mich wirklich sehr.«

»Sagen Sie bloß«, schnaubte Hingis.

»Ihrem Bekunden nach war sie weit gereist und hatte alle spirituellen Orte dieser Welt besucht, um Antworten zu erhalten, Antworten auf die grundlegenden, letzten Fragen der menschlichen Existenz. Ihr Itinerar umfasste so illustre Orte wie Konstantinopel, London, Kairo, Alexandrien, Paris und New Orleans, was mich auf den Gedanken brachte, dass ihre Suche und meine einander womöglich ähnelten. Ich wurde also ein Mitglied ihres Kreises und lauschte ihren Theorien, die, kurz gefasst, die alten Mysterien und die moderne Wissenschaft in Einklang zu bringen versuchten. Durch übersinnliche Betrachtung suchte sie das Gemeinsame aller Religionen und Ideologien herauszufinden und auf diese Weise zu einer universalen Weltanschauung zu gelangen. Tatsächlich konnte sie schlüssig nachweisen, dass es in allen Hochkulturen der Menschheitsgeschichte bestimmte Bilder und Motive gibt, die immer wiederkehren, unabhängig von geographischen oder zeitlichen Beschränkungen, und sie folgerte daraus, dass sie einen gemeinsamen Ursprung haben.«

Sarah biss sich auf die Lippen. Die Theorie ähnelte augenfällig jener Gardiner Kincaids.

»An dieser Stelle nun«, führte du Gard weiter aus wie ein dozierender Professor, »erkannte ich, dass Blavatskys Theorien das fehlende Glied waren, das all die Hinweise verband, die ich im Lauf von zweieinhalb Jahrzehnten zusammengetragen hatte. Die Theosophie öffnete mir die Augen, denn sie geht davon aus, dass die menschliche Zivilisation letztlich auf einen gemeinsamen Ursprung zurückgeht, auf eine Rasse, die dem heutigen Menschen an Intellekt weit überlegen war.«

»Was Sie nicht sagen.« Hingis schüttelte den Kopf. »Das ist keine seriöse Wissenschaft, sondern reine Spekulation!«

»Warten Sie es ab, Doktor, ich bin mit meinen Ausführungen

noch nicht fertig. Es gibt Gelehrte, die den Entstehungsort jener hoch entwickelten Zivilisation – und damit die kulturelle Wiege der Menschheit – auf einem untergegangenen Kontinent ansiedeln, dem sie den Namen ›Atlantis‹ gaben. Platon vermutete diesen Kontinent ›jenseits der Säulen des Herakles‹, der Schwede Rudbeck wollte ihn im hohen Norden ausgemacht haben, ebenso wie Herodot, der vom sagenumwobenen Volk der Hyperboreer berichtet.«

Die Erwähnung von Herodot ließ Sarah erneut aufhorchen. Auch Aristeas von Prokonnesos hatte sich angeblich auf die Suche nach den Hyperboreern begeben. Sollte tatsächlich ein Zusammenhang bestehen?

»Kommen Sie«, schnaubte sie dennoch und versuchte sich möglichst unbeeindruckt zu geben. »Wollen Sie uns erzählen, dass Sie auf der Suche nach Atlantis seien?«

»Keineswegs.« Du Gard schüttelte den Kopf. Er schien es zu genießen, seine Theorien zu erläutern, als hätte er lange auf eine fachkundige Zuhörerschaft gewartet, die sein Genie zu beurteilen wusste. »Ich behaupte nicht, dass diese Männer recht hatten, Lady Kincaid, nur dass auch ihnen etwas gemeinsam ist, nämlich das Postulat einer überlegenen Ursprungsrasse.«

»Ach so«, spottete Hingis. »Und wie sollte eine solche Rasse wohl aussehen? Ich frage mich, was Mr. Darwin wohl dazu sagen würde?«

»Ich gebe Ihnen recht«, stimmte du Gard zu, »und dies ist der einzige Punkt, an dem ich mit Madame Blavatsky nicht übereinstimme. Ich sah es als erwiesen an, dass die menschlichen Zivilisationen denselben Ursprung haben, aber nach allem, was ich über die Ersten erfahren hatte, konnte ich mir nicht vorstellen, dass sie Menschen gewesen sind. Also zog ich die Alternativen in Betracht – und erkannte schließlich, worin das Geheimnis besteht, das über all die Jahrtausende gehütet und von niemandem durchschaut wurde.«

»Also bitte«, verlangte Hingis keck. »Lassen Sie uns teilhaben an Ihrer Weisheit.«

Auch Sarah wollte erfahren, was ihr Gegenspieler herausgefunden zu haben glaubte, aber anders als dem wackeren Schweizer war ihr nicht zum Spotten zumute. Sie ahnte, worauf du Gard hinauswollte, denn sie hatte selbst schon ähnliche Überlegungen angestellt. In diesem Augenblick jedoch verabscheute sie sich dafür ...

»Wie Sie wünschen, Doktor«, erwiderte du Gard feierlich. Ob er die Ironie in der Frage des Schweizers nicht mitbekommen hatte oder sie einfach nicht hören wollte, war nicht festzustellen. »Die Ersten haben existiert, daran gibt es nicht den geringsten Zweifel, und sie haben den Menschen die Kultur gebracht – aber sie stammten nicht von unserer Welt, sondern von außerhalb.«

»Von außerhalb«, echote Hingis nur, und auch Abramowitsch schaute den Franzosen an, als hätte dieser den Verstand verloren.

»Darin liegt der Schlüssel, die Antwort auf alle Fragen«, meinte du Gard überzeugt. »Die Xenosophie.«

»*Xenos* ist das griechische Wort für ›fremd‹«, übersetzte Sarah.

»Und Fremde sind es gewesen, die uns das Geschenk der Zivilisation gebracht haben.« Du Gard nickte, begeistert von seiner eigenen Brillanz. »Möglicherweise haben sie ihre Welt verlassen müssen, weil dieser der Untergang drohte, so wie Atlantis in der antiken Überlieferung. Sie kamen auf die Erde, wo sie infolge ihrer überlegenen Fähigkeiten als Übermenschen galten, was wiederum die Sage der Hyperboreer begründete. Sie selbst jedoch bezeichneten sich als die Ersten, weil sie am Anfang unserer Kultur standen. Begreifen Sie nun, wie alles zusammenhängt?«

Sarah war nicht zu einer Erwiderung fähig. Du Gards Ausführungen, zumal aus seinem Mund, hörten sich höchst abenteuerlich an. Aber sie ertappte sich dabei, dass sie seinen Theorien zumindest teilweise zustimmte, auch wenn es allen Regeln seriöser Wissenschaft widersprach.

»Was für ein Unfug!«, begehrte Abramowitsch auf.

»Sie wollen allen Ernstes behaupten, die Ersten wären von einem anderen Planeten auf unsere Welt gekommen?«, fragte Hingis.

»In der Tat.«

»Wie sollte so etwas vor sich gehen?«

»Nun«, entgegnete du Gard gelassen, der diesen Einwand nicht zum ersten Mal zu hören schien, »der Atlantis-Mythos berichtet von Schiffen, mit denen einige der Bewohner dem Untergang ihrer Heimat entgingen. Wahrscheinlich haben wir es hierbei mit einem Bild zu tun, einer Metapher.«

»Wofür?«, hakte der Russe nach.

»Für etwas, das zu unfassbar war, als dass es mit dem bescheidenen Wissen unserer Vorfahren zu begreifen gewesen wäre«, flüsterte Sarah. »So wie eine Gondel, die, an einem riesigen Ballon hängend, durch die Lüfte fliegt und von den Bewohnern eines nordindischen Bergdorfes für ein Monstrum gehalten wird.«

»Vermutlich«, meinte du Gard, »ist es tatsächlich eine Art Schiff gewesen, das die Ersten auf die Erde gebracht hat. Vielleicht ist all dies hier« – er machte eine ausladende Handbewegung, die die ganze Halle einschloss – »einst so etwas wie ein Schiff gewesen. Viele Mythen berichten übereinstimmend von gleißend hellem Licht, an dem die Sendboten der Götter auf den Weltenberg gekommen sein sollen. Und womöglich sind jene, die sich damals zufällig in der Nähe des Berges aufhielten und Zeuge jener Vorgänge wurden, durch jenes Licht dauerhaft verändert worden, selbst noch in nachfolgenden Generationen.«

»Die Arimaspen«, folgerte Sarah.

»Ganz recht, Lady Kincaid. Lange Zeit haben die Ersten auf dem Berg Meru gelebt und die Geschicke der Menschen gelenkt, aber dann brach unter ihnen Streit aus, der sich an der Frage entzündete, ob sie den Menschen auch ihre Geheimnisse anvertrauen sollten. Einer von ihnen verbündete sich mit den Menschen, worauf er von den anderen verstoßen und bestraft wurde.«

»Die Sage von Prometheus«, bemerkte Sarah atemlos. Es war

bestürzend zu erkennen, wie sich tatsächlich eins zum anderen fügte.

»*Oui, c'est ça.*« Du Gard nickte. »Ein tödlicher Konflikt brach aus, in dessen Verlauf die Ersten gezwungen waren, ihre Festung zu verlassen und ihr Dasein unter den Sterblichen zu fristen. Der Verstoßene jedoch gründete die Bruderschaft des Einen Auges und verband sich mit den Menschen, deren Blut sich mit dem seinen vermischte. Aus diesem Grund gibt es heute Völker, die sich mit Fug und Recht als die legitimen Nachfolger der Ersten bezeichnen können, während andere nichts weiter sind als niedere Diener.«

»Ich verstehe.« Sarah nickte. Die ganze Zeit über hatte sie sich gefragt, worauf du Gard hinauswollte, was der eigentliche Kern seiner eigenwilligen Philosophie war – nun war es klar geworden. »Und natürlich«, fügte sie bitter hinzu, »hat sich das Erbe der Ersten bei den Anhängern Ihrer Bruderschaft in der reinsten Form erhalten, nicht wahr? Das ist der Grund, weshalb Sie sich dazu legitimiert sehen, der Menschheit Ihre Herrschaft aufzuzwingen, richtig?«

»*Très bien*, endlich scheinen Sie zu begreifen.«

»Das tue ich allerdings, du Gard«, versicherte Sarah. »Ich verstehe jetzt, warum ein machthungriger Cretin wie Sie die Rätsel der Vergangenheit zu ergründen sucht und dabei weder vor Täuschung noch vor Mord zurückschreckt. Ist es denn noch nicht schlimm genug, dass wir glauben, andere Rassen kolonisieren und ihnen unseren Willen aufzwingen zu müssen? Suchen Sie jetzt auch noch nach einer Rechtfertigung für brutale Tyrannei?«

»Ich habe mir diese Dinge nicht ausgedacht, Lady Kincaid, Sie sind so geschehen.«

»Das ist nicht wahr«, widersprach Sarah. »Die Ersten haben sich nicht mit den Menschen verbunden. Sie haben eine andere Art gefunden, die Zeit zu überdauern.«

»Seelenwanderung, natürlich.« Du Gard nickte. »Aber wenn Sie die Geschichte kennen, dann wissen Sie auch, dass es ursprünglich drei Wesen waren. Zwei der Ersten, ein Mann und eine Frau, gingen ein verbotenes Verhältnis ein und verschworen sich gegen den Dritten, der darauf die Nähe der Sterblichen suchte. Um seinen guten Willen zu bekunden, zeugte er sterbliche Nachkommen.«

»Natürlich«, knurrte Sarah, »das ist es, was Sie Ihren Anhängern einreden, nicht wahr? Dass sie etwas Besonderes wären, die Abkömmlinge eines höheren Wesens, vom Schicksal ausersehen.«

»Nicht vom Schicksal, Lady Kincaid, sondern von der Geschichte. Das ist es, woran alle Mitglieder unserer Bruderschaft glauben. Und sie sind überaus zahlreich, wie Sie wissen.«

»Kein Wunder«, frotzelte Hingis dazwischen, »weil jedem hergelaufenen Idioten die Vorstellung gefällt, besser zu sein als alle anderen. Was für ein Hirngespinst!«

»Es ist kein Hirngespinst, Doktor. Oder wollen Sie behaupten, dass all jene, die der Bruderschaft des Einen Auges im Lauf von Jahrtausenden gefolgt sind, hergelaufene Idioten gewesen wären? Sie sprechen von Alexander dem Großen! Von Gaius Julius Cäsar! Von Suleiman dem Prächtigen! Von Napoleon Bonaparte.«

»Ich bezweifle nicht, dass all diese Männer den Verlockungen der Bruderschaft erlegen sind«, versicherte Sarah, »denn wie alle Anführer und Eroberer waren sie an der Erlangung von Macht interessiert und daran, sie zu legitimieren. Dennoch hat es auch Widerstand gegeben, von Anfang an. Die Ersten haben ihre Geheimnisse nicht kampflos preisgegeben. Sie haben diese Festung verlassen und sie an Orten versteckt, wo sie sicher sein konnten, dass niemand ...«

»Non!«, begehrte du Gard auf, dessen blasse Züge sich schlagartig zornesrot färbten. »Sie wurden vertrieben und aus Shambala fortgejagt. Fortan irrten sie ruhelos durch die Jahrtausende, um sich selbst kreisend und verzweifelt darum bemüht, einander wiederzufinden. Eine anrührende Geschichte, nicht wahr?«

»Es geht«, befand Sarah.

»Offen gestanden, hätte ich niemals gedacht, dass sie wahr sein könnte – bis ich einem Mann namens Gardiner Kincaid begegnete.«

Sarah zuckte zusammen, als der Name ihres Ziehvaters fiel.

»Anfangs hielt ich ihn für einen Phantasten. Aber als er mir nach und nach schilderte, was ihm widerfahren war – seine zufällige Entdeckung auf der Krim, seine Nachforschungen, die altorientalische Geschichte betreffend, seine rätselhaften Erlebnisse in Tibet –, da kam mir der Verdacht, dass er möglicherweise tatsächlich auf etwas gestoßen sein könnte. Folglich ließ ich ihn durch meinen besten Agenten beobachten.«

»Laydon!« Sarah spie den Namen geradezu verächtlich aus.

»*Oui*. Mittels des Lebenswassers, das wir aus Prag entwendeten, heilten wir Sie vom Dunkelfieber und gewannen damit das Vertrauen Ihres Vaters. Und, was noch viel wichtiger war – wir gewannen Sie.«

»Was soll das heißen?«

»Verstehen Sie denn nicht, Lady Kincaid? Das Wasser des Lebens ist ein Test, ein Ritus der Initiation, wenn Sie so wollen. Gewöhnliche Menschen gehen daran zugrunde. Jene jedoch, in deren Adern das Blut der Ersten fließt, versetzt es lediglich in eine Stasis, aus der sie als *tabula rasa* erwachen, bereit, das Wissen der Vergangenheit in sich aufzunehmen.«

»Unsinn«, sagte Sarah nur.

»Keineswegs. Von dem Zeitpunkt an, da Sie aus dem Dunkelfieber erwachten, spielten Sie in unseren Plänen eine feste Rolle. Denn von da an wussten wir, dass Gardiner die Wahrheit gesagt hatte und Sie tatsächlich die Auserwählte waren, auch wenn Sie das selbst noch nicht ahnten. Wir sicherten uns Ihre Dienste bei der Suche nach der Bibliothek von Alexandrien ebenso wie bei der nach dem Feuer des Re. Dabei haben Sie sich jedoch zu unserem Bedauern als wenig kooperativ erwiesen, sodass wir unsere Pläne schließlich ändern mussten. Es liegt eine gewisse Ironie darin, dass Sie selbst uns die Lösung aufgezeigt haben.«

»Kamal«, erriet Sarah.

»Ganz recht. Es sprach vieles dafür, dass Monsieur Ben Nara ebenfalls ein Nachkomme der Ersten war, aber sichergehen konnten wir erst, nachdem wir ihn der Prüfung durch das Wasser des Lebens unterzogen hatten. Fortan waren Sie so sehr damit beschäftigt, nach einem Heilmittel für ihn zu suchen, dass wir ungestört unser weiteres Vorgehen planen konnten. In treuer Erfüllung Ihres Versprechens haben Sie uns noch mehr Lebenswasser beschafft, und als Ihr Geliebter schließlich erwachte, haben wir ihn nach unseren Vorstellungen manipuliert und geformt.«

»Was haben Sie ihm angetan?«, zischte Sarah. »Sagen Sie es mir!«

»Was wir *ihm* angetan haben?« Die Gräfin Czerny, die schweigend dabeigestanden und den Ausführungen ihres Großmeisters gelauscht hatte, lachte schmutzig. »Die Frage ist eher, was dieser Bastard *mir* angetan hat.« Dabei strich sie sich mit einer unmissverständlichen Geste über ihren gewölbten Bauch – und Sarah begriff.

»Nein!«, ächzte sie flehend, während sie das Gefühl hatte, in einen bodenlosen Abgrund zu stürzen.

»Überrascht? Dummes Ding! Wahrscheinlich hast du gedacht, er könnte niemals jemanden so lieben wie dich, nicht wahr? Das ist rührend, wirklich.« Die Gräfin brach in schallendes Gelächter aus.

Das Gefühl, das Sarah überkam, war ohne jede Entsprechung.

Es kam nicht aus ihrem Herzen, sondern aus dem Bauch, dort, wo Wut und Frustration brodelten und aus ihr hervorbrachen wie glühendes Magma aus einem Vulkan. Tieferen Zorn hatte sie nie zuvor empfunden, nicht einmal, als ihr Vater in ihren Armen starb, von Mörderhand niedergestreckt. Lodernder Hass brannte in ihr, der so vernichtend war, dass sie selbst darüber erschrak. Hätte sie in diesem Augenblick eine Waffe in den Händen gehalten, sie hätte ohne Zögern auf ihre Feindin angelegt und geschossen. Nicht genug, dass sie Kamals Kind verloren hatte, nicht genug, dass ihrer

Peinigerin vergönnt war, was man ihr verweigert hatte – nun erfuhr sie auch noch, dass kein anderer als ihr Geliebter der Vater des Kindes war, das die Gräfin unter ihrem verräterischen Herzen trug!

Ein tosender Strom der Rachsucht erfasste Sarah und riss sie mit sich fort. Ungeachtet der Fesseln, die man ihr angelegt hatte, stürmte Sarah auf ihre Gegenspielerin los.

»Sarah, nicht!«, hörte sie Hingis rufen, aber sie achtete nicht auf ihn. Die Konsequenzen ihres Handelns waren ihr egal. Sie wollte nur, dass das höhnische Gelächter ihrer Feindin endete.

Zumindest was das betraf, hatte Sarah Erfolg.

Als Czerny ihre Rivalin auf sich zupreschen sah, die gefesselten Hände zur Hammerfaust geballt, brach ihr höhnisches Gelächter tatsächlich ab, und sie wich zurück – jedoch gelangte Sarah nie auch nur in die Nähe der Gräfin. Grobe Pranken fingen sie vorher ab und packten sie, und noch ehe sie begriff, wie ihr geschah, fühlte sie den blanken Stahl einer Sichelklinge an ihrem Hals. Da sie wie von Sinnen um sich schlug und sich gegen den Griff des Zyklopen wehrte, rann schon im nächsten Moment heißer Lebenssaft an ihrem Hals herab.

»Töte sie!«, keifte die Czerny mit hochrotem Kopf und geweiteten Augen. »Schneide ihr die Kehle durch! Sofort!«

»Non!«, widersprach du Gard scharf. »Wenn du sie tötest, Tigranes, werde ich dir beide Hände abschlagen lassen, hast du verstanden?«

Der Druck hinter der Klinge ließ augenblicklich nach. Vermutlich hatte du Gard Drohungen wie diese bereits wahr gemacht. Mit den gefesselten Händen griff sich Sarah an den Hals. Der Schnitt war nicht tief, aber er blutete heftig. Ihr Blick ging zu Hingis, der in hilflosem Entsetzen zu ihr herüberstarrte.

»Bei allem gebührenden Respekt, Großmeister!« Aus Gräfin Czernys Zügen sprach pures Unverständnis. »Es gibt keinen Grund, sie am Leben zu lassen. Sie ist unsere Feindin, und sie ist gefährlich.«

»*Oui, c'est vrai* – aber sie kann uns auch immer noch von Nutzen sein.«

»Wozu?« Czerny schüttelte den Kopf und blickte demonstrativ an sich herab. »Wir haben alles, was wir brauchen.«

»Ich habe es Ihnen schon einmal gesagt, Gräfin, und ich sage es Ihnen wieder – versuchen Sie nicht, mich zu übervorteilen.«

»Aber nein, ich ...«

»Ist Ihnen nie der Gedanke gekommen, dass ihr Auftauchen«, – du Gard deutete auf Sarah und ihre Gefährten –, »mehr als ein bloßer Zufall sein könnte? Vielleicht ist es ein Wink des Schicksals, schon jetzt zu bekommen, worauf wir andernfalls noch einige Monate warten müssten.«

»Vergessen Sie's«, knurrte Sarah hasserfüllt. »Lieber würde ich sterben.«

»*D'accord*«, beschied ihr der Franzose gelassen. »diese Möglichkeit bleibt uns immer noch, *n'est-ce pas*? Bringt sie weg«, wies er dann seine Handlanger an, »sie sollen Gelegenheit haben, über alles nachzudenken.«

Sarah wurde auf die Beine und davongezerrt. Erneut wehrte sie sich nach Kräften, trat und schlug um sich, und für einen Moment gelang es ihr sogar, den Pranken ihres Häschers zu entkommen. Wie ein Fisch entwand sie sich seinem Griff, dabei kam sie jedoch ins Taumeln und fiel hin. Als sie sich wieder auf die Beine rappeln wollte, stand plötzlich jemand vor ihr. Sie blickte auf – und schaute in das Gesicht Ludmilla von Czernys.

»Angenehme Ruhe, Schwester«, sagte sie.

Im nächsten Moment wurde Sarah von etwas hart und schwer am Hinterkopf getroffen.

Der Schmerz war so heftig, dass er ihr bis in die Fingerspitzen und hinab bis zu den Zehen zuckte. Sarah war wie erstarrt.

Dann verlor sie die Besinnung.

10.

MOUNT KAILASH
KATAKOMBEN
MORGEN DES 23. JUNI 1885

Das Erwachen war grässlich.

Auf nacktem, kaltem Stein liegend, kam Sarah zu sich. Ihr Schädel dröhnte, ihre Glieder schmerzten, und im Hals hatte sie den ekligen Geschmack von geronnenem Blut. Stöhnend wälzte sie sich herum – um in die besorgten Mienen zweier Männer zu blicken, die neben ihr kauerten.

»Gott sei Dank«, stieß Friedrich Hingis hervor und bekreuzigte sich, und sogar in Viktor Abramowitschs bärtigen Zügen war ein Hauch von Erleichterung zu erkennen.

Sarah griff an ihren schmerzenden Hinterkopf und fühlte getrocknetes Blut, das ihr Haar verklebte. Sie erinnerte sich an alles, was geschehen war, vor allem jedoch standen ihr die hämisch grinsenden Züge Ludmilla von Czernys vor Augen, ihrer erklärten Feindin, die den ultimativen Triumph über sie davongetragen hatte.

»Wo ist sie?«, fragte Sarah nur.

»Wer? Czerny?«

Sarah nickte, was ziemlich schmerzte.

»Ich weiß es nicht.« Hingis schüttelte den Kopf. »Wir haben sie seit Stunden nicht mehr gesehen.«

»So lange sind wir bereits hier?« Sarah schaute sich um. Sie befanden sich in einem niedrigen Felsengewölbe, das einst als Vorratslager gedient haben mochte. Die Tür war aus rostigem Metall und hatte eine kleine vergitterte Öffnung, durch die schwacher Fackelschein hereindrang.

Hingis nickte. »Draußen muss es inzwischen Tag sein.«

Schwerfällig richtete sich Sarah auf und massierte die Nasenwurzel mit Daumen und Zeigefinger, den pochenden Schmerz in ihren Schläfen versuchte sie zu ignorieren. Man hatte ihnen die Handfesseln abgenommen. Immerhin etwas.

»Falls Sie an Flucht denken«, knurrte Abramowitsch verdrießlich, »das können Sie vergessen. Die Tür ist doppelt verriegelt, und draußen wimmelt es nur so von Wachen.«

»Ich denke keineswegs an Flucht, Hauptmann«, stellte Sarah klar. »Meine Pläne sind gänzlich anderer Natur.«

»Es gibt noch einen Plan?« Der Russe verdrehte die Augen. »Da bin ich aber erleichtert. In meiner Naivität hatte ich schon gedacht, Sie hätten die Kontrolle über dieses Unternehmen verloren.«

»Bitte«, ermahnte Hingis ihn. »Ihr Sarkasmus bringt uns nicht weiter. Außerdem sind Sie freiwillig mitgekommen, mein Herr. Niemand hat sie gezwungen.«

Dem konnte der Ochrana-Agent nicht widersprechen. In stiller Wut biss er sich auf die Lippen.

»Immerhin«, meinte Hingis vorsichtig, an Sarah gewandt, »wissen wir nun, warum uns das Eine Auge nicht länger verfolgt hat.«

»In der Tat.« Sie nickte, während sie im Halbdunkel blicklos vor sich hin starrte. »Sie haben einen Weg gefunden, wie sie ohne mich an das Geheimnis herankommen.«

»Sarah, es tut mir unendlich leid.«

»Schon gut.«

»Ich weiß, was du empfinden musst, und ich versichere dir, dass ...«

»Verzeih, mein Freund«, unterbrach sie ihn und schaute ihn unverwandt an, »aber ich glaube nicht, dass du das nachvollziehen kannst.«

»Vielleicht nicht«, gab er zu. »Aber ich weiß, was Verlust bedeutet. Und wir haben immer noch eine Mission zu erfüllen.«

»Ich werde sie töten, Friedrich«, erklärte Sarah leise.

»Was?«

»Ludmilla von Czerny hat mir alles genommen und mir dann noch frech ins Gesicht gelacht. Dafür wird sie sterben – *das* ist meine Mission.«

»Aber Sarah, das ... das darfst du nicht sagen!«

»Warum nicht?«

»Weil du die Einzige bist, die diesen Wahnsinnigen Einhalt gebieten kann! Wenn du dein Leben in sinnloser Rache verschleuderst, ist alle Hoffnung verloren.«

»Wer sagt das?«

»Hieronymos würde es sagen, wenn er hier wäre. Und el-Hakim ...«

»Und was sagst du, Friedrich?« Sie sah ihn forschend an.

»Nun, ich ...«

»Danke«, knurrte Sarah, als der Schweizer zögerte. »Und Sie, Abramowitsch? Denken Sie auch, dass alle Hoffnung auf mir ruht? Dass ich das Schicksal der Welt in meinen Händen halte?«

Ihr Sarkasmus war so beißend, dass er dem des Russen beinahe Konkurrenz machte. Gleichwohl lachte Abramowitsch nicht darüber. Er grinste noch nicht einmal, sondern machte ein ebenso ernstes wie nachdenkliches Gesicht.

»In meinem Beruf«, erwiderte er leise, »gibt es keinen Platz für Ideale. Man weiß, für welche Seite man kämpft, und setzt sich bedingungslos für sie ein. Dass dort, wo Licht ist, auch Schatten herrscht, ist eine der ersten Lektionen, die man lernt. Die Welt wird nach Gegnern und Verbündeten unterteilt, nicht mehr und nicht weniger. Von unserer ersten Begegnung an habe ich versucht, Sie nach diesem Raster einzuordnen, Lady Kincaid, allerdings ist es mir nie ganz gelungen. Im einen Moment war ich sicher, in Ihnen eine Feindin zu sehen, im nächsten hatte ich in Ihnen fast so etwas wie eine Verbündete. Warum zum Beispiel bin ich hier? Es bestand keine Notwendigkeit, mich auf die Expedition mitzunehmen. Ebenso gut hätten Sie mich in Tirthapuri versauern lassen können.«

Der Russe schürzte die von der Kälte rissigen Lippen. Es schien ihm nicht leichtzufallen, seine Empfindungen in Worte zu fassen. »Irgendwann«, fuhr er schließlich fort, »glaubte ich, den Grund für Ihr so sonderbares Verhalten erkannt zu haben: Anders als ich haben Sie Ideale, für die sie kämpfen, ein höheres Ziel, dem Sie alles andere unterordnen. Dies, glaubte ich, zeichne Sie aus – aber nun muss ich erkennen, dass Sie nicht besser oder schlechter sind als jeder andere Mensch, den ich kenne. Nur zu, lassen Sie Ihrer Rachsucht freien Lauf, ich werde Sie dabei nach Kräften unterstützen.«

»Nein«, widersprach Hingis entschieden. »Höre nicht auf ihn, Sarah! Du weißt, dass es ihm nur um seinen eigenen Nutzen geht. Du musst weiter an das glauben, was dich hierher geführt hat!«

»Glaubst du denn daran?«, konterte sie und maß den Freund prüfend.

Hingis' Zögern währte nur einen Augenblick. »Hättest du mir diese Frage noch vor ein paar Monaten gestellt, hätte ich sie schlicht verneint«, gab er zu. »Aber du hast mir die Augen für eine neue Art von Archäologie geöffnet, für eine Wahrheit, die sich hinter dem Offensichtlichen verbirgt.«

»Und das sagst ausgerechnet du? Der überzeugte Rationalist?«

»Ich habe mich lange gegen diese Einsicht gewehrt«, gab der Schweizer zu, »aber inzwischen komme ich nicht mehr umhin anzuerkennen, dass hier Kräfte am Wirken sind, die die *ratio* allein nicht erklären kann. Und ich finde allmählich keinen Geschmack mehr daran, den *advocatus diavoli* zu spielen. El-Hakim hatte recht, Sarah. Alles Wissen bleibt nutzlos, solange man es nur mit dem Verstand, aber nicht mit dem Herzen erfasst. Du bist die Erbin des dritten Geheimnisses, daran hege ich nicht mehr den geringsten Zweifel. Dieser Verantwortung musst du dich stellen, alles andere ist nebensächlich!«

»Aber Gräfin Czerny . . .«

»Alles andere ist nebensächlich«, schärfte Hingis ihr ein. »Und was auch immer geschehen wird – es war mir eine Freude und eine Ehre, dich auf deinen Reisen zu begleiten.«

Sarah wollte etwas erwidern, als vor der Zelle plötzlich Schritte laut wurden. Der Fackelschein verstärkte sich, und mit hässlichem Knirschen wurde der Riegel zurückgezogen. Das rostige Türblatt schwang knarrend auf. Du Gard stand auf der Schwelle, in seinen schwarzen Umhang gehüllt und den Gehstock in den Händen, dessen Knauf, das bemerkte Sarah erst jetzt, ein Auge darstellte. Bei ihm war auch Ludmilla von Czerny, mit mordlüsternem Blick und zu einem dünnen Strich verkniffenen Lippen.

Der Anblick ihrer schwangeren Feindin ließ Sarahs Blut einmal mehr in Wallung geraten. Ein Teil von ihr wäre am liebsten aufgesprungen und hätte sich mit bloßen Händen auf die Gräfin gestürzt, aber sie beherrschte sich. Nicht so sehr, weil Hingis' pathetische Ansprache sie überzeugt hatte, sondern weil sie auf eine günstigere Gelegenheit warten wollte. Zwei Zyklopen und fünf schwarz gewandete Ordensschergen warteten auf dem Gang, die Übermacht war zu erdrückend.

»Ich protestiere entschieden gegen diese Form der Behandlung«, beschwerte sich Abramowitsch, so, wie es Hingis einst bei ihm getan hatte. »Ich bin Offizier seiner Majestät des Zaren und habe eine würdigere Unterbringung als diese verdient!«

»Finden Sie?« Du Gard bedachte ihn mit einem abschätzigen Blick. »Hauptmann, wollte ich Sie Ihrem Stand entsprechend einquartieren, müsste ich Sie in die Jauchegrube stoßen, damit Sie die Zeit mit Würmern, Ratten und anderem Geschmeiß Ihres Schlages zubringen könnten. Dass es nicht so gekommen ist, haben Sie Lady Kincaid zu verdanken.«

»Was wollen Sie?«, fragte Sarah unbeeindruckt. »Sich nach unserem Befinden erkundigen? Oder nur an unserem Elend weiden?«

»Weder noch.« Du Gard schüttelte den Kopf. »Ihr persönliches Elend schert mich nicht, und Ihr Befinden interessiert mich nur, sofern es meine eigenen Interessen tangiert.«

»Und das ist der Fall?«

»Möglicherweise. Folgen Sie mir, Lady Kincaid. Ich möchte Ihnen etwas zeigen. Aber ich warne Sie – sollten Sie versuchen, die Gelegenheit zur Flucht zu nutzen oder mich oder meine Leute noch einmal anzugreifen, so wird dies Ihr letzter Fehler sein. Haben Sie mich verstanden?«

Sarah verzog geringschätzig das Gesicht. »Sie scheinen überzeugt zu sein, dass ich mit Ihnen kommen werde.«

»*Alors*, das bin ich in der Tat, denn ich biete Ihnen nicht mehr und nicht weniger als die Antwort auf all Ihre Fragen.«

Sarah tauschte zuerst mit Hingis, dann mit Abramowitsch einen langen Blick. In den Gesichtern beider konnte sie eine unausgesprochene Aufforderung erkennen.

»Was ist mit meinen Gefährten? Dürfen sie mitkommen?«

»Ich bestehe darauf«, entgegnete das Oberhaupt der Bruderschaft mit einem Lächeln, das Sarah erschaudern ließ. Unwillkürlich fragte sie sich, wie jemand, der das Wesen und die Herzenswärme einer Giftnatter hatte, einen Sohn wie Maurice haben konnte. Abgesehen von einer gewissen äußeren Ähnlichkeit, konnte sie keinerlei Übereinstimmung zwischen den beiden erkennen. Maurice hatte stets betont, dass er mehr nach seiner Mutter kam, was offenkundig stimmte.

Abermals verständigten sich Sarah und ihre Begleiter wortlos. Dann erhoben Sie sich, worauf sofort du Gards Schergen in die Zelle drängten und sie in die Mitte nahmen. Mit blanken Säbeln und vorgehaltenen Pistolen hielten sie sie in Schach.

Du Gard nickte zufrieden, dann setzte er sich an der Spitze des Zuges in Bewegung. Die Czerny folgte ihm mit unverändert düsterer Miene. Offenbar hatte es zwischen beiden eine Meinungsverschiedenheit bezüglich der Behandlung der Gefangenen gegeben.

Da Sarah bewusstlos gewesen war, als die Zyklopen sie in ihr Gefängnis geschleppt hatten, sah sie den niederen Korridor zum ersten Mal. In engen Kurven wand er sich hinauf zu der großen, elliptisch geformten Halle, wo die Skulptur über dem Boden schwebte, von einem magnetischen Kraftfeld gehalten.

Erst jetzt, da sie das Artefakt aus der Nähe sah, fiel Sarah auf, dass ihr die geometrischen Formen, aus denen es sich zusammensetzte, vertraut waren: Das Zentrum bildete ein großer metallener Kegel, der fest auf dem Boden stand; darum herum waren vier Wellenlinien in den Boden eingraviert. Über der Spitze schwebte ein stilisierter Turm, der aus einer schimmernden Röhre bestand, darüber eine Kugel.

Es war, wie sowohl Sarah als auch Hingis sofort erkannten, eine dreidimensionale Darstellung des Symbols, das sie in Polyphemos' Codicubus gefunden hatten: der Berg mit der Festung und der Sonne darüber, an dem vier Flüsse entsprangen.

Das Zeichen für den Weltenberg Meru.

»Ich nehme an, Sie wissen, was das ist?«, erkundigte sich du Gard.

»Eine Landkarte«, erwiderte Sarah, »in der Luft gehalten von magnetischen Kräften.«

»Très bien.« Er nickte. »Aber das ist nicht alles, Lady Kincaid. Es ist auch ein Schlüssel.«

»Was für ein Schlüssel?« Hingis schaute fragend auf.

»Der Schlüssel, der Zugang nach Shambala gewährt«, eröffnete du Gard bereitwillig. »Der die Pforte der Weisheit öffnet und seinem Besitzer das dritte Geheimnis offenbart. Sie wissen doch, was es damit auf sich hat, oder nicht?«

»Wissen Sie es denn?«, fragte Sarah dagegen.

Du Gards Lächeln war ebenso falsch wie breit. »Sie wollen spielen«, stellte er fest und nickte. »Wie Sie möchten. Es ist lange her, dass ich mit einem ebenbürtigen Gegner gespielt habe.«

»Ich spiele nicht«, versicherte Sarah.

»Natürlich nicht.« In den Augen des Franzosen funkelte es listig. »Aber warum, so frage ich mich, sind Sie dann hier? Ich kenne Sie, Lady Kincaid, womöglich besser als Sie sich selbst, und ich weiß, dass Ihre Neugier am Ende siegen wird. Ihr ganzes Leben lang haben Sie darauf gewartet, einen Blick hinter diese Pforte zu tun, und nun wollen Sie mir erzählen, Sie wüssten nicht, worum es dabei ginge?«

»Genau das.« Sarah nickte grimmig.

»Dann will ich es Ihnen sagen, Lady Kincaid. Sagt Ihnen der Name Pandora etwas?«

»Der griechischen Sage nach war Pandora die erste Frau auf Erden«, erwiderte Sarah. »Als Strafe für die Vermessenheit des Prometheus wurde sie von den Göttern des Olymp zu den Menschen geschickt. In ihrem Besitz befand sich ein Behältnis, dessen Inhalt über Wohl oder Wehe der Sterblichen entscheiden konnte – die sogenannte Büchse der Pandora ...«

»*Très bien*«, lobte du Gard. »Und damit haben Sie genau erfasst, worum es beim dritten Geheimnis der Ersten geht.«

»Wollen Sie damit sagen ...?«

»Das erste Geheimnis war, wie Sie wissen, das Feuer des Re, eine Waffe von größter Zerstörungskraft. Das zweite Geheimnis bestand im Wasser des Lebens, das für die Nachkommen der Ersten die Kraft der Unsterblichkeit barg. Das dritte Geheimnis jedoch ist nicht mehr und nicht weniger als die Büchse der Pandora.«

»Woher wollen Sie das wissen?«, fragte Sarah zweifelnd. »Nicht einmal die Arimaspen wussten, worum es sich dabei handelte.«

»Maurices Mutter hat es mir verraten«, entgegnete du Gard schlicht. »Wie ich schon sagte, war sie mit besonderen Fähigkeiten ausgestattet. Es war der letzte nützliche Dienst, den sie mir erwies, ehe sie den Verstand verlor. Gleichwohl kostete es mich noch viele Jahre, diesen Ort ausfindig zu machen und seine Geheimnisse zu enträtseln.«

Sarah schluckte sichtbar. Es stimmte – Maurice hatte ihr erzählt, dass seine Mutter, von Visionen verfolgt, in geistiger Umnachtung gestorben war, und er selbst hatte sich stets davor gefürchtet, ebenso zu enden wie sie.

»Im Mythos ist davon die Rede, dass Pandoras Gabe zum Guten wie zum Bösen verwendet werden kann«, warf Friedrich Hingis ein.

»Und genau so ist es«, bestätigte du Gard. »Was auch immer sich dahinter verbirgt, es ermöglicht das Leben ebenso, wie es den Untergang bedeuten kann. Dem Besitzer obliegt es, darüber zu entscheiden – und aus dieser Fähigkeit erwächst grenzenlose Macht.«

»Natürlich.« Sarah nickte. »Und darauf sind Sie aus, nicht wahr? Wenn Sie ernstlich glauben, dass ich Ihnen dabei helfen werde, dann haben Sie den Verstand verloren.«

»Ich habe es Ihnen gesagt, Großmeister«, zischte die Gräfin wie eine Schlange. »Sie würde eher sterben als uns unterstützen.«

»Tatsächlich?« Du Gard schüttelte den Kopf. »Das denke ich nicht. Denn jenseits dieses Schlüssels befindet sich alles, was sie stets erfahren wollte. Sie braucht nur die Hand auszustrecken und danach zu greifen.«

»Nein«, lehnte Sarah entschieden ab. »Ich werde Ihnen nicht dabei helfen, Ihre wahnsinnigen Pläne in die Tat umzusetzen.«

»Es ist Ihre Entscheidung. Aber letztlich muss Ihnen klar sein, dass Sie uns damit nicht aufhalten werden. Die Bruderschaft hat über Jahrtausende hinweg auf ihre Chance gewartet, da kommt es auf einige Monate mehr oder weniger nicht an. Schon in Kürze wird Gräfin Czerny uns eine rechtmäßige Erbin gebären, ein Mädchen, in dessen Adern das Blut der Ersten fließt. Spätestens dann wird sich die Pforte nach Shambala für uns öffnen, ob es Ihnen gefällt oder nicht.«

»Vielleicht«, bemerkte Abramowitsch mit erstaunlicher Gelassenheit. »Vielleicht aber auch nicht.«

»Was soll das heißen?«, fragte du Gard.

»Wären Sie sich Ihrer Sache so sicher, wie Sie behaupten, hätten Sie Lady Kincaid nicht hierher gebracht, sondern würden einfach abwarten, bis sich die Dinge von selbst entwickeln. Vermutlich hätten Sie sie nicht einmal am Leben gelassen. Aber Sie haben Zweifel, nicht wahr? Zweifel, was die Loyalität der Gräfin angeht.«

»Schweigen Sie!«, fuhr Czerny ihn an. »Es steht Ihnen nicht zu, meine Loyalität in Frage zu stellen!«

»Wahrscheinlich nicht«, gab der Russe zu, »dennoch frage ich mich, weshalb wir noch am Leben sind.«

»*Mes compliments.* Für einen Angehörigen des Militärs verfügen Sie über erstaunlich gute Menschenkenntnis. Könnte es sein, Hauptmann, dass Sie uns über die wahre Natur Ihres Berufs im Unklaren gelassen haben?« Du Gards Verstand schien ebenso scharf zu sein wie der Blick, mit dem er Abramowitsch bedachte. Dieser jedoch blieb weiter gelassen.

»Ich sehe«, entgegnete er, »ich habe hier einen ebenbürtigen Gegner gefunden, sodass es keinen Sinn hat, länger mit der Wahrheit hinter dem Berg zu halten. Ich bin Offizier seiner Majestät des Zaren – allerdings mit besonderen Aufgaben betraut.«

»Als da wären?«

»Ich arbeite für die Ochrana«, gab Abramowitsch bekannt, was ihm von Czernys Seite einen erschrockenen und von du Gard einen unverhohlen bewundernden Blick eintrug.

»Sieh an«, meinte der Franzose, »ein Mitglied der berüchtigten Geheimpolizei. Ich muss zugeben, *monsieur le capitain*, dass ich Ihnen einen solch illustren Lebenswandel nicht zugetraut hätte. In jüngster Zeit sind verstärkte Tätigkeiten der Ochrana im Bezug auf unsere Organisation zu verzeichnen, aber ich hatte noch niemals die Ehre, einen unserer geschätzten Gegner kennenzulernen.«

»Es gibt für alles ein erstes Mal«, entgegnete Abramowitsch ölig.

»Sie denken also, dass ich meiner geschätzten Freundin, der der Gräfin Czerny misstraue, und ich Lady Kincaid deswegen habe hierher bringen lassen?«

»Allerdings«, bekräftigte der Russe, »und ich vermute außerdem, dass Sie gut daran tun, denn die Gräfin verfolgt eigene Pläne.«

»D-das ist nicht wahr!«, ereiferte Czerny sich. »Das ist eine infame Unterstellung!«

»Infam, mit Verlaub, könnten meine Worte nur dann sein, wenn ich mir einen Vorteil davon verspräche«, konterte Abramowitsch, jetzt wieder ganz der Sophist, als den Sarah ihn an Bord der ›Strela‹ kennengelernt hatte. »Da ich jedoch Ihr Gefangener bin und alle Vorteile auf Ihrer Seite liegen, kann dies nicht der Fall sein.«

»Was also bringt Sie auf den Gedanken?«, wollte du Gard wissen, ungeachtet des Protests, den Czerny erhob.

»Nun, erstens hat sich die Gräfin Ihnen gegenüber in eine Vorteilsposition gebracht, die sie in gewisser Weise unangreifbar macht. Zweitens ist sie sich dieser Position nur zu bewusst, sonst hätte sie nicht versucht, Lady Kincaid töten zu lassen, als sich die Gelegenheit ergab.«

»*Très intéressant*«, meinte du Gard mit einer Miene, die erahnen ließ, dass ihm diese Gedankengänge nicht ganz neu waren. »Was also würden Sie mir raten?«

»An Ihrer Stelle würde ich die Gelegenheit nutzen, die sich mir bietet. Obwohl ich nicht an dergleichen Hokuspokus glaube, scheinen zumindest Kincaid und ihr schmalbrüstiger Begleiter der Ansicht zu sein, dass sie die Erbin des dritten Geheimnisses ist. Was also hält Sie davon ab, es einfach auszuprobieren?«

»Schuft!«, stieß Hingis hervor. »Sehen Sie denn nicht, was Sie tun? Sie sind dabei, sich mit dem Feind zu verbünden ...«

»Keineswegs, Doktor«, widersprach du Gard. »Monsieur Abramowitsch ist nur auf dem besten Weg dazu, seinen Hals zu retten.«

»Verräter«, stieß Hingis hervor. »Elender Schuft!«

»Ich schätze Männer, die die Zeichen der Zeit erkennen und entsprechend handeln«, meinte du Gard. »Was also würden Sie tun, Abramowitsch? Wie bringe ich unsere gemeinsame Freundin Lady Kincaid dazu, die Pforte für mich zu öffnen?«

»Das schaffen Sie nicht«, versicherte Sarah.

»Und wenn ich Ihre Gefährten vor Ihren Augen umzubringen drohe?«

»Selbst dann nicht«, meinte Abramowitsch überzeugt. »Sehen Sie, was mich betrifft, so würde der Verlust Lady Kincaid nicht sehr treffen, und unser guter Hingis hat selbst mehrfach betont, dass er lieber sterben würde, als Ihnen in die Hände zu arbeiten. Zufällig weiß ich jedoch, dass just in diesem Augenblick Lady Kincaids einäugiger Freund unterwegs ist, um …«

»Nein!«, fiel Sarah ihm ins Wort. »Tun Sie es nicht, Abramowitsch! Sagen Sie es ihm nicht, ich bitte Sie …«

»… um ihren geliebten Kamal aus der Festung Redschet-Pa zu befreien«, fuhr der Russe ohne Zögern fort. »Nur deshalb führt sie solch große Worte. Könnten Sie Kamal als Druckmittel einsetzen, würde sie es nicht mehr wagen, sich Ihnen zu widersetzen.«

»Schwein!«, beschimpfte Sarah ihn. »Elendes Scheusal!«

Abramowitsch verzog keine Miene. »Ich hatte Ihnen gesagt, wo meine Prioritäten liegen, oder nicht?«

»Allerdings.« Sie nickte, Tränen der Verzweiflung in den Augen. »Er wird Sie hintergehen, du Gard«, prophezeite sie dann, »genau wie er mich hintergangen hat. Er mag Ihnen erzählen, was er will – seine wahre Loyalität gehört dem Zaren, und er wird alles tun, um das dritte Geheimnis in dessen Besitz zu bringen.«

»Tatsächlich? Oder können Sie es nur nicht ertragen, dass sich ein weiterer Ihrer Verbündeten von Ihnen abgewandt hat?«, fragte du Gard grinsend. »Aber wir werden sehen …«

Er winkte einen der Zyklopen heran – es war der Unterführer, der auf den Namen Tigranes hörte – und erteilte ihm eine Reihe knapper Befehle. Sarah verstand nicht jedes Wort, aber sie nahm an, dass es um Kamal und Hieronymos ging, die um jeden Preis an ihrer Flucht aus Redschet-Pa gehindert und gefangen genommen werden sollten. Der Einäugige nickte gehorsam und ging. Einige der schwarz gewandeten Ordensdiener folgten ihm.

»Sie sehen also, Mylady«, wandte sich du Gard ihr zu, und sie erschauderte unter seinem eisigen Blick, »dass Sie völlig isoliert sind. Sie haben keine Freunde mehr, können auf keine Hilfe hoffen. Sie sind besiegt in jeder nur erdenklichen Hinsicht. Glauben Sie nicht, dass es an der Zeit wäre, Ihr Schicksal zu erfüllen?«

»Ich weiß nicht, wovon Sie sprechen.«

»Sie sind die Erbin, das wissen Sie so gut wie ich. Verweigern Sie sich dieser Erkenntnis nicht länger, sondern tun Sie, was die Geschichte von Ihnen verlangt. Gardiner Kincaid hat immer gewusst, dass es eines Tages dazu kommen würde. Er hat Ihnen die Wahrheit verschwiegen und Sie über Ihre Herkunft im Unklaren gelassen. Aber tief in seinem Inneren hat er geahnt, dass sich das Schicksal nicht betrügen lässt. Sie sind einen weiten Weg gegangen, Mylady, am Ende jedoch hat er Sie wieder hierher geführt, wo alles begonnen hat. Also wehren Sie sich nicht länger dagegen! Folgen Sie Ihrer Bestimmung!«

»Nein, Sarah«, widersprach Hingis kopfschüttelnd. »Tu es nicht ...«

»Ist das Ihrer Weisheit letzter Schluss, Doktor?«, fragte du Gard. »Nur ein Narr würde sich nicht in das Unausweichliche fügen. Der Kampf ist zu Ende, Sie haben ihn verloren. Es ist an der Zeit, unseren Konflikt zu begraben und zusammenzuarbeiten, zum Wohl der Menschheit!«

»Wohl eher zu ihrem Untergang«, verbesserte der Schweizer.

»Sie haben leicht reden. Sie sind es nicht, der vom Schicksal dazu ausersehen wurde, in den Besitz einer jahrtausendealten Macht zu gelangen, die ihren Ursprung außerhalb unseres Planeten hat. Lady Kincaid jedoch ist es, und ich biete ihr an, zusammen mit mir die Pforte der Weisheit zu durchschreiten und nach Shambala zu gehen!«

»Nein!«, rief Czerny aufgebracht. »Tun Sie das nicht, Großmeister! Trauen Sie ihr nicht, Großmeister! Sie werden getäuscht ...!«

Du Gard hörte nicht auf sie. Die Aussicht, nicht noch weitere

Monate warten zu müssen und die Entscheidung sofort herbeizuführen, reizte ihn allen gegenteiligen Beteuerungen zum Trotz und ließ ihn seine Vorsicht vergessen. »Dies«, rief er und deutete mit bebender Hand auf das schwebende Artefakt, »ist der Schlüssel zum dritten Geheimnis! Nur ein weiblicher Nachkomme der Ersten vermag ihn zu betätigen, sei es nun ein neugeborenes Kind oder Sie, Lady Kincaid. Öffnen Sie ihn, und ich werde Sie zur Großmeisterin des Ordens machen, zur mächtigsten Frau auf Erden!«

»Nein!«, protestierte die Gräfin erneut und mit einer Stimme, die sich vor Zorn und Empörung überschlug. »Nein . . .!«

Je verzweifelter ihre Gegenspielerin wurde, desto größer wurde die Genugtuung, die Sarah darüber empfand, und desto mehr wuchs ihr Verlangen, ihrer Feindin den Rest zu geben, sie vollständig zu besiegen und ihr all das zu nehmen, was sie auch ihr genommen hatte.

Solange du Gard der Ansicht war, dass sie ihm nutzen konnte, würde er sie am Leben lassen. Und solange er noch nichts in den Händen hielt, womit er sie unter Druck setzen konnte, war sie ihm gegenüber im Vorteil – was sich schlagartig ändern würde, wenn es seinen Schergen tatsächlich gelang, Kamal zu fassen.

Es galt also zu handeln, solange es möglich war.

Eine Entscheidung musste getroffen werden . . .

»Wie funktioniert der Schlüssel?«, erkundigte sie sich zu Hingis' Entsetzen. Der Schweizer starrte sie fassungslos an.

Du Gard hob die Brauen. »Sie können sich tatsächlich nicht erinnern?«

»Ein großer Teil meiner Erinnerungen ist zu mir zurückgekehrt«, gestand sie offen, »aber ich entsinne mich nicht an jedes Detail. Ich weiß, dass ich schon einmal hier gewesen bin, aber von diesem Schlüssel weiß ich nichts.«

»Sie lügt«, meinte die Czerny überzeugt. »Sie lügt mit jedem Wort . . .«

Du Gard schaute Sarah prüfend an, schien jedoch zu einem

anderen Ergebnis zu kommen als seine Kumpanin. Er wandte sich seinen einäugigen Leibwächtern zu und deutete wahllos auf einen von ihnen.

»Du«, sagte er. »Demonstriere Lady Kincaid, wie der Schlüssel funktioniert.«

Es schien, als zögerte der Zyklop einen Augenblick, dann trat er jedoch vor. Gemessenen Schrittes näherte er sich dem Kegel, über dem die Röhre und die Kugel schwebten, und streckte langsam die Hand aus.

»Los«, drängte du Gard ungeduldig. »Worauf wartest du?«

Unmittelbar vor dem Kegel blieb der Einäugige stehen. Sarah konnte sehen, wie seine Hand zitterte, während er sie auf die Spitze zu bewegte und sie schließlich darauflegte.

»Was hat das zu bedeuten?«, fragte Hingis.

»Warten Sie es ab, Doktor«, empfahl du Gard.

Im nächsten Moment war an der Kegelspitze eine Veränderung zu bemerken. Das schimmernde Metall wechselte die Farbe und schien plötzlich aus seinem Inneren heraus zu glühen. Die Hand des Zyklopen schien noch mehr zu zittern. Schweiß trat auf seine Stirn, die Mundwinkel zogen sich nach unten. Er schien beträchtliche Schmerzen zu leiden, dennoch wagte er nicht, die Hand zurückzuziehen, wohl weil er den Zorn seines Herrn noch mehr fürchtete als die Verbrennungen.

Das Leuchten intensivierte sich.

Die Kegelspitze erstrahlte in grellem Orange, während gleichzeitig ein energetisches Summen erklang, das immer lauter wurde. Schlagartig schien der Schmerz zuzunehmen. Der Zyklop stieß einen gellenden Schrei aus – dann ging alles so schnell, dass das Auge kaum folgen konnte.

Das Artefakt, das bislang reglos in der Luft geschwebt hatte, bewegte sich! Als würde die Intensität des Magnetfelds plötzlich nachlassen, fiel die Kugel senkrecht herab und traf funkenschlagend auf die Röhre, die wiederum mit der Wucht einer industriellen Stanzmaschine herabfuhr – und die Hand des Zyklopen unmittelbar hinter dem Gelenk abtrennte.

Der Einäugige taumelte schreiend zurück und stürzte, den Stumpf in die Höhe reckend, aus dem aufgrund der immensen Hitzeentwicklung kein Blut austrat. Seine herrenlose Rechte jedoch lag noch immer auf der Kegelspitze, wo sie zischend verdampfte. Rauch stieg auf, und der ekelerregende Gestank von verbranntem Fleisch tränkte die Luft. Im nächsten Moment verblasste das Leuchten wieder, und die Glut erlosch. Zurück blieb eine verkohlte Knochenhand.

»Wie der Schlüssel funktioniert, kann ich Ihnen nicht sagen, Lady Kincaid«, erläuterte du Gard ungerührt, während sein verstümmelter Diener hinausgeschleppt wurde. »Aber ich konnte Ihnen demonstrieren, wie er *nicht* funktioniert.«

»Sie Scheusal«, ereiferte sich Hingis. »Sie haben genau gewusst, was geschehen würde.«

»Natürlich.«

»Warum haben Sie es dann getan?«

»Weil ich die Macht dazu habe, Doktor«, erklärte du Gard. »Alles andere ist nicht von Belang.«

»Sie sind wahnsinnig«, behauptete der Schweizer überzeugt. »Hörst du, Sarah? Er hat den Verstand verloren!«

»Und was weiter, Doktor? Was soll sie Ihrer Ansicht nach nun tun? Auf ihre Bestimmung verzichten?«

»Wenn es so etwas wie eine Bestimmung gibt«, entgegnete Hingis, »dann besteht sie darin, die Menschheit vor Schaden zu bewahren, und nicht darin, sie zu vernichten.«

»Glauben Sie denn, die Menschheit bedürfte dazu eines vorgeschichtlichen Artefakts?«, fragte du Gard. »Sie kennen die Geschichte besser als ich, Doktor, und Sie wissen, dass sie im Grunde nichts anderes ist als eine einzige Abfolge von Kriegen und Konflikten. Das Einzige, was sich in den vergangenen Jahrtausenden wirklich verbessert hat, sind die Waffen, mit denen diese Kriege geführt werden. Sie sind immer ausgefeilter und effizienter geworden, wohingegen sich der Mensch kaum weiterentwickelt hat. Schon in wenigen Jahren wird er vermutlich in der Lage sein, sich selbst zu zerstören. Die Büchse der Pandora jedoch versetzt uns in die Lage, dies zu verhindern. Dies und nichts anderes«, fügte er an Sarah gewandt hinzu, »ist Ihre Bestimmung.«

»Sie wagen es, sich als Retter der Menschheit aufzuspielen, nach all den Verbrechen, die Sie verübt, nach all den Morden, die Sie begangen haben?«, schnappte Hingis.

»Was wir getan haben, um ans Ziel zu gelangen, zählt nicht mehr«, meinte du Gard voller Überzeugung. »Wichtig ist nur, dass wir hier sind, nicht wahr, Lady Kincaid?«

Er schien zu spüren, dass seine Worte nicht ungehört verhallten, und auch Hingis bemerkte es. »Tu es nicht, Sarah«, flüsterte der Schweizer beschwörend. »Es widerspricht allem, was dein Vater und el-Hakim dich gelehrt haben.«

Sarah schaute zuerst dem Freund, dann dem Feind offen ins Gesicht. Schließlich trat sie auf den Schlüssel zu.

»Nein!«, rief Hingis entsetzt. Auch die Gräfin Czerny verfiel in lautes Protestgeschrei, das Sarah jedoch nur in ihrem Entschluss bestärkte.

Der Augenblick der Wahrheit war gekommen ...

Zögernd streckte sie die Hand aus, während sie sich dem Kegel näherte. Die Glut war verloschen, die zerfallenen Überreste der Knochenhand lagen rings auf dem Boden verstreut. Hätte Sarah nicht mit eigenen Augen gesehen, welche zerstörerischen Kräfte dem Artefakt innewohnten, sie hätte es vermutlich nicht geglaubt.

»Bitte Sarah! Tu es nicht!«

Sie hörte Friedrich Hingis' verzweifelten Ruf, aber sie reagierte nicht darauf. Unmittelbar vor dem Kegel blieb sie stehen, und indem sie all ihren Mut zusammennahm und den letzten Widerstand überwand, legte sie ihre Rechte auf die Spitze.

»Du wirst sie verlieren! So wie ich meine Hand verloren habe!«

Sarah bebte innerlich. Sie wollte nicht verstümmelt werden, aber sie hatte keine andere Wahl. Nicht, wenn sie Gewissheit wollte. Nicht, wenn sie ihre Feindin besiegen wollte.

Wie zuvor bei dem Zyklopen begann die Spitze des Kegels aus ihrem Inneren heraus zu leuchten. Das Metall erwärmte sich, wurde jedoch nicht so heiß, wie man es hätte vermuten sollen. Dafür spürte Sarah, wie etwas nach ihren Gedanken griff.

Anfangs war es nur ein flüchtiger Eindruck, aber schon kurz darauf wurde ihr klar, dass tatsächlich etwas dabei war, in ihr Bewusstsein einzudringen. Eine jahrtausendealte Macht ...

Sie begriff, dass der Zyklop nicht vor Schmerz geschrien hatte, sondern weil ihm dasselbe widerfahren war; das Gefühl war mit nichts zu vergleichen, was sie je zuvor erlebt hatte, nicht einmal mit der Seelenverschmelzung, die die Mönche von Tirthapuri durchgeführt hatten. Es war, als griffe eine unsichtbare Hand mitten in ihre Gedanken und durchwühlte sie, und mit einem Mal bekam Sarah entsetzliche Angst. Sie begann am ganzen Leib zu zittern und wollte ihre Hand zurückziehen, aber ihr war bewusst, dass dies das Ende gewesen wäre. Ihr blieb nichts, als auszuharren und die Sache durchzustehen, welchen Ausgang sie auch immer nehmen mochte ...

Ein lautes Summen war zu hören, das das gesamte Gewölbe erfüllte, dazu ein schrilles Geräusch. Sarah brauchte einen Moment, um zu erfassen, dass es ihr eigener, gellender Schrei war. Sie versuchte sich zu beherrschen, aber es gelang ihr nicht, ihre Furcht war überbordend. Mit vor Entsetzen geweiteten Augen starrte sie auf ihre Hand, die auf der glühenden Kegelspitze lag, während sie nur darauf wartete, dass die Metallröhre herabstoßen und sie ihr abtrennen würde.

Doch dann geschah etwas völlig Unerwartetes: Das Artefakt begann sich plötzlich zu drehen! Mehr noch, Sarah hatte den Eindruck, dass sie ebenfalls um den Kegel kreiste – oder war es in Wahrheit andersherum, und das gesamte Gewölbe rotierte um sie?

Was das zu bedeuten hatte, wusste sie nicht, aber sie nahm an, dass es ein gutes Zeichen wäre, andernfalls hätte sie ihre Hand wohl schon verloren. Ihr Schrei brach ab, teils aus Verblüffung, teils aus Erleichterung, während die Rotationsgeschwindigkeit zunahm.

Ob sie sich tatsächlich drehte oder es nur eine Täuschung war, wusste Sarah nicht zu sagen. Es gab keine Fliehkraft, die an ihr zerrte. Viel eher hatte sie das Gefühl, dass sie sich, je schneller sie sich drehte, in einer schützenden Blase befand, die sie umgab und den Gesetzen der herkömmlichen Physik entzog. Während die Halle zu einem Wandteppich aus milchigem Grau verschwamm, in den die Fackeln orangefarbene, hortizontal verlaufende Linien zeichneten, konnte Sarah die Personen darin noch deutlich wahrnehmen, so, als schärfte das Artefakt ihre Sinne.

Sie sah das ungläubige Erstaunen in Viktor Abramowitschs Gesicht, sah ihre Erzfeindin, die Gräfin Czerny, die fassungslos dastand, die Hände auf ihren Unterleib gelegt und die Miene zornverzerrt. Sie sah Lemont du Gard, der die Hände zu Fäusten geballt und triumphierend emporgestoßen hatte, ein diabolisches Grinsen auf den Zügen. Und sie sah Entsetzen in Friedrich Hingis' Gesicht und hörte den heiseren Schrei aus seiner Kehle.

Der Schweizer handelte in dem Augenblick, als sich das Glühen der Kegelspitze intensivierte und nicht mehr nur Sarahs Hand, sondern ihren ganzen Körper einzuhüllen schien. Die Gunst des Augenblicks nutzend, riss er sich von seinen Bewachern los und rannte auf Sarah zu, augenscheinlich im Bemühen, sie von dem Artefakt loszureißen – aber er kam nicht sehr weit. Ein Schuss fiel, und zu ihrem Entsetzen beobachtete Sarah, wie Hingis getroffen niederging. Instinktiv wollte sie ihre Hand vom Kegel nehmen, um dem Freund zur Hilfe zu kommen, aber es war zu spät. Sie konnte den Kräften, denen sie ausgesetzt war, nicht widerstehen.

Immer schneller rotierte das Artefakt, und das energetische Summen wurde so laut und intensiv, dass es Sarah fast um den Verstand brachte. Gleichzeitig hatte es den Anschein, als würde sich der massive Boden unterhalb des Kegels allen Regeln der Natur zum Trotz auflösen. Eine Art Strudel entstand aufgrund der Drehbewegung darin, der das Artefakt – und mit ihm auch Sarah! – verschlang.

In diesem Moment begriff sie, dass das Kunstwerk keineswegs der Schlüssel zur Pforte der Weisheit war, wie du Gard behauptet hatte.

Es war die Pforte selbst!

Schon nach wenigen Augenblicken wusste Sarah nicht mehr zu sagen, ob sie tatsächlich in dem Strudel versank oder ob er sich wie ein gefräßiger Rachen über sie stülpte.

Dann folgte Dunkelheit.

11.

In dem Augenblick, als Sarah Kincaid in die bodenlose Tiefe zu stürzen schien, kehrten auch jene Erinnerungen zu ihr zurück, die ihr vor langer Zeit im unvollendeten Ritual des *pho-wa* übertragen worden waren, die Erfahrungen von Hunderten von Leben.

Der erste Name, der ihr in den Sinn kam, war Inanna.

Polyphemos hatte sie stets so genannt, und sie hatte immer gerätselt, was es damit auf sich hatte. Nun begriff sie den Zusammenhang, und sie sah sich selbst in fernen, längst entschwundenen Zeitaltern, die vor ihrem geistigen Auge wieder lebendig wurden. Sie erblickte die Wunder der Alten Welt, von den Pyramiden von Giseh und dem Pharos von Alexandria bis zu den hängenden Gärten Babylons, spürte den Odem der Geschichte und die Kraft der Mythen, während immer mehr Namen durch ihr Bewusstsein flossen, ein nicht enden wollender Strom.

Roxane.

Arsinoë.

Meheret.

In vielen Körpern hatte sie gelebt und auf verschiedenen Seiten der Geschichte gestanden, hatte Freude und Leid erfahren und den Zyklus des Werdens und Vergehens unzählige Male durchlaufen – doch stets war sie nur auf der Suche nach dem Einen gewesen, der von ihrer Seite gerissen worden war und der ihre Seele erst vollkommen machte.

Von Zeit zu Zeit waren sie einander begegnet, ohne sich zu erkennen, sich umkreisend wie Himmelskörper, von kosmischen Kräften getrennt, einander fremd wie Sonne und Mond. Bisweilen hatte die Geschichte sie zu Gegnern gemacht, aber selbst dann hatten sie die Hoffnung nicht aufgegeben, dass sie einander wiederfinden würden, zwei verlorene Seelen in Raum und Zeit.

Tammuz und Inanna.

Tezud und Meheret.

Kamal und Sarah . . .

Endlich begriff sie, was sie nie verstanden hatte, konnte sich an all die Leben erinnern, die sie geführt hatte, seit ihre Gefährten und sie vor unendlich langer Zeit auf Erden erwacht waren. Davor hatte sie nur die endlose Schwärze des Kosmos gekannt, gegen die sich ein einzelnes Menschenleben ausnahm wie ein Sandkorn auf dem Grund des Ozeans. Winzig. Vergänglich. Bedeutungslos.

Ihr Dasein auf Erden hatte ihrer Existenz Sinn und Richtung gegeben, bis sie von ihresgleichen verraten und hintergangen worden war, vertrieben aus dem Paradies, das sie sich selbst geschaffen hatten. Dies und noch mehr enthielten die Erinnerungen, die Mahasiddha an Sarah weitergegeben hatte. Da das Ritual seinerzeit nicht abgeschlossen worden war, hatte sie sich nicht daran erinnert – der Kontakt mit jenem Ort jedoch, an dem alles seinen Anfang genommen hatte, brach auch diesen Bann.

Shambala!

Sarah kam zu sich.

Benommen fand sie sich am Boden liegend, körperlich wie geistig erschöpft von den Kräften, denen sie ausgesetzt gewesen war.

Wie viel Zeit mochte verstrichen sein?

Sicher nur wenige Augenblicke . . .

Sie hob den Blick und sah über sich ein Meer funkelnder Sterne, und sie erinnerte sich daran, dass Abt Ston-Pa ihr gesagt hatte, Shambala würde außerhalb der Grenzen von Raum und Zeit existieren. Schon im nächsten Moment jedoch wurde ihr klar, dass die Sterne nur eine Illusion waren. In Wirklichkeit handelte es sich um Myriaden winziger, lumineszierender Kristalle, die an einer hohen Kuppeldecke angebracht waren und unwirkliches Licht verbreiteten. Noch unwahrscheinlicher jedoch war die Apparatur, die sich vor Sarah erhob und die das Zentrum des Gewölbes einnahm.

Den Mittelpunkt bildete eine Metallkugel von etwa drei Yards Durchmesser, auf deren Oberfläche sich reliefartig Inseln und Kontinente erhoben. Auch die Längen- und Breitengrade waren verzeichnet, sodass man darin unschwer ein Modell der Erde erkennen konnte. Der Schwerkraft trotzend, schwebte das riesige Gebilde eineinhalb Yards über dem Boden und rotierte um seine Achse, während es von einer Unzahl sehr viel kleinerer Kugeln umkreist wurde.

Wie viele es waren, war unmöglich zu schätzen. Bemerkenswert war, dass sie sich alle in derselben Richtung bewegten und ihre Rotation ausschließlich über die Pole verlief; ihre Flugbahnen jedoch waren so ausgerichtet, dass sie einander nicht tangierten. Zwar sah es immer wieder so aus, als würden die faustgroßen Objekte kollidieren, aber es kam nicht dazu. Das Modell, in der Luft gehalten von magnetischer Kraft, war ein Beispiel vollendeter Ausgewogenheit und mathematisch exakter Harmonie – und es enthielt, wie Sarah in diesem Augenblick erkannte, die Lösung des Rätsels.

Der Erdmagnetismus!

Die Spannungskräfte zwischen den Polen!

Sie und nichts anderes waren das dritte Geheimnis.

Sarahs Landsmann William Gilbert hatte bereits vor dreihundert Jahren die Existenz jenes Kraftfeldes entdeckt, das dem Planeten selbst entsprang und dafür verantwortlich war, dass Kompassnadeln stets nach Norden zeigten. Und ein weiterer Brite namens Henry Gellibrand hatte herausgefunden, dass das Magnetfeld sowohl in seiner Stärke als auch in seiner Ausrichtung variierte. Seither hatten sich überall auf der Welt Wissenschaftskreise gebildet, deren Mitglieder sich der Erforschung des Erdmagnetismus verschrieben hatten. Wovon sie nur träumen konnten, war den Ersten jedoch schon vor Jahrtausenden gelungen: Die Kraft des Magnetismus zu entschlüsseln und sie sich zu unterwerfen!

Von diesem Ort aus, den die Mythen der Vorzeit nicht von ungefähr als *axis mundi* bezeichnet hatten, und mittels dieses Globus, dessen Trabanten die magnetischen Feldlinien beschrieben, ließen sich die magnetischen Kräfte der Erde beeinflussen – mit weitreichenden Folgen, wie Sarah aufgrund ihrer erworbenen Kenntnisse wusste. Nahm das Kraftfeld ab, würde die Erdoberfläche der kosmischen Strahlung ausgesetzt sein, und Sonnenwinde würden Stürme entfesseln, die zu Veränderungen bei Mensch und Tier führten, für die die Einäugigkeit der Arimaspen nur ein erstes, noch vergleichsweise harmloses Beispiel war. Unwetter, Naturkatastrophen, Elend und Pestilenz würden über die Menschheit hereinbrechen. Die düsteren Prophezeiungen, die el-Hakim ausgesprochen hatte, waren in keiner Weise übertrieben gewesen.

Es war tatsächlich die Büchse der Pandora.

Und sie war geöffnet worden!

Anstatt jedoch darüber bestürzt zu sein, war Sarah fasziniert von der Machtfülle, die sich ihr plötzlich bot. Wer das Magnetfeld der Erde kontrollierte, der beherrschte den Planeten. Keine Nation, weder das Zarenreich noch das Britische Empire, war stark genug, um diesen Kräften zu widerstehen. Du Gard hatte nur zu recht. Wenn sich die Erde selbst, wenn sich das Leben gegen die Menschheit wandte, mussten auch die Mächtigsten der Welt sich fügen …

War dies ihre Berufung?

War dies die Aufgabe, zu der Sarah ausersehen worden war? Von diesem Gewölbe aus die Geschicke der Welt zu lenken? Die Regierungen notfalls mit Gewalt dazu zu zwingen, allen Kriegen und allem Unrecht ein Ende zu setzen?

Man brauchte kein Hellseher zu sein, um zu wissen, dass du Gards Voraussagen sich früher oder später bewahrheiten würden, zumal die Menschheit an der Pforte eines neuen Zeitalters zunehmender Mechanisierung und Technisierung stand. Konnte Sarah diese bedrohliche Entwicklung verhindern? Sollte sie das Erbe der

Ersten antreten und wie sie über die Menschheit wachen? Oder würde sie dadurch erst die Katastrophe heraufbeschwören?

Die Vergangenheit hatte gezeigt, dass auch die Ersten nicht ohne Fehler waren, dass es Neid und Missgunst auch unter ihnen gegeben hatte. Durfte so große Macht also in der Hand eines Einzelnen liegen? War es nicht besser, der Menschheit die Entscheidung über ihre Zukunft zu überlassen, in jener Freiheit, die ihr Schöpfer ihr gegeben hatte?

Plötzlich konnte Sarah hinter sich Schritte vernehmen.

Sie wandte sich um und erblickte eine Öffnung, die sich in der Wand des Gewölbes gebildet hatte, und war sicher, dass sie vorhin noch nicht da gewesen war. Offenbar war sie erst entstanden, nachdem die Pforte geöffnet worden war.

Sarah erhielt Gesellschaft: Du Gard, Abramowitsch und die Gräfin von Czerny betraten das Gewölbe in Begleitung einiger Zyklopen. Als sie den Globus erblickten, funkelte es begehrlich in ihren Augen.

»Endlich!«, rief du Gard mit vor Wahnsinn flatternder Stimme. »Ich habe es gewusst! Das dritte Geheimnis!«

Sarah nahm nicht an, dass er die Bedeutung der ungeheuren Apparatur bereits ganz durchschaut hatte, ihre alleinige Existenz jedoch schien seine Theorien bereits zu bestätigen. Mit gierig ausgestreckten Händen trat er darauf zu, gerade so, als wäre er es gewesen, der die Pforte geöffnet hatte. »Grenzenlose Macht – endlich ist sie mein!«

»Halt!«, rief Sarah und stellte sich ihm in den Weg.

»Was wollen Sie?« Er schaute sie an, als wäre sie so klein und belanglos, dass er sich nicht einmal mehr an sie erinnern konnte.

»Dies«, sagte Sarah, auf den rotierenden Globus deutend, »ist eine Machtquelle von unvorstellbaren Ausmaßen. Sie darf nicht in den Besitz einer einzelnen Macht gelangen oder eines einzelnen Menschen.«

»Was faseln Sie da? Warum nicht?«

»Weil niemand, und wäre seine Absicht noch so lauter, mit einer solchen Machtfülle ausgestattet sein kann, ohne davon korrumpiert zu werden«, meinte Sarah überzeugt. »Die Folgen wären fatal.«

»Unsinn«, widersprach du Gard. »Fatal wäre es, diese Macht nicht zu nutzen. Nach allem, was Sie getan haben, um an diesen Punkt zu gelangen, nach allen Opfern, die Sie gebracht haben, muss Ihnen das doch klar sein! Dieses Artefakt ist die Antwort auf alle Fragen, auf alle Probleme, die die Menschheit hat!«

Sarah zögerte. Tiefste Überzeugung sprach aus du Gards Worten – sollte er vielleicht doch recht haben? Sollte am Ende ihres Kampfes die Einsicht stehen, dass sie sich den Plänen der Bruderschaft zu Unrecht widersetzt hatte?

Ihr Blick galt einmal mehr der Maschine. Das Artefakt war der Urgrund all dessen, was Archäologie ausmachte. Über Jahrtausende hatte es seiner Entdeckung geharrt. Hatte Sarah überhaupt das Recht, sich dem Gang der Dinge zu widersetzen?

»Kommen Sie«, forderte du Gard sie auf, der ihre Zweifel zu spüren schien, »treten Sie zur Seite. Tief in Ihrem Inneren wissen Sie, dass ich recht habe. Dieser Mechanismus kann die Menschheit retten. Wir können die Mächtigen der Erde dazu zwingen, unsere Überlegenheit anzuerkennen.«

»Und dabei zu Alleinherrschern werden?«, fragte Sarah. »Wer sagt Ihnen, dass Sie dabei nicht schlimmer werden als jeder andere Despot der Menschheitsgeschichte?«

»Ich weiß es«, verkündete der Großmeister im Brustton der Überzeugung.

»Woher?«

»Weil in meinen Adern das Blut der Ersten fließt!«

»Was?« Sarah traute ihren Ohren nicht.

»Nur Sie mögen in der Lage gewesen sein, die Pforte zu öffnen, doch das Artefakt gehört mir nicht weniger als Ihnen. Ich bin ein Nachkomme jenes Ersten, den Sie schmählich hintergangen haben, und damit ein Spross jener überlegenen Rasse, die über diese Welt herrschen wird.«

»Woher wollen Sie das wissen?«

»Geahnt habe ich es von dem Augenblick an, da mir mein Vater den Codicubus übergab«, entgegnete du Gard mit vor Habgier lodernden Augen. »Ganz sicher wusste ich es jedoch, nachdem ich New Orleans überlebt hatte. Oder glauben Sie, Yellow Jack hätte mich verschont, würde das Blut gewöhnlicher Sterblicher durch meine Adern rinnen?«

»Sie haben tatsächlich den Verstand verloren«, stieß Sarah hervor. Es war kein Vorwurf, nur eine Feststellung.

Du Gard gab nichts darauf. »Sie haben die Erinnerung, ich das Blut«, stellte er fest, »damit ist mein Anspruch nicht weniger legitim als der Ihre. Also treten Sie zur Seite!«

»Nein!«, widersprach sie und ballte in Ermangelung einer Waffe die Fäuste, bereit, sich mit allen Mitteln zu behaupten.

»Da sehen Sie es«, rief Ludmilla von Czerny in bitterer Genugtuung. »Ich hatte Ihnen gesagt, dass sie niemals aufhören würde, uns Widerstand zu leisten!«

»Offensichtlich.« Das Oberhaupt der Bruderschaft verzog verächtlich das Gesicht. »Also tun Sie, was Sie schon die ganze Zeit über tun wollten, Gräfin. Töten Sie sie.«

»Das werde ich mit Vergnügen tun, Großmeister«, bestätigte Czerny, während sie einen langläufigen Revolver unter ihrem Mantel hervorzog – es war Sarahs Colt Frontier. »Aber erst, nachdem ich Sie aus dem Weg geräumt habe.«

»Was?«

»Halten Sie mich wirklich für so töricht?«, blaffte die Gräfin hasserfüllt. »Denken Sie, ich würde Ihnen noch folgen, nachdem Sie mich vorsätzlich getäuscht haben?«

»Czerny!«, fuhr du Gard sie an, wobei er seine ganze Autorität in die Stimme legte. »Haben Sie den Verstand verloren?«

»Im Gegenteil«, konterte sie, »ich sehe die Dinge so deutlich wie nie zuvor! Die ganze Zeit über bin ich hintergangen worden! Zuerst von meinem Mann, der mich für nichts als schmuckes Beiwerk in seinem Leben hielt. Dann von Sarah Kincaid, die sich Privilegien angemaßt hat, die meiner Herkunft und meinem Kenntnisstand nach mir zugestanden hätten. Und zuletzt von Ihnen, Großmeister, der Sie nie vorhatten, Ihre Versprechungen einzuhalten!«

»Aber nein«, beteuerte du Gard in Anbetracht des drohenden Revolverlaufs. »Das ist nicht wahr ...!«

»Solange ich Ihren Zielen nützlich war, haben Sie alles getan, um sich meiner Loyalität zu versichern. Kaum jedoch war sie aufgetaucht«, – der Revolverlauf schwenkte auf Sarah –, »waren unsere Absprachen vergessen. Sie haben ihr sogar meine Position angeboten.«

»In einer Welt, die nach unseren Vorstellungen neu geordnet wird, gibt es viele mächtige Posten.«

»Vielleicht«, räumte die Gräfin ein, »aber Sie beide werden keinen davon bekleiden, dafür werde ich sorgen.«

»Seien Sie nicht albern! Nur Lady Kincaid und ich sind in der Lage, diese Maschine zu steuern«, rief du Gard, der tatsächlich überzeugt davon zu sein schien, der leibliche Nachkomme eines außerweltlichen Wesens und deshalb mit besonderen Fähigkeiten ausgestattet zu sein.

»Keineswegs«, widersprach Gräfin Czerny. »Sie vergessen, dass ich die Erbin in mir trage und dass ihr Blut auch das meine ist! Mein Anspruch ist damit nicht weniger legitim als der Ihre, und ich ...«

Sie brach mitten im Satz ab und erstarrte. Ihr Mund öffnete sich zu einem lautlosen Schrei, während sie du Gard in ungläubigem Erstaunen anblickte. Der Colt schien plötzlich bleischwer in ihrer Hand zu liegen, denn ihr Arm sank herab, sie ließ die Waffe fallen. Gleichzeitig rann ein dünner Blutfaden aus ihrem Mundwinkel und suchte sich einen Weg über ihr schmales Kinn.

Noch einen Augenblick lang stand die Gräfin unbewegt, dann ging sie nieder. Erst jetzt sah Sarah den Pfeil, der in ihrem Rücken steckte und den einer der Zyklopen abgeschossen hatte. Mit einem kaum merklichen Nicken hatte du Gard ihm das Zeichen dazu gegeben, und der Einäugige hatte den Befehl ohne Zögern ausgeführt.

Sarah hatte ihr Entsetzen noch nicht überwunden, als du Gard auf sie zu sprang, in gebückter Haltung und die Zähne gefletscht wie ein Raubtier! Entschlossen, auch noch das letzte Hindernis auf dem Weg zur Weltherrschaft zu beseitigen, stürzte er sich auf sie. Zwar riss Sarah abwehrend die Fäuste empor, aber der Angriff war so heftig, dass er sie von den Beinen riss. Mit einem Aufschrei stürzte sie rücklings zu Boden und stieß sich hart den Hinterkopf, während du Gard einfach weiterrannte, dem Artefakt entgegen. Sarah fühlte Übelkeit und heftigen Schmerz, und für einige Sekunden flackerte ihr Bewusstsein wie eine Kerze im Wind.

Als ihre Sinne sich wieder klärten, sah sie eine zweite Gestalt, die du Gard nachsetzte und die Verfolgung aufnahm – Abramowitsch!

Der Russe musste das Durcheinander genutzt haben, um sich von seinen Häschern loszureißen. Im Laufen riss er etwas aus dem Schaft seines Stiefels, das im Licht der Sternkristalle blitzte – eine Klinge, die er erfolgreich vor den Wachen verborgen hatte.

Das Messer war nur wenige Inches lang und offenbar dafür gedacht, am Körper versteckt getragen zu werden. Da er der durchtrainiertere von beiden war, holte Abramowitsch du Gard innerhalb weniger Yards ein, packte ihn an der Schulter und riss ihn zurück – während er mit der Rechten zustieß und ihm die Klinge in den Rücken rammte.

Du Gard stieß einen Schrei aus und brach in die Knie, nur wenige Schritte vor dem Ziel. Abramowitsch packte ihn und riss ihn herum, zog ihn rasch wieder auf die Beine, um ihn als lebenden Schutzschild gegen die Pfeile und Kugeln der Leibwächter einzusetzen.

»Nicht schießen!«, brüllte du Gard prompt. »Nicht schießen!«

»So ist es gut«, stieß Abramowitsch zwischen zusammengebissenen Zähnen hervor, »und nun befehlen Sie Ihren Leuten ...«

Er kam nie dazu, den Satz zu Ende zu sprechen, denn trotz der Wunde in seinem Rücken und der Qualen, die er dabei fühlen musste, griff du Gard nach hinten, packte den Russen im Genick und beförderte ihn mit einem Schulterwurf, wie fernöstliche Kampfschulen ihn lehrten, über seinen Kopf hinweg zu Boden.

Abramowitsch gab einen dumpfen Laut von sich, als er aufschlug. Man hörte seine Knochen knacken, das Messer entwand sich seinem Griff und schlitterte davon. Noch ehe er sich wieder auf die Beine raffen konnte, war du Gard bereits über ihm. Wie giftige Schlangen schossen die Hände des Sektierers an Abramowitschs Hals, und ein ebenso wilder wie verzweifelter Kampf entbrannte. Die Augen blutunterlaufen und weit aufgerissen, das Gesicht verzerrt vor Schmerz und vor Wut, drückte du Gard mit aller Kraft zu, während sich Abramowitsch mit den Fäusten zur Wehr setzte. Wild schlug er um sich und brachte du Gard eine blutende Platzwunde an der Schläfe bei, aber dann ließen seine Kräfte nach, und seine Hiebe wurden matt und ungezielt. Seine Beine strampelten, hilflos schnappte er nach Luft wie ein Fisch auf dem Trockenen.

Sarah erwog, ihm zu helfen, aber sie wäre keine zwei Schritte weit gekommen, ohne von den Pfeilen der Zyklopen niedergestreckt zu werden. »Aufhören!«, schrie sie entsetzt, aber entweder war du Gard so im Kampfesrausch, dass er ihr Rufen nicht bemerkte, oder er wollte es einfach nicht hören. So blieb ihr nichts, als tatenlos zuzusehen, wie der Sektenführer das Leben aus seinem Gegner presste.

Abramowitsch verfiel in Todeszuckungen. Noch einmal bäumte sich sein Körper auf, widersetzte er sich mit aller verbliebenen Kraft, aber du Gard ließ ihm keine Chance. Unnachgiebig presste er die Kehle des Russen zu, und nur Sekunden später war es vorbei.

Wieder hatte jemand sein Leben gelassen, und das nur wenige Augenblicke, nachdem das Geheimnis enthüllt worden war. Wie viele, fragte sich Sarah, würden noch folgen? Womöglich sehr viel mehr, als wenn man die Geschichte ihren natürlichen Lauf nehmen ließe ...

Der Tod Abramowitschs hatte ihr auch noch die letzte Hoffnung genommen, die Weltenmaschine könnte zum Wohl der Menschheit eingesetzt werden. Das Gegenteil war der Fall. Das dritte Geheimnis weckte Neid und Begehrlichkeit und säte Hass und Zwietracht. Die Menschen würden nur noch einen weiteren Anlass haben, gegeneinander zu kämpfen und sich gegenseitig zu töten, mit immer schrecklicheren Mitteln.

Es gab nur einen Weg, dies zu verhindern – das Artefakt musste zerstört werden! Sarah war dazu fest entschlossen, selbst wenn es sie das Leben kosten sollte. Aber wie ließ es sich bewerkstelligen? Wie konnte eine Maschine von solcher Perfektion vernichtet werden?

Sie hatte den Gedanken kaum zu Ende gebracht, als eine Veränderung eintrat. Die Trabanten, die die Weltkugel umkreisten, taten dies plötzlich sehr viel schneller, und auch die Rotation des Globus selbst schien an Geschwindigkeit zuzunehmen!

Sarah spürte instinktiv, dass der Impuls dazu von ihr ausgegangen war, und sie begriff, dass sie mit der Steuerung des Mechanismus gedanklich verbunden war. Das also war es gewesen, das sie gespürt hatte, als sie die Hand auf den Kegel legte! Die Kraft des Magnetismus wurde telepathisch gesteuert, aber nur diejenige war dazu in der Lage, die vor langer Zeit von den Ersten dazu autorisiert worden war – und offenbar auch jene, an die sie ihr Wissen im Lauf der Jahrtausende weitergegeben hatte. Das also bedeutete es, die Erbin zu sein!

Aufgrund jener uralten Erinnerungen fiel Sarah auch wieder ein, welchem Zweck dieses Gewölbe vor langer Zeit gedient hatte: Es war der Maschinenraum des Schiffes gewesen, mit dem die Ersten die Abgründe von Raum und Zeit überwunden hatten. Und ihre Ahnin im Geiste war niemand anders als der Kapitän gewesen …

Sarahs Gedanke, in aller Entschlossenheit gefasst, hatte offenbar ausgereicht, um der Maschine die Selbstzerstörung zu befehlen. Noch wäre Zeit gewesen, die Anweisung wieder rückgängig zu machen, aber das tat Sarah nicht. *Zerstöre dich! Vernichte dich selbst!*, bekräftigte sie stattdessen, worauf die Rotation abermals beschleunigte.

Das alles war so rasch vonstattengegangen, dass du Gard es noch nicht bemerkt hatte. Schwer atmend, das Gesicht und die Hände blutbesudelt, kauerte er noch immer über seinem leblosen Gegner und kostete seinen Sieg bis zur Neige aus. Dann erhob er sich schwerfällig, stieß die geballten Fäuste senkrecht in die Höhe und verfiel in heiseren Jubel.

»Huldigt mir!«, brüllte er seine Leibwächter an. »Huldigt dem künftigen Herrscher der Welt!«

Die Einäugigen begnügten sich damit, mit vor Staunen offenen Mündern vor sich hin zu starren, und du Gard brauchte einen Moment, um zu erkennen, dass ihre Verwunderung nicht ihm galt, sondern dem riesenhaften Gebilde hinter ihm.

Er fuhr herum – und sah die Weltenmaschine ungleich schneller rotieren als zuvor. Fast hatte es den Anschein, als versuchte der Globus, die erhöhten Fliehkräfte seiner Trabanten zu kompensieren, indem er eine höhere Anziehung auf sie ausübte, aber es zeichnete sich ab, dass dies nicht gelingen würde. Erneut war ein summendes Geräusch zu vernehmen, und zwischen der Erdkugel und ihren Trabanten zuckten Blitze hin und her.

»Nein!«, schrie du Gard entsetzt und breitete die Arme aus wie jemand, der auf die Straße sprang, um eine Kutsche anzuhalten – mit dem Unterschied, dass sich die Weltenmaschine, einmal in Bewegung gesetzt, nicht einfach stoppen ließ.

»Ich gebiete dir Einhalt!«, brüllte der Sektierer gegen das Summen und das fauchende Geräusch an, mit dem die Flugkörper durch die Luft schnitten, wobei sich ihre Radien beständig erweiterten. Noch war es nicht zu Kollisionen gekommen, aber es war nur noch eine Frage der Zeit …

»Hörst du nicht? Ich, Lemont Maurice du Gard, der Nachkomme der Ersten, befehle dir anzuhalten! Ich bin der Großmeister der Bruderschaft und dein Herr und Meister!«

In diesem Moment geriet auch der letzte Rest von mathematischer Ordnung aus dem Gleichgewicht. Die Umlaufbahnen gleich mehrerer Kugeln erweiterten sich sprunghaft, und noch ehe du Gard ausweichen oder auch nur irgendwie reagieren konnte, hatte ihn eines der schweren Metallgebilde am Kopf getroffen und ihm den Schädel zerschmettert.

Noch einen Sekundenbruchteil lang blieb er aufrecht stehen, dann schoss eine weitere Kugel heran und zerfetzte ihm die Brust mit der Wucht eines Artilleriegeschosses.

Es war das Ende – nicht nur Lemont du Gards, sondern auch der Bruderschaft. Ihres Anführers beraubt, ergriffen die Zyklopen augenblicklich die Flucht. Nur die Furcht vor ihrem Anführer hatte sie noch an Ort und Stelle gehalten. Der Globus rotierte unterdessen immer schneller, den Zerfall des Gebildes konnte er jedoch nicht mehr aufhalten. Ein Trabant nach dem anderen löste sich aus seiner Anziehung und schlug quer durch das Gewölbe. Wo die Geschosse auf die Kuppel trafen, barsten die Kristalle, und rasiermesserscharfe Splitter und Gesteinsbrocken prasselten herab.

Sarah musste ebenfalls fliehen, wenn sie am Leben bleiben wollte! Wankend kam sie auf die Beine und wollte zum Ausgang eilen, als ihr Blick auf Czerny fiel.

Die Gräfin bewegte sich!

Trotz des Pfeils, der sie ereilt hatte, war Sarahs Feindin noch am Leben, nur ihre ohnehin schon bleichen Züge wirkten wie die einer Toten. Ihr Blick war leer, Blut sickerte in dünnen Fäden aus ihrem Mund, aber noch schien sie nicht bereit zu sterben.

Ihr erster Impuls drängte Sarah, die Frau, die ihr so Grässliches angetan hatte, einfach ihrem Schicksal zu überlassen – aber sie brachte es nicht über sich. Benommen, wie sie war, eilte sie zu ihr, während ringsum die Kugeln einschlugen und die Oberfläche des Globus von energetischen Entladungen umzuckt zu glühen begann. Sie würde bersten, früher oder später ...

»Kommen Sie«, rief Sarah und hielt ihrer Feindin die Hand hin.

»Du willst mich retten?«, keifte die Gräfin höhnisch. Der Pfeil, den sie eigenhändig herausgezogen hatte, lag neben ihr auf dem Boden, Blut pulste aus der offenen Wunde.

Nicht weit von ihnen schlug ein Geschoss ein. Splitter fegten herüber und fügten Sarah Schnittwunden an den Händen zu.

»Rasch, ehe ich es mir anders überlege«, drängte sie.

»Wie töricht du bist und wie eingebildet!«, spottete Czerny und lachte – ein grotesker Anblick angesichts des schreiend roten Lebenssafts, der ihr aus dem Mund rann. »Ist dir nicht klar, dass ich am Ende triumphieren werde? Sieh her!«

Jetzt erst sah Sarah, dass sie etwas in der Hand hielt: eine kleine gläserne Phiole mit einer klaren Flüssigkeit darin.

Das Wasser des Lebens!

»Unsterblich!«, schrie die Gräfin. »Ich werde unsterblich sein! Und damit entkorkte sie das Fläschchen mit den Zähnen und setzte es an die blutigen Lippen.

»Nein!«, rief Sarah – aber es war zu spät. Czerny hatte den Inhalt bereits hinuntergeschüttet.

Die Wirkung ließ nicht lange auf sich warten.

Krämpfe schüttelten die Gräfin, ihre Gesichtszüge wirkten schlagartig ausgemergelt und um Jahre gealtert. Verzweiflung sprach aus ihren grünen Augen, deren Blick plötzlich gebrochen war.

»Allmächtiger!«, entfuhr es Sarah. »Was haben Sie nur getan?«

»Was ... was geschieht mit mir?«

»Was allen Menschen widerfährt, die Götter sein wollen«, erwiderte Sarah tonlos. Ihre Rivalin schaute sie verständnislos an. Erst als eine erneute Schmerzwelle durch ihren Körper fuhr, schien sie zu begreifen.

Ludmilla von Czerny schrie entsetzlich, als das Wasser des Lebens ihre Eingeweide zerfraß und ihr klarmachte, dass auch ihr Dasein auf Erden begrenzt war. Sarah bedachte ihre einstige Kontrahentin, für die sie in diesem Augenblick nur noch Mitleid empfinden konnte, mit einem letzten Blick. Sie konnte nichts mehr für sie tun, die Gräfin hatte ihren eigenen Weg gewählt.

Sarah wandte sich ab und wollte zum Ausgang fliehen, aber dieser war dabei, sich zu schließen!

Das Tor, das in die metallene Wandung eingelassen war und in seiner Form an ein großes Schott erinnerte, senkte sich herab.

Sarah lief um ihr Leben.

Der Globus drehte sich inzwischen so schnell, dass seine Kontinente nicht mehr zu erkennen waren, und seine Trabanten verschwammen zu flüchtigen Strichen, die sich gegen die glühende Oberfläche abzeichneten. Es war nur noch eine Frage von Augenblicken, bis das System kollabieren würde. Deshalb schlossen sich die Schotten!

Sarah rannte, so schnell sie nur konnte. Für ihre Umgebung hatte sie keinen Blick mehr, nur noch für die sich rasch schließende Öffnung – was sich schon im nächsten Moment bitter rächte.

Unmittelbar über ihr schlug ein losgelöster Trabant in die Decke, Splitter regneten herab. Erst im letzten Moment wich Sarah ihnen aus, dabei glitt sie aus und fiel hin, verletzte sich an beiden Knien. Sie wollte sich aufrappeln und weiterlaufen, aber es gelang ihr nicht sofort. Und das Schott senkte sich immer weiter. Schon stand es nur noch zur Hälfte offen, und es waren noch gut fünfzehn Yards bis zum Ausgang.

Verzweiflung packte sie.

Abermals versuchte sie aufzustehen, schaffte es diesmal, und durch ein Meer aus Scherben wankte und humpelte sie weiter. Vermutlich hätte eines der ziellos umherschlagenden Geschosse sie ereilt, wäre nicht in diesem Moment eine Gestalt neben ihr aufgetaucht, die schützend ihren Umhang über sie breitete, sie in die Arme nahm und zum Ausgang zog.

Es war Kamal.

»Was...?«

Sarah konnte es nicht glauben.

Erlag sie einer Täuschung? Spielten ihre Sinne ihr einen Streich? War es eine Vision des nahen Todes, die sie erlebte?

Nein!

Kamal war so wirklich, wie er es nur sein konnte! Seine Umarmung gab ihr Sicherheit, sein Lächeln schenkte ihr neuen Mut, und ein einziger Blick seiner dunklen Augen genügte, um ihr klarzumachen, dass er sich an alles erinnerte. Er wusste, wer sie war und was sie zusammen erlebt hatten. Und er war gekommen, um ihr beizustehen in ihrem letzten Kampf...

Zusammen mit ihrem Geliebten hastete Sarah zum Ausgang. Das Schott hätte sich längst geschlossen, wäre es nicht von jemandem aufgehalten worden. Wie ein Fels stand Hieronymos unter dem Schott und stemmte sich gegen die herabdrückende Masse. Das Gesicht des Zyklopen war vor Anstrengung verzerrt, die Schlagadern an seinen Schläfen traten wie dicke Stränge hervor. Aber obwohl er seine ganze Körperkraft zum Einsatz brachte, schob sich das Schott dennoch Inch für Inch herab, unaufhaltsam...

»Schneller, Sarah«, rief Kamal. Hastig legten sie die letzten Yards zurück und zwängten sich durch das Tor in den dahinter liegenden Korridor. Die Kammer von Shambala und der glühende Globus fielen hinter ihnen zurück und damit auch die unmittelbare Todesgefahr.

»Jetzt du«, forderte Sarah Hieronymos auf.

»Nein, Herrin«, würgte der Zyklop zähneknirschend, während das Gewicht ihn immer weiter niederdrückte. »Es ist zu spät...!«

»Nein!« Sarah schüttelte den Kopf, packte den Zyklopen am Arm, als könnte sie ihn so vor seinem grausamen Schicksal bewahren. »Das lasse ich nicht zu!«

»Gehen Sie! Gehen Sie!«, hörte sie Hieronymos gegen das Fauchen rufen, das die Weltenmaschine nun von sich gab. »Folgen Sie Ihrer Bestimmung ... ich folge der meinen ... Mission erfüllt ...«

Das Letzte, was Sarah von ihrem treuen Beschützer sah, war das eine Auge, das ihr einen ermunternden Blick zuwarf – dann ermatteten seine Kräfte, und das Schott fuhr herab.

»Hieronymos«, hauchte Sarah entsetzt.

Kamal nahm sie an der Hand und führte sie fort, zurück auf den Weg, den der Zyklop und er genommen hatten. Über eine sich senkrecht emporwindende Treppe gelangten sie zurück in die Kuppelhalle. Der Zugang des Schachts war, wie Sarah nun erkannte, hinter der Wand verborgen gewesen und hatte sich erst geöffnet, als sie die Pforte der Weisheit entriegelt hatte. Ob sie tatsächlich von jenem geheimnisvollen Strudel erfasst worden oder in Wahrheit einer Täuschung erlegen war und jene Treppe benutzt hatte, wusste Sarah inzwischen nicht mehr zu sagen.

Das Artefakt selbst existierte nicht mehr.

Der Kegel war umgestürzt, Turm und Kugel lagen am Boden. Eine Folge der Zerstörung der Weltenmaschine oder der Tatsache, dass sie ihren Zweck erfüllt hatte? Auch das wusste Sarah nicht. Das Beben jedoch, das das Gewölbe in diesem Augenblick erschütterte, war eindeutig eine Folge der in Gang gesetzten Zerstörung! Sarah wankte und wäre gestürzt, hätte Kamal sie nicht gehalten. Gemeinsam stürzten sie zum Ausgang, über die leblosen Körper hinweg, die den Boden übersäten, Zeugen des erbitterten Kampfes, den Kamal und vor allem Hieronymos sich mit den Schergen der Bruderschaft geliefert hatten. Der Rest der Sektierer schien die Flucht ergriffen zu haben. Vermutlich, dachte Sarah bitter, hatten sie auf eine Gelegenheit wie diese nur gewartet. Plötzlich gewahrte sie inmitten der erschlagenen Feinde eine vertraute Gestalt, die sich stöhnend regte.

»Friedrich!«

Mit einem Freudenschrei riss sich Sarah von Kamal los und eilte zu Hingis, der ausgestreckt dalag und sich vergeblich aufzurichten versuchte. Der linke Ärmel seines Rocks hatte sich dunkel verfärbt infolge der Kugel, die ihn getroffen hatte. Aber er war am Leben!

»Friedrich, Gott sei Dank!«

»Sarah! Hast du …?«

»Sei unbesorgt«, versicherte sie, während sie ihm dabei half, sich aufzurichten. »Die Gefahr ist gebannt.«

Kamal kam ebenfalls dazu, legte den unverletzten Arm des Gelehrten um seine Schultern und stützte ihn.

»Mr Ben Nara, wie ich annehme?«, fragte Hingis, trotz seines desolaten Äußeren um Haltung bemüht.

»Ganz recht.«

Der Schweizer lächelte schwach. »Ich bin höchst erfreut, endlich Ihre Bekanntschaft zu machen.«

»Die Freude ist ganz meinerseits.« Kamal erwiderte das Lächeln flüchtig, als ein neuerlicher Erdstoß das Gewölbe durchlief.

Die Zeit drängte!

Sarah, die den Weg von hier an kannte, übernahm die Führung, während Kamal den verletzten Hingis schleppte. Durch Gänge und Treppenhäuser, die von schweren Erschütterungen getroffen wurden und von deren Decke sich immer größere Bruchstücke lösten, kamen sie rasch voran und passierten den Säulengang, in dem sie Gräfin Czerny und ihren Schergen in die Falle gegangen waren. In den Felsen ringsum konnten sie ein Knacken und Bersten hören, als wollte der gesamte Berg zusammenbrechen, und schließlich bildeten sich tatsächlich Risse in der Decke und den Wänden. Nicht mehr lange, und alles würde einstürzen.

Sarah und ihre Freunde blickten nicht zurück.

Atemlos erreichten sie das Labyrinth, das sich nicht länger

bewegte; stattdessen hatte sich ein schmaler Fluchtkorridor gebildet, über den sich der Geheimgang ungehindert erreichen ließ. Die magnetische Energie war abgezogen und dem Kern der Anlage zugeführt worden, wo die Weltenmaschine rotierte – und, dem Grollen nach, das den Berg erfüllte, in diesem Augenblick ein dramatisches Ende fand.

Die Erschütterung der Explosion war auch durch den massiven Fels zu spüren. So schnell sie nur konnten, hasteten Sarah und ihre Gefährten den geheimen Stollen hinab, während hinter ihnen ein Dröhnen und Bersten davon kündete, dass der Weltenberg dabei war, sein Geheimnis für immer unter sich zu begraben. Risse breiteten sich im Boden aus, die sich spinnennetzartig fortpflanzten und die Flüchtlinge schließlich einholten. In ihrer Verzweiflung verlangten sie ihren ermüdeten und gepeinigten Körpern das Äußerste ab – und konnten endlich das Rauschen des Wasserfalls hören.

Sie rannten weiter.

Zurück in die Gegenwart.

Zurück ins Licht.

EPILOG

Kloster Tirthapuri
Westtibet
30. Juni 1885

»... und in dem Augenblick, da sich die Pforte öffnete, konntet Ihr Euch an alles erinnern?«

Aus Abt Ston-Pas milden Zügen sprach kindliche Neugier. Von dem Augenblick an, da Sarah und ihre Gefährten nach Tirthapuri zurückgekehrt waren, hatte er sie ununterbrochen mit Fragen bombardiert. Und auch jetzt, da der Abschied nahte, schien er nicht gewillt, damit aufzuhören.

»Ja«, bestätigte Sarah. »Obwohl das Ritual damals nicht abgeschlossen wurde, war es weit genug vorangeschritten, um mich viele Dinge erkennen zu lassen. Unter anderem auch, was sich hinter dem dritten Geheimnis verbarg.«

»Und was genau ist es gewesen?«

»Die Antwort auf diese Frage«, entgegnete Sarah (und erstmals war sie es, die sich in Rätsel hüllte), »liegt tief unter dem Weltenberg verschüttet. Dort sollten wir sie auch belassen.«

»Wie Ihr wünscht, Mahasiddha«, erwiderte der Abt und verbeugte sich.

Nachdem seine Mitbrüder und er sich von Sarahs Gruppe getrennt hatten, waren sie wie angekündigt die innere *khora* um den Kailash gewandert und hatten dabei um Unterstützung für Sarahs Kampf gegen die bösen Mächte gebetet. Dass sie am Ende siegreich geblieben und es ihr gelungen war zu verhindern, dass das dritte Geheimnis in falsche Hände geriet, war für die Mönche ein unbestrittenes Ergebnis ihrer Bemühungen; früher wäre Sarah vermutlich anderer Ansicht gewesen und hätte nach einer wissenschaftlichen Erklärung gesucht. Doch nach allem, was sie erfahren hatte, widersprach sie nicht, und selbst Friedrich Hingis schien nicht mehr daran zu zweifeln, dass es die Vorsehung gewesen war, die Kamal und Sarah wieder zusammengeführt und für einen glücklichen Ausgang der Ereignisse gesorgt hatte.

Wenn auch nicht für alle Beteiligten ...

Trotz des Sieges und der Tatsache, dass Sarah und Kamal wieder vereint waren, hatte es in Tirthapuri keine Feier gegeben. Zu gegenwärtig war noch das Gefühl der Bedrohung, zu groß die Trauer um den Freund, der sich geopfert hatte, um die anderen zu retten.

Hieronymos war, wie Sarah es ihm aufgetragen hatte, nach Redschet-Pa gegangen, das er nur unzureichend besetzt vorgefunden hatte. Eine kleine Besatzung von Ordensschergen war damit beauftragt gewesen, die Verliese zu bewachen, in denen nicht nur Kamal festgehalten worden war, sondern auch du Gards europäische Geldgeber. Der Zyklop hatte sie befreit und davongejagt, dann war er mit Kamal nach Shambala aufgebrochen. Unterwegs hatte er ihm offenbart, wer er tatsächlich war und was in der Zwischenzeit geschehen war. Und je näher sie dem Ort auch seines Ursprungs gekommen waren, desto mehr hatte sich die Blockade über seinen Erinnerungen gelöst.

Kamal entsann sich der Verantwortung, die auf seinen Schultern ruhte, und dass auch er einst Hüter eines Rätsels und damit beauftragt gewesen war, es vor den Mächten des Chaos zu schützen. Er erinnerte sich an den Weg nach Shambala und drang gemeinsam mit dem Zyklopen ins Innere des Berges vor, ahnend, dass seine Bestimmung dort auf ihn wartete.

Auch Viktor Abramowitsch hatte sein Schicksal gefunden, wenn auch sicher anders, als er es sich erhofft hatte. Noch immer fragte sich Sarah, auf wessen Seite der Ochrana-Agent zuletzt gestanden hatte. Hatte er stets nur die Interessen seines Landes vertreten? Hatte er eigene Ziele verfolgt? Oder hatte er am Ende seines

Lebens erkannt, dass der Kampf, den Sarah und ihre Gefährten führten, wichtiger war als die Belange einer einzelnen Nation?

Man würde es niemals herausfinden, aber in gewisser Weise passte es zum Wesen des Russen, dass seine Pläne bis zum Schluss undurchschaubar geblieben waren. Seinen Beitrag zum großen Spiel jedoch hatte er unter Einsatz seines Lebens geleistet, und Sarah war sicher, dass sie Abramowitsch ebenso wenig vergessen würde, wie sie Hieronymos oder die Gräfin Czerny vergessen würde.

Am Ende hatte Sarahs Erzfeindin erkennen müssen, was es bedeutete, von allen verlassen und verraten zu sein. Sich an du Gards Irrglauben klammernd, hatte sie die Unsterblichkeit für sich reklamieren wollen und dabei den Tod gefunden, genau wie Ptolemaios und jeder andere, der das Wasser des Lebens getrunken hatte, ohne vom Schicksal dazu bestimmt zu sein. Und ihre Behauptung, ein Mädchen in sich zu tragen – war auch das nur Teil ihres Wahns gewesen, oder hatte sie sich damit vor du Gard schützen wollen? Schon als sich die Gräfin sterbend am Boden wand, hatte Sarah keinen Hass mehr für sie empfunden. Vielleicht würde sie ihr irgendwann auch vergeben können, was sie Kamal und ihr angetan hatte.

»Und du Gard?«, erkundigte sich Ufuk, der zusammen mit ihnen in der Versammlungshalle des Klosters saß, wo sie ein Frühstück einnahmem, um sich für die Reise zu stärken. »Kaum zu glauben, dass es der Vater unseres geschätzten Freundes gewesen ist, der hinter allem stand. Und dass dieser es wohl die ganze Zeit über geahnt hatte.«

»Ja«, stimmte Sarah zu, »unglaublich, in der Tat. Aber auch schicksalhaft. Vielleicht hatte Lemont du Gard nach allem, was ihm widerfahren war, gar keine andere Wahl, als das zu werden, wozu er sich schließlich entwickelte.«

»Er war verblendet«, fügte Kamal hinzu. »Er dachte tatsächlich, in seinen Adern fließe das Blut der Ersten. Dabei haben sie sich nie mit den Menschen vermischt, sondern ihr Wissen stets nur vom Körper gelöst weitergegeben. Das ist der Grund dafür, weshalb es bis in unsere Zeit überdauert hat.«

»Dann hat er sich selbst getäuscht?«

»Gewissermaßen. Du Gard hat das geglaubt, was ihm gewinnbringend erschien. Vieles, was er im Lauf der Zeit herausgefunden hat, entsprach der Wahrheit, aber er hat die falschen Schlussfolgerungen gezogen. Nicht das Blut eines Menschen entscheidet darüber, ob das Wasser des Lebens ihm schadet oder nicht, sondern die Reife seines Bewusstseins, der Grad seiner Erkenntnis. Den Ersten und ihren Nachfolgern konnte es deshalb nichts anhaben.«

»Vielleicht«, meinte Hingis, der sich von seiner Verwundung erholt hatte, den Arm jedoch noch in einer Schlinge trug, »war die Xenosophie ein Irrweg. Du Gard hätte weniger wissenschaftlich an die Sache herangehen, sondern versuchen sollen, mit dem Herzen zu begreifen.«

»Und das aus deinem Munde«, wunderte sich Sarah.

»*Tchal-lo**, Bruder Yngis«, lobte Abt Ston-Pa, der es trotz der vielen Gespräche, die sie in den letzten Tagen geführt hatten, nicht geschafft hatte, den Namen des Schweizers richtig auszusprechen. »Ich sehe Hoffnung für dich.«

»Wie auch immer«, meinte Kamal, »die geheiligten Hallen wird niemand mehr betreten. Die Büchse der Pandora, wie die Sage sie beschreibt, wurde zerstört. Die Menschheit wird selbst entscheiden müssen, wohin sie ihre Schritte lenkt, und das ist gut so.«

»Ich hoffe es«, flüsterte Sarah schaudernd. Noch immer dachte sie an du Gards Voraussagen, an die Kriege der Zukunft, und hin und wieder ertappte sie sich dabei, dass sie sich fragte, ob es dem Wohl der Menschheit vielleicht doch dienlicher gewesen wäre, die Weltenmaschine zu benutzen, statt sie zu zerstören. Sobald sie jedoch an die Bruderschaft dachte und an das, was alleine schon die

---

* tib. sehr gut

Aussicht auf unbeschränkte Macht bewirkt hatte, war sie sich sicher, dass die Dinge den rechten Gang genommen hatten.

Die Menschen waren selbst für ihre Zukunft verantwortlich, so wie die Ersten es gewollt hatten. Sarah hatte die Aufgabe erfüllt, die die Vergangenheit ihr auferlegt hatte, ebenso wie Kamal. Beide hatten ihre Pflicht getan, nun waren sie frei und konnten das Leben führen, von dem sie stets geträumt hatten.

»Und du bist sicher, dass du nicht mit uns kommen willst?«, wandte sich Sarah an Ufuk.

»Evet«, bekräftigte der Junge, »denn wir haben hier eine neue Heimat gefunden. Abt Ston-Pa hat angeboten, uns in die Gemeinschaft des Ordens aufzunehmen und in die fernöstliche Denkweise einzuführen. Und wir werden ihn im Gegenzug am Wissen vergangener Jahrhunderte teilhaben lassen.«

»Ich verstehe.« Sarah wusste, dass Meister Ammon sich immer gewünscht hatte, sein Leben in einem Hort der Weisheit zu verbringen. Ganz offenbar hatte er ihn gefunden.

Ein letztes Mal hob sie das Ahornschälchen und trank den Buttertee aus, den einer der Diener des Abts für sie zubereitet hatte. Dann erhob sie sich, und gemeinsam mit Kamal und Friedrich Hingis wandte sie sich zum Gehen.

»Dán-po gyalo!«, rief Ufuk mit einer Freude, aus der sowohl die Unbekümmertheit der Jugend als auch die Weisheit des Alters sprach.

»Lah gyalo!«, antwortete Sarah mit der ursprünglichen Formel und nickte ihm ein letztes Mal zu. Dann verließen sie die Halle. Abt Ston-Pa und einige seiner Mönche begleiteten sie nach draußen.

Auf dem Innenhof des Klosters, wo sich die große *chorta* erhob und mit bunten Fähnchen die Berggötter grüßte, standen die Ponys schon bereit. Zwei Brüder würden Sarah und Kamal bis zur Pilgerstraße geleiten, dort konnten sie sich einer der Handelskarawanen anschließen, die auf dem Weg nach Indien waren.

»Lebt wohl, Mahasiddha«, sagte Abt Ston-Pa und verbeugte sich respektvoll, worauf auch Sarah, Kamal und Hingis die Häupter senkten. Zwei Mönche kamen herbei, die zum Abschied jedem von ihnen einen *khatag* um die Schultern legten, den weißen Seidenschal, mit dem die Tibeter ihrer Ehrerbietung Ausdruck zu verleihen pflegen.

Dann verabschiedeten sie sich und bestiegen die Ponys, die sie in gemächlichem Trab zum Tor hinaustrugen, den langen Schatten nach, die die Morgensonne gen Westen sandte.

Sarah und Kamal ritten Seite an Seite – zwei Seelen, die nach langer Zeit wieder zueinandergefunden hatten.

Der Kreis hatte sich geschlossen.

Die Ersten hatten gesiegt.

NACHWORT DES VERFASSERS

Lieber Leser,

was Sie in Ihren Händen halten, ist ein historischer Roman. Historisch in der Schilderung der Zeit und ihrer Ereignisse, insbesondere der Spannungen zwischen dem Osmanischen Reich, dem zaristischen Russland und dem britischen Empire bzw. des Wetteiferns um den Zugang zur asiatischen Welt, die der in Indien geborene Schriftsteller Rudyard Kipling einige Jahre nach Sarah Kincaids großem Abenteuer so treffend als das »Große Spiel« beschreiben sollte. Historisch aber auch in der Schilderung der Gedankenwelt, der die phantastischeren Elemente dieses Romans entnommen sind.

Es hat sie tatsächlich gegeben, jene geheimen Zirkel und Gesellschaften, die sich der Neuinterpretation alter Mythen und der Entschlüsselung antiker Geheimnisse verschrieben hatten, in der festen Überzeugung, daraus eine neue, vielversprechende Zukunft zu entwickeln. Es gab jene technische Wundergläubigkeit, die im Magnetismus und anderen der Physik innewohnenden Kräften die Antwort auf alle zukünftigen Herausforderungen zu erkennen glaubte. Und es gab auch jene Schulen, die den Ursprung der Menschheit in sagenumwobenen, überlegenen Rassen zu finden glaubten und deren fragwürdiges Gedankengut teils zum (pseudo)mythologischen Überbau für den Faschismus des 20. Jahrhunderts beitragen sollte. Insofern liefert Sarah Kincaids viertes und abschließendes Abenteuer ein durchaus zutreffendes Porträt einer Zeit, die sich gefangen sah zwischen Vergangenheit und Moderne, Mythos und Realität, und deren innere Spannungen sich schließlich in zwei blutigen Weltkriegen entluden.

Bei der konkreten Ausgestaltung von Sarahs Erlebnissen freilich habe ich mir wieder einige Freiheiten genommen, die zwar der viktorianischen Tradition entlehnt sind, jedoch auch den einen oder anderen augenzwinkernden Verweis enthalten, den Sie mir bitte nachsehen möchten. In erster Linie ging es mir darum, Sie, den Leser, der Sarahs Memoiren nun über vier Bände hinweg verfolgt hat, wieder spannend zu unterhalten und all jene Fragen zu beantworten, die im Lauf der Reihe aufgeworfen wurden.

Wenn ich zurückdenke, kann ich kaum glauben, dass ich fünf Jahre meines Lebens zusammen mit Lady Kincaid und ihren Freunden und Gegnern verbracht habe; zum einen, weil mir die Figuren allesamt ans Herz gewachsen sind und es mir immer wieder Freude gemacht hat, sie zum Leben zu erwecken. Zum anderen aber auch, weil ich selbst den größten Spaß daran hatte, die Geschichte von Sarah und ihrer abenteuerlichen Jagd durch die Scheinwelt zwischen Mythos und Historie zu verfolgen. Nun ist diese Jagd zu Ende, und einmal mehr bleibt mir nur, denjenigen zu danken, die mir unterwegs treue Weggefährten gewesen sind: Zuvorderst meiner Familie für ihre Liebe und unermüdliche Unterstützung, meinen Freunden innerhalb und außerhalb der Verlagslandschaft sowie all jenen, die mir mit ihrem Wissen und ihrem Sachverstand bei der Ausgestaltung dieses Bandes (und nicht zuletzt der verschiedenen Sprachen) geholfen haben. Ich danke der Verlagsgruppe Lübbe, meinem Lektor Stefan Bauer sowie Volontärin Judith Mandt für ihr besonderes Engagement; außerdem möchte ich meinem Agenten Peter Molden sowie Illustrator Daniel Ernle meinen herzlichen Dank aussprechen.

Und natürlich danke ich Ihnen, den treuen Lesern, ohne die ein Autor so hilflos wäre wie ein Fisch auf dem Trockenen. Danke, dass Sie Sarah und mich auf dieser abenteuerlichen Reise begleitet haben. Und ich lade Sie herzlich ein, mir auch weiterhin zu folgen, zu neuen historischen Horizonten – und einem neuen, epischen Abenteuer.

Michael Peinkofer
Juli 2009

Eine mysteriöse schottische Sekte, ein berühmter Schriftsteller – und ein jahrhundertealtes Geheimnis

Michael Peinkofer
DIE BRUDERSCHAFT DER RUNEN
Historischer Roman
672 Seiten
ISBN 978-3-404-15249-0

Als ein Mitarbeiter des Schriftstellers Sir Walter Scott unter mysteriösen Umständen stirbt, ist dies der Auftakt zu einer höchst beunruhigenden Reihe von Ereignissen. Sir Walter stellt Nachforschungen an und stößt auf eine Mauer des Schweigens. Was verheimlicht der königliche Inspector, der eigens aus London geschickt wurde? Was für ein jahrhundertealtes Geheimnis hüten die Mönche von Kelso? Und was hat es mit der ominösen Schwertrune auf sich, auf die Sir Walter und sein Neffe Quentin bei ihren Ermittlungen stoßen? Ein Schicksal, dessen Ursprung Jahrhunderte zurückreicht, nimmt seinen Lauf …

Bastei Lübbe Taschenbuch